Ingrid Frank

Judith

Für Werner
herzlichst
Ingrid Frank

edition winterwork

Bibliografische Informationen der Deutschen Nationalbibliothek:
Die Deutsche Nationalbibliothek verzeichnet diese Publikation in der Deutschen Nationalbibliographie. Detaillierte bibliographische Daten im Internet über http://www.d-nb.de abrufbar.

Impressum

Ingrid Frank, »Judith«

www.edition-winterwork.de

Druck und Bindung: winterwork Borsdorf

ISBN 978-3-942693-48-6

Ingrid Frank

Judith

Wo Gefahr ist –
wächst das Rettende auch
(Hölderlin)

Roman

edition winterwork

Ingrid Frank ist 1935 in Gleiwitz geboren, der oberschlesischen Stadt, in der durch den Überfall auf den Gleiwitzer Sender am 31.08.1939 der Zweite Weltkrieg ausgelöst wurde.
Nach ihrer Schulzeit in Thüringen, der Ausbildung zur Erzieherin in einer Klosterschule verließ sie Ende '58 die DDR, weil man sie dort nicht ohne Parteibuch arbeiten lassen wollte.
Im Westen Deutschlands wagte sie ganz allein einen Neuanfang. Ihre Arbeit in diversen Kinderheimen, ihre Ehe, die Kinder und ein geheimnisvoller Mann und schließlich auch die Pflege ihrer Eltern wurden zu ihrem Lebensinhalt.
Zum Schreiben kam sie erst spät. Sie lebt inzwischen zufrieden mit ihrem Mann und Hund in einer Kleinstadt Hessens.

1925

Genauso hat sie sich das vorgestellt. Sie steht zitternd und frierend im Regen und Fritz kommt nicht.
Sie weiß, dass sie sich auf ihren Bruder nicht verlassen kann, wenn er mit seinen Studentenkumpanen zusammen ist. Ängstlich schaut sich Elisabeth um. Fast alle Besucher des Studentenballs sind schon weg. Mitten in der Nacht! Nacht ist gut, sie schaut auf die Uhr, es ist schon früher Morgen. Mutter wird schimpfen.
Polternd, so dass sie erschrickt, wird hinter ihr rasselnd die Tür geöffnet. Sie springt schnell hin, um zu helfen. „Oh, danke", stöhnt er. „Das schaffen Sie nie allein", sie schaut auf und erkennt den Schlagzeuger der Kapelle, der mit mehreren Teilen seines Instrumentes in der Tür steht. Er hat auf dem Ball gespielt.
„Wahrscheinlich nicht, aber um die Zeit bekommt man kein Taxi mehr." Verzweifelt schaut er sich um, dabei fällt sein Blick auf seine reizende Helferin. Klein, zierlich, mit großen braunen Augen, die ihn scheu anschauen. Und schon weckt sie seinen Beschützerinstinkt. „Sie frieren", zieht seinen Mantel aus, „ich habe ja noch das Jackett an" und legt ihn ihr über. „So ist es besser, gell?" Fast zärtlich berührt er ihre Schultern. Sie geht einen Schritt zurück. Das ist ihr doch zu schnell, schaut zu ihm auf und ist fast erschrocken über den intensiven interessierten Blick seiner tiefblauen Augen. Gut schaut er aus, mehr, er ist ein schöner Mann, groß, schlank, sportlich. „Oh, ja", dankbar kuschelt sie sich in seinen Mantel. „Aber jetzt helfe ich Ihnen, auch das Instrument nach Hause zu tragen."
„Das wäre schön. Ich wohne gleich in der Nähe. Dann bringe ich Sie nach Hause. So kann ich noch ein wenig mit Ihnen zusammen sein." Und schon ganz vertraut gehen sie gemeinsam die dunkle Straße entlang.
Wie düster, ja fast bedrohlich, ihre Heimatstadt Gleiwitz bei Nacht wirkt. Schön und freundlich bei Tag, mit viel Grün und von einem großen Wald umgeben, aber nachts verändert sich ihr Bild. Unheimlich wirken die Häuser, deren schwarze Schatten die Straßen wie enge Schluchten erscheinen lassen. – Sie fröstelt. Sehr froh ist sie doch über die Begleitung des sehr sympathischen Mannes an ihrer Seite. „Oh, verzeihen Sie, ich habe gar nicht zugehört." Sie bleibt stehen, „Sie erzählten von Ihrer Musik?" Er wendet sich ihr zu. „Oh nein, ich muss mich entschuldigen, ich habe mich Ihnen gar nicht vorgestellt", er räuspert sich, verneigt sich leicht: „Mein Name ist

Friedrich Konstantin Kosel, von Beruf Schlosser und mit Begeisterung Musiker. Ich liebe die Natur, Menschen, na ja nicht alle, Kinder und Tiere. Leidenschaftlich gern wäre ich Förster geworden. Da aber mein Vater schon 1920 starb, also bald nach dem 1. Weltkrieg, musste ich gleich mitverdienen, um meiner Mutter und vier jüngeren Geschwistern beizustehen." – Er stockt.
Das hat er noch nie getan, einem völlig fremden Menschen so viel über sich erzählt. Sie bleiben stehen, stellen die Schlagzeugteile ab. Nachdenklich schaut er in das hübsche Gesicht des Mädchens. „Jetzt müssen auch Sie mir verraten, wie Sie heißen."
„Mein Name ist Elisabeth Schneider, von Beruf Schneiderin."
„Elisabeth, das klingt wie Musik", und er singt: „Hör meine Lied Elisabeth. Komm herab vom alten Schloss..." und „wenn die Elisabeth nicht so schöne Beine hätt'...".
Plötzlich greift er sie um die Taille, wirbelt sie herum und tanzt mit ihr durch die stille Straße.
„Nein, nein das können wir doch nicht machen, mitten in der Nacht so einen Krach!" Leicht verwirrt befreit sie sich aus seinen Armen. Er beugt sich über sie und noch ehe sie es verhindern kann, küsst er sie leicht auf den Mund. Er ist so glücklich wie lange nicht und freut sich über die neue Bekanntschaft.
Inzwischen hörte es auf zu regnen. Der Mond scheint durch die Wolken. Wie flüssiges Silber glitzern die nassen Straßen.

1929

„Elisabeth", dröhnt die harte befehlsgewohnte Stimme ihres Vaters durch das Haus. „Du wolltest doch für das Essen sorgen. Mutter musste noch einmal ins Geschäft."
„Ja, ja ich komme ja schon." Kaum kommt sie von der Arbeit heim, schon muss sie sich um den Haushalt kümmern. Fast zehn Personen sind sie fast täglich beim Essen. Dazu kommt noch die Arbeit im Garten und im Lebensmittelladen. Das Hausmädchen Grete und ihre Mutter Franziska können es nicht allein schaffen. Die große Schwester Martha ist in Hamburg verheiratet, Sepp ist Kaufmann und Fritz studiert noch. Müde setzt sie sich in der Küche auf den Stuhl. „Elfriede, Lehnchen kommt mal. Ihr könntet schon mal die Kartoffeln schälen. Ich komme gleich wieder." Schnell läuft sie die Treppe hinauf in

ihr Zimmer. Sie möchte doch endlich den Brief ihres Liebsten lesen. Nun sind sie schon fast zwei Jahre verlobt, bald kommt Konstantin von der Wanderschaft zurück. Zärtlich drückt sie den Brief an die Brust. Bald werden sie heiraten. Das junge Mädchen setzt sich auf die Bettkante und öffnet das Couvert. Zum Lesen aber kommt sie nicht, denn „Betti, Betti“ ruft die helle Stimme ihres jüngsten Bruders. Laut die Haustür zuwerfend kommt er die Treppe heraufgestürmt. „Stell dir vor, ich hab's geschafft!“ Er reißt Elisabeth in die Arme und drückt sie liebevoll. Ich komme auf die Militärakademie. Er küsst sie auf den Mund. „Das müssen wir feiern. Heute gehen wir aus. Sag ja! Betti sag ja.“ Sie befreit sich aus seinen Armen, geht einen Schritt zurück und betrachtet das hübsche Jungengesicht ihres Lieblingsbruders Hermann. „Aber dann gehst du ja weg aus Gleiwitz?“
„Ja wahrscheinlich muss ich dann nach Berlin. Aber ich komme oft nach Hause und dann unternehmen wir etwas zusammen.“
„Ja, natürlich, das tun wir. Ich freue mich auch für dich.“ Sie nimmt ihn in den Arm und streicht ihm zärtlich eine dunkle Locke aus dem erhitzten Gesicht. Ganz schön recken muss sie sich dabei. „Du bist gewachsen in letzter Zeit.“
„Gott sei Dank, sonst nähmen sie mich nicht bei der Luftwaffe“, schon hat Hermann das Zimmer wieder verlassen.
„Nun muss ich aber rasch in die Küche.“ Elisabeth muss sich beeilen, denn wenn das Essen nicht pünktlich auf dem Tisch steht, gibt es ein Donnerwetter vom Vater.
Nun hat sie's mit dem Essen doch geschafft. „Elfriede, Lehnchen deckt schnell den Tisch! Die Eltern kommen schon ins Haus.“
Als sie dann abends endlich zur Ruhe kommt, setzt sie sich leise auf ihr Bett, um endlich den Brief zu lesen. Ihre Schwester Elli teilt mit ihr das Zimmer, aber sie schläft schon. Ach, denkt sie, es ist manchmal schwer zu Hause mit all den vielen Menschen, die so unterschiedlich sind. Sanft, lieb die Mutter, autoritär der Vater, die Brüder sind viel außer Haus. Mit den Schwestern gibt es oft Streit, weil die jüngeren nicht tun wollen, was die große Schwester vorgibt. Und jetzt geht auch Hermann weg. Er war ihr großer Halt, ihre Zuflucht, wenn es gar so schwierig wurde. Aber nun kommt bald Konstantin nach Hause. Zwei Jahre waren sie nun schon unterwegs, ein Priester und drei Musiker. Mit Musik haben sie ihren Lebensunterhalt verdient, haben in Hotels und Kurorten gespielt, auch auf der Straße. Halb Europa haben sie bereist. Aber das hat 'ihr Konstantin' auch gebraucht. Sein Vater, der krank aus dem 1. Weltkrieg kam und kurze Zeit darauf

starb, konnte die Familie nicht mehr versorgen. Seine Mutter war allein mit fünf Kindern. So musste Konstantin schon mit 13 Jahren auf dem Bauernhof bei Verwandten arbeiten und die Familie mit ernähren. Der Hunger war groß zu dieser Zeit in Deutschland. Sehr früh machte er seine Lehre als Schlosser und hat hart gearbeitet. Deshalb liebt sie ihn auch so sehr, weil er ein fleißiger, verlässlicher Mensch ist und so begabt auf vielen Gebieten. Langweilige Gespräche gab es nie. Nun, wenn er heimkommt, will er noch den Meister machen. Ihre Eltern haben sich inzwischen auch damit abgefunden, dass sie nicht den Theaterdirektor, sondern einen Handwerker heiraten wird, sie, die Tochter des Bahnhofsvorstehers. „Ach ja, bald kommt er", und schläft dann doch ein. Doch nur kurz, dann wird sie von vertrauten Klängen der Gitarre geweckt. „Herzliebchen mein unterm Rebendach komm herab zu mir." ‚Oh, mein Gott, das ist er!' Er ist schon da, viel früher als erwartet. Schnell springt sie aus dem Bett, reibt sich den Schlaf aus den Augen, zieht den Morgenrock über und öffnet die Balkontür. Da steht er mit seiner Gitarre und singt. Sein schöner Bariton klingt durch die ganze Straße. Überall gehen die Fenster auf, aber keiner empfindet es als Ruhestörung, denn er ist hier bekannt als singender Rosenkavalier. Selten kommt er ohne Blumen und sein Instrument ins 'Schneidereck'. So wird ihr Elternhaus hier genannt.
Gut schaut er aus, in Knickerbockers, Lederweste und blütenweißem Hemd. Jetzt hält sie es nicht länger aus, schnell springt sie die Treppe hinunter in seine ausgebreiteten Arme.
Er schiebt sie leicht von sich weg, „hinreißend siehst du aus", und küsst sie leidenschaftlich. „Jetzt bleib ich für immer. Nichts und niemand wird mich wieder fortschicken" und schickt einen drohenden Blick in Richtung ihres Elternhauses. Es ist eine sternenklare Nacht im Mai. Der Mond sendet sein seidiges Licht durch die Zweige des alten Apfelbaumes am Haus. Eng umschlungen sitzen sie auf der Bank im Rosengarten. Ein leichter Duft geht von den Rosenknospen aus. Ganz still ist es nun, keiner wird die Liebenden hier stören.

1935

Endlich schlafen ihre beiden Kleinen. Sie sitzt am Fenster und schaut in die stille Nacht. Schön ist es hier am Rande der Stadt,

ruhig mit vielen Gärten um die Häuser. Sie haben eine kleine Wohnung unterm Dach gefunden. Jetzt, da das zweite Kind da ist, wird es schon etwas eng. Nur gut, dass sie auch einen Garten in der Nähe haben. Dort kann man den ganzen Tag mit den Kindern draußen sein. Konstantin hat eine schöne runde, nein eigentlich ist sie sechseckig, Laube gebaut, ringsherum Rosen in allen Farben, damit sie sich hier heimisch fühlen kann. Im Grunde ist sie glücklich mit ihrem Mann, nur..., sie seufzt, lehnt sich im Sessel zurück, nur manchmal fühlt sie sich einsam. Ihr so agiler Mann hat neben Arbeit und Familie noch viele Ambitionen und ist oft außer Haus wie auch jetzt. Sie schaut auf die Uhr, 1 Uhr. Bald müsste er zurück sein. Heute ist er im Musikverein, am Wochenende kommt das Handballspielen hinzu. Ab und zu geht sie mit Josef auch hin. Er ist dann ganz begeistert, wenn sein Vater das Tor trifft. Doch jetzt hört sie ein Geräusch aus dem Kinderzimmer, die Kleine hustet wieder. Schnell springt sie auf, geht hin und nimmt das Mädchen auf den Arm. Sie streicht ihr zärtlich die Haare aus dem erhitzten Gesicht. Gott sei Dank, alles wieder vorbei. Die Judith im Arm wiegend, geht sie im Zimmer auf und ab. Die letzten Monate waren sehr schwer. Beide Kinder, Josef, der jetzt schon drei Jahre alt ist, und Judith, acht Monate, hatten Keuchhusten. Josef recht groß und kräftig für sein Alter, hat die Krankheit gut überstanden. Judith aber ist so zart. Sie wäre beinahe daran gestorben. Ihre Mutter, die zu der Zeit im Sterben lag, betete oft: „Lieber Gott, lass Judith mit mir sterben, damit sie sich nicht mehr so quälen muss."
Ein Poltern ist auf der Treppe zu hören, Konstantin kommt. „Oh, ihr seid noch wach, meine zwei schönen Frauen", umarmt und küsst sie. „Wie geht es der kleinen Prinzessin?" Er nimmt die Kleine auf den Arm, hält sie hoch, um sie besser betrachten zu können. „Und du?", wendet er sich an Betty, „du bist so blass. Du musst dich ausruhen. Das war in letzter Zeit zu viel für dich." Er macht sich Sorgen um sie. „Und jetzt noch Mutters Tod. Wenn du wenigstens eine Reise machen könntest, oder eine Kur."
„Ach, lass nur Konstantin, es geht schon besser. Jetzt wo die Kinder gesund sind, werde ich mich schon wieder erholen." Sie legt das Kind ins Bett und wendet sich ihm zu: „Wenn du da bist, ist alles gut." Sie schmiegt sich an ihn und lässt sich gern ins Schlafzimmer tragen. Doch auch 'danach' kommt sie nicht zur Ruhe.

„Sag Konstantin, was ist los bei uns in Deutschland? Etwas tut sich doch? Dieser Hitler ist mir unheimlich, kommt aus Österreich hierher und stellt alles auf den Kopf. Es reicht ihm nicht, wenn er das Saarland 'heimholt', wie er sagt, jetzt will er auch noch die Tschechei einbeziehen. Wo soll das noch hinführen? Die anderen Länder werden sich das nicht gefallen lassen. Was kommt dann? Das macht mir Angst."
„Ach Betty", beschwichtigend nimmt er sie in den Arm, „er tut doch auch etwas für uns alle. Die, die wirklich arbeiten wollen, bekommen auch Arbeit. Es werden Straßen und Fabriken gebaut. Seit ich in der neuen Fabrik arbeite, verdiene ich doppelt so viel als früher, na ja fast. Uns geht es gut. Also beruhige dich und lass uns schlafen, ich bin todmüde. Gute Nacht!" Er legte sich auf die Seite und schon schläft er fest. Elisabeth aber liegt noch lange wach. Die politische Lage macht ihr Sorgen. „Wer weiß, was noch alles geschieht?!"
Lange liegt sie noch wach. Die junge Mutter ist beunruhigt. Ihr ist nicht ganz klar, was sie von diesem Hitler halten soll. Auch viele Menschen in der Nachbarschaft denken ähnlich wie sie. Er rüstet auf, munkelt man. Es könnte wieder Krieg geben. Schon der Gedanke daran lässt sie erzittern.
Abrupt setzt sie sich im Bett auf, ihr Herz rast. Die sanfte Hand ihres Mannes drückt sie zurück ins Kissen. „Schlaf mein Mädchen", murmelt er leise. „Morgen reden wir über alles." Zärtlich streichelt er sie, bis sie sich beruhigt und einschläft.

1938

„Judith, Judith, komm runter", klingt es laut von der Straße herauf. „Der Leierkastenmann ist da."
„Mutti, bitte, wo sind meine roten Schuhe? Mutti, bitte, er spielt schon." Aufgeregt läuft Judith durch die ganze Wohnung.
„Aber Judith, du kannst doch auch in den Blauen tanzen." „Nein, das geht nicht." Weinend setzt sich die Kleine auf den Fußboden. „Ach", seufzt Betty, „so ist das immer. Sie muss ihr 3-jähriges Köpfchen durchsetzen." Sie findet die Schuhe, zieht sie ihr an, und fort ist ihre Tochter. Unten dann wird Judith jubelnd empfangen. Die Kinder bilden einen Kreis um den Mann, und Judith bewegt sich im Takt, stört sich nicht an den Leuten, die stehen bleiben und zuschauen. Ganz

hingegeben an die Musik tanzt sie. Elisabeth schaut von oben zu und wundert sich über ihre Kleine. Süß sieht sie aus, wie sie sich so graziös im Kreise dreht, in ihrem hellen Kleidchen und dem dunklen Haar, das ihr voll auf die Schultern fällt. Aber man muss aufpassen. Man weiß nie, was der Kleinen alles einfällt. Erst neulich versetzte sie die ganze Straße in Aufregung. Ihre beiden Kinder waren verschwunden, mit dem Puppenwagen. Noch kurz vorher spielten sie unten im Hof mit den Puppen: 'Tante Hilde', 'Onkel Paul' und 'Baby Rosel'. – Der ältere Bruder, jetzt schon fast fünf, macht alles mit, was seine jüngere Schwester vorschlägt. –
Elisabeth rief laut nach ihnen, rannte durch die Straßen, aber vergebens. Alle Nachbarn halfen mit. – Keine Spur von den Beiden. Nach zwei Stunden Suche in der ganzen Umgebung, musste sie sich an die Polizei wenden. Sie war sehr verzweifelt. Was hätte alles passieren können!
Erst am Abend hat man die zwei Ausreißer gefunden. Sie saßen auf einer Bank im Stadtpark und weinten bitterlich. Sie wollten Tante Lehnchen besuchen. „Judith ist Schuld", verteidigte sich Josef, wenn man ihm sagte, er hätte aufpassen müssen. Ja, Judith wollte unbedingt und Josef machte mit.
Die Polizisten wandten sich an Josef. Er sollte ihnen sagen, wo sie wohnen, aber der Junge war so verstört und schüchtern, dass er kein Wort herausbrachte. Als man dann Judith fragte, sagte sie: „Ich heiße Judith Kosel und wohne 2. Stock, 3 x klingeln." Den Straßennahmen aber hatte sie vergessen. Zum Glück war die Vermisstenmeldung schon verbreitet worden und so konnte man die kleinen Ausreißer wieder heimbringen. Das war erst zwei Wochen her. –
Das war nicht ihr erster Ausreißversuch. Ab und zu verschwanden die zwei, um selbständig etwas zu unternehmen. Mehrfach liefen sie in den Wald auf der Suche nach Märchengestalten und sahen doch selbst wie Hänsel und Gretel aus.

'Wie unterschiedlich ihre Zwei doch sind, auch äußerlich. Josef etwas mollig, hellblonde Locken, Pagenkopf, zurückhaltend, schüchtern, Judith dagegen zierlich, dunkle Zöpfe, voller Ideen, viel Fantasie – zuviel', denkt Betty.
Selbst in der Zeitung waren ihre beiden schon. Konstantins Schwester Trude hat kürzlich geheiratet. Nicht die Braut, sondern die zwei blumenstreuenden Kinder hat man abgelichtet. Reizend sahen sie aus, Josef in blauer Samthose, Judith in langem rosa Taftkleid, das

danach gekürzt werden sollte. Doch Judith wehrte sich vehement. Dem Argument, „so laufen doch keine Mädchen herum“, wiedersprach sie. „Aber das macht doch nichts, ich bin doch deine Tochter.“ –

Für Judith war es das Schönste, wenn sie mit ihrer Mutter nach dem Einkaufen noch im Stadtpark spielen durfte. Sie war dort mit einem jungen Mann befreundet. Er war Schauspieler im nahen Theater und machte da seine Mittagspause. Judith hatte zu ihm, der in der Nähe des Sandkastens saß, so lange hinübergelächelt, bis er zu ihr kam und sie um ein Stück ihres 'frischgebackenen Kuchens' aus Sand bat. Artig verneigte er sich vor Elisabeth: „Gestatten Sie, dass ich mich vorstelle? Mein Name ist Reinhold Janka. Erlauben Sie, dass ich ihrer Kleinen beim backen helfe?“ Judith springt auf, macht einen Knicks, „Judith Kosel, fünf Jahre alt und Tochter von Elisabeth“, stellt sie gleich ihre Mutter mit vor. Er ist entzückt von diesem kleinen kessen Mädchen, dass ihn immer wieder von der Seite betrachtet. „Du bist hübsch“, sie geht zu ihm hin, „du hast so schöne schwarze Locken. Weißt du, mein Papa ist auch schön, aber er hat keine Locken.“ So plaudert sie, schon ganz vertraut mit ihm, immer weiter. Betty hatte diese kleine Szene von der nahen Bank aus beobachtet und wunderte sich mal wieder, wie schnell Judith auf Menschen zugehen kann und mit einem Lächeln Herzen öffnet. Aber auch ihr gefällt dieser schöne schlanke Mann und ein kleiner Flirt am Nachmittag tut gut. Diese Freundschaft dauerte nur ein Jahr, weil Reinhold dann in eine andere Stadt ging. Judith war sehr traurig. Er nahm sie auf den Arm, wischte ihr die Tränen ab und versprach wieder zu kommen, wenn sie groß wäre, dann würden sie heiraten und ein großes Fest feiern. Das hat die Kleine dann beruhigt und sie bat ihn noch, sie nicht zu vergessen. Sie würde sich mit dem Großwerden beeilen.
Zu Hause erzählte sie dann ihrem Vater ganz aufgeregt, sie werde heiraten. „Aber doch nicht gleich? Dann musst du von mir weg, und ich wäre ganz traurig.“ Zu Elisabeth aber schick er einen bösen Blick. „Wer ist dieser Mensch, von dem Judith immer wieder erzählt?“ „Ach“, sie blickt zum Fenster hinaus, „das ist nichts weiter. Wir haben den jungen Mann vor Monaten im Stadtpark kennen gelernt. Er arbeitet im Schauspielhaus. In der Mittagszeit ist er in der Parkanlage und dann backen Judith und er zusammen Kuchen.“ „Ach Papi“, mischt Judith sich ein, „sei nicht böse mit der Mami. Er

ist nicht ihr Freund, er ist mein Freund.“ Betty denkt: Selbst Judith hat schon mitbekommen, wie eifersüchtig ihr Mann sein kann.

1939

Das dritte Kind meldete sich an. Sie müssen umziehen. Etwas außerhalb von Gleiwitz, am Waldesrand, an dem nur drei einsame Häuser stehen, finden sie eine entsprechende Wohnung. Elisabeth ist erst etwas skeptisch. Sie ist so gern in der Stadt, aber Konstantin meint: „Ist doch ideal für die Kinder, im Grünen und so nah am Wald.“
Josef wird hier eingeschult und ist ganz stolz. Endlich hat er etwas, das Judith nicht darf. Jeden Tag, wenn er losgeht, bettelt sie: „Bitte nimm mich mit.“ Geduldig, ganz der große Bruder, erklärt er ihr täglich: „Du kannst nicht mit, du bist noch zu klein.“
Elisabeth geht aufräumend durch die Wohnung. Was für ein Chaos ihre beiden Rangen verursacht haben, überall liegt Spielzeug und Kleidung am Boden. Am Ende ihrer Schwangerschaft fällt ihr das Bücken schon schwer. „Judith“, ruft sie ins Kinderzimmer, “komm her und hilf mir“. Doch sie erhält keine Antwort schaut nach, aber ihr Mädchen bleibt verschwunden.

Betty sieht sich um. Das kann doch nicht wahr sein. „Judith“, ruft sie laut, rennt durch die Wohnung, „Judith“. Weg ist sie. Das kleine Ding hat es doch wieder einmal geschafft, dem Josef hinterherzulaufen. Schnell zieht sie sich den Mantel über. O Gott, der geht ja nicht mehr zu. Es wird Zeit, dass das Baby kommt. So langsam wird ihr alles zu viel. Und jetzt noch in die Schule laufen. In der Klasse dann begrüßt sie die Lehrerin. „Oh Frau Kosel, wieder auf der Suche nach ihrer Tochter? Ich habe sie heute gar nicht gesehen.“
„Doch, da ist sie.“ Josef zieht seine Schwester unter der Bank hervor, zerrt sie nach vorn, wo sich Judith auf den Boden setzt und weint. „Ich will doch auch zur Schule gehen.“ Sie weiß, jetzt gibt es ein Donnerwetter. Ihre sonst so liebe Mama kann auch anders. Doch diesmal kommt sie glimpflich davon. „Du musst noch zwei Jahre warten, dann kannst du auch zur Schule gehen.“ Sie hilft der Kleinen auf die Beine, streicht ihr die Haare aus dem erhitzten, verweinten Gesicht. „Ich kaufe dir eine Schiefertafel und einen Stift, dann kannst

du, wenn Josef seine Schulaufgaben erledigt, auch mitschreiben." Und so geschieht es auch.
Die Ruhe ist wieder eingekehrt. Judith kann es kaum erwarten, bis Josef aus der Schule kommt. Dann sitzen sie beide mit roten Wangen und schreiben und lesen. Josef ist ein geduldiger Lehrer und Judith macht fleißig mit.
„Konstantin, oh Konstantin, gut dass du da bist." Schau nur! Zitternd hält sie ihm die Zeitung hin. „Es gibt Krieg, es gibt doch Krieg. Die Polen haben den Gleiwitzer Sender überfallen und die Deutschen sind in Polen einmarschiert. Ich habe solche Angst, und jetzt krieg ich noch ein Kind." Weinend lehnt sie sich an ihren Mann. „Ach Betty, du darfst dich nicht so aufregen in deinem Zustand." Er nimmt sie in die Arme und schaukelt sie sanft hin und her. „Was hat die Mutti?" Die Kinder schauen besorgt zu den Eltern hoch. „Warum weint die Mutti? Und was ist Krieg?" Nachdenklich schaut Konstantin auf seine zwei herab. Wie soll man Kindern den Krieg erklären? Behutsam setzt er Elisabeth aufs Sofa, nimmt seine Tochter auf den Schoß und legt den Arm um Josef. Er räuspert sich: „Also, wenn zwei Länder, zum Beispiel jetzt Polen und Deutschland, böse aufeinander sind, dann schießen sie aufeinander und kämpfen, und..." Josef unterbricht seinen Vater: „Aber warum reden sie nicht vorher miteinander? Du sagst immer, wenn wir uns streiten, wir sollen erst miteinander reden. Man kann sich einigen." Josef schaut skeptisch, sein Vater sucht nach einer Erklärung.
„Ja, wenn das Reden nichts mehr nützt, dann wird geschossen." Erschrocken wendet sich Konstantin um, denn Betty stöhnt plötzlich. „Du, Konstantin, hol Hilfe. Ich glaube bei mir geht's los."

1941

Die Zeit mit ihren Kindern verbringt die junge Frau gern auf der Wiese vor dem Haus, das von großen Bäumen umgeben ist. Hier kann sie auf der Bank sitzen, Strümpfe stopfen und auch mal ihren Gedanken freien Lauf lassen. Ein leichter Herbstwind bewegt die Blätter der Bäume. Das Geräusch, das dabei entsteht, erinnert sie entfernt an Meeresrauschen. Sie legt den Kopf zurück und träumt. Einmal in ihrem Leben möchte sie am Meer sein. Die Kinder könnten im Wasser plantschen. Josef kann schwimmen. Selbst Gertrude hält sich

gern im flachen Wasser auf, wie sie schon im Gleiwitzer Freibad gesehen hat. Nur Judith kriegt im tieferen Gewässer Angstzustände. - Drei Kinder hat sie nun schon und das vierte ist unterwegs. Nein eigentlich das Fünfte. - Betty seufzt, denn das Erste kam tot zur Welt. Noch heute nach zehn Jahren fühlt sie einen Stich in der Brust, wenn sie daran denkt. Ein Gebrüll reißt sie aus ihren Überlegungen. "Mama", Judith schreit. „Josef zieht mich immer an den Zöpfen."
„Ja, und Judith lässt meine Eisenbahn nicht in Ruhe."
„Seid lieb jetzt! Gleich kommt Vati nach Hause." Sie schaut auf die Uhr. „Es ist schon gleich 14 Uhr und dann machen wir einen Ausflug."
„Oh, ja", die Kinder sind begeistert und aller Streit ist vergessen. Betty packt schnell den Rucksack - Kuchen, Kakao und etwas Wein für die Großen, Konstantins Gitarre. Jeder bekommt sein Päckchen zu tragen und dann geht's los. So wandern sie jeden Samstag durch den Wald. Konstantin spielt auf der Gitarre, sie alle singen. Auch die Kleinen können schon viele Wanderlieder. Süß sehen ihre 'Großen' aus. Er so hellblond, sie mit den dunklen, schon recht langen Zöpfen, und beide in Lederhosen. Als Josef eine bekam, musste Judith auch eine Lederhose haben, obwohl Mädchen im Allgemeinen nicht in Hosen laufen.
Nach einer Stunde dann streiken die Kinder. Vor allem Gertrud kann nicht mehr laufen. Sie suchen eine Waldlichtung, breiten eine Decke aus und der 'Tisch' wird auf dem weichen Waldboden gedeckt. Alle lassen sich nieder. „Hör mal Judith, hörst du diesen schönen Gesang? Schau da oben sitzt ein Dompfaff." Doch Judith wehrt ab. „Er singt wunderschön, doch sehen kann ich ihn nicht."
„Der mittlere Baum, direkt vor uns, siehst du?" Aber Judith kann nichts erkennen. „Ich denke", Konstantin wendet sich an seine Frau, „Judith wird eine Brille brauchen."
„Nein, nein ich will keine Brille haben. Marie muss eine tragen und sie wird von den Kindern immer Brillenschlange gerufen. Oh Vati, hast du schon einmal eine Prinzessin mit Brille gesehen?"
„Nun gut", erwidert Konstantin. „Dann machen wir es so, du bekommst eine Brille, aber du musst sie nur in der Schule tragen, einverstanden? Aber nun geht's los. Auf ihr Faulpelze, wir müssen noch unseren Sport machen." Schnell werden Stöcke gesucht und für den Hochsprung aufgestellt. Alle drei springen und laufen unter viel Gelächter. Elisabeth und Gertrud schauen zu und klatschen begeistert Beifall. Aber es gibt noch eine Sondervorstellung. Zu dritt bauen sie

eine Pyramide, oben steht immer Judith. Zum Schluss steigt Judith noch auf den Kopf ihres Vaters und balanciert freihändig da oben. Erschrocken springt Betty auf. „Das Kind fällt runter, Konstantin, das Kind!“ Aber sie wird nur ausgelacht. Judith hat absolutes Vertrauen zu ihrem Vater. Er würde sie nie fallen lassen.
Auf dem Heimweg dann haben sie noch ein schreckliches Erlebnis. Josef und Judith sind vorausgelaufen. Sie stehen entsetzt schauend am Straßenrand, an dem ein Pferd steht, das sich verzweifelt bemüht einen großen Wagen aus dem Graben zu ziehen. Ein Bauer steht daneben und drischt wie ein Irrer auf das Pferd ein. Das Pferd jault, ihm laufen die Tränen aus den Augen. Judith steht direkt vor dem Bauern und schreit ihn an: „Hören Sie auf, hören Sie auf!“ Doch der Bauer kümmert sich gar nicht um die Kinder. Dann kommt Konstantin dazu. Er reißt dem verdutzten Bauern die Peitsche aus der Hand und brüllt ihn an. „Nur einen Ton und ich schlag Sie zusammen, wie Sie es noch nie erlebt haben.“ Der Bauer geht einen Schritt zurück und lässt Konstantin zum Pferd gehen. Leise, beruhigend spricht er auf das Tier ein. „Sei still, ganz still! Dir passiert nichts. Und jetzt“, er wendet sich wieder an den Bauern, „besorgen Sie sich einen Traktor. Der kann den vollbeladenen Wagen aus dem Graben ziehen. Und“, er hebt drohend seinen Wanderstab, “seihen Sie froh, wenn ich Sie nicht wegen Tierquälerei anzeige“.

1942

„Marianne, Marianne“, Judith steht unter dem Fenster des Nachbarhauses und ruft nach ihrer Freundin. „Kannst du bitte deine Mutter holen. Sie möchte doch mal zu uns ’rüberkommen. Meine Mutter hat starke Schmerzen.“ Frau Powalla weiß schon Bescheid. Bei ihrer Freundin setzen die Wehen ein. Sie muss die Hebamme holen. Schnell schwingt sie sich aufs Fahrrad und fährt los.
Die beiden Mädchen aber laufen zu Betty, um ihr beizustehen.
Judith holt einen nassen Waschlappen - so hat es Mutti auch immer gemacht, wenn sie krank war - und legt ihn ihrer Mutter auf die Stirn. „Danke dir mein Schatz.“ Marianne steht abseits und schaut mit großen Augen auf die mitunter laut stöhnende Elisabeth. „Ihr müsst keine Angst haben. Ich bin nicht krank. Ich bekomme ein Kind, also Judith bekommt einen Bruder oder eine Schwester. Das tut etwas

weh." Sie versucht sich zu beherrschen, um die Kinder nicht zu beunruhigen. Gott sei Dank kommt Hanna mit der Hebamme. Besorgt beugt sie sich über ihre Freundin. „Wie geht es dir?"
„Es geht schon. Nimmst du die Kinder mit?"
„Ja, natürlich." Sie dreht sich in der Tür nochmals um, „ich habe deine Schwiegermutter angerufen. Martha kommt in ca. zwei Stunden. Ich koche für uns alle erst einmal eine Suppe." Sie holt noch Gertrud aus dem Kinderzimmer und geht mit den drei Mädchen in ihre Wohnung hinüber.
Aber so gut geht es Elisabeth doch nicht. Die Wehen hören auf und sie muss noch am Abend mit dem Krankenwagen ins Hospital. Das Kind muss mit der Zange geholt werden. Ein kleiner Junge hat das Licht der Welt erblickt, Bernd soll er heißen. Er ist sehr schwach und man fürchtet um sein Leben. Aber nach vier Wochen kommen Mutter und Kind dann doch nach Hause.
Immer wieder beugt sich Betty über das Bettchen. Sie weiß jetzt, dass Bernd einen Herzfehler hat und ist besorgt. Martha nimmt Elisabeth in die Arme. „Er wird sich stabilisieren, wirst schon sehen", tröstet sie ihre Schwiegertochter. Die anderen drei Kinder sind sehr froh, dass jetzt ihre Mutter wieder da ist. Oma ist auch lieb, aber auch sehr streng. Sie bleibt noch ein paar Wochen und hilft Betty, die noch immer etwas schwach ist, auch weil sie traurig, ja fast depressiv ist. Nachts kann sie nicht schlafen. Immer wieder steht sie auf, geht leise, um Konstantin nicht zu stören auf Zehenspitzen ins Kinderzimmer, um bei Bernd zu sein und seinen Schlaf zu bewachen. So geht das sechs Monate lang. Selbst die Kinder merken, dass etwas nicht stimmt und sind ungewöhnlich still und rücksichtsvoll.
Doch dann eines Nachts, Elisabeth ist völlig erschöpft endlich einmal in einen tiefen Schlaf gefallen, wird sie von Konstantin sanft an den Schultern gerüttelt. „Betty, wach auf, bitte wach auf!" Sie erschrickt. Tränen laufen über seine Wangen. Sie weiß etwas Schreckliches ist passiert.
„Nein", schreit sie laut, „nicht Bernd".
„Doch", meint Konstantin, „er hat es endlich überstanden. Sein schwaches Herz konnte nicht mehr länger durchhalten." Fest nimmt er Betty in die Arme und drückt sie an sich.
Inzwischen sind die Kinder wach geworden. Alle sitzen eng umschlungen im Ehebett und trauern um den kleinen Bruder. Die Eltern setzen sich dazu und Konstantin erzählt ihnen, wie Bernd jetzt ein

Englein geworden ist und vom Himmel her zu ihnen herunterschaut. "Und wenn ihr ganz fest an ihn denkt, dann ist er bei euch", beendet er die Geschichte. Behutsam deckt er seine Drei zu. Vom vielen Weinen sind sie müde geworden und eingeschlafen.
Jetzt sind schon Monate vergangen, doch die ganze Familie ist noch immer voller Schmerz wegen dem kleinen Bernd. Judith fragt ihren Papa, „bitte erzähl' mir, wo Bernd jetzt ist und was er macht!". Und immer wieder die Frage: „Warum wollte der liebe Gott Bernd nicht bei uns lassen?"
Elisabeth schleicht durch die Wohnung, ist zu nichts zu gebrauchen, macht nur das Nötigste. Das ändert sich erst, als sie nach zwei Jahren wieder schwanger wird. Sie blüht wieder auf und freut sich auf das Kind. Das persönliche Leid hat den Krieg und all das Schreckliche, was er bedeutet, in den Hintergrund gedrängt. Nun hört man auch schon mal von den Judenverfolgungen. Sie hat Angst um ihre Freundin Hanna, die ja Jüdin ist.
„Mama, Mama", ganz verzweifelt kommt ihre Tochter aus der Schule. „Stell dir vor, die Lehrerin hat zu mir gesagt, ich darf nicht mehr mit Marianne zusammen sein. Auch nicht bei ihr sitzen oder mit ihr nach Hause gehen." Sie sagt: „Marianne ist eine Jüdin. Was ist das, eine Jüdin? Und warum ist sie deshalb böse?"
Elisabeth nimmt Judith auf den Schoß, trocknet ihre Tränen und schaut sie ernst an. „Juden haben einen anderen Glauben als wir Christen und das wird in Deutschland nicht gern gesehen. Juden werden darum verfolgt und aus ihrem Heimatland vertrieben. Weißt du, mein Schatz, in der Schule tust du so, als würdest du die Marianne nicht mehr mögen. Zu Hause aber, hier draußen kümmert sich niemand darum, deshalb könnt ihr weiter befreundet sein. Manchmal, meine Kleine, darf man lügen, muss man lügen, wenn es einen guten Grund dafür gibt." Doch Elisabeth ist beunruhigt. Der Krieg, weitet sich aus, immer mehr Männer werden eingezogen und viele kommen nie wieder. Nun ist auch Konstantins Bruder Paul als vermisst gemeldet. Gott sei Dank ist Konstantin noch zu Hause. Er sagt immer, wenn sie mal fragt, wie das wohl kommt: „Mich brauchen sie in der Fabrik!" Über die Judenverfolgung kann sie nicht mit ihm sprechen. Dann winkt er ab: „Ich glaube nicht daran. Das ist alles nur Gerede."
Der Krieg, der überall in Deutschland fürchterlich gewütet hat, ist nun auch bis Gleiwitz vorgedrungen. Und Konstantin wird nun doch noch eingezogen. An einem strahlenden Augusttag verabschiedet er sich

unter Tränen von seiner Familie. Jetzt ist Elisabeth ganz allein mit den Kindern. Fast jede Nacht gibt es Fliegeralarm und sie müssen in den Luftschutzkeller. Die Kinder und auch sie müssen in den Kleidern schlafen, damit es schneller geht. Zu allem Unglück steht sie kurz vor der Entbindung. Ach sie wollte eigentlich kein Kind mehr. In dieser schlimmen Zeit hat man auch mit drei Kindern genug. Aber Konstantin hat sie doch dazu überredet, denn erst ab vier Kindern bekommen sie ein günstiges Siedlungshaus vom Staat. Die Anzahlung dafür haben sie schon zusammen. Es war schwer genug, 20.000 RM zu sparen. „Siehst du Betty, das alles macht der Führer möglich." Na ja, aber der schreckliche Krieg, und so viele Menschen sterben. Dann lieber kein Haus und keinen Hitler, der so vielen Menschen den Tod bringt, denkt sie.

1944

Eine junge Frau steht am Fenster ihrer Wohnung. Nachdenklich schaut sie hinaus in eine vom Mond beschienene Winterlandschaft. Der Schnee kam früh in diesem Jahr. Ihre drei Kinder sitzen am Tisch und verzehren ihr Nachtmahl. Alles ist so still, so friedlich, als gäbe es keinen Krieg, keine Zerstörung. Sie weiß, sie muss hier so schnell wie möglich weg, sie ist hoch schwanger. Die Geburt steht kurz bevor. Zu ihrer Schwester Hilde, die am anderen Ende der Stadt wohnt, will sie hin. Die wird sich um sie und ihre Kinder kümmern. Plötzlich zerreist ein schriller Sirenenton die Stille. Fliegeralarm! Die Kinder springen schreiend von ihren Stühlen und rennen wild durcheinander. „Bitte, bitte, seid ruhig", ruft Elisabeth ihre Drei zur Ordnung. „Jeder zieht seinen Wintermantel an, nimmt seinen Rucksack. Komm her, Trude du auch", sie hilft ihrer Kleinen dabei und schlüpft dann selbst in ihren Mantel. „Halt wartet, ihr habt eure Mützen vergessen", schnappt sich den schweren Koffer mit den wichtigsten Sachen für die Familie und los geht's. Sie müssen zum Nachbarhaus. Dort befindet sich ein Luftschutzkeller für drei Gebäude.
Als sie da eintreffen, ist schon Frau Helga Markowski mit ihren Zwillingen Swen und Uwe anwesend. Sie sind in Josefs Alter und spielen gern miteinander. Helga setzt sich gleich zu Betty. „Hallo Frau Nachbarin, gibt es was Neues", fragt sie fröhlich. „Ja leider nichts Gutes,

mein Mann ist nun doch eingezogen worden und sein Bruder ist an der Ostfront als vermisst gemeldet worden."
„Wie schrecklich", ihr Gesicht wirkt bedrückt. "Meinen Vater haben sie auch geholt, obwohl er schon 55 Jahre ist. Jetzt müssen alle ran. Selbst 15-Jährige ziehen sie ein."
Sie weiß, dass sie hier nicht allein bleiben kann, wenn das Baby kommt und beschließt, zu ihrer Schwester Hilde, die am anderen Ende von Gleiwitz wohnt, zu gehen. Aber es kommt doch anders als gedacht. Noch in der gleichen Nacht, sie müssen wieder in den Keller, kommt der Befehl, die Häuser zu räumen. Im Wald wurden Partisanen gesichtet. Es ist schon winterlich kalt und es liegt Schnee. Man gibt ihnen nur zwei Stunden, um das Nötigste zusammenzupacken. Noch in der gleichen Nacht erscheint bei den Menschen im Luftschutzkeller ein Uniformierter und bellt den Befehl: "Die Häuser müssen evakuiert werden, schon in zwei Stunden sollten Sie hier weg sein. Also los beeilen Sie sich! Heil Hitler!" Erschrocken schauen die Frauen sich an. „Jetzt wird es ernst." Helga nimmt Betty in die Arme. „Gott schütze euch alle!"
„Euch auch. Wir werden uns wohl nie wieder sehen."
„Alles Gute!", sagt Helga noch im Weggehen, schnappt ihre Buben und rennt nach oben. Elisabeth ist ganz aufgeregt. Wichtig sind die Papiere, das Geld und die Kleidung für sie und die Kinder. Jeder bekommt einen kleinen Rucksack und trägt sein Zeug, bis auf Gertrud, die dafür zu klein ist. Der Rest wird auf den Schlitten gepackt und los geht's. Mindestens eine Stunde Fußmarsch durch die halbe Stadt ist es. Hilde hat schon mit der Schwester gerechnet, denn es war abgemacht, dass sie zur Entbindung zu ihr kommt. Oma Martha ist schon von Gleiwitz weg nach Leipzig zu ihrer ältesten Tochter Else gereist.
„Hallo Betty! Bin ich froh, dass ihr da seid." Sie umarmt ihre Schwester. „Du, in deinem Zustand, und die Kinder, der lange Weg... Ich habe mir solche Sorgen gemacht." Schnell hilft sie den Kindern aus der nassen Kleidung und setzt sie an den Küchentisch. Alle bekommen heiße Schokolade und ein Butterbrot. Dann geht's ab ins Bett.
Elisabeth und Hilde aber sitzen noch lange zusammen, und machen sich Gedanken darüber, wie man alles meistern kann. Hilde hat ja auch zwei Kinder.
Nur etwa zwei Wochen danach wird Hagen geboren und Gott sei Dank ist es eine einfache Geburt, obwohl der Jüngste das schwerste Baby ist, das Betty geboren hat, fast neun Pfund, ein stabiler Junge.

Nun ist es erst einmal nicht möglich Gleiwitz zu verlassen. Mit vier Kindern, davon ein Säugling, wäre die Reise ein zu großes Wagnis. Sie wollte so gern zu ihrer Schwester Martha nach Hamburg. Immer noch hofft sie, dass Konstantin heimkommt und sie diese weite Flucht nicht allein machen muss.
Ihre Schwester Hilde wohnt am Stadtrand, in der Nähe einer großen Brücke, was immer gefährlich ist. Brücken sind ein bevorzugtes Ziel der Bomber. Das Haus gehört einem Förster. Es wohnen drei Familien darin. Jeden Abend kommen alle zusammen, um zu beten. Das hilft. Ums Haus herum liegen drei Blindgänger. Sie haben mehr Glück, als die Menschen im gegenüberliegenden Gebäude, dass von einer Bombe getroffen wird. Alle Leute, die dieses Unglück überlebt haben, kommen zu ihnen in den Keller, auch die Schwerverletzten. Manche sterben. Die Kinder sind ganz geschockt. Wie werden die kleinen Seelen mit diesen fürchterlichen Ereignissen fertig werden? Betty weiß, dass sie mit ihren Kindern nicht mehr lange bei ihrer Schwester Hilde bleiben kann. Hier ist es einfach zu eng für sechs Kinder und zwei Frauen. Außerdem hat sie Angst, dass doch mal eine Bombe das Haus treffen könnte, wenn alles Beten nicht hilft. – Ganz in der Nähe soll ein unterirdisches Munitionslager sein.

Inzwischen, sie wohnt schon drei Monate hier, haben sie und ihre Schwester das Meiste aus ihrer Wohnung herausgeholt. Der alte Förster, der noch ein Auto besitzt, hat sich erboten, ihnen beim Umzug zu helfen. Eine neue Wohnung ist schnell gefunden. Betty ist froh, wieder ihr eigenes Heim zu haben. Hier in der Innenstadt, weit weg von allen Industrieanlagen, besteht eher die Chance den Krieg zu überleben.

Die Lebensmittel werden knapp. Man hört schon mal, dass der Krieg zu Ende gehe, obwohl die Propagandareden der Hitlerchargen noch immer aus dem Radio zu hören sind: „Der Sieg ist unser“, tönt es fast stündlich aus den Volksempfängern. Jeder, ob alt oder jung, der eine Waffe tragen kann, melde sich beim Volkssturm. „Der Sieg ist unser! Unsere Wunderwaffen, wie auch die V2, werden uns retten. Haltet durch, ihr da an der Front und ihr zu Hause. Gott ist mit uns. Heil Hitler.“
Wenn nur Konstantin kommen würde. Schon lange hat sie nichts mehr von ihm gehört.

1945

„Josef, Judith kommt schnell hier her!“ Die Sirenen heulen. Sie sind mitten in der Stadt, auf der Suche nach einem Geschäft, das eventuell doch noch etwas Essbares zu verkaufen hat. Elisabeth schiebt den Kinderwagen und hat Gertrud an einer Hand. „Josef halte Judiths Hand ganz fest. Wir laufen so schnell als möglich über den großen Platz.“ Hastig rennen sie los. Der Platz ist voller Menschen, fast nur Mütter und Kinder, ab und zu ein alter Mensch. Und doch werden sie beschossen. Tiefflieger kommen und schießen auf die Fliehenden und so mancher bleibt getroffen liegen. Immer weiter warnen die Sirenen. Eine Kugel schlägt in unmittelbarer Nähe ein. Die Kinder sind starr vor Schreck.
Elisabeth und die Kinder haben es geschafft. Zitternd und weinend verstecken sie sich im nächsten Hauseingang. Völlig erschöpft setzt sich Betty auf die Stufen und zieht ihre Kinder an sich. „Habt keine Angst mehr! Ich denke, der Luftangriff ist vorbei.“ Keine Sirenen mehr, nur Stöhnen und Schreien von den Verletzten ist zu hören. Alle vier knien sich hin und schicken ein Dankgebet nach oben.
So geht es schon seit Monaten. Aber an so etwas Schreckliches kann man sich nicht gewöhnen. Gott sei Dank, finden sie auch noch einen offenen Laden, in dem es noch Lebensmittel zu kaufen gibt. Sie kaufen so viel sie nur tragen können. Josef mit seinen 11 Jahren fühlt sich schon ein wenig als Familienoberhaupt. Die beiden Mädchen, auch die an sich doch widerspenstige Judith, folgen ihm, weil sie spüren, dass er Betty helfen kann. Ihre Mutter hat mit dem Säugling noch viel zu tun.

Im Mai 1945 ist der Krieg zu Ende. Aber es gibt immer noch aufgehetzte Jugendliche, die Attentate auf die Besatzer ausüben. Einige Hundert Russen haben sich beim Munitionslager niedergelassen, auch um es zu bewachen. Die jungen Deutschen haben es trotzdem geschafft, das Lager zu sprengen. Danach haben sich die Russen wie die Vandalen aufgeführt, die Zivilbevölkerung gemordet, die Frauen vergewaltigt.
Elisabeth sitzt mit ihren Kindern beim Abendessen. Die Detonation ist so groß, dass Fensterscheiben zersplittern und die Möbel wackeln. Judith klettert verängstigt auf Bettys Schoß. „Mama, sie fangen wieder an, die Bomben fallen.“

„Das war keine Bombe.“ Josef, schon Experte, klärte die Ängstlichen auf. „Das war eine Explosion.“ Dann fing das Elend in der Stadt an. Immer, wenn die Soldaten ihr Viertel überfielen, warnten sich die Frauen mit lautem Topfdeckelschlagen gegenseitig. So war das auch, als Judith eben das Haus verlassen wollte. Sie stand gerade an der Haustür, als das Topfdeckelschlagen begann. Wie versteinert blieb sie stehen, als die Soldaten mit Gewehrkolben die schwere Eichentür einschlugen und mit lautem Gebrüll die Stufen raufstürmten. Um das zitternde Kind hat sich, Gott sei Dank, keiner gekümmert. Selbst als die Russen wieder abzogen, stand sie noch da.
Zum Glück gab es zwischen den zwei Stadthäusern auf dem Dachboden eine Verbindung. Immer wenn ein Überfall stattfand, konnten die Frauen von einem Haus ins andere fliehen.
Irgendjemand nahm das geschockte Kind bei der Hand und brachte es zur Mutter. Später dann beruhigte sich die Lage, so dass man fast wieder ein normales Leben führen konnte. Wenn nur der Hunger nicht gewesen wäre. Im nahegelegenen Russenlager konnten Elisabeth und ihre Schwestern Hilde und Lene bei den Soldaten Kartoffeln schälen. Dafür bekamen die Frauen jeden Tag eine Milchkanne voll Suppe und durften die Kartoffelschalen, in denen sich ab und zu eine ganze Kartoffel verbarg, mitnehmen. So kamen sie irgendwie über die Runden. Aus den Schalen ließen sich gut mit einer Zwiebel und einer Karotte, Suppen kochen.

Eines Tages standen die Frauen wieder einmal vergebens vor dem Tor der Kaserne und konnten nicht rein. Mehr als sechs Frauen brauchten die Russen nicht zum Kartoffelschälen. Elisabeth ist verzweifelt. Nun haben sie gar nichts mehr zu essen zu Hause. Mit geschlossenen Augen klammert sie sich ans Tor und weint. Was soll sie nur tun? Eine der Frauen neben ihr hat Mitleid. „Hören Sie“, sie nimmt Elisabeth etwas zu Seite. „Ich weiß, wo Sie Kartoffeln herkriegen können.“ Sie lächelt Betty aufmunternd an - sie ist eine große korpulente Person, „es gibt in Richtung Beuten ein verlassenes Dorf, in dessen Nähe sich ein Feld mit Kartoffelmieten befindet. Wir waren vor zwei Tagen dort. Da gab es noch genügend Kartoffeln und Rüben. Haben Sie jemanden, der mit ihnen dahin laufen kann?“
„Ja, meinen Sohn. Er ist 12 Jahre alt.“
„Gut, ich wünsche Ihnen viel Glück!“

„Danke, ich danke Ihnen von Herzen“, antwortet Elisabeth mit belegter Stimme. „Ich habe vier kleine Kinder. Vielleicht haben Sie uns mit diesem Hinweis das Leben gerettet.“
„Gott segne Sie!“ Sie geben sich die Hand und Betty läuft so schnell es ihr möglich ist, zur Wohnung zurück. Schon eine Stunde später sind sie mit zwei kleinen Wägelchen auf der Autobahn unterwegs. Vor ihr läuft Josef. Wie schmal er geworden ist. Noch vor einem Jahr war er ein kräftiger Junge. Nun ist er nur noch ein Schatten seiner selbst. Alle sind sie inzwischen zu dünn. Nur Hagen ist noch gut beieinander.
Hoffentlich schaffen sie den Hin- und Rückweg, denn mehr als eine Flasche Leitungswasser haben sie als Wegzehrung nicht dabei. Nur recht langsam kommen sie voran, immer wieder müssen sie, weil sie so entkräftet sind, Pausen einlegen. Endlich erreichen sie das Feld. Man kann deutlich die ausgeräumten Mieten erkennen. Rasch haben sie ihre Säcke gefüllt und auf ihre kleinen Wagen geladen. Nun müssen sie auch noch den Weg zurück schaffen. Die Strecke nach Hause ist noch mühsamer. Kurz vor der Stadt, ganz in der Nähe wohnt ihre Schwester Hilde, wird Josef ohnmächtig. Schnell läuft Elisabeth zu ihr in die Wohnung. Doch sie hilft ihr nicht. Sie ist beleidigt, weil Betty sie nicht mitgenommen hat. Sie weist ihre Schwester ab. „Das Stück bis zu eurer Wohnung werdet ihr auch noch schaffen.“ Die Tür knallt ins Schloss. So hart können Geschwister sein. Als sie zu Josef zurückkommt, hat dieser sich wieder einigermaßen erholt und so können sie das letzte Stück auch noch bewältigen. Die kleinen Kinder waren in dieser Zeit bei der netten polnischen Lehrerin gut versorgt. Schnell kocht Elisabeth einen großen Topf Kartoffeln, die sie mit Heißhunger hinunterschlingen.

Die Kinder konnten nach Kriegsende wieder auf der Straße spielen. Judith geht mit ihrer Bärbel, eine Schildkröt-Puppe, auf der Straße spazieren, als ein Flintenweib, so wurden die weiblichen Soldaten genannt, auf einem Fahrrad ankam, Judith die Puppe aus dem Arm riss und davonfuhr. Judith ließ sich auf den Bürgersteig fallen und weinte ganz verzweifelt. Ein alter Mann, der die Szene beobachtet hatte, hob drohend den Spazierstock. Aber schon diese Geste war lebensgefährlich. Dann hob er das schluchzende Kind auf und führte es, tröstende Worte flüsternd, nach Hause. Doch Judith wurde schwer krank, bekam Fieber und wollte weder essen noch trinken. Die liebenswerte junge Polin, eine Lehrerin, die in der Nachbarwohnung wohnte, hörte von dem Unglück. Sie fragte, ob sie sich um Judith kümmern dürfe, denn sie hatte das intelligente kleine Mädchen ins Herz geschlossen. Sie kam fast täglich und brachte für die ausgehungerten Kinder immer eine gesüßte Mehlsuppe, manchmal sogar mit einem verquirlten Ei, 'rüber. Das war für die Kinder eine Köstlichkeit.

Die Monate vergehen, Hagen ist inzwischen schon ein dreiviertel Jahr alt. Elisabeth steht nachdenklich am Fenster im dritten Stock und schaut auf die zerstörte Stadt. So geht es nicht weiter. Sie weiß, dass sie demnächst hier weg muss. In den Geschäften, auf den Ämtern, überall wird nur noch polnisch gesprochen. Bei den Verträgen von Jalta ist Schlesien Polen überlassen worden. Die Deutschen werden schlecht behandelt. Das Schlimmste aber ist für sie, dass die Kinder in den Schulen nur polnisch sprechen dürfen, auch Lesen und Schreiben lernen sie nur in dieser Sprache. Außerdem ist es schon vorgekommen, dass Menschen, also Deutsche, die auf der Straße deutsch sprachen, kahl geschoren oder zumindest verprügelt wurden.

Sie schaut nach, sie hat von den 20.000 gesparten Reichsmark noch ca. 12.000 RM übrig. Damit könnte sie bis Hamburg kommen, denn das ist immer noch ihr Ziel, zu ihrer Schwester Martha. Aber allzu begeistert hat sich diese nicht darüber geäußert. Egal, sie will dahin. Sie blättert das Geld noch einmal durch und versteckt es an einem sicheren Ort. Ist schade, dass sie das Häuschen nun doch nicht bekommen werden. Sie hat sich alles so schön ausgemalt. Sie wusste schon, wie sie es eingerichtet hätte. Josef sollte auf die Ordensburg, eine höhere Schule gehen. Judith wollte unbedingt auf eine Ballettschule. Der Garten sollte schön gestaltet werden und sie wollte sich ein Schneiderzimmer einrichten. Damit hätte sie sich etwas dazuverdienen können. Aus der Traum! Entschlossen wendet sie sich ab. Alles vorbei! Daraus wird nun nichts mehr.

Sie muss sich bald entscheiden, auch wenn es noch so schwer fällt. Wie wird sie das nur schaffen? Ihre Kinder sind noch so klein. Hagen, ihr Jüngster, ist noch kein Jahr alt. Sie stillt ihn noch, weil es keine Babynahrung mehr gibt, und sie weiß, dass es in dieser schlechten Zeit für ihn das Beste ist. Es ist schwer zu ertragen, dass die Kinder hungern müssen, deshalb weinen und sie ihnen nicht

mehr zu essen geben kann. ‚Konstantin, Konstantin, wenn du nur da wärst, wäre alles leichter.' Nein, das wäre gar nicht so gut, denn dann hätten ihn die Russen längst nach Sibirien verschleppt. So hat sie doch noch die Hoffnung, ihn wieder zu sehen. Tränen laufen über ihr bleiches Gesicht. Sie kniet nieder und betet um das Überleben ihrer Familie und das Gelingen der Flucht.
Tage später hört sie, dass wieder ein Zug mit Flüchtlingen Richtung Westen fahren wird und beschließt endlich auch zu reisen. Sie hat von dem Wenigen, was sie an Lebensmitteln hat, immer etwas abgezweigt, um für die Reise etwas zu haben, denn sie weiß, es wird unterwegs nichts zu kaufen geben. Sie nimmt ihren Schmuck, das Silberbesteck, wichtige Papiere und das Geld und verstaut die Sachen im Futter des Kinderwagens. Zum Glück ist der Wagen groß, denn er muss neben dem Baby noch die Lebensmittel aufnehmen. Unter den Wagen nagelt sie ein dünnes Brett, um im Zwischenraum Bettwäsche zu verstauen. Die Kinder bekommen die Rucksäcke mit Kleidung und Schuhen gefüllt. Es muss mancher Kampf geführt werden, weil sie alle auch Spielzeug mitnehmen wollen. Nur Judith sitzt still in der Ecke und sagt: „Weil ich Bärbel nicht mitnehmen kann, will ich nichts anderes mitnehmen." Tränen laufen über ihr schmal gewordenes Gesicht. Sie hat den Diebstahl ihrer Lieblingspuppe noch immer nicht verkraftet. Ihr erster großer Verlust. Ach nein, nun muss auch Elisabeth weinen, der Zweite. Bernds Tod war der erste große Schmerz für sie alle gewesen.
Bei Verlust fällt ihr Hanna ein. Wo mag sie nur sein?
Als Elisabeth das letzte Mal in ihrer Wohnung war, lief sie noch schnell zu ihrer Freundin hinüber ins Nachbarhaus. Man sagte ihr, Frau Walla sei schon seit Wochen weg. Keiner konnte ihr sagen wohin. Ob sie sie je wiedersehen wird? Auch Judith hat schon oft nach Marianne, und Josef nach Waldemar gefragt. Und Gertrud vermisst ihren Freund Christian. Es hat so gut gepasst, denn Hannas Kinder sind im gleichen Alter wie die ihren. Ob sie je wieder eine so gute Freundin findet?
Nachdenklich schaut sie aus dem Fenster auf den Hof, wo die Kinder spielen. Josef ist da unten und hält Hagen im Arm. Sie kann sich schon voll und ganz auf ihren Großen verlassen. Er wirkt so ernst, so erwachsen und ist doch auch noch ein Kind mit seinen 12 Jahren.

Es kommt der Tag, an dem es dann losgeht. Schwer bepackt mit einem Koffer und Rucksäcken erreichen die Kosels den Gleiwitzer

Hauptbahnhof. Die Sonne scheint und beleuchtet die Schäden an dem alten Klinkerbau. Am Portal werden sie schon von Bettys Schwestern Hilde und Helene erwartet, die ihnen von Weitem winken. Mit Tränen in den Augen betrachtet Betty die Beiden. Ob sie sie je wieder sehen wird? „Kommt", meint die resolute Hilde. „Wir haben noch eine Stunde Zeit bis zur Abfahrt des Zuges nach Breslau". Sie nimmt ihrer Schwester den Koffer ab und führt sie beide in das Gebäude hinein. Das ist überfüllt mit lärmenden, aufgeregt hin und hereilenden Menschen. Kinder schreien, Mütter rufen und Alte versuchen sich in dem Durcheinander zurechtzufinden. Alle haben nur einen Wunsch; weg von diesem Land, das ihnen keine Heimat mehr sein kann. Elisabeth dreht sich nach ihren Kindern um und stellt entsetzt fest, Gertrud ist weg. Verzweifelt wendet sie sich an die sie umgebenden Leute und fragt: „Haben Sie ein kleines 4-jähriges Mädchen gesehen?" Doch Keiner reagiert. Jeder hat mit seinen eigenen Problemen zu tun. „Bitte bleibe mit Judith hier bei dem Kinderwagen.", sagt sie zu Josef. „Deine Tanten und ich suchen Gertrud." Laut den Namen des Kindes rufend, drängeln sich die Frauen durch die Menschen. Doch niemand hat die Kleine gesehen. Als sie nacheinander wieder beim Kinderwagen eintreffen, ist Gertrude schon da. Erleichtert kniet die junge Mutter vor das Mädchen und drückt es an sich.
„Wo warst du denn, und wo habt ihr sie gefunden?" Alle drehen sich zu einem jungen Polen um. „Er hat sie gebracht." Betty springt auf und reicht dem Mann die Hand. „Oh, ich danke Ihnen so sehr. Vielen Dank!"
„Schon gut. Ich haben gesehen, Sie suchen Kind. Ich haben gefunden, dort drüben. Sie haben viele Kinder, und so jung und so schön." Bewundernd betrachtet er Bettys schlanke Gestalt und ihr volles dunkles Haar, das ihr lang über den Rücken fällt. Betty stellt sich ihm vor: „Ich bin Elisabeth Kosel.", dann zu den Kindern gewandt, „das ist Josef, hier ist Judith und die Kleine hier, die Sie gebracht haben, ist Gertrud. Ach und hier im Wagen ist der Jüngste, das ist Hagen." Die Mädchen machen einen Knicks und geben artig die Hand. Josef aber hält sich zurück, nicht nur kurz. Er hat die fremde Uniform erkannt. Wie kann seine Mutter nur so nett zu dem Fremden sein? Der aber übersieht die Abwehr des Knaben und wendet sich wieder an Betty. „Hören Sie, in vierzig Minuten geht der Zug. Sie bleiben hier stehen. Ich kommen wieder und helfen Ihnen mit den Wagen in den Zug zu kommen. Es wird schwer werden." Und weg ist er. Elisabeth

geht wieder zu den Schwestern, die abseits stehen und misstrauisch die Szene beobachtet haben. Sie freuen sich für sie, dass sie zumindest am Anfang der Reise Jemanden gefunden hat, der ihr helfen kann.
„Ach, ja“, seufzt Hilde, „wir müssen jetzt gehen. „Es wird immer enger hier, später kommen wir nicht mehr hier raus.“
Immer wieder drücken sie Betty an ihr Herz. Weinend liegen sich die Schwestern in den Armen. „Wir wünschen dir, dass du gut durchkommst und ihr alle am Leben bleibt.“
„Und“, wendet sich Lene noch einmal um, „dass wir uns alle wiedersehen. Gott schütze euch!“, ruft sie dann noch. Dann hat sie die Menge verschluckt.
Hagen, der die ganze Zeit geschlafen hat, erwacht und fängt bitterlich zu weinen an. Elisabeth nimmt das Baby aus dem Kinderwagen. „Hallo, mein Kleiner. Du hast Hunger, gell.“ Sie sieht sich um und setzt sich, weil sie keine andere Möglichkeit hat, auf den steinernen Boden, um das Kind zu stillen. Die Großen aber stellen sich vor die Mutter, um sie vor den Blicken der Umstehenden zu schützen.

Doch dann ist es so weit. Der Zug kommt. Etwa die dreifache Menge, die sonst in so einen Waggon passt, will da einsteigen. Noch bevor der Zug richtig hält, ist der junge Pole an ihrer Seite. Gebieterisch macht er sich Platz und verschafft Betty und den Kindern die Möglichkeit, bei den Ersten zu sein, die einsteigen. Er bringt es sogar fertig, Betty zwei Sitzplätze am Fenster zu besorgen. Wenn sie zusammenrücken können sie hier alle Platz nehmen.
Dann ist er schnell wieder weg, nicht ohne zu versichern, beim Aussteigen wieder behilflich zu sein. Er ist als Zugbegleiter für die Strecke Gleiwitz - Breslau eingeteilt.
Betty lehnt sich zurück, geschafft! Die erste Etappe ist geschafft. Sie schaut auf ihre beiden Mädchen, die zitternd und frierend am Fenster stehen. „Mama, schau, es schneit schon wieder.“ Kleine Schneeflocken legen sich auf Büsche und Bäume und verzaubern so das Land.
„Ja, wir haben immerhin schon Mitte Oktober. Da schneit es fast immer um diese Zeit“, erklärt sie. Besorgt schaut sie hinaus. Der Winter kommt zu allem Unglück sehr früh in diesem Jahr. Aber früher zu fahren, hat sie einfach nicht geschafft. Gertrud war erkältet und hat dann noch die Anderen angesteckt. So hatte sich die Reise noch einmal um vier Wochen verzögert. „Kommt“, sie macht ihren

Platz frei, nimmt die Decke vom Kinderwagen, „Setzt euch beide da hin, auf meinen Platz." Zärtlich wickelt sie die Decke um ihre Mädchen. Kaum, dass sie sitzen, schlafen sie ein. Judith hat den Arm um Gertrud gelegt. Ein friedliches Bild in dem fürchterlichen Chaos, dem Lärm und der Enge des Abteils.
Trotz der Kälte, die draußen herrscht, wird es im Zug heiß. Die Kinder ziehen ihre Mäntel aus und stapeln sie auf dem Kinderwagen. Nur Elisabeth behält ihren Mantel an und das wird sich als Glück erweisen. Abrupt hält der Zug auf freier Strecke. Jeder hier weiß, was das bedeutet. Die russischen Soldaten plündern wieder. Aus dem Nachbarabteil hört man sie brüllen. Rasch setzt Betty ihre drei Kinder auf den großen Koffer hinter den Kinderwagen. Sie nimmt daneben Platz. Doch die Mäntel der Kinder obenauf vergisst sie. Wie erstarrt sitzen die Flüchtlinge auf ihren Gepäckstücken und harren der Dinge, die auf sie zukommen. Es ist mäuschenstill in dem Raum, als plötzlich die Tür aufgerissen wird und drei große bewaffnete Soldaten herein stürmen und eine alte Frau von ihrem wertvollen Lederkoffer schubsen. Sie bleibt in der Ecke liegen. Die Mäntel der Koselkinder schnappen sie sich und reißen einer dicken Frau den Pelzmantel von den Schultern. Draußen hört man eine befehlsgewohnte Stimme „dawei, dawei" rufen. So schnell wie der Spuk begann, ist er wieder vorbei. Gott sei Dank, sie sind glimpflich davon gekommen. Doch allen steht der der Schreck noch in die Gesichter geschrieben. Langsam beruhigen die Menschen sich wieder. Nur Gertrude schluchzt. „Jetzt hab ich keinen Mantel mehr. Der war so schön, den hat mir Oma geschenkt." Josef rempelt sie an. „Hör auf, du Heulsuse. Wir haben alle keine Mäntel mehr. Was soll´s?", gibt er sich gelassen.
„Seid still!", versucht Frau Kosel ihre Kinder zu beruhigen. Sie gibt ihnen ein Stück Brot und ein Stück vom letzten Apfel. „Wir haben noch einige warme Sachen im Koffer. Die ziehen wir an, wenn wir raus müssen und für dich", sagt sie zu ihrem große Sohn, „hab ich noch einen dicken Pullover von mir. Der ist schön lang, dann musst du nicht frieren". In dem Durcheinander, das nach dem Überfall herrscht, fällt es nicht weiter auf, dass die alte Frau, die von dem Russen vom Koffer gestoßen wurde, noch immer in der Ecke liegt. Judith geht hin. „Mutti komm schnell, die Oma atmet so komisch." Elisabeth kniet sich vor die alte Dame hin und fühlt den Puls. Er ist kaum noch spürbar. Erschrocken springt sie auf. „Gibt es hier einen Arzt", ruft sie laut in die Menge. Eine der Frauen erhebt sich. „Ich bin

Krankenschwester, kann ich helfen?“ Betty schiebt Judith beiseite. “Setz dich zu Josef.“ Gemeinsam hocken sie neben der leblosen Gestalt. Traurig flüstert die Krankenschwester. „Sie ist tot. Wir können ihr nicht mehr helfen.“ Mit einem Halstuch bedeckt sie das Gesicht der Toten. Judith drängt sich zwischen die Frauen. „Hat der Soldat die Frau umgebracht, fragt sie verstört“.
„Nein, das glaube ich nicht.“, versucht die Mutter ihr Kind zu beruhigen. „Sie hatte ein krankes Herz.“ Behutsam führt sie Judith zu ihrem Platz und erklärt auch Josef was eben geschehen ist.
Jedes Mal, wenn diese groben Kerle mit lauten Stimmen hier aufkreuzen, möchte auch sie vor Angst sterben. Nach außen aber muss sie stark erscheinen und die Kinder beruhigen. Wie still es wird, wenn die Soldaten kommen. Man hört keinen Mucks, weil alle die Luft anhalten, nur um die aufgebrachten Männer nicht zu reizen.
Nun sind sie endlich in Breslau. Fast drei Tage hat die Fahrt gedauert, wofür man unter normalen Verhältnissen nur ein paar Stunden gebraucht hätte. Aber sie ist froh, dass sie es bis hier unbeschadet geschafft haben. Noch reichen die Lebensmittel. Wie gut, dass Schnee liegt. So kann sie immer, wenn der Zug hält, Schnee auftauen, um etwas zu trinken, wenn der Bahnhof zerstört ist, bekommen sie da auch kein Wasser.
Der Zug hält und alle müssen raus, denn hier ist Endstation. Niemand kann sagen, wann es weitergehen wird. Pünktlich ist auch der junge Pole wieder zur Stelle. Erst hilft er den Mädchen beim Aussteigen, um dann mit Betty den schweren Kinderwagen rauszutragen. „Warten Sie, ich helfe Ihnen.“ Er nimmt Elisabeth den großen Koffer ab und begleitet die Familie ins Bahnhofsgebäude, um für sie eine einigermaßen ruhige Ecke zu finden. Auch der Bahnhof ist zum großen Teil zerstört. Nur wenige Gleise sind so gut erhalten, dass sie befahren werden können.
Es ist gegen Mittag und tatsächlich kommt die Sonne etwas zum Vorschein und schimmert durch die zerbrochenen Scheiben des Perrons. Das ganze Elend der Menschen, die hastig und ruhelos durch die Hallen laufen, wird sichtbar.

Betty lässt ihren Blick durch die Halle gleiten und erschrickt, als sie die russischen Uniformen erkennt. Der Pole, der ihren besorgten Blick sieht, beruhigt sie. „Sie warten auf den Abtransport nach Russland. Sie werden nicht mehr lange hier sein. Bleiben Sie hier, ich kommen wieder, gleich.“

Er kommt wieder und hält in den Händen etwas so Köstliches, das sie schon lange nicht mehr gegessen haben. Er bringt für jeden von ihnen ein Stück Kuchen mit. Den Kindern fallen fast die Augen aus dem Kopf. „Das kann doch nicht wahr sein! Auch noch so große Stücke." Betty schaut ihn mit verklärtem Blick an. „Sie sind ein Engel."
„Bitte, aber jetzt müssen Sie mir sagen, wie Sie heißen, damit ich weiß, an wen ich denken kann."
„Wir werden Sie nie vergessen."
„Oh nein", wehrt er verlegen ab. „Ich sein nix Engel nur Mann der Kinder klein helfen will. Ja, und mein Name ist Karel Jablonski. Aber", er küsst Elisabeth die Hand, „ich müssen jetzt gehen, nein fahren, zurück nach Glewitzie, na ja, Gleiwitz. Es war schön, Sie alle zu sehen und ein wenig zu helfen." Er wendet sich an die Kinder. Josef geht mit verlegenem Lächeln auf Karel zu. Wie um Verzeihung bittend, reicht er ihm die Hand und verneigt sich. Er fühlt, dieser polnische Soldat ist doch ein guter Mensch. Judith geht auf ihn zu und küsst ihn, als er sie hochnimmt auf beide Wangen. „Du bist lieb und auch hübsch." Er setzt sie, verlegen geworden, ab.
„Und du, meine Kleine, wirst sicher mal eine schöne Frau. Es fällt mir schwer, aber ich müssen los." Er breitet die Arme aus, als würde er alle segnen, dreht sich abrupt um und ist in der Menge verschwunden. Und Judith die kleine Romantikerin meint, „gell Mutti, er war ein Engel, ganz sicher. Und so hübsch." Betty ist dem Menschen unendlich dankbar, doch sie hat jetzt andere Sorgen. Nun ist sie ganz auf sich allein gestellt und Keiner mehr da, der ihr hilft und sie beschützt. In der Ecke des Bahnsteigs lässt sich die Familie nieder. Elisabeth ist müde und erschöpft. Sie schließt die Augen und schläft sofort ein. Nur kurz, weil eine derbe Hand sie hochreißt. Erschrocken schaut sie in ein breites Gesicht, aus dem schwarze Augen sie wild anfunkeln. „Du kommen mit. Kinder hier bleiben", sagt der russische Soldat zu ihr. Sein Atem stinkt nach Schnaps. Ihr wird übel, auch vor Angst. Folgsam geht sie mit, weil sie weiß, sie hat keine Chance zu entkommen. Auch schreien darf sie nicht, damit die Kinder nicht beunruhigt werden. Zum Glück ist es fast dunkel. Man kann keine Einzelheiten mehr erkennen. Brutal reißt er ihr den Rock runter und missbraucht sie. Die Kinder sind wie versteinert und rühren sich nicht. Sie fühlen, dass etwas Entsetzliches geschieht, wenn sie auch nicht verstehen, was. Nur Gertrud weint. Die Mutter wurde ihr entris-

sen. Sie ist zutiefst verschreckt. Josef beugt sich über sie und flüstert: „Hab keine Angst, Mutti kommt gleich wieder."
Nach etwa zehn Minuten kommt sie zurück. Kann aber nicht verhindern, dass ihr unentwegt Tränen über ihr verweintes Gesicht laufen. Sie ist geschockt. Langsam schafft sie es sich zu beruhigen.
Sie wusste, dass so etwas passieren wird. Sie wusste es von vielen Frauen und auch, dass es nicht das letzte Mal gewesen sein wird.
Zum Glück ist Judith noch zu klein, so dass sie nicht gefährdet ist.
Sie muss sich zusammenreißen, mit den Kindern reden, die sie ganz ängstlich beobachten. „Es war nichts weiter. Der Soldat wollte nur kuscheln", ihre Stimme klingt schon fast wieder normal. „Aber warum", fragt Judith, „hast du dann so sehr geweint?" Betty überhört diese Frage.
„Bitte bleibt hier sitzen. Ich gehe nur zur Toilette." Schnell verschwindet sie. Sie will sich ein wenig reinigen. Dort aber setzt sie sich erschöpft erst einmal auf den Klodeckel. Und dann bricht es aus ihr heraus. Sie weint und schreit ihre Wut und Verzweiflung heraus und kann gar nicht aufhören. Keiner kümmert sich um sie, denn schreiende Frauen sind zur Zeit etwas ganz Normales.
Sie weiß, sie muss sich beruhigen. Sie muss zu den Kindern zurück.
Diese Reise ins Ungewisse,...
Sie weiß, sie muss durchhalten. Sie wird durchhalten.

Es ist schon tiefe Nacht, als es am Perron wieder unruhig wird. Die Russen strömen in großen Gruppen zu dem wartenden Zug und steigen ein. Sie will schon aufatmen, da fällt ihr siedend heiß ein, was der Vergewaltiger ihr zum Abschied gesagt hat: „Du, schöne Frau, du kommen mit nach Russland, ohne Kinder." Es ist fast finster, weil die Lampen zerstört sind, nur da und dort blinzeln einzelne Petroleumlampen. Aus dem Dunkeln leuchtet ab und zu der helle Schein einer großen Taschenlampe zu ihnen herüber. Elisabeth erschrickt. Ihr Vergewaltiger sucht sie. Er will sie nach Russland mitnehmen. Was tun? Wenn sie jetzt aufspringt und wegläuft, fällt sie erst recht auf.
Sie wendet sich an Josef. „Hör zu! Du musst mich verstecken. Die Soldaten wollen mich mitnehmen." Und Josef hat die rettende Idee: „Unter dem Kinderwagen ist der sicherste Platz. Wir setzen uns drum herum." Schnell breiten sie eine Decke auf dem Boden aus. Betty legt sich drauf und mit vereinten Kräften schieben die Kinder den Wagen auf Betty. Zum Glück steht der Wagen in einer Ecke, so

dass man keine Einsicht von hinten hat. Die Kinder setzen sich drum herum und tun so, als würden sie fest schlafen.
Josefs Herz klopft bis zum Hals, so laut, dass er die Befürchtung hegt, man könnte es hören. Ab und zu wagt er einen Blick auf die näher kommenden dunklen Gestalten. Scheinbar ganz verschlafen, blinzeln die Kinder ins Licht der Stablampen. Elisabeth hält unter dem Wagen die Luft an. Das Entsetzen darüber, was jetzt passieren könnte, raubt ihr fast den Verstand. Nur weil die Soldaten in dem Moment durch den Lautsprecher aufgefordert werden, einzusteigen, wird die Familie gerettet. Der Zug setzt sich in Bewegung, alles ist gut.
Sie haben mal wieder Glück gehabt. Schnell befreien die Kinder Betty aus der misslichen Lage und fallen sich jubelnd in die Arme. Das war noch mal gut gegangen.
Josef holt in einer zerbeulten Milchkanne Wasser. Sie setzen sich auf die Decke und jeder bekommt eine Scheibe Brot. So feiern sie ihren kleinen Sieg über die Russen. Josef kümmert sich auch ganz rührend um seinen kleinen Bruder. Immer wenn der aus dem Wagen will, und das kommt jetzt häufiger vor, lässt er ihn auf sich rumkrabbeln. Elisabeth betrachtet ganz gerührt die kleine Szene. Hagen ist ihr größtes und schwerstes Baby gewesen. Er wog bei der Geburt schon fast neun Pfund.
Judith, die sich auch bemüht den Kleinen zu tragen, hält es nicht lange aus. Ihr ist er zu schwer. Nur Gertrud sitzt oft etwas Abseits. Sie beteiligt sich nicht an der Betreuung des Kleinen. Meistens ist sie still, oder weint vor sich hin. Elisabeth weiß, sie müsste sich um sie kümmern. –
Sie ist so erschöpft. Sie isst kaum etwas, weil sie fast alles den Kindern überlässt. Ja, und dann ist da noch das Stillen des Jüngsten. –
Sie lässt den Kopf hängen. Die seelische Belastung durch den Russen kommt noch hinzu. Hoffentlich reicht ihre Kraft. Bis Hamburg zu kommen, hat sie längst aufgegeben. Aber bis Thüringen zur Elli, ihrer Schwester, das muss sie schaffen. Ganz in sich versunken, betet sie um mehr Energie und das Gelingen der Flucht. Judith kuschelt sich an die Mutter und als die Sonne schon durch die schmutzigen Scheiben blinzelt, sind alle eingeschlafen.
Es ist schon fast Mittag, als alle wieder aufwachen. Trotz des Lärms, der hier herrscht, haben sie so lange schlafen können. Na ja, Betty schaut auf die Uhr, so lange war es auch wieder nicht, aber doch

fast fünf Stunden. „Mama“, Judith regt sich, „du hast im Schlaf gelächelt. Hast du etwas geträumt?“
„Ja, jetzt fällt es mir ein. Ich habe geträumt, Papa und ich wir waren in der Oper. Papa hatte seinen Smoking an, und ich hatte mir ein elegantes Kleid genäht.“ Sie wendet sich an Judith, „du weißt, das rote. Ach, es war ein so schöner Traum, Vati war da.“
‚Ach ja, und jetzt sind wir hier‘, denkt sie für sich, ‚und müssen dafür sorgen, weiterzufahren‘. „Bitte, Josef, kümmerst du dich um die Kleinen. Ich werde mal nachfragen, wann der nächste Zug nach Dresden fährt oder wenigstens in diese Richtung.“ Sie legt Hagen, den sie gerade gestillt hat Josef in die Arme. „Bin gleich wieder da.“ Hagen weint. Er hat noch mehr Hunger. Josef füttert ihn mit etwas Zwieback. Die beiden Mädchen schauen hungrig zu. Aber keiner von den Kindern würde von dem Zweiback etwas nehmen. Sie wissen, es ist die eiserne Reserve für das Baby und das braucht es dringender.
Schließlich kommt Elisabeth wieder und sie lächelt sogar. In den Händen hält sie ein ganzes Brot. Die Augen der Kinder leuchten. „Stellt euch vor, ich habe einer alten Bäuerin das Brot abkaufen können. Als ich ihr erzählte, ich habe vier hungrige Kinder, wollte sie nicht einmal Geld dafür nehmen. Es gibt auch noch gute Menschen in dieser Welt.“ Sie nimmt Josef das Baby ab. „Hole bitte Wasser. Nun können wir gleich etwas essen.“ Sie sitzen auf ihrer Decke, essen und trinken und wenn es nicht so kalt wäre, wäre es sogar gemütlich.
„Hört, Kinder! Morgen soll ein Zug von Russland her mit deutschen Soldaten in Breslau einlaufen. Der wird dann weiter nach Dresden fahren. Wenn wir Glück haben, kommen wir mit. Vielleicht finden wir auch wieder einen Menschen, der uns beim Einsteigen hilft.“
„Ach Mutti“, meint Josef, „das schaffen wir auch allein. Wenn du vorn anpackst und Judith und ich hinten, wird es schon gehen. Und Gertrud setzen wir so lange auf den großen Koffer und dann holen wir sie in den Zug.“
„Ja, mein Sohn, so wird das gehen.“ Aber es dauert dann doch noch mehrere Tage, bis der Zug ankommt.
Endlich ist es soweit. Der Zug aus Russland, der nach Dresden weiterfahren soll, kommt an. Sie können einsteigen und schaffen es auch ohne Hilfe des jungen Polen, denn ihr Gepäck ist durch die laufenden Diebstähle der Russen weniger geworden. Josef hilft seiner Mutter, Judith nimmt Hagen auf den Arm und wartet auf dem

Bahnsteig. So ist der Kinderwagen für Betty und Josef nicht so schwer.
In einem Großraumwagen findet die Familie sogar Sitzplätze. Elisabeth lässt ihren Blick über die aus russischer Gefangenschaft entlassenen Soldaten gleiten. Wie es aussieht, sind hier nur alte oder kranke Männer. Völlig ausgemergelte, dürre Gestalten hängen mehr als sie sitzen auf den Bänken und dem Boden des Abteils. Aus leeren, ausdruckslosen Augen blicken sie zu ihr auf. Von einem auf der Decke liegenden Bündel ertönt ein lautes Stöhnen. Ein älterer Soldat hockt daneben und wischt über das Gesicht des Jungen mit einem feuchten Tuch. Er wird sterben, sagt der Alte zu Elisabeth gewandt. Lange macht er nicht mehr. Das ist schon der fünfte Tote auf der Strecke von Russland bis hierher. Dabei ist er erst siebzehn. Die anderen waren auch nicht viel älter. Zutiefst entsetzt lässt sich Betty auf die Bank fallen. Was ist ihr eigenes Elend gegen das dieser Jungen. Auch ihre Kinder sind erschüttert. Sie nimmt sie in die Arme und versucht sie zu beruhigen. Später kramt sie im Kinderwagen nach einem Glas Leberwurst. Die eiserne Reserve. Aber auch das haben die russischen Soldaten entwendet. Es ist nur noch etwas Zwieback da, sonst nichts mehr. Zum Glück haben sie alle noch etwas von dem Brot gehabt, das sie auf dem Bahnsteig, bevor der Zug kam, essen konnten. Hagen weint. Sie nimmt den Kleinen auf den Schoß und stillt das Kind und das Lachen und Plappern des zufriedenen Babys nimmt etwas von dem Kummer und dem Leid aus den vom Schmerz gezeichneten Gesichtern der Menschen.
Dann fährt der Zug aus dem Bahnhof und die Kinder haben etwas Ablenkung. Irgendwann später schlafen sie ein. Besorgt schaut Betty auf ihre Kinder. Wie schmal und ausgezehrt sie aussehen. Ob sie es schaffen wird, sie alle lebend bis Bad Tennstedt zu bringen, wo Elli mit ihrer Familie wohnt? Es muss gelingen.
– Wo Gefahr ist, wächst das Rettende auch. – Das hat sie irgendwann mal gelesen. War es von Hölderlin? Sie weiß es nicht genau. Aber daran will sie glauben all der Schrecknisse zum Trotz.
Sie schaut zum Fenster hinaus. Weil Schnee liegt, kann man auch bei Nacht etwas von der Landschaft sehen. Wie friedlich alles wirkt, jetzt da keine Bomben mehr fallen, so still.
Sie schläft ein und wird wach, als der Zug hält, mitten auf freier Strecke. Zwei deutsche Soldaten bemühen sich, eine schwere Last aus dem Wagen zu heben. Einer der Soldaten dreht sich zu ihr um. „Er ist tot, vor einer Stunde gestorben. Wir bringen ihn raus. Er ist ver-

hungert." Gott sei Dank schlafen die Kinder und keiner von ihnen hat etwas von der Tragödie mitbekommen. Man kann den jungen Mann nicht begraben. Er wird einfach nur neben die Schienen gelegt, weil bald darauf der Zug weiterfährt.
Kraftlos haben sich die beiden Soldaten wieder auf ihre Plätze gesetzt. Sie haben sich im Schnee etwas gesäubert und in ihren Tornistern Schnee zum Auftauen mit reingebracht. Nun können sie wenigstens trinken.
So gehen die Tage dahin. Man verliert jedes Zeitgefühl. Das Rattern der Räder schläfert ein. Die meiste Zeit dösen sie nur vor sich hin. Der Hunger wird immer größer. Die Kinder weinen viel. Josef, der doch schon so männlich sein möchte, verdrückt heimlich ein paar Tränen, wenn er denkt, dass ihn Keiner beobachtet. Betty weiß, sie muss etwas tun, sonst verhungern sie alle. Sie nimmt Hagen auf den Arm und Gertrud an die Hand und geht, wann immer der Zug hält, von Wagon zu Wagon und bettelt für ihre Kinder. Es fällt ihr unendlich schwer. Aber es gibt immer wieder Menschen, die von dem Wenigen, was sie haben, noch etwas abgeben an Andere, denen es noch schlechter geht. So kommen sie über die vier Tage, die sie nun schon wieder unterwegs sind. Nein es werden fünf. Bald sind sie in Dresden. Dort hofft sie auf Hilfe.
Am späten Nachmittag des fünften Tages erreichen sie, von Liegnitz kommend, Dresden. Eigentlich müsste man jetzt, wenn man die Elbe überquert die Glaskuppel der Kunsthochschule erblicken. Nichts ist von der überwältigenden Schönheit der Stadt zu sehen. Nur Trümmerberge, Schutt und Asche. Trotz eigenen Kummers trifft Elisabeth dieser Anblick wie ein persönlicher Verlust. Im Mai 1928 war sie schon einmal hier. Es war das letzte Treffen mit Erwin, ihrer ersten Liebe. Damals war sie von Elbflorenz total verzaubert. Sie besuchten die Frauenkirche, die Kunstakademie und nicht zu letzt die Semperoper, in der sie 'Figaros Hochzeit' erleben durften. Als Theaterdirektor von Gleiwitz, bekam er Freikarten. Es war fast so, als hätte Mozart seine Musik für diesen Gold überstrahlten Raum geschrieben. Erwin hatte alles so liebevoll arrangiert. Beinahe wäre sie schwach geworden. Aber sie entschied sich letztendlich doch für Konstantin, den tiefgründigen, leidenschaftlichen Mann. Sie schreckt aus ihrem Traum auf. Gertrud schreit. Sie ist von der Bank gefallen. „Komm meine Kleine." Auf ihrem Schoß beruhigt sich das Kind. Der Zug steht. Sie alle sind fast am Ende ihrer Kräfte, blasse, eingefallene Gesichter. Auch sie selbst kann sich nur noch schwankend auf den

Beinen halten. Sie müssen hier raus. Der Zug steht schon eine ganze Weile. Sie schaut zur Tür hinaus und sieht eine Helferin vom Roten Kreuz. Sie ruft sie heran und bittet sie um Hilfe, denn auch Josef ist so erschöpft, dass er Hagen kaum noch tragen kann. Die Schwester nimmt Gertrud auf den Arm und Judith an die Hand. So bringt sie die Familie ins zerfallene Bahnhofsgebäude, wo notdürftig ein paar Ecken freigeräumt sind. Dort stehen Menschen um eine Gulaschkanone. Elisabeth kann es nicht glauben, Essen. Das ist die erste warme Malzeit, die sie seit drei Wochen Flucht zu sich nehmen. Die Helferin hat die Kinder ein wenig abseits auf den Boden gesetzt. Sie und Betty stellen sich an der Suppenküche an. Jeder bekommt eine Tasse voll und eine Scheibe trockenes Brot. Elisabeth nimmt Hagen auf den Arm und füttert ihn mit der Suppe. Die Schwester aber kümmert sich um Gertrud, die so erschöpft ist, dass sie die Tasse nicht selbst halten kann. Auch die Anderen können sich gar nicht so recht über das Essen freuen. Alle sind so apathisch, so am Ende ihrer Kräfte, dass sie nur langsam essen können. Danach aber fallen sie in einen tiefen Schlaf, trotz Lärm und Kälte. Nur Elisabeth hält sich mühsam aufrecht. Sie muss sich um die Weiterfahrt kümmern. Die Rot-Kreuz-Schwester bietet ihr an, ihre Schwester in Bad Tennstedt zu informieren, so dass sie in Erfurt abgeholt werden können. Betty dankt ihr strahlend für die Hilfe. „Legen Sie sich zu den Kindern. Ich wecke Sie, sobald der Zug nach Erfurt fährt." Sie befürchtet, dass die junge Frau gleich umfällt, wenn sie sich nicht setzt. Mit einem Blick erfasst Elisabeth noch die rührende Gruppe ihrer Kinder, die eng aneinander gekuschelt schlafen. Sie setzt sich dazu und ist im nächsten Moment in einen fast bewusstlosen Schlaf gefallen.
Und doch müssen sie noch zwei Tage warten, bis der Zug nach Erfurt kommt. Nur hier auf dem Bahnhof ist es in einer Beziehung etwas besser. Sie bekommen täglich einen Teller Suppe und etwas Brot. Sie werden nicht verhungern.
Betty erschrickt, als ihr Blick auf Gertrud fällt. Mit geschlossenen Augen sitzt das kleine Mädchen an den Wagen gelehnt und ohne einen Laut von sich zu geben, laufen ihr unentwegt die Tränen über ihr zartes, blasses Gesicht. Betty setzt sich neben sie und zieht die Kleine auf ihren Schoß. „Trudchen, sag warum weinst du? Sag's deiner Mutti." Gertrud kuschelt sich an sie und unter Schluchzen versteht Betty nur so viel, sie hat ihr Püppchen verloren. Vor Erschöpfung hat sie es irgendwo fallen lassen und keiner hat es ge-

merkt. Elisabeth hebt das schmutzige Gesichtchen mit der Hand hoch. „Schau mich an Gertrud. Ich verspreche dir, sobald wir in Bad Tennstedt sind, kaufe ich dir und auch Judith“, sie sieht aus den Augenwinkeln, dass Judith die Ohren spitzt, „jeder von euch ein Püppchen. Nun weine nicht mehr. Schau, gleich gibt es Suppe. Die Leute stellen sich schon wieder an.“
Getröstet setzt sich das Mädchen wieder auf ihren Platz.
„Judith pass jetzt auf die Kleinen auf. Josef und ich gehen die Suppe holen.“ Doch es dauert fast eine Stunde, ehe sie mit dem Essen wiederkommen. Die Mädchen sind schon wieder eingeschlafen, hören nicht einmal das Baby schreien. Betty scheint, sein Weinen ist nicht mehr so kräftig und fordernd, wie es einmal war. Er ist auch schwächer geworden, will nicht mehr so häufig aus dem Wagen. Betty ist besorgt, nimmt ihren Jüngsten auf den Arm und gibt ihm die Brust. Sie ist sehr froh, dass er kräftig trinkt. Danach bekommt er noch von der Suppe. Erst dann kann auch sie etwas essen. Noch während des Essens schläft sie ein. Josef kann ihr gerade noch den Blechbecher aus der Hand nehmen. „Oh Josef, ich bin wohl eingeschlafen?“, erschrocken wendet sie sich an ihren Ältesten, lehnt sich an ihn. Sie ist so müde, so unendlich müde. Manchmal möchte sie einschlafen und nie mehr aufwachen. ‚Nein, nein, das kann nicht sein.’ Sie reißt sich zusammen, und betet wie schon so oft um Kraft und zwingt sich aufzustehen. „Bleibt hier. Ich frage noch einmal, wann der nächste Zug nach Erfurt geht“, und geht leicht schwankend auf einen Bahnbeamten zu. Der fängt die zitternde Frau gerade noch auf, hält sie aufrecht und fragt im breitesten sächsisch: „Was ham Se denn off'm Herzen?“ Das klingt in Bettys Ohren so lustig, dass sie lächeln muss. Er lässt sie wieder los. „Sehn Se, so isses schon viel besser.“
„Wann kommt nun der Zug nach Erfurt?“
„Ja meine Gudsde, das weeß ich ooch noch ni genau. Er sollde längst da sein. Aber Se wissen ja, wie das in diesen Zeidn is, alles chaodisch. Wo sitzn Se denn?“, er hakt sich bei Betty unter und führt sie zu ihren Kindern zurück. „Wenn der Zuuch eindrifft, melde ich mich bei Ihnen“, und verschwindet wieder. „Danke, vielen Dank!“, Betty setzt sich und schläft auf der Stelle wieder ein.
Am nächsten Tag ist es dann endlich soweit. Der Zug kommt und der junge Sachse hilft ihnen beim Einsteigen. Judith, die sich auch kaum auf den Beinen halten kann, bringt ein kleines Lächeln zustande, als der Bahnbeamte sie in den Zug hebt.

„So e leichdes Bübbchen. Es wird alles gut.“, verspricht er der Kleinen und hebt zusammen mit Josef noch den Kinderwagen ins Abteil. „Hier könn se sich alle offwärm“, sagt er noch, als ihm Elisabeth zum Abschied die Hände reicht. Sie sind eiskalt. „Viel Glück und alles Gude.“ Dann verschwindet er wieder. Und tatsächlich, der Zug ist geheizt. Wohlige Wärme umhüllt die durchgefrorenen Flüchtlinge. Ein junger deutscher Soldat versucht mit einem alten Lappen die Fensterscheibe zu säubern. Damit man wenigstens etwas von der vorbeiziehenden Landschaft erkennen kann. Die Familie Kosel macht es sich auf einer Holzbank bequem. Auf den blassen Gesichtern breitet sich ein weiches Lächeln aus und so schlafen sie alle ein. Auch als der Zug in Erfurt zum Stehen kommt, werden sie nicht wach. Nur Josef blinzelt kurz. Das Geräusch vom Rattern der Räder fehlt. Oh, der Zug hält. Jetzt ist er munter. „Mama, Mama wir sind da.“ Er blickt aus dem Fenster. „Da steht Erfurt, Mutti wach auf, wir sind angekommen.“ Josef geht zur Tür, schaut hinaus. Der Bahnsteig ist fast menschenleer. Eine schwarzhaarige Frau stürmt aufgeregt auf ihn zu. Josef bist du das, aber wo sind die anderen der Familie?“ Das muss Tante Elli sein. „Alle sind hier drinnen, sie schlafen noch.“ Elfriede steigt ins Abteil. Sie sieht ihre Schwester Elisabeth und die Kinder zusammengekauert auf der Bank sitzen. Langsam werden alle wach. Auch Betty öffnet die Augen und glaubt einen Geist zu sehen. Plötzlich kommt ein Erkennen in ihren Blick. „Elli bist du es wirklich? Ich kann es noch gar nicht glauben. Endlich haben wir es geschafft.“ Schwankend steht sie auf und geht auf ihre Schwester zu und bricht in ihren Armen zusammen. Sie schluchzt, sie kann nicht aufhören. Auch die Kinder weinen mit. Als dann noch Hagen laut losbrüllt, kommen die beiden Frauen zu sich. „Mein Gott, das Baby.“ Elli nimmt den Kleinen aus dem Wagen und staunt, wie gut er die Strapazen überstanden hat. Auf ihrem Arm beruhigt sich der Junge. „Mein Kleiner, du bist aber schwer.“ Sie wendet sich an Judith: „Sag mal, wie heiß dein Bruder denn?“ Judith hat sich auch zu der Gruppe gestellt. „Das ist Hagen, und du bist die Tante Elli?“ „Ja, ich bin eine Schwester deiner Mutter. Aber“, sie wendet sich um, „da fehlt doch noch ein Kind“. Ganz hinten in der Ecke sitzt immer noch Gertrud. Sie traut sich nicht heran. Josef geht hin und zieht seine Schwester zur Tante hin. „Das ist Gertrud. Sie ist jetzt fünf Jahre alt.“ Elli begrüßt auch das Mädchen. Da geht die Abteiltür auf und eine Rot-Kreuz-Schwester kommt mit heißem Karokaffee herein und sogar etwas heißer Milch für Hagen. „Sie müssen jetzt

aussteigen. Der Zug fährt gleich weiter." Sie hilft erst den Kindern beim Aussteigen und trägt dann mit Elli den Kinderwagen auf den Perron. Sie wendet sich an Elli: „Wie kommen Sie weiter?"
„Wir haben einen Kleinlaster besorgen können. Da passen alle rein."
„Gut", die Rot-Kreuz-Schwester verabschiedet sich von der Gruppe. „Ich wünsche Ihnen alles Gute" und an Elfriede gewandt: „Ihre Schwester muss sicher ins Krankenhaus. Sie kann sich nur noch mit Mühe aufrecht halten." Sie dreht sich noch mal um. „Warten Sie, ich begleite Sie bis zum Auto." Sie legt ihren Arm um Betty und hilft ihr beim Einsteigen ins Führerhaus. Die Anderen aber, auch der Kinderwagen, müssen hinten auf den offenen Pritschenwagen. „Das ist Herr Gierke", stellt Elli den Fahrer vor, „ein Nachbar. Er war so nett, wollte helfen, als er hörte, wo ihr herkommt. Sonst hättet ihr mit dem Zug über Döllstedt nach Tennstedt fahren müssen. Das hätte noch viele Stunden länger dauern können", erklärt sie Elisabeth. Doch die sitzt nur noch stumm und mit starrem Blick im Auto und sagt kein Wort mehr.
Der Lastwagen setzt sich keuchend in Bewegung in Richtung ihres neuen Zuhauses. Ein kalter Luftzug lässt die Kinder auf dem offenen Fahrzeug erschauern. Ihre Kleidung ist schnell durchnässt. Fürsorglich legt die Tante eine alte Decke, die sie auf dem Gefährt findet, um die Schultern der schmalen Gestalten. Elfriede bemüht sich die Kinder etwas aufzumuntern. Sie erzählt von ihrer Familie. Aber keines reagiert darauf. Erschüttert über soviel Trostlosigkeit, wendet sie sich dem schlafenden Säugling zu.
Tante Elli und Onkel Franz, der abends von der Arbeit kommt, haben ein paar alte Betten aufgestellt, so dass sie je zwei in einem Bett schlafen können. Sie essen auch kaum etwas, weil der Magen nichts mehr gewohnt ist. Noch in der Nacht bekommt Elisabeth einen Schreikrampf. Sie schreit so laut, dass alle davon wach werden und Doktor Hase kommen muss. Er gibt ihr eine Spritze und weist sie ins Krankenhaus ein. „Sie hat", erklärt er Elli, „einen völligen Zusammenbruch". Dabei untersucht er auch alle Kinder und ist erstaunt, in welch gutem Zustand Hagen ist. Die anderen hätten keine drei Tage überlebt. Sie sind total unterernährt. Er sagt, sie dürften erst einmal nur leichte Kost bekommen, so eine Art Schonkost. Als dann Elisabeth am nächsten Tag ins Krankenhaus kommt, müssen die Kinder der Reihe nach in die Badewanne, erst die beiden Buben, und dann die Mädchen. Alle freuen sich über Hagen, der voller Lust im warmen Wasser planscht, und selbst die scheue Gertrud hat ein kleines

Lächeln in dem sonst so ernsten Gesicht. Und wieder ist es Josef, der sich rührend um das Baby kümmert und so die Tante entlastet. Nun kommen die Mädchen dran. Bei Gertrud hat Elli keine Schwierigkeiten. Ihr zartes blondes Haar ist schnell gereinigt, aber Judiths lange braune Zöpfe sind total verfilzt. Als dann Tante Elfriede mit der Schere zu schneiden ansetzt, brüllt Judith so laut, dass Elli es nicht wagt, die dunkle Pracht abzuschneiden. „Aber", droht Elli, „morgen gehst du zum Friseur. Damit ärgere ich mich nicht herum. Wer weiß, wie lange deine Mutter im Krankenhaus bleiben muss. Die Haare müssen ab."
So geschieht es auch. Am nächsten Morgen, ihr Bruder Josef und ihr Cousin Stefan zerren sie mehr, als dass sie sie an der Hand führen, in den Friseurladen. Auch dort muss sie noch festgehalten werden. Sie wehrt sich verzweifelt. „Das verzeihe ich euch nie. Auch nicht, wenn ich 100 Jahre alt werde, auch der Tante nicht."
Sie ist zutiefst verletzt. Auf das lange Haar war sie so stolz. Immer wieder weint sie. Was wird Vati sagen? Er wird seinen 'Moritz', das ist ihr Spitzname, nicht mehr wiedererkennen, wenn er kommt. Aber dann ist sie plötzlich still, ergibt sich in ihr Schicksal und wird wieder ganz apathisch.
Drei Wochen später wird Elisabeth aus dem Krankenhaus entlassen. Alle erschrecken, die sie von früher her kennen. Sie ist wie versteinert, hat kaum eigenen Willen, macht, was man ihr sagt. Sonst sitzt sie still irgendwo in einer Ecke. Meistens sitzt Gertrud bei ihr. Endlich hat sie die Mutter fast für sich allein. Die beiden Großen aber tauen so langsam auf, werden lebhafter und fangen an zu streiten. Da sind ja noch die Kinder von Tante Elli und Onkel Franz. Der Älteste, Stefan, ist schon fast zehn. Tina ist acht und Ralf ist fünf Jahre alt. So passen sie vom Alter her ganz gut zu Bettys Kindern und spielen auch schon mal miteinander. Doch Tina reagiert mitunter zickig, wenn diese 'Fremden', sie kennt sie ja alle nicht, ihr Spielzeug mitbenutzen.
Dann kommt Weihnachten heran. Doch Weihnachten 1945 ist für viele ein sehr trauriges Fest. Es gibt kaum eine Familie, die nicht einen, mitunter zwei liebe Menschen, verloren hat. Was aber alle feiern können, ist ein Weihnachtsfest ohne Krieg. Das ist das Kostbarste dieses Festes. Doch Familie Kosel hat noch einen ganz besonderen Grund. Konstantin Kosel kommt aus der Gefangenschaft nach Hause. Er war fast ein Jahr in französischer Gefangenschaft gewesen. An einem sonnigen Morgen im Dezember, geschieht das

Wunder. Alle sitzen beim Frühstück, da steht er in der Tür. Weil die Kinder lebhaft dabei sind, es sind immerhin sieben, hat man ihn nicht gleich bemerkt. Judith springt plötzlich auf. „Vati, oh Vati, du bist wieder da“, und springt dem dünnen heruntergekommenen Mann in die Arme. Alle anderen kommen hinzu und umringen ihren Vater. Nur Elisabeth steht noch etwas abseits. Sie hat Hagen auf dem Arm. Noch ehe sie etwas sagen kann, ist Konstantin zu ihr hingetreten und umarmt alle beide. Alle weinen, nur Hagen schaut den fremden Mann aus großen Augen an. Dann legt Betty ihren Jüngsten Konstantin in die Arme. „Das ist Hagen.“ Der guckt nur ängstlich und will schnell wieder zu seiner Mutter zurück. Josef nimmt ihn ihr ab, so dass sich die Eheleute umarmen können. Familie Gärtner steht daneben, aber auch sie sind berührt. So weinen inzwischen alle. Dann geht Elli auf ihn zu und umarmt ihn kurz. „Ich möchte nun auch meinen Schwager begrüßen. Wir heißen dich alle herzlich willkommen und freuen uns, dass du überlebt hast. Komm herein und setz dich erst einmal. Hier das sind meine drei Kinder. Der Große ist Stefan, den kennst du ja. Da ist Tina, und der Jüngste ist Ralf.“ Sie gießt ihm eine Tasse Kaffee ein und bietet ihm ein Butterbrot an. „Iss erst mal etwas. Das wirst du brauchen.“
Er trinkt einen Schluck, aber essen kann er nicht, so aufgewühlt ist er. Da ist nun seine Familie und alle haben überlebt. Er ist unendlich dankbar, dem Schicksal, oder Gott, oder wen es sonst noch gibt. Immer wieder nimmt er Betty und die Kinder in die Arme. Er kann es einfach noch nicht fassen. Sein Herz ist voller Freude und Dankbarkeit, vor allem seiner über alles geliebten Frau gegenüber. Ganz zart legt er seinen Arm um ihre schmalen Schultern. Er sieht sehr wohl, in welchem Zustand sie ist. Aber er hofft, dass er es mit viel Liebe schaffen wird, sie wieder lachen zu sehen, seine zarte süße Elisabeth. Zärtlich streicht er ihr über ihr volles Haar. Er war sehr erschrocken, als er sah, dass seine Frau in den Wochen der Flucht grau geworden ist. Wie schrecklich müssen ihre Erlebnisse gewesen sein, die sie so plötzlich ergrauen ließen. Er kann es nur erahnen. Immer wieder gleitet sein Blick über die Köpfe seiner Kinder. Er wird seiner Frau bis an sein Lebensende dankbar sein.

1946-1949

Langsam erholt sich die ganze Familie. Alle nehmen etwas zu. Demnächst müssen sie bei Elli raus. Eine Dreizimmerwohnung ist einfach zu eng für elf Personen.
Immer wieder legt sich wie ein Schleier Traurigkeit über die verletzten Seelen, besonders ausgeprägt bei Elisabeth, was ja auch verständlich ist nach allem, was sie ertragen musste. Keiner kommt an sie heran. Wenn jemand doch mal zu fragen wagt, sei es ihr Mann oder ihre Schwester, wird er kühl abgewiesen. Sie hat sich in ihr Schneckenhaus zurückgezogen, sie versucht allein mit ihren Verletzungen fertig zu werden.
Auch für die Kinder ist es schwer. Keiner spricht mit ihnen, erklärt ihnen, was da eigentlich geschehen ist, um etwas von dem Erlebten verarbeiten zu können. Die Tante reagiert nur abweisend, wenn eines der Kinder davon zu sprechen beginnt. Ihr Vater ist schlicht überfordert, aber er beschäftigt sich mit ihnen. Er versucht sie abzulenken. Da er noch keine Arbeit hat, geht er täglich mit ihnen raus, erzählt ihnen Geschichten oder macht Sport mit ihnen. Es ist so eine Art Bodenturnen, weil sie keine Geräte haben.
Das alles hilft ihnen in jeder Beziehung und stabilisiert sie auch körperlich. Er freut sich, wenn seine Kinder auf seine Spiele eingehen, er sie zum Lachen bringen kann.
Es kommen auch ein paar Nachbarkinder und auch die Neffen machen mit. Seine Sportausbildung hilft ihm. Er kann gut mit Kindern umgehen.
Aber jetzt müssen sie erst einmal umziehen. Sie bekommen eine Wohnung am Rande der kleinen Stadt, sehr schön, auf einer Anhöhe gelegen. Wohnung ist allerdings zu viel gesagt. Es sind nur zwei Räume in der Weilandshöhe – so wird die Villa neben oder besser oberhalb der Brauerei, genannt. Ein schönes großes Haus, um die Jahrhundertwende erbaut. Da finden Flüchtlingsfamilien ein neues zu Hause. Nur leider ist das alte Gebäude etwas heruntergekommen, weil dort auch die russischen Besatzer gehaust haben.
Judit ist mit ihren Eltern zur Besichtigung mitgegangen. „Vati, ist das schön hier." Bisher haben sie nur die kleinen engen Bauernhäuser von Tennstedt kennen gelernt. „Schau mal", Judith tanzt durch den ganzen Raum und ihrem Vater in die Arme. Er fängt sie auf und wirbelt sie herum. So kennt er 'seinen Moritz'. Immer öfter kommt etwas von dem kapriziösen temperamentvollen Mädchen, das sie mal war,

durch. Konstantin freut sich und zieht seine abseitsstehende Frau in die Arme. „Schau, daraus kann man durchaus etwas machen. Der Raum hat mindestens 25 – 30 m^2 und so viel Licht, drei Fenster mit einem halbrunden Strahlenkranz oben, über 3 m hoch, große doppelflüglige Türen mit goldenen Türgriffen.“ Aber Elisabeth kann nicht viel Positives darin sehen. „Alles ist total verdreckt. Erst müssen wir gründlich sauber machen“, erwidert sie nur. „Und wer soll die großen Fenster putzen? Außerdem sind die Wände auch sehr schmutzig und es gibt keine Farbe zu kaufen“, kommentiert sie ihre Antwort.
„Sei nicht so verzagt! Wenn wir alles saubergemacht haben, ich werde die Wände auch schrubben, wird es erst einmal gehen.“ Er nimmt Betty an die Hand und führt sie über den großen Flur in das gegenüberliegende Zimmer. „So, das ist jetzt der zweite Raum, den wir noch bekommen haben. Das ist eindeutig eine Küche. Schau mal, da steht ein großer rechteckiger Tisch. Den können wir gut für unsere sechsköpfige Familie gebrauchen.“ Die Wände sind halbhoch lackiert. Es gibt ein Spülbecken und einen Wasseranschluss. Elisabeth geht gleich hin, um den Hahn auszuprobieren. „Damit wirst du kein Glück haben. Das ist der einzige Nachteil dieser Wohnung. Es gibt kein fließendes Wasser. Man muss jeden Liter aus der Brauerei holen.“
„Oh, mein Gott“, Betty lässt sich auf den einzigen vorhandenen Stuhl fallen. „Wer soll denn das viele Wasser herauftragen?“ Sie tritt an das Fenster. „Wir sind hier im zweiten Stock!“
„Das müssen die Kinder tun. Natürlich auch ich, wenn ich da bin. Ach, sei nicht so enttäuscht.“ Er streicht ihr Haar. „Es war die einzige freie Wohnung, die ich bekommen konnte, und die Lage ist“, er führt Elisabeth ans Fenster, „doch wirklich sehr schön! Schau, das Haus steht mitten in einer Obstplantage, was im Herbst auch Vorteile haben kann. Wenn die Früchte reif sind, können die Kinder auf die Bäume klettern.“ Er blinzelt Judith zu. „Und du“, er wendet sich an seine Tochter, „wirst Mutti doch helfen? Du bist ja jetzt schon ein großes Mädchen.“
„Ja Vati, mach ich doch. Aber ihr wisst doch, was in fünf Tagen ist? Dann werde ich zehn Jahre alt“, fügt sie stolz hinzu.
Elisabeth weiß, was diese Antwort bedeutet. Sie hat ihren Mädchen Puppen versprochen. Elli hat ihr gesagt, sie könnte bei Püppchen-Fischer mal nachfragen. Er hat ein Spielwarengeschäft. Da findet sie sicher auch etwas für die Jungen. Hagen hat ja schon einige alte Autos von seinen Cousins bekommen.

„Ach“, Betty seufzt, „wir brauchen fast alles. Die Wohnung ist leer. Die Betten von Elli können wir erst mal nehmen, aber sonst haben wir nichts.“
„Schau, im Schlafzimmer steht ein wunderschöner Eisenreliefofen.“ Er zieht seine Frau an der Hand wieder ins Schlafzimmer, das auch ihr Wohnzimmer sein wird. „Und hier kann man tanzen.“ Er pfeift ein paar Takte eines alten Schlagers und schwingt Betty im Kreis herum. „So viel Platz ist da.“
Die Sonne zwängt sich zwischen den Wolken durch und taucht den Raum in goldenes Licht. Betty ist nun ganz versöhnt. Sie haben die Zimmer im Südwesten. Das stimmt sie fröhlich. Sie müssen bei Elli ausziehen. So sehr harmonisch war die Beziehung zu ihrer Schwester nie. Und jetzt durch die Enge bedingt, gab es hier und da schon mal Ärger. Sie werden hier wohnen. Die Kinder brauchen ihr eigenes Zuhause. Den Komfort wie in Gleiwitz kann sie hier natürlich nicht erwarten. Aber, dass es so bescheiden ausfallen würde, hat sie nicht gedacht. Wenn ihr Mann erst einmal Arbeit findet, ist der Umzug in ein anderes Haus bald möglich. Ganz froh gestimmt nimmt sie ihre Lieben an die Hand. „Es wird schon werden, fangen wir's an!“
Konstantin bewundert die Tapferkeit seiner Frau.
Weil sie fast keine Möbel besitzen, ist der Umzug schnell geschafft. An einem freundlichen Tag im Februar, der Schnee ist geschmolzen, so dass die Straßen einigermaßen frei sind. Mit einem großen Handwagen zieht die ganze Familie los. Oben auf den Strohsäcken der Betten sitzt krähend Hagen. Judith läuft neben der Karre und hält den Kleinen am Arm fest. Josef und Konstantin ziehen das Gefährt, dem mit einem kleinen Lächeln Elisabeth, Trudi fest an der Hand, folgt. Die Reinigung der neuen Wohnräume hat Konstantin heimlich mit Josef gemacht. Er hat es sogar fertig gebracht fünf Stühle, von denen jeder anders aussieht, zu besorgen. Aber die sind ganz und das ist die Hauptsache. Auch einen alten Kleiderschrank konnte er einem Bauern abschwatzen.
In der Küche sind Tisch und Stühle sowie ein sehr schäbiges Buffet. Und im Schlafzimmer, er führt Betty ganz stolz hinein, stehen neben den drei Betten mit frischen Strohsäcken, der besagte Kleiderschrank und eine kleine antike Sitzbank mit Tisch und Stühlen, etwas reparaturbedürftig, aber noch ganz gut. Auf dem Tisch liegt eine weiße Tischdecke von Elli und ein großer Blumenstrauß in einer Schale.

„Mein Gott, Konstantin, wie hast du das geschafft?“ Elisabeth kommt aus dem Staunen nicht heraus, dreht sich um und fliegt ihrem Mann in die Arme. Konstantin ist froh. Endlich hat er seiner Frau eine Freude machen können. „Nur“, wehrt er bescheiden ab, „war ich das nicht allein. Komm mein Sohn“, er holt Josef an seine Seite. „Er hat bei allem fleißig mitgeholfen. Ohne ihn wäre ich nicht so schnell fertig geworden.“
„Das habt ihr wunderbar gemacht.“ Sie streicht ihrem Ältesten zärtlich übers Haar. „Aber“, Konstantin macht ein geheimnisvolles Gesicht, „da gibt es noch eine Überraschung für meinen 'kleinen Moritz'. Du hast heute Geburtstag. Den wollen wir jetzt feiern. In der Küche ist der Tisch gedeckt für uns alle. Doch jetzt pack' erst einmal dein Geschenk aus.“ Er überreicht ihr einen recht großen Karton. Judith setzt sich auf den Boden und öffnet ihn, schreit vor Entzücken laut auf: „Mama, Papa, Danke! Die Puppe ist wunderschön. Sieht fast aus wie ich, als ich noch meine langen Zöpfe hatte“, und greift sich traurig geworden an ihren kurzen Pagenkopf. Gleich ist Konstantin bei ihr und nimmt die Kleine hoch. „Das macht doch nichts. Du bist trotzdem meine hübsche Tochter, mein Moritz,“ fügt er noch hinzu. „Haare wachsen schnell. Bald hast du wieder Zöpfe.“ Dann gehen sie hinüber und feiern mit Marmeladenbrot und Blümchenkaffee. So wird hier der Karokaffee genannt. Das war ihr erster Tag in der Weilandshöhe.
Hagen läuft plappernd um den großen Tisch herum und freut sich auch über so viel freien Raum. Alle betrachten das Nesthäkchen und freuen sich mit ihm. Plötzlich springt Elisabeth auf. „Jetzt habe ich noch etwas Wichtiges vergessen“, geht zu ihrer Tasche und holt noch ein Päckchen ans Licht. „Schau“, sie wendet sich an Gertrud, „das ist für dich“. „Aber“, widerspricht diese, „ich habe doch gar nicht Geburtstag“.
„Nun, ja, das dauert noch lange, bis Oktober. So lange wollten wir dich nicht warten lassen.“
Glücklich vor sich hinlächelnd packt sie ihr Päckchen aus. „Oh, eine Puppe! Danke Mami!“ Selig drückt sie das Spielzeug an sich.
„Oh, ehe ich es vergesse“, Konstantin wendet sich an den neben ihm sitzenden Sohn. „Für dich gibt es auch noch etwas. Doch ich bin nicht ganz fertig geworden damit, aber bald.“ Ein paar Tage später kommt Konstantin aus der Schule, er arbeitet vorübergehend als Turnlehrer. Er fährt auf einem alten Fahrrad vor. Josef und ein paar Nachbarjungen spielen an der alten Stadtmauer, die noch teilweise

Bad Tennstedt umgibt. Konstantin ruft seinen Sohn heran. „So, mein Sohn, das ist nun dein Geschenk. Es ist alt, aber ich habe es auf Fordermann gebracht. Es fährt.“
„Oh, Vati“, Josef ist begeistert. „Das ist toll. Ich freue mich.“ Er geht auf seinen Vater zu und umarmt ihn. Das passiert ganz selten mal. In der Pubertät sind Zärtlichkeiten bei Jungen etwas Seltenes. Josef war ohnehin nicht so ein Schmuser, denkt Konstantin bei sich. Obwohl, wenn man ihn so mit Hagen erlebt, ist er ganz anders. So als hätte er ihn von Anfang an adoptiert.
Seine zarte Frau war durch die vielen schrecklichen Ereignisse sehr belastet. Josef war auf seine stille Art eine große Hilfe für sie. ‚So richtig kommt er an seine Frau nicht heran’, denkt er, als er die Treppe hinaufgeht. Sicher ist sie liebevoll wie immer, aber sie wehrt jede seiner Zärtlichkeiten ab. Er muss geduldig sein, nun ja, das ist er. Es hat sicher mit der Vergewaltigung zu tun.
Und Gewalt angetan hat man ihr in vieler Hinsicht. Sie musste bei Nacht mitten im Winter, dazu hochschwanger, aus dem Haus raus. Sie musste ihre Heimatstadt Gleiwitz aufgeben und mit vier kleinen Kindern diese fürchterliche Flucht antreten, alles zurücklassen, was sie sich in den 15 Jahren ihrer Ehe erwirtschaften konnten. Alle, was vertraut war, ist weg. Nun ja, er hat ja auch alles verloren, aber er hat sich schneller auf die neue Situation einstellen können. Ach was, er wurde nie so schwer verletzt wie sie. Immer wieder in den letzten Wochen versucht er näher an Betty heranzukommen, mehr über die Flucht zu erfahren, um ihr beistehen zu können. Erst neulich hat er sie dazu direkt befragt. Doch eine Antwort bekam er nicht. Nur ein hilfloses Gestammel brachte sie heraus, dass in einem Weinkrampf endete. Aber auch das war ein kleiner Erfolg. Denn er löste etwas aus der Erstarrung, in die sie zeitweise verfällt. Er nimmt sie schweigend in die Arme und lässt sie weinen. Er liebt sie. Er wird ihr helfen können. Er steht schon eine Weile im Flur vor der Küchentür. Er nimmt sich zusammen und geht endlich hinein.

Bald haben sie sich in der Weilandshöhe, die eigentlich Weilandshöhle heißt, eingelebt.
Weihlandhöhle, weil sich unter dem Haus eine Höhle befindet. In der hat vor langer Zeit ein Raubritter namens Weiland gelebt, darum der Name. Im Dreißigjährigen Krieg gab es einen unterirdischen Gang von der Höhle ausgehend bis in den nächsten Ort – Herbsleben. Dort konnten sich die Bürger, sei es vor Gustaf Adolfs-Heer aus

Schweden oder Wallensteins-Heer, schützen. Soviel hatte Konstantin über die Höhle herausbekommen. Bei der Gemeinde beantragt er die Änderung des Namens wieder in Weilandshöhle.
Konstantin interessiert sich sehr für die Geschichte seiner neuen Heimat. Nur ist er bei den Stadträten und Bürgermeistern nicht sehr beliebt. Ein Mensch, der zu sehr in der Vergangenheit wühlt, ist erst einmal suspekt.
So kommt man dahinter, dass Konstantin nicht in **der Partei** ist, aber für die Schule arbeitet. Seine Arbeit ist schnell beendet und Konstantin wieder arbeitslos, bis er sich dann um Arbeit in der Ziegelei, ganz am Rande der kleinen Stadt, bewirbt und auch angenommen wird. Leider ist auch das nicht für lange Zeit. Zwei Jahre könnten es gewesen sein, da tritt der Besitzer an Konstantin heran: „Ich habe Sie als einen begabten findigen Menschen kennen gelernt. Ich möchte nicht auf Sie verzichten. Ich will nach dem Westen gehen und Sie und ihre Familie mitnehmen." Er sieht Konstantin ernsthaft fragend an. „Was sagen Sie dazu?"
„Nun, ich möchte schon, aber ich muss meine Frau und die Kinder auch erst einmal dazu befragen. Die Kinder fangen so langsam an, sich zu integrieren. Ich will damit nicht sagen, dass sie heimisch geworden sind, nur ich denke, es wird schwer werden."
„Lassen Sie sich Zeit. Nur bitte ich Sie um Stillschweigen. Es darf nicht publik gemacht werden."
„Das ist doch klar." Er gibt seinem Chef die Hand. „Darauf mein Wort." Nachdenklich geht er nach Hause.
Am Waldesrand des Tännchens, dem einzigen Waldstück hier in der Gegend, bleibt er stehen und schaut blinzelnd in die Sonne, die durch die Zweige scheint. Er muss sehr vorsichtig sein mit seinen Äußerungen. Auch in der Weilandshöhle haben die Wände Ohren und die Flucht in den Westen ist ein Vergehen, das mit Gefängnis bestraft wird. Mit seinen Kindern kann er auch nicht über dieses Vorhaben sprechen. Durch die Stasi werden selbst Schüler dazu angehalten, ihre Angehörigen zu bespitzeln. Nur um den Staat vor dem militanten Westen zu schützen, muss man zu solchen Mitteln greifen, erklärt man den Kindern. ‚Aber was', denkt Konstantin, ‚ist an dieser Ostzone schon schützenswert?'. Wenn man nicht in der Partei ist, bekommt man keine finanzielle Unterstützung. Oft ist er verzweifelt, wenn die Kinder hungern und frieren. Er seufzt tief. Vor seiner Frau gibt er sich zuversichtlich, aber was wird Elisabeth zu seinem Vorhaben sagen. Er weiß, dass sie sich hier noch nicht sehr einge-

lebt hat. Aber er weiß auch, dass man sie noch immer nicht sehr belasten kann. Er muss sich darauf einstellen, dass sie nein sagt. Und so kommt es auch. Nach seiner Anfrage bestätigt sich seine Vermutung. Sie lehnt ab.
Elisabeth ist entsetzt. Sie hat Angst, in ein Lager zu müssen und möglicherweise jahrelang kein Heim zu haben. Sie ist ganz außer sich und schreit ihn an. Konstantin weiß, dass er seinen Traum, nach dem Westen zu gehen, begraben muss. Betty ist einfach noch nicht so weit, eine weitere Belastung auszuhalten.
Konstantin ist traurig. Es wäre ein guter Neuanfang gewesen, ganz andere Arbeitsmöglichkeiten für ihn, für die Kinder bessere Schulen... Aber natürlich kann er auch seine Frau verstehen. Vielleicht ist es möglich zu einem späteren Zeitpunkt, in einigen Jahren, einen neuen Versuch zu starten. Jetzt wird er sich erst einmal in Sömmerda bewerben, einer kleinen Stadt ganz in der Nähe.
Und Gott sei Dank, findet er einen guten Arbeitsplatz. Ein alter Meister ging in Rente. So konnte er gleich anfangen und auch wieder besser verdienen. So langsam tritt eine gewisse Normalität ein, auch wenn sie noch mit vielen Schwierigkeiten zu kämpfen haben. Die hohen Räume der Weilandshöhle sind schön, aber im Winter kaum zu erheizen. Der Garten, der das Haus umgibt, es ist schon eher ein Park, hat zum Glück viele alte Bäume. Die werden bei Nacht gefällt und unter den Bewohnern verteilt. Das hilft etwas. Dazu kommt der Hunger. Das, was es an Lebensmitteln gibt, reicht nie, trotz Ährenlesen und Kartoffelnstoppeln. Dann werden die Kleider der Kinder zu klein. Man bekommt nur sehr schwer Stoffe zu kaufen, hofft aber stets, dass es schnell mal besser wird.

Die Zeit verrinnt, die älteren Kinder gehen schon fast zwei Jahre hier zur Schule. Gertrud ist vor einem Jahr eingeschult worden. Betty ist froh, am Vormittag etwas Ruhe zu haben.
Sie steht am Fenster und schaut hinaus. Es ist doch schön hier. Im April stehen die Obstbäume in voller Blüte. Etwas von dem Duft weht zu ihr ins Zimmer hinein. Leise klingt Musik von Mozart durch den Raum. Konstantin hat einen alten Volksempfänger reparieren können. Zu ihren Füßen spielt der 3-jährige lebhafte Hagen. Er ist sehr lebhaft. Sie darf ihn nicht aus den Augen verlieren. Er stellt laufend etwas an. „Mami“, sie lauscht. Das war doch die helle Stimme ihrer Judith. Jetzt schon, es ist doch erst elf. Da geht die Tür auf und Judith stürmt herein. „Mama, stell dir vor, Herr Winkler unser Lehrer hat

heute Geburtstag. Wir hatten keinen Unterricht, nur gefeiert. Jeder von uns bekam ein Stück Kuchen, alle 64 Kinder. Manche der Kinder haben etwas dargeboten. Irmtraud“, sie zeigt auf ihre Freundin, die sie an der Hand in den Raum führt, „hat ein Gedicht aufgesagt, einige haben gesungen.“ Sie zieht das blonde Mädchen zur Mutter hin. „Das ist Irmtraud“, stellt sie sie ihrer Mutter vor, dreht sich um, „das ist meine Mutter, Elisabeth Kosel“. Schüchtern reicht ihr das Mädchen die Hand. „Guten Tag“, sagt sie. „Und Judith hat getanzt“, fügt sie noch hinzu. „In den Holzschuhen?“, fragt Betty. Sie bekommen noch immer keine richtigen Schuhe für die Kinder. „Aber nein, ich habe sie ausgezogen und in Strümpfen getanzt. Und das hat Herrn Winkler so gut gefallen, dass ich beim Schulfest auf der Bühne im Volkshaus tanzen soll.“
Betty ist platt. „Und das traust du dir zu?“
„Ja, ich mach’s. Herr Winkler wird mit mir in der Aula etwas üben. Aber Mutti, da gibt es ein Problem.“ Sie seufzt. „Ich habe kein Kleid dafür.“
„Ach was, da findet sich etwas“, meint Betty, geht zum Fenster und zieht die kurze Gardine von der Stange. Siehst du, davon mache ich dir ein Tutu, ein Trikot mache ich dir aus Papas Unterhemd. Das wird schon gehen, erwidert die findige Mutter.“ Sie ist ja Schneiderin. Wenn sie nur genug Stoff bekäme, würden ihre Kinder nicht so herumlaufen, in geflickten Kleidern. Zum Glück hat Konstantin eine alte Nähmaschine reparieren können. Sie näht aus roten Fahnen oder auch Militärmänteln Kleidung für die Kinder.

So langsam rückt der Tag, an dem das Fest stattfinden soll, heran. Die beiden Großen sind ganz aufgeregt, denn auch Josef hat als 'Thomas Münzer' seinen Auftritt. Judith hat sich noch für eine Märchenaufführung gemeldet. Sie wird Rotkäppchen darstellen. Sogar Preise werden vergeben. Zum Glück gab es noch etwas von dem roten Fahnenstoff. Betty näht ihr davon ein reizendes Kleidchen und ein Häubchen dazu. Als es dann soweit ist, ist Judith doch ziemlich durch den Wind. Sie läuft von einem Zimmer zum anderen. „Mutti, wo ist der Kamm, die Schleife“ oder auch „die Söckchen?“ Sie sieht reizend aus in dem neuen Kleid. Betty hat ihr die Haare zu Locken aufgedreht, die ihr schon wieder halblang über den Rücken fallen.
Judith tanzt und die etwa 100 Zuschauer, sind begeistert. Immer wieder kommen fremde Menschen auf ihre Eltern zu und gratulieren ihnen. Diese aber fragen sich nur, woher ihre Tochter den Mut

nimmt, einfach so ohne jede Ausbildung zu tanzen. Sicher, Judith tanzt schon seit sie laufen kann. Wenn sie Musik hört, möchte sie sich danach bewegen. Ihr Lehrer, der sie auf dem Klavier begleitet, freut sich über das begabte Mädchen und meint, sie sollte auf alle Fälle später einen künstlerischen Beruf ausüben. Sie malt ja auch gut, fügt er noch hinzu.
Danach kommt ihr Auftritt als Rotkäppchen. Auch damit hat sie Erfolg. Sie bekommt den ersten Preis. Es ist ein kleines Ölbild. Judith ist ganz stolz. Unterhalb der Bühne steht Konstantin und ist begeistert 'sein Moritz', einfach toll. Er öffnet die Arme und sie fliegt hinein. Ein toller Abgang. Auch Josef hat als Bauernführer Erfolg. Seine blonden Locken, das inzwischen wieder gerundete Gesicht, seine etwas stämmige Gestalt, passt gut zu dieser historischen Figur. –
Die schulischen Leistungen der beiden lassen allerdings zu wünschen übrig. Sie sind immer noch durch die Kriegserlebnisse gezeichnet. Besonders Judith, so klagen die Lehrer, ist oft unaufmerksam und verträumt. Sie verkriecht sich, sichtbar fast, in sich selbst und ist dann für die Außenwelt unerreichbar. Auch zu Hause, wenn sie der Mutter helfen soll, wissen die Jungen schon, wo sie zu finden ist. So langsam kennen alle ihre Verstecke, entweder draußen auf der Wiese in einer Mulde, auf dem Dachboden oder auf dem Klo sitzt sie und liest, alles, was sie in die Finger bekommen kann. Lesen ist ihre große Leidenschaft geworden. Es hilft ihr über vieles hinweg.
Wenn Elisabeth sich bei Konstantin über sie beklagt, sie sei doch früher eine sehr gute Schülerin gewesen, meint ihr Mann nur: „Lass sie. Sie wird das brauchen. Wenn ihr das Lesen hilft, ist es gut. Sie ist so sensibel. Sie versucht das immer zu verbergen, aber ich kenne meine Kleine. Sie ist noch lange nicht wieder die alte. Ach neulich", meint Konstantin, „habe ich Judith mit einer neuen Freundin gesehen. Wer ist das Mädchen?" „Oh, du meinst Irmtraud. Ja, das ist eine ganz Liebe. Sie geht mit Judith in eine Klasse. Sie kommt auch aus Oberschlesien, ich glaube aus Neiße. Ihre Eltern wohnen in der Kurstraße und haben fünf oder sechs Kinder, außer Irmtraud alles Jungen. Die zwei Mädchen scheinen sich gut zu verstehen, obwohl sie so verschieden sind. Judith so dunkel und zierlich und voller Temperament, Irmtraud dagegen, blond, etwas kräftiger und so ruhig und ernsthaft. Ich denke, das ist gut für die beiden. Sie können sich gegenseitig viel geben."

Judith und ein paar Mädchen gründen so etwas wie einen Theaterclub. Sie üben kleine Sketche oder Märchen ein, führen das draußen oder auf dem großen Dachboden auf und verlangen Eintritt. Ab und zu können sie auch einen Jungen dazu bringen mitzumachen. Aber so viel Interesse ist bei den Buben nicht vorhanden. Sie wollen nur das Geld. Es sei denn, es sind Doktorspiele, dann machen auch schon mal sie mit. Man könnte ja etwas zu sehen bekommen, wenn die Mädchen sich umziehen, oder beim Doktor ausziehen müssen. Die Pubertät ist da, die Neugier groß. Aber auch das lässt nach, weil die Scham immer noch größer ist. Alles bleibt sehr harmlos.
Nur etwas macht den Flüchtlingskindern zu schaffen, sie können nicht so leicht integriert werden, in der Schule, in der Gemeinde, dem Leben der Menschen insgesamt. Hinzu kommt noch, dass diese Kinder nicht so gut gekleidet sein können, wie die Einheimischen. Man bezeichnet die Flüchtlinge gern als Zigeuner. Außerdem ist auch die Sprache ein Handicap. In dieser Ecke Thüringens spricht man einen ausgeprägten Dialekt, sie dagegen Hochdeutsch. Das kommt ihnen nur in der Schule zu gute, sonst eher nicht. Judith leidet darunter. Sie nimmt sich vor, sobald die Schule beendet ist, wird sie Tennstedt verlassen. Sie ist jetzt 14 Jahre alt, das kann frühestens in zwei Jahren sein. Und vor allem, sie nimmt sich vor, nie einen Thüringer zu heiraten.
Nun ja, auch die Menschen in der Weilandshöhle sind nicht immer sehr nett zueinander, ganz im Gegenteil. Es kommt schon mal vor, obwohl alle arm wie die Kirchenmäuse sind, dass sie sich gegenseitig bestehlen. Familie Kosel wird auf diese Weise das letzte Wertvolle, was sie besitzen, die Eheringe, gestohlen. Betty ist empört, will die Polizei einschalten, aber Konstantin beschwichtigt sie. „Lass sie. Es wird sie auch nicht glücklicher machen.“ Sie wissen sogar, wer es gewesen ist. Aber man kann ja nicht einfach so weg, muss weiter mit diesen Menschen zusammenleben.
Alle in der Weilandshöhle haben irgendwelche Haustiere. Ab und zu brauchte man zusätzlich etwas zu dem, was es auf Marken zu kaufen gibt. Davon allein kann man nicht leben. Familie Kosel hat einen besonderen Bezug zu Tieren. Konstantin baut im Keller, er hat Tageslicht, einen großen Hasenstall. Auch Hühner haben sie, sechs Hennen und einen Hahn. Da die Glucke ums Leben kam, hat man die Küken in der Küche großgezogen. So wurden sie alle handzahm, besonders Hänschen, der Hahn. Konstantin hatte für die Hühner im Garten, jede Familie bekam einen Anteil des Gartens zugeteilt, ein

wunderschönes Hühnerhäuschen errichtet, gelb und rot bemalt, mit einem schwarzen Satteldach. Den meisten Leuten gefiel das. Viele aber schüttelten nur den Kopf über die verrückten Stadtmenschen. Diese Hühner dürfen nicht geschlachtet werden, weil jeder sein Hühnchen liebte. Bei den Kaninchen war es ebenso. Konstantin musste sie abschaffen. Keines der Kinder wollte so liebe Tiere essen, lieber hungerten sie. Doch die Hühner konnten ja noch Eier legen. Das war in Ordnung.
Dem Hahn bringen die Kinder bei, die Hühner zu hüten. In der Nähe des Hauses gibt es ausgedehnte Weizenfelder. Sobald Hänschen einen bestimmten Pfiff hört, scheucht er seine Weiber unter lautem Gegacker ins Häuschen. Das war schon fast zirkusreif. Aber er tut noch etwas. Ganz besonders hing er an Elisabeth, die ihn mit einem Spatzenkind großgezogen hatte. Wenn sie Kartoffeln schält, was sie täglich tut - Kartoffeln sind ihr Hauptnahrungsmittel - sitzen beide auf ihrem Schoß. Jeder auf einer Seite, so dass sie sich nicht sehen können, sonst gibt es Ärger. Der Spatz pickt das Küken so lange in die Füße, bis es aufgibt und vom Schoß herunterhüpft. Wenn sie sich auf dem Fußboden treffen, geht der Krieg weiter, immer um das Tischbein herum. Die Kinder sind begeistert. Nur, als die Tiere größer sind, änderte sich das. Dann ist natürlich Hänschen der Sieger.
Der Hahn will sich von Betty nie trennen. Wenn sie einkaufen geht, begleitet er sie bis zum Gartenhäuschen. Es steht etwa 150 m von der Weilandshöhle entfernt am Rande der Stadtmauer. Links biegt man in eine enge steinige Gasse, die abwärts in die Stadt führt.
Dort steht er dann und wartet auf ihre Wiederkehr. Wenn er aber mal ihren Weggang verpasst und sie wiederkommen sieht, läuft er ihr mit Riesenschritten unter lautem Gegacker entgegen und freut sich riesig. So ist Hänschen. Ja, und der Spatz lebt mit der Familie im Haus, kann aber raus, wann immer er will. Wenn er draußen ist und wieder rein will, klopft er an die Fensterscheibe und wird wieder eingelassen. Sein Lieblingsplatz ist bei Mutter, es ist ja auch seine, auf dem Kopfkissen. Aber dahin fliegt er nur, wenn Konstantin schon weg ist. Er muss sehr früh zur Arbeit. Sobald er das Bett verlassen hat, ist der Spatz da und kuschelt sich an Bettys Gesicht.
Später wird dem Spatz ein Erlass, den die Gemeinde herausgegeben hat, zum Verhängnis. Man empfindet die Spatzen als Plage und jeder, der einen toten Vogel abliefert, bekommt zehn Pfennig. Fast alle Nachbarn in der Weilandhöhle sind ehemalige Bauern aus Ostpreußen. Eines Tages dann, Josef ist mit einem der Jungen im Gar-

ten, erzählt er dem Jungen von dem Spatzen. Er sagt ihm, wenn er pfeife, würde der Spatz sich auf seine Schultern setzen. So geschieht es auch und statt sich über das zutrauliche Tier zu freuen, dreht der Junge dem Vogel den Hals um. Solche Menschen haben keine Beziehung zu ihren Tieren. Dass er dann von Josef verprügelt wird, machte den Vogel auch nicht wieder lebendig. Die ganze Familie Kosel weint um dieses zutrauliche Tier.

Ein Jahr danach wird Putzi in die Familie aufgenommen. Josef kommt eine Tages aufgeregt aus der Schule. Er hat etwas in der Jacke, die ganz ausgebeult ist, das kann man sehen und auch hören. Etwas fiepte ganz laut. Betty tritt hinzu. „Nein, nicht schon wieder ein Tier." Alle stehen um Josef herum. Endlich zieht er seine Hand heraus, darauf sitzt ganz verschreckt, ein kleines Wollknäuel, so süß, so hilflos, vielleicht sechs Wochen alt. Konstantin nimmt den Kleinen in die Hand. „Er hätte noch gar nicht von seiner Mutter weggedurft. Schaut mal, er hat Hunger." Das Hundebaby saugt hingebungsvoll an Konstantins Finger. Schnell holt Betty eine Schale mit verdünnter Milch. Aber damit kommt der Kleine nicht zurecht. Judith hat eine Idee." Ich habe ein Fläschchen mit Liebesperlen, das müsste gehen". Schnell wird umgefüllt. Der Hund trinkt vier kleine Flaschen leer und ist zufrieden. Er streckt sich auf Judiths Schoß aus und ist gleich darauf eingeschlafen. Josef dreht sich zu seinem Vater. „Bitte, bitte Vati, dürfen wir ihn behalten? Wenn ich ihn nicht mitgenommen hätte, wäre er jetzt schon tot. Sie wollten ihn töten, weil es zu viele waren."
„Nun", meint Konstantin, das werde ich nicht entscheiden, sondern eure Mutter. Sie wird sich, wenn ihr in der Schule seid, um ihn kümmern müssen."
„Mutti, bitte!"
„Nun gut, wo sechs Leute satt werden, werden wir auch den Hund noch satt bekommen." Auch sie kann sich dem Liebreiz des Hündchens nicht entziehen. „Aber, wie soll er heißen?"
„Oh, ja. Ist er nun ein Junge oder ein Mädchen?" Judith wendet sich ihrem Vater zu. Konstantin hebt eines der Beinchen hoch, „eindeutig ein Rüde".
„Können wir ihn nicht Putzi nennen? Er ist so putzig."
Gertrud, die die ganze Zeit nur abseits stand, und erst einmal abwarten wollte, wie man sich entscheiden werde, tritt hinzu. „Bitte, darf ich ihn auch einmal nehmen", bittet sie Judith. Sie nimmt den Kleinen so

vorsichtig auf den Arm, dass er gar nicht erwacht. Hagen aber tanzt um die ganze Gruppe herum. „Wir haben einen Hund, wir haben einen Hund“, singt er dabei. Konstantin nimmt seine Frau in den Arm. „Siehst du, wie glücklich alle sind? Ich denke der kleine Kerl wird uns allen gut tun.“
Oh, ja, das tat er. Die Kinder wurden durch ihn viel fröhlicher und besonders die Kleineren, Gertrud und Hagen, gut beschäftigt. Er wurde ein wunderschönes Tier, feinfühlig und klug, schwarz-weiß mit halblangem seidigem Fell und ungewöhnlich für Mischlinge, strahlend blauen Augen. „Fast so blau, wie Vatis Augen“, scherzt Judith. „Er passt doch gut zu den Kosels.“ –

Die Zeiten sind immer noch schlecht, doch durch Ährenlesen und Kartoffelnstoppeln, kommt man über die Runden. Die beiden Großen gehen regelmäßig beim Bauern helfen und bekommen dafür etwas von der Ernte ab. Dann gibt es noch einen liebenswürdigen Müller. Von ihm bekommt Betty in besonders schweren Zeiten etwas Mehl. Elisabeth ist für die Feldarbeit einfach nicht gesund genug. Der Haushalt mit sechs Personen fällt ihr schwer genug. Hier hat sie keine Waschfrau wie in Gleiwitz. Auch wenn alle mithelfen, bleibt doch noch viel Arbeit für sie übrig. –

Eine neue Familie ist in die Weilandshöhle eingezogen, ein Doktor Kunz mit drei Kindern. Alle freuen sich darüber, denn es sind nette Menschen und sie kommen auch aus einer Stadt, aus Königsberg. Die Kinder ungefähr im Alter der Kosels befreunden sich schnell miteinander. Sven ist in Josefs Alter und deshalb oft bei ihnen. Judith, inzwischen über vierzehn, spürt zum ersten Mal ein leichtes Ziehen in der Herzgegend, wenn sie Sven sieht. Er ist ein stiller Junge mit vielen Begabungen, blonden Locken, groß und schlank. Vor allem liest er viel und besitzt auch ein paar Bücher, was schon ausgereicht hätte, Judiths Interesse zu wecken. Alle Kinder der Kosels sind musikalisch. Die Akustik im Haus, besonders im Flur, der im ersten und zweiten Stock einen großen Wintergarten hat, ist hervorragend. Immer wenn Judith möchte, dass Sven, der oben wohnt, auf sie aufmerksam wird, singt sie dort. Sie hat eine schöne Stimme. Alles, was sie im Radio hört, singt sie. Sie muss aber neidlos zugeben, dass Gertrud Schlager besser singt, als sie. Wenn sie so ihre Arien schmettert, kommt Sven. Dann sitzen sie oft stundenlang im Treppenhaus oder auf dem großen Holzbalkon und reden. Es gibt

keine noch so kleine Zärtlichkeit. Das Einzige, das sie wagen, ist, ganz nah beieinander zu sitzen, so dass sie die Körperwärme des Anderen spüren können.
Aber dieser Zauber dauert nicht sehr lange. Eines Tages, nach etwa neun Monaten, ist die Familie Kunz verschwunden. Erst als die Polizei nach ihnen forscht und sie ausgefragt werden, ahnen sie, dass sich die Familie nach dem Westen abgesetzt hat. Judith ist traurig. Sven ist weg. Er war so anders als die übrigen Freunde ihres Bruders. Manche von ihnen werden zudringlich, weil sie denken, ein Mädchen mit solchem Aussehen ist zu allem bereit. Judith hat aber noch gar kein Interesse an sexuellen Tätigkeiten. Mit den Freundinnen, sie sind inzwischen zu dritt, macht sie gern lange Spaziergänge, wenn immer es geht. Irmtraud kann nur mitgehen, wenn sie ihre kleinen Brüder mitnimmt. So üben sie sich früh in Kinderbetreuung. Die Dritte im Bunde ist Ursel, auch aus dem Osten. Unterschiedlicher als die drei Mädchen kann man kaum sein. Ursel, ein eher knabenhafter Typ, groß, schlank, hellblonder Pagenkopf, kühl, distanziert, klug und musikalisch. Sie spielt Klavier.
Irmtraud dagegen warm, handfest, kurze, dunkelblonde Zöpfe, ein rundes slawisches Gesicht und immer zum Lächeln aufgelegt – einfach lieb. Judith aber ist eher ernst, tiefgründig und doch temperamentvoll mit reichlich Fantasie. Inzwischen hat sie wieder lange Zöpfe, die sie in verschiedenen Frisuren trägt, mal Schnecken oder zur Krone gesteckt. Sie hatte es in russischen Filmen gesehen. Es kommt sogar vor, dass sie von Soldaten russisch angesprochen wird. Englisch- und Russischunterricht haben sie an der Schule, aber für eine Unterhaltung reicht es nicht.
Die drei Mädchen sind unzertrennlich. Traudl ist die Mitte. Sie wirkt immer ausgleichend. An warmen Sommerabenden sitzen die Kosels gern auf dem Balkon. Er ist groß, so dass ca. zehn Personen dort Platz finden. Sie musizieren und singen dazu. Konstantin spielt Gitarre und Josef Schifferklavier. Er hat es sich selbst beigebracht und ist schon ganz gut darin.
Ab und zu bringt Konstantin den Kindern tanzen bei. Judith ist begeistert und tanzt inzwischen gut. Josef geht zur Tanzstunde. Er muss üben. Als dann der Abschlussball stattfinden soll, erkrankt seine Partnerin und kann an dem Ball nicht teilnehmen. So bittet er seine Schwester einzuspringen. Die wehrt ab. „Das geht nicht. Ich habe keinen Unterricht gehabt“, sagt dann aber doch zu, nachdem der Tanzlehrer sie geprüft hat und meinte, die Standardtänze könne

sie schaffen. Ihre Mutter näht ihr noch schnell ein langes Kleid. Dann geht's los. Es klappt tatsächlich so gut, dass sie als Dankeschön einen Solotanz mit dem Tanzlehrer bekommt, einen Wienerwalzer, ihren Lieblingstanz. Das ist toll. Also war ihr Vater ein guter Tanzlehrer gewesen. Sie tanzt so gern und genießt diesen Abend richtig.

1950

Josef ist inzwischen 17 Jahre alt und soll eine Konditorlehre beginnen. Verzweifelt wehrt er sich dagegen, doch es gibt keine andere Möglichkeit. Sehr gerne wäre er Architekt geworden. Bei einem schulischen Wettbewerb, bekam er den ersten Preis für eine Fabrikanlage, die er aus dünner Pappe gefertigt hatte, Talent ist da. „Wenn du in der Partei wärst", wirft er seinem Vater vor, „hätten sie mich zum Studium zugelassen". Entmutigt lässt sich Konstantin gegenüber auf den Stuhl fallen und vergräbt das Gesicht in seinen Händen. Mit umwölktem Blick erfasst der Vater die Gestalt seines Sohnes. Tröstend legt er ihm die Hand auf die Schulter und erklärt mit belegter Stimme. „Schau mich an Josef. Bitte glaube mir, ich würde es tun, wenn es mir möglich wäre. Aber mal abgesehen davon, dass sie mich nicht nähmen, weil sie meine Meinung über ihren 'Verein' nur zu genau kennen. Meiner Ansicht nach", er dämpft seine Stimme und schaut besorgt zur Tür, „sind das alles Verbrecher. Zu mindest genau so große, wie es die Nazis waren. Wie damals auch schieben sie sich die Posten gegenseitig zu, egal wie befähigt sie für diese Ämter sind." Energisch schüttelt er den Kopf. „Mit diesen Bonzen will ich nichts zu tun haben. Weißt du mein Junge", sagt er nachdenklich, "ich habe schon einmal den Fehler gemacht, den Versprechungen einer Partei zu glauben. Was uns das eingebracht hat, siehst du ja. Für das Elend, das die Nazis über die Welt gebracht haben, werden wir noch lange büßen. Wir alle in ganz Deutschland. – Darum mein Sohn, werde ich nie wieder einer Partei beitreten. Das verstehst du doch?".
„Ja Vater." Bedrückt verlässt Josef den Raum. Aber es gibt noch einen anderen Grund für die Bäckerlehre. Die Hungerzeit ist 1949 noch nicht vorbei und als Bäckerlehrling bekommt er täglich ein großes Brot geschenkt, ein Segen für die ganze Familie. –

Ab und zu fällt Judith um. Zuerst hat man keine Ahnung warum. Sie gehen zum Arzt mit ihr. Er stellt Unterernährung fest und eine Herz-Kreislauf-Schwäche.
Die Schule ist beendet. Was tun? Ihr Lehrer meint, das Mädchen sei künstlerisch begabt. Er hat Zeichnungen von ihr an eine Kunsthochschule geschickt. Man ist interessiert. Aber der Arzt sagt: „Nein. Jeden Tag mit dem Zug zwei bis drei Stunden unterwegs, das schafft das zarte Mädchen nicht."
Weil Betty sich keinen Rat weiß, fragt sie den Pfarrer, ob er denn etwas wüsste. Er hat die rettende Idee. Da gibt es im Eichsfeld eine Art Klosterschule, leider nicht staatlich anerkannt. Aber da dem Staat Pflegepersonal überall fehlt, wird diese Schule toleriert.
„Auf alle Fälle", er betrachtet das dünne Mädchen besorgt, „könnte sie sich dort erst einmal erholen. Außerdem", so fügt er hinzu, „gibt es da sicher genug zu essen."
Judith ist verzweifelt und weint. „Ihr wollt mich ins Kloster abschieben. Das ist gemein." Sie schluchzt. „Ich wollte weiter zur Schule gehen."
„Na ja", meint Konstantin, „so gut war dein Zeugnis nun auch nicht".
„Für Kunst brauche ich kein Mathe, das andere wäre gegangen", meint sie.
„Hör zu, mein Kind", Konstantin nimmt das widerstrebende Mädchen in den Arm, „wir machen das so. Du gehst, sagen wir mal, für drei Monate auf Probe hin. Wenn du dich dann immer noch nicht wohlfühlst, hole ich dich sofort wieder nach Hause."
„Versprochen?", Judith hält ihm die Hand hin.
„Versprochen!", er schlägt ein. „Aber den Moritz", neckt er seine Tochter, „den lässt du zu Hause". Es wird schwer für ihn sein, ohne seine 'Große'. So sehr er sich auch darum bemühte, zu seinen anderen Kindern diese Nähe aufzubauen, es will ihm nicht gelingen, was ihn mitunter bedrückt. Gertrud lässt so leicht keinen an sich heran. Sie ist so still, fällt nur auf, wenn sie weint. Das tut sie oft, weil sie so ein mitfühlendes Wesen ist. Sie weint mit jedem mit, der es tut. Ja, und die beiden Jungen sind eine Einheit für sich. Josef kümmert sich immer noch rührend um seinen jüngeren Bruder. Da scheint keiner dazwischen zu kommen. Beide sind schlimme Rabauken.
Wie oft musste Konstantin, wenn er abends müde vom Dienst kam, noch für Ordnung sorgen. So gab es öfters Schläge, weil seine Frau sich gegen die Jungen nicht durchsetzen konnte. Mit den Mädchen gab es solche Probleme nicht. Zum Glück ist Josef jetzt aus diesem

schwierigen Alter heraus. Er rechnet nach, er wird achtzehn, ja und Hagen sechs Jahre alt. Ein richtiges Äffchen ist er. Von klein auf klettert er überall rauf, wo es nur möglich ist.
Neulich kommt er abends spät nach Hause. Elisabeth sitzt weinend auf den Stufen am Eingang zur Weihlandshöhle. „Um Gottes Willen, was ist passiert?“ Konstantin ist zutiefst erschrocken. „Nein, es ist nichts. Aber es wäre beinahe. Stell dir vor, ich komme vom Einkaufen, als mir Judith ganz aufgeregt entgegenkommt und ruft: „Hagen hängt mal wieder außen unterm Dach an der Hauswand und kommt nicht weiter.“ Sie weint verzweifelt. „Es hätte nicht viel gefehlt und er wäre abgestürzt. Zum Glück kam dann Josef von der Arbeit und konnte ihm helfen, aber nicht, ohne sich selbst in Gefahr zu bringen. Es war so schrecklich.“ Sie schmiegt sich immer noch weinend an ihren Mann. „Beide hätten tot sein können.“
„Wo ist dieser Teufelsbraten?“ Konstantin ist sehr zornig.
„Ach, der hat sich verkrochen, denn Josef hat ihn ganz schön verhauen. Ich hatte schon Angst, er tut ihm was an. So sehr hat er seinen Bruder noch nie verprügelt. Neulich war erst die Geschichte mit dem Motorrad, und jetzt...“ Konstantin schiebt seine Frau etwas von sich, schaut sie ernst an, „was war damit?“.
„Nun ja“, erwidert sie kleinlaut. „Wir wollten es dir nicht sagen. Das war so: Hagen putzt doch stets Josefs Motorrad und bekommt dafür etwas Geld. Doch diesmal hat er sich den Schlüssel besorgt und ist mit der schweren Maschine hier auf dem hügeligen Gelände rumgefahren. Wenn er gestürzt wäre, gar nicht auszudenken, was da alles hätte passieren können.“ ‚Warum nur’, denkt Konstantin erbost, ‚warum ist dieser kleine Kerl nur so provokant.’ Er hat wirklich noch andere Sorgen. Jetzt steht der Winter bevor und es gibt immer noch nicht genügend Heizmaterial. Sie frieren jeden Winter. Vielleicht müssen sie hier doch einmal weg. Josef wird sicher bald ausziehen. Judith geht in die Klosterschule. Danach sind sie nur noch vier Personen.

Eines Tages ist es soweit. Judith muss ins Kloster. Konstantin begleitet sie, denn sein sonst so mutiges Mädchen hat Angst.
Es ist eine lange Bahnfahrt, obwohl es nur ca. 100 km sind. Er hat seine Gitarre mitgenommen. Sie singen unterwegs, auch um Judith etwas abzulenken. Als sie am späten Nachmittag dort ankommen, werden sie vom Hausmeister des Klosters in Empfang genommen.

Er bringt Judiths Gepäck zum Schwesternhaus. Dort wohnen die Schülerinnen.
Die Klosteranlage ist schön, alt, aber renovierungsbedürftig, wie alles in der DDR. Sie werden herzlich begrüßt von Schwester Serafica. Sie ist jung und hübsch. Ihr zartes Gesicht verschwindet fast unter der großen Haube der Kölner Vinzentinerinnen. „Der Orden wurde im 18. Jahrhundert von Vinzent von Paul in Frankreich gegründet. Das Mutterhaus steht in Köln, daher der Name“, erzählt sie den Neuankömmlingen.
Judith sitzt eng an ihren Vater gelehnt und hält seine Hand. Sie schaut sich mit großen ängstlichen Augen um. Die Schwester sieht ihren Blick, nimmt das Mädchen an die Hand. „Kommen Sie, das wird alles nicht so schlimm. Ich bringe Sie erst einmal in den Schlafsaal. Dort können Sie ihre Sachen unterbringen. Danach stell ich Sie den anderen Mädchen vor.“ Diese liebevolle Einführung nimmt etwas von dem Druck, der auf ihrer Seele liegt. Konstantin wird eingeladen, das Wochenende über zu bleiben. Sie haben für solche Fälle Gästezimmer. Er nimmt dankend an. Schon am gleichen Abend sitzen dann fast alle im Klosterhof und singen. Konstantin begleitet sie auf seiner Gitarre und der Bann ist gebrochen. Hier ist es gut, denkt er, hier ist 'sein Moritz' gut aufgehoben. Und so ist es auch. Judith findet bald Anschluss an die anderen Mädchen. Ihre aufgeschlossene, lebendige Art hilft ihr dabei. Als die drei Monate dann um sind und ihr Vater anfragt, ob sie wieder heim möchte, ist es klar. Sie will bleiben. An ihre Eltern schickt sie Briefe, die zum Ausdruck bringen, dass sie sich wohlfühlt. Es ist so schön hier und mit den Mädchen komme ich gut aus. Die Schwestern sind teilweise auch streng, aber Schwester Serafica ist sehr lieb und hilft mir auch, wenn ich mal schulische Schwierigkeiten habe. Denn inzwischen hat der Unterricht begonnen. Es gibt erst mal einen Einführungskurs allgemein in das Pflegerische. Danach werden sie in Gruppen aufgeteilt und durchlaufen alle Stationen, zuerst im Kindergarten, dann im Altersheim und schließlich im Krankenhaus.
Begeistert ist Judith vor allem von der Bibliothek. Dort kann man lesen, wann immer man möchte. Das tolle, es gibt nicht nur geistliche, sonder neben medizinischer auch unterhaltsame Literatur.
In der Diätküche, diesen Kurs müssen alle besuchen, ist es für Judith am langweiligsten. Dann singt sie. Es ist ein großer Raum und es hallt so schön. Also schmettert sie hier Arien aus Oper und Operette. Eines Tages, sie singt gerade das 'Wilja-Lied' vom Waldmäg-

delein, ist der Chorleiter vom Kirchenchor im Klosterhof. Er hört Judith singen. Gleich geht er zur Äbtissin und fragt: „Wer hat das eben gesungen? Diesen Sopran will ich haben, unbedingt."
„Das", meint die Äbtissin, „wird nicht gehen, denn Sie wissen doch, dass unsere Mädchen abends das Haus nicht verlassen dürfen."
Aber er gibt nicht auf, kommt immer wieder, bis sie eine Lösung gefunden haben. Judith bekommt so eine Art Begleitschutz, wird von weiblichen Chormitgliedern abgeholt und wieder zurückgebracht. So kommt Judith in den Kirchenchor, was ihr viel Freude macht, denn sie singen neben den Messen und Chorälen auch schöne Volkslieder und Opernchöre. Sie spielen auch Theater. Da ist Judith in ihrem Element. Es soll ein modernes Drei-Personen-Stück aufgeführt werden. Nur Judith ist sichtbar auf der Bühne, die anderen hört man nur. Sie spielt ein gefallenes Mädchen, das aus Liebe zu einem jungen Mann zur Diebin wird. Die innere Zerrissenheit dieses Menschenkindes muss sie darstellen. Fast zehn Seiten Text lernt sie auswendig. Zum Schluss siegt das Gute in ihr. Und sie singt zum Dank ein 'Ave Maria' von Charles Gounod. Der Chorleiter übt es mit ihr ein.
Weil ihr das Leben im Kloster so gut gefällt, hat sie schon mal mit dem Gedanken gespielt, Nonne zu werden. Aber nach dem Erfolg auf der Bühne sagen alle, auch die Nonnen, „du solltest Schauspielerin werden". Doch zunächst will sie ihre Ausbildung beenden.
In ihrer Freizeit können die Mädchen auch Nähen lernen. Schwester Elisabeth ist Schneiderin und hilft ihnen dabei. Jede von ihnen kann sich einen Stoff aussuchen, er kommt wie so vieles hier von 'drüben', aus dem anderen Teil Deutschlands. Judith wählt einen dunkelgrünen leichten Wollstoff für ein Winterdirndl. Die Schwester rät ihr ab, das sei für den Anfang zu schwer. Aber Judith schafft es, natürlich nur mit Hilfe von Schwester Elisabeth. Es wird sehr hübsch, mit einem modischen Kelchkragen, ganz eng auf Taille genäht, mit glockigem Rock. Zwar hat Judith schon zugenommen, ist aber trotzdem noch das zierlichste der Mädchen in der Gruppe. Sie wird regelrecht gemästet. Die Äbtissin hat sich ein Aufbaupräparat aus dem Mutterhaus kommen lassen. So ist ihr Gewicht von 40 kg schon auf 45 kg gestiegen. Trotzdem kommt es immer noch vor, dass sie morgens in der Kirche umfällt. Das letzte Mal, als es geschah, waren Jesuiten Patres in weißen Kutten – toll sahen sie aus – im Kloster. Alle Mädchen schwärmen von den zumeist attraktiven Männern. Als Judith umfiel, sprang einer von ihnen auf und trug das ohnmächtige Mäd-

chen an die frische Luft. Das war der Clou. Alle Anderen beneideten sie sehr darum. Ansonsten haben sie keinen Kontakt zu Männern.
Dieses Umfallen in der Kirche hatte noch ein rührendes Nachspiel. Am späten Nachmittag des bewussten Tages, kam eine alte Bäuerin ins Kloster und brachte einen Korb mit Lebensmitteln. Das sei für das dünne Mädchen, das oft in der Kirche umfällt. Von da an, Judith geht mit Schwester Serafica des öfteren ins Dorf Bettlägerige pflegen, besuchten sie die alten Bauersleute.
Zu Schwester Serafica hat Judith eine besondere Beziehung. Eines Tages erzählt ihr Serafica, warum sie sie sogleich in ihr Herz geschlossen hat. „Du siehst aus wie meine kleine Schwester, die im Krieg ums Leben gekommen ist. Deshalb habe ich eine Bitte an dich. Würdest du mit mir zu meinen Eltern fahren? Sie leben hier ganz in der Nähe."
Es war rührend zu sehen, wie diese beiden Alten sich über den Besuch freuten. Sie haben ja beide Töchter verloren, die eine im Krieg und die andere ans Kloster.
Ein weiteres 'großes Ereignis' in dieser Zeit ist ihr erster Kuss. Am Sonntagnachmittag unternahm man etwas mit den Mädchen. Sie gehen in Gruppen unter Aufsicht spazieren, besuchen eine Ausstellung oder machen Ausflüge in die nähere Umgebung; auch so am besagten Tag. Es ist später Nachmittag, die Sonne scheint schräg durch die Zweige der großen Bäume des Waldes. Die Mädchen verteilen sich erdbeerenpflückend. Plötzlich tritt aus dem Schatten der Bäume ein junger Bursche auf sie zu. Sie erkennt ihn als den Jungen, der immer die Eier ins Kloster bringt. Er tritt rasch auf sie zu und hält ihr eine Hand voll Erdbeeren hin. Erfreut nimmt sie sie entgegen. Unversehens zieht er sie an sich und küsste sie leidenschaftlich. Sie kann sich gar nicht wehren. Im nächsten Moment ist er verschwunden. Erschrocken schaut sie sich um. Scheinbar haben die Anderen nichts davon bemerkt. Sie setzt sich auf den Boden. Sie kann ihr Empfindungen gar nicht beschreiben. Mein Gott, was war denn das? So war sie noch nie geküsst worden. Es zieht ein süßes Gefühl vom Mund bis zum Bauch. Sie entscheidet, es war schön, es war mehr als das. Davon möchte sie mehr. Doch das ginge frühestens in vier Monaten, wenn sie die Schule beendet hat. Aber dann muss sie erst einmal jemanden finden, der so gut küsst. Davon und von diesem Kuss träumt sie noch lange.

1953

Die Ausbildung ist beendet. Judith muss das Kloster verlassen. Nachdenklich steht sie am Fenster im Büro der Äbtissin und schaut hinaus. Im Hof steht ein großer Kastanienbaum in voller Blüte. Jetzt ist sie doch etwas wehmütig. Wie oft hat sie mit ein paar Mädchen da unten gesessen, es wurde gesungen, getanzt oder auch nur herumgealbert. Der Abschied fällt ihr schwer. Sie weiß, was dieser Ort ihr bedeutet hat. Er konnte ihr etwas geben, was ihr nach allen schrecklichen Erlebnissen des Krieges so sehr gefehlt hat – Geborgenheit. Sie fühlte sich nicht eingesperrt, wie manche von ihnen, sondern behütet. Frei sein konnte sie, wann immer sie wollte in ihrer Fantasie. Da schwebte sie davon, schuf sich ihre eigene Welt. Diese Rückzugmöglichkeit nach innen hat sie für sich entwickelt, als die Welt da draußen so schrecklich für sie war. Noch immer spürt sie den Druck auf ihrer Seele, hat sie Angstträume, wenn auch gemildert durch die Zeit und die Menschen hier.
Die Äbtissin kommt und gibt ihr ihre Papiere und zwei Adressen, wo sie sich bewerben kann. Es sind zwei Kinderheime in Heiligenstadt. Auch Schwester Serafica kommt, um sich von ihr zu verabschieden. Sie nimmt das weinende Mädchen in die Arme. „Nun weine nicht so sehr. Es gibt überall auf der Welt liebevolle Menschen, denen man vertrauen kann. Vergiss das nie!“ Zum Abschied schenkt sie ihr noch eine silberne Marienmedaille. „Schau, sie hat einmal meiner Schwester gehört. Sie wird dich behüten“, dreht sich abrupt um und geht zur Tür hinaus. Auch ihr kamen die Tränen. Das wollte sie Judith nicht zeigen.

Judith wird in einem der Heime, aber erst vier Wochen später, eingestellt. Was soll sie bis dahin tun? Sie möchte ihren Eltern nicht so lange auf der Tasche liegen. Eine der Mitschülerinnen, sie wohnt in einem Nachbardorf, erzählt ihr, dass ihr Onkel – ein Gastwirt, eine Aushilfe sucht. Nicht gerade das Richtige für eine Klosterschülerin, was soll's. Sie ist inzwischen neunzehn, also erwachsen. Sie versucht es. Als sie dem Wirt gegenübersteht, erschrickt sie aber doch. „Oh Gott, was für ein Mann!“ Er ist groß und kräftig mit wilder roter Mähne und Bart. Er begrüßt sie mit lauter Stimme. „So, so, Sie sind also das Mädchen, das mir meine Nichte empfohlen hat“, streicht seinen Bart und geht langsam um sie herum. „Hübsch, sehr hübsch! Gut, versuchen wir es miteinander.“ Sie zittert. Irgendwie macht ihr

der Mann Angst, nennt sich aber gleichzeitig eine Närrin: ‚So ein Unsinn' und zieht in die kleine Kammer hinter dem Gastraum ein. Sie sieht sich um, ‚oh Gott, das ist ja wie im Mittelalter, dicke Mauern, ein kleines Fenster, karg möbliert. Nun ja, es ist ja nur für kurze Zeit.' Das Haus ist sehr alt, hat seinen ursprünglichen Reiz. Sie bekommt ihr eigenes Reich, einen freundlichen Gastraum mit kleiner Theke zugewiesen. Sie muss bei dem Wirt alle Getränke kaufen, arbeitet dann auf eigene Rechnung, abzüglich 10 % für ihn. Das ist in Ordnung. Am nächsten Nachmittag geht's los, bis 23, höchstens 24 Uhr. Der Wirt bringt ihr noch das Bierzapfen bei und lässt sie dann allein. Zu ihrer Überraschung ist 'ihr Laden' schon gegen 18.00 Uhr voll, überwiegend junge Burschen aus dem Dorf. Zitternd steht sie dann hinter der Theke und füllt die Biergläser. Zum Glück trinken fast alle nur Bier. Ihr großes Problem ist ihre Kurzsichtigkeit, doch ihre Brille benutzt sie nur selten. Sie ist ein hübsches Mädchen, aber die dicken Brillengläser sind nicht gerade attraktiv. Also versucht sie so über die Runden zu kommen.
Wenn sie mal wieder nicht recht weiß, für wen die Getränke sind, helfen ihr die Burschen dabei, sie richtig zu verteilen. Schon nach ein paar Tagen macht ihr die Arbeit richtig Spaß. Sie verdient zum ersten Mal in ihrem Leben eigenes Geld. Im Kloster gab es nur ein kleines Taschengeld. Sie verdient gut, denn ihr Gastraum ist fast immer voll. Erst fürchtet sich Judith vor den vielen Männern, doch nicht lange. Sie hat einige von ihnen für sich gewinnen können, so dass, falls doch einmal einer zudringlich werden sollte, er von ihren Beschützern rausgeworfen würde. So läuft alles glatt. Ab und zu, Judith hat ein Radio in ihrem Raum, wird auch getanzt. Da ist sie in ihrem Element. Doch die Gefahr, die sie gespürt hat, kommt nicht von den Jungen, eher von dem Alten, dem Wirt. Na ja, der Alte, er könnte ca. 45 Jahre alt sein.
Judith ist inzwischen schon zwei Wochen hier. Die ganze Zeit über schleicht der Wirt um das junge Mädchen herum, versucht sie wie zufällig zu berühren. Irgendwann dann nimmt er sie in die Arme und küsst sie leidenschaftlich. Sie versucht sich zu befreien, hat aber gegen den starken Mann keine Chance. Dann schafft sie es doch, dass er sie loslässt, weil sie droht, alles seiner Frau zu erzählen. Er entschuldigt sich und sagt, er habe sich in sie verliebt, er könne nicht anders. Sie ist total verstört, schreit ihn an: „Wenn Sie das noch einmal versuchen, schreie ich die ganze Straße zusammen." Daraufhin hat sie ein paar Tage Ruhe. Dann fängt er wieder an, sie zu

belästigen. Sie muss hier weg! Sie wendet sich brieflich an ihren Vater und der kommt sofort. „Man müsste Sie anzeigen“, brüllt er den Wirt an. „Ein junges Mädchen derart zu bedrängen, Sie Schwein.“ Und zu ihr, „komm 'Moritz', meine Kleine, erst fahren wir mal nach Hause, Mutti freut sich schon auf dich.“ Im Zug dann kuschelt sich Judith an ihren Vater. „Erzähle“, fordert er sie auf. „Wie war das denn so als Kellnerin?“
„Ach“, meint sie, „es wäre alles ganz gut gelaufen, wenn es diesen schrecklichen Menschen nicht gegeben hätte. Stell dir vor, nachts lag er mitunter vor meiner Tür und hat gewinselt wie ein Hund.“

Die Zeit zu Hause vergeht schnell. Bald fängt sie im Kinderheim 'Zwergenreich' in Heiligenstadt zu arbeiten an. Es ist ein Säuglingsheim. Sie freut sich schon auf deren Pflege, auch wenn sie noch viel zu lernen hat. Einer erfahrenen Schwester wird sie zugeteilt.
Nach einem halben Jahr schon bekommt Judith eine eigene Abteilung. Sie sind zu zweit auf der Station mit fünfzehn Säuglingen. Die Arbeit ist sehr anstrengend für das zarte Mädchen, macht ihr aber auch unendlich viel Freude. Entgegen der Lehrmeinung stellt sie fest, nicht 80 % ist Erziehung und nur 20 % Anlage. Es ist umgekehrt. Davon ist sie felsenfest überzeugt. Wie verschieden ihre Babys sind, ist schön zu beobachten. Bei einer Nachtwache dann kann sie einem sechszehn Monate alten Mädchen das Leben retten und sie ist stolz darauf.
Es ist weit nach Mitternacht. Judith hat Nachtwache. Sie liebt diese friedliche Atmosphäre, wenn die Kleinen schlafen und sie sie behüten kann. Auf leisen Sohlen geht sie von Bett zu Bett, deckt das eine Füßchen zu oder dort ein frei gestrampeltes Bäuchlein. Bald müssen die Jüngsten von ihnen das Fläschchen kriegen. Eines nach dem Anderen nimmt sie hoch und füttert die verschlafen Babys. Marie ist zwar schon 16 Monate alt, bekommt aber trotzdem noch diese Zwischenmalzeit, weil sie untergewichtig ist. Vorsichtig nimmt sie die Kleine hoch und erschrickt. Etwas stimmt hier nicht. Der Atem ist zu flach, die Lippen blau angelaufen. Schnell läuft sie zum Telefon, um die diensthabende Ärztin zu benachrichtigen. Rasch ist diese da und gibt dem Kind eine herzstabilisierende Spritze. Bald erholt sich Marie. „Was ist mit der Kleinen geschehen?“ fragt Judith die junge Frau. „Das schwache Herz von Marie setzt manchmal aus. Wenn sie dann keine Hilfe erhält, kann sie sterben. Sie haben ihr das Leben gerettet. Kommen Sie auf den Schreck haben wir uns eine Tasse Kaffee

verdient.“ Freundschaftlich legt sie Judith, die immer noch das schlafende Kind im Arm hält, die Hände auf die Hüfte und führt sie zur angrenzenden Stationsküche.

Eines Nachmittags, sie hat heute frei, fragt eine ihrer Kolleginnen, ob sie nicht mitkommen möchte. Mehrmals die Woche gäbe es Tanz in einem netten Cafe in der Stadt. Sie gehen hin und Judith ist begeistert. „Das ist aber hübsch hier.“ Sie schaut sich um, überall gedeckte Tischchen mit Blumen und Kerzen, an denen man zu viert sitzen kann, dazu Lifemusik und eine recht große Tanzfläche. „Komm, tanz mit mir“, bittet sie Brigitte, ihre Kollegin.
„Aber, das geht doch nicht“, wehrt Judith ab.
„Doch, schau da tanzen doch auch Mädchen zusammen.“ Wieder mal tanzen, Judith ist selig. Sie fliegt mit ihrer Freundin übers Parkett und fällt dabei einem jungen Mann auf. Er hat schon die ganze Zeit herübergeschaut. Als dann der Tanz beendet ist, fordert er sie sofort auf. Sie ist noch erhitzt vom letzten Tanz und schmiegt sich, über sich selbst erstaunt, in seine Arme, bleibt erschrocken stehen und entschuldigt sich. „Verzeihen Sie, es, es...“, sie stottert und schaut sich den Mann, dem sie so in die Arme gesunken ist, erst einmal an. Er sieht mehr als gut aus, mittelgroß, sportlich mit vollem, dunkelblondem Haar, einem schöngezeichneten Mund, der belustigt zuckt.
„Na, mein Fräulein, genug geschaut? Können wir jetzt weitertanzen?“
„Ja, ja sicher.“ Sie tanzen gut miteinander. Er hält sie fest und locker zugleich. Danach sitzt sie mit Brigitte am Tisch und die fragt sie aus. Nein sie kennt ihn nicht, aber da war etwas. Sie schaut zu ihm hin und merkt, dass auch er sie betrachtet. Schon ist er wieder neben ihr und bittet sie um den nächsten Tanz. Sie zittert. Er spürt ihre Aufregung und streichelt ihr beruhigend über den Rücken. „Haben Sie Angst vor mir, Sie zittern ja?“
„Nein, natürlich nicht. Es ist nur“, sie schaut ernst geworden in seine schönen grauen Augen, „es ist nur ..., bitte können wir uns setzen?“
„Ja, sicher!“ Er führt sie zu ihrem Platz. „Darf ich?“, fragt er und setzt sich zu ihr an den Tisch. „Ich möchte mich Ihnen vorstellen. Mein Name ist Jose Nedorost, Musikstudent in Weimar, aber immer wieder in Heiligenstadt, weil meine Mutter hier wohnt.“
„Ja, und ich bin Judith Kosel, Erzieherin“, erwidert sie. „Ich arbeite hier im Kinderheim.“

„Sie waren noch nie hier. Sie wären mir sicher aufgefallen." Er betrachtet fast zärtlich ihre schlanke Figur. „Sie haben eine tolle Figur, wie Gina Lollobrigida, die Schauspielerin."
„Oh, das hat mir schon jemand gesagt. Es stimmt, ich habe ihre Maße, oder zumindest ihre Figur", fügt sie einschränkend hinzu. „Aber ich bin bei Weitem nicht so hübsch."
„Ach, wissen Sie, wenn die Schönheiten beim Film abgeschminkt sind, sehen sie auch wie ganz normale Menschen aus." So plaudern sie den ganzen Nachmittag, vergessen das Tanzen und die Freundin. Sie haben sich so viel zu erzählen. Sie erzählt von ihrer Kindheit, ihrer Familie. Es schaut aus, als seien sie alte Freunde, die sich nach langer Zeit wieder getroffen haben.
Er möchte sie unbedingt bald wiedersehen. So treffen sie sich schon am nächsten Abend bei einem Glas Rotwein. Danach bringt er sie nach Hause. Das Heim ist ca. eine halbe Stunde von Heiligenstadt entfernt. Sie aber brauchen zwei Stunden dazu. Es kommt zum ersten Kuss. Sie ist ganz hingerissen, möchte gar nicht mehr aufhören. Er spürt in ihr eine wilde Leidenschaft, aber auch ihre Unschuld. „Hör zu", er schiebt sie etwas von sich weg. „So geht das nicht. Das kann ein Mann nicht aushalten. Ich nehme an, dass du mit Männern noch keine Erfahrung hast?"
„Nein." Sie erzählt von ihrer Zeit in der Klosterschule und ihrem ersten Kuss im Wald. „Ja, das war schon alles", beendet sie ihren Bericht. „Was ein Mann kann, was nicht, wollte ich von dir lernen, weißt du" und schmiegt sich wieder an ihn. „Du kommst mir vor wie sechzehn und nicht wie zwanzig, so jung wie du aussiehst. Stimmt das mit deinem Alter überhaupt?" Er schaut sie kritisch an. „Ach, das ist ein Elend. Ich komme ohne Ausweis in kein Kino und jetzt fängst du auch noch damit an. Apropos Alter, wie alt bist du eigentlich?" Neugierig schaut sie zu ihm auf. „Ach, du wirst es nicht glauben. Ich bin schon 32 Jahre alt, viel zu alt für dich. Das ich mit dem Studium so spät dran bin, kommt durch den Krieg. Ich war eingezogen und dann in Gefangenschaft. Aber jetzt bin ich bald fertig."
„Und deine Eltern", fragt sie weiter. Ich weiß, deine Mutter lebt hier, aber dein Vater, was ist mit ihm?" Er zieht sich merklich in sich zurück, setzt sich auf einen Baumstumpf und schaut zum Mond, der sein helles Licht durch die Zweige der großen Bäume schickt. „Verzeih, ich wollte dir nicht zu nahe treten." Sie sieht Tränen in seinen Augen schimmern. Sie steht vor ihm und streicht zärtlich über sein schönes Haar. „Ach weißt du, das ist eine traurige Geschichte." Er

steht auf, legt den Arm um ihre Schulter und führt sie weiter den Weg zum Kinderheim hinauf.
„Es war 1943, so eine schöne klare Nacht wie heute. Wir saßen alle drei, also Mutter, Vater und ich im Wohnzimmer bei einem Glas Wein. Vater spielte Schumann, das war sein Lieblingskomponist, auf dem Klavier, als es plötzlich laut an der Tür hämmerte. Wir waren zutiefst erschrocken, hatten keine Ahnung, wer es sein könnte. Du musst wissen, mein Vater war Jude. Was in Prag, wo er Vorlesungen in Kunstgeschichte hielt, allgemein bekannt war. Wir dachten, er sei sicher. Ach ja", er seufzt tief. „Das war ein großer Fehler. Denn in jener Nacht holten ihn die SS-Leute ab. Wir haben ihn nie wieder gesehen. Er starb im KZ. Ich war 19 Jahre alt, der einzige Mensch, den damals meine Mutter, eine Deutsche, hatte. Ich konnte ihr beistehen. Das hat unsere Beziehung so eng gemacht." Er wendet sich an Judith: „Möchtest du sie kennen lernen? Ich denke, sie würde sich freuen." Er drückt sie zärtlich an sich. „Sie denkt nämlich, ich lebe wie ein Mönch." Nachdenklich schaut er das junge Mädchen an. Er begreift nicht, wie das kommt, dass sie schon so vertraut miteinander sind. Sie kennen sich, er überlegt, noch keine drei Wochen. Doch verstehen kann er ihr Verhalten nicht. Mal ist sie voller Hingabe, dann wieder kühl. Wahrscheinlich hat sie einfach nur Angst vor dem, was auf sie zukommen könnte.
Ein paar Tage später, er ist schon wieder in Weimar, bekommt er einen Anruf. Sie ist im Krankenhaus. Es geht ihr nicht gut. Er ist besorgt und fährt drei Tage später hin. Er kommt mit Blumen ins Krankenzimmer. „Na, du machst ja Sachen. Kaum lässt man dich allein, schon passiert etwas." Er beugt sich über sie und küsst sie. Schnell schlingt sie die Arme um seinen Hals und zieht ihn zu sich herunter. „Na na, so schlecht scheint es dir ja nicht zu gehen", löst sich sanft aus ihrer Umarmung. „Schau, deine Bettnachbarinnen schauen schon her", flüstert er. „Es ging mir wirklich sehr schlecht. Ich habe aus dem Darm sehr stark geblutet. Hätte man mich in dieser Nacht nicht noch ins Krankenhaus gebracht, wäre ich gestorben", so sagte man mir. „Meine Hausärztin hat mich nur auf Durchfall behandelt. Sie kam auch nicht zu mir, hat mir nur die Medikamente geschickt. Ich hatte so heftigen Schüttelfrost, dass mein Bett gegen die Wand schlug. Meine Nachbarn sind davon wach geworden. – So wurde ich gerettet. Sogar meine Eltern wurden benachrichtigt. Ich bekam starke Mittel, die schnell wirkten, deshalb geht es mir wieder gut.

Die Ärzte können sich nicht erklären, woher dieser Ruhr-Infekt kam." Sie wird leiser. „Sie haben mich sogar gefragt, ob ich mit fremden Männern geschlafen habe. Stell dir vor! Sie glauben nicht, dass ich es noch nie getan habe. Weil das eine hochansteckende Erkrankung ist, hat man nach der Ursache geforscht, aber nichts gefunden. Ich bin hier in der Stadt der einzige Fall." –

1954

Sie hat sich in Jose verliebt, aber wie verhält man sich – eine anständige Frau. – Eigentlich ihrem Glauben nach, müsste sie als Jungfrau in die Ehe gehen. Sie möchte so gern mit diesem interessanten Mann schlafen, aber traut sich nicht. Außerdem kann sie ja auch schwanger werden, was dann? Sie kennen sich jetzt schon ein halbes Jahr. Er hatte zu verstehen gegeben, dass es so nicht weitergeht.
Mit dem Studium ist er inzwischen fertig, weiß aber noch nicht, was er in Zukunft tun will. Er könnte im Orchester spielen oder sich als Solist ausbilden lassen. Dann müsste er weiterstudieren. Oder er könnte unterrichten. Die Franz-Liszt-Hochschule in Weimar ist interessiert. Ab und zu besucht er sie im Kinderheim. Er ist der einzige Mann, der das darf und das nur deshalb, weil er so wunderschön Klavier spielen kann. Alle kommen dann zusammen und hören zu. Wenn sie mal allein sein können, spielt er ihr oft den Liebestraum von Liszt. Er testet ihre Musikalität und meint, sie müsse unbedingt etwas in der Richtung tun. –
Jetzt erst mal soll die Entscheidung fallen. Sie wollen sich im Stadtpark treffen. Es ist eine jener Nächte, in denen man den Mond nicht sehen kann, die so dunkel und düster sind, dass einem schaudert. Tiefschwarz hängt der Himmel über der Stadt. Er kommt pünktlich, packt sie sogleich an den Händen und zieht sie wild an sich. Dann aber küsst er sie so süß und so zart, dass sie trotz Kälte dahinschmilzt. Langsam beginnt es zu regnen, aber sie merken es nicht. Sie schweben schon in andern Gefilden. Bald ringeln sich nasse Haarstränen auf seiner Stirn, Wassertropfen glitzern an seinen gebogenen Wimpern. Seine Küsse werden immer leidenschaftlicher. Seine Hände erforschen, sich durch die Kleider wühlend, ihren bebenden Körper. Zur Gänsehaut, bedingt durch die Nässe, kommt bei

ihr eine leichte Melancholie und so plötzlich wie der Zauber begann, verschwindet er wieder. Die Konventionen sind stärker, obwohl jeder Kuss ein wildes Feuer in ihr auslöst, will sie nicht weitergehen. Er spürt sogleich, was in ihr vorgeht und zieht sich von ihr zurück. Keine Erklärungen helfen. Er kann ihr Verhalten nicht verstehen. Die Beziehung geht zu Ende, noch bevor sie richtig angefangen hat. Sie kann nicht anders.
Jetzt möchte Judith so bald als möglich weg aus Heiligenstadt, obwohl es ihr in diesem zauberhaften Städtchen so gut gefällt. Zum einen verdient sie hier extrem wenig, zum anderen erinnert sie hier alles Jose. Erst möchte sie den Kurs, den sie beim Roten Kreuz begonnen hat, beenden. Von einem dieser Einsätze, es war ein Ball der Polizei, geht's früh morgens nach Hause. Es ist Januar, überall liegt Schnee. Die Sonne geht am Horizont auf und verzaubert die Landschaft. Tief atmet sie die frische Luft ein. Sie tut gut nach dem Aufenthalt in den verrauchten Räumen. Sie ist müde. Es war eine lange Nacht. Sie geht die Landstraße entlang, schaut zufällig in den Graben am Straßenrand. Da bewegt sich doch etwas. Sie lächelt, jetzt sieht sie schon Gespenster, aber nein, ganz deutlich ein lautes Stöhnen. Schnell geht sie hin, streicht den Schnee aus dem Gesicht eines Mannes, der heftig zitternd im Graben liegt. Sie befreit ihn vom Schnee, versucht ihn aufzurichten. Sie schafft es nicht. Er fällt immer wieder zurück. Scheinbar ist er stockbetrunken. „Sagen Sie mir, wie Sie heißen." Sie weiß, sie muss ihn wach halten sonst erfriert er hier. Aber mehr als ein Murmeln bringt er nicht zustande. Mühsam schafft sie es, ihn halbwegs sitzend an einen Baumstamm zu lehnen. Es umweht ihn eine starke Alkoholfahne. „Hören Sie, ich gehe Hilfe holen. Sie müssen hier schnell weg. Bleiben Sie wach." Sie schlägt ihm heftig ins Gesicht. Er nickt. Judith schaut sich um, weit und breit kein Haus zu sehen. Oh doch, da hinter den Bäumen ein kleines Gehöft, ca. 1 km entfernt. Schnell läuft sie los. Gott sei Dank ist jemand zu Hause. Leider nur zwei alte Leute, die ihr nicht helfen können, aber sie haben ein Telefon. Sie ruft zunächst beim Roten Kreuz an, aber da geht keiner ran, dann die Polizei, die Feuerwehr. Keiner fühlt sich zuständig einen Betrunkenen zu transportieren. Sie gibt nicht auf und landet dann wieder bei der Polizei. Empört schreit sie in den Hörer: „Wenn Sie nicht gleich kommen, zeige ich Sie an." Scheinbar ist der Polizist am anderen Ende der Leitung so verdutzt, dass er zusagt. Und tatsächlich, als sie beim Betrunkenen wieder ankommt, ist die Polizei schon da. Sie haben den Mann zu dritt ins

Auto gehievt. Sie bringen ihn ins Krankenhaus, denn er ist schon stark unterkühlt. Sie wollen gerade abfahren, da wendet sich der eine Polizist an sie: „Hören Sie mein Fräulein. Der Polizei droht man nicht.“ Noch ehe sie sich entschuldigen kann, lenkt er ein. „Ist schon in Ordnung. Der Mann wäre hier draußen sicher erfroren.“

Noch ehe Judith Heiligenstadt verlässt, bekommt sie eine Einladung ihres Onkels aus München. Er ist der jüngste Bruder ihrer Mutter und heiratet zum zweiten Mal. Seine erste Frau hat ihn, als er krank und nicht mehr als der schmucke Mann in Uniform aus der Gefangenschaft kam, verlassen, trotz zweier Kinder. Was soll eine hochfeine Baronesse mit einem degradierten, kranken Mann? Nun hat er seine Jugendliebe wiedergefunden und will sie heiraten.
Judith hat allerdings ein Problem. Man kann nur in den Westen reisen, wenn eine vertrauenswürdige Person eine Bürgschaft übernimmt. Judith bittet ihre Chefin, eine etwa 50-jährige Frau um diesen Gefallen. Sie tut es. Für Judith ist diese Reise ein richtiges Abenteuer. Sie war noch nie in einer so großen Stadt. Aber vor allem, sie war noch nie im Westen Deutschlands. Schwierig wird es, weil Judith nicht sofort eine Vertretung für ihre Gruppe bekommt. Sie kann deshalb erst drei Tage später fahren. An ihren Onkel schickt sie ein Telegramm, in dem sie ihm mitteilt, dass sie zu einem späteren Zeitpunkt in München eintrifft.
Schon morgens um 7.00 Uhr geht es in Heiligenstadt los. In Erfurt steigen zwei Leute zu. Jetzt sind sie zu dritt im Abteil. Es ist eine vielleicht 50-jährige Frau, sehr schlank, elegant und ein gutaussehender etwa 30-jähriger Mann, der laut vor sich hin murmelnd in seinen Unterlagen blättert. Ab und zu blickt er auf und schickt einen interessierten Blick. Sie sind Berufskollegen und kommen von der Leipziger Messe, wollen nach München zurück.
Judith wird gefragt, wo sie hin will und warum. Sie erzählt es und schnell entsteht ein interessantes Gespräch. Es wird viel gelacht. Judith ist froh, so nette Reisegefährten gefunden zu haben, denn so ca. 7 Stunden werden sie zusammen sein. Sie verstehen sich so gut, dass sie sich bald mit Vornamen ansprechen. Er stellt seine Partnerin vor. „Das ist Gisela, ich“, er verbeugt sich leicht, „ich bin Hans-Georg“. Sie reicht ihnen beiden die Hand. „Ich bin Judith.“ Die Zeit vergeht wie im Flug. Schnell sind sie in München. Es ist 22.30 Uhr und stockdunkel. Ein wenig nieselt es. Im Oktober kann man kein besseres Wetter erwarten. Ihre beiden Mitreisenden bieten sich an,

so lange bei ihr zu bleiben, bis der Onkel eintrifft. Als aber fast eine Stunde vergeht, der Onkel aber nicht kommt, wird es Judith ganz bang und sie ist den Tränen nahe. Auch ein Anruf bei ihm bringt nichts, es geht keiner ran. „Keine Bange“, Gisela legt ihr den Arm um die Schulter. „Wir lassen Sie hier nicht allein, gell Hans-Georg.“
„Natürlich nicht“, antwortet der junge Mann. „Ich mache einen Vorschlag“, an Judith gewandt. „Waren Sie schon einmal auf dem Oktoberfest? Ach nein, sicher nicht“, beantwortet er seine Frage selbst. „Sie waren ja noch nie in München. Also – ich nehme mal an, wir haben alle Hunger?“ Zustimmendes Nicken der beiden Frauen. „Gut, dann lade ich Sie zu einem Backhendl und einer Maß ein.“
„Nein, das geht nicht, ich habe doch kein Geld“, protestiert Judith.
„Schon mitgekriegt, ich lade Sie ein. Sonst noch Vorschläge? Nein? Dann geben wir erst einmal das Gepäck zur Aufbewahrung. Dann geht's los.“
Judith staunt, schon der Bahnhof ist riesig, aber erst die Stadt. Sie laufen das Stück bis zur 'Wiesen', so wird der Festplatz in München genannt, zu Fuß. Dort angekommen gehen sie gleich ins Zelt. Jeder von ihnen bekommt ein halbes Hähnchen und einen Liter Bier. „Oh, mein Gott“, stöhnt Judith und schaut zu Hans-Georg auf, „das kann ich nicht annehmen, ich...“
Georg unterbricht sie indem er zart seinen Finger auf ihren Mund legt. „Kein Wort mehr, es ist schön für mich, wenn ich Ihnen eine Freude machen kann. Ich hoffe, sie beide kommen noch mit. Ich möchte das eine oder andere Karussell ausprobieren.“ Inzwischen sind die Hendl auch vertilgt. Judith bemüht sich, den letzten Schluck Bier auszutrinken. „Geschafft, wo ist das nächste Karussell?“, unternehmungslustig springt sie auf. „Ich könnte die ganze Welt umarmen!“ Sie dreht sich im Kreis. „Ach, du liebe Zeit“, Gisela ist besorgt. „Jetzt hat das Mädchen einen Schwips.“
„Das gehört auf der Wiesen dazu“, meint Georg, hakt sich bei den Frauen unter und singt: „Ob blond, ob braun, ich liebe alle Frau'n.“ So schlendern sie die Wiesen entlang. Nach einer Stunde heftigen Schaukelns haben sie alle genug und sind müde. Aber wohin mit der Judith, die inzwischen wieder ganz nüchtern ist? Beratend stehen sie auf der Straße. Was tun?
„Keine Frage, sie kommt mit zu mir. Sie wird bei mir übernachten. Morgen bringe ich sie dann zum Bahnhof“, sagt Gisela. „Oh, das freut mich, mit zu mir wären Sie wohl nicht gekommen?“

„Nein, ich denke eher nicht.“ Judith küsst ihn auf beide Wangen. „Aber danke, tausend Dank Ihnen beiden für diesen zauberhaften Abend. Sie sind beide ganz wundervolle Menschen. Ich danke Ihnen von ganzem Herzen. Ich werde Sie nie vergessen.“ Gisela hat eine hübsche Wohnung mitten in der Stadt. Sie leiht ihr ein Nachthemd, so ist sie gerettet. Am anderen Morgen dann holen sie erst einmal Judiths Koffer ab. Gisela spricht mit dem Stationsvorsteher am Bahnhof, erklärt ihm Judiths Situation. Sie bekommt einen Freischein und darf bis Gmund am Tegernsee umsonst fahren.
Liebevoll verabschieden sich die Frauen voneinander. Judith verspricht zu schreiben.
Nach ungefähr einer Stunde ist sie in Gmund. Es ist ein kleiner Ort, der nur aus zwei Häuserreihen am See entlang, besteht. Judith erkundigt sich beim Verkehrsamt, ob ein Herrmann Schneider hier abgestiegen ist. Man verneint. So bleibt Judith nichts anderes übrig, sie muss von Haus zu Haus gehen und fragen. Zum Glück ist das Wetter schön. Die Sonne scheint von einem strahlendblauen Himmel, silbern glitzert der See. Wunderschön ist es hier.
Zwei Stunden fast läuft sie am See entlang, ist inzwischen schon am vorletzten Haus angelangt, schickt ein Stoßgebet gen Himmel und klingelt an der Haustür. „Verzeihen Sie die Störung“, bittet Judith die Frau an der Tür. „Ich suche meinen Onkel Herrmann Schneider. Ist er bei Ihnen?“
„Ja, er ist.“
„Ist das Judith?“, klingt eine Stimme aus dem Hintergrund. „Das kann doch nicht war sein.“ Herrmann nimmt das zitternde Mädchen in den Arm. „Judith, lass dich anschauen. Wie hast du mich gefunden? Kätchen komm hier ist Judith.“ Eine noch junge Frau ca. Mitte dreißig gesellt sich zu ihnen. Sie reicht dem Mädchen die Hand. „Das ist Käte, meine Frau“, stellt er vor. „Was ist geschehen? Erzähle, warum kommst du erst jetzt?“ Judith erzählt, wie alles kam, dass ihr so großzügig geholfen wurde.
„Ja, hast du mein Telegramm nicht erhalten?“, fragt sie ihn.
„Nein, da waren wir schon hier. Es tut mit so leid meine Kleine. Du hast Glück gehabt, dass du zwei so liebe Menschen gefunden hast. Ich darf gar nicht daran denken, was alles hätte passieren können.“
Nachdenklich geworden betrachtet Judith ihren Onkel. Es muss mindestens 12 Jahre her sein, seit sie ihn das letzte Mal gesehen hat. Er ist kleiner als sie ihn in Erinnerung hat, nicht mehr die strahlende Erscheinung wie in der weißen Uniform der Luftwaffe. Die dunklen

Locken sind grau. Und Katharina ihr neue Tante? Sie ist blond und schlank, vielleicht schwanger? – eine warmherzige Frau. Judith fühlt sich wohl und wird die Zeit am See sicher genießen. Die Tage in Gmund verstreichen schnell, bald sind sie wieder in München. Der Onkel will Judith ins Theater einladen. Sie kann sich aussuchen, was sie sehen will. Da sie ein Fan von Johannes Heesters ist, möchte sie am Liebsten in die Operette 'Hochzeitsnacht ins Paradies' gehen. Von ihrer Tante bekommt sie ein hübsches Kleid geschenkt, was ihr zu klein geworden ist. Ganz reizend sieht sie darin aus. Das leuchtende türkis passt gut zu ihrem rötlich-braunen Haar.
In der Pause versucht Judith hinter die Bühne zu kommen. Ihr größter Wunsch wäre ein Autogramm von Heesters. Sie verzichtet auf das Glas Sekt im Foyer und geht gleich los. „Da hast du keine Chance", meint ihre Tante. „Die Künstler werden so gut abgeschirmt. Da kommt man nicht durch."
„Wollen wir wetten? Ich schaffe es." Doch unverrichteter Dinge kommt sie zurück. „Du hast Recht", wendet sie sich an die Tante. „Keine Chance, aber eventuell morgen." Judith gibt nicht auf. Der Abend ist ein tolles Erlebnis. Judith singt auf dem ganzen Heimweg Melodien aus dem Stück. Am nächsten Nachmittag dann lässt sie sich vom Onkel ans Theater fahren. Die Künstler müssen ca. zwei Stunden vor der Vorstellung im Haus sein. Das weiß sie. Also hält sie sich so gegen 18.00 Uhr am hinteren Eingang auf und wartet bis mehrere Sänger in einer Gruppe hineingehen und schließt sich ihnen an. So kommt sie am Portier vorbei. Sie ist erst einmal drinnen. Es ist so eine Art Vorraum, von dem aus viele Türen, alle geschlossen, abgehen. Nun ja, sie muss irgendeine öffnen und entscheidet sich für die erste rechts. Dann steht sie mitten in einem Raum, in dem einige Herren in dunklen Anzügen sitzen. „Nanu", wird sie mit einer dröhnenden Stimme angesprochen. „Wie kommen Sie hierein?" Sie schaut sich zitternd um, als plötzlich hinter ihr die Tür aufgeht und ein großer stattlicher Mann den Raum betritt. Sie versucht ihrer Stimme einen festen Halt zu geben, räuspert sich. „Ich möchte zu Herrn Hans Hansen." Zum Glück hat sie den Schauspieler, der eben den Raum betritt, rechtzeitig erkannt. „Zu mir wollen Sie? Das ist aber nett." Er führt sie, leicht ihren Arm haltend, aus dem Büro. „Oder wollten Sie doch zum Herrn Direktor? In dessen Büro waren Sie nämlich."
„Nein, nein, oh Gott. Ich..."

„Nun beruhigen Sie sich erst mal. Ich fresse keine kleinen Mädchen. Also jetzt mal der Reihe nach: Zu wem wollen Sie nun wirklich? Nicht zu mir, nehme ich mal an?“
„Ja..., nein..., eigentlich möchte ich zu Herrn Heesters. Ich war gestern in der Vorstellung, habe mit meinem Onkel gewettet, dass ich es schaffe, ein Autogramm von Herrn Heesters zu bekommen. Bitte Herr Hansen“, sie schaut flehend zu ihm auf, „wo kann ich ihn finden?“
„Na, dann kommen Sie mal mit.“ Erst gehen sie einen langen Gang entlang und ein paar Stufen hinab. „Schauen Sie. Da unten sitzt seine Partnerin. Die zierliche dunkle am Tisch. Fragen Sie sie.“ Judith erkennt die Solotänzerin Anna Luise Schubert und geht auf sie zu. „Guten Tag Frau Schubert. Verzeihen Sie, wenn ich störe. Bitte ich hätte so gern ein Autogramm von Ihnen und Herrn Heesters. Man sagte mir, Sie seien mit ihm hier.“
„Oh, bitte setzen Sie sich doch. Herr Ober noch ein Gedeck“, ruft sie dem vorbeilaufenden Kellner nach. „So, nun erzählen Sie mal. Wer sind Sie und wo kommen Sie her?“ Sie schaut das junge Mädchen freundlich an, so dass es schnell seine Scheu verliert und freimütig erzählt. „Meine Name ist Judith Kosel, komme aus Thüringen, also von drüben, bin Erzieherin und zur Zeit zu Besuch in München. Gestern war ich in der Vorstellung. Die war so überwältigend, dass ich heute alles daransetzte hierher zu kommen, um ein Autogramm zu erbitten“, beendete sie ihren Monolog.
„Ich nehme mal an, Sie wollen zu aller erst zu Heesters. Nun, da drüben spielt er Billard.“ Sie winkt ihm, er schaut her. „Er kommt sicher gleich. Er ist neugierig, müssen Sie wissen.“ Und tatsächlich legt er seinen Stock beiseite und kommt auf sie zu. Judith schlägt das Herz bis zum Hals. Mein Gott sieht der gut aus, kaum fünfzig, graue Schläfen mit vollem dunklem Haar, schlank – ein schöner Mann. „Guten Tag, wir haben Besuch?“, beugt sich über Judiths ausgestreckte Hand, küsst sie und schaut ihr dabei tief in die Augen. Judith bringt keinen Ton heraus. Sie ist hin und weg. Indessen stellt Frau Schubert sie ihrem Partner vor, erzählt ihm, wo sie herkommt. „Aber“, erkundigt er sich interessiert, „wie sind Sie hier hereingekommen? Man sagte mir, das sei ganz unmöglich.“ Sie erzählt, wie sie im Direktorenbüro gelandet ist und Hans Hansen sie hierher gebracht hat. Er lacht schallend. Die beiden Frauen stimmen mit ein und der Bann ist gebrochen. Natürlich bekommt Judith von beiden

ihr Autogramm und von Heesters noch einen Handkuss zum Abschied. Sein Charme ist überwältigend. Sie ist selig.
Aus dem Theater herauszukommen ist nicht weiter schwierig. Es ist ca. 19.00 Uhr und schon wieder dunkel. Und wie kommt sie jetzt zur Peterstraße, wo ihr Onkel wohnt? Jeden, den sie auf der Straße fragt, kennt sich in München nicht aus. Nun steht sie wieder einmal da und weiß nicht weiter. Für ein Taxi reicht ihr Geld nicht. Es soll hier ganz in der Nähe eine Polizeistation sein, hat ihr jemand gesagt. Dahin fragt sie sich durch. Sie erzählt den Polizisten ihre Geschichte, wo sie war und wo sie hin muss. Man holt einen Stadtplan und erklärt ihr den Weg. Aber da sich Judith hier überhaupt nicht auskennt, gibt man auf. „Ach was", meint der Ältere von den beiden. „Der Franzl kann Sie schnell nach Hause fahren. Das dauert ja nicht lange." Judith bedankt sich bei dem netten Herrn. Dann wird sie im Polizeiauto zu ihrem Onkel gefahren. Als sie dann vor dem Haus stehen, bittet Judith den Franzl doch nur ganz kurz die Sirene einzuschalten. Schon kommen Onkel und Tante aus der Haustür gestürzt. Sie haben sich schon Sorgen um das Mädchen gemacht. „Mein Gott Judith, wo warst du denn so lange? Immerhin ist es schon 21.00 Uhr." Sie schaut zum Polizisten. „Keine Sorge", meint er. „Es ist alles in Ordnung", steigt ins Auto und fährt davon ehe sich Judith so richtig bei ihm bedanken kann. „Mir ist nichts passiert. Ich habe auch nichts ausgefressen. Nur wusste ich nicht, wie ich wieder hierher kommen sollte. München ist einfach riesig. Aber", berichtet sie weiter, „ein Autogramm von Heesters habe ich", und erzählt ihnen die ganze Geschichte.

1955

Durch die Vermittlung eines Pfarrers bekommt Judith eine Anstellung im Kinderheim in Ebersdorf. Es ist eine nicht ganz so schöne Gegend Thüringens. Das Eichsfeld, Heiligenstadt sind wesentlich reizvoller. Wegen ihrer unglücklichen Liebegeschichte will Judith Heiligenstadt verlassen. Außerdem arbeitet in Ebersdorf seit neustem ihre jüngere Schwester Gertrud. Sie hat jetzt ihre Ausbildung zur Säuglingsschwester beendet. Im Zimmer ihrer Schwester bekommt Judith ein Bett zugewiesen, in einem kleinen uralten Häuschen. Es besteht nur aus einem Raum unten und einem darüber. Es steht

neben dem Heim, ist ganz zauberhaft und wesentlich ruhiger als im Haupthaus.
Das Heim wird von evangelischen Nonnen geleitet. Judith übernimmt eine Gruppe von 3- bis 6-jährigen Kindern. Dann lernt sie die Oberin Metha, die das Heim leitet, kennen und ist enttäuscht. Metha ist ein einfacher, eher grober Mensch. Wie eine alte Bäuerin kommt sie ihr vor. Obwohl eine Bäuerin nicht so verbissen sein muss. Die Antipathie ist gegenseitig. Nun gut, denkt Judith. Ich werde mich bemühen gute Arbeit zu leisten, dann wird es schon gehen. Gertrud, die weniger kompliziert als Judith ist, kommt besser mit ihr klar.
Sonst gefällt es Judith gut. Die Arbeit mit den kleinen Kindern macht ihr Freude. –
Wochen später soll das Heim innen und außen fotografiert werden. Nur fotografiert der junge Mann hauptsächlich Judith. Fast auf allen Fotos ist sie zu sehen. Irgendwann fällt es Judith auf. „Na hören Sie mal", sagt sie. „Sollen Sie nicht zu aller erst das Heim fotografieren?" „Entschuldigen Sie bitte." Er schaut sie flehentlich aus grünen Augen an. Gar nicht so übel, stellt sie für sich fest, schlank, mit hellbraunen Locken. Tage später dann bekommt sie einen Blumenstrauß, einen Umschlag mit vielen Fotos und eine Einladung zu einer Tasse Kaffee. Sie nimmt an. Warum nicht? Er scheint ein netter Mann zu sein.
Für ein paar Monate geht es ganz gut, aber irgendwann ist die Geschichte doch beendet. Ihr Herz hängt immer noch an dem charismatischen Musikstudenten. Ach mein Gott, war ich dumm, denkt sie. Warum nur habe ich so viel Angst davor, mich ganz hinzugeben? Alle ihre Freundinnen haben es längst getan. Sie nimmt sich vor, diesen Zustand bald möglichst ändern zu lassen. Zum einen ist sie eine sinnliche Frau. Sie spürt schon etwas, wenn ein Mann, der ihr gefällt, sie leidenschaftlich küsst, so wie Jose es getan hat. Und zum anderen ist sie auch neugierig. Man hört und liest so viel darüber. Außerdem, ist es nicht überholt, als Jungfrau in die Ehe zu gehen?

Inzwischen, es ist schon fast ein Jahr vergangen, fühlen sich die Schwestern recht wohl in dem Heim. Mit der grantigen Metha haben sie nicht direkt zu tun.
Für ein Fest haben die Kinder, jede Gruppe für sich, etwas eingeübt. Es wird gesungen und Kasperletheater gespielt. Judith hat mit ihrer Gruppe ein Märchen vorbereitet. Sie werden Dornröschen spielen. Da sie noch nicht lesen können, muss Judith jeden Satz mit ihnen einüben. Das ist mühsam, klappt aber dann doch.

Das Dornröschen ist ein etwa vier Jahre altes Mädchen, niedlich mit langen blonden Locken. Sie spricht auch schon sehr gut. Nur als sie dann bei der bösen Fee, die am Spinnrad sitzt, fragt, „darf ich auch mal probieren?“, lachen alle Zuschauer. Sie wendet sich während der Vorstellung an Judith: „Tante habe ich etwas falsch gemacht?“
„Nein, du hast alles ganz toll gemacht.“ Solche Unterbrechungen gibt es noch öfters. Als dann der Prinz das Dornröschen wach küssen soll, beugt er sich immer wieder über sie, küsst aber nicht. Er wendet sich verzweifelt an Judith: „Ich kann sie nicht küssen, Tante Judith. Sie lacht immer, macht den Mund nicht zu.“ Das ist so süß, dass die Zuschauer vehement Beifall spenden. Danach hat Judith zu tun, die Kleinen zum Weiterspielen zu bewegen.
Schwester Metha ist mit Judith etwas versöhnt. Es gefiel ihr recht gut. Doch das hält leider nicht lange an. Als sie es wieder einmal wagt, anderer Meinung als die Oberin zu sein, wird sie zum Putzen abkommandiert. Sie denkt, die Widerspenstige so klein zu kriegen. Und, oh Wunder, Judith widerspricht nicht. Sie putzt und singt dabei, dass die Wände wackeln. Das wieder nun passt Metha auch nicht. Sie sagt zu ihr: „Man kann deutlich sehen, dass Sie mit den Gedanken nicht bei der Arbeit sind.“ Judith lässt sich nicht aus der Ruhe bringen und singt: 'Die Gedanken sind frei'.
Als Schwester Christel, Judiths direkte Vorgesetzte hört, dass die Kinder von einer Hilfskraft betreut werden, Judith aber putzt, ist der Spuk schnell beendet. So konnte man Judith nicht bestrafen.
Dann geschieht etwas, was alle zutiefst berührt. Eine Kollegin, Monika eine 28-jährige junge Frau, wird eines Morgens tot in ihrem Bett aufgefunden. Das ganze hat eine dramatische Vorgeschichte.
Gertrud war dabei, als es passierte. „Stell dir vor, Monika und ich waren im Kino“, erzählt sie ihrer Schwester und weint. „Als wir nach Hause kamen, war es eine viertel Stunde nach 24.00 Uhr. Wir waren eine viertel Stunde zu spät. Schwester Metha stand schon hinter der Haustür und hat uns abgepasst. Sie brüllte uns an, wie wir es wagen könnten, so spät nach Hause zu kommen. Ich wollte gerade etwas erwidern, als es Monika schlecht wurde. „Ich habe sie gerade noch auffangen können, sonst wäre sie umgestürzt.“ Metha half in keiner Weise, schrie sie nur an, sie solle sich nicht so anstellen. Sie weinte stärker. „Ich wusste nicht, dass Monika schwer herzkrank ist, sonst hätte ich anders reagiert. Aber dieses böse, alte Weib hat es gewusst. Sie zwang Monika die Treppe bis in den dritten Stock in ihr Zimmer hinaufzugehen. Am nächsten Morgen dann war sie tot.“ Sie

setzt sich auf die Treppe und schlägt die Hände vors Gesicht. „Man müsste sie anzeigen, denn das ist zumindest Totschlag." Judith setzt sich zu ihrer Schwester, nimmt sie in die Arme: „Das sollten wir wirklich tun". Doch das wird erst einmal verhindert, weil Judith schwer krank wird.
Eines Morgens, es könnte so gegen 6.00 Uhr sein, wird Gertrud wach, schaut zu ihrer Schwester rüber und ruft: "Judith, bist du wach?". Sie bekommt aber keine Antwort, nur ein unverständliches Gemurmel klingt zu ihr herüber. „Judith, wir müssen 'raus", geht hin und schüttelt ihre Schwester an der Schulter. „Steh auf du Schlafmütze." Judith versucht sich aufzurichten, stöhnt, dreht etwas den Kopf, räuspert sich. Nur mühsam kann sie sprechen. „Die Kopfschmerzen sind weg." Dann hebt sie den Kopf vollends und versteht nicht, warum ihre Schwester schreit. „Um Gottes Willen, wie siehst denn du aus? Was ist passiert? Ich muss einen Arzt holen. Bleib liegen, ich komme gleich wieder." Sie läuft ins Haupthaus, um zu telefonieren. Sie lässt ihre Schwester verunsichert zurück. Judith versucht aufzustehen. Es geht nicht. Dann kommt Gertrud wieder zurück. „Sag, was ist los?", bittet sie ihre Schwester. Aber Gertrud sagt kein Wort, ihr laufen nur die Tränen über ihr blassgewordenes Gesicht.
Als der Arzt kommt, geht alles sehr schnell. Bald findet sich Judith im Krankenhaus wieder. Sie kommt zu einer jungen hübschen Ärztin auf die Isolierstation. Judith ist verwirrt und hat Angst. „Was ist los, was habe ich?" Judith versucht zu sprechen, es gelingt nur bedingt. „Bleiben Sie ganz ruhig. Ich bin", stellt sie sich vor, „Dr. Marge Stappenbeck. Wir wissen noch nicht, was Sie haben, aber wir bemühen uns sehr darum es herauszufinden. Isolierstation deshalb, weil es auch eine ansteckende Krankheit sein könnte. Bis wir wissen, was es ist, dürfen Sie keinen Besuch empfangen. Aber", sie schiebt das Bett direkt ans Fenster, „so können Sie mit den Leuten sprechen, die Sie besuchen werden". Ach, Besuch ist Judith jetzt ganz unwichtig. Sie schlägt die rechte Hand vors Gesicht und weint fassungslos. „Warum kann ich mich nicht richtig bewegen, nicht laufen?" Die Ärztin setzt sich zu ihr aufs Bett, legt ihr beruhigend den Arm um die Schulter: „Es ist eine Lähmung. Wir werden bald mehr darüber in Erfahrung bringen. Hatten Sie bevor die Lähmung einsetzte Kopfschmerzen?"
„Ja, wochenlang schon und kein Mittel half."

„Seien Sie ganz ruhig. Ich gebe Ihnen erst einmal eine Spritze zur Beruhigung, so können Sie etwas schlafen. Ich komme bald wieder.“

Jetzt ist Judith schon zwei Monate im Krankenhaus. Es wurden diverse Untersuchungen gemacht. Es gibt aber immer noch kein eindeutiges Ergebnis. Borreliose war es nicht, ihr Körper wurde millimetergenau abgesucht. Nun bleibt noch Poliomyelitis oder Schlaganfall. Da man nicht in den Kopf reinschauen kann, bleibt das Ganze eine Spekulation. Jetzt müssen sie doch noch eine Rückenmarkspunktion durchführen, um Kinderlähmung ausschließen zu können. Zwei Ärzte sind dabei. Einer, der sie festhält und ein zweiter, der es ausführt. Dreimal muss der Chirurg punktieren, um an die Flüssigkeit ranzukommen. Dreimal wird Judith vor Schmerz ohnmächtig. Dreimal beißt sie den Arzt, der sie festhält. Anklagend zeigt ihr der junge Mann seine Schulter, die deutlich Abdrücke ihrer Zähne aufweist. Sie lächelt ihn an. „Das war Rache.“
„Dann hätten Sie doch den Kollegen beißen müssen. Der war der Übeltäter.“ Sie lächelt stärker. „Beim nächsten Mal beiße ich ihn.“
Zum Glück war es keine Kinderlähmung. Das Heim, das die ganze Zeit unter Quarantäne stand, kann wieder geöffnet werden. Danach gibt es noch eine gynäkologische Untersuchung. Weil Judith das unangenehm ist, bittet sie die Ärztin dabei zu sein. Sie sagt zu. Sie ist mit dem Kollegen, der die Untersuchung durchführt, befreundet. So liegt sie dann mit geöffneten Schenkeln auf dem Marterstuhl und schaut zur Decke. „Es ist alles in Ordnung“, meint der Arzt, dann leise zu seiner Kollegin Marga: „Sieh mal, die ist ja noch Jungfrau.“ Judith möchte am liebsten weglaufen, was aber wegen der Lähmung nicht geht. Die Ärztin bemerkt ihre Reaktion. „Bitte verzeihen Sie. Wir wollten Ihnen nicht zu nahe treten. Es ist ja nichts Negatives, eher das Gegenteil.“
„Ist schon in Ordnung.“ Sie bemüht sich schwerfällig, den Stuhl zu verlassen, was sie ohne Hilfe nicht kann. „Das kommt daher, dass ich so lange in der Klosterschule war.“ ‚Ach Jose’, denkt sie für sich, ‚hätte ich doch damals mit dir geschlafen’. Sie kann ja kaum im Nachhinein zu ihm gehen, um diesen Zustand ändern zu lassen. Obwohl, sie seufzt, so schlecht wäre das gar nicht. –

Inzwischen kann sie auch Besuch empfangen. Fast täglich kommt Gertrude oder auch eine der Kolleginnen zu ihr und endlich auch die Eltern. Ihre Mutter hat ihr einen wunderschönen Morgenmantel ge-

näht, ganz tailliert, in einem klaren blau mit roten Rosen aus Baumwollflanell. Er steht ihr, passt gut zu ihren blauen Augen und dem dunklen Haar.
Gott sei Dank, geht es ihr schon wesentlich besser. Die Lähmung ist fast vollständig zurückgegangen. Stolz humpelt sie vor ihren Eltern im Zimmer auf und ab. „Bin ich froh“, sagt Konstantin, „dass es 'meinem Moritz' besser geht.“ Er zieht sein Mädchen immer wieder an sich. Judith erzählt ihren Eltern, wie gut es ihr hier geht, wie lieb die Ärztin zu ihr ist. „Und schaut“, beendet sie ihren Bericht, „das kleine Radio und all die Bücher hat sie mir geliehen“. Die Tür geht auf, eine junge Frau mit einem bezwingenden Lächeln, betritt den Raum. „Das ist sie.“ Sie stellt sie ihren Eltern vor. Frau Dr. Stappenbeck dreht sich um. „Das sind Frau und Herr Kosel.“ Konstantin springt auf, küsst der Ärztin die Hand: „Danke, vielen Dank, dass Sie sich so liebevoll um unsere Tochter gekümmert haben.“
„Oh, keine Ursache. Wir mögen sie alle“, und streicht Judith über die erhitzten Wangen. „Ich denke, wir können sie bald entlassen. Sie ist jetzt zwei Monate hier und wird noch ca. vier Monate krankgeschrieben. Es darf keinen Rückfall geben. Es könnte doch ein Schlaganfall gewesen sein, hervorgerufen durch eine Blutung im Gehirn.“ Zehn Tage später kann sie die Klink verlassen. Mit Grausen denkt sie an die Begegnung mit der Oberin im Kinderheim, die sie sogleich nach ihrem Eintreffen zu sich rufen lässt. Angespannt steht Judith vor der Tür und versucht sich zu beruhigen, denn sie ahnt, was auf sie zu kommt. Energisch klopft sie an. Sehr aufrecht bleibt sie vor dem Schreibtisch stehen, übersieht die Handbewegung ihrer Chefin, die sie zum Sitzen auffordert. „Ich hoffe Sie haben sich gut erholt in den Monaten, die Sie im Krankenhaus lagen“, fragt sie süffisant. “Danke es geht mir gut, antwortet die junge Frau knapp. Also, warum ließen sie mich rufen?“
„Es geht um Folgendes. Sie können sich doch vorstellen, dass ich Sie nicht ein halbes Jahr freistellen kann. Das heißt“, sie räuspert sich und setzt sich im Sessel zurecht.
„Ich weiß, was es bedeutet“, unterbricht Judith Schwester Metha, die ihr zutiefst unangenehme Ordensschwester. „Das heißt, Sie wollen mir kündigen, obwohl Sie das von Rechtswegen nicht dürfen. Ich bestehe nicht auf einem weiterführenden Arbeitsverhältnis.“ Sie wendet sich an der Tür noch einmal um. „Sobald Sie unsere Papiere fertig haben, verlasse ich mit meiner Schwester Gertrude das Heim.“
Ohne Abschiedsgruß verlässt Judith das Büro.

Auch Gertrude möchte nicht allein da beleiben, wenn Judith zu den Eltern fährt. Gertrude hat sich schon umgehört. Eventuell kann sie in Bad Tennstedt in einem Hort zu arbeiten anfangen.

Als sie ihre Sachen im Kinderheim gepackt haben, wollen sie sich von allen verabschieden. Die ganze Belegschaft, alle Kinder und Erzieherinnen, befinden sich im Speisesaal beim Frühstück. Die beiden Schwestern gehen von Tisch zu Tisch. So manche Träne fließt. Man hat sich doch aneinander gewöhnt. Besonders von den Kindern fällt der Abschied schwer. Letztendlich kommen sie zum Tisch der Oberin. Sie steht auf, reicht ihnen die Hand, die aber von beiden übersehen wird. „Ihnen", sagt Judith, „sage ich nicht 'Auf Wiedersehen', weil ich Sie nicht wiedersehen möchte!"
„Und für mich", Gertrude stellt sich hochaufgerichtet vor sie hin, „für mich sind Sie eine Mörderin". Betretenes Schweigen im ganzen Saal, selbst die Kinder sind mucksmäuschenstill. Metha dreht sich auf der Stelle um und rauscht davon.
Judith ist erstaunt. Soviel Zivilcourage hat sie ihrer Schwester gar nicht zugetraut. Sie umarmt sie, die am ganzen Körper zittert und führt sie hinaus.

Wieder mal in Bad Tennstedt sieht Judith das Städtchen mit anderen Augen. Es ist doch beachtenswert, wenn man es vor dem Hintergrund der Historie betrachtet. Immerhin wird der Ort schon 775 in den Aufzeichnungen erwähnt. Sogar Geheimrat Goethe hat 1816 in der Stadt gekurt. Eigentlich wollte der Geheimrat gar nicht hierher. Er wollte nach Bad Langensalza. Aber kurz vor Bad Tennstedt ist an seiner Kutsche eine Radachse gebrochen. So kam er in die Stadt. Für ihn wurde ein eigenes Badehäuschen gebaut, das heute noch im Kurpark steht.
Tennstedt hat eine starke Schwefelquelle. Alle paar Jahre wieder wird das historische Ereignis bei einem Volksfest gefeiert. Es gibt einen großen Umzug, alle tragen Kostüme dieser Zeit. Judiths Vater spielt einen der Ratsherren und ist immer dabei. Dieses Mal wird Judith gebeten, Plakate für diesen Anlass zu zeichnen. Sie macht Federzeichnungen im großen Format. –
Weil sie noch Monate krankgeschrieben ist, muss sie sich irgendwie die Zeit vertreiben, ohne sich jedoch zu sehr anzustrengen. Also fertigt sie Scherenschnitte an, die Puppchen-Fischer ausstellt. Auch die großen Ölbilder, die ihr Vater malt, verkauft er. Am Abend aber

geht sie gern in den Mädchenkreis der evangelischen Kirche zum Pfarrer Sammler. Dort gibt es einen Vikar, Hans heißt er. Er gefällt Judith und den meisten Mädchen sehr gut. Ein schmal aufgeschossener, blondgelockter Mann. Etwas androgyn, sanft, so wie Judith die Männer mag. Leider ist er sehr schüchtern. Obwohl sie alle ihre Flirtkünste einsetzt, passiert nichts.
Eines Tages wird sie von Freunden zu einer Fahrradtour eingeladen. Sie sagt zu, als sie hört, dass der Vikar auch teilnimmt. Bei dem Ausflug bleiben sie und Hans etwas zurück, weil sie mit der alten Cheesse ihres Bruders nicht so schnell den Berg heraufkommt. Am Straßenrand stürzt sie etwas absichtlich ins Gras. Als der Vikar ihr beim Aufstehen hilft, stehen sie so nah beieinander, dass sie die Körperwärme des Anderen spüren können. Endlich küsst er sie auch. Gar nicht so schlecht für den Anfang, denkt sie. Aber dann werden die Freunde ungeduldig. So geschieht nichts weiter. Noch ehe es mehr werden konnte als ein Kuss, bekommt sie eine Aufgabe in Gössitz, einem kleinen Ort hinter Saalfeld.

1956

Eines Abends, sie ist wieder beim Mädchenkreis, fragt sie Pfarrer Sammler, ob sie nicht Lust hätte, für ca. vier Wochen auszuhelfen. Ein Freund, er ist Pfarrer in Gössitz, ist in einer Notlage. Er hat zwei kleine Kinder, aber seine Haushälterin musste plötzlich aufhören. So schnell kann er keinen Ersatz für sie finden. „Sie sind ja noch Monate krankgeschrieben, könnten Sie vielleicht einspringen?“ Das Telefon klingelt. „Möchten Sie Pfarrer Landau, so heißt mein Freund, sprechen?“ Er reicht ihr den Hörer. „Ja, natürlich.“
„Hallo, hier ist Judith Kosel. Sie wollten mich sprechen?“
„Ja, ich freue mich, von Ihnen zu hören.“ Die Stimme klingt sehr angenehm.
„Noch mal bitte, Sie heißen Judith?“
„Ja, warum?“
„Weil ich Sie dann sofort einstellen würde. Sie müssen wissen, Judith ist ein Glücksname für mich. Hören Sie! Also, meine Frau hieß Judith. Sie starb vor drei Jahren. Meine Haushälterin heißt Judith, eine sehr liebe Person, meine Verlobte heißt Judith. Sie ist leider im Krankenhaus und kann nicht einspringen. Und jetzt Sie, Sie wären

die vierte Judith in meinem Leben. Wenn das kein Glück ist. Wollen Sie?"
„Ja", antwortet sie. „Ich komme. Wann?"
„Am besten so schnell als möglich."
„Gut, dann komme ich übermorgen."
„Wunderbar, ich freue mich auf Sie, die vierte Judith."

Als sie in Saalfeld ankommt, es liegt unterhalb von Gössitz, ca. 20 km entfernt, wird sie von Herrn Landau abgeholt. Er betrachtet sie eingehend. „Also, Sie sind die Judith?" Sie steht einem etwa 45-jährigen Mann gegenüber, der sie aus überwachen blauen Augen liebevoll betrachtet. „Ich denke, wir zwei können es miteinander wagen." Sein Händedruck ist so warm und herzlich, dass sie sich gleich mit ihm wohlfühlt. In einem uralten Auto fahren sie über Unterwellenborn, Könitz, Ranis nach Gössitz. Je weiter sie sich von Saalfeld entfernen, um so schöner wird die Umgebung. Sie schaut sich um. „Das ist ja herrlich hier." Es ist Ende September, das schräge Sonnenlicht taucht die Landschaft in einen rotgoldenen Schleier.
„Es freut mich, dass Ihnen die Natur so viel bedeutet. Wir können Ausflüge machen, wann immer Sie möchten. Hier hinter dem Berg ist die Saale-Talsperre. Ich habe ein kleines Boot. Damit können wir auf dem See rudern. Die Kinder freuen sich schon darauf."
„Ich auch. Sehr gern!"
Dann lernt sie die Kinder kennen. Den größeren 11 Jahre alten Johannes und den jüngeren vier Jahre alten Bruder Thomas. Der Große gibt ihr die Hand, ist sehr zurückhaltend. Der Kleine aber lächelt sie lieb an und schmiegt sein rundes Händchen an ihre Hand. Anschließend zeigt ihr der Pfarrer das Haus. Es ist ein schönes, etwa hundertjähriges Gebäude, sehr groß. Er sieht ihren besorgten Blick. „Keine Angst, zum Putzen kommt wöchentlich eine Frau."
„Gut, das Andere kann ich schaffen. Nur, da ist noch etwas. Ich habe noch nie in meinem Leben gekocht, nur Babynahrung kann ich herstellen." Der Pfarrer lacht. „Na ja, das ist nicht ganz das Richtige für uns. Macht nichts! Wir werden gemeinsam kochen. Wann immer es mittags möglich ist, nehme ich mir eine Stunde Zeit, dann kochen wir zusammen. Kochbücher haben wir genug."
So wird's gemacht und ab und zu kommt auch etwas Schmackhaftes dabei heraus.
Da sie eine gewisse natürliche Autorität besitzt, gibt es mit den Kindern keine Schwierigkeiten. Bald mögen sie alle. Judith ist hier rich-

tig glücklich. So unkonventionelle Menschen wie ihr Chef, liegen ihr sehr. Mit der Zeit lernt sie auch etwas Kochen. Das Essen schmeckt immer besser. Das hätte sie sich auch nicht träumen lassen, dass sie mal mit einem Pfarrer zusammen das Kochen erlernen wird.
Dass es im Haus eine Bibliothek mit zahlreichen Büchern, aber auch einen Schallplattenspieler und Platten mit klassischer Musik gibt, freut sie besonders. Wann immer sie freie Zeit hat, liest sie. „Dass Sie gern lesen", meint der Pfarrer zu ihr, „finde ich sehr gut. Aber Sie sollten die Bücher nicht wahllos lesen. Ein Konzept nach dem Sie vorgehen, wäre besser. Also, ich stelle etwas zusammen, Sie lesen es und dann sprechen wir darüber." Er lächelt sie aufmunternd an. „Was halten Sie davon?"
„Sehr viel! Mit welchem Land beginnen wir?"
„Ich würde sagen, wir fangen mit Deutschland an, danach England, dann Russland. Zu Russland habe ich eine besondere Beziehung. Ich liebe die Menschen dort, ihre Mentalität, ihre Kunst." Er sucht ihr einige Bücher aus. „Das genügt für den Anfang. Außerdem müssen Sie die Abende nicht allein in ihrem Zimmer verbringen. Das ganze Haus steht ihnen zur Verfügung. Auch wenn Besuch da ist, Sie gehören dazu, es sei denn, meine Verlobte ist im Haus. Na ja, Sie wissen schon. Aber ich denke, sie werden sich gut verstehen. Sie hat auch so eine liebevolle Art."
Als sie dann kommt, ist es Sympathie von beiden Seiten. „Ach, das freut mich aber, dass Sie so nett zu meinen Lieben sind. Mein Mann – sie lächelt zum Landau hinüber – und die Kinder sind bei Ihnen gut aufgehoben. Sie müssen wissen, ich habe TB und muss immer wieder ins Sanatorium." Ihr hübsches Gesicht wird ernst, „Aber jetzt werde ich erst einmal zwei Wochen hier bleiben. Wir zwei haben keinen Stress miteinander?"
„Sicher nicht."
„Außerdem werde ich mich nirgends einmischen. Zur Zeit sind Sie hier die Hausfrau, ich der Gast."
Der Pfarrer steht abseits. Er hat die beiden Frauen beobachtet. Er ist erleichtert. So hat er es sich vorgestellt. Die zwei werden sich gut verstehen. So ähnlich vom Typ her, die eine Anfang zwanzig, zierlich, die Andere Mitte dreißig und etwas rundlicher, aber beide dunkelhaarig und temperamentvoll. Als dann noch die frühere Haushälterin zu Besuch kommt, hat er drei Judiths im Haus. Wenn er mal ruft, kommen entweder alle drei oder keine. Bei den Ausflügen bleibt

die jüngere Judith jetzt gern mal zu Hause. Sie hat zu tun und ist froh, auch mal allein zu sein.
So vergehen die Monate und Judith ist zufrieden mit dem Leben hier. Einmal alle vier Wochen gehen sie gemeinsam ins Theater. Sie hat alles, was sie braucht. „Nur", meint Herr Landau, „das ist nicht genug für ein junges Mädchen. Sie müssen mal ausgehen, auch mit Männern zusammensein." Sie zuckt die Schultern. „Ich kenne hier niemanden. Die jungen Burschen des Dorfes interessieren mich nicht."
„Aber Familie Schmidt kennen Sie doch."
„Ach, Sie meinen Ewald? Der ist viel zu groß und zu jung für mich."
„Nein, sie haben noch einen zweiten Sohn, Martin. Er macht zur Zeit Urlaub und ist daheim. In Berlin studiert er. Er wäre im richtigen Alter für Sie. Nächste Woche kommt er mich besuchen. Dann können Sie ihn kennen lernen. Und so groß wie Frowald ist er auch nicht. Ich schätze er ist so 1,85 m und sieht gut aus."
„Sie machen mich richtig neugierig."
„Das war meine Absicht."
Aber dann kommt es doch anders. Es ist kurz vor Weihnachten. Der Pfarrer hat mit Judith und einigen größeren Kindern ein modernes Krippenspiel eingeübt. Sie steht als Engel verkleidet, in einem schlichten weißen Gewand und einem goldenen Haarreif, direkt vor dem Altar. Sie erzählt mit ihrer schönen klaren Stimme die Weihnachtsgeschichte, die die Kinder vor ihr am Altarraum spielen. Die Kirche ist bis zum letzten Platz gefüllt. Auch Familie Schmidt ist anwesend. Manfred geht gleich nach dem Gottesdienst zum Pfarrhaus und erkundigt sich beim Anbau nach ihr. „Wer ist dieses Mädchen? Ist sie Schauspielerin, oder hat sie Sprechunterricht gehabt? Diese Artikulation, diese Aussprache."
„Nein, hat sie nicht. Aber das können Sie sie gleich selbst fragen. Ich rufe sie."
„Oh hallo, guten Tag!" Judith steht mit dem Tablett schwer beladen in der Tür. Manfred springt auf, nimmt ihr das Tablett ab. Indessen stellt sie der Pfarrer vor.
„Das ist Martin Schwind und", er dreht sich um, „das ist Judith Kosel." Er erzählt, wo sie herkommt, dass sie eigentlich nur aushelfen wollte, aber jetzt schon sechs Monate da sei.
„Weil", beendet sie seinen Bericht, „es mir hier so gut gefällt". „Aber", erwidert Martin, „es ist doch nichts los hier. So am Ende der Welt."
„Da bin ich aber anderer Meinung. Schauen Sie sich um." Sie treten ans Fenster. „Die herrliche Natur, die Stille – die Luft, so rein, die

Saale..., das nennen Sie nichts? Selbst jetzt im Winter ist es wunderschön hier."
„Sie haben recht. Wenn man hier aufgewachsen ist, sieht man das gar nicht mehr." Schnell sind sie in ein Gespräch vertieft, merken gar nicht, dass der Pfarrer den Raum verlassen hat.
„Aber jetzt erzählen Sie von sich. Sie studieren in Berlin? Da ist natürlich mehr los." Er berichtet, spricht über sein Studium und Berlin. Sie betrachtet ihn von der Seite. Nett sieht er aus, groß, schlank, seine blonden Locken kringeln sich hinter den Ohren. Sie lauscht dem Klang seiner Stimme. Sie ist hell und dunkel zugleich, sehr angenehm. Sie lächelt. Er unterbricht sich, schaut verunsichert auf sie hinab. Sie stehen immer noch am Fenster. –
Seltsam dieses Mädchen, einerseits ein lockendes Weib, andererseits so voller Unschuld. Er kann sie nicht einordnen. Außerdem stehen sie viel zu nah beieinander. Er tritt einen Schritt beiseite. „Wollen wir uns wieder setzen?", fragt er sie und führt sie an den Tisch zurück. „Oh, verzeihen Sie. Ich bin unaufmerksam. Wollen Sie noch eine Tasse Kaffee?"
Nur ganz leicht berühren sich ihre Finger und doch sie zittert, verschüttet etwas Kaffee. „Entschuldigen Sie. Ich bin etwas aufgeregt. Ich war schon lange nicht mehr mit einem Mann allein und ich, ach..."
„Das sollten wir ändern", erwidert er mit belegter Stimme. „Was halten Sie davon, wenn wir morgen einen Spaziergang machen und anschließend einen Kaffee trinken gehen? Ich kenne hier in der Nähe ein Lokal, mitten im Wald."
„Ja, das wäre sehr schön, aber ich weiß nicht, ob ich kann. Die Kinder, ich muss. – "
„Keine Frage, sie kann", ertönt eine Stimme von der Tür her, als der Pfarrer gerade den Raum betritt. Er freut sich, dass das ganze auch ohne seine Hilfe geklappt hat. Er freut sich für die beiden Menschen, die er mag.
Es ist 14.00 Uhr, als sie sich bei der Kirche treffen. Obwohl der Himmel verhangen ist, schimmert ab und zu die Sonne durch die blassen Wolken. Es ist kalt, der Schnee knirscht unter ihren Füßen. Martin winkt ihr schon von Weitem und kommt mit schnellen Schritten auf sie zu. „Verzeihen Sie, dass ich Sie warten ließ. Er beugt sich leicht über ihre Hand und küsst sie. „Oh, ich bitte Sie. Sie sind ganz pünktlich. Ich war zu früh." Leise plaudernd gehen sie in den nahen Wald. Wie schon selbstverständlich gehen sie Hand in Hand. Sie

war gestolpert So hat er ihre Hand in der seinen behalten. Ab und zu drückt er sie, als wolle er sie beruhigen, weil er spürt, wie aufgeregt sie ist. Doch ihm geht es genauso. Dieses Mädchen scheint so anders, als alle Frauen zu sein, die er bisher kennen gelernt hat. So frisch und frei, doch gleichzeitig auch ängstlich. Was ihn am meisten beunruhigt, ist ihre sinnliche Ausstrahlung. Einerseits fühlt er sich stark angezogen, andererseits aber auch verantwortlich für sie. So laufen sie fast stumm durch die winterliche Landschaft und schauen nur. Plötzlich bleibt sie stehen, ganz nahe. Sie schaut zu ihm auf, „mir ist kalt“. Er nimmt sie in die Arme, drückt sie an sich. „Ist es so besser?“ Sie nickt. „Sie zittern ja immer noch.“
„Das“, meint sie, „könnte auch andere Gründe haben“. Er beugt sich über sie und küsst sie. „Mir ist immer noch kalt.“ Jetzt küsst er sie so leidenschaftlich, dass es beiden ganz heiß wird. Abrupt schiebt er sie von sich. „So, jetzt gehen wir erst einmal Kaffee trinken, komm.“
Im Kaffee sitzen sie sich befangen gegenüber, reden kaum etwas, drücken sich verstohlen die Hände. „Ich denke“, meint sie dann, „mir ist jetzt warm genug. Wollen wir wieder gehen?“ Sie möchte so gern wieder in den Arm genommen werden. Das war schön.

In den Wochen, die Martin bei den Eltern ist, treffen sie sich regelmäßig. Ab und zu gehen sie nach Saalfeld tanzen. Manchmal ist auch Ewald dabei. Dann ist Judith mit zwei großen Männern unterwegs, verschwindet fast zwischen den beiden. Sie hat sich doch etwas in Martin verliebt. Er aber ist eher distanziert. An einem dieser Abende, als sie nach dem Tanz auf dem Heimweg sind, küsst er sie wild, voller Inbrunst, immer wieder, ganz ungewohnt. Sie zieht sich etwas zurück, schaut ihn erstaunt an. „Etwas ist mit dir. Sag mir, was ist los?“ Er zieht sie wieder an sich. „Wartest du auf mich? Ich muss morgen wieder weg und kann erst nach Monaten wieder mal hier sein. Bist du dann noch für mich da?“
„Aber sicher! Du weißt ja, ich bin fast täglich bei deinen Eltern, um Milch zu holen. Die werden mir dann auch sagen, wann du wiederkommst.“
„Ach ja, sie haben mir von dir erzählt, noch bevor ich dich kennen lernte. Sie mögen dich, was mich freut. Aber jetzt muss ich heim. Mein Zug fährt schon 5.30 Uhr los und ich muss noch packen.“
Rasch bringt er sie nach Hause, küsst sie flüchtig und ist weg. Sie hat das starke Gefühl, er flüchtet. Warum? Hat er Angst vor ihr, vor dem, was geschehen könnte, wenn er sich mehr auf sie einließe?

Sie ist enttäuscht. Endlich einmal möchte sie wissen, was es damit auf sich hat, was als so wundervoll in den Büchern beschrieben wird. Es soll, wenn es gut ist, das intensivste Gefühl sein, das schönste, was es auf der Welt gibt. –
Na ja, er kommt ja wieder. Bis dahin kann sie von ihm träumen. Aber schon allein das Küssen ist so schön. Das zumindest haben sie reichlich genießen können.
Wenn sie nur mit einem Menschen über ihre Probleme reden könnte. Ihre Mutter geht auf Fragen dieser Art gar nicht ein. Die beste Freundin, Traudl, ist mit ihren Eltern in den Westen gegangen, was sie bekümmert, denn sie fehlt ihr sehr. So etwas kann sie mit dem Pfarrer nicht besprechen, aber eventuell mit Judith seiner Verlobten. Sie scheint offen und sinnenfroh zu sein, ja und erfahren genug. Als sie ihr neulich einen Brustwickel gemacht hat, weil sie mit Fieber im Bett lag, hob sie ohne Scheu ihr Nachthemd. Ein reizvoller Anblick. Nächsten Monat kommt sie wieder. Vielleicht findet sie dann den Mut, mit ihr über dieses Thema zu sprechen. –

Morgen kommt erst einmal Josef, ihr Bruder, sie mit seiner Freundin, sie besuchen. Sie wollen zusammen einen Ausflug zur Saale-Talsperre machen. Schon lange freut sie sich darauf, denn sie sieht ihre Geschwister nur selten.
Jetzt muss sie noch das Essen für morgen vorbereiten. Inzwischen kocht sie allein. Es geht immer besser. Noch einmal geht sie durchs Haus, um zu sehen, ob alles in Ordnung ist. Zur Zeit ist sie allein. So kann sie auch einmal die Musik laut aufdrehen, Tschaikowski. Das ist schön! Durch den Pfarrer hat sie die russischen Komponisten lieben gelernt. 'Eugen Onegin' ist inzwischen ihre Lieblingsoper geworden, seit sie diese auch schon einmal auf der Bühne erleben durfte. Laut singend geht sie von Raum zu Raum, tanzt auch schon mal ein paar Schritte, als das Ballettstück ertönt.
Sie legt den Kindern die Kleider raus. Morgen überlegt sie, ist Samstag, der 4. September. In nicht ganz einer Woche kommt Martin zu Besuch. Er hat Sehnsucht, schrieb er ihr. Sie auch, oh, wie sehr. Sie kann seinen Besuch kaum erwarten. Seltsam ist nur, es sind doch gar keine Semesterferien. Unsinn! Er hat jetzt sein Studium beendet. Na ja, Hauptsache er kommt. Das Leben ist schön, weil es den Sonnenschein gibt und die Kinder und Blumen und Musik, ja und die Liebe. Zum ersten Mal im Leben bin ich richtig glücklich, wird ihr bewusst. Die Liebe musste dazukommen, um diesen Zustand mög-

lich zu machen. Das hat sie schon seit frühester Jugend gewusst. Die Liebe zu allerlei Dingen, zu den Menschen, hat sie schon immer praktiziert, aber die Liebe zu einem Mann ist die Krönung des Ganzen. Das zu haben ist Reichtum, nicht Geld, Häuser, Reisen, allenfalls noch Wissen ist gleichbedeutend. Darum bemüht sie sich mit mehr oder weniger Erfolg, besonders jetzt. Der Pfarrer hilft ihr dabei. Was war das, das Telefon? Schnell springt sie auf, die Treppe runter, stolpert, kann sich im letzten Moment fangen.
„Hallo", sie ist außer Atem, „wer bitte ist da? Oh, Martin, wie schön, dass du anrufst. Gerade habe ich an dich gedacht."
„Hallo, Judith! Ich wollte nur mal guten Tag sagen und dich fragen, wie es dir geht."
„Ganz gut, nur etwas verwirrt."
„Meinen Brief hast du erhalten? Gut! Wir sehen uns in fünf Tagen, aber nur kurz."
Das ist seltsam. Sie setzt sich an den Schreibtisch. Zweimal kündigt er sich an, nur um mitzuteilen, dass er wenig Zeit haben wird. Wirklich seltsam...
Am nächsten Morgen dann kommt Josef mit seiner Freundin früh in Gössitz an. Die beiden Mädchen kennen sich schon, weil Aliza die Tochter einer früheren Nachbarin ist. Sie ist hübsch, blond und sportlich. Sie passt gut zu Josef, auch weil er ruhig ist und sie dagegen temperamentvoll. Am See angekommen, mieten sie sich ein kleines Paddelboot, um auf dem See zu rudern. Josef bleibt am Ufer zurück, weil im Boot nur zwei sitzen können. Keiner denkt daran, dass Judith nicht schwimmen kann. Sie selbst hat auch keine Bedenken. Mutig wie immer stürzt sie sich ins Abenteuer. Erst als sie mitten auf dem See sind, kommen Josef Zweifel. Der See ist doch sehr groß und das Boot ziemlich klein. Aliza und Judith sind fröhlich und rudern was das Zeug hält. Am Ufer des Sees stehen viele Menschen, die auf freiwerdende Boote warten oder auch nur zuschauen wollen. Sie winken und rufen auch etwas. Doch bei dem Lärm, der hier herrscht, können die Mädchen nichts verstehen. Freundlich winken sie zurück und rudern weiter. Das Wetter, das eben noch heiter war, verändert sich rasch. Schwarze Wolken stürmen am Himmel dahin, verleihen dem Ganzen eine gespenstische Atmosphäre. Ab und zu blitzt und donnert es. Der Wind hat das Wasser aufgewühlt. Judith erschrickt heftig, als ein Blitz wie aus dem Nichts ein großes weißes Schiff auftauchen lässt. „Aliza, schau ein Schiff, und so nah", schreit sie laut gegen den Sturm an. „Oh, mein Gott nichts wie weg!" Verzwei-

felt bemühen sie sich, vom Schiff Abstand zu gewinnen. Der Sog ist so stark, dass sie immer wieder angezogen werden. Die Gefahr ist groß. Sie rudern um ihr Leben. Mit unendlicher Kraftanstrengung gelingt es ihnen, sich aus dem Sog des großen Schiffes zu befreien. Glücklich rudern sie an Land. Mit zitternden Knien, völlig erschöpft können sie sich grad noch auf den Beinen halten. Mit Beifall werden sie am Ufer empfangen. Es hätte nicht viel gefehlt und Judith hätte sich verneigt. So viele begeisterte Zuschauer hat sie noch nie gehabt. Wütend, aber mit Tränen in den Augen, kommt Josef auf die Frauen zugelaufen. „Seid ihr von allen guten Geistern verlassen? Das ist wie auf der Straße. Man darf die anderen Fahrzeuge nicht aus den Augen lassen. Habt ihr das große Schiff nicht gesehen? Man darf die Weiber nicht allein lassen." Beinahe hätte er seine Schwester und seine zukünftige Frau verloren. Danach liegen sich die Drei in den Armen und weinen. Das war noch einmal gut gegangen. –
Als sie dann am Abend dem Pfarrer alles erzählt, bekommt sie noch eine Strafpredigt zu hören. „Am liebsten würde ich Sie übers Knie legen und verhauen. Man muss auf dem Stausee die Bojen beachten, um nicht in die Fahrrinne der großen Schiffe zu geraten. Und dann noch ohne Schwimmweste. Oh Judith, Sie leben zu sehr in Wolkenkuckucksheim, zu wenig in der Realität. Dafür werden Sie vielleicht mal büßen müssen."
Erst im Nachhinein wird ihr die ganze Tragweite des Geschehens bewusst. Sie ist Fatalistin, springt ins Wasser und überlegt dann erst, ob sie schwimmen kann. Mut zu haben ist gut, aber Übermut kann ins Auge gehen.

Eines Abends steht Martin vor der Tür. Sie ist hellerfreut und fliegt ihm in die Arme. Sie küssen sich. Sacht schiebt er sie etwas von sich. „Ich muss mit dir sprechen, habe aber nur eine halbe Stunde Zeit, höchstens." Ernst schaut er sie an. „Komm", sie nimmt seine Hand, „wir gehen ins Wohnzimmer. Da sind wir ungestört. Der Pfarrer ist nicht da und die Kinder schlafen schon. Bitte setz dich." Sie weist ihm einen der Sessel zu, die in einem Erker am Fenster stehen. „Möchtest du einen Tee? Warte ich hole noch eine Tasse", schenkt ihm ein und nimmt ihm gegenüber Platz. Fragend schaut sie ihn an. „Sag, was ist geschehen?"
„Ich muss hier fort, noch heute Nacht. Bitte frag nicht warum. Ich darf dir keine Einzelheiten erzählen."

„Du musst fort, so plötzlich? Aber du kommst doch wieder, zumindest zu deinen Eltern?“, ganz leise, „auch zu mir?“.
Er springt so hastig auf, dass die Tasse, die er auf dem Schoß hielt, klirrend zu Boden fällt, aber nicht zerbricht. Er beachtet sie nicht, umarmt sie leidenschaftlich. Sie zittern beide. „Nein, eben das geht nicht! Bitte frag nicht weiter. Ich kann dir das nicht erklären. Aber würdest du nachkommen, wo immer ich bin? Bitte, würdest du kommen?“ Er nimmt ihr Gesicht zärtlich in die Hände, schaut sie eindringlich an.
„Ja, oh ja“, eine Ahnung drückt auf ihr Herz. „Dann lass mich mit dir gehen, bitte nimm mich mit. Ich habe solche Angst, dass wir uns nie wiedersehen werden.“
„Nein, eben das geht nicht. Schau mich an“, zärtlich streicht er ihr die Tränen von den Wangen. „Ich hab dich liebgewonnen, ich begehre dich sehr, aber ...“ Zitternd schmiegt sie sich an ihn. Sie ist so verzweifelt, kann sein Verhalten nicht verstehen.
„Dann nimm mich, schlaf mit mir, gleich. Ich habe es noch nie getan, aber jetzt will ich es.“
Jäh reißt er sich von ihr los. „Mach es mir doch nicht so schwer.“ Seine Augen glänzen verdächtig. „Mein Gott, Judith, das geht doch jetzt nicht.“ Seine Stimme bebt: „Ich kann dich nicht mitnehmen, auch wenn ich es noch so gern täte. Wir fahren mit dem Motorrad, Ewald und ich. Da passen nur zwei Leute drauf. Aber – wenn du es wirklich möchtest, kommst du nach. Dann sehen wir uns bald wieder“, küsst sie und weg ist er. Er rannte fast. Sonst hätte er es nicht geschafft, sich von ihr loszureißen. Wie gelähmt steht sie noch lange danach am Tor des alten Pfarrhauses. Tränen laufen über ihr Gesicht. Sie merkt es gar nicht, erschrickt heftig, als der Pfarrer, der spät nach Hause kommt, sie anspricht.
„Judith, um Gottes Willen, was ist geschehen?“
„Ach, nichts.“ Sie reißt sich zusammen, „nichts mit den Kindern“.
„Aber bei so viel Nichts weint man doch nicht so sehr.“ Er nimmt sie bei den Schultern, führt sie ins Haus, setzt sie auf einen Stuhl, holt Schnaps und reicht ihr ein bis oben gefülltes Glas. „So, das muss jetzt runter, alles auf einmal. Nun erzählen Sie, was ist geschehen? Ich sehe dort auf dem kleinen Tisch zwei Tassen. Sie hatten Besuch?“
„Ja, Martin war da. Er“, sie schluckt, „hat mir gesagt, dass er weg muss und auch nicht wiederkommt. Aber ohne jede Erklärung, warum und wohin.“ Nun kann sie sich gar nicht mehr beherrschen und

schluchzt heftig. „Ganz ruhig Judith“, er streichelt beruhigend ihre Hand. „Hören Sie mein Kind. So viel ich weiß, hat er in Berlin Schwierigkeiten politischer Art. Er hat sich wohl mit einem höheren Parteibonzen angelegt. Aber, dass es so eskaliert ist, dass er so plötzlich weg muss, wusste ich nicht. Also, das was ich Ihnen jetzt sage, muss unter uns bleiben. Ich denke, er geht in den Westen Deutschlands. Aber zu Niemandem ein Wort, sonst haben wir gleich die Polizei im Haus!“

1957

Die Polizei kam dann doch, weil es im Dorf hieß, die Judith vom Pfarrer sei das Mädchen von Martin.

Am anderen Morgen dann geht Judith wie immer zum Bauern Schwind, um die Milch zu holen. Ohne viel zu fragen, nimmt Martins Mutter das blasse Mädchen in die Arme. „Es tut mir so leid, dass es so gekommen ist. Ich hätte mich sehr gefreut, wenn aus euch beiden ein Paar geworden wäre.“

Bald darauf schreibt ihr Martin einen langen Brief. Er hat schon eine Anstellung im Max-Planck-Institut bekommen. Er bittet sie: Komm her! Du könntest hier sicherlich auch eine Arbeit finden. –

Obwohl ihr die Sehnsucht nach ihm fast das Herz zusammendrückt, kann sie sich zu diesem Schritt nicht entschließen. Außerdem müsste sie ihr Eltern verlassen, denn erst nach einer fünfjährigen Sperrfrist dürfen DDR-Flüchtlinge wieder in die DDR einreisen. Sie fühlt sich hin- und hergerissen. Diese Situation ist so belastend für sie, dass sie krank wird. Fiebernd muss sie das Bett hüten. Der Pfarrer ist rührend um sie bemüht, versucht sie zu trösten. Aber die Entscheidung kann er ihr nicht abnehmen. Andrerseits ist er auch sehr froh darüber, als sie verspricht bis zur Hochzeit, die in ca. einem Jahr stattfinden soll, bei ihm zu bleiben.

Die Zeit bis dahin vergeht wie im Flug, denn schon frühzeitig wurde mit den Vorbereitungen für die Feier begonnen.

Der Tag der Hochzeit dann ist ein herrlicher Spätsommertag. Die ersten Früchte reifen, es duftet nach frischem Heu.

Judith frisiert und schmückt die Braut. Immer wieder taucht der Pfarrer auf. Er ist so nervös als wäre es seine erste Heirat. „Raus mit

Ihnen. Sie dürfen die Braut nicht vor der Trauung sehen. Das bringt Unglück!"
„Auch das noch, Aberglauben im Pfarrhaus." Vor sich hinbrummelnd verlässt er endgültig den Raum und lässt die Frauen allein.
Wunderschön sieht die Braut aus, als sie strahlend im langen Kleid, mit frischen Blüten im Haar die Treppe herunterschwebt. Die Trauung nimmt ein Freund und Kollege, Pastor Siebenhühner, vor.
Nach der Trauung dann fallen aus dem fast wolkenlosen Himmel ein paar Regentropfen. Es ist fast so, als würde das Paar den Segen von 'oben' bekommen.
Alles verläuft sehr harmonisch. Es ist eine schöne Feier mit viel liebevollen Worten und Musik.
Jetzt erst kann Judith zu neuen Zielen aufbrechen. Schon vor einigen Wochen hat sie sich bei zwei Heimen in der Nähe ihrer Eltern beworben, doch noch keine Zusage erhalten.
Eines Tages, sie ist mit der Mutter allein zu Haus, stehen zwei Herren vor der Tür. Fast bedrohlich sehen sie aus, in dunklen Anzügen mit Krawatten. Im ersten Moment denkt Judith, sie sind von der Geheimpolizei und wollen sie holen. Aber wie konnten sie von ihren Plänen, die DDR verlassen zu wollen, erfahren haben? Bis jetzt hat sie nur einmal mit ihrer Cousine Maria gesprochen. Sie kam erst vor einem Jahr, 1957, mit ihrer Familie aus Gleiwitz nach Thüringen und wollte so schnell als möglich nach dem Westen, weil sie von ihrer Mutter wie eine Dienstmagd behandelt wird. Alles, was sie verdient, muss sie zu Hause abgeben.
Sie hatten sich im Tennerchen, einem kleinen Wald in der Nähe von Bad Tennstedt, getroffen, denn niemand durfte davon erfahren nicht einmal die Eltern. Sonst könnten sie wegen Fluchthilfe verhaftet werden.
Dort konnten sie aber nicht belauscht werden.
Davon konnten die beiden Männer, die so plötzlich in der Tür stehen nichts wissen, oder doch?
Judith bittet sie herein. Schnell stellt sich heraus, sie sind nicht von der Geheimpolizei, sondern von der Partei, von der SED. Sie bietet ihnen Platz an und lässt sich erlöst auf einen Stuhl fallen. Länger hätte sie das Zittern ihrer Knie nicht verbergen können.
„So, von der Partei sind Sie. Was möchten Sie von mir?" Mühsam versucht sie ihrer Stimme einen festen Halt zu geben.
„Wir möchten Sie bitten, der Partei beizutreten, denn wenn Sie kein Mitglied sind, können Sie in unserem sozialistischen Staat keine

Kinder erziehen. Das wäre zu bedenken. Wir kommen gern noch einmal wieder." Sie verabschieden sich freundlich und gehen. Ihre Mutter, die die ganze Zeit in einer Ecke des Raumes genäht hatte, wendet sich an Judith: „Wer war das? Was wollten die Herren von dir?"
„Sie wollten mich zwingen, der SED beizutreten. Schon einmal in Ebersdorf waren zwei von Ihnen bei mir. Wenn ich es nicht tue, so sagen sie, bekomme ich keine Arbeit in einem staatlichen Kinderheim. Wenn die mich nicht in Ruhe lassen, gehe ich rüber nach dem Westen. Was soll ich sonst machen?"
Betty nimmt ihre Tochter in die Arme. „Jetzt beruhige dich erst einmal. Es wird sich schon etwas finden lassen. Willst du einen Kaffee?"
„Blümchen, oder echten Kaffee? Hast du noch etwas von dem von Onkel Männe?" Hat er noch mal geschrieben?"
„Nein in letzter Zeit nicht mehr. Ja, und echten Kaffee habe ich auch keinen mehr."
„Macht nichts!"
Eventuell denkt Judith für sich, könnte ich in der ersten Zeit wenn ich drüben bin, beim Onkel in München wohnen. Denn nach dem Westen gehe ich, das steht jetzt fest.
Es tut ihr in der Seele weh, dass sie ihren Eltern, besonders ihrer Mutter, nichts von ihrem Weggehen sagen kann. Aber der Reiz nach drüben zu gehen, den goldenen Westen kennen zu lernen, ist größer als der Schmerz, die Menschen, die sie liebt zu verlassen. Und irgendwo tief innen besteht immer noch eine kleine Hoffnung, Martin wiederzusehen. Er hat nach ihrer Absage nicht mehr geschrieben. Immer noch quält sie die Frage, warum hat sie sich nicht vor einem Jahr dazu entschließen können? Vielleicht brauchte sie ein Jahr für diese Entscheidung.

1958

Schnell rückt der Termin ihrer Flucht näher. Sie soll am 25. Oktober stattfinden. Heimlich verkauft sie einige ihrer Sachen, um etwas mehr Geld zu haben.
Dann endlich ist es so weit. Bei ihrer Familie gibt sie an, nach Magdeburg reisen zu wollen, weil eine Freundin heiratet. Die Wohnung

von Marias Eltern ist näher am Bahnhof, als die ihrer Familie. So ist es sinnvoll dort zu übernachten. Sie wollen schon 5.30 Uhr abfahren, denn um diese Zeit fährt Maria immer zur Arbeit. Leise, um die Tante nicht zu wecken, machen sie sich für die Reise fertig. Sie haben beschlossen, damit sie unterwegs nicht auffallen, ohne Gepäck zu reisen. Nur eine Handtasche und ein Netz in dem alles Notwendige für einen kurzen Besuch drin ist, nehmen sie mit. In einem zweiten Netz sind alle Sachen, die sie im Zug anziehen wollen. Als zwei schlanke Mädchen betreten sie das Abteil, als recht mollige werden sie den Zug verlassen.
Jede von ihnen hat dann zwei BHs, drei Slip, zwei Unterhemden, eine Bluse, einen Rock, ein Kleid und zwei Strumpfhosen an, über dem ganzen noch einen Wintermantel.
Obwohl es für diese Zeit schon recht kalt ist, schwitzen die beiden und zittern, besonders dann, wenn ein Schaffner die Karten kontrolliert. Die sind angewiesen auf verdächtige Personen zu achten.
Bei einer dieser Kontrollen hören sie schon die laute befehlsgewohnte Stimme einer Frau aus dem Nachbarabteil. Die beiden Mädchen sitzen sich gegenüber und futtern vor lauter Aufregung von ihren mitgebrachten Plätzchen. Die Kontrolleurin reißt die Tür auf, schaut sich suchend um: „Ist das Ihr ganzes Gebäck?“, fragt sie im thüringischen Dialekt. Zitternd hält ihr Judith die Packung mit den Keksen hin. „Ja, das sind unsere letzten Plätzchen.“ Verdutzt schaut die Frau auf die Mädchen herunter. „Verstehen Sie kein Deutsch? Gebäck, Koffer meine ich.“ Kopfschüttelnd verlässt sie das Coupé. Prustend lachen die Zwei los. Es war doch sehr komisch. Obwohl Judith jetzt schon 13 Jahre in Thüringen lebt, ist ihr der Dialekt nicht sehr geläufig. Er gefiel ihr nicht. Sie war immer bemüht, ein gutes Deutsch, so wie sie es von den Eltern gelernt hat, zu sprechen.
Kurz vor Berlin sind die Kontrollen am schärfsten. Aus dem Nachbarabteil dringen laute Stimmen zu ihnen herüber. „Die Koffer, die Tasche, alles auspacken! So, jetzt die Papiere!“ Warum haben Sie ihre Zeugnisse dabei, wenn Sie nur einen Besuch in Berlin machen wollen?“, hört Judith die Männerstimme fragen.
Schnell springt sie auf, nimmt ihre Handtasche und rennt aufs Klo, zerreißt ihre Zeugnisse und spült sie runter. Aus Versehen ist ihr Personalausweis auch ins Becken gerutscht. Sie kann ihn in letzter Minute noch rausfischen, wäscht ihn ab und rubbelt ihn mit Klopapier trocken. Dabei reist eine Seite etwas ein.

Da hämmert es schon an der Tür – „Passkontrolle, öffnen Sie! Kommen Sie mit ins Abteil.“ Zum Glück sind die Polizisten junge Männer. Judith setzt all ihren Charme ein, um die Zwei, die im Nebencoupé so gewütet haben, friedlich zu stimmen.
Da sie überhaupt kein Gepäck dabeihaben, werden nur ihre Handtaschen durchsucht. „Warum“, fragt der eine der Männer, „ist ihr Ausweis so feucht und eine Seite eingerissen?“
„Oh, er ist nur beim Händewaschen ins Becken gefallen. Ich lasse ihn gleich, wenn wir wieder zu Hause sind, erneuern.“
„Gut. Wo wollen Sie hin?“
„Nach Schönefeld zu einer Tante.“
„Name und Adresse der Frau.“
„Sie heißt Tina Schneider und wohnt Schillerstraße 16“, erfindet Judith schnell eine imaginäre Adresse. Strahlend schaut sie zu den Männern auf. Niemand merkt ihr die starke Anspannung, die ihr fast den Atem raubt, an.
Als die beiden Polizisten dann weg sind, rennt sie schon wieder zur Toilette und schafft es in letzter Sekunde, sich aus ihren vielen Kleidern zu schälen. „Sag mal“, fragt ihre Cousine danach, „was machst du so häufig auf dem Klo?“.
„Wenn ich es nicht geschafft hätte, meine Zeugnisse rechtzeitig zu beseitigen, säßen wir zwei jetzt nicht mehr hier im Zug, sondern in einem Polizeiauto. Beim zweiten Mal musste ich so dringend, ich hätte mir fast in die Hosen gemacht.“
„Du warst aufgeregt? Das hat man dir nicht angemerkt. Vielleicht hättest du doch Schauspielerin werden sollen.“
Welche Stadtteile gehören zum Osten, welche zum Westen Berlins? Sie haben keinen Stadtplan. In der DDR wäre es aufgefallen, hätten sie sich einen besorgt. Die Buchhandlungen drüben wurden angewiesen, Menschen, die sich nach Berlin erkundigten, der Stasi zu melden.
Lange fahren sie schon hin und her, immer mit der Angst im Nacken, wieder in Ostberlin zu landen. Endlich fällte Judith etwas auf: „Schau mal Maria, die Zigarettenreklame! Gibt es Marlboro-Zigaretten in der DDR?“ Da beide Nichtraucherinnen sind, wissen sie es nicht so genau. „Ich denke, diese Marke gibt es im Osten nicht. Hier können wir mal aussteigen.“ Etwas beklommen stehen sie dann auf dem Perron, schauen sich ängstlich um. „Da ist ein Kiosk. Ich versuche mal etwas.“
Judith läuft hin. „Eine Tafel Schokolade bitte.“

„Eine Mark"
Sie legt ihr Ostgeld hin. „Damit können Sie hier aber nicht bezahlen." Sie dreht sich um, „Maria, wir haben's geschafft". Jubelnd hüpfen die Mädchen im Kreis herum. „Wir sind im Westen. Hier kann uns die Polizei der DDR nichts mehr anhaben. Wir sind gerettet." Kopfschüttelnd beobachtet die Verkäuferin die Szene. „Aber wo müssen wir jetzt hin?" Sie treten wieder an den Kiosk. „Bitte, können Sie uns sagen, wo hier das Flüchtlingslager ist?"
„Das weiß ich nicht. Es wurde, habe ich gehört, nach Marienfelde verlegt. Aber fragen Sie mich nicht, wo das ist. Am besten, Sie fragen einen Schupo."
Das tun sie dann auch, aber ohne Erfolg. Er schickt sie erst einmal in einen falschen Stadtteil. So geht es hin und her. Stundenlang fahren sie durch die Stadt. Endlich, so gegen 21.00 Uhr landen sie in Marienfelde im Lager. Sie melden sich an und werden gleich getrennt. Maria soll, weil sie erst kürzlich aus Gleiwitz – jetzt Polen, kam, von den Amerikanern vernommen werden. Judith aber kommt ins Jugendlager.
Sie sitzt einem jungen Polizisten gegenüber und weint. Sie ist völlig am Ende. Die Anspannung der letzten sechszehn Stunden zeigt Folgen.
Als sie im Lager ankamen, haben die Mädchen ihre vielen Kleidungsstücke ablegen können. Schmal und blass, wie ein Häufchen Elend sitzt sie auf ihrem Stuhl. Aus großen ängstlichen Augen schaut sie zu dem Polizisten auf.
„So, Sie behaupten, Sie seien 22 Jahre alt?" Er blättert in ihrem Ausweis herum. Er ist von der Klospülung und der anschließenden Reinigung so beschädigt, dass man das Geburtsdatum nicht erkennen kann. Nachdenklich betrachtet er das vor ihm sitzende Mädchen. Er nimmt ihr das Alter nicht ab. „Also, noch einmal: Wie alt sind Sie wirklich? Geben Sie's zu, Sie haben sich älter gemacht. Sie sind noch keine 21 und haben sich drei Jahre älter gemacht, weil Sie gehört haben, dass wir junge Leute, die ohne ihre Eltern rüber wollen, zurück schicken. Das aber geschieht nur, wenn Sie unter 18 sind." Freundlich lächelnd schaut er auf sie herab. „Nun sagen Sie's schon, es sind drei Jahre, gell?" Fast zwei Stunden dauert das Gespräch nun schon. Der Beamte will ihr nicht glauben. Warum eigentlich nicht, überlegt sie. Im Grunde genommen, fühlt sie sich viel jünger, so unerfahren, wie sie in vielen Dingen ist. Die Vorstellung dabei, noch einmal 19 Jahre alt zu sein, belebt sie geradezu. Das Mäd-

chen strafft ihre zierliche Figur, schaut strahlend zu dem Polizisten auf und sagt mit fester Stimme: „Ja, es ist richtig, ich habe mich drei Jahre älter gemacht."
Sie seufzt tief, wenn er es unbedingt so will. „Na sehen Sie, es war doch gar nicht so schlimm, wird auch nicht bestraft. Wir erleben das fast täglich, dass Jugendliche ohne ihre Eltern in den Westen wollen. Das eben geht nicht." Sie muss noch ein Formular unterschreiben und ist endlich entlassen. Danach geht sie in den Schlafsaal und fällt nur noch in ihr Bett und schläft zwölf Stunden lang.
Nun bekommt sie einen neuen Ausweis. Er ist stabiler als der alte und würde ein Bad im Wasser besser überstehen.
Ein neuer Anfang in einem neuen Land, ein 'neues Alter' gar nicht so schlecht. So langsam freundet sie sich mit dem Gedanken an, drei Jahre jünger zu sein. Und so jung fühlt sie sich auch. Ihr scheint, als habe sie noch gar nicht richtig gelebt, als wäre sie erst kürzlich aus einem langen Schlaf erwacht und erst jetzt so richtig im Hier und Jetzt.
Na ja, so ganz in der Gegenwart lebt sie immer noch nicht. Sie kann noch leicht in ihre Traumwelten versinken und alles wie durch eine Nebelwand erleben. Das hatte in Notzeiten ihre Berechtigung, aber jetzt? –

Nach drei Tagen kommt Maria aus dem amerikanischen Sektor zurück. „Endlich bist du wieder da! Ich habe mir schon solche Sorgen gemacht", empfängt Judith ihre Cousine. „Was wollten sie von dir?"
„Ach, die wollten nur etwas über Truppenbewegungen in den Oststaaten wissen. Dabei konnte ich ihnen nicht viel erzählen. Aber wie ist es dir ergangen?"
„Du kannst dir gar nicht vorstellen, was mit passiert ist." Als sie Marias besorgten Blick sieht, fügt sie beruhigend hinzu, „nichts Schlimmes! Wollen wir ein Stück laufen? Wir haben noch nicht sehr viel von Berlin gesehen."
Eingehakt schlendern sie durch die Straßen der großen Stadt und sind beeindruckt von deren Schönheit, aber auch von dem Ausmaß der Zerstörung, von den Wunden, die der Krieg hinterlassen hat.
„Aber jetzt erzähle!" Maria bleibt stehen und schaut Judith beschwörend an. „Was ist geschehen?"
„Du wirst es nicht glauben. Man hat mich einfach drei Jahre jünger gemacht. Ich konnte sagen, was ich wollte. Der Polizist hat mir mein Alter nicht geglaubt. Jetzt bin ich noch einmal neunzehn, nicht

schlecht, was!“ Sie dreht sich im Kreis und singt: „Ich bin 19 Jahre alt, ist das nicht toll! Wir sind in West-Berlin an der Gedächtniskirche und ich bin 19 Jahre jung. Ich habe das Gefühl, ich bin in der Zukunft angekommen. Nun kann das Leben neu beginnen. Jetzt müsste mir nur noch die Liebe begegnen.“
Ernst geworden hängt sie sich bei Maria ein. „Aber das ist sie ja schon. Die kurze Liaison mit Martin Schwind sollte nicht sein. Sie erzählt Maria ihre traurige Liebesgeschichte. „Aber eventuell triffst du ihn mal wieder. Nun sind wir im Westen. Hier ist es möglich. Schreibe ihm doch mal!“
„Na gut, das kann ich ja tun.“

Ab und zu kommen Busse zum Flüchtlingslager, die Stadtrundfahrten anbieten. Eines Tages beschließen die Mädchen daran teilzunehmen. Sie brauchen Koffer oder Taschen, um die Kleidungsstücke, die sie abgelegt haben, unterzubringen.
Es ist eine lustige Fahrt, weil hauptsächlich junge Leute daran teilnehmen. In der Nähe der Grenze zu Ost-Berlin steigt ein Gast zu. Es kommt zu einer heftigen Auseinandersetzung mit dem Busfahrer. So langsam fällt den Fahrgästen auf, dass etwas nicht stimmt. Als dann der Fremde noch eine Pistole zieht, glauben sie in einem Krimi mitzuspielen. Lautstark wendet er sich an die Fahrgäste: „Alle bleiben auf ihren Plätzen und verhalten sich ruhig. Dann passiert Ihnen nichts.“ Maria und Judith sitzen in der ersten Reihe und sind starr vor Schreck. Sie zucken jedes Mal heftig zusammen, wenn der Mann mit der Pistole in ihrer Richtung herumfuchtelt. Was hat das zu bedeuten? Zaghaft wendet sich Judith an den Mann: „Was wollen Sie von uns? Wir haben kein Geld, sind alle vom Osten.“
„Da sollen Sie auch wieder hin!“
Er gibt dem Fahrer Anweisungen, wo er lang fahren soll, als plötzlich, sie sind schon nahe am Übergang zu Ost-Berlin, laut hupend Polizeiautos den Bus zum Anhalten zwingen. Der Entführer versucht zu entkommen, kann aber dann doch gestellt werden. Zwei Schupos kommen in den Bus. „Keine Angst, Sie sind in Sicherheit“, versichert der Größere. „Mein Name ist Manfred Franke. Es kommt immer wieder vor, dass Leute von 'drüben' hier bei den Busunternehmen eingeschleust werden, die den Auftrag haben, Kidnapping zu begehen. Es lohnt sich für sie. Sie bekommen Kopfgeld für Jeden, den sie zurückbringen. Zum Glück hat einer von ihnen, ein junger Mann,

Lunte gerochen und uns informiert. Ach, übrigens, das ist ihr Retter. Wie heißen Sie und wo kommen Sie her?"
„Mein Name ist Heinz Förster. Ich komme aus Bad Tennstedt, einem kleinen Städtchen in Thüringen und möchte auch nach Westdeutschland."
Die Leute im Bus klatschen Beifall. Er verbeugt sich leicht und erzählt weiter. „Ich konnte noch aussteigen, bevor der Kidnapper die Pistole gezogen hatte. Ich saß hinter dem Busfahrer und bekam etwas von dem Streit der Beiden mit. So viel ich verstehen konnte, hat sich der Busfahrer geweigert, mitzumachen. Vielleicht ist er auch unschuldig in das Ganze geraten!"
„Das werden wir klären", sagt Kommissar Franke. Er wendet sich an den Busfahrer: „Sie kommen mit!" Er führt ihn zum Polizeiauto, gibt dort einige Anweisungen und steigt wieder in den Bus.
„So, weil wir so schnell keinen neuen Busfahrer bekommen können, werde ich Sie fahren." So werden sie unter Polizeischutz zum Lager zurückgefahren und dort jubelnd empfangen. Es hat sich schon herumgesprochen, was am Übergang geschehen ist. Die ganze Busgesellschaft geht in die Kantine und sie stoßen auf ihre Rettung mit Cola an. Noch abends im Bett zittern die Mädchen, wenn sie an die Entführung denken, können lange nicht einschlafen. „Stell dir vor", sagt Maria, „wir säßen jetzt in der DDR im Gefängnis. Wenn uns dieser, wie hieß er doch gleich?, Heinz Förster – sag mal, kennst du den nicht?"
„Mein Gott, vor lauter Aufregung habe ich nicht darauf geachtet. Na klar, kenne ich den. Er ging mit Josef in eine Klasse. Aber jetzt mit Bart ist er mir nicht aufgefallen. Morgen schau ich ihn mir noch einmal aus der Nähe an. Du weißt, meine schlechten Augen. Ich hatte doch meine Brille nicht auf. Aber jetzt, aaah", Judith gähnt, „sollten wir noch etwas schlafen!"

Die Tage in Berlin sind schnell zu Ende. Bald sitzen sie im Flugzeug nach Frankfurt und sind aufgeregt wie Kinder. Fliegen ist etwas Wunderbares. Für beide ist es das erste Mal.
Das Flugzeug hebt ab und man ist in einer anderen Welt, eben noch im Regen und oben strahlender Sonnenschein. Sie schweben wie über riesigen Wattebäuschen. Es ist als könnte man der Welt entfliehen, alles Elend da unten vergessen. Im Traum ist sie schon oft geflogen, aber die Realität ist ja noch viel schöner. Marias Stimme holt

sie in die Gegenwart zurück: „He, Judith du musst dich anschnallen. Wir landen bald."
Leider kommen sie nicht dazu, sich Frankfurt anzuschauen. Der Bus, der sie nach Giessen bringen soll, steht schon da.

In diesem Lager kommen sie sich etwas verloren vor. Sie werden in einen Saal mit ca. 30 Schlafstellen geführt und bekommen ein Doppelbett hinten in der Ecke. Sie trauen sich nicht, sich zu entkleiden, weil auch Männer mit im Raum schlafen. Als sie dann nachts von einem belästigt werden, melden sie es der Lagerleitung. „Sie sollten ohnehin nur eine Nacht im Hauptlager übernachten", erklärt die Betreuerin. „Für junge Mädchen haben wir ein Haus extra. – Noch etwas, Sie sind Erzieherin?, wendet sie sich an Judith.
„Ja, ich habe in Heimen gearbeitet."
„Das ist gut. Wir haben ganz in der Nähe ein Kinderheim. Hätten Sie Lust, in den Wochen, die Sie hier sein werden, dort zu arbeiten? Sie bekommen dafür auch Geld."
„Das wäre toll, mache ich gern!"
„Ach ja, Sie bekommen dann auch so eine Art Zeugnis."
„Das ist schön. Danke! Ich freue mich schon darauf."
Dann hätte sie doch etwas in den Händen. Aus den Heimen von 'drüben' wird sie keine Zeugnisse bekommen können.

1959

Erst nach vier Wochen erhalten sie ein Angebot aus Ebingen. Sie können dort im Krankenhaus Arbeit bekommen, Maria zum Putzen und Judith als Schwesternhelferin. Sie nehmen an.
Das alte Krankenhaus, ein riesiger Bau, steht etwas abseits der Bundesstraße, die durch Ebingen führt. Maria wird auf der Inneren Station und Judith in der Notaufnahme, der ein Operationssaal angeschlossen ist, arbeiten.
Nun ist es kurz vor Weihnachten und das Heimweh ist groß. Sie haben im Schwesternwohnheim zusammen ein Zimmer bekommen. Oft liegen sie abends lange wach, weinen sich in den Schlaf. Das Leben hier, die Menschen, die Bräuche, alles ist so fremd. Ja, selbst die Sprache macht ihnen Schwierigkeiten. Wenn die Menschen schwäbisch schwätzen, verstehen sie wenig.

Mit Schwester Anneliese zusammen zu arbeiten, macht Judith Spaß. Sie ist eine mittelgroße, dunkelhaarige Frau, temperamentvoll ohne oberflächlich zu sein, vielleicht fünf Jahre älter als Judith. Die beiden Frauen mögen sich auf Anhieb. Sie hilft ihr bei der Einarbeitung im Ambulanzbereich. Es gibt Tausende von Artikeln, von denen man wissen muss, wo sie zu finden sind. Alles muss ständig aufgefüllt werden. Sie hilft schon mal kleine Verbände anzulegen. Dabei kommt ihr ihre Ausbildung beim Roten Kreuz, noch in Heiligenstadt, zu gute.

Maria putzt auf der Inneren. Abends fallen die Mädchen todmüde ins Bett. Da ist erst einmal nichts mit Ausgehen und dergleichen drin.

Mit den Ärzten in der Ambulanz kommt Judith gut zurecht. Einer davon, Dr. Kunze, macht ihr auf nette Art den Hof. Judith geht spielerisch darauf ein. Er ist ein Typ wie Toni Curtis, etwas kleiner vielleicht. Er sieht sehr gut aus.

Ab und zu bietet er Judith Zigaretten an. Er will sie zum Rauchen verführen und nicht nur dazu. Judith lehnt in beiden Fällen dankend ab. Auch, weil sie davon gehört hat, dass er schon mit vielen der Krankenschwestern geschlafen hat. Sie ist erstaunt, wie leichtfertig man hier mit der Liebe umgeht. Das ist ein endloser Reigen. Aber himmlisch flirten kann sie mit ihm und das macht Spaß.

So geht es monatelang.

Eines Tages, er hat nachts Bereitschaftsdienst, bittet er sie zu einem Glas Wein in sein Zimmer. Sie sagt zu, hat aber nicht vor, hin zu gehen. Er freut sich und küsst sie leidenschaftlich. „Also in zwei Stunden kommst du?“ Sie nickt lachend, löst sich aus seiner Umarmung.

Zu ihren Aufgaben gehört es, die Ärztezimmer in Ordnung zu halten. Sie geht nach oben, bezieht das Bett, öffnet eine Flasche Rotwein und zündet eine Kerze an. Sie stellt ein paar geklaute Blumen auf den Tisch. In den Gängen der Stationen stehen Massen davon herum. Dann stellt sie noch das Radio an. Eine süße Melodie erfüllt den Raum. Ein großes Bild holt sie aus ihrer Mappe und legt es aufs Kopfkissen. Sie hat einen Arzt, sich selbst darstellend gezeichnet, in einer lockenden Pose. So, jetzt schnell weg. Jeden Moment kann er kommen. Sie verschwindet.

Am nächsten Morgen dann erschrickt sie, als Dr. Kunze statt einer Begrüßung sie an den Armen packt und sie heftig schüttelt. „Das hätten Sie nicht tun sollen. Können Sie sich nicht vorstellen, wie es

mir dabei erging? Sie hätten auch einfach ‚nein' sagen können." Abrupt lässt er sie los und rauscht davon.
Schwester Anneliese hat in der Nähe stehend die Szene beobachtet. „Was war denn das? Was wollte er von Ihnen?"
Judith erzählt ihr das Geschehene. Beide lachen herzlich. „Das war gut. Bei mir hat er es auch schon versucht. Eine musste ihm mal Paroli bieten!"
Aber so ganz hat er noch nicht aufgegeben. Ihr Widerstand reizt ihn. Immer wieder verwickelt er sie in ein Gespräch. „Hören Sie Judith. Könnten Sie sich vorstellen, für mich zu arbeiten? Sie wissen, ich verdiene nicht viel, aber das könnte sich in nächster Zeit ändern, wenn ich Stationsarzt werde. Also, könnten Sie sich vorstellen, für mich den Haushalt zu führen? Ich wohne in einem kleinen Haus am Waldesrand und habe einen Hund. Es wäre auch nicht viel Arbeit. Sie hätten viel Zeit für sich zum Lesen und Malen. Was meinen Sie?"
„Ja und nein." Nachdenklich betrachtet sie sein hübsches Gesicht. Seine blauen Augen schauen sie fragend an. „Ja, ich könnte es mir vorstellen. Aber – wie lange würde es dauern bis ich schwach würde und ganz ehrlich, ich möchte nicht als ihre Geliebte enden. Ich möchte ein Familie gründen. Das ist mein sehnlichster Wunsch. Und niemals", sie streicht ihm zärtlich über die Wange, „möchte ich eine unter vielen sein!"
Er nimmt sie ganz sacht in die Arme. „Wenn ich eine Frau wie dich hätte, brauchte ich keine Andere mehr. Aber in einem hast du recht, heiraten will ich noch lange nicht. Dazu fühle ich mich zu jung. Also Freunde?"
„Freunde! Alles Liebe für dich!" Leise verlässt sie den Raum. Es ist ein ruhiger Morgen, noch nicht viel los in der Ambulanz. Eigentlich schade, denkt sie für sich. Er ist ein reizvoller Mann. Sie musste ihn aufgeben, weil die Gefahr bestand, dass sie sich ernsthaft in ihn verliebt hätte. Besser so!

Maria hat in den ersten Monaten ihres Hierseins einen netten jungen Mann kennen gelernt. Er hat sich bei einem schweren Motorradunfall beide Beine gebrochen. Jetzt liegt er schon ein halbes Jahr im Krankenhaus. Maria hat sich die ganze Zeit über rührend um ihn gekümmert. Fast jeden Abend sitzt sie an seinem Bett und plaudert mit ihm. Er heißt Hans Maurer, ein mittelgroßer, leicht untersetzter Mann, mit dunklem Haar und einem offenen Lächeln. Er ist Handwerker und wohnt ganz in der Nähe in einem kleinen Dorf. Scheinbar ist es eine ernste Liebesgeschichte. Judith freut sich für Maria. Die beiden Mädchen können nicht viel miteinander anfangen. Zu verschieden sind ihre Interessen, außer dem Tanzen, das machen beide gern. Judith hat für einen Faschingsball zwei Kostüme aus Stoffresten genäht. Auf einem dieser Bälle lernt Judith einen attraktiven Mann kennen. Er ist 1,80 m groß, schlank und hat rötlich blonde Locken. Sie ist angetan von seinem Charme und dem gewandten Auftreten. So richtig einschätzen aber kann sie ihn nicht. Ist er so liebenswürdig wie er sich gibt? Oder ist das Ganze nur Schau? Nun ihre Menschenkenntnis, besonders gegenüber Männern, lässt zu wünschen übrig. –

Sie hat inzwischen eine kurze Beziehung mit einem jungen Baumeister gehabt. Wie aus dem Nichts tauchte er auf ihrem Nachhauseweg auf. Es war im Frühjahr, der erste warme Tag. Sie hatte frei, kam von einem ausgedehnten Spaziergang zurück. Er hat sie einfach in die Arme genommen und geküsst. Weil dieser Kuss gut war, hat Judith erst einmal zurückgeküsst, dann den Mann von sich geschoben und betrachtet. Vor ihr stand ein mittelgroßer muskulöser Mann mit wilder Haarmähne, dunkler Haut und funkelnden schwarzen Augen. Wie ein Zigeuner sah er aus. Peter hieß er. Und erst als sie ihn ausgiebig betrachtet hatte, gab sie ihm eine Ohrfeige. „So, das musste jetzt sein." Was ihn aber nicht davon abhielt, sie wieder zu küssen. Er gefiel ihr. Von da ab trafen sie sich regelmäßig, gingen aus oder auch nur einen roten Wein trinken. So gingen einige Monate dahin. Er warb zärtlich um sie, bis sie eines Tages doch mehr wollte und sich ihm hingab. Aber das war dann doch nicht so großartig, wie sie sich das Ganze erträumt hatte. Scheinbar war es auch für ihn das erste Mal. Küssen konnte er eindeutig besser. Er ging aus beruflichen Gründen in eine andere Stadt und so war die Sache beendet.

Das ist nun schon sechs Monate her. Und jetzt dieser Knut Müller...

Als sie ihn bei einem Tanzvergnügen hier in Ebingen kennen lernte, gefiel ihr gleich sein gewandtes Auftreten. Er ist groß, gut aussehend, rotblond und sportlich, außerdem ein guter Tänzer. Nur der harte Klang seiner Stimme passt nicht so ganz zu seinem scheinbar freundlichen, offenen Wesen. Judith freut auf ein Wiedersehen.

Wenn er sie in den Arm nimmt, spürt sie ein wildes Flattern im Bauch. Sie ist neugierig. Wie wird es mit ihm sein? Sicher hat er mehr Erfahrung als dieser zigeunerhafte Peter. Aber so schnell will sie sich nicht auf ihn einlassen. Sie kennt ihn noch nicht genug. Ei-

nes steht fest, sie will kein Abenteuer. Das mit Peter war die Ausnahme. Sie möchte eine feste Beziehung, aber was will er?
Wann kennt man einen Menschen so gut, dass man ihm vertrauen kann?
Irgendwo im Innern hört sie eine warnende Stimme, die sie unterdrückt. Unsinn!
Sie will endlich leben, was erleben, auch als Frau. Sie fühlt sich so jung, so unerfahren, was sie letztendlich auch ist. Vielleicht ist er ja der Mann, der ihr das Leben, das Lieben erschließen kann. Einen Versuch ist es wert. Sie sehnt sich so sehr danach.
Eines Tages, es ist ein herrlicher Frühsommertag, die Bäume in den Anlagen um das Krankenhaus stehen in voller Blüte, steht Judith am Fenster der Ambulanz und schaut hinaus. Hinter ihr im Raum werkelt Schwester Anneliese. Sie sollen das Vergipsen einer Unterschenkelfraktur vorbereiten. „Judith, du träumst mal wieder. Was ist mit dir los? Schon seit Tagen schleichst du so nachdenklich umher."
„Ach, es ist nichts, oder doch. Heute vor einem halben Jahr sind Maria und ich von Berlin nach Frankfurt geflogen. Wir sind aufgebrochen, um ein neues Leben zu beginnen, haben fast alles, was uns vertraut war, hinter uns gelassen. Es ist weit schwerer, als ich es mir gedacht habe. Es ist eine andere Welt – hüben und drüben –. Man kann das Leben in den beiden deutschen Staaten nicht miteinander vergleichen. Hier ist das Leben so viel freier, reicher, bunter. Aber drüben gibt es mehr Geborgenheit. Die fehlt mir. Das bedeutet, auch meine Eltern fehlen mir ganz schrecklich. Ich habe Heimweh."
„Das kann ich gut verstehen, besonders dass deine Eltern dir so fehlen. Aber jetzt musst du hier heimisch werden. Schau", sie nimmt Judith bei den Händen, „hier hast du Maria und mich. Wir können doch auch lustig zusammensein. Warte, ich erzähle dir einen Witz. Ach – jetzt fällt mir keiner ein."
Aber ihr Bemühen, sie aufzuheitern wirkt so komisch, dass Judith schon wieder lacht.
„Nun müssen wir weitermachen. Bald kommt Dr. Kunze, dein Liebling", neckt sie. „Hole die Leder vom Fenster, mach schon!"
Judith beugt sich lachend aus dem Fenster, um an die, auf Metallstangen aufgehängten Unterlagen zu kommen, und stürzt ab, ohne einen Ton von sich zu geben. Anneliese schaute sich um. Judith ist weg. Das gibt es doch nicht. Eben hat sie noch gelacht und jetzt ist sie verschwunden. Sie tritt ans Fenster, schaut nach unten und erschrickt heftig.

Da liegt ihre Kollegin auf dem Betonboden und rührt sich nicht. „Judith, Judith", ruft sie laut und schnappt sich einen entgegenkommenden Pfleger. Sie rennen raus. Anneliese untersucht sie kurz. Es scheint nichts gebrochen zu sein. „Holen Sie eine Trage." Vorsichtig tragen sie das bewusstlose Mädchen in einen Nebenraum der Ambulanz.
Weil inzwischen auch andere Notfälle eingetroffen sind, ist kein Arzt frei. Fast zwei Stunden später erst fällt auf, dass Judith fehlt. Schwester Anneliese bittet Dr. Sommer mitzukommen. „Da gibt es noch einen Unfall. Judith ist aus dem Fenster gefallen. Sie liegt nebenan. Es ist nicht so schlimm. Sie scheint ganz in Ordnung zu sein."
Sie treten in das Zimmer. Judith erwacht, schaut sich verwirrt um, „wo sind meine Eltern? Eben waren sie noch hier."
„Judith, wachen Sie auf." Der Oberarzt tätschelt leicht ihre Wangen. Sie sind im Krankenhaus. Sie sind aus dem Fenster gefallen. Hören Sie?"
Er untersucht sie rasch. „Alles ist gut." Judith hält ihm ihre blutige Hand entgegen. „Aber da ist Blut."
„Ja, Sie haben eine Platzwunde am Kopf. Judith können Sie sich nicht erinnern? Wie konnte das geschehen? – Mädchen haben Sie Glück gehabt. Was haben Sie sich dabei gedacht? Wie konnten Sie sich so weit aus dem Fenster beugen?"
„Ich habe an meine Eltern gedacht."
„Am liebsten würde ich Ihnen den Hintern versohlen. So ein Leichtsinn. Sie haben mehr als einen Schutzengel gehabt. Sie sind aus drei Meter Höhe kopfüber auf Beton gefallen. Lieber Gott! Sie hätten tot sein können. So, jetzt werden wir Ihre Kopfwunde nähen. Anneliese, Nadel und Faden."
„Schon bereit." Er näht routiniert den 10 cm langen Riss.
„Gut so, jetzt ab ins Bett, denn eine Gehirnerschütterung haben Sie. Damit ist nicht zu spaßen."
Schon auf eigenen Beinen, wenn auch wackelig, auf Anneliese gestützt, verlässt sie die Ambulanz.

„Na Judith, wieder auferstanden von den Toten?" Dr. Kunze betrachtet eingehend ihr Gesicht. „Noch ein wenig blass. Haben Sie Kopf- und Nackenschmerzen? Ist ihnen schwindelig?"
„Drei mal ja, von allem etwas."
„Dann dürften Sie noch nicht arbeiten."

„Man hat mich nicht krankgeschrieben. Nur diesen einen Tag nach dem Unfall.“
„Dann machen Sie langsam. Sie sind jetzt berühmt hier. Der Ebinger Fenstersturz macht hier die Runde. Sie wissen, wegen dem aus Prag.“ Ach ja, das war Anfang des 17. Jahrhunderts, das Signal zum Widerstand gegen die Habsburger, die die Prager Bürger zwingen wollten wieder katholisch zu werden. „Das stimmt“. Er betrachtet ihr hübsches, ihm zugewandtes Gesicht. „Wie gut, ihr Kopf hat keinen Schaden genommen, der Geist funktioniert noch.“ Nahe beieinanderstehend spürt Judith wie sie wieder in seinen Bann gerät und geht einen Schritt zurück. Die Sonne ist aufgegangen, sie schickt frühlingshaftes Licht durch die trüben Fenster der Ambulanz. Der Raum füllt sich mit Schwestern und Patienten. Als die Stationsschwester erscheint, bemühen sich alle Schwestern irgendeiner Tätigkeit nachzugehen, denn sie ist eine strenge Vorgesetzte.
Judith wird zu einem weinenden kleinen Jungen beordert, der sich am Knie verletzt hat.
Nach Hause hat sie von ihrem Unfall nichts geschrieben. Sie wollte ihre Eltern nicht beunruhigen. Ganz traurig ist sie, als sie hört, dass ihr Bruder Josef heiraten will und sie keine Chance hat, eine Besuchserlaubnis zu bekommen. Erst nach fünf Jahren gibt es die Möglichkeit. Den Eltern schreibt sie nur, dass sie einen Mann kennen gelernt hat, der ihr einen Heiratsantrag gemacht hat, aber sie nicht wisse, ob sie ihn annehmen soll. Sie schreibt noch, dass er auch ein Flüchtling aus dem Osten ist und seine Eltern in Halle leben.

„Nun kennen wir uns schon fünf Monate. Meinst du, wir könnten einen kurzen Urlaub zusammen machen?“
Knut nimmt Judith zärtlich in die Arme. „Nur eine Woche, irgendwohin. Hier in der Gegend ist es überall schön. So könnten wir uns etwas näher kennen lernen. Was meinst du?“
Judith löst sich aus seiner Umarmung, geht ans Fenster und schaut hinaus auf die belebte Straße vor dem Schwesternwohnheim. „Es ist freundliches Wetter. Ich könnte auch eine Erholung gebrauchen. Gut, ich frage die Stationsschwester. Eine Woche könnte möglich sein.“ Sie dreht sich zu ihm um und schaut ihn nachdenklich an. Sie weiß, was er von ihr will. Aber, will sie das auch?
In Balingen, einer kleinen Stadt ganz in der Nähe, wollen sie ihren Urlaub verbringen. Hier passiert es dann auch. Sie schlafen mitein-

ander. Und es ist gut. Viel besser, als es sich Judith erträumt hat. Er ist begeistert von ihrer sinnlichen Hingabefähigkeit. Wenn sie ihn fragt, „was geschieht, wenn ich schwanger werde?“, antwortet er: „Dann heiraten wir eben.“
Sie gehen viel in der reizvollen Umgebung spazieren. Schnell ist die Woche zu Ende.
Er muss wieder nach Stuttgart, wo er als Buchhalter arbeitet.
Judith wird von Anneliese ungeduldig empfangen. „Na, wie war's? Erzähle!“
„Oh, nicht schlecht. Ach nein, es war wirklich schön.“
„Sag Judith, was weißt du von ihm? Hat er Familie, Eltern, Geschwister. Ist er eventuell verheiratet? Immerhin ist er zehn Jahre älter als du!“
Sie sitzen im Garten vor der Klinik auf einer Bank, die inmitten rotblühender Rosenbüsche steht. Die Sonne schickt wärmende Strahlen durch die Zweige der hohen Bäume. Die Vögel schwirren zwitschernd durch die seidige Luft. „Es ist wunderschön hier.“ Judith wendet sich wieder ihrer Freundin zu: „Ich weiß über ihn, dass er ursprünglich aus Ostpreußen kommt. Seine Eltern haben in der Nähe von Halle ein Fleischergeschäft. Er hat eine ältere Schwester und einen jüngeren Bruder, und er ist geschieden.“
„O.k., er ist gut im Bett. Aber liebst du ihn auch wirklich?“
„Ja, nein..., ganz ehrlich, ich weiß es nicht. Sagen wir so, ich bin in ihn verliebt.“
„Schwester Anneliese, Judith kommen Sie schnell, ein Unfall. Eben ist ein kleines, 3-jähriges Mädchen eingeliefert worden“, erzählt die Schwester Elsa während des Laufens. „Es hat schwere Verbrühungen. Die Kleine hat sich einen Topf kochendes Wasser vom Herd über den Kopf gezogen. Es ist furchtbar. Ein Wunder, dass das Kind noch lebt.“

1960

Die ganze Crew der Ambulanz arbeitet wie besessen. Man tut, was man kann. Vom Flur her hört man die lauten Schreie der Mutter des Kindes. Doch nach zwei Stunden ist das Mädchen doch tot. Die Mutter bricht zusammen und wird auf die 'Innere' eingewiesen. Die ganze Belegschaft der Ambulanz sitzt danach noch eine Weile zusam-

men, weil es Keinen gibt, der von dem Geschehenen unberührt geblieben ist.
Wie ein Häufchen Elend sitzt im Vorraum der Vater der Kleinen. Er kann es immer noch nicht fassen, was da passiert ist. Dr. Sommer geht zu ihm. „Kommen Sie. Wir trinken etwas in der Kantine." Ernst schaut er dem Mann in die Augen. „Sie müssen es so sehen. Wenn ihr Kind überlebt hätte, wäre es ein schweres Leben geworden. Sie hätte in den nächsten Jahren diverse Operationen über sich ergehen lassen müssen. Sie sind beide jung. Sie können wieder Kinder bekommen. Das hilft ihnen am meisten, noch ein Kind, besonders ihrer Frau! Wenn immer ich kann, werde ich ihre Frau besuchen. Sie wird Hilfe benötigen." Er berührt seine Schulter. „Es wird alles gut, irgendwann!"
Er reicht dem weinenden Mann die Hand und geht schnell davon. Das war so ein Tag, an dem er seinen Beruf nicht mag.
Immer, wenn Judith allein sein möchte, über etwas nachdenken will, geht sie die steile Straße, die nach Meßstetten führt, hinauf. Auf einem Berg, fast 600 m hoch, liegt das kleine Dorf eingebettet von Wald, Feldern und Wiesen. Von hier oben aus hat man einen wunderbaren Blick über die herrliche Landschaft der Schwäbischen Alb. Etwas mitgenommen von dem Aufstieg lässt sich das junge Mädchen auf einem Baumstumpf nieder und lässt ihren Blick über das liebliche Tal gleiten. Ihr Gesicht ist trotz der Anstrengung blass, weil sie die letzte Nacht kaum geschlafen hat. Soviel geht in ihrem Kopf herum. Sie ist schwanger, im dritten Monat. Noch sieht man davon nichts, doch wird sich das in ein paar Wochen ändern. Was soll sie tun, was kann sie tun? Werden sie und Knut heiraten, wie er es versprochen hat? Will sie es überhaupt? Liebt sie ihn, kann sie ihm vertrauen? All diese Fragen bewegen die junge Frau am Waldesrand. Ist es Schicksal oder Bestimmung? Ach was, denkt sie. Es war Blauäugigkeit, bodenloser Leichtsinn. Langsam erhebt sie sich und geht den Weg wieder nach Ebingen zurück. Wie schön es hier ist, nicht zu vergleichen mit der Öde um Tennstedt herum.

Sie fröstelt. Obwohl es Sommer ist, weht der Wind recht frisch. ‚Ach ja, Tennstedt..., die Eltern...'
Ihnen muss sie es auch mitteilen, dass sie schwanger ist. Zum Glück sind sie tolerant. Sie werden sie nicht verurteilen. Nur Sorgen werden sie sich ihretwegen machen, weil sie hier niemanden hat, der sich ein wenig um sie kümmern würde. Eventuell könnte sie sich

Anneliese anvertrauen. Mal sehen. Sie schaut auf die Uhr. Jetzt aber schnell zurück. In einer Stunde läuft ihr Dienst an.
Knut hat sie brieflich mitgeteilt, was mit ihr los ist. Er kommt so bald er kann, schrieb er. Dann würden sie alles Weitere besprechen. Sie will sich nicht jetzt schon verrückt machen. Vielleicht wird doch noch alles gut!?
Erst zwei Wochen später ist Knut dann da. Er zerstreut alle ihre Bedenken. „Du kommst erst mal zu mir nach Stuttgart. Dann sehen wir weiter. Arbeit wirst du da auch kriegen können. Außerdem, wenn du willst, heiraten wir. Du musst wissen, ich habe mich ernsthaft in dich verliebt."
Judith ist beruhigt. Sie kündigt ihre Stellung im Krankenhaus. Nur Anneliese merkt, dass etwas nicht stimmt.
„Sag, was ist los? Warum willst du so plötzlich hier weg? Wegen diesem Knut?"
„Ja, das auch."
Sie sitzen in der Kantine, trinken Kaffee. Es herrscht hier reges Treiben. Das Klappern von Geschirr, das Geplauder der Menschen und leise Musik bieten eine vertraute Atmosphäre.
„Du willst nach Stuttgart? Hast du da schon eine Arbeit, eine Wohnung, zumindest ein Zimmer?"
„Nein. Zuallererst fahre ich zu ihm. Er meint ich kann bei ihm wohnen und mir von da aus was suchen. Und außerdem möchte ich wieder in meinem Beruf arbeiten."
„Ach Judith bleib doch lieber da! Hier geht es dir doch gut! Sag", sie schaut sie eindringlich an, „bist du schwanger?".
„Nein, das ist es nicht. Aber habe Dank für deine Fürsorge."
Unmerklich zieht sich Judith in sich zurück. Auch ihr kann sie es nicht sagen. Sie will hier nur schnell weg, ehe man ihr ihren Zustand ansieht.
Jetzt fällt es ihr doch schwer, von Ebingen wegzugehen dazu noch in eine recht ungewisse Zukunft. Sie muss es tun, weil sie sich vor den Kollegen schämt. Knut wird ihr helfen!

Nun steht sie schon fast eine Stunde auf dem Bahnsteig des Stuttgarter Hauptbahnhof und Knut kommt nicht. Es ist Oktober. Ein heftiger Wind treibt Blätter und Schmutz vor sich her. Jetzt fängt es auch noch an zu regnen.

Sie ist erschöpft und friert. Was kann sie jetzt tun, wohin gehen? Für ein Hotel hat sie kein Geld. Sie muss mit dem Wenigen, was sie gespart hat, gut haushalten.
„Hallo, sind Sie Frau Kosel?"
Eine dunkle Männerstimme reißt sie aus ihren Überlegungen. „Ja, das bin ich."
Erschrocken schaut sie zu ihm auf. Ein freundlich lächelnder Mann in saloper Kleidung steht vor ihr.
„Ich bin Andreas Lange und habe den Auftrag, Sie hier abzuholen. Knut ist verhindert." Er bückt sich nach ihrem Koffer. „Ist das Ihr ganzes Gepäck?"
„Ja, ich bin erst vor ca. einem Jahr, na ja, es sind schon fast zwei, aus dem Osten gekommen."
Neugierig betrachtet sie ihn von der Seite. Er ist groß, dunkelblond, vollschlank, scheinbar recht nett.
„Sie sind ein Freund von Knut?"
„Ach wissen Sie, Freund ist zu viel gesagt, eher ein Bekannter."
Er führt sie zum Parkplatz und bittet sie in einem weißen Kleinlaster Platz zu nehmen. „Mein Betriebsauto", stellt er vor.
„Es ist folgendermaßen. Ich kann Sie nicht zu Knuts Wohnung bringen, weil sie nicht frei ist. Also, Sie kommen erst einmal mit zu mir und dann sehen wir weiter."
„Aber, ich verstehe nicht ganz. Ich kann nicht in Knuts Wohnung? Das kann doch nicht sein! So war es mit ihm aber ausgemacht. Wo soll ich denn hin?"
„Sie können vorübergehend bei mir wohnen. Ganz in der Nähe habe ich eine Wohnung. Hier bin ich Landschaftsgärtner. –
Ach wissen Sie, ich kann ihnen gar nicht sagen, wie wütend mich Knuts Verhalten macht. Man kann sich überhaupt nicht auf ihn verlassen. Daran ist unsere Freundschaft zerbrochen. Er bat mich darum, Sie abzuholen und weil ich ihm noch einen Gefallen schuldig war, habe ich zugesagt. Doch davon später! Wir sind angekommen. Sehen Sie das winzige Häuschen? Dort hinter den großen Bäumen? Da wohne ich. Es hat nur zwei Räume, aber für mich reicht es."
Er öffnet die Tür. „So, jetzt kommen Sie erst mal herein. Hier ist das Wohnzimmer und eine Küche in einem Raum. Ich habe geheizt, weil es jetzt schon recht kühl ist. Bitte nehmen Sie Platz."
„Danke! Sie sind lieb zu mir, tausend Dank!" Müde lässt sie sich in einen der Sessel fallen.

„Sie haben bestimmt Hunger. Ich mache für uns eine Kleinigkeit", hört sie ihn noch rufen und schläft ein.
Stunden später findet sie sich in einem Bett wieder. Neben ihr Andreas. Sie erschrickt. „Keine Angst, es ist nichts geschehen. Ich habe mir erlaubt, Sie ins Bett zu tragen. Im Sessel war es doch unbequem. Sie schliefen schon, als ich mit dem Essen kam. Da ich auch sehr müde war, habe ich mich dazu gelegt. Ich habe leider nur das eine Bett."
Er springt auf. „So jetzt wird erst mal gegessen."
Er hilft ihr aufzustehen und führt sie an den Tisch. Dankbar lächelt sie ihn an. Sie fühlt sich schon viel besser.
„Jetzt, wo wir schon miteinander..., sagen wir nebeneinander, geschlafen haben, könnten wir uns auch duzen."
Sie reicht ihm die Hand. „Also, ich heiße Judith."
„Und ich", fügt er hinzu, „bin der Andreas".
Judith schaut sich im Raum um. „Nett haben Sie es hier, richtig gemütlich, mit soviel Pflanzen und alten Möbeln."
„Danke! Die Möbel habe ich noch von meinen Großeltern, bei denen ich auch aufgewachsen bin, da meine Eltern früh gestorben sind. Das Haus aber gehört der Stadt. Hier haben schon immer Gärtner gewohnt, weil es so nahe am Stadtpark steht. Aber für eine Familie mit Kindern wäre es zu klein."
„Haben Sie, pardon, hast du schon eine Partnerin?"
„Nein, nicht so richtig. Ich bin noch auf der Suche nach der passenden Frau. Ich suche einen Menschen, der die Natur so liebt wie ich und vom Typ her, so ungefähr wie du bist."
Sie lacht. „Nur ich bin schon vergeben."
„Ach, weißt du, ich muss dir noch etwas sagen...
Du kannst nicht in Knuts Wohnung, weil er da schon mit seiner Familie wohnt. Er hat eine Frau und bald vier Kinder. Sie ist hochschwanger."
„Aber nein, das kann doch nicht sein!", schreit sie laut auf. „Er hat gesagt, wir werden heiraten. Er sagte auch, er sei nicht verheiratet."
„Das mag schon sein, aber fünf Kinder hat er sicher."
„Das kann doch nicht wahr sein", schlägt die Hände vors Gesicht und weint bitterlich. „Ich kann es nicht glauben."
„Doch leider ist es so. Er ist ein Schweinehund. Stell dir vor, du würdest ihn heiraten und wärst dann an so einen Menschen gebunden, der gewissenlos massenhaft Kinder in die Welt setzt. Wenn wir von allen wissen, sind es inzwischen schon sieben Kinder, na ja, werden

es. Aber damit du es auch wirklich glauben kannst, fahren wir morgen hin. Er ist nicht zu Hause. Er ist aus beruflichen Gründen unterwegs. Deshalb musste ich dich auch abholen. Er wollte dir das mit seiner Familie nicht sagen. Wenn er nächste Woche zurück ist, wollte er für euch beide eine Wohnung besorgen. Mich bat er um Verschwiegenheit. Doch ich denke, du hast ein Recht darauf, so etwas Wichtiges zu wissen, bevor du einen solchen Menschen heiratest. Aber jetzt beruhige dich wieder, sonst schadet es noch deinem Kind." Er legt zärtlich seine Hand auf ihre Schulter.
Gleich morgens fahren sie hin. In einem ungepflegten Wohnblock hat Knut seine Wohnung. Sie klingeln. Ein etwa 4-jähriges Mädchen öffnet die Tür. „Mama", ruft die Kleine, „hier ist Andreas und eine Frau".
„Lass sie bitte rein", hört man eine Frauenstimme aus einem der hinteren Räume. „Ich komme gleich."
Judith schaut sich um. Es ist sauber, doch sehr einfach eingerichtet. An der Wand stehen zwei Doppelbetten aus Metall. In der Mitte des Raumes ein großer Holztisch und sechs Stühle.
Hier ist es nicht nur einfach, sondern schäbig. So lässt er seine Familie hausen. Und sie will er heiraten. –
Was für ein Scheusal! Dann kommt eine Frau auf sie zu, mindestens im achten Monat schwanger. Freundlich lächelnd reicht sie Judith die Hand. Sie ist groß, hellblond und ausnehmend hübsch.
„Bitte, verzeihen Sie, wenn ich Sie warten ließ, ich bin beim Kochen. Grüß dich Andreas." Hallo Elke".
Vier kleine Kinder drängen sich um die Mutter. Sie stellt sie vor. „Das ist Anton, das Tanja, Emil und die Älteste Petra. Mein Name ist Elke Sturz. Bitte setzen Sie sich doch." Fragend schaut sie zu Andreas hin.
„Das ist Judith Kosel, eine Freundin, die vorübergehend bei mir wohnt. Sie wollte nicht glauben, dass", er schaut zu Judith hin, die ihn unterbricht.
„Ach was, wir hatten hier in der Gegend etwas zu besorgen und wollten auch nur 'Guten Tag' sagen. Wir müssen gleich wieder gehen."
„Nun, das kommt nicht in Frage. Für eine Tasse Kaffee wird die Zeit doch reichen, oder?"
Judith ist es, als sei sie in einem Alptraum. Sie kann es nicht fassen. Sie kann Knut nicht verstehen, so eine schöne Frau und so süße Kinder. Die Kleinen, alle mit rotblonden Locken, wie ihr Vater, bestürmen Andreas und wollen mit ihm spielen.

Judith ist den Tränen nahe und hat Mühe sich zu beherrschen. „Bitte“, sie wendet sich an Elke, „wir müssen jetzt wirklich gehen“. Hastig verabschiedet sie sich von der Familie und rennt die Treppe runter, setzt sich ins Auto und weint fassungslos.
Nie im Leben will sie Knut wiedersehen. Mein Gott, was soll jetzt werden?
Endlich kommt Andreas nach. Sie fahren zurück.
„Hast du gesehen, wie ärmlich sie da leben?“
„Aber die Kinder sind fröhlich“, wendet er ein. –

„Oh Andreas, was soll ich nur tun? Ach entschuldige, dass ich dich mit meinen Problemen belaste. Ich bin so froh, dass ich bei dir wohnen kann.“ Judith versucht sich zu beherrschen, kann es aber nicht verhindern, dass ihr unentwegt Tränen über die Wangen laufen.
„Du musst dich nicht entschuldigen. Ist doch klar, dass ich dir helfe, bis du eine Arbeit gefunden hast. Und, Kopf hoch! Du schaffst das auch ohne diesen Mistkerl! Ich hoffe doch! Gut, dass wir nichts über den Grund unseres Besuches gesagt haben. Es hätte sie nur aufgeregt und das so kurz vor der Entbindung.“

Schon eine Woche später hat Judith einen Job gefunden. Eine jüdische Familie, die nur vorübergehend in Deutschland lebt, sucht ein Kindermädchen für ihren 8-jährigen Sohn David. Sie hat nichts weiter zu tun, als sich um den Jungen zu kümmern, ihn etwas in deutsch zu unterrichten, mit ihm zu spielen und ihm etwas über Deutschland zu erzählen. Sein Vater stammt von hier, seine Mutter ist Israelin.
Judith bekommt ein nettes kleines Zimmer unter dem Dach.
Für diese Familie zu arbeiten ist ein Glücksfall für sie. Von hier aus hat sie gute Möglichkeiten, sich um einen festen Arbeitsplatz zu kümmern. Sie ist inzwischen im fünften Monat und so langsam rundet sich ihr Bauch.
Und tatsächlich findet sie eine Tätigkeit, die ihr zusagt. Sie kann als Apothekenhelferin in einem medizinischen Versandhaus anfangen. Na ja, Haus ist zuviel gesagt. Das Lager befindet sich in einem Keller. In den Regalen, die bis zur Decke reichen, sind über 10.000 Artikel. Sie muss in kurzer Zeit lernen, was ist wo. Doch das geht rasch. Bald ist ihre Fehlerquote beim Zusammenstellen der Medikamente für die Apotheken nicht größer, als die der Anderen.

In einer Siedlung bei netten Leuten hat sie ein Zimmer gefunden. Mit herzlichem Dank, aber ohne Bedauern, verlässt sie den liebevollen Gärtner Andreas.

Eines Tages, sie kommt spät von der Arbeit nach Hause, steht Knut mit einem Blumenstrauß vor der Haustür. Sie erschrickt, dreht sich auf der Stelle um und will nur weg. Er läuft ihr hinterher. „Bitte, bitte, verzeihe mir! Bitte, ich wollte dir auch alles sagen, aber ich hatte Angst, dass du mich dann verlässt."
„Hör zu! Ich will nichts, aber auch gar nichts mehr mit dir zu tun haben. Du hast eine Familie, fünf kleine Kinder. Das muss man sich mal vorstellen, fünf süße Kinder." Sie bleibt abrupt vor ihm stehen. „Warum dann noch eins mit mir? Man könnte fast meinen, du hättest das absichtlich getan. Ach, fahr zur Hölle, ich will dich nicht mehr!" Sie dreht sich um, läuft zur Tür. Er holt sie wieder ein. „Du hast ja recht. Aber eines musst du mir glauben, ich habe mich wirklich in dich verliebt, deshalb wollte ich meine Familie verlassen. Verzeih mir doch bitte! Das Kleine in deinem Bauch ist auch mein Kind. Ich möchte es nur kennen lernen dürfen, es ab und zu besuchen. Das müsste doch möglich sein. Außerdem kenne ich einen guten Frauenarzt, der hier in Cannstatt eine Klinik hat. Da kannst du dein Kind zur Welt bringen. Hier ist die Adresse." Er reicht ihr einen Zettel. „Geh da bitte hin. – Darf ich wieder kommen?"
„Na gut. Doch jetzt geh bitte! Aber das mit uns – ist zu Ende. Geh jetzt! Ich bin völlig fertig."
Sie dreht sich um, geht schnell zur Haustür und schließt sie hastig hinter sich zu. Müde schleppt sie sich zu ihrem Zimmer, legt sich angezogen aufs Bett und schläft weinend ein. So geht es ihr jetzt oft. Besonders schlimm ist es an den Wochenenden. Dann läuft sie durch die Stadt, so weit die Füße tragen. Sie läuft, als könnte sie ihrem Schmerz, ihrer Verzweiflung davonlaufen.

Eines Tages steht sie auf einer Neckarbrücke und schaut auf den Fluss, der friedlich unter ihren Füssen dahinströmt. Es ist November, es dämmert, letzte Sonnenstrahlen spiegeln sich in den Wellen. Plötzlich überfällt sie ihre Qual so sehr, dass sie schreien möchte. Wie hypnotisiert starrt sie aufs Wasser. Das Verlangen ihrem ganzen Elend ein Ende zu machen, wird so übermächtig, dass sie schon einen Fuß hebt, um aufs Geländer zu steigen. Als eine sonore Männerstimme sie aus ihrer Trance reißt. „Halt Mädchen! Das werden

Sie doch nicht tun!“ Zwei kräftige Arme fangen ihre schwankende Gestalt auf. Sie ist geistig so weit weg, dass sie ihn aus leeren Augen anschaut.
„Nichts und Niemand ist es wert, dass Sie deshalb ihr Leben wegwerfen. Kommen Sie, ich bringe Sie nach Hause.“ Er legt den Arm um ihre Schultern und führt das zitternde Mädchen behutsam die Straße entlang.
„Nein, nicht nach Hause. Wir gehen da drüben auf der anderen Straßenseite ins Lokal.“ Erst als sie sich schon an einem kleinen Tisch gegenübersitzen, kommt Judith so langsam zu sich. „So, jetzt trinken wir zusammen einen Glühwein. Der weckt die Lebensgeister. Keine Widerrede! Das wird dem Kleinen da drinnen“, er deutet auf ihren nicht mehr zu übersehenden Bauch, „nicht schaden. Ist das der Grund für ihre Verzweiflungstat?“
Sie schaut den alten Mann bewusst an. Wie ein Strahlenkranz umrahmen weiße Locken sein faltiges, freundliches Gesicht. Seine tiefliegenden blauen Augen erinnern sie sehr an die Augen ihres Vaters und so hat sie sofort Vertrauen zu ihm.
„Ja, das ist es auch, aber nicht nur das“. Prüfend betrachtet sie eingehend den ihr gegenübersitzenden Menschen. Doch da ist kein Funken Neugierde in seinen Augen, nur Güte. Ihm kann sie sich anvertrauen. Nun etwas entspannter lehnt sich Judith in ihrem Stuhl zurück und streicht gedankenverloren ihren runden Bauch. Erst zögerlich, doch dann fließender erzählt sie dem völlig Fremden von ihrem Leid, von ihrer Einsamkeit, von dem Freund der sie verraten hat. – „Und jetzt stehe ich da ohne den Schutz einer Familie und schwanger.“ Mit einer leichten Bewegung wischt sie die Tränen weg.
Er hört ihr aufmerksam zu. „Natürlich ist das alles sehr schwer. Doch mein Eindruck ist, dass Sie zwar sensibel, aber doch auch stark sind. Ich spüre in Ihnen viel seelische Kraft und auch Kampfgeist. Kämpfen Sie! Sie können gewinnen. Und trennen Sie sich von diesem schrecklichen Menschen. Glauben Sie nicht alles, was man Ihnen erzählt. Es wird alles gut! Glauben Sie daran!“ Er blickt aus dem Fenster. „Schauen Sie, ich habe zwei Weltkriege überlebt. Es war schrecklich. Im ersten bin ich schwer verwundet worden. In dem Lazarett, in dem ich lange liegen musste, habe ich dann die große Liebe meines Lebens getroffen. Wir haben geheiratet und waren 45 Jahre zumeist glücklich. Nun ist sie von mir gegangen, sie ist gestorben. Ich möchte nichts mehr auf der Welt, als wieder mit ihr zusammen zu sein. Möglichst bald. –

Sie sehen, aus Unglück kann auch Glück werden. Das wünsche ich Ihnen. – Ich möchte Sie nie wieder mit der Absicht runter zu springen, auf der Brücke stehen sehen. Ich habe ein Auge auf Sie, auch von da oben." Er zeigt mit dem Stock gen Himmel. Sie stehen schon eine Weile vor der alten Kneipe. „Ich muss jetzt gehen. Ich denke, Sie kommen jetzt allein zurecht, gell? – Gut!" Er streicht mit seiner zittrigen Hand über ihre Wange und geht mit schweren langsamen Schritten davon. Noch lange steht Judith im Schimmer des Laternenlichts und schaut dem alten Mann nach und geht dann nachdenklich die Straße entlang.
Er hat recht. So schnell gibt sie eigentlich nicht auf. Sie ist jung. Sie ist gesund. Sie kann arbeiten. Also wird sie es schaffen, sie legt die Hand an ihren Bauch, auch allein für ihr Kind zu sorgen.

1961

„Ach, verflixt", Judith steht auf der obersten Stufe einer Leiter im medizinischen Versandhaus. „Ich komme an das blöde Digimerk nicht ran, mein Bauch ist mir im Weg."
„Aber es muss doch da sein, ich sehe es von hier unten."
Stefan steht neben der Leiter und wartet auf die Medizin.
„Das ist 0,1 und Sie wollten doch 0,2, oder?"
„Ja." Judith reckt sich, hebt das Bein etwas an und rutscht ab. Stefan fängt sie auf. „Danke, oh danke. Das hätte schief gehen können." Sanft hält er sie in seinen Armen. „Sind Sie aber leicht, trotz des Bauches. Wie weit sind Sie jetzt?"
„Ach schon Anfang 7. Monat." Er stellt sie wieder auf ihre Füße. „Sie müssen es endlich dem Chef sagen."
„Ja, Sie haben Recht. Danke nochmals." Lächelnd schaut sie in sein schmales Gesicht. „Ach wissen Sie, ich habe Angst, er könnte mich entlassen, wenn er es erfährt."
„Das kann er nicht tun. Das Mutterschutzgesetz verbietet es. Natürlich wird er nicht begeistert sein."
„Na ja, unterm weißen Kittel konnte ich die Schwangerschaft gut verbergen. Ihr habt es doch auch nicht gleich gemerkt, oder?"
„Doch, Uschi hat schon vor Wochen gesagt, die Judith hat zugenommen, oder es ist etwas im Busch."
„Ja", Judith seufzt. „So ist es."

Gleich in der Mittagspause geht Judith zu ihrem Chef. „Bitte, Herr Paulsen, ich muss Ihnen etwas sagen."
„Oh, Fräulein Kossel, was kann ich für Sie tun?"
„Ach, ich wollte Ihnen nur", sie stockt.
Mürrisch schaut er von seinen Papieren auf.
„Ja, also, ich wollte Ihnen nur mitteilen, dass ich schwanger bin, im 7. Monat."
„Schwanger? Wie konnte das passieren? Ach, Verzeihung. Hätten Sie mir das nicht früher sagen können?"
„Dann hätten Sie mich wohl nicht eingestellt."
„Da haben Sie Recht."
„Aber, schauen Sie, was wäre so aus uns geworden. Hier im Westen habe ich keinen Menschen, bin ganz allein. Ich bin so froh, dass ich bei Ihnen arbeiten kann. Erst vor zwei Jahren kam ich von drüben, konnte bisher noch nicht richtig Fuß fassen und dann passiert das." Sie weint, wischt sich die Tränen mit dem Handrücken aus dem Gesicht.
„Ist ja gut, beruhigen Sie sich. Setzen Sie sich doch."
„Was machen Sie nach der Entbindung?"
„Ganz in der Nähe von Stuttgart gibt es ein Kinderheim. Dort kann ich mit meinem Kind unterkommen und arbeiten."
„Wie lange sind Sie noch bei uns?"
„Wenn alles gut geht, noch ca. drei Monate."
„Dann wünsche ich Ihnen alle Gute!" Er reicht ihr die Hand und wendet sich wieder seiner Arbeit zu.

Judith liegt auf dem gynäkologischen Stuhl beim Frauenarzt. Dr. Bender beugt sich mit dem Stethoskop über sie, um die Herztöne des Kindes zu kontrollieren. „Irgend etwas stimmt nicht. Die Herztöne des Babys sind nur undeutlich zu hören. Schwester Irma, was ist mit dem Urin von Fräulein Kosel?"
„Ist nicht in Ordnung. Schauen Sie." Sie hält ihm den Zettel mit den Daten hin.
„Oh, das ist eine ausgewachsene Niereninsuffizienz. Fräulein Kosel, ich fürchte, Sie müssen sofort ins Krankenhaus. Die Geburt muss eingeleitet werden. Ihre Nieren arbeiten nicht richtig. Haben Sie jemanden, der Ihre Sachen, auch die Babykleidung, ins Krankenhaus bringen kann?"
„Ja, der Vater des Kindes."
„Gut, dann bestelle ich gleich einen Krankenwagen."

Judith schaut den Arzt erschrocken an. „Muss das wirklich sein?"
„Ich denke schon. Hören Sie", er legt beruhigend seine Hand auf ihre Schulter, „wenn die Nieren versagen, sind Mutter und Kind gefährdet. Deshalb dürfen wir keine Zeit verlieren."
Schon zwei Stunden später liegt Judith im Kreissaal und bekommt eine Injektion nach der anderen. Und nichts tut sich. Dann endlich nach der vierten Spritze fangen die Wehen an. Aus einem unerfindlichen Grund ist die Hebamme wütend. Laut schimpft sie vor sich hin. „War es wirklich nötig, das Kind so früh zu holen?" Judith versteht kein Wort. „Was meint sie? War das Einleiten der Geburt nicht nötig?"
„Doch, doch, zumindest steht es hier auf der Einweisung von Dr. Bender." Judith hat keine Zeit mehr weiter zu fragen. Jetzt fangen die Wehen an. Doch immer wieder setzen sie aus und so muss sie immer wieder stärkere Wehenmittel bekommen. Diese Qual dauert 24 Stunden. Dann erst ist ihr Baby da. Nur davon bekommt Judith nichts mehr mit. Sie fällt gleich nach der Geburt in einen ohnmachtähnlichen Schlaf. Für ihren zarten Körper war es doch zu viel. Erst Stunden später, es ist schon früher Morgen, wird sie wach. Sie hört ein Kind schreien und denkt, es ist ihres. Bis sie ganz wach wird und feststellen muss, dass es das Baby ihrer Nachbarin im Bett nebenan ist. Eine Krankenschwester betritt den Raum. „Wann bringen Sie mir mein Baby? Hab ich ein Mädchen oder eine Jungen?"
„Sie haben ein Mädchen bekommen. Aber bringen kann ich es Ihnen nicht. Es ist untergewichtig und kam gleich in eine Kinderklinik."
„Warum, ist es denn krank?" Erschrocken blickt Judith zu der Schwester auf.
„Näheres kann ich Ihnen nicht sagen, das müssen Sie den Arzt fragen. Gleich ist Visite", dreht sich um und verlässt den Raum. Judith lässt sich weinend in die Kissen sinken. All die Schmerzen und jetzt kann sie nicht einmal ihr Kind sehen. Als bald danach Dr. Bender zur Visite kommt, fragt Judith gleich: „Bitte, Herr Doktor, was ist mit meinem Kind? Warum ist es nicht hier?"
„Ihr Kind ist untergewichtig." Er schaut in seine Akten. „Es wiegt knappe 2000 g. Außerdem besteht eine Blutunverträglichkeit. Also, das Blut vom Vater und das Ihre vertragen sich nicht miteinander. Es musste ein Blutaustausch vorgenommen werden." Judith erschrickt. „Oh, mein Gott."
„Keine Angst! Ihr Kind hat alles gut überstanden. Ich habe eben erst mit Dr. Sachs aus der Kinderklinik gesprochen. Der Kleinen geht es

gut. Aber ein paar Wochen wird sie noch im Krankenhaus bleiben müssen. So bis sie ca. 5 Pfund wiegt."
„Bitte, wann kann ich sie sehen?"
„Nicht so bald, weil Sie auch noch zwei Wochen hier bleiben müssen. Aber noch etwas Anderes." Dr. Bender setzt sich umständlich auf Judiths Bett. „Sie leben allein, haben keinen Ehemann, keine Familie hier? Könnten Sie sich vorstellen, Ihr Kind zur Adoption freizugeben?"
„Was sagen Sie da?" Entgeistert schaut Judith zu dem Arzt auf. „Sie wollen mir mein Baby wegnehmen?" Sie schreit es fast. „Was sind Sie für ein Mensch!"
„Zumindest ein Mensch, der Sie auf Krankenschein in seine Privatklinik aufgenommen hat."
„Mit dem Ziel, mir mein Kind zu entreißen."
„Jetzt gehen Sie zu weit!"
„Nein, das glaube ich nicht." Judith ist wütend und schaut den Arzt aus blitzenden Augen, in denen Tränen schimmern, an. „Hören Sie, niemand, ganz sicher auch Sie nicht, nimmt mir mein Kind weg. Es stimmt, ich lebe allein hier, aber ich habe meinen Beruf, bin Heimerzieherin, kann also mein Kind mit ins Heim nehmen, in dem ich arbeiten werde. Also kann ich für das Kleine sorgen."
Schluchzend lässt sie sich aufs Kopfkissen zurückfallen. Sie ist am Ende ihrer Kräfte. Die schwere Geburt und nun noch die Auseinandersetzung mit dem Arzt. „Nun beruhigen Sie sich doch wieder. Keiner will Ihnen Ihr Kind wegnehmen. Es war ja nur eine Frage. Schwester geben Sie Fräulein Kosel eine Beruhigungsspritze", wendet er sich an die ihn begleitende Assistentin und verlässt den Raum. Judiths Bettnachbarin hat verständnislos das Gespräch mit angehört. „Ich dachte, Sie hätten einen Ehemann. Wer war denn der, der Sie heute besucht hat?"
„Das war Knut Müller, der Vater meines Kindes, aber nicht mein Mann." Sie erzählt der sympathischen Frau ein wenig aus ihrem Leben. „Aber", fügt sie noch hinzu, „heiraten werde ich diesen Menschen nie. Er wollte nur seine kleine Tochter kennen lernen. Das wollte ich ihm nicht verwehren. Außerdem, mein Name ist Judith Kosel."
„Ja, das habe ich schon mitgekriegt. Ich heiße Jutta Hansen. Mein Junge kam gestern 13.00 Uhr zur Welt. Alles verlief so gut. Ich bin überglücklich. Er soll Jürgen heißen. Haben Sie schon einen Namen

für ihr Mädchen?“ Interessiert sieht die blonde, mollige Frau zu Judith hin.
„Ja, mir gefällt Mareen sehr gut. Den Namen habe ich aus einem Roman, den ich vor längerer Zeit gelesen habe.“ So plaudern sie schon bald vertraut miteinander den ganzen Nachmittag. Es tut Judith gut, mit der jungen Frau reden zu können. Es lenkt sie doch etwas von ihrem Kummer ab. Denn immer, wenn der Kleine Jürgen zum Stillen gebracht wird, weint sie. Zu ihr bringen sie kein Kind, sondern nur eine Pumpe, mit der sie mehrmals täglich ihre Milch abpumpen muss. Die wird dann zu Mareen in die Kinderklinik gebracht. Jutta und Judith sind allein in dem Zimmer, das in freundlichen Farben ausgestattet ist, mit einem Tisch und zwei Sesseln. Es hat sogar einen Balkon, auf dem man mittags, es ist Ende März, sitzen kann. Jutta hat von ihrem Mann eine Flasche Sekt mitgebracht bekommen. Nach dem Abendessen wollen die jungen Frauen die Flasche öffnen. Jutta wurschtelt schon eine ganze Weile an der Flasche herum. „Judith, ich schaffe es nicht, sie zu öffnen. Versuchen Sie es doch mal.“ Doch auch Judith hat kein Glück. „Na, dann eben nicht.“
Kaum liegen sie wieder in ihren Betten, gibt es einen lauten Knall. Erst erschrecken sie heftig, lachen dann aber laut. „Nun gut.“ Jutta steigt aus ihrem Bett, um sich die Flasche anzusehen. „Zumindest ist sie jetzt offen, wenn auch schon halb leer.“ Sie gießt die Gläser voll und reicht Judith das eine. „Trinken wir auf unsere Kinder. Ganz besonders darauf, dass Sie auch mal einen lieben Menschen finden, der zu Ihnen steht. Alles wird gut!“
„Danke sehr. Und ich wünsche Ihnen“, sie stößt ihr Glas an das von Jutta, so dass es einen hellen Ton ergibt, „dass Sie immer so glücklich wie jetzt sind.“
Endlos erscheinen Judith die Wochen zu sein, die sie noch im Krankenhaus bleiben muss. Gleich am Tag ihrer Entlassung steht sie vor der Glasscheibe der Säuglingsstation. Zum ersten Mal nach fast vier Wochen kann sie ihr Kind sehen, aber eben nur sehen. Sie kann sie nicht in den Arm nehmen. Sie ist so unendlich traurig. Was wird aus ihnen werden, so allein, ohne Eltern, ohne Freunde?
Der alte Mann auf der Brücke fällt ihr ein: „Sie sind stark. Sie können es schaffen.“ Ihr ist es fast, als hörte sie seine zittrige alte Stimme an ihrem Ohr. Sie reißt sich zusammen, winkt dem kleinen Mädchen, das ihr Kind sein soll. Doch das Baby verzieht keine Miene, schaut sie nur aus großen Augen ernst an.

Noch vier Wochen, die ihr unendlich lange vorkommen, muss Mareen in der Klinik bleiben. Fast täglich steht Judith im Kinderkrankenhaus an der Glastür zur Säuglingsstation. Ihr ist hundeelend. Sie kann ihr Kind nicht berühren. Wie soll da eine Bindung entstehen? Wenn sie sie doch wenigstens stillen dürfte. Todtraurig schleicht sie jedes Mal danach nach Hause.
Dann kommt endlich der Tag, an dem Mareen entlassen wird. Sie hält sie das erste Mal in den Armen und empfindet nur tiefes Mitgefühl für das kleine Wesen. Die kleine ist so zart, so zerbrechlich.
Sie wiegt inzwischen 5 Pfund. Schon jetzt hat sie ein paar blonde Löckchen, die sich hinter den winzigen Ohren kringeln, blaue Augen mit einem dunklen Rand um die Iris, einen zierlichen Mund und dunkle Wimpern und Augenbrauen. Die Kinderschwester überlässt sie ihr nur zögernd. „Wissen Sie, wir würden Sie gern noch länger hier behalten. Sie ist mit Abstand das hübscheste Baby, das wir zur Zeit hier haben."
„Meinen Sie nicht, dass es höchste Zeit wird, dass wir zwei uns kennen lernen?", entgegnet Judith. Nachdenklich und von großem Mitgefühl erfüllt betrachtet Judith das Baby. Das also ist ihr Kind, das sie vor 8 Wochen zur Welt gebracht hat. Die junge Mutter wiegt die Kleine, die fest schläft, sanft hin und her, horcht in sich hinein und fühlt nur einen großen Schmerz. Warum, schreit es in ihr, kann ich nicht vor Freude jubeln? Sie ist so süß, so hübsch. Warum fragt sie sich. Weil ich so unendlich einsam bin, weil ich nicht weiß was werden soll? Verzweifelt drückt sie Mareen an sich und flüstert: „Wir werden es schaffen, hörst du? Das Leben miteinander beginnt jetzt."
Mit einer resoluten Bewegung wischt sie sich die Tränen aus dem Gesicht und geht ans Fenster. Die Wolken geben den Weg frei für zarte Sonnenstrahlen, die den Park, der das Krankenhaus umgibt, erhellen. Das Kind erwacht, öffnet erschreckt seine Augen und weint. Für sie bin ich eine fremde Frau, bisher gab es nur Menschen in weißen Kitteln für sie. Beruhigend streicht sie ihr übers Köpfchen.
So sehr ist sie mit ihrer Tochter beschäftigt, dass sie gar nicht merkt, wie hinter ihr die Tür aufgeht. Sie erschrickt heftig, als sie laut angesprochen wird. „Ach Fräulein Kosel, gut dass ich Sie noch antreffe." Eine etwa 40-jährige Frau steht ihr gegenüber. Sie hat harte Züge und eine unangenehme Stimme. Judith geht einen Schritt zurück und schaut die Frau fragend an. „Oh, Verzeihung! Ich bin Dr. Sachs, die Leiterin der Klinik hier. Es ist folgendes..., ach bitte setzen Sie

sich doch.“ Als Judith sitzt, fährt sie fort. „Wir haben Mareen hier taufen lassen. Hier ist die Urkunde.“
„Warum? Ich verstehe nicht recht. Gab es denn gesundheitliche Schwierigkeiten? Davon hat man mir nichts gesagt.“
„Nein, das nicht. Wir dachten nur, weil sie so lange hier bleiben musste. Dann...“, sie stockt. „Aber ich habe noch eine andere Frage. Könnten Sie sich vorstellen, Ihr Kind zur Adoption freizugeben? Schauen Sie, bei mir hätte Sie es gut. Ich bin schon lange verheiratet. Wir können keine Kinder bekommen.“
Judith springt auf. „Man könnte meinen, alle haben sich gegen mich verschworen. Warum glauben Sie, ich könnte mein Kind hergeben? Wie kommen Sie darauf?“ Ihre Stimme wird laut. „Weil ich alleinstehend bin? Ich habe nie vorgehabt, mich von ihr zu trennen, egal was für ein Scheißkerl ihr Vater ist. Sie ist und bleibt mein Kind.“ Abrupt dreht sie sich um und verlässt den Raum. Draußen im Park aber muss sie sich erst einmal auf eine Bank setzen, weil ihr die Beine den Dienst verweigern. Warum wollen ihr alle ihr Kind wegnehmen, weil sie unverheiratet ist? Natürlich weiß sie, dass es nicht leicht wird so als ledige Mutter. Zärtlich betrachtet sie den schlafenden Säugling in ihrem Arm. „Wir werden es schon schaffen.“ Sie schaut sich um. Wo nur Knut bleibt? Er hat sich angeboten, sie beiden ins Kinderheim zu bringen. Da wird nun ihr neues zu Hause sein. In nur drei Tagen fängt ihr Dienst an.

Es ist ein sonniger Tag im Mai. Langsam fährt der alte PKW durch die reizvolle Landschaft von Stuttgart nach Waiblingen. Judith sitzt im Fond des Wagens und hält Mareen, die tief schläft, im Arm. Nachdenklich schaut sie zum Fenster hinaus. Fast zwei Jahre ist sie nun im Westen, wollte eigentlich erst einmal das Leben genießen, jung sein, ausgehen – ja auch tanzen.
Und nun hat sie ein Kind und die Verantwortung dafür. Aber das Schlimmste für sie ist ihre Einsamkeit. Sie kennt keinen Menschen mit dem sie Freude und Schmerz teilen kann. Knut kommt dafür nicht in Frage. Das weiß sie jetzt. Sie betrachtet sein eigenwilliges Gesicht im Spiegel. Er ist kein guter Freund, kein guter Mensch.
„Was ist? Du sagst gar nichts?“, reißt sie seine laute Stimme aus ihren Überlegungen.
„Ach, nichts. Nur ist mir ein wenig bange, vor dem, was auf mich zukommt.“

„Hör mal, ich würde mich gern um euch kümmern. Ich will dich nicht aufgeben. Könnten wir nicht noch einmal von vorn beginnen?"
„Nein, ganz sicher nicht. Du hast eine Frau und fünf Kinder. Was willst du denn noch mit mir? Du kannst Mareen jeder Zeit sehen. Doch für uns ist die Geschichte zu Ende. Ich brauche meine ganze Kraft jetzt für die neue Arbeit und für mein Kind."
„Na gut, aber darüber nachdenken könntest du."
„Ja sicher, aber bitte achte jetzt auf die Straße. Es ist Hausnummer 24, am Ende des Ortes. Etwas außerhalb muss das Heim sein."
„Wir sind schon da."
Es ist ein langgestreckter flacher Bau, sieht wie eine Baracke aus, nicht sehr einladend. Knut hilft ihr beim Aussteigen, stellt die Koffer ab und verschwindet schnell, ohne sich groß zu verabschieden.
So steht Judith mit ihrem Gepäck und dem Baby auf dem Arm vor der Haustür und klingelt. Plötzlich geht die Tür auf, vor ihr steht eine mittelgroße Frau ca. 40-jährig mittelgroß, dunkelblond und Augen, die ihr Gegenüber zu durchbohren scheinen. „Herzlich willkommen! Ich bin Fräulein Berg, die Heimleiterin." Kühl betrachtet sie die vor ihr stehende junge Frau. „Kommen Sie doch herein." Ein älterer Mann steht hinter ihr. „Das ist Karl, unser Hausmeister." An ihn gewandt, „bringen Sie das Gepäck von Fräulein Kosel doch auf ihr Zimmer."
Sie nimmt Judith das Kind ab und geht mit der Kleinen voraus.
„Die ist ja niedlich. Wie heißt denn ihre Tochter?"
„Das ist Mareen. Sie ist inzwischen zwei Monate alt." Frl. Berg legt die Kleine in ihr Bettchen. Sie erklärt: "Wir haben hier Kinder in vier Altersgruppen. Die Krabbelkinder, das sind die 2- bis 4-Jährigen, dann die Vorschulkinder, das ist Ihre Gruppe, das sind die 4- bis 6-Jährigen und dann noch die Schulkinder in zwei Gruppen, die 6- bis 10-Jährigen und die 10- bis 16-Jährigen. So das wär's, alles Andere morgen. Sie werden erst einmal auspacken wollen."
Sie verlässt den Raum. Er ist winzig, maximal sieben Quadratmeter. Außer dem Wandschrank stehen nur ein Bett, ein Tisch und ein Stuhl und Mareens Rollbett im Zimmer.
Mit ihrem Kind auf dem Arm läuft Judith durch Haus und Garten, um sich erst mal ein Bild von ihrer Umgebung zu machen. Für 80 Kinder und deren Betreuer ist wenig Platz in dem schmalen, langgestreckten Gebäude. Nur der Garten bietet etwas mehr Freiraum, indem jede Gruppe ihren eigenen Bereich hat. Schön sind die großen, alten Bäume, die im Sommer die Spielplätze beschatten. Ganz in der Nähe, nur durch die Straße getrennt, gibt es einen freundlichen Misch-

wald, wo sie sich mit ihrer Gruppe sicher gern aufhalten wird. In dem Moment öffnet der Himmel seine Wolkentore und lässt die goldene Flut der Sonne auf die Erde herab. Judith wertet das als ein gutes Zeichen. Froh gestimmt geht sie mit ihrer Tochter ins Haus zurück.
Die Kleine weint. „Du wirst Hunger haben. Wir holen dir ein Fläschchen aus der Küche."
Man hatte ihr gesagt, dass es noch fünf Babys von Kolleginnen hier gibt. Die Nahrung für alle wird jeden Morgen in entsprechender Menge gekocht und im Kühlschrank aufbewahrt. Das ist eine Erleichterung, denn ihr Tag wird lang sein, so zehn bis zwölf Stunden täglich muss sie rechnen.
Am nächsten Morgen geht es auch gleich los. Erst muss sie ihr Kind versorgen und gegen 7.00 Uhr fängt ihr Dienst an. So ganz stimmt das auch nicht, denn auch nachts sind die Kleinen in ihrer Obhut. Also ist sie eigentlich immer im Dienst. Gleich am Morgen kommt Frl. Berg und stellt ihr die Kinder vor, für die Judith Vater und Mutter sein wird. „Die mit den dunklen Zöpfen ist Monica. Sie ist fast sechs und ist die älteste hier. Danach kommt Robin, der Wilde. Er ist etwas zu dick. Die Blonde da hinten ist Petra, ein eher ernstes Kind, und Rosa die Zierliche, noch Bernd, der lange Dünne, die Zwillinge Janna und Jens, daneben die rote Arnika und die drei Jüngsten: Bert, Anita und Fred. Zur Zeit sind es nur elf Kinder. Das aber kann sich täglich ändern. Die meisten in ihrer Gruppe sind Waisen oder Halbwaisen. Einige kommen aus asozialen Familien. Monika komm doch bitte mal her!", ruft sie die Größere zu sich. „Du hilfst Judith, wenn sie Fragen hat." Sie ist schon sehr verständig und wird Ihnen gern zur Hand gehen, denn im Moment habe ich keine Helferin für Sie. Da müssen Sie allein zurecht kommen. Der Zettel für den Tagesablauf hängt hier an der Wand, also Essenszeiten und der Gleichen mehr." Sie wendet sich zur Tür. „Ach, ich höre Ihre Kleine weinen. Holen Sie sie in die Gruppe rüber. Sie muss nur zum Schlafen in Ihrem Zimmer sein."
Sie holt Mareen zu den Kindern, die dann alle um das Bettchen herumstehen und das Baby bewundern. Das ist ein so schönes Bild, dass Judith doch ganz froh ist, hier zu sein.
Dann lernt sie auch ihre Kolleginnen kennen. Sie scheinen alle recht nett zu sein. In der Nachbargruppe bei den Kleinen arbeitet Margitta, klein, blond und lebendig. Auf der anderen Seite des Flures lebt die herbe Hilde mit 'ihren Kindern'. Am Ende der Diele befinden sich die Räume von Margarete, sie ist groß, hellblond und energisch. Das

muss sie auch sein, sie hat die Schulkinder zu betreuen. Ihr hilft die sehr junge Heidemarie. Dann gibt es noch Ruth, die die Heimleiterin vertritt. Sie ist die Älteste, dunkelhaarig, kräftig, mit einer schönen dunklen Stimme. Sie ist ein mütterlicher Typ. Judith findet sie auf Anhieb sympathisch und warmherzig, im Gegensatz zu Frl. Berg, die zwar sehr freundlich, aber eher kühl und streng ist.

In den ersten Monaten vergeht die Zeit recht schnell. Alles ist so neu und aufregend. Die Arbeit ist sehr anstrengend, macht aber auch viel Freude. Mareen ist der Mittelpunkt in der Gruppe. Sie kann inzwischen schon sitzen und ist an allem interessiert, was um sie herum geschieht. Judith bezieht die Kinder in alles, was sie tut, mit ein. So sind sie beschäftigt und helfen, wo sie können.
Manchmal meldet sich Knut. Er schreibt ihr lange Briefe und schickt ab und zu Blumen. Mareen hat das Köpfchen voller Locken, die rötlich schimmern. Sie wird ihrem Vater auch immer ähnlicher, was Judith, wenn sie an ihn denkt, einen Stich versetzt. Sie weiß, er will ihre Beziehung wieder aufleben lassen, aber sie ist nicht gewillt, darauf einzugehen. Dann kann er schon mal ungehalten, ja zornig reagieren. Das aber bestärkt Judith in der Absicht, ihn nicht mehr sehen zu wollen.
Nun nach fast acht Monaten ihres Hierseins bekommt Judith eine Assistentin. Ein zartes, junges Mädchen, kaum 16-jährig. – Bärbel, mit großen blauen Augen und einem runden Gesicht; sie erinnert Judith an ihre Lieblingspuppe gleichen Namens, die ihr von einer Russin aus dem Arm gerissen worden ist. Ganz geknickt sitzt das junge Mädchen vor Judith. „Ich muss noch etwas sagen. Ich, ich“, stottert sie, „ich bin schwanger.“ ‚Ein wenig zu jung erscheinst du mir dafür.'
„Na ja, ich dachte du bist etwas zu dick. Bitte entschuldige! Deshalb musst du hier sein?“ Jetzt weint das Mädchen. „Ja, meine Eltern wollen nichts mehr von mir wissen. Deshalb haben sie mich hierher abgeschoben, so als Strafe.“ Judith nimmt sie in die Arme. „Na, beruhige dich doch. Schau, ich habe auch ein uneheliches Kind.“ Sie führt Bärbel an Mareens Bett. „Ist die niedlich. Darf ich sie mal hochnehmen?“
„Natürlich, du kannst, wenn immer du Zeit hast, mit ihr spielen.“
Aber dazu kommt Bärbel kaum. 'Die Berg' lässt das zarte Mädchen fast rund um die Uhr arbeiten. Sie muss überall, wo Not am Mann ist,

einspringen auch in der Küche und bei der Wäsche, was dem Mädchen, die inzwischen im 8. Monat ist, immer schwerer fällt.
Eines abends, es ist schon fast 22.00 Uhr, ist sie mit ihrer Arbeit fertig und kommt zu Judith. Sie ist völlig erschöpft und fällt ihr fast in die Arme.
„Das geht nicht so weiter. Das hältst du nicht durch. Komm setz dich.“ Sie führt Bärbel zu einem Stuhl. „Etwas muss geschehen. Kannst du dich nicht an deine Eltern wenden?“
„Nein, bloß nicht. Zu denen will ich nie wieder. Sie waren schon lange nicht mehr hier.“
„Dann, meine Kleine, musst du dich ans Jugendamt wenden. Die müssen sich um dich kümmern. Du bist ja fast noch ein Kind. Man kann dich nicht so ausnützen. Du darfst nicht so viele Stunden am Tag arbeiten. Wann hast du wieder frei?“
„Am Donnerstag.“
„Dann fährst du gleich hin!“
„Gut, das mache ich. Und danke! Mit ihnen zu reden, hat mir gut getan.“
Doch noch ehe Bärbel am Donnerstag aus Stuttgart zurück ist, erscheint 'die Berg' bei Judith in der Abteilung.
„Was fällt Ihnen ein“, fängt sie ohne Einleitung sofort an zu brüllen, „mich beim Jugendamt so anzukreiden? Wenn Sie gedacht haben, Sie könnten mich schlecht machen, haben Sie sich aber gewaltig in den Finger geschnitten, denn mit Frau Wilkens bin ich befreundet.“
„Es war ganz sicher nicht meine Absicht, Sie in irgendeiner Form anzuschwärzen. Mir ging es lediglich um Bärbel. Ihr ging es sehr schlecht und es schien sich niemand um sie zu kümmern.“
„Das, mein Liebe, geht Sie gar nichts an. Ihre Eltern haben sie mir übergeben. Ihr Aufenthalt hier sollte so etwas wie eine Bestrafung sein.“
„Ist Bärbel durch die frühe Schwangerschaft nicht bestraft genug?“
„Es ist meine Sache, wie ich mit meinen Leuten umgehe. Kümmern Sie sich um ihre Angelegenheiten, um Ihr Kind, sonst könnte es geschehen, dass man es Ihnen wegnimmt. Dafür könnte ich sorgen“, schreit sie laut und verlässt dann den Raum. Die Kinder, die alles mit angehört haben, stehen erschrocken um Judith herum. Sie versucht sich zu beherrschen, muss sich aber setzen, weil ihre Knie sie nicht mehr tragen wollen. Monica setzt sich zu ihr, nimmt ihre Hand.
„Das Frl. Berg ist böse. Sie will dir Mareen wegnehmen. Darf sie das denn?“

„Ach weißt du“, sie streicht der Kleinen eine Strähne aus dem Gesicht, „ich lasse es nicht zu, dass sie mir das Kind wegnimmt“.
Jetzt kommt auch Robin dazu. „Wir passen auf Mareen auf, wenn du mal weg bist“, sagt er zu ihr.

Die Zeit, die jetzt beginnt, wird sehr schwer für Judith. 'Die Berg' schikaniert sie, wo sie nur kann. „Mein Gott, steh' mir bei“, betet sie. „Hat man als ledige Mutter überhaupt keine Rechte? Wie naiv, wie blauäugig! Wie konnte ich glauben, Bärbel helfen zu können.“
Sie hat sich und damit auch ihrem Kind nur geschadet. Jetzt muss sie so schnell als möglich hier weg. Hier, wo sie glaubte, ein neues zu Hause gefunden zu haben. Nach nur einem Jahr wieder weg! Aber es kommt noch schlimmer für sie. 'Die Berg' nimmt ihr die Gruppe weg. Die Kinder sind verzweifelt und weinen, aber nichts hilft. Judith wird als Springer eingesetzt. Sie muss kochen, wenn die Köchin Urlaub macht, putzen, wenn die Putzfrau nicht da ist oder auch mal schnell die größeren Kinder übernehmen, bei denen zur Zeit einige schwererziehbare sind. Es kam sogar schon einmal vor, dass einer der Jungen sie geschlagen hat. Ein Kerl von 15 Jahren, einen Kopf größer und auch schwerer als sie. Zum Glück standen ihr die anderen Kinder bei, so dass sie keinen Schaden nahm. 'Die Berg', die davon hörte, unterstützte sie in keiner Weise. Die Kinder merkten das und nützten die Situation aus.
Das Gute in ihrer Lage war, dass sie die Kinder grundsätzlich mochten. Jeden Abend, zum Einschlafen, erzählt Judith ihnen eine selbst erfundene Geschichte. Darauf sind die Kinder, gleich welchen Alters, ganz wild. Doch wenn einer von ihnen nicht folgt, aus der Reihe tanzt, fällt die Erzählstunde aus. Dann sorgen die anderen schon dafür, dass er sich einordnet. So erziehen sich die Kinder auch gegenseitig.

Aber es geht nicht weiter. Hier hält es Judith nicht viel länger aus. Vielleicht kann ihr Margitta helfen. Sie will hier auch weg. Ihre Familie lebt in Sinsheim. Darum will sie versuchen, in Heidelberg eine Anstellung zu finden. Dahin ginge Judith auch sehr gern.
Jetzt aber wollen die beiden erst einmal ausgehen. Durch Zufall haben sie zusammen frei. Sie wollen nach Stuttgart fahren. Dort hat Margitta eine Überraschung für sie. Etwas anderes sehen und hören wäre so wichtig für sie.

Es ist ein herrlicher Frühlingstag im Mai. Die Vögel singen, alles duftet, ist im Aufbruch begriffen. Die beiden jungen Frauen laufen Hand in Hand durch den Ort zum Bus. Zum Glück haben sich Kolleginnen gefunden, die ihre Kinder – beide inzwischen ein Jahr alt – betreuen. Als sie dann mitten in der Stadt aussteigen, ist Judith erstaunt, wie fremd ihr Stuttgart ist, wo sie doch fast ein Jahr gelebt hat. Am liebsten würde sie nur durch die Straßen laufen und schauen. „Komm jetzt“, drängt Margitta. „Das kannst du ein anderes Mal tun. Wir gehen“, sie tut geheimnisvoll, „woanders hin“. Sie nimmt Judith bei der Hand und läuft mit ihr los, so dass sie ganz erhitzt im Cafe ankommen. Sie zieht sie durch die Tür. „Komm schnell! Da ist noch ein Tisch frei. – Na, hab' ich dir zu viel versprochen?“
Judith schaut sich um. „Oh, nein. Es ist sehr schön hier.“ Viele kleine Tische und eine recht große Tanzfläche. Eine Drei-Mann-Kapelle spielt gute Musik. „Nun, was sagst du?“
„Die Überraschung ist dir gelungen. Aber woher weißt du, dass ich gern tanze?“ Judith schaut sie aus großen Augen an.
„Du hast es mal erwähnt. Ich war hier schon öfter. Komm wir bestellen uns einen Likör.“ Kaum, dass sie sitzen, kommt der Ober schon mit zwei Likören auf dem Tablett. Judith ist erstaunt. „Gedanken lesen können sie hier auch.“ Lächelnd schaut sie zum Kellner auf. „Nein, das nicht“, er stellt die Gläser auf den Tisch. „Die sind von dem Herrn da drüben im grauen Anzug.“ Judith schaut sich kurz um. Der junge Mann grüßt und verneigt sich leicht. „Ich kenne den Herrn nicht.“ Die jungen Frauen heben grüßend ihre Gläser und trinken. „Danke“, ruft Judith über die Tanzfläche hinweg. Margitta ist erstaunt. „Das ging aber schnell. Kaum sitzen wir, schon hast du eine Eroberung gemacht.“ Dann zum Ober, „bitte bringen Sie noch eine Runde“.
Die Kapelle beendet ihre Pause und fängt wieder zu spielen an, 'Spanish Eyes'. „Oh, das ist schön.“ Judith springt auf, zieht Margitta auf die Tanzfläche. „Daraus wird nichts. Dein Verehrer kommt.“ Ein knapp mittelgroßer schlanker Mann steht vor Judith. „Darf ich bitten?“ Leichtfüßig schweben sie über das Parkett. Es ist als hätten sie schon des Öfteren miteinander getanzt. „Sie tanzen gut.“ Er schaut sie freundlich lächelnd an. „Sie aber auch“, gibt sie das Kompliment zurück. Die Musik klingt aus. Sie bleiben voreinander stehen. „Schauen Sie mich an“, fordert er sie auf. „Können Sie sich an nichts erinnern? Wir haben vor Jahren schon einmal zusammen getanzt.“

Nachdenklich betrachtet sie ihr Gegenüber. „Jetzt erinnere ich mich. War es in Saalfeld?"
„Nein, in Pößneck. Sie waren mit einem großen blonden Mann da, der scheinbar nicht tanzen wollte."
„Ja, das war Martin Schwind aus Gössitz. Er hatte zufällig einen alten Schulfreund wieder getroffen und wollte sich nur unterhalten. Aber wie kommt es, dass Sie sich nach so langer Zeit noch erinnern können?"
„Nun ja", er lächelt stärker, „Sie sind mir aufgefallen, weil Sie so gut tanzen und außerdem ein hübsches Mädchen sind."
„Danke. Aber an Ihren Namen kann ich mich nicht erinnern."
„Ach, verzeihen Sie." Er stellte sich vor. „Ich heiße Werner Könitz und Sie? Warten Sie! Ich hab's gleich. Judith, stimmt's?"
„Ja, Judith Kosel. In Gössitz habe ich damals beim Pfarrer gearbeitet."
„Stimmt, er küsst fast zärtlich ihre Hand. „Ich freue mich sehr, Sie wieder zu sehen."
„Kommen Sie doch mit an unseren Tisch. „Herr Ober noch drei Liköre", bestellt sie im Vorbeigehen. „Ich bin hier mit einer Kollegin. Hallo Margitta, darf ich dir Werner Könitzer vorstellen? Wir haben schon mal vor vielen Jahren, noch in der DDR, zusammen getanzt." Werner reicht Margitta die Hand. „Ich komme aus Könitz und die beiden Orte sind nur 8 km voneinander entfernt", erklärt er ihr. „Freut mich, Sie kennen zu lernen." Eindringlich schaut er dann Judith an. „Ja, ich habe Sie nie vergessen."
Als sie dann so zusammen sitzen, vergeht die Zeit recht schnell. Er erzählt den jungen Frauen, dass er schon vor sechs Jahren in den Westen gegangen ist, jetzt in Wiesloch, einem Städtchen nahe Heidelberg lebt und in Stuttgart einen Fortbildungskurs besucht. Sie tanzen noch einige Male und müssen dann wieder nach Hause fahren, nicht ohne vorher noch ihre Adressen auszutauschen. Werner bringt die Mädchen noch zu ihrem Bus. Lange hält er Judiths Hand in der seinen. „Hören Sie! Ich möchte Sie unbedingt wieder sehen!" Sie entzieht ihm lächelnd ihre Hand. „Das lässt sich machen. Rufen Sie mal an."
Die beiden Frauen sitzen später im Bus und sind ganz aufgeregt. „Erzähle, wie habt ihr euch kennen gelernt?"
„Nun ja, auch beim Tanzen. Ich war mit meinem damaligen Freund in Pößneck in einem Cafe. Er hatte keine Lust zu tanzen. Er wollte sich lieber unterhalten. Da hat mich Werner aufgefordert. Wir haben

uns auch damals sehr angeregt unterhalten. Aber danach habe ich nichts mehr von ihm gehört."
„Weißt du, ich finde ihn sehr nett."
„Ich auch. Mal sehen, ob er demnächst von sich hören lässt. Und außerdem, noch weiß er nichts von Mareen, abwarten, wie er auf sie reagiert."
Doch schon drei Tage später ruft Werner im Heim an. „Frl. Kosel, ich bin noch vier Wochen in Stuttgart. Wäre es möglich, dass wir uns in dieser Zeit mal sehen könnten?"
„Ja, sicher. Warten Sie mal. Ich habe in zehn Tagen wieder frei."
„Eventuell noch einmal im Cafe Konstantin?"
„Ja, das wäre schön. Wie geht es Ihnen?"
„Ach danke gut. Neben mir steht Margitta. Ich soll Ihnen schöne Grüße ausrichten."
„Danke, grüßen Sie zurück. Also dann bis in zehn Tagen."
„Was hat er denn noch gesagt?"
„Ach Margitta sei nicht so neugierig. Außerdem war nichts weiter."
„Aber, er will dich doch wieder sehen. Fährst du am Samstag hin?"
Ja, und ich freue mich schon darauf. Er kann wirklich gut tanzen."

Nun ist es soweit, Margitta geht nach Heidelberg. Judith fühlt sich sehr einsam. Zu den anderen Kolleginnen hat sie keine nähere Beziehung. Jede von ihnen hat mit eigenen Schicksalen zu kämpfen. Dazu kommt noch die angespannte Atmosphäre durch Frl. Berg. Nur wenn sie nicht da ist, können alle freier atmen. Das lässt nicht viel Geborgenheit aufkommen. Ein Trost bleibt ihr, Margitta hat versprochen, sich in Heidelberg umzuhören. Und schon bald darauf bekommt Judith Nachricht, dass Margitta in Rohrbach, einem Stadtteil von Heidelberg, eine Arbeit für sie gefunden hat. Dort kann sie sich bewerben, und vielleicht in sechs Monaten anfangen zu arbeiten. Noch einmal in dieser Zeit sieht sie auch Werner. Es wird ein schöner Nachmittag. Judith mag diesen wie es scheint ruhigen, ausgeglichenen Mann. Sie taut sichtlich auf. Sie sind ausgelassen und tanzen unentwegt. Aber kurz danach muss Werner nach Wiesloch, wo er wohnt, zurück.
Judiths einzige Abwechslung sind seine Anrufe und Briefe. Er erzählt ihr, dass er im grafischen Gewerbe tätig ist. Sein größtes Hobby der Sport ist, davon Leichtathletik und Skifahren. Leider ist Judith alles andere als sportlich. Sie ist eine zarte Person von 49 kg. Alles, was Kraft kostet, fällt ihr schwer. Ihr einziges Plus auf diesem Gebiet, ist

ihre Beweglichkeit, die sie durch das Bodenturnen mit ihrem Vater erworben hat. Ja, und tanzen, wenn man diese Disziplin zum Sport zählen kann, tanzen kann sie, ohne zu ermüden stundenlang. Bis jetzt ist das ihre einzige Verbindung zu Werner. Na ja, so viel wissen sie ja noch gar nicht voneinander.

1962

Es ist ein schöner, wenn auch kalter Oktobertag. Die Sonne, die hinter den Hügeln aufgeht, schickt ihre ersten wärmenden Strahlen ins Tal. Judith sitzt auf einem Baumstamm und atmet heftig. Sie schaut an sich hinunter. Wie sieht sie denn aus, die Kleidung verschmutzt, die Hände zerkratzt? Sie tastet unter ihren Rock. Da hat sie gar nichts an. Sie schüttelt sich wie ein junger Hund, der aus dem Wasser kommt. Was ist geschehen? Sie versucht ganz ruhig zu atmen. So, jetzt noch einmal nachdenken. Wie kommt sie hierher? Ja, und warum hat sie keine Jacke, keine Handtasche? Oh mein Gott! Wo ist ihre Handtasche? Sie springt auf, um zu schauen, muss sich aber gleich wieder setzen, weil ihr so schwindelig ist. So langsam kann sie ihre Gedanken ordnen. Sie ist so erschöpft, weil sie stundenlang durch den Wald gelaufen ist. Sie ist vor etwas weggelaufen ... vor Knut und diesem schrecklichen anderen Mann, die ihr Gewalt angetan haben. Sie wollte nicht mit ihnen schlafen. Da haben sie sie gezwungen. – Oh Gott, warum auch noch das? Sie erinnert sich. Knut hatte sie um eine Aussprache gebeten. Das war erst gestern Abend. Er kam mit einem Freund, der, wie er sagte, hier in der Gegend zu tun hatte. Sie stieg arglos in das Auto und damit in ein Geschehen ein, das grauenhafter nicht sein konnte. Sie fuhren durch den Wald und dann geschah das Ungeheuerliche. Sie ist wie erstarrt. Ihr Kopf, alle Gliedmaßen tun ihr weh und der Hals vom Schreien. Sie hat sich verzweifelt gewehrt, aber gegen zwei starke Männer keine Chance gehabt. Sie steht auf. Sie muss weiterlaufen. Sie setzt sich in Bewegung und läuft, wenn auch schwankend. Aber wohin? Sie schaut sich um. Am Ende des Weges sieht sie ein Gebäude, scheinbar ein Bauernhaus, oder ein Gasthaus. Es ist beides. Beim Näherkommen hört sie Tiere im Stall dahinter. Langsam geht sie auf die offene Stalltür zu. Ein Mann kommt ihr entgegen. Er will ihre schwankende Gestalt auffangen. Erschrocken wendet sie sich

ab: „Nein, nein!“ Er geht einen Schritt zurück. „Um Gottes Willen, was ist mit Ihnen geschehen? Warten Sie, ich hole meine Frau“, sagt er, als er merkt, dass sie vor ihm Angst hat. Sie bleibt mitten im Hof stehen, bis eine junge Frau kommt, die sie am Arm nimmt und ins Haus führt. „Kommen Sie, ich helfe Ihnen.“
„Verzeihen Sie, ich..., ich kann nicht“, flüstert Judith mit heiserer Stimme.
„Bitte seien Sie ganz ruhig. Sie müssen nichts erklären. Ich kann mir vorstellen, was Ihnen passiert ist. – Ganz ruhig!“ Sie führt das zitternde Mädchen in den Gastraum, holt eine große Schüssel mit warmem Wasser. „So, jetzt werde ich Sie etwas reinigen.“
Willenlos lässt Judith alles über sich ergehen. Die Wirtin gibt ihr den Waschlappen. „Unten herum können Sie sich selber waschen.“ Judith schaut sich ängstlich um. „Keine Bange, jetzt kommt kein Mensch hier herein. Ich mache Ihnen etwas zu essen.“ Sie geht in die Küche, kommt mit einem Teller Suppe wieder. Judith schüttelt den Kopf. „Keinen Hunger.“
„Keine Wiederrede, das wird gegessen! Das wird Ihnen gut tun. Ich hole Ihnen noch ein Höschen und eine Strumpfhose.“ Judith starrt auf den Teller. „Ich habe kein Geld.“
„Das macht nichts. Aber sagen Sie, gibt es jemanden, den wir benachrichtigen können?“
„Nein, nein. Ich wohne und arbeite in Waiblingen im Kinderheim ’Berg’.“ Sie steht auf. „Ich muss laufen.“
„Das werden Sie nicht tun, nicht in Ihrem Zustand. Bis Waiblingen sind es gut 3 km. Warten Sie, ich fahre Sie ins Heim. Aber zuerst essen Sie die Suppe auf. Es ist jetzt 6.00 Uhr, reicht es, wenn Sie 6.30 Uhr dort sind?“
„Ja, ich muss mein Kind versorgen. Ich habe eine kleine Tochter.“
„Gut, wir fahren gleich. Ich sage nur meinem Mann Bescheid.“
So kommt es, dass Judith erst in den frühen Morgenstunden nach Hause kommt. Keiner beachtet sie weiter. Ganz unbemerkt gelangt sie in ihr Zimmer. Sie setzt sich aufs Bett.
Ach schlafen möchte sie, schlafen und nie mehr aufwachen. – Schlafen –
Sie schaut auf ... Das Bettchen ist leer. Mein Gott das Kind! Wo ist Mareen? Sie geht ins Spielzimmer nebenan. Dort ist Marlies, eine Kollegin, die ihre Kleine trockenlegt. „Ach, ich wusste nicht, dass Sie da sind. Mareen hat so geschrieen. Da habe ich sie rüber geholt. Oh, Sie sind krank!“

Sie schaut Judith aufmerksam an. „Sie sehen ja grässlich aus."
„Ja, krank. Der Hals ..."
„Ja, man hört es. Legen Sie sich wieder hin. Ich sage Tante Ruth Bescheid."
„Danke!" Zum Glück, denkt Judith, ist 'die Berg' nicht da. Ein Glück! Judith lächelt bitter, geht an den Medizinschrank und nimmt ein Schlafmittel ein. Sie schläft, kaum dass sie im Bett liegt, ein. Sie schläft 12 Stunden durch, wird erst wach, als sie an der Schulter gerüttelt wird. „Judith, wachen Sie auf. Sie haben wie eine Tote geschlafen." Ruth sitzt an ihrem Bett und schaut sie besorgt an. „Ich dachte schon, wir müssen einen Arzt kommen lassen."
„Nein, ich stehe auf."
„Nichts da. Sie bleiben liegen! Unsere Köchin hat ihnen eine Hühnerbrühe gekocht. So, jetzt wird erst einmal getrunken. Was ist mit Ihnen los?"
„Ach, ich habe ein Schlafmittel genommen, weil mir der Kopf, der Hals so weh tut."
„Ach so, eine Erkältung."
„Ja, eine Erkältung. Aber Mareen, wo ist sie?"
„Keine Sorge! Um die Kleine kümmert sich Tante Marlies. Sie hat sie, als sie merkte, wie fest Sie schlafen, mit in ihr Zimmer genommen. Schlafen Sie ruhig weiter. Morgen geht es Ihnen sicher besser. Dann sehen wir weiter."
„Sehen wir weiter ...", wiederholt Judith Ruths letzte Worte und schläft sofort wieder ein. Doch irgendwann muss sie wieder erwachen. Und mit den ersten Gedanken ist auch gleich die Erinnerung wieder da. Sie steht auf, zieht sich an und meldet sich wieder gesund. Nur Arbeit hilft ihr jetzt weiter. Arbeiten bis zum Umfallen, so dass sie nicht zum Nachdenken kommt. Doch Mareen fordert auch ihr Recht. Zwei Wochen später ist 'die Berg' wieder vom Urlaub zurück. In dieser Zeit hat sich Judith soweit gefasst, dass man ihr das Geschehen kaum ansieht. Sie funktioniert gut. Niemand merkt ihr äußerlich an, welche Katastrophe hinter ihr liegt. Vielleicht wäre sie doch eine ganz gute Schauspielerin geworden. Für Außenstehende ist es fast so, als wäre gar nichts geschehen. Das Schlimme dabei ist nur, Mareen kommt in jeder Hinsicht zu kurz. Nicht nur, weil 'die Berg' sie mit Arbeit eindeckt, sondern weil Judith nichts mehr fühlt. Sie ist wie tot. Sie kann diesem kleinen unschuldigen Menschen nichts geben, weil da nichts mehr da ist. Mareen ist die eigentlich Leidtragende. Das Fürchterliche ist ja noch, der Vater des Kindes ist

der Verbrecher, der ihr all das angetan hat. Und immer, wenn sie die Kleine sieht, mit ihren rötliche Locken, sieht sie ihn. Das ist so ein furchtbarer Teufelskreis, aus dem es kein Entrinnen gibt. Sie tut alle Arbeit automatisch, keiner fragt, warum sie so still ist. Keinem fällt ihr 'Anderssein' auf. Ab und zu ruft Werner an, fragt an, warum sie seine Briefe nicht beantwortet. Sie bittet ihn um Geduld, sie sei krank, könne aber jetzt nicht darüber sprechen, eventuell, wenn sie in Kontakt bleiben, mal später.
Dann erzählt sie ihm, dass sie wahrscheinlich in Rohrbach Arbeit gefunden hat. Dort in einem Kinderheim würde sie in ca. fünf Monaten anfangen können. Er freut sich darüber, weil sie sich dann öfter sehen können. „Vielleicht könnte ich Ihnen ein Zimmer besorgen", bietet er ihr an.
„Das wäre schön."

Zur Zeit ist die Köchin krank. Judith muss einspringen, was ihr doch schwer fällt, denn in diesen großen Mengen hat sie beim Pfarrer nicht kochen müssen. Aber schlimmer ist, dass 'die Berg' ihr dauernd auf die Finger schaut. Besonders dann, wenn Judith zu viele gute Dinge verbraucht, wie Butter und dergleichen. Jetzt aber macht ihr die Gängelei der Heimleiterin nichts mehr aus. Sie ist so in ihrem Kummer gefangen, dass sie deren Nörgelei gut überhören kann.
Aber es reicht noch nicht. Das Schicksal hat noch mehr in petto für sie. – Sie ist schwanger.
Die Periode hätte längst einsetzen müssen, deshalb auch die morgendliche Übelkeit. Was jetzt? Eine Unterbrechung wäre nur möglich, wenn sie die Vergewaltigung zur Anzeige bringen würde und auch dann wäre es äußerst schwierig. Das aber wagt sie nicht. Wer würde ihr beistehen? Niemand!
Was tun? – Sie wendet sich ihrem Herrgott zu, bittet um seinen Beistand, um seine Hilfe. Sie weiß nur eines, noch ein uneheliches Kind von diesem Verbrecher auszutragen, geht über ihre Kräfte. Wenn sie es nicht schafft zu unterbrechen, will sie lieber sterben. Sie weiß nur eine Methode, einen Abort herbeizuführen. Sie muss baden, so heiß wie nur möglich. Dazu steigt sie in die Wanne, stellt noch eine Metallschüssel mit fast kochendem Wasser auf ihren Bauch. Drei Nächte hintereinander wendet sie diese Prozedur an. Erst beim dritten Mal hat sie Erfolg. Und obwohl sie fürchterliche Schmerzen hat, die Bauchhaut hat schon Blasen, ist sie so etwas wie glücklich und dankbar. Nur so ist ein Neuanfang möglich. Da die Blutungen da-

nach nicht aufhören, muss sie zum Arzt. Von dem wird sie beschimpft. Er weiß, dass sie abgetrieben hat. Aber auch das erträgt sie. Sie kann ihm nicht erzählen, was geschehen ist, dass man ihr Gewalt angetan hat. Also schweigt sie. Nach der Ausschabung hält er es nicht für nötig, sie nach Hause fahren zu lassen. Sie muss den Bus nehmen. Irgendwie kommt sie nach Hause. 'Die Berg' regt sich über die Krankmeldung auf. Doch Judith ist nach dieser schrecklichen Geschichte so geschwächt, dass sie eine Woche das Bett hüten muss. Nur Ruth kommt ab und zu vorbei und fragt nach ihrem Befinden. Sie ahnt, was passiert ist und fordert sie zum Sprechen auf. Doch Judith schweigt. Auch bei ihr kann sie sich nicht öffnen. Auch mit ihr, die so liebevoll ist, kann sie nicht darüber sprechen. Noch nicht.

Die verbleibende Zeit, die Judith noch in Waiblingen verbringen muss, vergeht schnell. Wie schon so oft, wenn sie sich in einer schwierigen Lage befand, hilft ihr lesen. Sie liest halbe Nächte durch. Sie verkriecht sich richtig in einem Buch, lässt sich davontragen in ein anderes Leben. Das gibt ihr Kraft für den Neuanfang. Sie nimmt sich vor, nie wieder so vertrauensvoll, fast wie ein Kind, einem fremden Menschen zu begegnen. Zum Glück gibt es in ihrem zarten Körper eine starke Seele. So langsam kommt sie wieder zu Kräften und auch etwas zu sich selbst. Die letzten Monate hat sie nur wage, nebulös wahrgenommen. Es war so, als stände sie neben sich und schaue mit erstaunten Augen auf das Erlebte. Sie weiß, sie wird noch lange brauchen, bis sie über die Vergangenheit und deren Folgen hinwegkommt.
Den Eltern schreibt sie nichts davon, nur dass sie ihren Arbeitsplatz wechselt, weil sie einen netten Mann kennen gelernt hat, der in Heidelberg arbeitet. Nun will sie auch dahin.
Sie schreibt, wie gut sich Mareen entwickelt, wie niedlich und aufgeweckt die Kleine ist, auch von ihrem Heimweh und ihrer Sehnsucht, endlich mal wieder nach Hause kommen zu können. Von der Mutter im folgenden Brief hört sie dann, dass Gertrude geheiratet hat. Einen Mann Namens Jürgen, der von der Ostsee stammt. Nun sind schon zwei ihrer Geschwister verheiratet. Doch bei keiner Hochzeit konnte sie dabei sein. Judith ist unendlich traurig. Immer wieder in den letzten Jahren fragt sie sich, ob es denn besser gewesen wäre, wenn sie nicht nach dem Westen gegangen wäre. Ach was! Was nutzt dieses, 'was wäre wenn'? Eigentlich ist sie kein Mensch, der alles

hinterfragt. Sie steht voll zu dem, was sie tut. Sie übernimmt auch die Verantwortung dafür. Diese stark versalzene Suppe hat sie sich selbst eingebrockt. Nun muss sie sie auch auslöffeln. Und wieder einmal erscheint vor ihrem geistigen Auge der alte Mann von der Brücke. Sie hört noch seine brüchige Stimme: „Sie sind stark, Sie schaffen es." Wie gern würde sie jetzt in seine Arme flüchten, um etwas Geborgenheit erfahren zu können.
Sie will sich nicht niederdrücken lassen. Nach dem Abbruch hat sie sich fürs Leben entschieden. Jetzt muss sie danach handeln.
Rechtzeitig kündigt sie und kann zum festgesetzten Termin das Heim verlassen. Mit Bedauern verabschiedet sie sich nur von Ruth. Das Gepäck hat sie schon am Vorabend aufgeben können, so dass sie nur eine Tasche und ihr Mädchen tragen muss. Mareen ist inzwischen eineinviertel Jahr und läuft schon ganz gut.

Werner hat ihr, wie versprochen, in Wiesloch ein Zimmer bei netten Leuten besorgt. Als sie da ankommt, wird sie von Frau Frentze herzlich empfangen. Sie führt Judith gleich in ihr Zimmer. Es ist ein länglicher Raum, der durch einen Vorhang geteilt ist. Mareen geht zutraulich auf die fremde Frau zu und fragt: „Das Tante?". Die ist von der Kleinen ganz begeistert.
Am folgenden Tag will sich Judith mit Werner treffen. Er möchte sehen, ob sie gut untergebracht ist. Da Werner von Mareen nichts weiß, sieht Judith dem Treffen mit gemischten Gefühlen entgegen. Kurz bevor er eintrifft, bringt sie ihr Mädchen zu Frau Frentze. Judith möchte ihn erst vorsichtig darauf vorbereiten, dass sie ein Kind hat. Werner kommt und begrüßt Judith herzlich. Mit seinem jungenhaften Lächeln, die blonden Haare nach hinten gekämmt und dem leicht leptosomen Profil, sieht er aus, wie der junge Rudolf Schock.
„Ich freue mich sehr, Sie wieder zu sehen." Er schaut sie prüfend an. „Blass und schmal sind Sie geworden. Haben Sie abgenommen?"
„Ja, ein wenig. Bitte nehmen Sie doch Platz. Was kann ich Ihnen anbieten? Es wäre Wein und Wasser möglich."
„Dann nehme ich beides, wie der Herr Goethe. Kennen Sie die Story?" Er setzt sich. „Also, der Herr Geheimrat bestellt in einem Lokal Wasser und Wein, mischt beides und trinkt. Am Nebentisch sitzen einige Studenten, die sich über den alten Herrn lustig machen. Goethe lässt sich ein Stück Kreide geben und schreibt auf den großen Holztisch: ‚Wein allein macht dumm, das zeigen die Herrn am Tische. Wasser allein macht stumm, das zeigen im Teiche die Fische.

Doch weil ich keines von beiden will sein, trinke ich Wasser gemischt mit Wein.'
„Eine reizende Geschichte und so passend für den Herrn Geheimrat. Ich weiß nicht, ob Sie wissen, Goethe war zur Kur in Bad Tennstedt. Aber nur, weil er kurz vor dem Städtchen einen Radbruch hatte und nicht weiter konnte. Daraus haben die Tennstedter ein Volksfest gemacht." Sie hebt ihr Glas. „Wollen wir uns nicht duzen?"
„Ja, gern." Er lässt sein Glas an das ihre klingen und küsst sie zart auf die Lippen. Sie errötet. „Es steht ihnen gut."
„Bitte, was?"
„Das zarte rot auf ihren Wangen." Er schaut sich im Zimmer um, sieht hinter den Vorhang und dreht sich grinsend zu Judith um. „Ich nehme an, du wohnst nicht allein hier." Er hält ein rosa Mützchen in der Hand. Erschrocken lässt sich Judith auf einen Stuhl fallen. „Ja, das stimmt. Ich habe eine kleine Tochter."
„Hol sie, bitte ganz schnell. Die will ich natürlich kennen lernen."
Judith kommt mit der Kleinen, die einen Ball im Arm hat, ins Zimmer. Sie bleibt vor Werner stehen. „Das ist Werner, das ist Mareen", stellt sie vor. Ernst schaut das Kind zu ihm auf. „Papa, Ball?", fragt die Kleine und hält ihm das Spielzeug hin. Er ist entzückt, hebt sie auf seinen Schoß. „Ist die süß. Ich habe noch nie ein hübscheres Mädchen gesehen, die strahlenden blauen Augen, die goldenen Löckchen."
„Ja, aber sie weiß es auch und ist schon ganz kokett." Judith freut sich. So harmonisch hat sie sich die erste Begegnung der beiden nicht im Traum vorgestellt.
Werner dreht sich um: „Aber wie kommt es nur, dass sie mich Papa nennt?"
„Nun, das war so: Sie sagte zu unserem Hausmeister in Waiblingen eines Tages Tante, weil er stets einen blauen Kittel trug und sie ihn nicht so richtig einordnen konnte. Um sie herum gab es nur Tanten. Er nahm die Kleine hoch: ‚Tante nicht, dann schon lieber Papa.' ‚Papa wiederholte sie.' Von da an war jeder Mann, auch unser Doktor Wacker, ‚Papa'. Der nahm es mit Humor. ‚Für die Kinder hier bin ich im Grunde wie ein Vater, dann auch für dich.'

Judith hat noch eine Woche Zeit, bis ihr Dienst im Kinderheim Rohrbach anfängt. Werner bietet ihr an, sie, wenn sie möchte, etwas herumzufahren, damit sie die schöne Landschaft der Bergstraße und

auch Heidelberg kennen lernen kann. Dankbar nimmt sie an. Frau Frentze will Mareen betreuen.
Sie fahren an einem herrlichen Frühsommertag ins Grüne. Ihr Herz öffnet sich weit, wenn sie so durch die schöne Landschaft um Heidelberg herum fährt. Sie steigen aus und laufen zum Philosophenweg. Werner erklärt Judith die Umgebung: „Da drüben ist der Königsstuhl, sozusagen der Hausberg der Heidelberger. Dann, schau nach links, da ist die beeindruckende Schlossruine. Da unten kannst du fast die ganze Stadt sehen und über den Neckar, die schöne alte Brücke, die ist so alt wie die Stadt, die etwa im 12. Jahrhundert entstanden ist.
Immer wieder bleiben sie stehen, um in das Tal hinabzusehen. Laut deklamiert sie: „Zufrieden jauchzen Groß und Klein. Hier bin ich Mensch, hier darf ich's sein."
Werner nimmt ihren Arm. „Ja, es ist herrlich hier. Aber ist es nicht schon etwas spät für einen Osterspaziergang?", neckt er sie. Nachdenklich betrachtet sie sein jungenhaftes Gesicht von der Seite. Es ist reizvoll, mit ihm die Landschaft so zu erleben. Also, noch etwas Gemeinsames, die Liebe zur Natur und wie es scheint auch zur Literatur. „Liest du auch so gern?", fragt sie ihn.
„Ja, schon. Nur komme ich in letzter Zeit wenig dazu. Aber wie wär's mal mit einem Theaterbesuch? Heidelberg hat zwar nur eine kleine Bühne. Hättest du Lust?"
„Oh, das wäre wundervoll. Ich war schon lange nicht mehr im Theater, seit ich im Westen bin, noch nie."
„Also, abgemacht!"

Dann kommt der erste Arbeitstag heran. Judith fährt mit bangen Gefühlen ins Heim. Doch schon als sie die schöne alte Villa sieht, in der das Heim untergebracht ist, wird ihr warm ums Herz. Noch dazu, als ihr schon im Garten die Heimleiterin, Frau Lutzer, entgegenkommt, sind all ihre Bedenken verflogen. Sie steht einer ca. 50-jährigen Frau gegenüber, die sie herzlich willkommen heißt. „Tante Judith, richtig? Es freut mich, dass Sie endlich kommen. Oh, das kleine Püppchen ist...?" Sie beugt sich zu Mareen herunter. „Maie", sagt die Kleine zu ihr. „Nein, eigentlich Mareen, aber das kann sie noch nicht so richtig aussprechen", verbessert Judith ihr Kind.
„Kommen Sie, ich mache Sie zuerst mit den Kolleginnen bekannt. Dann bringe ich Sie zu Ihrer Gruppe. Sie bekommen die Krabbelkinder zur Betreuung. Das sind die Kleinsten, die Ein- bis Zweijährigen.

Nebenan, bei den etwas größeren Kindern arbeitet Margret, eine große blonde Frau, eine liebenswürdige Kollegin, die ihr gleich ihre Hilfe anbietet, falls doch einmal Not am Mann sei. Judith ist sehr froh. Sie scheint von der Hölle in den Himmel gekommen zu sein. Man spürt gleich beim Betreten des Hauses, dass hier eine ruhige, liebevolle Atmosphäre herrscht.

Nun wohnt Judith schon drei Monate in Wiesloch zur Untermiete, muss jeden Morgen um 5.00 Uhr aufstehen, weil um 7.00 Uhr ihr Dienst anfängt. Auch jeden Morgen muss sie so früh ihre Kleine aus dem Schlaf reißen. Sie ist zwar lieb, schläft aber oft noch einmal in der Straßenbahn ein. Ist sie jedoch hellwach, trippelt sie, noch etwas unsicher durch die Bahn und spricht die Leute an. Die sind immer ganz entzückt von dem winzig kleinen Mädchen, das schon so gut spricht. Doch auf Dauer ist die Fahrerei zu anstrengend für sie beide. Besonders an den Tagen, an denen Judith Spätdienst hat und sie erst gegen 21.30 Uhr in der Straßenbahn sitzen. Judith hat es zwar genossen, mal nicht im Heim zu wohnen, etwas mehr Freiraum zu haben, aber nicht mit einem so kleinen Kind. Sie spricht mit Frau Lutzer darüber. Die bietet ihr an, Mareen in der Gruppe mit den anderen Kindern zusammen schlafen zu lassen. Und sie bekomme auch ein Zimmer im Haus. So habe sie mehr Freizeit und könne auch mit ihrem Freund mehr unternehmen. Judith hatte Werner, als er sie einmal ins Heim brachte, mit der Heimleiterin bekannt gemacht. Die war ganz angetan von ihm, was Judith sehr gefreut hat. So kommt es, dass sie mit Werner weit häufiger ausgehen kann, als es von Wiesloch aus möglich war.
Judith kauft sich ein hübsches zartgemustertes Sommerkleid, in dem ihre zierliche, wenn auch kurvenreiche Figur gut zur Geltung kommt und geht zum ersten mal in ihrem Leben öfter aus. Sie blüht richtig gehend auf. Ihre Wangen runden sich wieder und wenn sie so beschwingt mit leichtem Schritt Werner entgegengeht, ist er ganz begeistert. Ihr Haar hat sie wachsen lassen, so dass es ihr lang über die Schultern fällt und sie es auch mal aufgesteckt tragen kann.
So langsam kommen sie sich näher. Seine liebevolle und doch zurückhaltende Nähe tut ihr gut. Sie erzählen sich gegenseitig aus ihrem Leben. Er berichtet ihr von seiner großen Liebe, von Hannelore, einer Frau, ja seiner Traumfrau, die ihn vor ca. einem Jahr wegen eines anderen Mannes verlassen hat. Judith fragt weiter, wie sie aussieht, was sie tut, wo sie wohnt?

Eines Tages dann, Judith steigt mit Mareen gerade aus der Straßenbahn aus, steht sie einer jungen Frau gegenüber, die sie nach der Zeit fragt. Sie hat hellbraune Locken und ein warmes Lächeln. Sie sieht genauso aus, wie Werner sie beschrieben hat. Judith ist sich sicher, das war Hannelore. Als sie ihn später danach befragt, sagt er, dass sie jeden Morgen gegen 7.00 Uhr von Wiesloch nach Rohrbach fahre und er annimmt, dass sie sie, also Judith und Werner zusammen gesehen habe und dann einfach neugierig war, was für eine Frau Werner jetzt hat. Judith kann Werner und seinen Schmerz verstehen. Hannelore war mehr als nur sympathisch. Irgendwie verbindet sie der gemeinsame Kummer auch. Es scheint so, als könnten sie sich gegenseitig trösten.
Auch das ist ein Anfang.
Eines Tages, sie stehen mitten in der schönen Altstadt von Heidelberg, letzte Sonnenstrahlen vergolden die beeindruckende Heilig-Geist-Kirche, bleibt Werner plötzlich vor Judith stehen. „Ich möchte dich schon lange etwas fragen." Ernsthaft, fast beschwörend schaut er sie an. „Könntest du dir vorstellen, dass wir zwei für immer zusammenbleiben?" Er greift nach ihren Oberarmen und zieht sie an sich. „Willst du meine Frau werden?" Sie befreit sich sanft aus der Umarmung und geht einen Schritt zurück.
„Oh, das kommt so plötzlich." Erschrocken schaut sie zu ihm auf.
„Nun, es muss ja nicht gleich sein. Aber könntest du dir das für die Zukunft vorstellen? Schau", er nimmt sie an der Hand und führt sie weiter die Straße entlang. In der Ferne hört man den Glockenschlag einer Turmuhr. „Wir sind beide einsam, ohne Familie, sind beide schwer enttäuscht worden..."
„Du meinst, wir könnten uns gegenseitig beistehen. Magst du mich auch?" Er nimmt sie zärtlich in die Arme und küsst sie. Sie streicht ihm eine Strähne seiner blonden Haare aus der Stirn. „Ja, zu allem ja. Ich fände es schön, nicht mehr allein zu sein. Außerdem mag ich dich auch. Du bist der erste Mensch, seit ich im Westen bin, dem ich wirklich vertraue. Eigentlich hattest du mich schon gewonnen, als ich gesehen habe, wie liebevoll du mit Mareen umgingst. Dass du mein Kind magst, ist eine wesentliche Voraussetzung für mich, für meine Zusage." Inzwischen sind sie aus der Fußgängerzone herausgekommen und stehen plötzlich vor einem Brautmodengeschäft. „Ach, schau." Sie lacht. „Wenn das kein Zeichen ist." Sie bleiben stehen und sehen sich begeistert die schönen Kleider an. „Was meinst du", fragt sie ihn, „das Lange in weiß oder das Cremefarbene in kurz?"

„Ach, du würdest in jedem dieser Kleider gut aussehen. Aber“, er streichelt zärtlich über ihre Hüfte, „etwas zunehmen könntest du noch. Der Po ist zu klein. Als wir in Stuttgart zusammen tanzten, war mehr drauf.“
„Ja, das stimmt. Sie geht einige Schritte vom Schaufenster ins Dunkle. Er soll ihre Trauer nicht sehen. „Ich war krank. Ich werde schon wieder zunehmen.“ Langsam gehen sie zum Auto. Es ist inzwischen fast dunkel geworden, aber immer noch angenehm warm. Werner wendet sich wieder Judith zu: „Warum so still? Ist etwas?“
„Nein, es ist nichts. Wann meintest du, sollten wir heiraten?“
„Wann immer du möchtest, sagen wir in ca. 8 Monaten.“
„Das wäre im Frühsommer, eine schöne Zeit dafür.“
„Es ist Folgendes: Ich habe mich in Itzehoe um eine neue Stellung beworben. Dort könnte ich im Sommer nächsten Jahres anfangen, kann dort auch, wenn ich verheiratet bin, eine Dienstwohnung bekommen. Hier in Heidelberg sind die Wohnungen zu teuer. Abgesehen davon, verdiene ich da oben etwas mehr. Was hältst du davon?“
„Das wäre wunderbar. Nur wegen meiner Arbeit hier tut es mir leid. Es geht mir so gut im Kinderheim ’Bergesruh’ und bei der ’Mami’, du weißt Frau Lutzer! Ich wäre so gern länger hier geblieben.“

1963

Die Monate bis zur Hochzeit vergehen schnell. Judith hat sich bei ’Hettlage’ in Heidelberg ein kurzes modisches Brautkleid gekauft. Es ist ein schlichtes schmalgeschnittenes Kleid in einem cremeweiß, dazu ein Ton in Ton bestickter Bolero mit ¾ langen Ärmeln. Der Schleier ist kurz und wird nur mit einer weißen Rose am Haar befestigt. Handschuhe und Schuhe sind cremeweiß. Als sie sich so im Spiegel betrachtet ist sie sehr zufrieden. Ein Schatten fällt nur auf die Hochzeitsvorbereitungen. Sie hätte alles liebend gern mit ihrer Mutter getan. Alle ihre Lieben fehlen ihr so sehr, auch die Geschwister. Das soll nun der schönste Tag ihres Lebens werden, aber so richtig freuen kann sie sich noch nicht. Eine unbestimmte Angst legt sich auf ihre Seele. Nachdenklich geht sie durch die Straßen der alten Stadt. Macht sie einen Fehler? Hätten sie mit der Hochzeit noch warten sollen? Sicher, sie mag Werner. Er ist ein liebenswerter, zuverlässiger Mensch. Er scheint überhaupt keine Laster zu haben.

Außerdem sieht er gut aus. Sie strafft ihre Schultern und geht entschlossen die kurze Strecke zur Straßenbahn. Wenn sie beide guten Willens sind, wird es schon gut werden.
Dann gibt es doch einen Punkt, über den sie sich lange unterhalten. In welcher Konfession sollen sie sich trauen lassen?
Werner ist evangelisch, sie katholisch.
„Mir ist das im Grunde egal", flüstert Werner. Sie sitzen beim weichen Licht einer Kerze in seinem Zimmer auf dem Bett und sprechen leise miteinander. Seine Wirtin hat ihn ernsthaft gewarnt. „Sobald Sie eine Frau mit in ihr Zimmer nehmen, fliegen Sie raus." So schleichen sie sich dann ab und zu die Treppe rauf, wenn sie miteinander schlafen wollen. Bis jetzt sind sie noch nicht erwischt worden. „Was ist dir egal?", fragt Judith leise.
„Ach, ich habe an unsere Hochzeit gedacht. Mir ist es egal, ob wir evangelisch oder katholisch getraut werden. Hauptsache, wir heiraten. Ist Mareen getauft?"
„Ja, man hat sie schon in der Kinderklinik getauft, ohne mich zu fragen. Ach, das war eine seltsame Geschichte." Sie schüttelt den Kopf, als könnte sie die negativen Gedanken abschütteln. „Aber davon würde ich diese Entscheidung nicht abhängig machen. Du weißt, ich war in der Klosterschule und dann zwei Jahre beim evangelischen Pfarrer, habe also beide Richtungen kennen gelernt. Ich würde vorschlagen, wir heiraten evangelisch, weil ich nicht will, dass unsere Kinder", sie stupst ihn in die Seite, „fremden Männern ihre kleinen Sünden ins Ohr flüstern müssen".
„Mir auch recht." Werner nimmt sie in die Arme. Schon eine ganze Weile nestelt er an ihrer Bluse herum. „Habe ich richtig gehört, du sprichst von Kindern?, also Plural."
„Ja, meinst du wir sollten gleich mit der Produktion anfangen?"
Er küsst sie. „Also, ich wäre bereit dazu." Mit einem Ruck zieht er sie über sich. Sie wehrt ihn behutsam ab. „Nein, nicht so gleich, bitte."
„Nicht so laut!" Er verschließt ihr den Mund mit einem Kuss. „Na gut, wir können mit dem Babymachen noch warten. Aber etwas üben könnten wir doch schon mal."
Nach dieser Übungsstunde schleichen sie sich wieder die Treppe hinunter. Es ist ziemlich dunkel hier, nur aus dem unteren Teil der Diele schimmert etwas Licht nach oben. Judith strauchelt und fällt rückwärts auf ihren Po. Das weckt die Wirtin. Oben geht die Tür auf. Darin steht mit finsterer Miene Frau Leser. Doch ehe sie etwas sagen kann ist Werner bei ihr. „Schön, dass ich Sie sehe. Ich wollte Sie

zu unserer Hochzeit einladen." Er holt tief Luft. „Ach ja, darf ich ihnen meine Braut vorstellen? Das ist Judith Kosel."
Das finstere Gesicht der älteren Frau hellt sich etwas auf.
„Ja, wenn das so ist, will ich mal ein Auge zudrücken und gratuliere Ihnen beiden." Sie reicht ihnen die Hand und verschwindet wieder.
„Puh", Judith setzt sich auf die Treppe. „Da hast du aber schnell reagiert. Ich bin so erschrocken. Doch so ein kleiner Sturz war mal wieder dran. Ich stürze ab und zu."
Sie erzählt ihm auf dem Heimweg von ihren diversen Stürzen. Zuletzt vom Ebinger Fenstersturz. Er lacht. „Bisher kannte ich nur den Prager Fenstersturz. Da hast du aber großes Glück gehabt. Aber", er bleibt auf der Straße stehen, „ich bestehe darauf, dass du demnächst eine Brille trägst". Er wird ernst, „denn so ein Fall kann auch mal schlimmer ausgehen. Stell dir vor, du wärst schwanger."
„Nein, bin ich nicht."
„Ja, ich weiß. Aber es könnte demnächst sein, oder?"
„Ja."
„Also hätte dann so ein Sturz fatale Folgen!"
„Ja, sicher. Nun gut ich sehe es ein. Spätestens in Itzehoe lasse ich mir ein Brille machen."

Die Heimleiterin, Frau Lutzer, erbietet sich, die Hochzeit für Judith auszurichten. Leider werden es nicht viele Leute sein. Von den nahen Verwandten ist es nur ihr Cousin Stefan mit seiner Frau Susi. Die wohnen hier in der Nähe. Alle anderen leben 'drüben' in der DDR und dürfen nicht ausreisen. Werner hat ja nur noch seinen Vater Gustav. Seine Mutter und auch seine Schwester Ingrid sind schon 1945 gestorben. Zum Glück hat Judith noch beide Eltern und alle ihre Geschwister. Aber auch sie dürfen nicht kommen. Das wird eine traurige Hochzeit.
Erst gibt es ja noch die standesamtliche Trauung, die fünf Tage vor der Hochzeit stattfindet. Das Standesamt in Heidelberg befindet sich im alten Rathaus, direkt neben der Heilig-Geist-Kirche. Frau Lutzer und Heinz, der Mann von Margitta, werden die Trauzeugen sein. Margitta und Heinz haben zehn Tage vor ihnen geheiratet. Margitta konnte aus beruflichen Gründen nicht an ihrer Trauung teilnehmen.

Viel zu früh stehen sie dann im großen Treppenhaus des Rathauses und warten. Sie sind das dritte Paar, das heute früh getraut werden soll und haben noch etwas Zeit. Werner unterhält sich angeregt mit

Frau Lutzer. Heinz ergreift die Gelegenheit, Judith zur Seite ans Fenster zu ziehen. „Schau, von hier aus kann man die Heilig-Geist-Kirche sehen." Er legt den Arm um ihre Schultern. „Sag, warum hast du mich nicht geheiratet?"
„Na weißt du. Vor nicht einmal einem Monat hast du Margitta geheiratet und nun stellst du mir so eine Frage." Sie ist empört. Sie löst sich aus seinem Arm. „Verzeih, aber diese Frage habe ich dir schon vor längerer Zeit gestellt."
„Ja, und auch damals habe ich nein gesagt."
Sie wendet sich um und stellt sich vor den großen Spiegel, der in schöner Schlichtheit die Halle beherrscht. Gleich ist er neben ihr. „Schau, wir wären ein schönes Paar geworden." Er betrachtet sie im Spiegel. „Das graue Kostüm steht dir sehr gut. Es ist ein schöner Kontrast zu deinem rotbraunen Haar."
„Das ist kein Kostüm, sondern ein zweiteiliges Kleid aus Rohseide. Aber lass uns wieder zu den anderen gehen."
Sie läuft zu Werner und kuschelt sich in seine Arme. Nachdenklich betrachtet sie die beiden Männer, die jetzt nebeneinander vor ihr stehen. Sie ist schon sehr froh darüber, sich für den ruhigeren, ausgeglichenen Werner entschieden zu haben. Sicher, Heinz ist attraktiver, doch Werner ist mit Sicherheit der liebevollere von ihnen. Dann wendet sie sich Frau Lutzer zu. „Ich möchte mich noch einmal bei ihnen bedanken." Judith geht einen Schritt auf die Ältere zu und reicht ihr beide Hände. Es ist ganz wunderbar, dass Sie unsere Hochzeit ausrichten und sozusagen die fehlende Mutter vertreten. Dafür herzlichen Dank!" Frau Lutzer nimmt das aufgeregte Mädchen in den Arm. „Das habe ich doch gern getan. Ich weiß, wie es ist, so ganz ohne nahe Angehörige heiraten zu müssen. Meine Eltern waren bei meiner Heirat schon tot." Sie lächelt Werner an. „Sie sind beide so allein hier. Ich tue es von Herzen gern."
Dann ist es schon so weit. Von der Tür her ruft eine sonore Männerstimme: „Herr Könitzer, Fräulein Kosel, bitte treten Sie ein."

Die kirchliche Trauung findet in einer kleinen idyllisch gelegenen Kapelle statt. Es ist der 15. Juni 1963. Eigentlich war schönes Wetter angesagt, aber als sich dann die ganze Hochzeitsgesellschaft auf den Weg macht, fängt es an zu regnen. Zum Glück hat 'Mami', die die Wolken sah, an Regenschirme gedacht. Und so laufen sie alle gut beschirmt die zehn Minuten zum Kirchlein hinunter. Sehr aufgeregt und zitternd stehen sie dann vor dem Altar. Werner hält Judiths

Hand. Sie schauen beide so erwartungsvoll zum Pfarrer auf, als müsste das große Glück, von ihm kommend, auf sie herunterfallen. Aber der spricht hauptsächlich von ihrer Einsamkeit, dass keiner von ihnen die Familie hier haben kann. Das ist zu viel für Judith. Der Schmerz überschwemmt sie. Sie kann sich kaum beruhigen, obwohl ihr Mami Lutzer eine Baldrian-Tablette gab. Werner drückt beschwichtigend ihre Hand und schaut sie liebevoll an. Das gibt ihr die Fassung zurück und als sie nach der Trauung im hellen Sonnenschein vor der Kapelle stehen und alle gratulieren, hat sie sich wieder gefangen und lächelt strahlend mit der Sonne um die Wette. Wie niedlich die kleinen Mädchen in ihren hellen Kleidern aussehen. Blumen streuend trippeln sie vor ihnen her. Werner betrachtet seine hübsche Braut von der Seite und ist glücklich. Jetzt ist er nicht mehr allein. Ab heute hat er eine Familie, nach der er sich schon so lange gesehnt hat. Und sogar schon eine kleine Tochter! –
Er ist zufrieden. Alles wird gut! Und frohen Mutes schreitet er weiter an ihrer Seite in ein neues Leben. –
Als die Gesellschaft im Heim ankommt, geht Judith erst einmal zu Margarethe, die in der Zwischenzeit Mareen gehütet hat. Sie nimmt die Kleine auf den Arm. Die schaut sie aus großen Augen an. „Mama ist schön“, flüstert sie ihr ins Ohr. Sie trägt ihr Mädchen zu Werner hin. „So, das ist jetzt dein Papa.“
Werner nimmt sie auf den Arm und küsst sie. Mareen legt ihm ihre zarten Ärmchen um den Hals und drückt ihn. Man merkt, die zwei sind ein Herz und eine Seele.
Frau Lutzer steht in der Tür zum Speisesaal und bittet zu Tisch. Sie führt Braut und Bräutigam an die gedeckte Tafel. Judith ist begeistert. „Der Tisch sieht ja wundervoll aus mit den vielen weißen Rosen. Danke 'Mami'! Schöner hätte es auch meine Mutter nicht machen können.“ Strahlend schaut Judith zu der liebevollen Frau auf.
„Vielen Dank auch von mir.“ Werner verneigt sich vor der Heimleiterin und küsst ihr die Hand.
Es wird ein schönes heiteres Fest. Es wird viel gelacht.
Auch die Ehemänner einiger Kolleginnen sind anwesend. Frau Elwers, eine ehemalige Balletttänzerin, eine auch heute noch schöne Frau, kam mit ihrem Ehemann, Karsten. Er ist Schauspieler. Judith fragt in einer Gesprächspause über den Tisch hinweg, „Herr Elwers, Sie spielen doch hier in Heidelberg Theater. Was wird zur Zeit gegeben?“ Er hebt sein Glas, um Judith zuzuprosten. „Sie werden es nicht glauben, wir spielen zur Zeit 'Heiraten ist immer ein Risiko'.“

„Das kann ja wohl nicht wahr sein." Judith lacht.
„Doch, doch es stimmt wirklich. Es ist eine Krimikomödie aus England. Aber ihnen beiden wünsche ich eine glückliche Ehe, ohne alles Risiko!"
Ein neuer Lebensabschnitt beginnt. Judith sitzt im Garten des Kinderheims in Rohrbach unter einer großen Linde und lässt ihre Gedanken schweifen. Es ist ruhig, die Kinder schlafen. Ein lauer Nachtwind bewegt das Blätterwerk über ihr. Nun ist sie schon ca. drei Monate verheiratet. Doch soviel hat sich für sie dadurch nicht verändert außer, dass sie nicht mehr Kosel, sondern Könitzer heißt. Noch können Werner und sie nicht zusammen wohnen. Weiterhin lebt sie mit Mareen im Heim und ihr Mann in Wiesloch. In drei Wochen ziehen sie nach Itzehoe in Schleswig-Holstein, dort hat Werner bei 'Gruner und Jahr' eine neue Arbeitsstelle. Eigentlich wollte Judith nicht so bald heiraten. Das hat mehrere Gründe. Zum Einen wäre sie liebend gern noch ein Jahr bei 'Mammi', Frau Lutzer in Rohrbach geblieben. Hier geht es ihr so gut wie nirgends, auch ihrem kleinen Mädchen. Außerdem sind ihre seelischen Verletzungen noch lange nicht ausgeheilt. Vielleicht währe es auch besser, wenn Werner und sie etwas mehr Zeit gehabt hätten, um sich aneinander zu gewöhnen. Sie kennen sich erst seit einem Jahr und sehen sich nur an den Wochenenden. Wer ist er, und was für Vorstellungen hat er von einer Ehe mit ihr? Was will er über sie und ihre Vergangenheit wissen? Er fragt sie nie, manchmal verschließt er sich, gibt nicht sehr viel von sich Preis. Möglicherweise ist er zu lange Junggeselle gewesen. Immerhin ist er schon 36 Jahre alt. Aber wer bin ich, fragt sich Judith, wie viel weiß ich über mich selbst? Ja, ich bin eine junge hübsche Frau, die mit aller Kraft versucht, wieder sie selbst zu werden. Zu dieser lebhaften, sinnlichen Frau versucht sie zurückzufinden, die gerne lebt und liebt und etwas von ihrer Überfülle abgeben möchte. Ob ihr das mit Werner gelingt? Sie ist ja ein anpassungsfähiger Mensch, der sich erdenkliche Mühe geben wird, damit aus ihrer noch losen Verbindung eine gute Ehe werden kann. Frohen Mutes erhebt sich Judith und geht ins Haus zurück.

Als sie nach einer ca. fünfstündigen Fahrt in Itzehoe ankommen, regnet es in Strömen. Sie sind vom Süden in den Norden, vom Sonnenschein in den Regen gekommen. Neugierig schauen sie sich in dem Ort um, der etwa 30.000 Einwohner hat. Ein stürmischer Wind peitscht den Regen und wirbelt Blüten und Blätter auf. Nur Mareen

ist begeistert von dem, was sie sieht. Sie drückt ihr Näschen an die Autoscheibe und zählt alles auf, was sie erkennen kann. „Mama, schau mal! Von dem alten Mann fliegt der Hut fort." Sie kringelt sich vor Lachen. „Er kann ihn nicht fangen", und heitert so auch die Erwachsenen auf. Als sie dann endlich angekommen sind, in die kleine Wohnung eintreten, ist Judith erst einmal enttäuscht. Dass sie in einem großen Wohnblock ist, hat sie gewusst, nicht aber, dass sie im Parterre, fast ebenerdig liegt. Alles wirkt sehr einfach, ja primitiv. Werner, der ihre Enttäuschung sieht, zieht sie besänftigend an sich. „Man kann aus den hässlichen Räumen etwas machen. Hör zu:", er küsst sie auf die Wange, „Ich muss erst in zwei Wochen zu arbeiten anfangen. Da haben wir genügend Zeit, die Möbel zu kaufen und die Wohnung gemütlich einzurichten. Das macht dir doch sicher Spaß." Aufmunternd lächelt er sie an. „Schau, und im Wohnzimmer steht schon eine Couch, in der Küche sind alte Schränke und Tisch und Stühle, die vom Vormieter hier geblieben sind."
„Natürlich! Du hast Recht. Ich denke, ich bin nur ein wenig müde von der Reise." Mareen läuft durch alle Räume und fragt dann: „Aber wo soll ich schlafen?"
„Ja, mein Schatz! Was machen wir mit dir?" Er nimmt die Kleine hoch, legt sie auf die Fensterbank und neckt sie. „Ja, eventuell hier? Nein! Natürlich in deinem Bettchen! Das haben wir mitgebracht. Komm wir zwei holen es aus dem Auto und stellen es auf."
Danach sitzen sie alle in der Küche und essen ihre mitgebrachten Brote.
Der erste Tag, das erste gemeinsame Heim ...

Nun sind sie schon vier Monate in Holstein. Die Wohnung ist auch fertig eingerichtet. Judith geht sinnend durch die Räume. Es ist schön geworden. Sie stellt fest, dass grün vorherrscht, die Polstergarnitur ist in einem sanften russischgrün gehalten und alles andere ist darauf abgestimmt. Grün war schon immer eine ihrer Lieblingsfarben, auch in der Kleidung. Außerdem ist grün die Farbe der Hoffnung. Sie steht am Fenster und schaut hinaus. Es ist Oktober und schon richtig kalt. Dunkle Wolken verhängen den Himmel. Der Herbst fängt hier im Norden vier Wochen früher an als im Süden. Direkt unterm Wohnzimmerfenster ist der Spielplatz. So kann sie Mareen, die sich viel draußen aufhält, um mit anderen Kindern zu spielen, sehen.

Ja, Grün ist die Hoffnung! Sie hofft so sehr, dass alles in ihrem Leben gut wird; ihre Ehe und ganz besonders das Verhältnis zu ihrer Tochter. Die Kleine ist so niedlich und aufgeschlossen. Warum findet sie keinen Zugang zu ihr? Sie ist so schuldlos an all ihrem Leid. Der Schmerz sitzt so tief. Wird sie ihn nie überwinden können? Jetzt, wo sie mehr zur Ruhe kommt, hat sie gehofft, dass es ihr seelisch besser gehen wird. Tagsüber ist es auch in Ordnung. Sie hat zu tun, aber nachts ist es schlimm. Dann kommen die Albträume wieder. Fast jede Nacht steht sie dann als kleines Mädchen im Treppenhaus der Gleiwitzer Wohnung und die Russen schlagen mit den Gewehrkolben die Türen ein. Sie steht da wie angenagelt und kann sich nicht rühren. An dieser Stelle wird sie immer wach und ist schweißgebadet. Irgendwann fällt ihr dann auf, warum sie diesen Traum immer um die gleiche Zeit, immer in den frühen Morgenstunden, hat. Um diese Zeit springt die Umwälzpumpe an, die direkt unter ihrem Schlafzimmer liegt. Sie versorgt ca. 20 Wohneinheiten mit heißem Wasser. Danach kann sie oft nicht mehr einschlafen. Dann liegt sie noch lange wach und weint in die Kissen. So leise wie möglich, damit sie Werner nicht weckt. Er merkt nichts von ihrem Zustand. Er ist beruflich so eingespannt, hat neue Aufgaben zu bewältigen. Immer wieder versucht Judith mit ihm über ihre Erlebnisse zu sprechen. Bisher hat sie noch mit keinem Menschen darüber reden können. Werner ist nun der ihr am nächsten stehende Mensch. Er sollte alles über sie wissen. Sie hofft auch, dass sie sich dann etwas näher kommen werden, weil bis jetzt eine gewisse Distanz ihre Beziehung beherrscht. Sie versucht alles, um ihn aus der Reserve zu locken. Doch es will ihr nicht so recht gelingen. Er ist immer gleichmäßig freundlich, ja auch in gewisser Weise liebevoll und doch distanziert. Nur wenn sie miteinander schlafen, ist es etwas besser. Leider geschieht es für sie zu selten. Sie ist jung und leidenschaftlich und dachte, jetzt in der Ehe könnte sie ihre Lust voll ausleben. Na ja, sie muss ihm Zeit geben. Auch für ihn ist alles neu.

1964

Da sie jetzt schon ein Jahr in Itzehoe sind, fühlt sich Judith nicht mehr so einsam. Sie haben guten Kontakt zu sehr netten Kollegen von Werner, besonders zu einem liebenswerten Türken, der eigent-

lich Schiffsoffizier ist, jetzt aber im grafischen Gewerbe arbeitet. Er und seine Frau Linda, eine mollige Hamburgerin, sind ihre häufigsten Gäste. Es hat sich inzwischen ein Kreis aus sechs Paaren entwickelt. Auf diversen Partys kann Judith tanzen und flirten, was doch ihre Lebensfreude hebt. Aber es gibt noch einen anderen Grund zur Freude. Sie ist schwanger. Noch weiß nicht einmal Werner etwas davon. Sie will erst mal ganz sicher sein, ehe sie es ihm sagt. Sie spürt, wie er sie oft von der Seite betrachtet. Er merkt wohl, dass sie sich verändert hat, sagt aber nichts. Sie ist glücklich, zum ersten Mal nach langer Zeit glücklich. Das letzte Mal, dass sie so freudig erregt war, das ist lange her. Es muss im Herbst 1943 gewesen sein. Sie hatten, also ihre Mutter und ihre Geschwister, schon lange nichts von Konstantin gehört. Plötzlich stand er wohlbehalten vor ihnen und strahlte von der Sonne, die sich hinter ihm in die Tür drängte, beschienen. Noch ehe Elisabeth auf ihn zugehen konnte, flog ihm Judith in die Arme. Er war leicht verwundet worden und durfte nach dem Lazarettaufenthalt für ein paar Tage nach Hause. Nur leider musste er dann wieder in den Krieg und das Elend für sie alle begann. Heftig schüttelt sie die negativen Gedanken ab. Selbstvergessen steht Judith in der Diele vor dem Spiegel und betrachtet sinnend ihr Bäuchlein. Ob sie schon zugenommen hat? Sieht man schon etwas? Ach nein, noch ist sie ganz schlank. Sie geht auf die Terrasse, um nach Mareen, die im Sandkasten spielt, zu schauen. Sie ist sehr unternehmenslustig und läuft ab und zu schon mal weg oder geht einfach mit einem Spielgefährten mit. Nebenan auf der Terrasse liegt Pony auf einer Liege und winkt ihr freundlich zu. Judith ist sehr froh, dass sie so reizende Nachbarn haben, Peter und Bärbel, genannt Pony, die bald ihr erstes Kind bekommen werden. Peter ist ein Kollege Werners, ein großer blonder schlaksiger Mann. Pony ist eher klein und rundlich. Beide sind sehr sympathisch.
Wie dünn die Wände dieser Wohnungen sind, haben sie beim Liebe machen festgestellt. Immer wenn eines der beiden Paare tätig ist, haben es die zwei anderen mitgekriegt und wurden mitunter dazu angeregt, gleiches zu tun. So kamen sie ins Gespräch.
„Hallo Herr Nachbar." Peter lächelt süffisant. Sie stehen alle vier im Flur. „Morgen ist Sonntag." Werner schaut fragend zu ihm auf. „Ja, und?"
„Na ja." Peter singt 'Immer wieder sonntags'. Werner lacht. „Jetzt verstehe ich. Aber ihr doch auch!"

„Ja, das stimmt. Aber wir nehmen die anderen Tage der Woche auch mit dazu."
Es wird eine nette, freundschaftliche Beziehung zwischen den beiden Paaren.

„Sag mal, könnte es sein, dass du zugenommen hast?"
Er betrachtet ihre zierliche Figur.
„Ja, habe ich." Sie springt vom Küchenstuhl auf und stellt sich vor ihn hin. „Ganz besonders an einer ganz bestimmten Stelle."
„Ach ja, wo?" Er begreift nicht gleich. Sie nimmt seine Hand und legt sie auf ihren Bauch. „Da"
Er springt auf. „Hurra! Wir bekommen ein Baby." Er nimmt Judith auf die Arme und trägt sie ins Wohnzimmer, wo er sie fröhlich herumschlenkert.
„He, halt!", lachend wehrt ihn Judith ab. „Dem Baby wird ja ganz schwindelig." Begeistert ist Mareen um ihre Eltern herumgehopst. Plötzlich bleibt sie vor ihrer Mutter stehen. „Aber wo ist denn das Baby?"
„Das, meine Kleine, ist da drinnen."
Werner nimmt ihre kleine Hand und legt sie Judith auf den Bauch.
„Da drinnen?" Ungläubig schaut sie zu Werner auf. Mann sieht richtig wie es in ihrem Köpfchen arbeitet. „Aber wie ist es denn da rein gekommen?"
Ratlos schauen sich die Eheleute an. Wie erklärt man einer 4-Jährigen diesen Vorgang? „Diese Frage wird dir deine Mutter beantworten. Sie hat das gelernt", antwortet Werner und verschwindet.
„Na komm, Mareen. Wir zwei setzen uns jetzt mal aufs Sofa. So..."
Normalerweise sind die Kinder, die Judith sonst aufgeklärt hat doppelt so alt.
„Oder weißt du es auch nicht?", fragt die Kleine nach.
„Doch, doch. Das ist so. Also, wenn Papa und Mama im Bett ganz doll kuscheln, sich sehr lieb haben, dann machen sie ein Baby. Das ist erst mal sehr klein." Sie zeigt ihren Daumen. „Ja, dann wächst es und ist dann so groß wie deine Puppe."
„Ja, und dann?"
„Dann holt der Doktor das Baby raus." Gott sei Dank klingelt es in dem Moment an der Tür, so dass Mareen erst einmal abgelenkt ist und nicht weiter fragt.
Aber dieses Gespräch hat noch ein Nachspiel. Im Haus über ihnen wohnt eine sehr schwergewichtige Familie. Herr Seibert hat einen

großen Bauch. Eines Tages beobachtet Judith vom Küchenfenster aus Folgendes. „Du, Herr Seibert“, Mareen steht vor dem dicken Nachbarn und schaut fragend zu ihm auf. „Du Herr Seibert, hast du mit deiner Frau gekuschelt? Hast du jetzt ein Baby im Bauch?“
Verdattert schaut der Mann auf die kleine Fragerin herunter.
„Ja weißt du, ich, wir...“, stottert er.
Judith öffnet das Fenster und ruft Mareen herein. Lachend schaut der Nachbar zu Judith auf. „Ich denke, da müssen Sie noch mehr Aufklärungsarbeit leisten.“
„Ach Mama“, nörgelt Mareen später in der Wohnung. „Jetzt weiß ich immer noch nicht, ob Herr Seibert ein Baby im Bauch hat oder nicht.“
„Also mein Schatz“, sie setzt die Kleine auf den Küchenstuhl vor sich hin. „Männer können keine Kinder („leider nicht“, murmelt sie leise vor sich hin) bekommen. Männer können kuscheln so viel sie wollen, die Babys bekommen immer nur wir Frauen.“
Damit gibt sich Mareen zufrieden. „Männer kriegen meistens vom vielen Bier trinken einen dicken Bauch, nicht vom kuscheln“, fügt sie noch hinzu.

Judith geht es eigentlich sehr gut und doch kommen die Albträume wieder, schlimmer als je zuvor. Immer wenn sich die Maschine unter ihrem Schlafzimmer in Gang setzt, träumt Judith von den Türen einschlagenden Russen. Dann wird sie wach und sitzt zitternd im Bett und traut sich nicht wieder einzuschlafen. Warum das so ist, kann sie sich nicht erklären. Denn so gut, wie es ihr jetzt geht, ging es ihr schon lange nicht mehr. Ihr Bauch rundet sich, auch dem Baby geht es gut. Es wächst und entwickelt sich ganz normal. Ja, wenn die Nächte nicht wären ...
Sie versucht mit einem Arzt darüber zu reden, doch der zeigt nicht viel Verständnis. Eines nachts, als Werner durch ihre Unruhe wach wird, fast sich Judith ein Herz und sagt ihm, dass sie ihm etwas erzählen möchte. „Bisher konnte ich darüber noch mit niemandem sprechen.“ Sie seufzt tief. „Es liegt so schwer auf meiner Seele.“ Sie kuschelt sich in seine Arme und erzählt mit brüchiger Stimme. Er hört aufmerksam zu, ohne sie zu unterbrechen. Als sie verstummt drückt er seine Frau an sich und hält sie lange, bis sie sich etwas beruhigt hat. Dann nimmt er ihr tränennasses Gesicht in seine Hände und sagt: „So, das war sicher schlimm, aber nun ist es draußen. Wenn du jetzt nicht mehr so viel daran denkst, wirst du es verges-

sen", dreht sich auf die andere Seite und schläft ein. Er ist müde und morgen ist wieder ein anstrengender Tag.
Lange ist sie noch wach und grübelt. Ach denkt sie, vielleicht hat er ja recht. Ich muss versuchen es zu vergessen und schläft dann doch ein.

Nun endlich sind die fünf Jahre Sperrfrist vorbei. Sie können die Einreise in die DDR beantragen. Das übernimmt Werners Vater, den Judith dann auch kennen lernen wird. Mareen ist schon ganz aufgeregt. Sie rennt durch die Wohnung und packt ihr Spielzeug ein. Sie möchte für jeden ein Geschenk mitnehmen. „Das geht nicht, dann hast du keine Sachen zum Spielen mehr." Judith packt alles wieder aus. „In die DDR darf man nichts mitnehmen."
Sie fahren mit dem Zug, weil die Einreise mit dem Auto nicht erlaubt wurde. Dann stehen sie eine ganze Weile in Bad Tennstedt am Bahnhof. Judith schaut sich um, niemand da. Nur ein Mann steht in einiger Entfernung und beobachtet die kleine Gruppe. „Schon seltsam", Judith wendet sich an Werner, „dass uns keiner abholen kommt". Als sie plötzlich von dem großen fremden Mann hochgerissen und herumgewirbelt wird. „Also, das finde ich schon schlimm, dass du deinen kleinen Bruder nicht erkennst." Lachend schaut er in ihr fassungsloses Gesicht. „Oh, mein Gott! Du bist es, Hagen!"
„Ja."
Jetzt kommen auch ihre Eltern auf sie zu, die sich hinter den Säulen versteckt hatten. Sie fliegt ihrem Vater in die Arme. Unter Lachen und Weinen begrüßen sie sich alle. Judith stellt vor. „Das ist mein Mann Werner. Das sind meine Eltern und Hagen, der 'kleine' Bruder." Sie dreht sich zu ihm um. „Dich hätte ich im Leben nie erkannt." Zu Werner gewandt, erklärt sie: „Du musst wissen, er war, als ich hier wegging, 13 Jahre alt und so klein wie ich, ja und blond, glattes Haar ..."
„Sag", sie schmiegt sich in die Arme ihres jetzt so großen Bruders, „wo hast du deine dunklen Locken her?"
„Na ja, irgend ein Vorfahr wird sie mir schon vererbt haben. Aber wer ist denn das? Da ist ja noch jemand mit Locken." Er zieht Mareen, die sich hinter Werner versteckt hat hervor. Die von da aus die wilde Begrüßungsszene verfolgt hat. Die sonst so kesse Kleine ist jetzt schüchtern. Alle sind ihr fremd. „Ja, wer bist denn du?" Konstantin beugt sich zu ihr hinunter. „Ich heiße Mareen Kosel." Sie dreht sich um die eigene Achse und lässt sich von den großen bewundern.

Konstantin nimmt das Mädchen auf den Arm. „Schau mal Elisabeth. Das ist doch unsere Judith noch mal."
„Nein", protestiert die Kleine. „Mama hat braune Haare."
„Ja, das stimmt natürlich." Er küsst sie auf die Wange. Schon hat Mareen sein Herz erobert. „Ja, dann kommt mal alle mit. Oma hat für euch alle ein schönes Essen gekocht."

Alle sitzen sie dann um den großen Tisch. Auch Gertrude und Josef sind gekommen. Es wird viel gelacht und auch etwas geweint. Judith schaut sich in der Runde um. Wie sehr sie ihr doch alle gefehlt haben, ganz besonders die Eltern natürlich. Aber jetzt wird alles gut. Wenn sie sich nur ab und zu mal sehen können.

1965

„Au, was war denn das?" Ein stechender Schmerz im Bauch. War das eine Wehe? Mühsam schleppt sie sich ins Wohnzimmer. Na ja, von der Zeit her könnte es schon möglich sein. Heute ist der 5. Juli. Der errechnete Geburtstermin ist der 8. Juli. Werner ist nicht zu Hause. Sie bringt Mareen zur Pony und geht schon mal los, zuerst zum Frauenarzt. Die Viertelstunde Weg wird sie schon schaffen. Der Arzt stellt Wehen fest und lässt sie mit dem Krankenwagen in die Klinik fahren. Als sie dort eintreffen, ist es 18 Uhr. Die Hebamme meint nach der Untersuchung: „Das dauert noch drei Tage. Sie können noch einmal nach Hause gehen." Doch Judith möchte bleiben. Sie hat das sichere Gefühl, dass ihr Kind heute noch kommt.
Werner bringt das Köfferchen mit der Wäsche und fährt wieder nach Hause. Judith macht sich's im Bett gemütlich und will erst mal eine Runde schlafen. Doch kaum, dass sie eingeschlafen ist, geht es wieder los und jetzt auch richtig. Fünf Stunden später, so gegen Mitternacht ist ihr Sohn dann da. Er kam mit Blitz und Donner, ein schweres Gewitter tobte die ganze Nacht. Dann hält sie ihn in den Armen und könnte platzen vor Glück. So schön kann es sein, wenn man ein Kind bekommt. Bei Mareen war es nur Schmerz und Verzweiflung. Aber daran will sie jetzt nicht denken. Doch dann kommt die Schwester und entführt den Kleinen wieder. „Schlafen Sie erst mal ein wenig. Morgen können Sie ihn wieder haben."

Am anderen Tag dann ruft sie Werner an. „Du hast einen Sohn, 6 Pfund schwer, blond mit großen schönen Augen und langen Wimpern. Und stell dir vor, er hat schon richtige runde Muskeln an Armen und Beinen. Der wird ein Sportler wie du."

Nach zehn Tagen holt Werner seine beiden nach Hause. Die ganze Familie steht dann staunend um das Bettchen herum. Nur Mareen ist enttäuscht. „Ihr habt gesagt, ich bekomme ein Brüderchen. Der würde dann mit mir spielen. Aber der spielt gar nicht mit mir."
Werner nimmt das Mädchen auf den Arm. „Lars muss erst mal viel schlafen und viel essen. Dann wird er groß und dann spielt er auch mit dir." Aber das mit 'viel Essen' sollte sich als schwierig erweisen. Kaum dass Lars etwas getrunken hat, bekommt er einen Krampfanfall und alles kommt im hohen Bogen wieder heraus. Sie erschrecken zutiefst. Schnell packen sie den Kleinen ins Auto und fahren zum Kinderarzt. Seine Diagnose: 'Magenpförtnerkrampf'.
„Hat man ihnen im Krankenhaus nichts gesagt? Denn da hat das Kind sicher schon Symptome gezeigt. Es gibt zwei Möglichkeiten", erklärt er den erschrockenen Eltern. „Entweder eine Operation oder eine langwierige aber sanftere Methode. Sie müssten in den nächsten sechs bis acht Monaten den Kleinen alle zwei Stunden füttern, Tag und Nacht. Er braucht viel Ruhe, viel Zuwendung. Dann könnte er auch ohne OP gesunden. Können Sie das schaffen?"
„Ja, Herr Doktor. Ich kann und ich will. Ich bin vom Fach." Zärtlich drückt sie ihr Kind an sich. „Wir zwei schaffen das schon. Ehe ich dies zarte Bäuchlein aufschneiden lasse, mache ich alles Menschenmögliche, dass er wieder gesund wird."
Das ist nun eine Aufgabe, der sich Judith gewachsen fühlt. Etwas tun für einen Menschen, den man lieb hat. Es ist nur schwer zu ertragen, wie sehr sich dieses zarte Wesen quälen muss und dabei so unendlich tapfer und geduldig ist. Sie spürt es immer, wenn er Schmerzen hat. Trotzdem weint er nur selten. Das ist so berührend, dass sie ihn nur um so hingebungsvoller pflegt. Da sie nur wenig Milch hat, muss sie von Anfang an zufüttern.

So gehen die Monate dahin. Lars gedeiht trotzdem und nimmt zu. Judith wird immer weniger. Aber Mareen leidet am meisten unter der Situation. Sie, die doch so lebhaft ist, muss oft still sein, muss Rücksicht nehmen und ist doch selber erst vier Jahre alt. Judith bittet daher Werner so oft es geht, sich um die Kleine zu kümmern. Gleich wenn er nach Hause kommt, schnappt er sich das Mädchen und geht mit ihr zum Spielplatz, spazieren oder auch nur einkaufen. Judith schafft es neben der Pflege von Lars nur mit Mühe, den Haushalt zu machen. Mehr geht nicht!

Als Lars dann ein Jahr alt ist, ist er gesund, ja vollständig genesen, sogar normalgewichtig. Sie ist so glücklich darüber, dass sie ihren eigenen Zustand gar nicht so richtig bemerkt. Eines Tages, sie ist bei ihrer Hausärztin, um sich ein Kräftigungsmittel verschreiben zu lassen, erzählt sie ihr von der Gesundung ihres Kindes. „Aber", fährt sie fort, „mir ist oft so schwindelig und dann falle ich um. Das hatte ich schon mal in jungen Jahren. Jetzt", will sie noch weitererzählen und sinkt zu Boden.
Langsam kommt sie wieder zu sich, schaut sich verwirrt um. „Aber, wie komme ich hierher?" Sie liegt in ihrem Bett, an dem der besorgte Werner sitzt, der ihre Hand hält. „Du bist bei deiner Ärztin ohnmächtig geworden. Die rief mich an. Ich habe dich nach Hause gefahren. Sie meinte, du hast einen völligen Zusammenbruch. Du brauchst Schonung und viel Ruhe."
„Aber, wie soll das gehen mit den zwei kleinen Kindern?"
„Alles schon geregelt. Du fährst zur Mutter-und-Kind-Kur nach Plön. Lars wird dort von den Schwestern versorgt und du kannst dich erholen. Mareen kommt für die Zeit zu Freunden von uns. Also, was sagst du?"
„Ja, natürlich", sie seufzt. „Es wird mir wohl nichts anderes übrig bleiben."

1966

Dass Lars so stumm und verzweifelt trauert, greift Judith ans Herz. Sie steht am Fenster der Kinderabteilung im Müttergenesungsheim. Damit sich die Mütter, die allesamt entweder überarbeitet oder nach schwerer Krankheit genesen sind, besser erholen können, wurden sie von ihren Kindern getrennt untergebracht. Lars sitzt in der Ecke eines großen Laufstalls, in dem sich mehrere Kinder seines Alters aufhalten. Er hat sich eine Stoffwindel, die er als Trost immer mit sich herumträgt, übers Köpfchen gelegt und schaukelt hin und her.

Er weint nicht, aber er beteiligt sich auch nicht am Spiel der anderen Kinder, die fröhlich herumkrabbeln.
Er ist so ein sanftes unendlich liebenswürdiges Kind. Am liebsten würde Judith hinein gehen und ihren Kleinen da heraus holen. Doch man hatte es ihr strengstens verboten. Sie darf nur essen und spazieren gehen, hat ihr der Arzt gesagt, damit sie zunimmt und sich wieder etwas erholt. Aber wie soll sie sich erholen, wenn ihr Kind so leidet?
Erst in der dritten Woche taut Lars etwas auf und reagiert schon mal auf die anderen Kinder. Judith hat etwas zugenommen und wiegt wieder ca. 48 kg. Da kommt die Nachricht, dass viele Kinder hier an Windpocken erkrankt seien. Das Heim muss innerhalb von zwei Tagen geräumt werden, weil es desinfiziert werden muss. Sie fährt mit einem fiebernden Kind von Plön bis Darmstadt im Zug, denn Werner ist inzwischen allein mit Mareen umgezogen. Sie wollten alle wieder in den Süden Deutschlands zurück, nicht nur wegen des Wetters, sondern auch aus anderen Gründen. Judith wird seit dem Ebinger Fenstersturz von Kopfschmerzen geplagt, die im Norden immer schlimmer wurden. Und Lars hatte dauernd Ohrenentzündungen. Nun hoffen sie, dass beides im Süden besser wird. Neugierig ist Judith schon auf die neue Wohnung. Sie soll viel größer, komfortabler als die in Itzehoe sein und sich in einem Dreifamilienhaus befinden.
„Oh, sie ist schön!“ Judith läuft begeistert durch die Räume, Mareen an der Hand. „Hier mein Mädchen hast du ein großes Zimmer ganz für dich allein.“
„Ohne Lars“, ihre Stimme klingt enttäuscht, „will ich das Zimmer nicht. Ich möchte mein Brüderchen bei mir haben.“
„Na gut, dann bleibt das eine Zimmer leer.“

Nachdem Lars ganz genesen ist, bemerkt Judith an sich erste rote Flecken. Sie geht zum Arzt und erschrickt doch, als der Doktor ihr mitteilt, dass es Windpocken seien.
„Sie müssen wissen, Windpocken sind für Erwachsene eine gar nicht so leichte Erkrankung.“ Er schaut sie ernst an. „Sie sollten sich schonen und viel ruhen.“
„Sich schonen mit zwei kleinen Kindern.“
Doch das ist noch nicht alles. Kurz darauf bekommt sie noch Fieber und heftige Schmerzen in der linken Seite. Nur mühsam hält sie sich auf den Beinen. Jeder Handgriff fällt ihr schwer. Werner kann nicht

zu Hause bleiben, weil er keinen Urlaub kriegen kann. Zum Glück wohnt im Nachbarhaus eine nette Familie, Monika und Peter Siekhoff. Sie haben auch zwei Kinder, von denen das eine behindert ist. Monika geht für Judith einkaufen, so dass sie doch etwas entlastet ist. Nur sehr langsam erholt sich Judith etwas. Nun kommt der Frühling, alles grünt und blüht und mit dem Erwachen der Natur kommt etwas von der alten Lebenslust wieder. Judith geht es endlich besser. Sie ist zufrieden, ja fast glücklich. Sie hat einen lieben, sehr verlässlichen Mann und zwei reizende Kinder. Sobald es das Wetter zulässt, gehen sie und Monika mit den Kindern auf den Spielplatz. Doch dann fangen die Schmerzen in der Seite wieder an, und das so schlimm, dass jeder Atemzug schwer fällt. Der Arzt stellt eine heftige Rippenfellentzündung fest. Es dauert fast drei Monate bis sich Judith wieder erholt. Dazu kam noch eine Nierenbeckenentzündung. Dann wird sie auch noch schwanger. –
Der Arzt warnt sie: „Das ist zu viel für Ihren zarten geschwächten Körper. Sie sollten das Kind nicht austragen."
Judith will davon nichts wissen. Ein drittes Kind wollte sie schon immer haben, nun ja, nicht gerade gleich, aber was soll's? So schlecht ist der Zeitpunkt gar nicht, Mareen ist sechs Jahre alt, Lars gerade zwei. Das wäre doch schön, noch ein Baby zu haben.
Der 1. Schultag für Mareen: Inmitten von vielen Jungen und Mädchen mit Schultüten stehen sie auf dem Schulhof. Judith kann es noch gar nicht fassen, ihr kleines Mädchen wird Schülerin. Süß sieht sie aus im blauen Jeanskleid, das die Farbe Ihrer Augen unterstreicht, ihre wilde Lockenmähne von einer Schleife gebändigt. Dicht an ihren Vater gedrängt, wartet sie auf das, was noch geschieht. Der Schulleiter steht erhöht auf dem Treppenabsatz. Er bemüht sich um Aufmerksamkeit, er will endlich seine Rede halten. „Ruhe bitte" ruft er laut „Silentium". Langsam erlischt das Stimmengewirr. „Liebe Eltern, liebe Erstklässler. Seid herzlich willkommen. Es ist der erste Schritt für euch Kinder in ein neues Leben, der euch führen soll in eine Welt des Wissens für die nächsten Jahre, ja Jahrzehnte. Ich wünsche, dass euch die Freude am Lernen für immer erhalten bleibt. Gott schütze euch auf allen Wegen". Die Kinder stürmen los, um in die Klassenräume zu gelangen. Nur Mareen will nicht so recht. Sie will Werners Hand nicht loslassen. Leise flüstert sie, „kommst du mit Papa?". Ängstlich schaut sie zu ihm auf. Liebevoll beugt er sich über sie, streicht ihr eine Locke aus dem erhitzten Gesicht. „Da musst du nun allein rein, aber wir holen dich ab."

„Na gut tschüß Vati. Tschüß Mutti", ruft sie ihnen zu und läuft zu ihrer Lehrerin, die schon auf sie wartet.
Für sie ist das Ganze so etwas wie ein Abenteuer. Ganz begeistert kommt sie nach Hause und erzählt tolle Geschichten. Leider konnte sie in Itzehoe nicht in den Kindergarten gehen. Sie ist ein Mensch, der sich in der Menge wohlfühlt, die sogar freiwillig ins Kinderheim ging, wenn ihre Eltern in der Stadt Urlaub machten. Das lag mit Sicherheit an der liebevollen Betreuung von 'Mami', Frau Lutzer.
Doch eines Tages bekommt Judith Besuch von Frau Gläser, Mareens Lehrerin.
„Frau Könitzer, guten Tag! Bitte erschrecken Sie nicht! Es ist nichts Schlimmes geschehen."
„Ach, bitte kommen Sie doch herein. Bitte setzen Sie sich. Wie macht sich Mareen denn so in der Schule? Ist sie lieb und aufmerksam?"
„Ja. Alles in bester Ordnung. Sie ist ein lebhaftes Kind, aber interessiert und sie beteiligt sich auch am Unterricht. Na ja, es sind ja erst fünf Monate seit Schulbeginn. Es ist etwas anderes, weswegen ich Sie aufsuche." Sie macht eine kleine Pause. „Eigentlich sollte ich den Sexualunterricht erteilen, aber jetzt hat das wohl Ihre Kleine übernommen."
„Wie bitte?, ich verstehe nicht recht."
„Also, das war so." Sie nippt an ihrer Tasse Tee. „Ich habe mich schon gewundert, wie still meine Klasse in den Pausen war. Die meisten von ihnen standen um Mareen herum, die ihnen scheinbar etwas Interessantes zu erzählen hatte. Eines Tages schlich ich mich heimlich näher und hörte noch Folgendes.
‚...dann wird die Mama immer dicker.'
Sie streckte ihr kleines Bäuchlein raus.
‚Ja und dann kommt der Doktor und holt das Baby da unten heraus.' Sie zeigte zwischen ihre Beine. Die Kinder riefen durcheinander. ‚Wie geht denn das? Wie macht das der Doktor?'
‚Das weiß ich auch nicht. Das hat meine Mama mir nicht gesagt.'
Dann war die Pause zu Ende und die Kinder mussten rein", beendet die Lehrerin ihren Bericht.
„Ich wollte von Ihnen nur wissen, wie genau weiß Mareen Bescheid? Was haben Sie ihr erzählt?"
„So viel, wie sie ihrem Alter entsprechend begreifen kann. Es ist so: Wir bekamen vor zwei Jahren Lars, unseren Sohn. Damals war Mareen vier Jahre alt und wollte wissen, wie das Baby in den Bauch

hinein kommt, als ich ihr erzählte, dass ich deshalb so dick würde, weil in meinem Bauch ein Kind heranwächst. Ja, ich habe ihr dann erzählt, dass Mama und Papa zusammen kuscheln und danach ein Baby entsteht. – Das ist eigentlich schon alles."
„Na gut, dann weiß ich's jetzt. Ich muss nun wieder gehen. Danke für den Tee!" Sie erhebt sich, um sich zu verabschieden, beugt sich aber noch zu Lars hinunter, der in einer Ecke des Zimmers still vergnügt für sich gespielt hatte. „Ist das ein liebes Kind."
„Ja, nicht wahr", Judith nimmt ihn auf den Arm, „er ist ein Engelchen". Sie bringt die junge Frau zur Tür. „War nett, mit Ihnen zu plaudern. Danke für Ihren Besuch!"

Es ist Faschingszeit. Werner und sie wollen zwei Veranstaltungen besuchen. Judith freut sich schon darauf, wieder mal ausgelassen feiern und viel tanzen zu können. Der Ball in Darmstadt wird von Burda veranstaltet. Der Saal ist in bunten Farben sehr schön geschmückt. Sie sitzen bei Werners Chef am Tisch. Werner stellt vor: „Das ist mein Chef, Moritz Ziegler. – Das ist meine Frau, Judith."
„Das stimmt so nicht ganz", Judith lacht, „das ist der Schornsteinfeger Könitzer, was man unschwer an seinem Zylinder und der Leiter erkennen kann. Und ich bin Mary Poppins, das sieht man am Regenschirm. Wenn mir etwas nicht passt, kann ich einfach davonfliegen."
„Dann müssen wir uns bemühen recht nett zu sein, weil wir auf Ihre Gesellschaft nicht verzichten wollen", erwidert charmant lächelnd Moritz Ziegler. „Und somit möchte ich gleich um den nächsten Tanz bitten." Er wendet sich an Werner, „wenn du es erlaubst".
„Ja natürlich, tanzt nur. Ich unterhalte mich gern mit deiner Frau."
Judith kann kaum eine Pause machen, weil fast alle Kollegen Werners mit ihr tanzen wollen. Sie sieht auch ganz reizend aus in ihrem Kostüm, einer weißen hochgeschlossenen Bluse und einem weiten Pepitarock. Den Hals umschließt eine schwarze Samtschleife, die von einer Gemme gehalten wird. Dunkle Locken umrahmen ihr erhitztes Gesicht. Es wird eine fröhliche, ausgelassene Nacht, in der viel getanzt, aber auch so manches Glas geleert wird. Nach einigen Stunden lässt sich Judith erschöpft auf den Stuhl neben Werner fallen. „Ich kann nicht mehr. Wollen wir nicht nach Hause gehen?", fragt sie Werner. Er legt den Arm um ihre Schultern. „Ja mein Schatz, du hast recht." Schon wollen sie aufstehen, als Werners Chef es zu verhindern sucht. „Das kommt gar nicht in Frage. Ein

Tänzchen muss noch sein.“ Er nimmt Judiths Hand und zieht sie zur Tanzfläche hin. Sie stellt sich ans offene, wenn auch vergitterte Fenster. Er versucht sie zur Tanzfläche hinzuziehen. Sie aber hält sich an den Gitterstäben fest. „Bitte aufhören! Ich kann mich nicht mehr halten“, ruft sie. Aber da fallen sie auch schon mit einem Plumps mitten unter die Tanzenden. Er auf den Rücken und sie fällt auf ihn drauf. Ihre Ellenbogen bohren sich in seine Rippen. „Autsch“, schreit er laut. Mühsam, aber unter ausgelassenem Gelächter rappeln sie sich wieder auf. Moritz reibt sich seinen Brustkorb. „Hast du aber spitze Ellenbogen. Aber getanzt wird trotzdem weiter.“ Und schon geht's wieder los.
Am anderen Morgen ruft Werner von der Firma aus Judith an. Lachend erzählt er. „Man muss sich das vorstellen. Meine zarte Frau hat meinem Chef die Rippen gebrochen. Er liegt im Krankenhaus!“
„Oh, nein! Wie kann das sein? Wir haben doch nach dem Sturz noch weiter getanzt.“
„Nun ja“, meint Werner, „da war er schon so blau, dass er keine Schmerzen mehr spürte. Die traten erst heute früh auf. Ich würde vorschlagen, du besorgst Blumen und wir besuchen ihn im Krankenhaus.“
„Ja! Das machen wir. Ich muss mich bei ihm entschuldigen.“
Als Werner dann nach Hause kommt, nimmt er lachend seine Frau in die Arme. „Du bist ein gefährliches Weib. Du brichst meinem Chef die Rippen. Ha, ha, ha, das muss man sich mal vorstellen. Das ging natürlich in der Firma rum. Der ganze Betrieb lacht darüber.“

Als sie dann den zweiten Ball, der in Pfungstadt stattfindet, besuchen wollen, warnt Werner seine Frau noch im Auto. „Bitte, mein Schatz, brich heute keinem Mann die Rippen oder etwas anderes. Ja?“
„Nun gut, ich werde mich bemühen.“
So schäkern sie den ganzen Abend, na ja die ganze Nacht miteinander, werden dabei auch fotografiert, was sie nicht weiter beachten. Doch am nächsten Morgen, als Judith einkaufen geht, wird sie im Laden von einer jungen hübschen Frau angesprochen. Sie ist klein, zierlich, mit langen braunen Haaren. „Frau Könitzer, nicht wahr? Wir sind Nachbarn. Ich wohne im Haus nebenan. Ich bin Barbara Warschau.“

„Ja, ich weiß. Guten Tag!“, Judith reicht ihre die Hand. Ich habe sie schon mal im Garten mit ihren Kindern gesehen. Wir haben auch zwei Kinder. Mareen ist sechs Jahre alt und Lars zwei.“
„Ja und ich habe den Simon, der wird 7. Nina ist so alt wie ihr Lars, also 2. Frau Könitzer haben Sie heute schon einmal in die Zeitung geschaut?“
„Nein, ich kam noch nicht dazu.“
„Sehen Sie mal.“ Sie hält ihr das 'Darmstädter Echo' hin.
„Das sind Sie doch, oder? Ich habe Sie nicht gleich erkannt, so ohne Brille.“ Judith beugt sich über die Zeitung und lacht. „Das gibt's doch nicht. So ein großes Foto, und das auf der ersten Seite.“ Barbara liest vor: 'Dieses reizend flirtende Ehepaar trafen wir beim TSG-Ball in Pfungstadt.'
„Na ja, wenn wir ausgehen, trage ich keine Brille. So dicke Gläser machen nicht gerade hübscher.“
„Ja! Ich weiß. Ich muss ja auch eine tragen.“
„Zwei Brillenschlangen!“, lachend schauen sie sich prüfend an und finden sich sympathisch.
„Wollen.., möchten,.. fangen sie gemeinsam einen Satz an und lachen wieder. Mit einer Geste fordert Barbara sie auf ihren Satz zu beenden.
„Ja, ich wollte Sie morgen zu einem Tee einladen. Mögen Sie?“
„Ja, sehr gern! Das gleiche wollte ich Sie auch gerade fragen.“ “Na das kann ja heiter werden.“
Und lachend verabschieden sich die jungen Frauen voneinander.
„Dann bis morgen!“

Es ist ein wunderschöner Tag als die beiden jungen Frauen, Monika und Judith, mit ihren Kindern unterwegs sind. Die Sonne liegt strahlend auf Häusern und Straßen und verzaubert so auch das nicht so besonders schöne Städtchen. Alle sechs sind ausgelassen und fröhlich und albern herum. Monika hat ihre behinderte Tochter Marlies im Kinderwagen, Mareen läuft an ihrer Hand. Auch Lars wird noch im Wagen gefahren. Wenn sie längere Strecken laufen, hält ihr Kleiner das noch nicht durch. Mareen hüpft vergnügt um die Gruppe herum und singt. Die beiden Frauen verstehen sich gut und führen intensive Gespräche, so dass sie die Sirene des hinter ihnen fahrenden Polizeiautos gar nicht bemerkt haben. Sie treten zur Seite, um das Auto vorbei zu lassen. Doch das hält unmittelbar neben ihnen an. Zwei

junge Polizisten steigen aus und kommen direkt auf die Frauen zu. Der eine fragt Judith: „Sind Sie Frau Siekhoff?“
„Nein, das ist sie.“ Sie zeigt auf ihre Freundin. „Guten Tag Frau Siekhoff.“ Er tippt an seine Mütze. „Ich habe eine schlechte Nachricht für Sie, Ihr Mann ist schwer verunglückt. Er liegt in der Uniklinik Frankfurt. Möchten Sie einsteigen? Wir fahren Sie hin.“ Zitternd geht sie einen Schritt zurück. Sie ist ganz weiß geworden. „Bitte, können Sie das wiederholen? Ich verstehe nicht recht.“ Plötzlich schwankt sie und wäre gestürzt, hätte der Polizist sie nicht geistesgegenwärtig aufgefangen. Behutsam führt er sie zum Auto. „Bitte steigen Sie ein.“ Dann fragt er zu Judith umgewandt: „Wäre es möglich, können Sie sich um die Kinder kümmern?“
„Ja, natürlich, keine Frage! Ich bringe die beiden nach Hause.“
Judith klingelt am Nachbarhaus. Die alte Frau Siekhoff, Peters Mutter, öffnet die Tür. Sie schaut sie aus verquollenen trüben Augen an. „Sie wissen es schon?“
„Ja“, antwortet sie.
Judith führt die Frau ins Zimmer zurück. Sie merkt, dass die beiden Alten jetzt nicht in der Lage sein werden, die Kinder zu versorgen. Sie sitzen eng nebeneinander beim Telefon und warten auf eine möglichst gute Nachricht aus dem Frankfurter Klinikum. Judith beschließt, vorerst hier zu bleiben und führt die Kinder in den Garten, um sie dort zu hüten. Danach kocht sie für alle eine Kleinigkeit, füttert die Kleinen und legt sie zum Mittagsschlaf hin. Auch das Ehepaar Siekhoff kann sie dazu bewegen, ein bisschen zu essen.

Erst viele Stunden später, es ist schon später Nachmittag, kommt ein Anruf aus dem Krankenhaus. Peter hat es nicht geschafft. Peter ist tot!
Judith ist zutiefst erschüttert. Warum, er war so ein liebenswürdiger, fröhlicher Mensch, durfte er nur 28 Jahre alt werden? Die beiden Alten brechen weinend zusammen. Judith ruft einen Arzt, weil sie fürchtet, dass das schwache Herz von Herrn Siekhoff diese Strapaze nicht aushält. Als bald danach Monika nach Hause kommt, sinken sich die beiden Frauen erschüttert in die Arme, halten sich eine ganze Weile umschlungen und weinen. Es gibt keine Worte, um einen so großen Schmerz zu besänftigen. Auch als Judith nachts in ihrem Bett liegt, kommt sie nicht zur Ruhe. Schlaflos wirft sie sich hin und her, weil sie immer noch die verzweifelten Schreie ihrer Nachbarn im Ohr hat. In den frühen Morgenstunden wird sie wach, weil sie das

Gefühl hat, im Nassen zu liegen. Sie schlägt die Bettdecke zurück, alles voller Blut. Sie weckt ihren Mann. „Werner, du musst den Doktor rufen. Ich habe Blutungen." Bald darauf kommt der Arzt und gibt Judith eine Spritze, macht ihr aber wenig Hoffnung. „Das Kind werden Sie wahrscheinlich verlieren. Bitte rufen Sie mich sofort an, falls es schlimmer wird!", wendet sich der Doktor an Werner. Nach drei Tagen dann hat Judith einen Abort und muss zur Ausschabung ins Krankenhaus. Judith ist am Boden zerstört. Und doch sagt sie sich: Was ist ihr eigener Kummer gegen den von Monika. Ein ungeborenes Kind zu verlieren ist die eine Sache, aber einen Ehemann zu verlieren eine viel schlimmere Geschichte.
Dazu kommt für ihre Freundin noch mehr Kummer. Innerhalb eines halben Jahres verliert sie den Mann, den Schwiegervater und das behinderte Kind stirbt dann auch noch. Wie hält man das aus?
Sie weiß, dagegen ist ihr Leid doch eher klein.
Judith muss auch zu Hause noch längere Zeit liegen, bis sie sich wieder ganz erholt hat. Werner aber verkriecht sich in seine Arbeit, macht viele Überstunden. Sie wollen auf ein Haus sparen, weil die Mieten steigen und sie außerdem viel Ärger mit den Vermietern haben, die ihre Kinder beschimpfen, wenn nur etwas Sand auf der Treppe oder um den Sandkasten verteilt liegen bleibt.
„Weißt du Kleines, wir bauen uns ein schönes Häuschen im Grünen. Das kannst du dann einrichten und gestalten, wie du möchtest. Natürlich nur so weit das Geld reicht", fügt er einschränkend hinzu.
Jetzt haben sie einen Traum, einen gemeinsamen Traum.

1967

Da Monika sich ganz in ihren Schmerz verkriecht und niemanden sehen will, hat sich Judith mehr und mehr Barbara Warschau angeschlossen. Hinzu kommt noch, dass die Kinder von beiden etwa im gleichen Alter sind. Sie unternehmen vieles zusammen. Ab und zu gehen sie auch ins Schwimmbad. Für Mareen und Lars hat Judith Schwimmflügel gekauft, so dass sie sich schon mal allein mit Simon im Kinderbecken aufhalten dürfen. Die beiden jungen Frauen bleiben mit ihren Jüngsten am Babybecken sitzen.
„Schau mal Mama da drüben", flüstert Lars Judith ins Ohr.
„Was habt ihr zwei denn zu tuscheln?", fragt neugierig Bärbel.

„Ja, das ist so, Lars findet seit kurzem junge Mädchen schön, aber sie müssen lange Haare haben. Dann will er sie alle heiraten."
„Wie bitte? Der Kleine ist grad mal zweieinhalb Jahre alt. Hallo Lars!", Bärbel setzt sich zu dem Jungen an den Beckenrand. „Würdest du mich auch heiraten?"
„Ja", antwortet er, nachdem er sie eine Weile betrachtet hat.
„Na siehst du! Mich will er nicht, weil meine Haare kürzer sind", tut Judith ganz traurig. Nun kommt auch Mareen, die von Weitem die Unterhaltung verfolgt hat, zu der Gruppe. Sie öffnet ihre Zöpfe. Ihr Haar fällt lockig über ihre Schultern. „Und willst du mich heiraten?", fragt sie ihren Bruder.
„Nein! Du bist zu klein"
„Ach, du bist ja blöd", regt sich Mareen auf.
„Seine Schwester kann man gar nicht heiraten. Stimmt das Mama?" Lars schaut sie aus seinen großen schönen Augen fragend an.
„Ja, mein Schatz. Von uns allen könntest du nur Nina oder Bärbel heiraten."
„Gut, dann nehme ich die Bärbel." Alle lachen. Beleidigt geht der Kleine ins Becken.

„Komm setz dich!" Bärbel zieht Judith neben sich auf die Decke. „Ich muss dir etwas erzählen: Du weißt, dass ich am 4. September Geburtstag habe?"
"Ja."
„Ihr seid auch eingeladen. Doch", sie schaut blinzelnd in die Sonne, „da kommt noch jemand, ein Mann."
„Ja, wer?"
„Er heißt Daniel Janus. Du kennst ihn nicht. Er ist ein Kollege von Hartmut. Sie haben zusammen studiert."
„Ja, und was ist mit ihm?" Judith ist neugierig geworden. So verträumt hat sie Bärbel noch nicht erlebt.
„Ich glaube, ich habe mich in ihn verliebt."
„Ach du liebe Zeit! Ist das wahr?"
„Ja. Das war so: Dieser Daniel kam eines Abends nach dem Dienst zu uns. Hartmut sagte, er lebe allein in Darmstadt, seine Familie hält sich noch in Dortmund auf."
„Oh, er ist verheiratet? Erzähl weiter!"
„Ja, leider! Er kam in den letzten Wochen des Öfteren zu uns, auch mal, wenn Hartmut nicht da war."
„Ja und?"

„Ja und dann ist es passiert."
„Was?"
„Na was wohl?"
Erschrocken setzt sich Judith auf. „Du hast mit ihm geschlafen?"
„Ich würde noch lauter brüllen. Das haben noch nicht alle Leute im Schwimmbad gehört."
„Entschuldige!", Judith legt sich wieder hin, flüstert: „Wie war's?"
„Oh, gut, sehr gut sogar. So etwas habe ich noch nie erlebt."
„Sag, wie sieht er aus? Siehst du ihn wieder?"
„Ja. Und er sieht mehr als gut aus. Spätestens an meinem Geburtstag kannst du ihn auch kennen lernen. Ich möchte wissen, ob du ihn auch so umwerfend findest wie ich. Mehr verrate ich vorerst nicht."
„Sag mal, hat dein Mann nichts gemerkt von eurer Beziehung?"
„Na ja, von Beziehung kann man ja kaum sprechen. Schließlich haben wir nur einmal miteinander geschlafen. Gott sei Dank, hat Hartmut nichts davon mitgekriegt."
„Und hast du das Gefühl, dass Daniel auch in dich verliebt ist?"
„Ach, das weiß ich nicht so genau. Dieser Mann ist nicht so leicht einzuschätzen." Sie seufzt tief. „Mal ist er liebevoll, dann wieder distanziert. Ich weiß nicht so recht, was ich von ihm halten soll. Er kommt mir vor wie ein großer, schwarzer Panter, der nur etwas spielen möchte."

1968

Schnell vergehen die Wochen bis zu Bärbels Geburtstag. Dann ist es endlich soweit. Judith ist nun doch neugierig geworden. Sie will sich diesen Wunderknaben mal anschauen.
„Jetzt beeil dich doch", ruft Werner durch die Wohnung. Es ist schon 9 Uhr. Wann wollen wir zu deiner Freundin gehen?"
„Na hör mal! Du bist doch auch mit ihnen befreundet."
„Na ja, sagen wir mal, es sind gute Bekannte für mich. Aber jetzt komm!" Er betrachtet sie in ihrem roten sportlichen, aber taillierten Kleid. „Du bist hübsch genug."
Als sie ankommen, geht Werner gleich zu einer Gruppe von Männern, die sich vergeblich bemühen, ein Bierfass anzustechen. Wer-

ner geht hin, nimmt Hartmut den Holzhammer aus der Hand und haut mit einem kräftigen Schlag auf den Zapfhahn.
Platsch. Mit einem lauten Zischen sprüht eine Bierfontäne auf alle näher Stehenden.
Das gibt ein Gejohle.
Bärbel begrüßt die Freundin, die ihr zum Geburtstag gratuliert und ein Päckchen übergibt.
„Danke!", mit einem Lächeln schaut sie zu den Männern hin. „Wie die Kinder, gell?"
Judith nimmt sie zur Seite. „Wo ist dein geheimnisvoller Daniel?"
„Das weiß ich nicht. Du musst ihn suchen", und verschwindet wieder.
Judith drängelt sich durch die vielen Gäste. Es mögen ca. 30 Leute sein, die sich in der Wohnung tummeln. Das Kinderzimmer ist leergeräumt und auf dem Boden sind Kissen und Matratzen verteilt, weil die Sitzmöbel im Wohnzimmer nicht ausreichen.
Judith schlendert durch alle Räume und schaut sich die anwesenden Männer an. Aber bist jetzt hat sie diesen Daniel nicht finden können. Vielleicht ist er noch gar nicht da. Sie dreht sich langsam um und steht plötzlich vor einem, auf einer Matratze sitzenden Mann. Nur er, stellt sie für sich fest, kann dieser Daniel sein. Sie stockt. Alles, was sie sich in ihrem Leben erträumt hat, sitzt da seelenruhig vor ihr und raucht Pfeife. Ganz eingehüllt in Rauch und Träume, wie es scheint. Etwas abseits von der übrigen Gesellschaft, groß, schlank, fast zierlich. Er schaut auf, schaut ihr direkt in die Augen mit einem Ausdruck, den sie nicht deuten kann. Aber dieser Blick trifft sie wie ein gebündelter Sonnenstrahl tief in ihr Inneres. Eine ganze Weile schaut er sie so an. Noch haben sie kein Wort gewechselt. Doch es ist ihr weder peinlich noch unangenehm. Sie ist sich ihrer Wirkung auf Männer bewusst.
Nach einer Weile hört sie wie aus weiter Ferne seine Stimme. „Also du bist Judith. Ich habe schon viel von dir gehört."
„So, von wem?" Sie bemüht sich, kühl zu bleiben, aber ihre Stimme klingt zittrig.
„Natürlich von Hartmut. Er hat von dir geschwärmt. Dass er etwas für dich übrig hat, weißt du doch, oder?"
„Ja, natürlich. Nur hat er für alles, was Röcke trägt, etwas übrig. Daher interessiert er mich nicht."
„So, so." Er zieht heftig an seiner Pfeife. „Wie müsste ein Mann aussehen, für den du dich erwärmen könntest?" So wie du, will sie schon sagen. „Das werde ich dir gerade verraten", neckt sie ihn.

„Willst du dich nicht setzen?“ Er schaut sie an mit einem Blick, der ihre Knie butterweich werden lässt. Sie setzt sich zu ihm auf die Matratze, so nah, dass sie seine Körperwärme spüren kann, was nicht gerade zu ihrer Beruhigung beiträgt. Er betrachtet sie von der Seite. „Dich müsste mein Vater sehen. Er wäre hin und weg. Du siehst aus wie meine Mutter als sie jung war.“
Er erzählt von seinen Eltern. Oh, die Stimme ist es auch! Sie ist so weich und warm, ein schöner Bariton. Sie schmiegt sich an ihn und lauscht diesen Klängen. An wen erinnert sie dieser Mann? Die dunklen Locken, seine schlanke Gestalt –
Wie eine Vision erscheint vor ihrem geistigen Auge ein Kindheitserlebnis. Sie war damals ein kleines, niedliches Mädchen. Immer nach dem Einkaufen bat sie ihre Mutter mit ihr zu dem Spielplatz neben dem Theater zu gehen. „Bitte Mutti“, bittet sie flehentlich, „vielleicht ist er ja heute da“. Und oft war er auch anwesend, der schöne junge Mann mit dunklen Locken, der Schauspieler... – Und genau so wie dieser Schauspieler sieht Daniel aus. Sie muss lächeln, als sie daran denkt.
„Du lächelst. Woran dachtest du?“
„Oh, ich dachte gerade an meinen ersten Heiratsantrag vor mehr als 25 Jahren. Ich lernte damals einen Schauspieler kennen. Er sah aus wie du. Deshalb fiel mir das jetzt ein.“ Sie erzählt ihm davon.
„Daran kannst du dich erinnern?“
„Ich denke, seine erste Liebe vergisst man nie.“
„Ja, das stimmt.“ Er räuspert sich. „Ich habe meine erste Liebe geheiratet.“
„Nun zu dir. Wo kommst du her, wo bist du geboren?“
„In Breslau.“ Er erzählt von der fernen Heimatstadt, von seinen Eltern. Sie lässt sich so gefangen nehmen von ihm, seiner Stimme, so dass sie das Gefühl hat, auf einer Wolke zu schweben. Alles scheint weit weg. Die vielen Menschen, ihr Mann, die Kinder ...
Oh, mein Gott! Was tut sie hier eigentlich? Noch vor Kurzem war dieser Mensch neben ihr ein Fremder. Sie steht auf.
„Ich muss weg!“
Seine Hand hält sie zurück. „Du willst schon gehen? Wir haben noch nicht einmal einen Schluck Wein getrunken.“ Er zieht sie wieder auf die Matratze zurück. „Bitte bleib.“
„Aber ich muss, ich kann nicht“, stottert sie. Er legt seinen Arm um ihre Schultern. „Du zitterst ja. Warte ich hole uns ein Glas Wein, das wird dich beruhigen.“

„Das glaube ich kaum“, flüstert sie. Er geht zu einem Tisch auf dem viele Gläser und diverse Flaschen mit Wein stehen. Sie schaut ihm zu, wie er eine Flasche öffnet und die zwei Gläser füllt. Er bewegt sich anmutig im Schein einer roten Laterne, die dem Raum eine unwirkliche Atmosphäre verleiht. Er kommt mit den Gläsern zurück, reicht ihr das eine. „Na hast du dich wieder beruhigt?“
„Ja, nein“, stottert sie schon wieder.
„Komm, trink!“ Sie setzt das Glas an und trinkt es in einem Zug aus. Er staunt.
„Ich hatte Durst.“
„Aber jetzt einen Kuss.“ Er nimmt ihr das Glas aus der Hand, legt ihr zärtlich den Arm um ihre Schultern und küsst sie.
Oh Gott, was für ein Kuss. So ist sie noch nie geküsst worden. Nur flüstern kann sie. „Bitte noch einen.“ Er wendet ihr voll sein Gesicht zu – aus seinen Augen spricht Verwunderung ja auch so etwas wie Angst – aber auch Lust auf diese fremde und doch so vertraute Frau. Langsam stellt er auch sein Glas beiseite. Umfasst sie mit beiden Armen sinkt mit ihr auf die Matratze und küsst sie ein zweites Mal. Doch dieser Kuss ist mit dem ersten nicht zu vergleichen. Er ist viel heißer, viel leidenschaftlicher. Er löst in ihr Gefühle von nie gekannter Intensität aus. Sie hebt ab, sie schwebt, das kann nur ein Traum sein. So etwas erlebt man nicht, das kann man nur träumen! Plötzlich wird sie sich ihrer Umgebung wieder bewusst. Behutsam befreit sie sich aus seiner Umarmung. “Ich muss hier weg“, sagt sie mit heiserer Stimme.
„Es war gerade so schön.“
„Eben drum. Schau, ich bin verheiratet, habe zwei Kinder und Bärbel ist meine Freundin.“ ‚Und außerdem habe ich Angst‘, denkt sie für sich. Sie hat keine Ahnung, wie spät es ist. Schnell verabschiedet sie sich von Daniel. „Bitte sag Bärbel einen Gruß von mir. Ich gehe dann“, läuft schnell weg, sonst hätte sie sich nicht von ihm lösen können.
Ohne Werner Bescheid zu sagen, verlässt sie die Party. Jetzt muss sie erst einmal allein sein. Was ist passiert? Eigentlich nichts, und doch so viel. Lange Zeit sitzt sie im Dunklen am Fenster und schaut hinaus. Der Mond schickt letzte silberne Strahlen, die Sonne erstes erwachendes Licht. Was ist es nur? Warum fühlt sie sich so ausgeliefert? Als hätte sie keinen eigenen Willen mehr. Alles zieht sie zu diesem rätselhaften Mann. Erst als sie Werner herüberkommen

sieht, legt sie sich schnell ins Bett. Sie tut so, als schliefe sie schon fest. Nur jetzt nicht mit ihm reden müssen.
Am anderen Morgen wird sie erst wach als sie die Kinder nebenan streiten hört. Werner schläft noch fest. Schön, dass heute Sonntag ist. Mareen muss nicht zur Schule. Lars krabbelt schlaftrunken aus seinem Bett und umarmt seine Mutter. Das macht er jeden Morgen. Mareen ist nicht für so viel Zärtlichkeit zu haben.
Judith macht das Frühstück. So langsam kommen alle in die große Wohnküche. Die vergangene Nacht erscheint ihr irgendwie unreal. Sie wird ihn vergessen. Das hier ist ihr Leben. Sie schaut in die Gesichter ihrer Lieben. So ist es gut!

Aber das mit dem Vergessen will ihr nicht so recht gelingen. Es vergeht kaum ein Tag, kaum eine Stunde, wo sie nicht an ihn denken muss. Immer wieder erscheint sein Gesicht vor ihr, sein intensiver Blick. Sein schön geschwungener roter Mund nähert sich ihr und sie versinkt in einen Traum.
‚Hör auf, Judith!', schilt sie sich selbst. Und außerdem ist überhaupt nichts passiert. Das aber lag wohl kaum an ihrer Standfestigkeit. Denn wäre es ihr möglich gewesen, sie hätte sich ihm sofort bedingungslos hingegeben. So etwas ist mit ihr noch nie geschehen. Sie ist schon von vielen Männern begehrt worden, nicht zuletzt von Hartmut, der gleich, als sie sich kennen lernten, über sie herfiel. Sie hatte nie Probleme, das abzuwehren, aber jetzt ...
Also hilft nur eines, ihn meiden, was leichter gesagt als getan ist. Er gehört zu dem Kreis von sechs Postingenieuren, dazu kommt noch ein Lehrer und Werner und sie. Es sind fast immer sechs bis acht Paare, wenn sie sich treffen. So versucht sie ihm aus dem Weg zu gehen, wenn wieder einmal eine Party stattfindet.

Eines Tages kommt Bärbel zu ihr rüber. „Was ist los mit dir? Du weichst mir aus." Sie schiebt Judith aus dem Wohnzimmer. „Jetzt gibt es keine Ausreden mehr. Seit meinem Geburtstag letzten Herbst gehst du mir aus dem Weg. Also rede!"
„Bitte setz dich. Ich koche uns einen Kaffee."
„Ein Schnaps wäre mir fast lieber."
„Also gut." Sie setzt sich ihrer Freundin gegenüber. „Was willst du von mir hören? Es ist nichts vorgefallen."
„Ach was? Hängt dein Verhalten mit Daniel zusammen?"
Erschrocken schaut Judith Bärbel an.

„Also doch. Ich dachte mir schon so etwas."
„Nein es war nichts. „Zumindest nicht das, was du denkst."
„Für ein Nichts habt ihr an Elenas Geburtstag zu lange im Kinderzimmer geknutscht."
„Ja, das stimmt."
„Also, was ist los?" Bärbel rückt näher an die Freundin ran. „Seid ihr ein Paar oder nicht? Ich habe ihn beobachtet, wie er dich mit seinen Blicken auszieht." Sie schaut etwas neidisch auf Judiths runde Brüste. „Im Kostüm der Josefine sind deine Dinger fast aus dem Ausschnitt gefallen."
„Das war Empire. Zu Napoleons Zeiten trug man so tiefe Ausschnitte. Ach Bärbel, es tut mir so leid. Ich habe mich tatsächlich in diesen Mann verliebt. Das muss ich zugeben." Sie schaut in Bärbels enttäuschtes Gesicht. „Aber schau mal, ob er nun dich oder mich lieber hat, das wissen die Götter!"
„Ja. Du hast Recht."
„Sag mal Bärbel", fährt Judith fort, „bist du in deiner Ehe glücklich?"
„Glücklich? Ach schon lange nicht mehr. Im Bett ist Hartmut ja gut, aber sonst haben wir uns nicht viel zu sagen. Die Unterhaltung, die Auseinandersetzung fehlt mir. – Dann denke ich auch, er ist mir nicht treu." Sie ist ganz geknickt.
„Oh, das tut mir leid." Judith steht auf, um die Freundin zu trösten. „Hast du ihn schon mal mit einer Frau erwischt?"
„Nein, das nicht. Nur manchmal, wenn er Überstunden gemacht hat, ist ein fremder Geruch an ihm."
Sie lächelt schwach. „Weißt du, das ist auch der Grund, warum ich mich so schnell auf Daniel eingelassen habe. Ob ich mich wirklich in Daniel verliebt habe, weiß ich gar nicht so genau. Er ist ein faszinierender Mann."
„Ja, und schön ist er auch." Judith schaut versonnen zum Fenster hinaus. „Obwohl dein Hartmut eindeutig die bessere Figur hat."
„Ja, das kommt vom Bogenschießen. Weißt du auch, dass er '68 Hessenmeister geworden ist?, erzählt sie ganz stolz.
„Nein. Das wusste ich nicht." Judith atmet auf. Scheinbar wird ihre Freundschaft nicht durch Daniel zerstört. Das ist er vielleicht auch gar nicht wert.

Als Bärbel dann weg ist, muss sie wieder an Daniel denken, an die Faschingsparty, an Elenas Geburtstag. Werner und sie hatten sich als Napoleon und Josefine verkleidet. Judith hatte sich aus ihrem

zarten grünen Neglige ein Kleid genäht. Eigentlich hatte sie nur den Ausschnitt erweitert. Alle anwesenden Männer waren begeistert. Auf Teufel komm raus, hat sie mit allen geflirtet, nur damit es nicht auffiel, dass sie es auch mit Daniel tat. Werner war ganz von der rassigen Elena eingenommen und somit beschäftigt. Im leergeräumten Kinderzimmer konnte man tanzen. Als alle zum Essen ins Wohnzimmer gingen, blieb Judith mit Daniel allein zurück. Er zog sie zärtlich auf die Matratze und küsste leidenschaftlich jede unbekleidete Stelle an ihrem Körper. Da sie keine Strumpfhose trug, war die Fläche, die er mit Küssen bedeckte, gar nicht so klein. Als sich seine Finger in die unteren Regionen verirrten, konnte er feststellen, wie heftig sie auf seine Zärtlichkeiten reagierte. Das brachte ihn aus der Fassung.
„Sag nur, du hattest jetzt einen Orgasmus?"
„Ja, bei einer so intensiven Fummelei, geht das bei mir schnell."
„Ja, also ..." Er steht auf. „Ich glaube, wir brauchen dringend etwas zur Abkühlung." Er geht in die Küche und kommt mit zwei großen Gläsern, gefüllt mit Wasser wieder. „So, jetzt setzen wir uns ganz brav nebeneinander. Ich möchte dir eine süße Geschichte von Ovid, einem römischen Dichter, erzählen." Nachdenklich betrachtet er die junge Frau neben sich. Das, was sie beide hier getan haben, war schon fast ein Beischlaf. Erstaunt, ja erschrocken ist er über seine eigenen Gefühle, Gefühle die das Ganze bei ihm ausgelöst haben. Eine Frau wie sie ist ihm noch nie begegnet.
„Wolltest du mir nicht etwas erzählen?", reißt ihn ihre Stimme aus seinen Überlegungen.
„Ja verzeih, ich war so in Gedanken", murmelt er. „Ja so, diese Geschichte handelt von einem alten Ehepaar, von Philomohn und Baucis, die bis ins hohe Alter ein Liebespaar geblieben sind. Sie wohnten auf einem hohen Berg in einer einfachen Hütte, vor der eine alte Bank stand. Sie waren in einem Alter, in dem man ans Sterben denkt. Doch einer wollte ohne den anderen nicht weiterleben. Abends, wenn die Sonne unterging, saßen dann die Beiden Hand in Hand auf der Bank und unterhielten sich über den nahen Tod. Eines Tages kamen zwei zerlumpte Gestalten den Berg herauf und baten um Unterkunft und eine Kleinigkeit zu essen. Mit großem Herzen gaben die beiden Alten alles her, was im Hause war. Die Fremden waren von der liebevollen Aufnahme so berührt, dass sie sich als Götter zu erkennen gaben. Es waren Zeus und Hermes. 'Ihr habt

uns so gut aufgenommen und bewirtet, deshalb habt ihr einen Wunsch frei.'
,Oh, da brauchen wir nicht lange zu überlegen', erwiderte Philomohn. Zärtlich drückt er die Hand von Baucis. ,Wir haben nur einen einzigen Wunsch. Wir möchten zusammen sterben.'
,Gut', antwortet Zeus. ,Das sei euch gewährt. Aber sterben sollt ihr noch lange nicht. Ich verwandle euch nur. Dich Philomohn verwandle ich in eine Eiche und dich Baucis in eine Linde.'
So stehen die beiden noch heute", fährt Daniel fort, „eng aneinandergeschmiegt hinter ihrer Bank und schauen auf die Liebenden der Welt."
Tief bewegt hat Judith gelauscht.
„Was meinst du, könnten wir zwei auch so ein Liebespaar werden?" Zärtlich nimmt er ihr Gesicht in seine Hände und schaut sie fragend an. „Nichts und Niemand würde uns trennen, auch wenn wir nicht immer beisammen sein können. Und irgendwann, in ferner Zukunft sitzen wir beide wie Philomohn und Baucis als altes Paar auf einer Bank und erinnern uns an alle wundervollen Liebesgeschichten, die wir miteinander erlebt haben." Er machte eine kleine Pause, stopfte seine Pfeife und zündete sie wieder an. „Möchtest du, dass wir so ein Paar werden für jetzt und alle Zeit?"
„Ja, tausendmal ja! Ich will dich und alles, was ich von dir kriegen kann."
Überaus behutsam nimmt er sie in seine Arme und küsst sie, sehr lange und sehr süß.
Da kommt Bärbel ins Zimmer und sieht den Kuss und verschwindet wieder.

Manchmal glaubt man, Statist im eigenen Leben zu sein. Genauso geht es Judith zur Zeit. Sie fühlt sich wie eine Marionette, die automatisch das tut, was man von ihr erwartet. Sie funktioniert einfach. Da es zur Zeit keine Partys gibt, sieht sie Daniel viele Wochen, ja Monate nicht. Sie weiß, dass inzwischen Karin, seine Frau aus Dortmund zu ihm gezogen ist. Sie haben auch zwei Kinder, zwei Mädchen. Kira ist ein Jahr älter als Mareen und Birgit ist so alt wie Lars.
Ganz unwirklich scheint ihr das Erlebnis mit Daniel zu sein. Erst so heiße Liebesversprechen und dann so lange kein Ton. Was kann sie darauf geben? Oder ist es für ihn nur ein Spiel? Sie hat sich den hellsten, glitzerndsten Stern vom Männerhimmel geholt. Jetzt erst

fällt ihr auf, dass er auch scharfe Spitzen hat, an denen man sich sehr verletzen kann.
Aber zunächst wird sie durch etwas anderes in Anspruch genommen. Sie und Werner suchen im näheren Umkreis von Darmstadt ein Grundstück. Sie haben etwas gespart und wollen das Geld erst mal anlegen.

Wie so oft schon in letzter Zeit, wartet ihre Vermieterin im Flur auf die Heimkehr der Familie Könitzer. Judith geht mit ihren Kindern nach oben, Frau Krieger läuft schimpfend hinterher.
„Hören Sie", ruft sie laut. „So geht das nicht. Sehen Sie nicht, was für Dreck die Kinder an den Schuhen haben? Jedes Mal, wenn sie nach oben gehen, muss ich hinterher putzen!"
„Na hören Sie mal, die paar Sandkörner muss man ja mit der Lupe suchen." Empört geht Judith weiter die Stufen empor.
„Und außerdem", schreit die Krieger ihnen nach, „wann haben Sie das letzte Mal Fenster geputzt?"
„Ach wissen Sie", antwortet Judith, „wenn ich meine Fenster so oft putzen würde wie Sie, wären sie schon durchgescheuert."
Oben angekommen lachen sie erst einmal ihre Bedrückung weg. Judith merkt, dass ihre Kinder schon Angst haben, allein über die Treppe zu gehen. „Die ist aber böse", macht Mareen sich Luft.
„Ach, weißt du mein Schatz", Judith streicht der Kleinen ein paar Locken aus dem erhitzten Gesicht, „manche Menschen haben keine Ambitionen außer ihrer Arbeit. D.h., sie lesen nicht, sie malen nicht usw. Für Frau Krieger ist Putzen das einzige Vergnügen."
„Ich male und lesen kann ich auch schon etwas. Ich werde nie so wie sie."
„Da hast du Recht. – Wenn ich mir so dein Zimmer ansehe. Bitte geh und räume etwas auf."
Als Werner abends nach Hause kommt, erzählt ihm Judith vom Ärger mit Frau Krieger.
„Wir müssen hier so schnell als möglich weg."
„Ja, das müssen wir." Er setzt sich zu Judith aufs Sofa. „Weißt du, ich habe längst die Hoffnung aufgegeben", er guckt bekümmert vor sich hin, „mein Elternhaus in Könitz zu erben. Vater ist krank, die Stiefmutter alt. Wenn sie sterben wird das Haus von den DDR Behörden konfisziert. Wir sollten uns hier in der Gegend ein Haus bauen."

„Ach, warte mal.“ Judith springt auf. „Ich habe heute in der Zeitung eine Anzeige gelesen. Schau her! 700 m^2, der Quadratmeter für 20 DM, in Eschollbrücken, ganz in der Nähe.“
„Lass sehen.“
Er nimmt ihr die Zeitung aus der Hand. „Das hört sich gut an. Das sollten wir uns mal ansehen.“
Doch noch ehe sie weiterführende Pläne schmieden können, kommt ein Anruf aus Thüringen. Werners Vater liegt im Sterben. Werner überlegt nicht lange, will gleich fahren und zwar allein.
„Schau mal“, wendet er sich an Judith, „ehe wir alle reisebereit wären, könnte es längst zu spät sein. Ich will ihn noch lebend antreffen.“
Schon einen Tag später ruft er aus Könitz an.
„Vater ist tot.“ Seine Stimme klingt rau vor Schmerz. „Es war gut, dass ich in seinen letzten Stunden bei ihm sein konnte.“
Judith erzählt den Kindern: „Euer Großvater ist tot“. Sie weint. Sie hat den alten Herrn mit seinem verschmitzten Lächeln gern gehabt.
„Was ist tot?“, fragt Lars, der mit dem Begriff nichts anfangen kann.
„Also tot sein“, versucht Mareen ihren kleinen Bruder aufzuklären, „das ist, wenn man immer schläft und nie wieder aufwacht. So ist es doch Mutti?“, fragt Mareen.
„Ja, so ist es, man schläft für immer ein.“ Judith setzt zwischen ihre Beiden, legt ihre Arme um deren Schultern. „Wenn er zurückkommt, müsst ihr sehr lieb zu ihm sein. Es tut sehr weh, seine Eltern zu verlieren.“

1969

Sie kaufen das Grundstück in Eschollbrücken, stellen aber fest, dass sie dort nicht bauen wollen. Ganz in der Nähe, nur durch eine schmale bewaldete Landzunge getrennt, geht eine Autobahn vorbei. Außerdem gibt es weder Arzt noch Apotheke in dem Dorf. Judith sucht weiter, telefoniert mit allen Gemeinden um Darmstadt herum. Sie schauen sich auch ältere Gebäude, Reihenhäuser und Wohnungen an. Doch nichts sagt ihnen zu, oder es ist zu teuer. Durch Zufall hört Judith, dass in Weiterstadt von der Gemeinde Bauland erschlossen wird. Gleich meldet sie sich beim Bürgermeister Danz an. Er empfängt sie freundlich.

„Frau Könitzer? Bitte kommen Sie doch herein." Er bietet ihr einen Stuhl an.
„Es ist folgendermaßen: Wir vergeben dieses Bauland nur an hier ansässige junge Familien. Wenn Sie es möglich machen könnten und in naher Zukunft hier herziehen, würde ich Ihnen eine Grundstück reservieren. Meinen Sie, Sie schaffen das, in sagen wir mal vier Wochen?"
„Ja, Herr Bürgermeister, keine Frage." Freudestrahlend schaut sie zu dem sehr sympathischen alten Herrn auf. Er holt zwei Gläser und eine Flasche Likör aus dem Schreibtisch. „Das begießen wir jetzt gemeinsam. Wissen Sie schon, was für ein Haus Sie bauen wollen?"
„Nein, so weit sind wir noch nicht mit unseren Plänen."
„Wenn ich Ihnen einen Rat geben darf ..."
„Ja, gern."
„Bauen Sie jede Dachform, nur kein Flachdach, weil diese Dächer immer Ärger machen. Sie werden nie dicht."
„Danke!" Judith erhebt sich, „das werden wir beherzigen."
Beschwingt und frohen Herzens fährt sie nach Hause.
Gleich erzählt sie Werner, der schon da ist, davon.
„Stell dir vor, der Quadratmeter kostet nur 20 DM von der Gemeinde. Auf dem freien Markt sind es schon 45 DM.
„Das ist wunderbar", freut er sich. „Dann müssen wir bald umziehen."

Schon einen Monat später wohnen sie in Weiterstadt, einem kleinen Städtchen mit 15.000 Einwohnern, nur 8 km von Darmstadt entfernt. Das ist ein Vorteil, aber sonst gibt es nichts Reizvolles an dem Ort.
Die Wohnung hat nur 70 qm, doch ihr Aufenthalt hier ist ja zeitlich begrenzt. Sie können das Grundstück in Eschollbrücken mit Gewinn verkaufen und haben dadurch schon etwas Geld fürs Haus. Der Bürgermeister Danz hat Wort gehalten und ihnen ein schönes, ruhig gelegenes Grundstück ausgesucht, am Rande der Stadt und in einer Sackgasse gelegen. Nun muss noch fleißig gespart werden, denn innerhalb von zwei Jahren muss mit dem Hausbau begonnen werden. Das Gebäude soll einfach, doch eventuell mit einer extra Wohnung für ihre Eltern, gebaut werden. Als Judith und Werner das letzte Mal 'drüben' waren, sind sie erschrocken, in welch kalter nasser Höhle ihre Eltern hausten. Sie haben ihre Neubauwohnung Gertrude überlassen als sie das dritte Kind erwartete und sind in dieses alte, fast baufällige Haus gezogen. Judith weiß, wenn sie noch lange in diesem Gebäude wohnen, werden sie nicht alt. Sie bieten ihnen eine

Wohnung in ihrem zukünftigen Haus an. Konstantin ist begeistert, aber Elisabeth will nicht so recht. Immerhin hat sie in Bad Tennstedt drei ihrer Kinder und acht Enkel, die teilweise bei ihr aufgewachsen sind. Konstantin sagt: „Egal wie du dich entscheidest, ich ziehe zu meinem 'Moritz'." und nimmt Judith in den Arm. Wenn sie ihnen helfen könnte, wäre das für Judith eine große Freude. Sie hatten bisher ein so schweres Leben, außerdem ginge es ihnen finanziell dann viel besser. Im Westen bekämen sie mindestens das dreifache ihrer Rente. Sie stellt es sich so schön vor, in einer Großfamilie zu leben.
Judith ist Werner unendlich dankbar, dass er ihre Eltern aufnehmen will. Sie weiß, dass es gut gehen wird. Beide sind sehr angenehme, friedliebende Menschen. Dazu käme noch, Judith könnte wieder arbeiten gehen und etwas zum Hausbau beitragen.
Sie leben sich in Weiterstadt schnell ein. In dem Vierfamilienhaus, in dem sie wohnen, sind die Leute recht nett. Nur ganz oben unter dem Dach lebt ein altes Ehepaar zu dem sie keinen Kontakt haben.
Zum Glück hat sich Mareen in der Schule gut eingefügt. Sie ist lebhaft, kontaktfreudig und findet leicht Anschluss. Bei Lars ist das leider anders. Er ist jetzt fast vier Jahre alt und soll in den Kindergarten gehen, aber er will nicht.
Immer wieder redet Judith mit ihm, spricht mit der Kindergärtnerin. Stundenlang lässt diese den Kleinen in der Ecke weinen.
„Wenn er etwas will, soll er zu mir kommen", antwortet sie schnippisch auf Judiths Bitten hin, sich um das Kind zu kümmern. Da es keine Möglichkeit gibt, Lars in einer anderen Gruppe unterzubringen, muss sie ihn zu Hause lassen.

Inzwischen haben sie mit dem Hausbau begonnen. Der Keller wurde schon angefangen. Nun steht auch fest, die Eltern, die jetzt Rentner sind, kommen rüber! Das Haus wird 200 m^2 Wohnfläche haben. Also ist genug Platz, auch für sechs Personen. Sie möchten für die Eltern vorerst eine kleine Wohnung mieten. Doch die lehnen das strikt ab. Sie werden bei ihnen im Wohnzimmer schlafen bis das Haus in etwa einem Jahr fertig ist. Es wird eng, doch es geht schon, weil Werner und Judith tagsüber kaum zu Hause sein werden.
Judith hat sich in Darmstadt beim 'Eisen-Richter' als Verkäuferin beworben. Dort gibt es alle Werkzeuge und Eisenteile, die man zum Hausbau braucht. Darauf bekommt sie 25 % Rabatt. An ihrem ersten Arbeitstag zieht sie ein schmales enges Etuikleid an, was ihr gut steht. Das Haar fällt ihr lang über den Rücken. So geht sie den

schmalen Gang zum Chefbüro entlang. Der Chef, ein großer stämmiger Mann mit Glatze, steht in der Tür und ruft ihr mit ärgerlicher Stimme laut zu: „Na Sie erlauben sich ja was. Kommen einfach zwei Tage später als abgemacht. So geht das nicht mein Fräulein!“ Judith zögernd, geht näher heran und reicht dem erzürnten Mann zitternd die Hand.
„Verzeihen Sie, ich verstehe nicht recht. Ich sollte schon früher anfangen? Davon hat man mir nichts gesagt. Außerdem bin ich nicht Fräulein, sondern Frau. Könitzer ist mein Name.“
„Oh, dann muss ich mich bei Ihnen entschuldigen.“ Er geht einen Schritt zurück und bittet sie mit einer Handbewegung einzutreten.
„Sie sind nicht das neue Lehrmädchen?“
Nein, natürlich nicht. Ich bin 33 Jahre alt und soll bei ihnen die Glasabteilung übernehmen.“
„Ach ja, Frau Könitzer, tut mir leid. Sie sehen so jung aus, deshalb die Verwechslung.“
„Dass ich nicht vom Fach bin, wissen Sie, ja?“
„Das spielt keine Rolle. Frau Hönig, Ihre Vorgängerin, bleibt noch eine Woche. In der Zeit können Sie alles lernen, was man über Glas wissen muss. Hören Sie, das Fachliche ist sekundär. Wichtig ist, man muss die Menschen mögen, denen man etwas verkaufen will, dann klappt das schon.“

Das Jahr beim 'Eisen-Richter' ist schnell vorbei. Inzwischen haben sie das Haus fast fertig. Es war eine anstrengende, aufregende Zeit. Mit wenig Geld und viel Gottvertrauen haben sie sich in das Abenteuer 'Hausbau' gestürzt. Werner ist sehr fleißig. Fast täglich fängt er schon zwei Stunden früher bei Burda zu arbeiten an. Am Nachmittag baut er dann noch am Haus. Auch Konstantin ist jeden Tag mit draußen. Er schaut nach dem Rechten und vor allem den Handwerkern auf die Finger. Elisabeth kümmert sich um die Kinder und kocht. Judith arbeitet sieben Stunden außer Haus und versorgt dann noch ihren Haushalt. Auch wenn es oft turbulent zugeht, alles läuft fast reibungslos. Jeder von ihnen tut mit Begeisterung alles, was seine Kräfte hergeben. Natürlich bleiben in dieser Zeit die Kinder auf der Strecke. Man hat einfach keine Kraft mehr übrig, sich intensiv mit ihnen zu beschäftigen.
Aber nun ist das Haus fertig. Sie können einziehen. Na ja, fertig ist zu viel gesagt. Innen wie außen gibt es noch viel zu tun. Alle sechs stehen sie vor dem halbfertigen Gebäude und strahlen es an. Eine

Amsel lässt sich auf dem Dach nieder und singt so schön wie eine Nachtigall.
Wie viel Energie, Kraft und Ideen hat es gekostet. Dann stimmt Konstantin ein Lied an, alle singen mit: „So ein Tag so wunderschön wie heute ...“ Eine Flasche Sekt wird geöffnet, jeder bekommt davon ein Glas, auch die Kleinen. Sie trinken auf das Haus, auf die Gesundheit und darauf, dass es ihnen immer gut gehen möge im neuen Heim.
Konstantin ergreift das Wort: „Wir aber möchten euch danken dafür, dass wir bei euch leben dürfen. Wir freuen uns über jeden Tag unseres Hierseins! Danke!“
„Oh, wir danken auch euch. Ohne eure Hilfe wären wir noch nicht so weit“, erwidert Werner. Nun liegen sie sich in den Armen. Werner lässt seinen Blick über die Bauabfall-Berge gleiten. „Es gibt noch viel zu tun. Packen wir es an!“
Voller Elan stürzen sich Konstantin und Werner in die Aufräumarbeiten ums Haus herum. Elisabeth und Judith begeben sich in die Wohnung. Es muss noch so manche Umzugskiste geleert werden. Den Kindern aber geht es in den Müllbergen gut. Sie wühlen und buddeln den ganzen Tag draußen herum. Selbst Lars, sonst eher ein stilles Kind, taut auf und ist lebhafter als früher. Nur ab und zu steckt er sein verschmutztes Gesichtchen zur Tür herein und ruft fröhlich: „Mama, hier ist es schön. Hier will ich immer bleiben.“
Es ist endlich genug Platz und Freiraum.

1971

Noch fast acht Monate dauert es, bis Haus und Garten so einigermaßen in Ordnung sind. Sie wollen eine Party geben. So langsam werden ihre Freunde ungeduldig. Sie möchten das neue Heim kennen lernen. Es soll, weil es Faschingszeit ist, eine orientalische Nacht werden. Mit großen farbigen Tüchern hängt Judith Möbel und Lampen ab, um eine schummrige Atmosphäre zu schaffen. Mit großen Papierblumen und Lampions dekoriert sie den Raum. Für sich und Werner näht sie Kostüme. Für Werner, als Sultan, macht sie aus golddurchwirktem Stoff einen Turban und eine Pumphose. Für sich näht sie einen leuchtendblauen Bikini, darüber eine schwarze Tüllhose mit silbernen Sternchen und einen Schleier, den sie an einem glitzernden Stirnreifen befestigt. Nach langer Zeit wird sie Daniel

wieder begegnen. Immer wenn sie sich auf Partys trafen, gingen sie auf Distanz. Beide sind sie erschrocken, über die Intensität ihrer Gefühle. Außerdem möchten sie nichts riskieren, dass ihre Familien auseinanderreißen würde. Vier noch recht kleine Kinder wären davon betroffen.
Dann kommt Daniel mit Karin, seiner Frau. Sie ist eine blonde, große hübsche Person, aber eher kühl und distanziert. Meistens bei solchen Veranstaltungen verzieht sie sich in eine Ecke und führt lange intensive Gespräche.
Daniel und Hartmut sind als Seeräuber verkleidet und sehen verführerisch aus. Braungebrannt, schlank beide, der Eine blond, der Andere dunkle Locken und blitzend blaue Augen. Judith sieht Daniel und all ihre Vorsätze fallen in sich zusammen. Sie spürt, dass er sie nicht aus den Augen lässt, alle ihre Bewegungen verfolgt, erst recht als sie tanzt. Weil ihre Freunde hörten, dass sie Bauchtanz lernt, gaben sie keine Ruhe bis sie einwilligte zu tanzen. Sie tanzt sicher nicht perfekt, aber mit weichen geschmeidigen Bewegungen in einem immer schneller werdenden Rhythmus. Sie tanzt nur für Daniel und legt all ihre Hingabe und Liebesfähigkeit in diesen Tanz. Es ist wie eine Antwort auf sein Liebeswerben vor fast einem Jahr.
Den ganzen Abend über vermeiden sie es sich zu berühren. Das wäre zu gefährlich gewesen.
Beim Abschied dann drückt er ihr einen kleinen Zettel in die Hand und flüstert: „Ruf mich an, bitte."
Tagelang schleicht sie ums Telefon herum. Sie möchte so gern mit ihm sprechen, hat aber gleichzeitig auch Angst davor.
Seit ein paar Monaten arbeitet sie schon bei 'Stumpf', einer Boutique in Darmstadt. Beim 'Eisen-Richter' war sie nur ein Jahr, dann wurde das Geschäft für immer geschlossen. Weil ihr das Verkaufen liegt und sie durch das Sparen fürs Haus kaum noch etwas Gescheites zum Anziehen hat, ist ein Modegeschäft genau das Richtige für sie. Sie übernimmt eine kleine Abteilung, für die sie allein zuständig ist, kann, aber wenn eine Kundin das möchte, im ganzen Haus bedienen.

Immer wieder geht Judith mit schwebenden Schritten durch ihr neues Haus, freut sich über die großen hellen Räume. Sie haben es geschafft. Das, was so unwahrscheinlich schien, diesen Traum zu verwirklichen.
Es ist Samstag, alles ist ruhig. Die Kinder sind in der Schule, ihre

Eltern einkaufen. Judith liebt diese Zeit der Stille. Da kann sie sich auch mal mit sich selbst beschäftigen, ihren Hobbys nachgehen. Zur Zeit macht sie Pläne für die Gartengestaltung. Werner hat ihr das Ganze überlassen, weil er weiß, dass ihr das Kreative sehr liegt. Sie will Bäume, Büsche und viele Rosen setzen. Immer wieder geht sie mit dem Zollstock in den Garten und misst. Um die Terrasse möchte sie ein großes Rundbeet anlegen, an der Firstseite eine Glyzinie hoch wachsen lassen. Sie blüht wunderschön blau und kann 10 m hoch werden. Erschrocken schaut sie auf die Uhr, gleich 12.00 Uhr. Jetzt muss sie mit dem Kochen beginnen, denn die Kinder kommen bald aus der Schule. Am Wochenende, wenn sie nicht arbeiten geht, kocht sie. Lars kommt und hat schon wieder mal ein blaues Auge. Sie nimmt den Jungen in die Arme. „Sag es mir doch. Wer schlägt dich? Soll ich mal mit der Lehrerin sprechen?"
Entsetzt macht er sich frei.
„Das will ich nicht. Ich will es allein schaffen. Mit den Kerlen werde ich schon fertig."
Besorgt schaut Judith in sein geschwollenes Gesicht. Er ist ein so zartes Kind. Bei normaler Größe wiegt er nur 35 Pfund. Damit ist er allen anderen Kindern in seiner Klasse körperlich unterlegen.
Als ihre Eltern dann nach Hause kommen, nimmt Konstantin Lars bei Seite. Später sieht sie die Beiden im Garten trainieren, scheinbar ist es Judo. Er will dem Kleinen helfen, trotz physischer Unterlegenheit gegen Stärkere zu bestehen. Lars hilft sich selbst. In der Nachbarschaft wohnt ein Junge, Max Bacher, der mit Lars in eine Klasse geht. Er sieht wie ein kleiner Gladiator aus, nur etwas größer als Lars und doppelt so breit, braungebrannt und muskulös. Mit ihm freundet sich Lars an. Er hilft ihm bei den Hausaufgaben und Max beschützt ihn. Von dem Zeitpunkt an hat Lars seine Ruhe. Keiner wagt sich mehr an ihn heran.
Die Familie staunt. Ja, mit Diplomatie kommt man weiter. Schon bei seiner vier Jahre älteren, dominanten Schwester hat er sich zu helfen gewusst. Jetzt weiß Judith, um ihn muss sie sich keine Sorgen mehr machen.
Auch Mareen hat in der Schule Probleme, wenn auch anderer Art. Sie ist generell eine gute Schülerin, aber mit Lesen und Schreiben hat sie Schwierigkeiten. Sie geht mit ihr zum Schulpsychologen. Der stellt eine recht hohen IQ fest, aber auch eine Legasthenie. Sie muss bei einem speziellen Lehrer extra Unterricht bekommen.

Lars hält sich meist im Haus auf, liest und bastelt viel. Selbst der Judolehrer kommt zu ihnen ins Haus. Im Keller haben sie einen großen hellen Hobbyraum. Da machen die Jungen ihre Übungen.
Die Eltern haben sich bei ihnen gut eingelebt und halten sich meist in der eigenen Wohnung auf. Jetzt, da das Haus fertig ist, hat Konstantin wieder zu Malen angefangen. Er malt große Bilder in Öl in intensiven Farben, die er häufig verschenkt oder auch verkauft. Elisabeth, die Schneiderin ist, näht fürs ganze Haus Gardinen. So leben alle zufrieden in einem freundlichen Nebeneinander.
Alles könnte so schön sein, wenn die Fußbodenheizung nicht so nach und nach den Geist aufgäbe. Es ist Winter und recht kalt im ganzen Gebäude. Was tun? Leider hat die Firma, die die Anlage gebaut hat, Konkurs gemacht. Noch sieben andere Bauherren sind davon betroffen. Alle stehen vor dem gleichen Problem. Sie müssen in Häuser, die erst zwei Jahre alt sind, neue Heizungen einbauen. Zum Glück haben die Könitzers ein Guthaben von 15.000 DM. Das Budget für das Haus haben sie nicht ganz ausgeschöpft. So konnten sie das Geld für eine neue Heizungsanlage nutzen. Nach langem hin und her beschließen sie, Nachtspeicheröfen zu nehmen. Sie bekommen den Strom zu äußerst günstigen Konditionen. Das Aufstellen der Öfen ist einfach. Schon innerhalb von drei Wochen ist alles fertig und im Haus ist es wieder warm.

Ein Freund von Hartmut und Daniel, Ingolf, sie haben zusammen in Berlin studiert, gibt in Mainz eine Party. Der 'Darmstädter Kreis' ist dazu eingeladen. Judith freut sich, sie wird Daniel wiedersehen. Ein halbes Jahr haben sie nichts voneinander gehört. Sie hat auch nicht gewagt, ihn in seinem Büro anzurufen. Er wird annehmen, sie habe kein Interesse. Doch das stimmt so nicht. Immer vor dem Einschlafen, sobald sie die Augen schließt, erscheint sein Bild vor ihr. Das ist so realistisch, dass sie meint, er läge neben ihr und sie könne die Arme nach ihm ausstrecken.
Für den Abend in Mainz zieht sie ihr schönstes Sommerkleid an, aus grüner Seide. Es unterstreicht wirkungsvoll ihre helle Haut und ihr rotbraunes Haar. Sie hat es aufgesteckt, nur ein paar Strähnen fallen ihr weich ins Gesicht. Gleich, als sie den Saal betreten, sieht sie Daniel an der anderen Seite stehen. Attraktiv wie immer, im dunkelblauen Blazer und weißen Rolli, lehnt er an der Wand neben der Bar, gedankenverloren betrachtet er das Geschehen auf der Tanzfläche. Der Raum ist erfüllt mit Stimmengewirr, Gelächter und lauter Musik.

Daniel wirkt fast stets so als würde ihn eine leichte Melancholie umhüllen, was ihn geheimnisvoll erscheinen lässt. Aber gerade seine Tiefgründigkeit macht ihn so reizvoll für sie. Ingolf hat den Raum, der zur Kneipe im Parterre gehört, gemietet. Scheinbar gleichgültig begegnet sie Daniels Blick. Sie will ihm nicht zeigen, wie sehr sie sich auf ihr Wiedersehen gefreut hat. Langsam schlendert sie durch die in kleinen Gruppen stehenden Menschen und begrüßt alte Bekannte. Werner unterhält sich gleich nach dem Eintreffen mit Wille über ein sportliches Ereignis. Irgendjemand hat flotte Musik aufgelegt. Viele tanzen. Gleich ist Hartmut an ihrer Seite und zieht sie zur Tanzfläche hin. „Hab ich dir heute schon gesagt, wie toll du aussiehst?“ Er drückt sie leidenschaftlich an sich.
„He du, nicht so stürmisch!“, wehrt sie seine Umarmung ab.
„Ja, ich weiß schon, ich bin nicht Daniel“, erwidert er. „Bei ihm würdest du anders reagieren, gell?“
„Ja, vielleicht.“
„Du hast dich in ihn verliebt, stimmt's?“
Erschrocken bleibt sie stehen, legt ihm den Finger auf den Mund.
„Ich verstehe, sage kein Wort mehr.“
Wortlos tanzen sie das Stück zu Ende. Danach setzt sich Judith zu Bärbel, die allein an einem der Tische sitzt.
„Na du“, begrüßt sie sie. „Wie geht es dir? Man hört und sieht nichts mehr von euch, seit ihr nach Darmstadt gezogen seid.“
„Ach, danke der Nachfrage. Uns geht es gut. Die Kinder sind gesund. Ach verstehst du – “ Sie macht eine kleine Pause. „Ich bin da in einer Zwickmühle. Du weißt doch, dass Janus' vom ZDP gleich neben uns wohnen. Nun ja, Karin, also Daniels Frau und ich wir haben uns befreundet, und – und außerdem haben wir beschlossen, gemeinsam einen Fortbildungskurs zu besuchen.“
„Ich habe verstanden“, unterbricht Judith Bärbel. „Du meinst, meine Gefühle für Daniel stehen unserer Freundschaft im Wege?“
Judith steht auf: „Es tut mir leid, dass es so gekommen ist. Und abgesehen davon, es ist noch nichts Verbotenes geschehen, bis jetzt.“
Abrupt dreht sie sich um und geht an die Bar. Jetzt braucht sie erst einmal etwas zu trinken und steht plötzlich vor Daniel, der sich gerade ein Glas Wein einschenkt.
„Du auch?“, fragt er und füllt ein zweites Glas. „Du gehst mir aus dem Weg“, stellt er fest.
„Ja, nein, ... doch. Ich muss dir etwas sagen.“
„Na gut, sprich.“

Ihr Herz rast. Sie schaut aufgeregt in seine Augen und versinkt in seinen Blick, der sie sofort fesselt. Fast gegen ihren Willen sagt sie dann unvermittelt: „Ich habe mich in dich verliebt. Ich glaube, ich liebe dich“, setzt sie leise hinzu.
„Oh“, erschrocken schaut er auf sie herunter. Seine Hände zittern so stark, dass sie vergeblich versuchen, eine Zigarette anzuzünden. „Also, dazu kann ich nur sagen, ich liebe dich nicht mehr und nicht weniger, als jede andere Frau in diesem Raum. Aber, wenn du möchtest“, spricht jetzt wieder mit gefestigter Stimme, „können wir mal miteinander schlafen“.
Als hätte er sie geschlagen, weicht sie einen Schritt zurück, dreht sich um und rennt in die angrenzende kleine Küche und weint fassungslos. Gut, sie hat ihn mit ihrem Geständnis überfallen, aber musste er so verletzend reagieren? Was ist mit Philomohn und Bauzis? Hat sie das alles nur geträumt? Sie schaut zum Fenster hinaus. Der Himmel ist grau und verhangen, es regnet in Strömen. ‚Der Himmel weint mit mir.' Irgendwie tröstet sie der Gedanke. Auf einmal geht hinter ihr die Tür auf. Sie wird von Daniel in die Arme gerissen und heftig geküsst. So süß, so leidenschaftlich, fast unendlich ist dieser Kuss. Es liegt so viel darin, auch eine Bitte um Vergebung – bis die Tür aufgeht, jemand hereinkommt und „Halbzeit“ ruft. Zum Glück für sie ist es Hartmut. „Oh, icke wollte nicht stören“, berlinert er und verschwindet wieder.
„Verzeih mir“, bittet Daniel sie mit rauer Stimme. „Dein Geständnis hat mich so überrumpelt. So wollte ich es nicht sagen.“
„Wie dann?“ Judith stellt sich aufrecht vor ihn hin. „Nur eins ist wichtig. Magst du mich auch?“
„Ja, sehr sogar.“
„Also gut“, Judith hat sich wieder gefasst, „ich rufe dich an, bald!“, küsst ihn leicht auf seine zitternden Lippen und verlässt die Küche, schnappt sich im Vorbeigehen eine halbvolle Flasche Wein und setzt sich in die hinterste Ecke des Raumes. Mit abwesendem Blick betrachtet sie das lebhafte Treiben um sie herum. Was ist geschehen? Sie ist völlig aus dem Häuschen. Damals, vor ca. zwei Jahren, sah sie Daniel zum ersten Mal und wie aus heiterem Himmel 'schlug der Blitz ein'. Ihre Gefühle für diesen unberechenbaren Mann haben sich seither nicht verringert, ganz im Gegenteil. Was soll sie tun? Vergebens hat sie sich bemüht, sich diesen Menschen aus dem Herzen zu reißen. Sie trinkt ihr drittes Glas Wein aus, was nicht gerade für mehr Klarheit in ihrem Kopf sorgt. Sie schlägt die Hände vors Gesicht und

bleibt eine ganze Weile so sitzen, erschrickt heftig als sie Jemand an der Schulter berührt. Sie schaut auf, Werner steht vor ihr und sieht sie besorgt an: „Was ist mit dir?“
„Oh, nichts. Ich denke, ich habe zuviel getrunken. Wollen wir heim? Es ist sicher schon spät.“
„Ja“, er schaut auf seine Armbanduhr, „schon 2 Uhr morgens. Fahren wir nach Hause.“
Ohne sich zu verabschieden, weil sie Ingolf nicht gleich sehen, brechen sie auf und laufen zum Auto, das gleich in der Nähe der Kneipe steht.

1972

Es ist ein sonniger Tag im Juli. Judith geht mit schnellen Schritten auf ihr Haus zu. Jedes Mal freut sie sich, von der Arbeit kommend, über das neue Gebäude. Langgestreckt steht es am Rande des 600 m^2 großen Grundstückes. Es schimmert in einem hellen apricot Ton, der sich wirkungsvoll von dem matten braun des Sockels abhebt. Schon blühen einige Rosen und die Sommertamariske. Ein schönes Bild, man müsste es malen. Aber ach, dazu kommt sie jetzt wirklich nicht, obwohl Malen ein wichtiges Hobby von ihr ist. Schnell bringt sie die mitgebrachten Lebensmittel in die Küche und ruft nach den Kindern: „Mareen, Lars wo seid ihr?“
„Die Kinder sind bei Freunden“, antwortet ihre Mutter, die sich lesend im Wohnzimmer aufhält.
„Und Vati?“
„Der sitzt in unserer Wohnung und sieht Sport. Deshalb habe ich mich hier nach oben verzogen. Komm setz dich zu mir. Ich habe uns Kaffee gekocht.“
„Oh, danke! Das ist gut.“ Erschöpft setzt sich Judith neben ihre Mutter aufs Sofa.
„Was ist mit dir?“ Forschend betrachtet Elisabeth ihre Tochter. „Ich will schon längere Zeit mit dir reden. Du wirkst so bedrückt. Hat es etwas mit Mareen bzw. mit ihrem Vater zu tun? Du hast mal so etwas angedeutet. Ich mache mir Sorgen um euch. Warum kommst du mit Mareen nicht so gut zu recht wie mit Lars? Der Kleine ist ein Engelchen, ich weiß, und Mareen ein wildes Kätzchen. Doch sie braucht dich auch.“

„Ach, du hast ja Recht, Mutti. Dass ich mit Mareen Probleme habe, liegt weniger an dem Kind, sondern wie du schon vermutest an ihrem Vater."
Judith schlägt die Hände vors Gesicht und weint. „Obwohl das Ganze, was ich durch Knut, so heißt ihr Vater, erleben musste, schon fast zehn Jahre zurück liegt, habe ich den Schmerz darüber noch immer nicht überwunden."
Mühsam beherrscht sie sich und erzählt ihrer Mutter von der Vergewaltigung und den Folgen. Sie seufzt. „Das Schlimme ist, ich kann Mareen nicht ansehen, ohne an ihn zu denken. Sie sieht ihrem Vater sehr ähnlich. Jetzt wirst du mich besser verstehen." Um Verständnis bittend schaut Judith ihre Mutter an. Die nimmt sie in die Arme. „Dass ich in dieser Zeit nicht bei dir sein konnte, tut mir in der Seele weh."
„Ja, dass ich keinen Menschen hatte, dem ich mich anvertrauen konnte, war schrecklich. Aber damit muss ich leben und Mareen auch. Das ist unser Schicksal."
„Man hätte diesen Menschen anzeigen sollen." Elisabeth ist empört. „Doch ich kann auch verstehen, dass du es nicht getan hast, so ohne elterlichen Beistand. Es wäre für dich noch unerträglicher geworden."

Elisabeth und Konstantin fahren, wie jedes Jahr, zu ihren Kindern nach Bad Tennstedt. Aliza, die Frau des ältesten Sohnes und Gertrude haben Kinder bekommen. Ein drittes kommt noch im Herbst, denn Maria, Hagens Frau, ist auch schwanger. Dann haben sie insgesamt zwölf Enkel. Ganz stolz kommen sie nach Weiterstadt zurück und zeigen allen die Fotos der Babys. Elisabeth wirkt ein wenig traurig dabei.
„Jetzt wärst du doch lieber drüben bei ihnen?", fragt Judith ihre Mutter.
„Eigentlich nicht", widerspricht Elisabeth. „Wir sind sehr gern bei euch. So gut wie hier ging es uns noch nirgends. Aber etwas anderes, wir haben eine Überraschung für dich. Wir trafen in Bad Tennstedt Verwandte deiner Freundin Irmtraud. Die gaben uns die Adresse von ihr." Sie reicht Judith einen Zettel. 'Irmtraud Krillinger, Babenhausen', liest Judith laut vor.
„Oh, ich danke euch! Das ist ja ganz in der Nähe."
„Leider nicht. Es ist das Babenhausen im Allgäu", korrigiert Konstantin seine Tochter.

„Wie schade. Aber schreiben werde ich ihr gleich.“
„Warum habt ihr euch denn aus den Augen verloren?“, fragt ihr Vater noch.
„Das kam so: Vor ca. neun Jahren haben wir beide geheiratet, hatten dadurch auch einen anderen Nachnamen. Dazu kam noch, dass wir auch beide in eine andere Stadt gezogen sind. Meine Briefe an sie kamen zurück. Doch jetzt habe ich sie wiedergefunden. Es freut mich sehr.“
Schon vier Tage später hält sie eine Antwort von Traudl in den Händen. Sie schreibt, dass sie sobald als möglich kommen will, ohne ihren Mann. Denn einer von ihnen muss immer zu Hause im Geschäft bleiben. Sie haben ein Schuhgeschäft. 'Ich bin glücklich, dich bald wieder zu sehen', schreibt sie.

Auch wenn sie sich in letzter Zeit selten gesehen haben, will Daniel nicht aus Judiths Träumen verschwinden. Fast nur telefonisch hatten sie Kontakt. Doch nun möchten sie sich doch allein, ohne den Freundeskreis, treffen. Lange haben sich beide gegen das starke Gefühl gewehrt. Immerhin kennen sie sich nun schon über drei Jahre. Judith ist in einer seltsamen Verfassung, wie zerrissen vor Verlangen und Angst. Vom ersten Moment an wusste sie, was dieser Mann ihr bedeuten könnte. Auch in welche Gefahr sie sich dabei begibt, wenn sie sich auf ihn einlässt. Sie ahnt die Tiefen, die nach dem Höhepunkt kommen können. Aber sie will leben, will endlich erleben, was in der Gestalt des so reizvollen Mannes auf sie zukommt. Wartend steht sie am Luisenplatz in Darmstadt.
Er wollte mit der Straßenbahn kommen. Mit geschlossenen Augen lehnt sie an der Wand der Wartehalle, als sie plötzlich zart auf den Mund geküsst wird. Sie schaut auf und blickt in Daniels strahlende Augen, von denen sie nie genau weiß, sind sie blaugrau oder türkis. So schillernd wie er selbst sind sie. Sie steigen in eine Straßenbahn. Bei der leisesten Berührung erschauert sie. Es ist ein Tag wie er schöner nicht sein kann, heller Sonnenschein. Im Wald dann führt er sie in eine Schneise, die sich für sie zu öffnen scheint, an deren Ende sich eine Lichtung befindet. Das weiche Moos, die duftenden Gräser, ein schöneres Bett gibt es nicht, über ihnen ein Baldachin sich im Wind wiegender Baumkronen. Ganz außer sich ist sie. Die Kleider möchte sie ihm vom Leibe reißen.
„Ganz ruhig Kleines“, flüstert er ihr ins Ohr. „Ich laufe dir ja nicht weg.“

Sie greift nach ihm und hält ihn umfangen, möchte ihn nie mehr loslassen, fühlt sich davongetragen von einem Reigen nie gekannter Zärtlichkeiten. Seine Hände sind überall auf ihrem Körper und als sein Mund ihre intime Öffnung erreicht, hat sie einen Orgasmus und reißt ihn mit. Endlich, endlich wird ihr das zuteil, wovon sie in vielen Nächten geträumt hat. Wie sehr begehrt sie ihn, ist entzückt von seiner braunen Haut und den dunklen Locken, überall Locken. Der würzige Duft seiner Männlichkeit steigt ihr in die Nase und erregt sie noch mehr. Sprudelnd ergießt sich ein Orgasmus nach dem anderen über ihn. Nur so wollte sie geliebt werden. Immer wieder dringt er in sie, umfasst ihre schlanke Gestalt und ihre runden Brüste, ist hingerissen von ihrer leidenschaftlichen Erwiderung. – So kann Liebe sein.

Wie wird sie weiterleben können mit diesem Wissen. Sehr behutsam nimmt er sie danach bei der Hand und führt sie in die Gegenwart zurück.
Allein dann läuft sie durch die Straßen und merkt nichts von dem Trubel ringsum. Vor ihrem geistigen Auge sieht sie ihn wieder liegen im flammenden Licht der untergehenden Sonne und neue Lust erfasst sie. 'Oh, nein! Das geht ja nun wirklich nicht, schaut sich um. Sie steht mitten auf dem Schlossplatz. Es wird höchste Zeit, dass sie nach Hause fährt. – Nach Hause, es scheint, als hätten die Worte einen neuen Klang erhalten. Irgendwann ist sie dann auch daheim. Es dämmert. Jetzt im September sind die Tage schon kürzer. Gerade als sie sich die Bluse ausziehen will, stürmen die Kinder herein. Sie versucht sich auf sie zu konzentrieren, fragt sie nach ihren Erlebnissen, hört aber nicht wirklich zu. Einen Moment lang fühlt sie eine leichte Aversion gegen sie. Sie, die einfach so auftauchen, so viel für sich fordern. Doch schnell lässt dieses Gefühl nach und sie kann sich ihnen bewusster widmen. Letztendlich hat sie sie so sehr gewollt, ist froh, dass sie da sind. Lars erzählt mit glühenden Wangen von neuen Spielen, Mareen aber läuft ihrem Vater entgegen, der gerade das Haus betritt. Judith denkt an 'ihn'. Wie mag es ihm wohl jetzt ergehen?
Jetzt, nach dem 'Erlebnis' fühlt sie sich wie losgelöst, wie schwebend. Automatisch bereitet sie das Abendessen zu, erschrickt heftig, als Werner von hinten an sie herantritt, um sie zu begrüßen. Als alle dann im Bett sind, Werner geht oft sehr früh schlafen, bleibt sie noch lange auf. Ist diese Liebesgeschichte eine Flucht für sie? Doch eher nicht. Es ist keine Flucht aus dem Leben, sondern eher eine in ein

anderes. Sie fühlt sich wie neu belebt und kann sich den Zustand, in dem sie sich noch gestern befand, gar nicht mehr vorstellen. Es ist als wäre sie jetzt eine andere Frau. Aber auch Pflicht und Verantwortungsgefühl für die Menschen, die ihr anvertraut sind, empfindet sie, was auch immer ihre Sehnsüchte und Neigungen sind. Kann Pflicht vor Liebe kommen? Wenn man überhaupt schon von Liebe sprechen kann. Noch ist alles so neu. Doch dann sieht sie ihn wieder unter tiefhängenden Zweigen in der Abendsonne liegen und alle Zweifel sind verschwunden. Nie wird sie ihn aufgeben können. Sie will ihn so sehr und wird alles andere ertragen müssen.

1973

Die Jahre, die jetzt beginnen, sind angefüllt mit viel Arbeit, Forderungen, die Beruf, Kinder und auch ihr Mann an sie stellen. Die heimlichen Treffen mit Daniel liegen weit auseinander. Mitunter sehen sie sich nur vier mal im Jahr, ja und wenn, dann nur kurz. Fast scheint es so, als sei er vor ihr auf der Flucht, getreu dem Ausspruch von Oskar Wilde: 'Auch der Tapferste von uns, hat eine gewisse Angst vor sich selbst.'
Hauptsächlich über das Telefon hat sich ihre Beziehung erhalten. Reden können sie ohne Ende miteinander. Er besitzt die seltene Gabe des Zuhören-Könnens. Fast täglich telefonieren sie zusammen. Manchmal nur kurz von 'Hallo, ich denke an dich.' bis zu zwei Stunden währenden Gesprächen. Über wirklich alles kann sie mit ihm sprechen. Ob es nun über die Kinder ist, die Eltern oder ihre Ehe. Er gehört zu den wenigen Menschen, die verbal Nähe herstellen können. Und nicht nur das, wenn er mit seiner warmen zärtlichen Stimme süße Dinge in ihr Ohr flüstert, ist ihr Höschen bald feucht vor Lust.
Es ist, als könnte er sie mit der Stimme berühren, wo immer er wollte. Schon das allein ist beglückend für sie.

Es ist der heißeste August seit Jahren. Das Gras am Wegesrand ist strohgelb, wie im Süden. Die Sonne strahlt orangeglühend durch die am Straßenrand stehenden Bäume. Daniels Frau, Karin, ist verreist, seine direkte Nachbarin, wie er meint, auch. Sie wollen sich zu viert treffen. Hartmut bringt seine Freundin mit. Die Treppe schnell hin-

aufspringend, kommt Judith atemlos oben an. Die Tür zu seiner Wohnung steht offen, dahinter steht Daniel. Sie sinkt in seine Arme, endlich angekommen! Da an seinem Herzen fühlt sie sich zu Hause. Mein Gott, tut es gut, so unendlich gut, so gehalten zu werden. Es ist weit mehr für sie, als er ahnt. „Guten Tag Judith", flüstert er an ihrem Ohr. „Setz dich. Ich habe noch zu tun."
Gern schaut sie ihm bei seinem Tun zu. Seine Präsenz, seine Anmut haben etwas so Ursprüngliches, das man sonst nur bei Naturvölkern findet. Wie ein warmer Lichtstrahl trifft sie sein Blick im Vorbeigehen.
„Nimm mich noch einmal in die Arme", bittet sie ihn. „Bald kommen die Anderen."
Sie spüren die Wärme des Anderen und lösen sich heiter voneinander, als es klingelt. Hartmut kommt mit Freundin.
„Nun, seid gegrüßt viel tausendmal" singt der zur Begrüßung und schon sitzen sie am großen runden Tisch und essen Suppe und trinken Wein. Luise, Hartmuts derzeitige Freundin, hebt ihr Glas und prostet Daniel zu: „Danke für die Einladung!"
Bald danach begeben sich die Paare in die verschiedenen Räume. Judith kann gerade noch sehen, wie Hartmut Luise auszieht. Dann wird sie von Daniel in die Arme gerissen und befindet sich sogleich in einem rauschhaften Zustand. Sie legt sich zurück und fällt ins Bodenlose, denn, wenn seine Zunge von ihrem Mund über ihre Brüste in die untere Region wandert, ist es wie eine Botschaft von einem erotischen Punkt zum anderen. Ihr erster Orgasmus reißt ihn mit. Wild dringt er in sie ein, um sie voll Leidenschaft zu nehmen. Danach macht Daniel leise Musik an und nun, ruhiger geworden, wiegen sie sich im Rhythmus der sanften Klänge. Er schaut liebevoll auf sie herab. Sie bedeutet ihm immer mehr. Am Anfang dachte er nur an eine Affäre, aber jetzt vergeht kaum ein Tag, an dem er nicht voller Sehnsucht an sie denkt. Das beunruhigt ihn, doch es beglückt ihn auch, so wie jetzt. Was er nicht versteht, kann man zwei Frauen gleichzeitig lieben? Auch seine Karin liebt er. Er streicht sich mit der Hand übers Gesicht, um die negativen Gedanken zu verscheuchen.
„Was ist mit dir?", fragt Judith. „Du bist so ernst geworden."
Inzwischen sitzen sie schon wieder, fast angezogen, auf dem Sofa und trinken Wein.
„Es ist nichts", zärtlich küsst er sie auf den Mund. „Du hast an Karin gedacht, stimmt's? Das, was wir hier tun, macht dir zu schaffen."
„Ja", antwortet er. „Einerseits bedrückt es mich, andererseits genieße ich jede Sekunde mit dir."

„So geht es mir auch.“ Sie schmiegt sich zärtlich an ihn: „Damit müssen wir klarkommen.“
Allzu schnell vergeht dieser Nachmittag. Als Judith sich auf dem Nachhauseweg befindet, ist die Sonne schon untergegangen. Doch die Wärme dampft noch aus den Wänden der Häuser. Das Restlicht liegt wie ein goldener Schimmer auf den Straßen.
Einige Tage später erfährt Judith von Daniel, dass das 'Treffen der Vier' nicht unbemerkt geblieben ist. Die Nachbarin, eine ältere alleinlebende Frau, hatte nichts besseres zu tun, als Karin, kaum dass sie zu Hause war, von dem Treiben in ihrer Wohnung zu erzählen. Als Karin noch lange dunkle Haare im Bett findet und einen Sektkorken darunter, ist die Katastrophe da. Verletzt und wütend stellt sie Daniel zur Rede.
„Ihr wart zu viert. Ich nehme mal an, es waren Hartmut, Luise und du, und Judith?“
„Ja“
Daniel sitzt zusammengesunken auf dem Sofa. Karin steht hochaufgerichtet vor ihm und funkelt ihn wütend an: „Warum Daniel, warum? Das will ich wissen. Jetzt!“
„Ja, warum?“ Umständlich zündet er sich eine Pfeife an und schaut zerknirscht zu ihr auf. Leise antwortet er: „Vielleicht, weil ich von ihr etwas bekomme, was ich von dir nicht kriegen kann.“
„Was?“
„Willst du das wirklich wissen?“
„Nein. Nur eins, liebst du sie?“
„Ja, aber dich liebe ich mehr, oder sagen wir mal, auf eine andere Art. Du bedeutest mir mehr als alle anderen Menschen sonst.“
Er steht auf und will sie umarmen.
Empört schüttelt sie seine Arme ab. „Fass mich nicht an!“
„Siehst du, wie oft, wenn ich zärtlich sein will, stößt du mich zurück.“
Sie dreht sich zum Fenster um. „Du willst ja auch immer gleich Sex haben.“
„Ja, das stimmt. Du kannst von mir keine asexuellen Zärtlichkeiten erwarten. Wir sind keine Kinder mehr.“
„Früher ...“
„Ja, früher“, schneidet er ihr das Wort ab. „Wir sind jetzt 15 Jahre verheiratet. Seit dieser Zeit bemühe ich mich um dich, aber du hast mich immer wieder abgewiesen.“ Seine Stimme wird schärfer. „Kannst du dir nicht vorstellen, dass das der Grund für mein Fremdgehen ist?“

„Das mag ja sein, trotzdem werde ich es nicht tolerieren!“, schreit sie laut und knallt hinter sich die Tür zu, in der Gewissheit, dass er sich für sie entscheiden wird. Er kann ohne seine Kinder nicht leben.
Schon am nächsten Morgen ruft er Judith an, um ihr mitzuteilen, was passiert ist und er nicht anders handeln kann. Er muss sich von ihr trennen. Sie versteht ihn. Sie weiß, was ihm seine Töchter bedeuten, die erst zwölf und zehn Jahre alt sind. Doch für Judith ist es ein Fall in ein dunkles Loch, aus dem heraus sie nie mehr ans Licht kommen kann. Fast unmöglich ist es ihr, diesen Schmerz vor nahestehenden Menschen zu verbergen. Jeder möchte wissen, was passiert ist. Doch sie kann mit niemandem darüber sprechen. Sie lässt sich krankschreiben und verkriecht sich im Bett. Es ist Migräne erklärt sie der Familie. Doch auch Werner will sich mit der Erklärung nicht zufrieden geben.
„Bist du krank?“, fragen die Kinder. Wenn Lars seine dünnen Ärmchen um ihren Hals legt, fühlt sie sich getröstet.
Nach zwei Tagen steht sie wieder auf und stürzt sich in die Arbeit. Sie wühlt bis zum Umfallen. Auch ihr Mutter fällt ihr desolater Zustand auf. „Was ist los? Rede mit mir!“
„Ja Mama, aber nicht jetzt. Irgendwann einmal, später.“
Wenn sie es gar nicht aushält, ruft sie Daniel an. Seine sanfte Art, seine einfühlsame Stimme können sie am meisten beruhigen, aber andererseits wühlen sie diese Gespräche wieder auf. So lässt sie es. Der Geliebte ist aus ihrem Leben verschwunden. Der Schmerz trifft sie immer so plötzlich, dass sie sich irgendwo festhalten muss. Nur etwa drei Jahre lang waren sie ein Liebespaar. Nachts ist es am schlimmsten. Wenn sie endlich einschläft, versinkt sie in heißen Träumen, brennt dann lichterloh. Auch keine Selbstbefriedigung kann das Feuer löschen. –
Nichts hilft.
Doch Hilfe für sie kommt von ganz anderer Seite. In ihrer Boutique lernt Judith eine interessante Frau kennen. Dr. Linda Pilar, eine Biologin. Sie ist häufig in dem Geschäft und lässt sich vorwiegend von Judith bedienen. So kommen sie sich näher. Zumeist sind ihre beiden Kinder dabei. Die kesse fünf-jährige Norma und der eher sanftmütige Bernd. Linda ist eine warmherzige Frau mit schönen braunen Augen und rötlich blondem Haar.
Eine Freundschaft beginnt. Bald besuchen sie sich gegenseitig. Dann lernt sie auch ihren Mann Leo kennen, ein Urtyp, ein Original. Er stammt aus der Ukraine ist mittelgroß, kräftig und temperament-

voll. Schön ist auch, dass Werner und Leo sich gut verstehen. Auch Pilars haben in Weiterstadt ein Haus gebaut. Doch schon drei Jahre vor ihnen. Judith freut sich, dass sie jetzt ganz in der Nähe eine Freundin hat. Außerdem hilft ihr die neue Bekanntschaft über ihren Schmerz hinweg.

Dann kommt Irmtraud zu Besuch. Endlich nach langen Jahren können sich die Freundinnen in die Arme schließen. Auch Werner ist von ihr begeistert.
Judith hat ein paar Tage Urlaub genommen, um sich ganz Irmtraud zu widmen. Die Kinder sind bei ihren Eltern gut aufgehoben. So können sie einiges gemeinsam unternehmen. Und endlich hat Judith einen Menschen, dem sie sich ganz öffnen, dem sie vertrauen kann. Sie erzählt ihr von Daniel, auch was ihr dieser Mann bedeutet. Vom Anfang des Kennenlernens bis zum bitteren Ende. Das Wunderbare ist, sie hat Verständnis für sie. Dann erzählt Traudl von ihrem Leben, ihrer Ehe, den Kindern Bernhard und Klaus. Sie verrät ihr noch, dass sie schwanger ist. „Stell dir vor, in sechs Monaten sind wir zu fünft."
Judith springt auf und umarmt die Freundin.
„Und wenn wir ganz viel Glück haben", fährt Traudl fort, „bekomme ich ein Mädchen. Aber etwas fällt mir an dir auf. Die ganze Zeit schon denke ich, etwas ist anders. Summend betrachtet sie ihre Freundin. Jetzt weiß ich es. Du trägst keine Brille!? Wie geht denn das, bei deiner Kurzsichtigkeit?"
„Das geht, weil ich Haftschalen trage. Wie findest du das?"
„Sehr viel besser. Die dicken Gläser waren nicht gerade vorteilhaft. Jetzt sieht man erst, dass du ein hübsches Mädchen bist!"
„Danke! Aber Mädchen ist doch etwas übertrieben."
Sie gehen beide zu den großen Spiegeln in der Diele und betrachten sich. „Na ja, für Mitte Dreißig sehen wir doch noch sehr gut aus. So ein wenig Mädchen ist doch noch da. Ja, wir sind beide slawische Typen. Die halten sich länger jung. Aber etwas Anderes; komm wir setzen uns wieder." Traudl zieht ihre Freundin ins Wohnzimmer. „Du hast von Daniel erzählt. Auch ich war mal sehr verliebt in einen gutaussehenden Mann. Wir waren verlobt. Doch bevor wir heiraten konnten, ist er im Rhein ertrunken. Manchmal denke ich, es war besser so."
Erschrocken schaut sie auf. „Natürlich nicht, dass dieser arme Mensch ertrunken ist, aber dass wir nicht geheiratet haben. Was wusste ich schon von ihm?, nichts! Weder kannte ich seine Familie,

noch seine Freunde. Da fühle ich mich bei Edwin schon besser aufgehoben. Auch wenn er nicht so gut ausschaut wie Mario, so hieß er."
„Das ist gut so, ich meine, dass du dich mit deinem Mann so wohlfühlst. Auch du hast Schweres erlebt mit deinem Verlobten. Es gibt kaum einen Menschen, der unbeschadet durchs Leben geht." Sie trinkt einen Schluck. „Ach da fällt mir ein, wie geht es deiner Mutter?"
„Danke, ganz gut. Sie lässt dich grüßen und möchte dich mal wiedersehen."
Ja, ich sie auch. Ich habe sie immer bewundert. Wie sie mit ihren sechs Kindern in der schweren Zeit nach dem Krieg zu Recht kam, dann noch sehr früh ihren Mann verloren hat."
„Ja, mein Vater starb mit 50 Jahren. Das war für uns alle nicht leicht. Aber jetzt Schluss mit den traurigen Geschichten!"
Sie steht beschwingt auf. „Was unternehmen wir heute? Es ist mein letzter Tag bei dir. Morgen muss ich wieder nach Hause."

1974

Judith schaut zur großen Uhr in der Boutique, gleich 15 Uhr, bald ist ihr Dienst beendet. Schnell räumt sie noch ein paar Kleidungsstücke auf. Nun ist Irmtraud schon wieder drei Tage weg. Die Zeit mit ihr hat ihr so unendlich gut getan. Auch den Schmerz, der noch in ihr ist, besänftigt. Natürlich denkt sie an ihn, jede freie Minute. Sie seufzt.
„Warum so traurig?", ertönt hinter ihr eine vertraute Stimme. Zum Glück steht ein Stuhl in ihrer Nähe, denn ein freudiger Schreck fährt ihr dermaßen in die Glieder, dass sie sich setzen muss. „Daniel, Daniel was machst du denn hier?"
„Dich abholen, wenn du nichts dagegen hast." Er räuspert sich. „Wir könnten, wenn du magst, essen gehen."
Das ist so typisch für ihn, denkt sie für sich. Er entscheidet was, wann geschieht. Doch natürlich ist sie froh über sein Erscheinen. „Ja, ja", sagt sie nur und schaut ihn strahlend an. Gut schaut er aus, braun gebrannt in heller Kleidung. „Warte hier, ich komme gleich mit." Schnell läuft sie zur Garderobe, um ihre Jacke zu holen.
Sie gehen ins 'Cafe Pendel', in dem sie früher schon oft waren. Es ist klein, nur etwa 30 Plätze, die stets besetzt sind. Heute haben sie Glück. Ihr Lieblingstisch im Gang neben der Küche ist noch frei. Er

steht etwas verborgen in der Ecke. Da kann man so wunderbar fummeln, was sie mit Wonne tun. Kaum dass sie sitzen, ist seine Hand schon zwischen ihren Schenkeln. „Ach Judith, weißt du wie sehr ich mich danach gesehnt habe, dich da unten zu berühren?"
Er stöhnt, weil seine Finger inzwischen schon in tiefere Regionen eingedrungen sind, wo es heiß und feucht ist.
Doch dann kommt das Essen. Mit der gleichen Intensität, mit der sie lieben, essen sie auch. Er kann's nicht lassen. Schon wieder verirren sich seine Finger unterm Tisch. Sie schließt die Augen, um sich dem Genuss ganz hinzugeben.
„Weißt du Judith, wenn ich dich so berühre, hast du einen Ausdruck im Gesicht, wie eine im Mittelalter gemalte Madonna."
„Bei so sündigem Tun? Das kann ich mir nicht vorstellen."
„Natürlich erscheinst du mir nicht fromm. Ein wenig sündig bist du mir schon lieber. Hör mal, ich habe für dich einen Kosenamen gefunden. – 'Nymphchen'."
„Wie bitte?", erstaunt schaut sie ihn an. Für so schlimm hat sie sich nicht gehalten?
Er lächelt sie beschwichtigend an. „Schau doch nicht so entrüstet. Ich meine natürlich nicht 'Nymphomanin', eher Nymphen. Das sind kleine Gottheiten aus der griechischen Mythologie. So etwas wie 'kleine Göttin'."
„Na, das klingt schon besser." Sie seufzt. „Können wir dann gehen?"
„Hört sich an, als hättest du es eilig", neckt er sie.
„Ja, das habe ich", ernst werdend schaut sie ihn an.

„Diesen unstillbaren Hunger
nach deinem Durchdringen in Gedanken,
in die Seele, in die Scheide,
hat mich nie verlassen.
Danach habe ich mich fast ein Leben lang gesehnt.
Nimm mich!
Steig in meine Tiefen,
in mein Geheimnis!
Versuche mich zu ergründen!
Öffne mich mit deinen Händen,
deiner Seele,
deinem Penis!
Wer bin ich ohne dich,
kann nur ganz sein, heil werden durch dich."

Noch während sie spricht, hat er ihr Gesicht in seine Hände genommen, sie nur angeschaut. Sie spürt, er ist berührt.
„Das eben, es klingt wie ein Gedicht."
„Es ist eines. Ich habe es für dich geschrieben."
„Danke", flüstert er und hilft ihr in die Jacke. Er nimmt sie bei der Hand, „komm, wir müssen zum Auto. Es steht in der Tiefgarage."
„Wollen wir in den Wald fahren?", fragt sie. Doch bis dahin kommen sie gar nicht mehr. Kaum, dass sie im Auto sitzen, küsst er sie so leidenschaftlich, dass sie sich nicht mehr beherrschen können. Sie setzt sich auf seinen Schoß. Er dringt so tief in sie ein, dass ihr die Tränen kommen. Doch sie will es so, will ihn endlich wieder spüren, so intensiv als möglich. Es ist ein kostbares Geschenk, dass sie sich gegenseitig geben. Dieses sich total Hingeben können und das Annehmen des Anderen, so wie er nun mal ist, ist das Geheimnis ihrer Liebe. Er hat Musik im Auto angemacht. Sie wusste gar nicht wie gut Mozart zu ihrem Rhythmus passt. Sie stöhnt laut: „Daniel. Oh Daniel, ich will dich so sehr." Zutiefst beglückt macht sie ihrem Kosenamen alle Ehre. „Er passt doch gut zu dir, wenn ich dich hier so erlebe", meint er leicht ironisch. Endlich hat sie ihn wieder und aller Kummer ist vergessen. Sie lacht und ihre Freude ist so ansteckend, dass er mit einstimmt.
Menschen, die zu ihren Autos wollen, tauchen auf. Zum Glück sitzen sie schon wieder brav nebeneinander. Dann fällt es ihr erst auf: „Sag mal ist das Auto neu?", steigt aus, um das Gefährt auch von außen zu betrachten.
„Ja, ich habe es für uns gekauft."
„Es ist erstaunlich, wie viel Platz in dem kleinen Kerl ist."
„Danach habe ich es auch ausgesucht. Wenn man die Sitze nach vorn klappt, hat man hinten",
„eine kleine Liebeslaube", beendet sie seinen Satz.
„Gut, so soll es jetzt heißen."
„Nur eins wollte ich dich noch fragen." Sie räuspert sich. „Du hast heute nicht aufgepasst. Ist das nicht gefährlich? Obwohl ...", ihre Stimme wird ganz leise. „Ein Kind von dir habe ich mir sehr gewünscht. So einen süßen kleinen Jungen mit den dunklen Locken und den schönen Augen. Das wäre wundervoll gewesen."
„Der Traum mein Schatz ist ausgeträumt. Vor etwa drei Monaten habe ich mich sterilisieren lassen. Schau es ist besser so, nun können wir unbeschwert lieben."

1975

Der Kreis der Postingenieure löste sich auf in dem Jahr, in dem sich Daniel von Judith getrennt hatte. Zwei der Paare sind weggezogen, vier Paare ließen sich scheiden, unter anderem auch Hartmut Warschau. Bärbel ist inzwischen mit einem Lehrer zusammen, von dem sie Zwillinge erwartet und ist sehr glücklich. Hartmut, der unstete Schmetterling, flattert weiter von Blüte zu Blüte und darf es jetzt wieder offiziell tun.

Judith und Werner haben sich inzwischen einem Kreis von Ärzten und Psychologen angeschlossen. Judith, die immer mal leichte Depressionen hat, macht seit einem halben Jahr eine Therapie bei Dr. Hans Kellner, einem einfühlsamen Psychotherapeuten. Hans ist ein großer, schlanker Mann mit schütterem Haar, einem scharfen kritischen Verstand und blitzenden blauen Augen. Mit spitzer Zunge hält er seine Mitmenschen auf Abstand, weil er allzu viel Nähe nicht verträgt. In zweiter Ehe ist er mit einer 30 Jahre jüngeren Frau verheiratet. Martina ist eine große, blonde, leicht maskuline Frau. Sie haben kürzlich einen Sohn bekommen. So ist nun Hans mit seinen 60 Jahren noch einmal Vater geworden.

Dr. Kellner hat Judith auch schon helfen können. Er nimmt sie liebevoll bei der Hand und zeigt ihr den Weg. In der Zeit, in der sie bei ihm ist, hat sie schon viel gelernt über sich, aber auch über andere Menschen in ihrer näheren Umgebung. So auch über Werner und Daniel, ihre 'beiden Männer'. Sie weiß nun auch, dass Werner nicht anders handeln, dass er nicht aus seiner Haut heraus kann. Obwohl er nach außen so offen erscheint, ist er im Grunde eher doch ein verschlossener Mensch. Nähe, Zärtlichkeit, auch mehr Sex fehlen Judith bei ihm. Dabei ist er ein liebevoller Mann, den sie sehr gern hat. Im Grunde sind sie zu verschieden. Er ist ein Morgenmensch, sie eher ein Nachtmensch. Er ist eher kühl und nüchtern, sie dagegen leidenschaftlich und warm. –

Irgendwann erzählt Judith Hans auch von ihrem Geliebten, von Daniel, von der Erfüllung durch ihn, aber auch von ihren Schuldgefühlen, die das strahlende Bild dieser Liebe trüben. Hans sitzt ihr konzentriert gegenüber. Er hat ihr ruhig zugehört. „Weißt du Judith, im Grunde ist es ein gesundes Verhalten, wenn man sich das, was man dringend zum Leben braucht und es vom Partner nicht bekommen kann, woanders holt. Das soll nicht heißen, dass ich eine außerehe-

liche Beziehung gutheißen will. Doch in deinem Fall würde ich sagen, ist es gerechtfertigt. Weil ich dich inzwischen ganz gut kenne und weiß dass du, auch wenn es nach außen hin anders erscheint, kein oberflächlicher Mensch bist. Außerdem, wenn ihr euch scheiden ließet, wären vier Kinder davon betroffen."
„Dazu kommt noch", fügt Judith hinzu, „weil ja nach dem Schuldprinzip geurteilt wird, würde ich die Kinder verlieren. Ohne sie könnte ich mir ein Leben nicht vorstellen."
„Das verstehe ich gut." Freundlich schaut er sie an. „Darum denke ich, versuche so weiter zu leben wie bisher. Die Schuldgefühle sind der Preis, mit dem du dieses Glück bezahlen musst." Er macht eine kleine Pause. „Dieser Daniel, was für ein Mensch ist er?"
Nachdenklich schaut Judith aus dem Fenster und lächelt. „Er ist ein schöner Mann. Ein wenig sieht er wie der David von Michelangelo aus, aber nur der Kopf. Er ist zwar schlank, aber eher unsportlich, die Schultern zu schmal."
„Ich wollte kein Foto von ihm", unterbricht sie Hans leicht ärgerlich.
„Ja, schon gut. Ich wollte damit nur beschreiben, er ist ein androgyner Mann, innen wie außen. Er ist ernst und nachdenklich, was ich sehr an ihm liebe. Aber da ist noch etwas Anderes. In ihm ist, ihm selbst nicht bewusst, ein geheimer Schmerz, was ihm viel Tiefe verleit, doch auch eine Zerrissenheit."
„Du meinst, er könnte schizoid sein?"
„Wie bitte, schizophren?"
„Nein, du verstehst mich falsch. Nicht schizophren, das ist die krankhafte Variante, sondern schizoid. Das ist wie zweigeteilt sein. Das ist nur eine Tendenz in diese Richtung."
„Ja Hans, das trifft es genau. So ist er. Deshalb braucht er auch zwei Frauen. Ach, weißt du, auch wenn er sich nie von seiner Frau trennt, habe ich von dem halben Mann so viel, wie ich noch nie sonst von einem Menschen bekommen habe. Wenn er bei mir ist, bin ich eine sehr glückliche Frau." Strahlend schaut sie zu ihm auf.

In großer Runde sitzen Werner und Judith mit Dr. Kellner und Freunden in einem gemütlichen Weinlokal in Darmstadt. Es wird viel gelacht, diskutiert und auch einiges getrunken. Wie immer an solchen Abenden gibt es auch fachliche Debatten. Interessiert hört Judith zu und schaut sich die einzelnen Leute genauer an. Ihre Augen bleiben an Dr. Herbert Rausch hängen. Er gefällt ihr, obwohl er eher nicht ihr Typ ist. Er ist groß, kräftig, blonde Locken, ein Urtyp, ein

Mann wie ein Berg, dazu eine Stimme wie Donnerhall. Seine Frau Elke, auf den ersten Blick etwas unscheinbar, doch wenn sie spricht, belebt sich ihr ansonsten blasses Gesicht und leuchtet. Sie hat schöne graublaue Augen.
Ihr Blick schweift weiter, das Ehepaar Witte, beide Ärzte. Albert wirkt ruhig und ausgeglichen. Seine Frau Maria ist temperamentvoll. Beide sind dunkelhaarig, leicht untersetzt, ein wenig bäurisch doch überaus warmherzig, im Gegensatz zu den eher kühl wirkenden Kellners. Dazu sind nun noch die Könitzers gekommen. Der schlanke sportliche Werner, seit neuster Zeit trägt er einen Bart, der ihm gut steht, ja und sie selbst, lebhaft, impulsiv, gefühlvoll. Sie seufzt, ach von allem etwas zu viel. Sie blickt sich um. Was für unterschiedliche Charaktere. Plötzlich hat sie eine Idee. Sie zupft Hans am Ärmel, der laut über den Tisch hinweg mit Herbert diskutiert. „Wäre nicht Herbert ein prachtvoller Jupiter?", fragt sie ihn. „Und seine Frau Elke, die Hera?" Irritiert schaut er auf sie herab. Sie erklärt: „Wir wollten doch alle gemeinsam zum Faschingsball gehen?"
„Ja, und?"
„Was hältst du davon, wenn wir alle als Gruppe gingen, zum Beispiel als Griechen?"
„Gut, gar nicht so schlecht dein Vorschlag. Frage die anderen, was sie davon halten.
Silencium!", Hans klopft laut an sein Glas. „Hört mal alle her, Judith will euch etwas fragen."
„Wir wollen doch zusammen zum Ball gehen?", Judith steht auf. „Ihr kennt doch sicherlich die Komödie 'Amphitrion'?" –
Zustimmendes Gemurmel –
Dieses Lustspiel wurde zuerst von Plathus und ca. 2000 Jahre später nochmals von Kleist geschrieben. Ganz kurz der Inhalt:", sie trinkt einen Schluck Wein und erzählt weiter. „Jupiter verliebt sich in Alkmene, Königin von Theben. Er will deren Mann, Amphitrion, in den Krieg schicken, um in dessen Gestalt, er hat wie ihr wisst sich oft verwandelt, Alkmene zu beglücken." Sie räuspert sich. „Nun dachte ich mir, dass Herbert ein prächtiger Jupiter wäre und Elke seine Frau Hera?"
„Nicht schlecht", Herbert reckt sich, „ich als Jupiter!".
„Und welche Rolle hast du mir zugedacht?", wird sie von Hans unterbrochen.
„Hermes, der Götterbote, so ein geflügelter Helm würde dir gut stehen. Dann blieben noch 'Sosias', der Diener vom König und 'Histia',

seine Frau. Wie wär's Maria und Albert? Die zwei könntet ihr darstellen."
Beide sind einverstanden.
„Nun ja, Werner wäre dann Amphitrion und ich die Alkmene."
„Und mich hast du wohl ganz vergessen?", meldet sich Martina zu Wort.
„Nun ganz und gar nicht. Wie wär's, du könntest eine Zofe der Königin sein?"
„Deine Zofe? Das will ich nicht. Ich möchte Leda, die Geliebte von Jupiter sein."
„Na hör mal. Das geht ja nun wirklich nicht, weil 'Leda mit dem Schwan' nicht in Kleists Lustspiel vorkommt", unterbricht Elke leicht ärgerlich das Gespräch. Herbert lacht laut. „Der Witz ist nur der", er lacht wieder, „dass Jupiter in 'eurem Stück' dann zweimal vorkäme, denn er ist ja auch der Schwan". Alle stimmen in das Gelächter ein.
„Da gibt es nur ein Problem", ruft die praktische Maria dazwischen: „Wir haben doch keine Kostüme und nicht mehr viel Zeit."
„Darüber habe ich mir auch schon Gedanken gemacht." Judith springt auf. „Hört mal alle her. Jede von euch hat doch sicher ein langes, elegantes Nachthemd?" Zustimmung von allen Damen. „Gut! Wenn man dazu lange Stolen aus Tüll in verschiedenen Farben auf den Schultern drapiert, sieht das sicher schön aus."
„Ja, aber was ziehen die Männer an?", meldet sich Werner zu Wort.
„Das ist auch kein Problem. Dazu brauchen wir nur große weiße Laken, so ca. 1,5 m breit, einen Schlitz für den Kopf reingeschnitten, auf der Schulter gerafft und mit einem breiten Gürtel in der Taille gehalten, dazu noch Sandalen und fertig sind die Herren Griechen."
„Ganz schön sexy in den Kleidchen mit den langen Schlitzen", findet Martina.

Dann ist es so weit. Der Faschingsball findet im großen Saal in Weiterstadt statt, er ist festlich geschmückt. Es ist ein großer Auftritt, als sie paarweise den Saal betreten. Allen voran Jupiter, imposant im weißen Gewande, bewaffnet mit blitzendem Donnerstab, neben ihm Hera in Dunkelblau und leuchtend grüner Stola. Dahinter stolziert der König Amphitrion und sie, Alkmene im langen schwarzen Kleid und wehender rosa Stola, ganz in Weiß Hermes und Leda. Bescheiden ganz zum Schluss schreiten Sosias und Hestia, die Diener.
Gleich als sie den Saal betreten, weichen die Leute zurück und bilden einen Kreis um sie. Die Musik spielt einen Tusch. Jupiter lässt

laut seine Stimme erschallen und Ruhe tritt ein. „Wir alle kommen soeben vom Himmel herab nach Theben, um Amphitrion das Kriegshandwerk zu lehren.“
Alkmene wirft sich ihm zu Füßen. „Oh Jupiter! Keine Frau in Theben ist euch so ergeben wie ich. Bitte lasst meinen Mann hier!“ Jupiter reicht Alkmene die Hand und hilft ihr beim Aufstehen. „Lass deinen Mann ziehen in den Krieg. Lass ihn eilen von Sieg zu Sieg. Ich aber könnte bei dir sein, dann bist du in dieser Zeit nicht allein.“ Er legt seinen Arm um die Königin.
Empört stellt sich Hera vor ihrem Mann auf und bedroht ihn mit ihrem Schirm. „Das könnte dir so passen, dir altem Haudegen. Du fliegst mit mir in den Himmel und Alkmene bleibt in Theben“, schnappt sich ihren Jupiter und schreitet hoheitsvoll weiter in den Saal.
Die Leute sind begeistert und klatschen Beifall. Der Abend wird ein voller Erfolg.

1976

Der Tag verabschiedet sich langsam. Es wird dunkel. Wie ein blauschwarzer Schleier legt sich die Nacht über Gärten und Häuser. Nur ein Flugzeug, das hoch über den Wolken seine Kreise zieht, unterbricht die Stille. Judith sitzt gedankenverloren auf der Terrasse und schaut dem Flieger nach. Sie wartet auf Mareen, die eigentlich schon zu Hause sein sollte. Soeben betritt diese den Garten und will eilig an der Mutter vorbei. „Bleib hier mein Kind. Wir müssen miteinander reden.“ Sinnend betrachtet Judith ihre Tochter. Wie groß sie in letzter Zeit geworden ist. Ihre langen Haare fallen lockig über den Rücken. Unruhig sitzt Mareen ihrer Mutter gegenüber und macht ein abweisendes Gesicht. Sie ahnt, was jetzt kommt. Sie hat mal wieder die Treppe nicht geputzt. „Das ist deine einzige Aufgabe im Haushalt.“
„Pfarrer Gebauer sagt, wir müssen gar nichts zu Hause tun. Kinderarbeit ist verboten.“ Trotzig verschränkt sie die Arme vor der Brust.
„Na hör mal! Das kann ja wohl nicht wahr sein. Was hat der Pfarrer mit deinen kleinen Pflichten zu tun?“, schimpft Judith.
„Gar nichts“, verstockt schaut Mareen weg.
„Dieser Pfarrer soll ein aktives Mitglied der kommunistischen Partei sein. Stimmt das?“ – Keine Antwort.

„Aber, etwas anderes: In ca. sechs Monaten gehst du zur Konfirmation. Dafür brauchst du ein Kleid."
Entsetzt schaut das Mädchen ihre Mutter an. „Ich ziehe kein Kleid an!"
„Na ja, in deiner zerrissenen Jeans kannst du kaum in der Kirche erscheinen." Judith macht eine kleine Pause, setzt sich zu Mareen auf die Bank. „Kannst du dich daran erinnern? Du warst ca. dreieinhalb Jahre alt und hattest ein süßes Kostüm mit Faltenrock bekommen, auf das du ganz stolz warst. Wir saßen in einem schönen alten Cafe im Nebenzimmer. Im Hauptraum spielte eine Kapelle flotte Tanzmusik. Plötzlich kamst du mit einer Hand voll Kleingeld an unseren Tisch zurück. Entsetzt fragte dich Werner: ‚Wo hast du das Geld her?'
‚Die Leute haben es mir geschenkt.'
‚Doch, das stimmt', bestätigte die Kellnerin, die gerade an unseren Tisch kam. ‚Als die Musik einen Twist spielte, hat sich ihre Kleine in die Mitte des Raumes gestellt und getanzt. Das hat den Leuten gefallen. Ein Mann gab ihr 20 Pfennig. Da ging sie von Tisch zu Tisch und hat gesammelt.'
Ist das nicht eine süße Story?"
Mareens Gesicht hat sich während der Erzählung aufgehellt. Selbst ein kleines Lächeln umspielt ihre Lippen. „Na ja, über das Kleid für das Fest können wir ja noch einmal reden", räumt sie ein. „Kann ich jetzt zu Marion gehen?"
„Ja, geh nur."
Nachdenklich bleibt Judith zurück. Die Schwierigkeiten mit Mareen haben in letzter Zeit arg zugenommen. Niemand in der Familie kommt mit ihr noch zurecht. Natürlich hat es auch mit der Pubertät zu tun, doch nicht nur damit. Der böse Geist ihres Vaters, Knut Müller, liegt wie ein Schatten über ihrem Leben. Und Judith kann die schwarze Wand nicht überwinden. Sie kommt an ihr Kind nicht mehr heran. Was kann sie tun?
Als Werner abends nach Hause kommt, möchte Judith mit ihm darüber reden, aber er wiegelt ab. „Das ist die hormonelle Entwicklung. Das wird schon wieder."

Dann wird Lars krank. Er hat eine Hüftgelenksentzündung und kann kaum laufen. Das an sich schon untergewichtige Kind nimmt dabei auch noch ab. „Fahren Sie mit ihm an die See", meint der Kinderarzt. „Dort kann er sich am besten erholen."

Doch zu allem Übel hat Judith mal wieder eine Fehlgeburt und ist ganz geknickt, sitzt nur noch rum und weint viel. Werner nimmt sie in die Arme: „Sag, was kann ich dir Gutes tun?"
„Oh, ich wüsste schon etwas." Durch einen Schleier von Tränen lächelt sie ihn an. „Schau, diese Annonce habe ich gerade in der Zeitung gelesen. ‚Süße Mischlingswelpen zu verschenken'." Bittend schaut sie in sein sich verfinsterndes Gesicht. „Ich weiß, dass du nicht begeistert bist. Aber weißt du auch, wie lange sich die Kinder ein Haustier wünschen, und wie gut es ihnen täte, ganz besonders Mareen? Und mir – "
Sie macht eine kleine Pause, „würde so ein junger Hund auch weiter helfen."
Werner setzt sich an ihre Seite und legt seinen Arm um ihre Schultern. „Nun gut. Ich sehe es ein. Es muss wohl sein. Aber wollten wir nicht erst einmal in den Urlaub fahren?"
„Das wäre kein Problem. Ich habe eine Pension gefunden, wo wir den Kleinen mitnehmen können. Außerdem würden auch meine Eltern im Falle eine Falles den Hund nehmen."
„Ja, wenn sie von der Schweiz wieder zurück sind. Na gut! Meine tüchtige Frau hat schon alles organisiert."
„Danke Werner, vielen Dank!" Judith umarmt ihren Mann.
Schon drei Tage später sind sie bei dem jungen Paar, das die Tiere verschenken will. Die haben das Kinderzimmer ausgeräumt, um da die Welpen aufzuziehen. Alle sind schwarz und haben ein struppiges Fell. Die Kleinen sind ganz aufgeregt und springen um die Besucher herum. Nur einer, er ist mit Abstand der Schönste, sitzt unter einem Stuhl und beobachtet die Fremden. Er hat ein schmales, ausdrucksvolles Gesicht und glänzendes, leicht welliges Fell. Er sieht aus wie ein junger Schäferhund nur kleiner und hat Schlappohren. Lars, der noch immer nicht richtig gehen kann, humpelt zu ihm hin. „Mama bitte, lass uns den nehmen, nur ihn", fleht er. Er hat sich sofort in den Kleinen verliebt. Er nimmt den Welpen, der sich gleich an ihn schmiegt, auf den Arm.
Schon zwei Wochen später sind sie unterwegs Richtung Ostsee. Mareen, die nicht mit will, fährt für diese Zeit zu Judiths Geschwistern in die DDR.
Für 'Blacky', das neue Familienmitglied, ist es seine erste längere Autofahrt und er ist sehr aufgeregt und möchte raus. Doch durch Lars, der ihn geduldig, beruhigend streichelt, kommen sie gut im Ostseebad an. Von ihrer Wirtin, Frau Berg, werden sie herzlich be-

grüßt, besonders Blacky. Sie nimmt das junge Tier auf den Arm und möchte ihn gar nicht mehr hergeben. „Sie müssen wissen, ich hatte mal einen Schäferhund, der fast genauso aussah wie er hier“, und küsst ihn auf sein Maul.
„Das ist kein Schäferhund, er ist ein Mischling“, widerspricht Lars. „Und er wird auch hoffentlich nicht so groß“, fügt Judith noch hinzu.
Die drei Wochen an der See gehen schnell vorbei. Alle haben sich wunderbar erholt, auch der zarte Lars. Er hat die drei Kilogramm, die er abgenommen hatte, wieder drauf. Zufrieden will sich die Familie auf den Heimweg machen. Nur Frau Berg fällt der Abschied schwer. Widerstrebend trennt sie sich von Blacky, den sie in den drei Wochen betreut hat, weil er nicht mit zum Strand durfte. Alle werden noch einmal umarmt, dann geht's doch endlich nach Hause.

1977

„Es ist schön, wieder zu Hause zu sein.“ Lars kuschelt sich an seine Mutter, Blacky liegt ihnen zu Füßen und schnarcht leise. Sie sitzen im fast dunklen Raum und schauen hinaus. Die Sonne geht gerade unter und schickt glutrote Strahlen in das Zimmer. Judith wendet sich an ihren Sohn und schaut ihn ernst an. „Du weißt, warum ich mit dir reden muss?“
„Ja, Mutti! Ich muss endlich etwas tun, sonst komme ich nicht aufs Gymnasium. Schon die letzten zwei Monate habe ich für die Prüfungen gebüffelt. Ich schaffe das!“
„Nun gut, hoffen wir mal, dass es so ist. Dein Lehrer sagt: ‚Er ist nicht dumm, sondern nur faul und oft verträumt.’ Also mein Sohn, reiß dich am Riemen!“
Sinnend betrachtet sie das schmale, fast mädchenhafte Gesicht ihres Jungen. Sein blondes Haar trägt er halblang, was diesen Eindruck noch verstärkt.
Inzwischen ist es dunkel geworden. „Wollen wir Licht anmachen?“, fragt sie Lars.
„Nein! Ich mag es im Finstern zu sitzen und mit dir zu erzählen.“
„Ja, das mochtest du schon als 3-Jähriger. Ab und zu kamst du zu mir und wolltest im abgedunkelten Raum, auf dem Sofa liegend, mit mir schmusen. Eines Tages fragte ich dich, warum dir das so wichtig

sei. Du gabst die erstaunliche Antwort: ‚Ich will lernen im Finstern keine Angst zu haben.'"
„Wieso erstaunlich? Es hat doch etwas gebracht. Ich habe keine Angst mehr im Dunkeln."
Zärtlich drückt Judith ihren Jungen an sich. Solche intimen Momente sind in letzter Zeit selten geworden. Es ist so schön für sie, dieses liebenswürdige Kind zu haben. Er ist ein Ausgleich für ihre nicht besonders glückliche Ehe. Doch in letzter Zeit scheint es zwischen ihr und Werner besser zu laufen. Sie wird von Daniel so reich beschenkt, dass sie von diesem Reichtum auch etwas an die nahestehenden Menschen abgeben kann.

„Mutti", Lars' Stimme reißt sie aus ihren Überlegungen. „Wann fliegen wir nach Portugal? Ich kann es kaum noch erwarten." Er schaut sie aus seinen schönen grünen Augen erwartungsvoll an. „Erst in zwei Monaten. Vorher will ich noch für ca. acht Tage zu meiner Freundin Irmtraud ins Allgäu."

Natürlich fährt sie auch zur Traudl. Sie ist schon neugierig auf ihr jüngstes Kind. Aber vorher will sie für fünf Tage mit Daniel nach Neustadt. Es wird ihre erste gemeinsame Reise sein.
Aufgeregt steht sie am Bahnhof in Darmstadt und zittert. Schon von weitem sieht sie Daniel, wie er mit weitausholenden Schritten beschwingt auf sie zukommt. Gut schaut er aus, in beigem Anzug und hellem Staubmantel. Ungeniert nimmt er Judith in die Arme und küsst sie auf den Mund. „Du zitterst ja. Ach Kleines! Hast du Angst?"
„Nein, oder doch. Ich bin so aufgewühlt."
„Ganz ruhig mein Kleines." Sanft wiegt er sie und zieht sie dann heftig an sich. „Spürst du was? Ich bin auch aufgeregt, aber mehr, weil ich schon so lange Lust auf dich habe. Komm", er nimmt ihren Koffer. „Wir müssen zum Auto. In ca. vier Stunden beginnt die Konferenz."
„Du musst heute noch arbeiten?"
„Ja, natürlich! Schließlich ist es eine Dienstreise. Doch nur heute Nachmittag und morgen früh. Danach haben wir noch fast vier Tage für uns."
„Und wenn du schwänzt?"
„Das geht", er lacht, „ja nun ganz und gar nicht. Ich bin der Referent. Du weißt doch, ich bin in der Forschung tätig. Das, was wir entwi-

ckeln, muss ich dann an die Mitarbeiter weitergeben. Deshalb mache ich so viele Dienstreisen."
„Das ist wundervoll." Sie kuschelt sich zärtlich an ihn. „Dann hoffe ich, dass das nicht die letzte sein wird, die wir gemeinsam unternehmen."
„Mit Sicherheit nicht!"
Schon zwei Stunden sind sie unterwegs. Daniel macht sie auf die herrliche Landschaft aufmerksam. „Ist der Hartwald nicht schön? Wollen wir eine Pause einlegen und uns ein wenig umschauen?"
Aber dazu kommen sie erst mal nicht. Denn, als er merkt, dass sie unter ihrem langen Rock kein Höschen trägt, kann er sich nicht mehr beherrschen und nimmt sie wild.
Bald danach sind sie wieder auf der Autobahn. „So, das musste erst mal sein." Er konzentriert sich kurz auf den Verkehr und sieht sie dann strahlend an. „Wie geht es dir jetzt?"
„Ach, ganz wunderbar. Ich könnte fliegen." Sie breitet die Arme aus.
„Na, dann warte mal ab. Das wird noch viel schöner. Das war erst der Anfang."

Schon eine ganze Weile steht Judith oben auf dem Balkon des Hotels und beobachtet ihren Liebsten. Er sitzt in seinem braunen Volvo und blättert in irgendwelchen Akten. Wie gern sie ihm bei allem, was er tut, zuschaut. Sicher, er ist ein schöner Mann, aber das ist es nicht allein. Es geht eine Faszination von ihm aus, der sie sich nicht entziehen kann. Sie ist sofort in seinem Bann. Wenn er sie nur anschaut, und daran hat sich auch in den zehn Jahren nichts geändert, die sie sich inzwischen schon kennen. Ganz besonders liebt sie sein 'nahe sein können', seine schöne warme Stimme, auch seine Küsse, die so zart sein können wie Schmetterlingsberührungen und dann wieder leidenschaftlich wild. Aber am schönsten ist für sie, wenn sie miteinander schlafen. Dann ist sie im Paradies, selbst wenn sie sich zuvor gestritten hatten. Sobald sein Penis in ihr ist, ist sie verzaubert, denn er ist so zärtlich wie sein Herr.
Sie ist so in Gedanken versunken, dass sie gar nicht merkt, dass Daniel den Raum betreten hat. Als er sie plötzlich in die Arme zieht, erschrickt sie heftig. „Ich habe dich gar nicht kommen hören."
„Na, woran dachte mein süßes Weibchen?"
„Woran wohl, an dich und an das, was wir gleich tun werden."
„So. Das glaube ich nicht. Ich bin ja so müde!" Er lässt sich aufs Bett fallen. „Ich muss gleich schlafen!" Er gähnt.

„Das wirst du nicht! Wetten?“ Sie macht das Radio an. Musik erfüllt den im Kerzenlicht schimmernden Raum. Sanft bewegt sie sich nach dem Rhythmus der Musik und lässt langsam den roten Seidenmantel von den Schultern gleiten. Noch ehe der Morgenrock den Boden berührt, ist Daniel bei ihr und das süße Rein- und Raussteckspiel beginnt.

Verträumt vor sich hinlächelnd steht Judith am Fenster und schaut hinaus. Traudl tritt von hinten an sie heran und legt den Arm um ihre Schulter. „Na du Traumsuse, woran denkst du? Ich kenne dich nicht wieder. So habe ich dich schon sehr lange nicht mehr erlebt, so heiter, so gelöst, so verträumt.“
Judith dreht sich zu ihr um und strahlt sie an. „Das macht die Liebe, oder besser gesagt, Daniel.“ Ernst werdend redet sie weiter: „In der langen Zeit, seit ich ihn kenne, habe ich stückweise zu mir selbst zurückgefunden. Etwas von dem 'Moritz', etwas Heiteres ist wieder da. Damals 1946, als du und ich uns kennenlernten, lagen die Erlebnisse des Krieges wie schwere Steine auf meiner Seele. Dann später, die erste Zeit im Westen, war wie du weißt, auch nicht gerade rosig.“ Sie seufzt schwer. „Durch Daniel“, ihr Gesicht hellt sich auf, „durch seine einfühlsame liebevolle Art, durch sein 'Zuhören können', gelingt es mir immer mehr, an mein Inneres, wenn du so willst, an mein versteinertes Herz, heranzukommen. Er ist nicht nur ein toller Liebhaber, sondern im Grunde mein Therapeut.“
„Komm!“, Traudl führt sie an den Tisch. „Setzen wir uns wieder. Ach weißt du, ich freue mich für dich, aber ich beneide dich auch ein wenig um diese Liebe, um deine tiefen Gefühle. Doch wie ist es mit Werner? Wie schaffst du das mit zwei Männern zu leben?“
Etwas traurig schaut Judith in ihr Weinglas und trinkt einen Schluck. „Siehst du, das ist der Preis, den ich zahlen muss.“ Die kleine Tochter von Irmtraud kommt ins Zimmer und plappert drauflos. Beide Frauen freuen sich über das niedliche Mädchen und alles andere ist erst einmal unwichtig.

1978

„Bitte beeil dich Werner. Es ist höchste Zeit, dass wir losfahren, wenn wir Lars vom Bahnhof abholen wollen.“ Judith wendet sich an

ihren Mann: „Ich hab mir doch Sorgen um Lars gemacht. Vier Wochen sind eine lange Zeit in einem Zeltlager."
„Na hör mal! Der Junge ist immerhin 13 Jahre alt, dann kann er schon eine Zeit ohne die Eltern klarkommen."
Dann sind sie auf dem Bahnsteig und sehen ihn, der ihnen aus der Menge der ein- und aussteigenden Menschen zuwinkt. Mühsam zwängt er sich durch die vielen Leute. Endlich kann Judith ihren Sohn wieder in die Arme schließen. Seine erste Frage gilt seiner Schwester: „Ist sie inzwischen ausgezogen?"
„Ja, stell dir vor, und das mit 17 Jahren!"
„Warum eigentlich? Ja, ich weiß, es gab viel Streit, aber was gab den Ausschlag?"
„Es gab keinen konkreten Anlass." Judith macht eine kleine Pause und schaut zu Werner, der die letzten Gepäckstücke im Kofferraum verstaut. „Nun ja, sie wollte schon vor einem Jahr bei uns ausziehen. Das konnten wir verhindern, aber jetzt hat sie so viel Terror gemacht. Selbst Oma und Opa kamen nicht mehr mit ihr zurecht. Wir mussten sie gehen lassen."
„Es tut mir leid." Lars schaut bedrückt auf seine nicht ganz sauberen Hände. „Sie wird mir fehlen."
„Mir auch, trotz allem. Sie ist auch mein Kind. Aber etwas Anderes", Judith schaut sich ihren Jungen genauer an. Wann hast du dich das letzte Mal gewaschen? Dein Hals sieht aus wie ein Ofenrohr."
„Ach Mutti", er lächelt beschämt. „Dort gab es kein Bad. Wir mussten uns alle an einem kleinen Bach waschen. Da war das Wasser so kalt, da hab ich es nicht so oft gemacht."
Werner und Judith tauschen einen belustigten Blick aus. „Wir sind da." Das Auto hält. „Schau, da kommt Blacky." Mit einem eleganten Sprung setzt er über den Gartenzaun und springt Lars in die Arme, schmeißt ihn fast um. Er jault, er weint fast vor Freude, so sehr hat er seinen liebsten Spielgefährten vermisst. Lars setzt ihn auf die Wiese, weil er zur Terrasse will, um Oma und Opa zu begrüßen. Doch Blacky hält ihn am Hosenbein fest und knurrt leise. Erst als Lars ihn ausgiebig knuddelt, lässt er ihn gehen. Nun endlich kann er auch die Großeltern begrüßen. Er überragt seine Oma um Hauptes-länge. „Du bist gewachsen. Du bist schon größer als dein Vater und die Stimme, habt ihr das gehört, er ist schon im Stimmbruch."
„Nein Oma, ich hab nur etwas Halsweh."

Später am Abend dann sitzen Judith und Lars allein im Wohnzimmer. Die Eltern sind unten in ihrer Wohnung und Werner geht oft früh schlafen. Judith spürt, Lars will ihr etwas mitteilen. Schon eine ganze Weile druckst er herum, erzählt dies und das, Belangloses.
„Also mein Junge, raus mit der Sprache. Hast du was ausgefressen? Na, sag schon! Was ist los?"
„Nein, also ich habe nichts angestellt, aber ich habe", stottert er herum.
„Ja aber, du hast was?", versucht Judith ihn zu ermutigen.
Er lacht verlegen. „Ja also," er reißt sich zusammen. „Ich habe mit einem Mädchen geschlafen."
„Was hast du?", sie schluckt. „Mit einem Mädchen geschlafen?" Entgeistert schaut sie ihren Sohn an.
„Ja", antwortet er leise.
Das kann ja nicht war sein. Ihr schüchterner, zurückhaltender Junge hat mit 13 Jahren seinen ersten Geschlechtsverkehr gehabt. Sie sammelt sich, versucht ruhig zu bleiben. „Sag, wie kam es dazu? Wer war das Mädchen?"
„Ihr habt sie beim Einsteigen in den Zug kennen gelernt. Weißt du noch, die Rothaarige, die mir gegenüber saß?"
„Ja, ich kann mich erinnern. Aber sie ist doch älter als du."
„Nur zwei Jahre", erzählt er mit leiser Stimme. „Das war so, wir lagen nachts wach, sie und ich, weil es im Zelt so kalt war. Die anderen schliefen schon. Da bot sie mir an, mit ihr in ihrem Schlafsack, der recht groß war, zu schlafen. Na ja, da ist es eben passiert."
„Aber wie, du hattest doch keine Ahnung!"
„Sie hat mir gezeigt, wie es geht."
„Aber wenn sie schwanger geworden wäre, was dann?"
„Ach das", er winkt gelassen ab. „Wir haben aufgepasst." Judith versucht sich zu fassen, schaut Lars lange nachdenklich an. Sie nimmt sein Gesicht in ihre Hände und küsst ihn auf die Stirn. „Ich danke dir für dein Vertrauen. Ich wünsche dir, dass du mit diesem einschneidenden Erlebnis gut klarkommst, denn eigentlich war es viel zu früh. Wann immer du möchtest, können wir darüber reden. Aber jetzt gehen wir zu Bett. Schlaf gut, mein Junge!"

1980

Goldene Hochzeit – Am 17. Juni vor 50 Jahren gaben sich Elisabeth und Konstantin das Jawort in Gleiwitz. In guten wie in schlechten Zeiten waren sie füreinander da. Ihr Leben war nicht immer einfach, es wurde von zwei Weltkriegen überschattet. Er kam erschöpft aus der Kriegsgefangenschaft, sie musste mit vier kleinen Kindern fliehen und viele Wochen unterwegs sein. Diese Strapazen hatte sie nie wirklich verarbeitet. Doch, – sie haben alle überlebt. Das ist das Wertvollste. Dieses überwunden zu haben, woran so viele Menschen zerbrochen sind, hat sie zusammengeschweißt und stark gemacht. Darum können sie nun im hohen Alter nochmals vor den Altar treten, um das Bekenntnis ihrer Liebe zu wiederholen: "In guten, wie in schlechten Zeiten, bis das der Tod uns scheidet."
Das Jubelpaar sieht sehr elegant aus, sie in dunkelblauem, langem Seidenkleid, er in schwarz mit blütenweißem Hemd und Samtschleife. Langsam schreiten die Beiden in strahlendem Sonnenschein mit Gefolge zur nahen Kirche. Verliebt schaut Konstantin auf seine Betti hinab. Sie hat immer noch etwas mädchenhaftes an sich. Lächelnd blickt sie zu ihrem Rosenkavalier auf, der er bis heute geblieben ist. Judith und Werner gehen hinter ihnen und freuen sich mit ihnen. Noch immer wirken die zwei wie ein Liebespaar, wie Judith etwas wehmütig für sich feststellt. Als ein solches sind sie in Weiterstadt bekannt geworden, weil sie fast täglich händchenhaltend durch die Straßen gehen.
In der Kirche dann findet der Pfarrer, mit dem sie auch befreundet sind, berührende Worte. „Die Liebe höret nimmer auf", ist der Tenor seiner Rede. Nach der Andacht, vor der Kirche dann, bedanken sich Elisabeth und Konstantin herzlich bei den Könitzers. Alle umarmen einander und dann geht's zu einem Festmahl ins Restaurant. Als die Gesellschaft nach dem Essen nach Hause kommt, werden sie mit einem Tusch empfangen. Die Blaskapelle der Gemeinde spielt auf. Sie spielen einen Slowfox. Konstantin verneigt sich galant vor seiner Frau und führt sie auf die Rasenfläche. Sie tanzen wie in alten Zeiten. Alle Gäste stehen im Kreis um sie herum und klatschen im Takt dazu. Es ist ein herrlicher Sommertag. Die Sonne strahlt, ein leichter Wind bringt die Blätter der Bäume zum Rauschen. Judith und Gertrude haben schon etwas früher die Gesellschaft verlassen und im Schatten der Bäume große Tische gedeckt und festlich dekoriert. Etwas später kommt auch noch Altbürgermeister Danz vorbei, um

persönliche Glückwünsche der Gemeinde zu überbringen. Die Brüder Josef und Hagen singen für die Eltern so schön, dass die Nachbarn denken, es wären auch Sänger zu Gast. Elisabeth ist ganz gerührt und freut sich über ihre Jungen. Beide waren so begabt, zumindest Hagen hätte Sänger werden können. Auch Josef war ganz verzweifelt, als er Bäcker werden musste. Viel lieber wäre er Architekt geworden. Seine Entwürfe haben ihm schon in der Schulzeit manchen Preis eingebracht. Aber der Hunger war damals noch so groß und das Brot, das er täglich mitbrachte, rettete die Familie vorm Verhungern.
Doch jetzt ist sie glücklich. Energisch schüttelt Elisabeth die negativen Gedanken ab. Und Konstantin ist noch an ihrer Seite, hoffentlich noch lange. Sie erschrickt heftig, als sie von hinten umarmt und geküsst wird. „Oh, Mareen, ich habe dich gar nicht kommen sehen. Setz dich zu mir. Wie geht es dir in Berlin?“
„Ach, ganz gut.“
„Und was ist mit der Handelsschule? Damit warst du doch gar nicht fertig, als du hier wegzogst?“
„Ja, das stimmt, doch ich konnte sie in Berlin abschließen. Und zur Zeit gehe ich auf die Waldorffschule, um da eine Ausbildung zur Erzieherin zu machen. Ich möchte einmal in Kindertagesstätten arbeiten.“
„Das ist schön.“ Elisabeth drückt ihre Enkelin an sich. „Dann hast du ja den gleichen Beruf wie deine Mutter.“
„Ja, Oma“, gibt Mareen widerwillig zu.

Judith sitzt zusammengesunken auf dem Fußboden in ihrem Wohnzimmer an den Heizkörper gelehnt und fröstelt. Es ist Herbst und schon recht kalt. Leise Musik erfüllt den Raum, der nur durch eine Kerze erhellt ist. Nun ist Mareen nach Berlin gezogen. Mit nicht ganz 19 Jahren allein in dieser großen Stadt, das macht ihr Sorgen. Sicher, sie ist eine selbständige Frau und alle ihre Freunde, die sie bisher hatte, waren angenehme Menschen. Hoffentlich geht alles gut. Aber noch ein anderes Problem liegt schwer auf ihrer Seele.
Sie ist in einer seltsamen Verfassung, so zwischen Verzweiflung und doch auch ein wenig Freude, seit sie weiß, dass sie mal wieder schwanger ist. Schon das sechste Mal. Eine Zigeunerin hat ihr mal vor vielen Jahren vorausgesagt, sie würde sechs Kinder bekommen. Sie lächelt bitter, sie hat nur zwei und das dritte, das in ihrem Bauch heranwächst, darf sie nicht behalten. Mit Werner gab es schon hefti-

ge Auseinandersetzungen deshalb, weil er meint, sie seien beide zu alt dafür, noch einmal ein Kind aufzuziehen. Auch ihr Frauenarzt ist dagegen. Zu dritt saßen sie lange zusammen und diskutierten über 'Sein oder nicht Sein' des Kindes in ihrem Bauch. Ganz elend fühlte sich Judith in dieser Situation. Am liebsten wäre sie weggelaufen. Ihr Arzt warnte: „Sie sind durch einige Krankheiten und Fehlgeburten, die letzte erst vor sieben Monaten, zu sehr geschwächt, um das Baby austragen zu können." So kamen sie zu dem Resultat, dass es besser sei, abzutreiben.
Nun sitzt sie hier und weiß nicht weiter. Was tun? Die Gedanken kreisen in ihrem Kopf. Was soll ich nur machen? Denn letztendlich muss sie allein entscheiden, und zwar jetzt. Immerhin ist sie schon im vierten Monat, na ja, ganz am Anfang.
Verzweifelt schlägt sie die Hände vors Gesicht und weint. Lange hockt sie so da und weiß nicht weiter, bis sie Lars und ihre Eltern nach Hause kommen hört. Schnell springt sie auf. Oh Gott, schon 13 Uhr und sie hat noch nichts gekocht. Lars kommt ins Zimmer gestürmt: „Gibt es nichts zu essen? Ich habe Hunger!" Dann erst schaut er seine Mutter an. „Wie siehst du denn aus? Bist du krank?"
„Krank", sie sieht sein besorgtes Gesicht und zwingt sich zu einem Lächeln. „Nein krank bin ich nicht. Das ist so ein Frauenleiden." Mit dieser Auskunft gibt er sich zufrieden.
„Was kochst du?"
„Was hältst du von Eierpfannkuchen und Apfelmus?"
„Viel!"
Im Vorbeigehen gibt er seiner Mutter noch ein Küsschen und Judith fühlt sich gleich viel besser. Vielleicht haben ja Arzt und Ehemann Recht. Sie hat zwei gesunde Kinder. Damit sollte sie sich zufrieden geben und der Abtreibung zustimmen.
Doch was dann geschieht, ist wie ein Alptraum. Werner bringt Judith zu der Klinik im Odenwald, die sich auf Abtreibungen spezialisiert hat. Als sie da ankommen, sind schon vier weitere Frauen da. Sie liegen stumm in ihren Betten in einem kärglich eingerichteten Raum. Judith schaut nur in blasse, trostlose Gesichter. Sicher hat keine von ihnen sich leichtfertig zu diesem Schritt entschlossen, was immer sie dazu bewogen haben mag, so etwas zu tun.
Dann kommt die Krankenschwester herein. Nur ein unfreundliches „Guten Tag" verlässt ihren Mund. Sie fordert sie alle auf, sich unten herum frei zu machen. Es geht wie am Fließband. Eine nach der Anderen wird in den Operationssaal geschoben und wieder zurück-

gebracht. Die Atmosphäre ist sehr bedrückend. Judith kommt es vor, als seien sie alle Verurteilte, von Männern dazu verurteilt, so etwas zu tun. Sind es nicht fast immer die Männer, die die Frauen mehr oder weniger bewusst, manipulieren? Ach Unsinn! Sie verrennt sich da in etwas. Sie selbst hat sich letztendlich dafür entschieden. Niemanden sonst kann sie beschuldigen. Zu weiteren Überlegungen kommt Judith nicht mehr, weil die Schwester ihr eine Beruhigungsspritze gibt. Als ihr die Tränen kommen, fährt sie die Schwester barsch an. „Wollen Sie nun, oder wollen Sie nicht?“
Rasch wird sie in den OP geschoben, bekommt die Narkose und kein Veto ist mehr möglich. Danach bringt man sie wieder in das scheußliche Zimmer, in dem sich die Frauen nach der OP nur eine Stunde aufhalten dürfen. Noch ganz benommen wird sie von einer Schwester angekleidet. Sie kann sich kaum auf den Beinen halten, und wird dann zu Werner, der in einem Nebenraum wartet, gebracht.
Noch Tage später erfasst sie kaum etwas von dem, was passiert ist. Wie eine Marionette fühlt sie sich, die nur das tut, was man von ihr verlangt.
Erst Wochen darauf, als sie sich körperlich etwas erholt hat, wird ihr die Tragweite dessen, was sie getan hat, bewusst.
Sie hat ihr Kind getötet, hat zugelassen, dass es aus ihr herausgerissen wurde. Gerade in diesen Tagen gibt es im Fernsehen einen Film über Abtreibungen. Man sieht ganz deutlich, wie fertig so ein Baby schon ist und – wie es zerstückelt wird.
Das ist ja Mord! Mit einem Weinkrampf bricht Judith zusammen. Sie hat getötet. Wie soll sie mit dieser Tatsache weiterleben?

Monatelang verkriecht sich Judith in ihr Leid. Zu nichts kann sie sich aufraffen. Meist liegt sie nur irgendwo rum und weint, merkt gar nicht, dass auch ihre Familie unter ihrer Trauer leidet. Im Haus, im Garten sieht es schlimm aus. Die Eltern tun, was sie können, doch mit Judiths Depressionen kommen auch sie nicht klar. Werner bittet sie immer wieder nicht mehr so viel daran zu denken, „dann wirst du es schon vergessen“. Doch sie hat nur ein Bedürfnis, oft über ihr Leid zu sprechen, so dass die Seele wieder etwas freier wird. Judith fühlt sich mit ihrem Unglück unendlich alleingelassen.
Von Daniel hat sie sich vor dem Abbruch getrennt, weil sie keine Zukunft für ein gemeinsames Leben sah. Darum kann sie ihn auch jetzt nicht um Hilfe bitten. Am meisten hilft ihr das Zusammensein mit Lars. Seine ruhige, liebevolle Art besänftigt ihren Schmerz. Tagsüber

geht es auch inzwischen besser. Doch nachts, wenn sie nicht schlafen kann, fällt sie in die Tiefe, bis nur noch schwarze Dunkelheit sie umgibt. Mitunter scheint ihr alles so sinnlos, dass sie sich das Leben nehmen möchte. Es ist höchste Zeit, Hilfe zu holen. Das sieht auch Werner nun ein. „Du schaffst das nicht allein, da wieder herauszukommen. Morgen bringe ich dich zu Hans, Dr. Kellner."
Es dauert lange, bis Judith wieder einigermaßen hergestellt ist. Scheinbar kommen alle dramatischen Erlebnisse früherer Zeiten erneut hoch. Doch schon nach ein paar Monaten geht es ihr wesentlich besser. Viel früher hätte sie zu Hans gehen sollen.
Endlich kann sie auch wieder lesen. Sich in ein Buch zu verkriechen, hat ihr schon immer am besten geholfen. Aber auf die Frage, warum das alles sein musste, findet sie auch in Büchern keine Antwort. Selbst in ihrer tiefsten Verzweiflung begreift sie eins: ‚Verstehen kann man das Leben nur rückwärts, aber leben muss man es vorwärts.' Diesen Satz hat sie mal bei Sören Kiekegaard gelesen. In einem Buch, das sie von Daniel geschenkt bekam, und darüber nachgedacht. Eines weiß sie gewiss: Sie muss dahin gelangen, wieder leben zu wollen. Nur wenn man kämpft, kann man gewinnen.

1981

Tief in Gedanken ist Judith lange durch die Landschaft gelaufen, ohne sie wahrzunehmen. Über ihr Leben, über ihre Männer denkt sie nach, doch zu aller erst über sich selbst. Kann man leben, ohne schuldig zu werden? Sie bleibt stehen. Wer bin ich? Was will ich? Was erwarte ich noch vom Leben? *Wer bin ich?* Ein Mensch, eine Frau, eine Mutter, – doch ganz wirklich bin ich nur, wenn ich liebe, wenn ich lieben darf.
Schon von klein auf wusste sie, dass die Liebe das Wichtigste im Leben ist, ganz besonders die Liebe zu einem Mann, die große Liebe. Leider gab es in ihrer Ehe diese Erfüllung nicht. – Dann kam Daniel. Sie bleibt stehen, direkt vor einem großen Busch blau blühender Wegwarte, die ihre Köpfchen immer zur Sonne drehen. So möchte sie sich der Liebe entgegenstrecken. Sie schließt die Augen und sieht Daniel vor sich stehen, zum Greifen nahe. Ach jetzt in seine Arme sinken zu können, und alles wird wieder gut. Mehr als ein Jahr haben sie sich nicht gesehen.

In einer schwarzen Stunde, als sie glaubte, es sei sowieso alles zu Ende, hat sie Werner von ihrem Verhältnis zu Daniel erzählt. Auf dem Dachboden hatte sie sich verkrochen, um allein zu sein. Wie lange sie schon da oben gesessen hatte, als Werner plötzlich auftauchte, weiß sie nicht. Er setzte sich neben sie. „Was tust du hier so allein?"
„Ach, ich ...", sie macht eine Pause, „denke über das Leben nach, das mir so sinnlos erscheint."
„Das darfst du so nicht sagen", er legt den Arm um ihre Schultern. „Schau, wir sind alle für dich da, die Eltern, die Kinder und ich." Sie rückt ein Stück von ihm weg. „Du solltest nicht so lieb zu mir sein, ich bin es nicht wert." Tränen laufen über ihr blasses, schmal gewordenes Gesicht. Stockend spricht sie weiter. „Ich habe dich betrogen, seit Jahren habe ich ein Liebesverhältnis mit Daniel, nur jetzt ..."
„So, so mit Daniel." Er schaut sie erstaunt an, doch seine Stimme klingt ganz normal, als er weiterspricht. „Irgendwie kann ich das verstehen. Den Daniel mag ich auch. Ich bin nur froh, dass es nicht so ein hergelaufener Kerl ist."
Entgeistert schaut Judith ihren Mann an, klettert so schnell als möglich die Dachbodenleiter herunter, schnappt sich ihre Jacke von der Garderobe und läuft hinaus. Was hat sie denn nach ihrem Geständnis von Werner erwartet? Sie kann seine Reaktion darauf nicht verstehen. Wollte sie, dass er sie bestraft, oder gar dass er sie schlägt? Diese Auseinandersetzung fand, sie schaut auf ihre Armbanduhr, vor ca. drei Stunden statt. So lange läuft sie schon durch die Gegend und steht plötzlich mitten im Ort vor der alten Kirche und hört machtvolle Musik. Magisch angezogen von diesen Klängen, es könnte Bach sein, geht sie hinein. Geborgenheit umfängt sie. Es kommt ihr vor, als sei sie im Kloster. Leise setzt sie sich in die nächste Bank und betet. –
Letztendlich hat diese Musik sie bezwungen, hat ihr wieder Mut gemacht. „Du kannst es schaffen", flüstert eine alte Männerstimme an ihrem Ohr. So deutlich, dass sie sich erschrocken umschaut. Doch niemand ist da. Das war der alte Mann von der Brücke. Er ist ihr Schutzengel geworden. –
Langsam steht sie auf und verlässt gestärkt das Gotteshaus.

Inzwischen haben Judith und Daniel wieder Kontakt miteinander, wenn auch nur übers Telefon. Es tut ihr unendlich gut, seine Stimme zu hören, seinen Zauber zu spüren. Von all ihrem Kummer, ihrer

Verzweiflung kann sie ihm erzählen. Er hört nur zu, aber mit so viel Nahesein, dass es ihr nach jedem Gespräch besser geht. Er möchte sie bald wiedersehen, doch sie bittet ihn um etwas Geduld, denn sie benötigt noch etwas Zeit, um das bedrückende Erlebnis aufzuarbeiten.

Still für sich sitzt Judith in ihrem Zimmer und klebt Fotos in ein Album. Sie kuschelt sich in den alten Sessel und schaut sich zufrieden um. Endlich ein eigenes Zimmer. Schon lange hat sie sich danach gesehnt. Im Grunde ist es das erste mal, dass sie einen Raum allein bewohnt. Nach '45 hatten sie lange Zeit nur drei Betten für sechs Personen. Sie musste ihr Bett mit Gertrude teilen. Danach in den Kinderheimen waren es nur enge, kleine Zimmer, eher Abstellkammern, in denen sie hauste. Später dann in ihrer Ehe hat sie natürlich mit Werner zusammen in einem Raum geschlafen.

Es ist schön hier, wenn auch nur mit restlichen Möbeln, die auf dem Dachboden standen, eingerichtet. Es ist ihr eigenes Reich.

Lars ist jetzt in den 30 m^2 großen Hobbyraum gezogen und fühlt sich unten sehr wohl. Judith widmet sich wieder den Fotos auf ihrem Schoß, Mareen in ihrem schlichten zweiteiligen Kleid zu ihrer Konfirmation, einmal nicht in zerrissenen Jeans. Wie hübsch ihr Mädchen aussieht. Wie apart ihr feingeschnittenes Gesicht ist. Wie schön ist ihr volles lockiges Haar, das inzwischen mehr ins braune geht. So sieht sie ihrem Vater nicht mehr so ähnlich. Weiter blättert sie. Ach ja, 1980 war dann auch Lars' Konfirmation, im Juli dann die Goldene Hochzeit ihrer Eltern. Im September war Konstantin im Krankenhaus, wegen einer Gallenblasenresektion. Sein Zustand wurde bedenklich, weil man eine allergische Reaktion auf ein Medikament übersah. Fast täglich sind sie mit Elisabeth zu ihm gefahren. Im November waren die Geburtstage beider Eltern und wiederum viele Gäste für zehn Tage im Haus. Weil das Haus recht groß ist, können sie ca. zehn Personen unterbringen. Das bringt Judith oft an den Rand ihrer Belastbarkeit. Mitunter ist sie nur noch müde, wie jetzt und gähnt, wird aber hellwach, als Daniel anruft. Seit kurzem hat sie einen eigenen Anschluss, den sie sich mit den Eltern teilt, in ihrem Zimmer. So kann sie ungestört mit Daniel telefonieren.

„Hallo, schön dass du anrufst. Bist du noch in deinem Büro Daniel?"

„Ja, bin ich. Bevor ich ins Wochenende gehe, wollte ich noch kurz deine Stimme hören, um von deren Klang etwas mitzunehmen. Doch etwas Anderes, wie ich gehört habe, geht es dir wieder besser?"

„Ja, wesentlich besser."

„Schön! Wollen wir uns Anfang nächster Woche mal sehen? Hoffentlich nicht nur sehen. Ich habe große Lust auf dich angesammelt in einem endlosen Jahr. Willst du?“
Sanft und verlockend klingt seine Stimme an ihrem Ohr. „Ja, ich will. Ich will dich und alles, was ich von dir kriegen kann. Weißt du, in der letzten Zeit war ich wie tot. Nun will ich wieder zu leben anfangen und zu lieben, dich!“

Eigentlich ist es ein Tag wie jeder andere und doch ist etwas Belebendes, etwas Neues dazugekommen, Lust etwas zu unternehmen, zu gestalten. Der Garten sieht schlimm aus. Judith hockt mitten im Beet und macht sich ans Unkraut jäten. Jetzt im Mai ist die Luft schon warm und die Sonne schickt ihre Strahlen durch rasch wandernde Wolken. Die Erde dampft und ein weicher Geruch entströmt ihr. Es geht ihr so gut wie schon lange nicht mehr. Daniel war gestern bei ihr. Endlich nach langer Trennung haben sie sich wiedergesehen. Sie schließt die Augen, um sich den süßen Empfindungen ganz hinzugeben. Etwas singt in ihr, eine kleine Melodie. Sie summt das Lied leise mit. Da fallen ihr die Verse ein, die sie heute morgen für ihn geschrieben hat.

Es ist ...

Es ist, es hat ein Lied in mir die ganze Nacht geklungen
von dir
von deiner Zärtlichkeit
von Liebe hat's gesungen.

Erst war's ein Hauch nur
dann begann es so leise
eine kleine Melodie
eine ganz besondere Weise.
Doch dann auch laut
wie ein Orkan
das Singen vieler Chöre
ach stärker noch
und schöner auch
das Rauschen vieler Meere.

Immer dann, wenn sie zusammen waren und es wieder einmal so wunderschön war wie das letzte Mal, schreibt sie ein Gedicht. Inzwischen mögen es so ca. 50 Gedichte sein, die sie ihm dann fein säuberlich abgeschrieben, schenkt. Er gibt sie in seinen Computer ein und sichert sie mit einem Codewort, so dass kein Unbefugter sie findet. Er mag ihre Gedichte und meint, man könnte sie durchaus veröffentlichen, doch bisher mochte sie es nicht tun. Sie hat sie auch schon mal in einem Literaturkreis vorgelesen, sich aber dabei nicht sehr wohlgefühlt und es dann wieder gelassen.
Lautes Piepsen, das von der Terrasse kommt, erinnert sie daran, es wird Zeit zum Füttern. Alle zwei Stunden haben die Vögel Hunger. Vor ein paar Tagen hat ein Nachbarsjunge ihr fünf junge Tauben zur Aufzucht gebracht. Er hat sie in einem alten Bauernhaus, das abgerissen werden soll, entdeckt. Weil undefinierbare Vogelgeräusche zu hören waren, sind die Jungen in das Haus eingedrungen. Das Dach des Hauses war schon abgerissen, so waren die Kleinen Wind und Wetter ausgesetzt. In der Ecke zusammengedrängt saßen die verschreckten Vögel, und weit und breit keine Vogelmutter zu sehen. Weil die Kinder von Judith wussten, dass sie schon oft junge Vögel aufgezogen hatte, brachten sie die Kleinen zu ihr. Aber was fressen junge Tauben? Sie wusste nur, dass sie mit Vorverdautem aus dem Kropf der Mutter ernährt werden. Das konnte Judith ja kaum bewerkstelligen. Also musste sie sich schnell etwas einfallen lassen. In der Küche stellte sie alles auf den Tisch, was als Futter in Frage kam. Feine Haferflocken, Quark, Äpfel. Alles wurde zu einem weichen Brei verrührt. So, aber nun? Wie kriegt man das Futter in die Schnäbel hinein. Sie versuchte es mit einer Pinzette. Das ging ganz schlecht. Das Problem ist, Tauben öffnen ihre Schnäbel nicht, wenn das Futter kommt. So ging das also nicht! Was nun? Zum Glück fiel ihr die Tortentülle ein, ein Teil aus Plastik. Sie fasst 1/8 Liter Brei. Und mit einem Schieber drückt man den Brei in die Vögel hinein, der gierig geschluckt wurde. Wer weiß, wie lange sie schon kein Futter bekommen hatten.
In einem großen Karton mit etwas Stroh auf dem Boden finden die Täubchen erst einmal ein zu Hause. Oben verschließt sie das Ganze mit Maschendraht. So sind sie gut unterm Dach der Terrasse aufgehoben und kein Raubvogel kann an sie heran. Alle zwei Stunden füttern, das ist nun ihre Aufgabe die nächsten Wochen. Sie seufzt, sie macht es ja auch gerne. Ihr ist es ein Bedürfnis, Hilflosen zu helfen, egal ob es nun Kinder oder Tiere sind, oder alte Menschen.

Ihrem Vater geht es in letzter Zeit nicht gut. Sein Asthma ist schlimmer geworden. Auch da sieht sie eine Aufgabe. Wieder außer Haus arbeiten zu gehen, kommt in nächster Zeit also nicht in Frage. Nun ja, so ganz stabil fühlt sie sich auch noch nicht. Und ihre Depressionen sind noch nicht total verschwunden. Außerdem plagen sie seit der Abtreibung Kopfschmerzen und Migräne. Ihr Arzt sieht darin einen direkten Zusammenhang mit den vergangenen Ereignissen.
Da klingelt das Telefon. Das wird Daniel sein. Alle negativen Gedanken fallen von ihr ab.

1983

Neben der Garage in der Ecke hat Werner für die Tauben ein Freigehege gebaut. Nun können sie sich draußen aufhalten und im Gras picken. Doch allein fressen können sie noch nicht. Zwischen den nun schon recht lebhaften Vögeln sitzt Judith und füttert sie, einer nach dem anderen hüpft ihr auf den Schoß und sperrt sein Schnäbelchen auf. Trotz ihrer 46 Jahre wirkt sie, mit langem Haar und schlank, recht mädchenhaft. Eine Nachbarin bleibt am Zaun stehen und ruft ihr zu: „Sie sehen aus wie Aschenputtel, so in mitten ihrer Tauben."
„Nur mit dem Unterschied, dass sie nicht für mich Erbsen sortieren, sonder ich sie immer noch füttern muss." Stets, wenn Judith sich im Garten aufhält, sind die Täubchen bei ihr. Putzig sieht es aus, wenn sie im Gänsemarsch hinter ihr herlaufen.
Stunden später, als sie mal wieder beim Tauben füttern ist, kommt Lars nach Hause. Mit seinen langen Beinen steigt er einfach über den Gartenzaun, ohne das Tor zu benutzen.
Mein Gott, denkt Judith für sich, ist der Junge gewachsen. Er überragt seinen Vater um Haupteslänge. Na ja, immerhin ist er jetzt schon 18 Jahre alt. Er macht neben seiner Lehre als Maschinenbauer sein Fachabitur, weil er danach studieren will.
Er begrüßt seine Mutter salopp mit: „Hi Mum".
„Grüß dich, mein Sohn", antwortet sie. „Stell dir vor, du wirst in ca. fünf Monaten Onkel. Mareen hat vorhin angerufen. Helmut ist ganz aus dem Häuschen."
„Welcher Helmut?", fragt er desinteressiert.
„Natürlich ihr Mann!"

Lars setzt sich auf die Bank zu den Vögeln. Gleich sind zwei von ihnen auf seinem Schoß. So zutraulich sind sie geworden.
Judith ist ganz traurig, wenn sie daran denkt, die Kleinen bald hergeben zu müssen. Später kommen auch Werner und ihre Eltern nach Hause. Alle sitzen sie dann im Garten bei den Tauben. Nun endlich kann Judith ihre Neuigkeit mitteilen. „Stellt euch vor", wendet sie sich an ihr Eltern, „ihr werdet Urgroßeltern, und du", sagt sie zu Werner, „wirst Opa".
„Und du Großmutter." Er betrachtet sie von der Seite. „Dafür hast du dich gut gehalten."
„Danke!"
„Es wird doch nicht etwa der Lars Vater?", meldet sich Elisabeth zu Wort.
„Nein, Gott sei Dank nicht. Mareen kriegt ein Baby."
„Ist sie dafür nicht zu jung?", gibt Betty zu bedanken.
„Nein, eigentlich nicht. Immerhin ist sie 22. Da kann man schon Mutter werden", erwidert Judith.
„Darauf müssen wir anstoßen." Werner springt auf. „Wartet, hier", schnell kommt er mit einer Flasche Sekt und Gläsern wieder.
Lange sitzen sie noch in der Abendsonne, die blutrot untergeht. Die beiden Alten verabschieden sich zuerst. „Komm Vati, ich will Mareen einen Brief schreiben." Sie ist die Korrespondentin der Familie. Sie schreibt lebendig, mit einer für ihr Alter immer noch schönen Schrift, lange Briefe.

Nun endlich sind die Täubchen flügge. Judith kann sie bei einem Taubenzüchter in Darmstadt unterbringen. „Hoffentlich landen sie nicht im Bratentopf", neckt Werner sie.
„Na ja, darauf habe ich keinen Einfluss mehr. Ich habe getan, was ich konnte.

Erst jetzt nach fast drei Monaten kann sie Daniel wieder sehen. Sie treffen sich etwas außerhalb des Ortes in einer kleinen Nebenstraße. Er hat sich den Tag frei nehmen können. Deshalb wollen sie nach Worms fahren. Kaum, dass sie im Auto Platz genommen hat, küsst er sie auf seine tiefe, süße Art. Sie schmilzt dahin und es wird klar, dass sie ohne Pause zu machen, nicht bis Worms kommen werden. Schon beim nächsten Parkplatz liegen sie sich in den Armen und 'üben', damit sie das wundervolle Tun nicht vergessen. Später, als

sie wieder im Auto sitzen, fragt er sie: „Wie geht es dir und deinen Tauben?“
Langsam fahren sie auf einer Landstraße entlang und freuen sich über die reizvolle Landschaft. Erst nach einer Weile antwortet sie: „Mir geht es gut, sehr gut sogar. Immer, wenn du bei mir bist, hab ich das Gefühl zu schweben. Aber gerade dadurch komme ich in eine gewisse Abhängigkeit. Das macht mir Angst, weil ich andererseits ein eigenständiger Mensch bin und auch viel Freiraum brauche wie du, eventuell noch in größerem Maße.“
„Ja das stimmt. So nahe, wie wir uns mitunter sind, habe ich noch keinen Menschen an mich herangelassen.“ Er macht eine kleine Pause. „Außer meine Mutter in früheren Zeiten vielleicht. Und außerdem, wenn man liebt, ist man nie frei. Man kann von so vielen Dingen abhängig sein, dann bin ich's doch am liebsten von der Liebe, oder vom Sex mit dir. Ach, weißt du, mein Schatz, solange wir nicht zusammenleben und soviel Nähe nicht täglich eingefordert wird, halte ich es gut aus.“
„Nein, oh nein! Oder könntest du dir vorstellen, ohne mich, ohne unsere Liebe zu leben?“ Erschrocken hält sie inne. „Ohne dich zu sein, das wäre, als würde man ein Stück von mir abschneiden.“ Sie stockt, „weißt du, ich bin auf dem Weg heil zu werden, ganz zu werden durch dich.“
„Ja, ich weiß. Das kann man sehen. Das strahlst du aus. Du bist hübscher geworden, viel schöner als in der Zeit unseres Kennenlernens.“ Verlegen wehrt sie ab. „Ach was, das liegt nur an den Haftschalen, weil ich jetzt keine dicken Gläser mehr tragen muss.“
„Nein es stimmt. Schau dich doch an. Du gehst auf die Fünfzig zu und hast eine Figur wie ein junges Mädchen und auch wenn ich noch so genau schaue, ich sehe nicht eine Falte in deinem Gesicht. Dazu kommt noch deine erotische Ausstrahlung. Du bist eine interessante Frau.“
„Danke, mein Schatz. Für mich ist nur wichtig, dass ich dir gefalle, und übrigens, wolltest du nicht etwas über meine Vögel wissen? Davon sind wir ganz abgekommen“, versucht sie abzulenken.
„Ja du hast recht. Was machen deine Täubchen?“
„Die habe ich bei einem Züchter unterbringen können. Ich hoffe, es geht ihnen dort gut!“
„Du hattest doch schon öfter Vögel aufgezogen? Wir haben noch eine halbe Stunde, bis wir am Ziel sind. Erzähle!“

„Ja, also da waren erst mal fünf Spatzen. Die hat eine böse Nachbarin mir dem Wasserschlauch aus dem Nest gespült, weil sie ihr Gepiepse gestört hat. Die sind alle gestorben. Danach hatte ich eine Kohlmeise. Sie hatte sich, als sie aus dem Nest fiel, den Flügel gebrochen. Deshalb konnte sie nie wieder fliegen, lebte aber dann noch fünf Jahre bei uns. Ein zauberhaftes Tier und klug. Stell dir vor, ich konnte ihr beibringen, einen 4 m langen Umweg zu laufen, um wieder an ihr Futter zu kommen. Wenn sie vom Schreibtisch heruntergeflattert war, kam sie ohne meine Hilfe nicht mehr rauf. Du musst dir das so vorstellen: An der Stirnseite des Zimmers stand ein niedriges Bett, daneben ein Heizkörper und etwas höher war der Schreibtisch, auf dem der Käfig stand. Also musste sie erst in die entgegengesetzte Richtung laufen und dann übers Bett, Heizung, zum Schreibtisch, um wieder an ihr Futter zu kommen. Doch schon beim 2. Mal hatte dieses kleine Tier diese Prozedur begriffen."
„Ja, wie hast du denn das geschafft?"
„Mit toten Fliegen oder auch Wespen konnte ich ihr den Weg weisen."
"Wäre es nicht viel einfacher gewesen, den Vogel im Käfig einzusperren?"
„Oh, nein!", widerspricht sie heftig. „Das kann man nicht mit einem Tier, das die Freiheit gewohnt ist, tun. Das leidet dann zu sehr. Kurz danach habe ich einem Grünling das Leben retten können", erzählt Judith weiter. „Jeden Morgen gegen 6.00 Uhr hab ich Blacky, unseren Hund, in den Garten gelassen. Eines Tages geht er die Treppe runter und stupst einen grünen Tennisball, der auf dem Weg liegt, an. Das Komische war nur, der rollte nicht weg, sondern hüpfte zur Seite. Das kam mir spanisch vor, also ging ich nach unten, um mir diesen 'Ball' anzuschauen, nahm ihn hoch und sah, dass das ein ausgewachsener Grünling war, scheinbar krank. Er hatte sich aufgeplustert und das Köpfchen unter den Flügel gesteckt. Darum sah er so rund aus. Ganz ruhig saß er auf meiner Hand. Was mochte das Tierchen nur haben? Schnell trug ich ihn ins Haus und gab ihm etwas verdünnten schwarzen Tee mit Vitamintropfen, um den Kreislauf zu stabilisieren. Dann setzte ich ihn in einen Schuhkarton, den ich mit einem alten Handtuch auspolsterte, und legte mich als Lars aus dem Haus war, noch einmal für eine halbe Stunde ins Bett. Den Karton stellte ich neben mein Kopfkissen. Dann schlief ich noch mal kurz ein. Als ich wieder wach wurde, saß das Vögelchen neben meinem Kopfkissen, und sah mich groß, aber ganz ohne Scheu an.

Dann gab ich ihm etwas von dem Aufzuchtsfutter für Vögel, das ich zu der Zeit immer im Haus hatte. Er ließ sich mühelos füttern, fraß aber nicht allein. Weil ich nicht weiter wusste, rief ich einen Ornithologen in Darmstadt an. Er meinte, das Tier könnte vergiftet sein. Er sagte dann noch, ich hätte alles richtig gemacht. Mehr könne man nicht tun.
Ich habe eine große Zimmerpflanze auf den Schreibtisch gestellt und den Grünling in die Zweige gesetzt und Futter unter das Bäumchen gestreut, falls er doch fressen möchte. Doch er ließ sich noch eine Woche von mir füttern, dann erst pickte er sein Futter selbst auf. Noch zwei Tage danach behielt ich ihn, dann erst ließ ich ihn fliegen. Ich öffnete das Fenster weit, er flog hoch in die Lüfte und zwitscherte dabei, so als würde er sich bedanken. Ich war glücklich. Ich habe ihn retten können."
„Du scheinst", er sieht sie liebevoll lächelnd an, „ein sehr geduldiger Mensch zu sein".
„Ach nein, eigentlich nicht." Sie macht eine kleine Pause und schaut aus dem Fenster. „Nur bei kleinen hilflosen Lebewesen bin ich geduldig, sonst eher das Gegenteil."
„Ja, das stimmt. Deine Ungeduld hab ich auch schon zu spüren bekommen. Immer wenn du etwas absolut willst, gehst du direkt darauf zu, ohne ..." –
„Rücksicht auf Verluste", beendet sie seinen Satz. „Damit kennst du eher eine schlechte Eigenschaft von mir."
„Na ja, für dich ist sie doch gut."
„Nicht immer." Das Auto hält. Er steigt aus. „Schau, hier ist ein schönes Cafe. Wollen wir hier bleiben? Da hinten unterm Ginkgobaum ist noch ein Plätzchen frei." Er hat den Arm um ihre Schulter gelegt und führt sie zu dem Tisch. Begeistert schaut sich Judith um. „Wie hast du das nur entdeckt? Das ist ja zauberhaft, so nahe der Stadt und doch ganz in der Natur. Das alte Bauernhaus, umgeben von Bäumen und blühenden Feldern." Staunend blickt sie am Ginkgobaum hoch. „Wie alt mag der wohl sein?" Das ganze erinnert sie an einen anderen Ort. „Weißt du noch, in Neustadt steht der gleiche Baum, bei einem alten Haus mit einer alten Bank davor, genau wie hier."
„Ja, ich weiß. Deshalb habe ich es auch ausgesucht. Komm, setz dich!" Sie schmiegt sich an ihn. „Damals schrieb ich ein Gedicht – ‚Unterm Ginkgobaum'".

Sie zitiert:

> „Da sitzen und träumen
> so vertraut mit dir
> tief in die Sonne gelehnt
> lauschen den Geschichten,
> die der alte Baum erzählt.
>
> Zurückdenken an die Kindertage
> Gerüche, Gefühle, Gedichte.
> Kennst du noch
>   die Glocke
>   den Erlkönig
>   den Schatzgräber?
>
> Wir sind auf Schatzsuche
> ein Leben lang
> auch einen Schatz finden
> wie jetzt
> mit dir."

Stumm sitzen sie so einige Minuten da. Nur das Rauschen der Blätter und das ferne Geplauder der Menschen umgibt sie. Fast fühlen sie sich wie auf einer Insel. Er nimmt ihr Gesicht in seine Hände und küsst sie zärtlich auf den Mund. Ohne dass sie es bemerkt haben, stehen Kaffee und Kuchen auf dem Tisch. Es duftet verführerisch. Sie schlägt die Augen auf. „Sag mal, zaubern kannst du auch? Wir haben doch gar nichts bestellt?"
„Doch, doch, hab ich schon gestern gemacht. Überlege mal! Was haben wir heute für ein Datum?"
„Den 4. September, na und?" Plötzlich fällt es ihr ein. „Heute vor 15 Jahren haben wir uns kennen gelernt an Bärbels Geburtstag, stimmt's? Dass du daran gedacht hast." Wie aus dem Nichts erklingt wunderschöne Musik, die 7. Symphonie von Beethoven, ihrer beider Lieblingsmusik. Immer wenn sie unterwegs sind, begleitet sie sie. Das ist in Tönen umgewandelte Landschaftsmalerei. Das ist zu viel für Judith. Weinend verbirgt sie ihr Gesicht an seiner Schulter. „Aber Nymphchen, du weinst? Ich dachte du würdest dich freuen?"

„Oh, das tu ich auch." Schnell wischt sie ihre Tränen ab und lächelt wieder. „Ich weine vor Freude. Das ist das schönste Geschenk, was ich je bekommen habe."
„Ach warte mal", er nestelt in seiner Hosentasche herum und zieht eine kleine Schachtel hervor. „Du hast doch den Ring der Hopi-Indianer, den ich dir aus Amerika mitgebracht habe, verloren. Darum wollte ich dir einen anderen schenken. Schau", er öffnet die Schachtel. „Gefällt er dir?"
„Oh, aus Gold mit einem Onyx, sehr schön!" Zitternd hält sie ihm die Hand entgegen und lässt sich den Ring an den Finger stecken. „Sieh nur, er passt. Er ist wunderbar, aber leider habe ich nichts für dich."
„Doch", er nimmt ihre Hand und führt sie zu seinem Schoß. „Da ist etwas gewachsen. Meinst du, du hättest dafür eine Verwendung?"
„Und ob!" Schnell essen sie ihren Kuchen auf, um noch größeren Freuden entgegenzugehen. –

Vergnügt vor sich hinsummend steigt Judith aus dem Bett, in dem sie gerade mit Werner geschlafen hat. Es ist Sonntag, ein schöner Tag, der seinem Namen alle Ehre macht. Alles ist noch so still, nur unten im Haus hört man gedämpftes Geplauder, ihre Eltern, die sich für den Kirchgang anziehen.
Judith räkelt sich vor dem Spiegel, der an der Wand, dem Bett gegenüber, hängt und betrachtet kritisch ihre Figur.
„Na, du kannst mit deinem Aussehen doch zufrieden sein, so schlank, wie du bist", bemerkt Werner, der seine Frau wohlgefällig betrachtet. „Ach, zufrieden", antwortet sie, „ist man doch nie. Ich bin zu klein, der Busen zu groß."
„Aber schön", meint er und zieht seine leicht widerstrebende Frau ins Bett. Er ist so froh, dass es Judith seelisch und auch körperlich so viel besser geht. So heiter und so ausgelassen hat er sie eigentlich noch nie erlebt. Da fällt ihm etwas ein. „Sag mal, hättest du Lust wieder einmal zu einem Faschingsball zu gehen? Die Fischers und die Kollings, vielleicht auch die Baers gehen hin."
„Wer?"
„Na die vom Kegelclub."
„Ja, sehr gern." Judith hat sich inzwischen ihren roten Morgenrock übergezogen und ist in die Küche gegangen, um das Frühstück zu machen. „Das wäre schön", ruft sie ihm zu. „Dann könnte man mal wieder ausgiebig tanzen." Tanzen ist ihr wesentliches, gemeinsames Hobby, das sie gern und intensiv betreiben. Obwohl ansonsten eher

unsportlich, kann sie stundenlang tanzen ohne zu ermüden. Sie bewegt sich leicht und anmutig, wie eine Feder, wie Werner immer sagt. Beschwingt huscht sie durch die Wohnung und trällert einen Schlager dazu. Sie ist glücklich mit ihren beiden Männern. Zu Daniel fühlt sie sich mit einer so großen Macht hingezogen, dass jeder Wiederstand zwecklos war. Aber auch Werner liebt sie, auf eine eher stille Art, fast geschwisterliche Art. Er ist ihr bester Freund, bei dem sie Ruhe und Geborgenheit findet. Natürlich meldet sich auch das schlechte Gewissen. Wie viel Glück, Liebe darf man für sich einfordern, für sich wollen, auch auf Kosten der Familie? Aber dann, – jeder Mensch hat nur dieses eine Leben, ist nur einmal jung! Und dann, wenn die Erfüllung in der Ehe ausbleibt, darf man dann woanders ein wenig Liebe holen? Darf Mann? Darf Frau?
Doch die Frage stellt sich ganz anders. Würde sie nicht, wenn Daniel frei wäre, mit fliegenden Fahnen zu ihm überlaufen, jetzt wo die Kinder erwachsen sind? Schluss, aus! Sie verbietet sich derlei Gedanken, weil Daniel sich nie von seiner Frau, der er sich sehr verpflichtet fühlt, trennen würde. Es sei denn, sie würde ihn verlassen, wie er sagte. Sie seufzt, so sind die Männer, feige! Also werden sie den Status Quo beibehalten.

Es ist schon spät, fast 20 Uhr. Gleich werden die Frauen kommen. Sie haben beschlossen, von den Männern getrennt, verkleidet zum Ball zu gehen, um sich von ihnen suchen zu lassen. Schnell legt Judith die Kostüme im Schlafzimmer bereit, weil sie sich erst hier ankleiden wollen. Da klingelt es auch schon. Rasch springt Judith zur Tür, um die Frauen hereinzulassen. Unter lautem Gelächter ziehen sie sich an. Ruth, die große Kühle, geht als Schornsteinfegerin. Kess sieht sie aus mit dem schwarzen Zylinder auf dem hellblonden Haar. Walburga, klein und rundlich, will sich als Marketenderin verkleiden. Sie trägt einen leuchtend roten Rock und ein blaues geschnürtes Leibchen. Mariella, die temperamentvolle, geht als Zigeunerin, was gut zu ihren schwarzen Locken passt. Nun sind sie alle gespannt, was Judith sich für ein Kostüm genäht hat. Sie ist noch nicht fertig, weil sie den Anderen beim Ankleiden und schminken geholfen hat. Schnell schlüpft sie in das schmale Etuikleid, das einen langen Schlitz hat, setzt sich ein passendes Schiffchen schräg auf ihren roten Pagenkopf. Ein breiter Gürtel betont ihre schmale Taille, an dem eine Kinderpistole und eine kleine Tasche für Strafzettelblock und Stift befestigt ist.

„Du gehst als Politesse? Sieht toll aus“, meint Ruth, „aber etwas fehlt noch“.
„Ach ja, ich habe ja noch goldene Schulterstücke.“ Ruth befestigt sie und los geht's.

Viele Stunden später steht Judith im Bad vor dem Spiegel und schminkt sich ab. Es ist schon 2 Uhr morgens, aber noch dunkle Nacht. Sie fröstelt, obwohl es im Bad mollig warm ist. Werner hält ihr den Bademantel hin. „Zieh ihn an. Du frierst doch.“
„Danke sehr!“ Judith kuschelt sich in Werners Arme. „War ein schöner Abend!“
„Ja, meine kleine Polizistin hat mich ganz schön zum Narren gehalten. Stundenlang, bis zur Demaskierung habe ich dich gesucht. Immer, wenn ich glaubte, das ist sie, war es dann doch eine andere Frau.“
„Ich sah dich ja kommen und habe mich dann hinter den Leuten versteckt.“
„Natürlich kam mir die Politesse bekannt vor, aber sie erschien mir größer. Dann auch noch die kurzen roten Haare. Ich wollte mal mit ihr tanzen, doch sie war immer schon vergeben, wenn ich kam.“
„Ach ja, das war toll, wenn ich so mit gezückter Pistole auf die Männer zuging, hat sich keiner geweigert mit mir zu tanzen oder einen Sekt zu trinken. So konnte ich mir die attraktivsten Männer holen.“
„Ja, aber auch zum flirten, wie ich dich kenne“, ergänzt Werner ihren Prolog.
„Dazu hatte ich heute Nacht genug Gelegenheit.“ Sie gähnt ausgiebig. „Aber jetzt bin ich müde, lass uns schlafen gehen.“ Doch kaum, dass sie eingeschlafen sind, kratzt Blacky an der Tür. „Ach Blacky, das kann doch nicht war sein. Du warst eben erst draußen.“ Sie dreht sich um und will weiterschlafen. Aber der Hund gibt keine Ruhe und jault jetzt ganz laut. Mühsam quält sich Judith aus dem Bett und öffnet die Tür. Erschrocken schreit sie auf. Dicker, übelstinkender Qualm kriecht in alle Ritzen. Jetzt wird auch Werner wach. Schnell eilt er zum Telefon. Der Strom ist ausgefallen und im Dunkeln ist es schwer, richtig zu wählen. Endlich schafft er es. Judith hat inzwischen die Haustür geöffnet, um den Hund, der schreckliche Angst hat, hinauszulassen. Doch das war ein Fehler. Wie ein Feuerball entzündet sich das Gas. Eine große Flamme schießt im Flur hoch. „Wecke die Eltern und Lars“, schreit ihr Werner entgegen. „Ich hole den Feuerlöscher“ und läuft in den Keller. Nur mühsam kommt man

im Treppenhaus voran, weil das Feuer schon überall ist. „Bitte Lars, wach endlich auf! Es brennt! Wir müssen alle raus!“ Heftig rüttelt sie ihren Sohn an der Schulter. „Du musst die Vögel in die Käfige tun und ins Freie bringen.“ Rasch springt Lars aus dem Bett und rennt in sein früheres Kinderzimmer, in dem die Vögel frei herumfliegen können. Nun noch die Eltern wecken. „Mutti, Vati wacht auf“, schreit sie laut. „Wir müssen aus dem Haus raus. Bei uns oben brennt es. „Das Feuer geht immer nach oben“, murmelt ihr Vater und dreht sich auf die andere Seite. Ihre Mutter, die inzwischen schwerhörig ist, hat noch gar nichts mitgekriegt. Judith geht an ihr Bett und schüttelt sie.
„Mutti steh auf, es brennt! Wir müssen alle raus!“
„Oh nein, es brennt? Ich komme schon.“
Sie hilft den Eltern in ihre Bademäntel und führt sie ins Freie. Später stehen sie alle nicht nur vor Kälte zitternd im Garten. Blacky springt jaulend von einem zum anderen, so als wollte er sich vergewissern, dass alle wohl auf sind. Bald darauf kommt die Feuerwehr und Polizei an. Der Brand ist schnell gelöscht, weil sich das Feuer nur im Hausflur ausgebreitet hat, ist der Schaden relativ gering. Der Brandmeister gesellt sich zu ihnen und stellt einige Fragen, auch wer das Feuer zuerst bemerkt hat. „Das war Blacky, unser Hund“, stellt ihn Lars vor.
„Er hat ihrer aller Leben gerettet“, er bückt sich, um das Tier zu streicheln. „Wissen Sie, es ist so. Die meisten Menschen sterben bei so einer Katastrophe nicht durch das Feuer, sonder Sie ersticken an den giftigen Gasen. Sie sind geruchlos und darum auch so gefährlich.“
„Aber wie“, fragt Werner, „ist das Feuer entstanden?“
„Wir nehmen an, dass der Brand im Elektrokasten entstanden ist. Dort befindet sich der Impulsgeber. Da scheint sich ein Schräubchen gelockert zu haben. Dann ist das Ganze auch versichert und Sie bekommen alles ersetzt. Ja, Sie haben Glück im Unglück. Dazu noch eine so milde Winternacht. Wir haben heute am 6. Februar 1983, 15°C. Das ist doch auch ein positiver Umstand. Nun möchte ich mich verabschieden.“ Er reicht allen die Hand, bückt sich noch einmal, um Blacky zu streicheln. Der springt begeistert von einem zum anderen und freut sich.
„Leben Sie wohl! Ich sage nicht auf Wiedersehen! Alles Gute!“ Werner verneigt sich leicht vor dem sympathischen Mann. „Danke, wir haben zu danken!“

Es wird langsam hell. Sie gehen ins Haus. Keiner denkt jetzt an Schlafen. Dazu sind alle viel zu aufgewühlt. Judith kocht eine große Kanne Tee. Konstantin holt eine Flasche Rum rauf und so stoßen sie auf ein neues Leben an. Man vergisst zu leicht, wie schnell es zu Ende sein kann. Sie haben Glück gehabt.
Später dann ruft Judith Mareen an, um ihr von dem Feuer zu erzählen. Sie freut sich mit ihrer Mutter, dass es ihnen allen gut geht. Niemand hat Schaden genommen.

Werner geht zufrieden vor sich hinlächelnd durch das Haus. Jetzt endlich, ein halbes Jahr später, ist von dem Brand nichts mehr zu sehen. Ein schöner Putz in einem zarten apricot Ton im Flur hat die schon etwas schäbige Tapete abgelöst. Die Nussbaumtüren sind alle gestrichen worden. Auch das Wohnzimmer erstrahlt in neuem Glanz, sehr helle Tapeten, die sich gut vom Mahagoniholz der Möbel abheben. Der neue edle Teppichboden ist golden. Dazu passend in einem dunklen braun, die auch neuen mehrteiligen Polstermöbel. Alles, was durch den Brand Schaden genommen hatte, ist von der Versicherung übernommen worden. Er geht die Marmortreppe hinunter. Hier in der unteren Etage haben sie überall Fliesen, die nicht verletzt worden sind. So gelangt er in den großen Hobbyraum, in dem Lars jetzt seine Wohnstatt hat. Er öffnet die Tür und bleibt gleich im Eingang stehen. Empört wendet er sich an seinen Sohn, der auf dem Sofa sitzt und liest. „So ein Saustall“, ruft er laut. „Wie hältst du es nur in solch einem Durcheinander aus!“ Werner versucht an das Fenster zu gelangen und steigt über Kleidungsstücke und Werkzeuge hinweg, die verstreut auf dem Fußboden herumliegen. „Und übrigens, wann wirst du denn mit deinem Auto fertig sein?“ Schon ein ganzes Jahr blockierst du die Garage.“ Judith erscheint in der Tür. Sie ist neugierig geworden, warum ihr ansonsten so ruhiger Mann, so herumbrüllt. Und gleich wendet sich Werner an sie. „Kannst du nicht dafür sorgen, dass hier mal geputzt wird? Der Kerl lernt das nie?“
„Ach weißt du Werner“, besänftigend streichelt sie seinen Arm, „in der Pubertät brauchen junge Leute phasenweise so eine Unordnung, weil es in ihrem Innern auch so aussieht.“
„Ja, ja erwidert er ärgerlich. Nimm den Jungen nur in Schutz. Bei der Mareen warst du nicht immer so tolerant.“ Schuldbewusst steht Lars an seinem Schreibtisch und schaut betroffen vor sich hin. „Ich mache ja wieder sauber. Doch in letzter Zeit habe ich jede freie Minute da-

mit zugebraucht, am Auto zu basteln. Und außerdem“, sein Gesicht hellt sich auf, „habe ich gestern meinen Führerschein gemacht. Also fügt er selbstbewusst hinzu, ich habe die Fahrprüfung auf Anhieb bestanden.“ Werner ist perplex. „So heimlich – und wo hattest du das Geld her? Das kostet doch Einiges!“
„Ja, 2.500 DM alles in allem. 1.000 DM hatte ich noch von der Konfirmation, 500 DM bekam ich von den Großeltern und 1.000 DM habe ich in den letzten Jahren zusammengespart.“
„Ja, das stimmt“, bestätigt Judith. „Er hat sich nichts gegönnt und jeden Pfennig bei Seite gelegt.“ Schon wieder versöhnt umarmt Werner seinen Sohn. „Meinen Glückwunsch! Es freut mich, dass meine Kinder so gut mit Geld umgehen können. Wenn man bedenkt mit wie wenig Mareen in Berlin auskommen muss. – Das hast du wirklich gut gemacht.“ Anerkennend klopft ihm Werner auf die Schulter. „Dazu auch meine Gratulation.“ Judith küsst Lars zärtlich auf die Wange. „Aber jetzt bitte ich zu Tisch. Lars sage bitte den Eltern Bescheid. Sie werden sich freuen.“
Später sitzen sie alle in großer Runde. „Wir haben Grund zum Feiern“, erklärt Werner den Eltern. „Lars hat seine Fahrprüfung bestanden.“ Judith betrachtet gerührt ihre Familie. Sie kann sich wirklich glücklich schätzen. Wie freundschaftlich alle miteinander umgehen. Die liebevollen Eltern und dieser so ganz besondere Sohn, und nicht zuletzt Werner der so ein angenehmer Mensch ist. Sie hat jetzt gelernt besser auf ihn einzugehen. Man darf in Gefühlsdingen nicht zu viel von ihm erwarten. Nähe und Zärtlichkeit vermag er eben nicht so viel, wie sie möchte, zu geben. Sie lässt ihn auf sie zukommen und ist dann offen für ihn. So geht alles gut.

Auch Mareen müsste noch da sein. Nachdenklich betrachtet Judith ihr Foto an der Wand. Elisabeth tritt neben sie. „Sie fehlt dir, gell?“
„Ja, trotz all des Ärgers, den wir durch sie hatten. Sie fehlt mir jeden Tag. Jetzt besonders, wo sie schwanger ist, wäre ich gern bei ihr.“
Lars geht zur Terrassentür. „Kommt mal alle mit. Ich will euch etwas zeigen.“ Er geht auf die Garage zu und steigt in sein Auto. Es ist ein 18 Jahre alter Ford, den er total auseinander gebaut und dann wieder zusammengesetzt hat. Und, oh Wunder, nach einigen Startversuchen, springt der Motor an. Das Auto fährt. Stolz rollt Lars auf die Straße. Alle stehen am Gartenzaun und schauen dem Wagen nach. „Dass er das geschafft hat.“ Konstantin wendet sich an Werner, „so ohne alle Vorbildung. Wer hätte das gedacht.“

„Ja", sagt Werner. „Er hat sich ein Buch über die Konstruktion des Autos besorgt und danach gearbeitet."
„Trotzdem, alle Achtung! Er hat viel technisches Verständnis."
„Das, mein lieber Schwiegervater hat er eindeutig von dir." Er hängt sich bei ihm ein und Arm in Arm gehen sie ins Haus zurück.

1983

Endlich ist es soweit. Ihr Enkelsohn ist schon vier Wochen alt, nun wird sie ihn kennen lernen. Bald fährt sie nach Berlin und zwar allein, weil Werner keinen Urlaub mehr hat. Es ist Oktober, draußen kalt und ungemütlich. Stürmische Winde peitschen dicke Regentropfen an die Fensterscheiben. Doch in ihr ist es licht und hell, denn außer der großen Freude, ihre Tochter und ihr Baby zu sehen, gibt es noch einen anderen Grund sich zu freuen. Sie wird Daniel dort treffen. Er konnte eine anstehende Dienstreise nach Berlin verlegen. Ca. 15 Postingenieure werden dahin beordert, nur weil ihr Chef dort ein Rendezvous haben wird. Für nur eine gemeinsame Nacht so ein Aufwand.
Sie setzt sich ans Fenster und lächelt still vergnügt in sich hinein. ‚So ein Verrückter Kerl!' Was er sich alles einfallen lässt, um mit ihr zusammen sein zu können.
Aber was nimmt man auf so eine Reise alles mit? Was zieht sie zu dem Treffen mit Daniel an? Ratlos steht sie vor ihrem Kleiderschrank. Ca. 14 Tage wird sie in Berlin sein, am 10.10. will sie fahren. Heute ist der 3., also hat sie noch eine Woche Zeit, um etwas zu nähen. Da war doch noch der leichte rote Wollstoff. Ach ja, in der Kommode müsste er sein. Den Stoff über die Schulter gelegt, stellt sie sich vor den Spiegel. Das sanfte, aus der Tiefe leuchtende Rot steht ihr gut. Daraus kann sie sich ein leichtes, doch elegantes Kleid nähen, schmal mit langen Ärmeln und einem asymmetrischen Verschluss.
Pünktlich zum Reisebeginn ist es fertig.
Mit einem kleinen Koffer und einer Reisetasche steht Judith am Darmstädter Bahnhof und verabschiedet sich herzlich von ihren Männern. Werner und Lars haben sie hierher begleitet.
In Berlin dann, wird sie von Helmut, ihrem Schwiegersohn, am Bahnhof Zoo abgeholt. Sie fahren mit U- und S-Bahn bis Kreuzberg

in die Markgrafenstraße. Helmut macht sie auf einige Sehenswürdigkeiten, an denen sie vorbeifahren, aufmerksam. Judith mag den jungen, gutaussehenden Mann an ihrer Seite gern. Er ist ein intelligenter zurückhaltender Mensch. Doch Judith hört nur mit halbem Ohr zu. Sie ist in Gedanken schon bei Mareen, die sie jetzt ein Jahr nicht gesehen hat und freut sich auf das Baby von ihr. Als sie sich dann gegenüberstehen, sinken sie sich weinend in die Arme. Sanft schiebt Judith ihre Tochter von sich weg. „Lass dich anschauen. Hübsch siehst du aus mit dem kurzen Lockenkopf und so jung, nur ein wenig blass ... Und wie schlank du schon wieder bist."
„Das Stillen ist anstrengend. Aber komm doch erst einmal herein."
Judith schaut sich um. „Schön habt ihr es hier, großzügig und hell, die Wohnung!" Sie geht weiter in den Raum, der durch zwei weiße Doppeltüren getrennt ist und lässt sich in einen der Sessel, die am Fenster im Erker stehen, sinken. Doch dann bringt Helmut das Baby, das im Nebenzimmer geschlafen hat, herein und alle Aufmerksamkeit gilt dem Kleinen. Er legt ihn Judith in die Arme. „Das ist Jaron. Er hat sich mit dem 'auf die Welt kommen' Zeit gelassen."
"Ja", bestätigt Mareen. Schon zwei Wochen früher sollte er geboren werden. Zum errechneten Geburtstermin setzten auch leichte Wehen ein. Helmut brachte mich in die Klinik – doch dort hörten sie wieder auf. Darum schickte man mich wieder nach Hause. Erst vierzehn Tage später setzten die Wehen wieder ein. Zum Glück wurde es eine normale Geburt." Ein weiches Lächeln erhellt ihr hübsches Gesicht. „Doch nun ist alles wunderbar. Jaron entwickelt sich gut, er hat schon etwas zugenommen." Behutsam drückt sie das Baby an sich und ist glücklich. „Mein Gott, ist der süß und so zart. Er sieht aus wie du, als du so klein warst", wendet Judith sich an Mareen, „der gleiche wache Blick, die schönen blauen Augen und die blonden Löckchen, wie du."

Sie schließt die Augen und zitiert:

> Kaum geboren und
> so viel Energie.
> Zart und zerbrechlich
> und so viel
> Lebenswillen.
> Augen tief und klar
> in die man sich
> sinken lassen
> möchte, um
> aufzutauchen
> in der eigenen
> Kindheit.

Mareen tritt von hinten an ihre Mutter heran und legt ihr die Hände auf die Schultern. „Das war hübsch. Von wem ist das?"
„Von mir, habe es für deinen Sohn geschrieben. Übrigens habe ich noch etwas mitgebracht."
Sie steht auf und holt aus ihrer Tasche ein Päckchen, ein Buch und ein Couvert und reicht die Sachen Mareen. Die packt gleich aus.
„Oh, ein Mobile! Schau Helmut, Hexen. Hast du selbst gemacht?"
„Ja, und im Couvert ist etwas Geld von Werner und von mir."
„Danke Mutti!" Mareen umarmt ihre Mutter. „Das können wir gut gebrauchen. Du weißt, Helmut studiert noch." Dann blättert sie in dem Büchlein. „Oh, handgeschriebene Gedichte! Auch von dir?"
„Ja, mein neuestes Hobby. Vielleicht interessieren sie dich."
„Ja, ich werde sie bei Gelegenheit mal lesen. Doch jetzt werden wir erst mal Kaffee trinken. Er müsste schon fertig sein." Sie springt auf und will zur Küche. Doch daraus wird erst mal nichts, weil der Kleine sich lautstark meldet. Er will gestillt werden. Judith schaut zu. Sie ist doch sehr glücklich hier zu sein.

An der Gedächtniskirche haben sich Daniel und Judith verabredet. Ihn nur zu sehen, und ihr Herz kommt aus dem Takt. Obwohl ein kalter Wind weht, der so typisch für Oktober ist, hat Daniel nur einen Anzug an. Den Schirm und seinen Mantel hält er lose in der Hand. Er stellt die Aktentasche ab, ergreift ihre Hände und schaut sie lange stumm an.

Weit entfernt von zu Hause hat sie das Gefühl angekommen zu sein. Bei ihm ist sie zu Hause und kein anderer Wunsch bewegt ihr Herz. Sie hören nichts mehr vom Lärm, dem Verkehr um sie herum.
Der Regen wird stärker, tiefschwarz hängt der Himmel über Berlin. Nur ein Stern leuchtet über dem Kuhdamm. Er weist auf ihn: „Da wollen wir hin", und endlich spannt er den Schirm auf. „Vor lauter Aufregung habe ich gar nicht gemerkt, dass es regnet." Er legt den Arm um ihre Schultern und eng aneinander geschmiegt gehen sie das Stück bis zum 'I. Cafe'. „Erzähle Judith, wie geht es deiner Tochter und deinem Enkel. Wie heißt er?"
„Meiner Tochter geht es gut und der Kleine heißt Jaron. Es ist ein seltsames Gefühl so ein kleines Wesen im Arm zu halten, das so aussieht wie Mareen, als sie geboren wurde. Es ist wie ein Zurückgehen in eine vergangene Zeit." Sie holt tief Luft und redet dann weiter: „Wie du ja weißt, war unser Zusammenleben in den letzten Jahren bevor sie auszog, recht schwierig. Wir sind uns einerseits sehr ähnlich, doch dann auch wieder grundverschieden. Dazu kommt noch, dass wir beide sensibel sind. –
Jetzt so über die Wiege gebeugt, um das kleine Wunder darin zu betrachten, schien es, als seien die alten Zwistigkeiten begraben. Eventuell kann der kleine Kerl eine Brücke bauen."
Daniel drückt sie zärtlich an sich. „Ich weiß wie schwer dir die Probleme mit deiner Tochter auf der Seele liegen. Es würde mich sehr freuen, wenn es jetzt besser würde."
Der Regen ist heftiger geworden. Sie sind froh das Gebäude erreicht zu haben. Im Aufzug dann, der sie zum Cafe, das sich ganz oben im Gebäude befindet, bringt, küsst er sie auf seine tiefe Weise. Oben angekommen zeigt er ihr das Panorama der Stadt bei Nacht. Natürlich ist sie beeindruckt. Doch weit mehr entzückt sie seine Gegenwart. Sie betrachtet ihn von der Seite. Er sieht sehr gut aus, wie immer. Der hellgraue Anzug und der schwarze Seidenrolli lassen seine braune Haut schimmern. Auf seinen dunklen Locken glitzern noch einige Regentropfen. Obwohl er lächelt, wirkt er angespannt und nervös. Sie legt beruhigend ihre Hand auf seinen Arm und streichelt ihn sanft. Zusehends entspannt er sich. Er schaut sie liebevoll an. „Na du, freust du dich?"
„Oh ja, ich kann gar nicht sagen wie sehr!"
Inzwischen haben sie ihren Kaffee ausgetrunken. Daniel lehnt sich im Sessel zurück. Er zündet seine Pfeife an. Sie liebt dieses Ritual und den Duft des Tabaks, den er verwendet. Mit dem Finger

schnippt er etwas Tabak von der Hose und entdeckt seine schmutzigen Knie. „So besonders sauber sind die Aufzüge hier nicht, schau!“ Er zeigt ihr die Flecken.
„Ja, das kommt davon, wenn man vor seiner Geliebten auf den Knien rumrutscht.“ Sie lacht.
„Anders komme ich an deine intime Stelle ja nicht ran. Ich hatte solche Sehnsucht danach.“ Er küsst zärtlich ihre Hand. „Dich da unten zu schmecken ... Dann trink bitte aus, damit wir das süße Spiel fortsetzen können.“
„So eilig hast du's?“
„Herr Ober, bitte zahlen“, ruft er dem vorbeihuschenden Kellner zu.
„Gehen wir gleich ins Hotel?“, fragt sie ihn auf dem Weg zum Aufzug, in dem sie diesmal nicht allein sind. Er zieht sie an sich und flüstert ihr ins Ohr: „Du Ungeduldige! Etwas wirst du noch warten müssen. Ich habe eine Überraschung für dich! Komm!“
Neugierig betreten sie das japanische Restaurant. Erstaunt bleibt sie stehen. „Ist das schön hier! Zauberhaft!“ Begeistert schaut sie sich um. „Man hat das Gefühl in einem Garten zu sein.“ Überall zwischen den Tischen kleine Stege und Brücken über Wasserläufe, dazu noch viele blühende Pflanzen. Jeder Tisch, an dem sechs Personen Platz nehmen können, hat einen eigenen Koch, vor ihm eine Herdplatte und Berge von frischem Gemüse und Fleisch, das er mit flinken Händen in kleine Stücke zerhackt. Er verteilt es nach kurzer Garzeit auf die bereitstehenden Schalen der Gäste. Doch zuvor bekommen sie weiße Schürzen umgebunden und einen großen Aperitif in japanischen Figuren serviert. Der hat es in sich. Schon bald sind sie in einer übermütigen Stimmung. Im Schutze der Schürzen kann man herrlich fummeln.
Das ganze Essen wird zu einem köstlichen, erotischen Ereignis. Es ist schon ziemlich spät, als sie zum Hotel, das nicht allzu weit entfernt liegt, aufbrechen, immer noch lachend und flirtend. Daniel bleibt stehen und nimmt ihr Gesicht zärtlich in seine Hände. „Was ich dir noch sagen wollte, das neue Kleid steht dir gut! Als ich dich an unserem Treffpunkt stehen sah, so im schmalen schwarzen Mantel und Baskenmütze, sahst du wie ein junges Mädchen aus.“
„Danke!“ Sie lacht. „Aber nur aus der Ferne.“
Mittlerweile sind sie schon vor dem Hotel angekommen. Alles ist dunkel und die Haustür verschlossen. Daniel ist ratlos. „Leider habe ich mir keinen Schlüssel geben lassen. Wie kommen wir jetzt hier rein? Warte mal.“ Er geht die Mauer entlang. „Das zweite Fenster

müsste meines sein.“ Er klettert auf den Mauervorsprung und drückt am Rahmen. „Glück gehabt, es geht auf. Meinst du, du schaffst es, auf den Sims zu klettern?“
Sie versucht es und rutscht ab. „Nicht ohne deine Hilfe.“
„Wie viel wiegst du?“
„Nicht ganz 50 kg.“
„Das müsste gehen.“ Er steigt ab und stemmt sie hoch. „Findest du Halt?“
„Ja, aber weiter komme ich nicht. Das Fenster ist zu hoch. Du hast es mit einer eher unsportlichen Frau zu tun.“
„Warte Schatz“, er klettert neben sie auf den Mauervorsprung. „Halte dich gut fest.“ Er bückt sich und greift nach ihrem Po und drückt sie unter großer Anstrengung hoch in die Fensteröffnung. Unter Gelächter plumpsen sie nacheinander auf das, unter dem Fenster stehende, Bett. „Stell dir vor, jemand hätte die Polizei gerufen, weil man uns für Einbrecher gehalten hätte.“ Sie lacht laut. „Dann schliefen wir heute Nacht auf der Wache, aber in getrennten Zellen.“ Sie kichert.
„Leise Nymphchen!“ Schnell verschließt er ihren Mund mit einem langen Kuss. Beide zittern vor Aufregung, aber auch vor Lust. Noch halb bekleidet lieben sie sich mehrmals hintereinander und fallen dann in einen tiefen traumlosen Schlaf.
Daniel wird zuerst wach, schaut auf die Uhr und erschrickt heftig. „Nymphchen, wach auf! Wir haben verschlafen. Ich müsste schon seit einer halben Stunde auf der Konferenz sein!“
„Oh, mein Gott!“
Rasch machen sie sich ein wenig frisch und schlüpfen in ihre Kleider, die verstreut auf dem Fußboden liegen. Schnell bringt er sie zur nächsten U-Bahnstation, noch einen Kuss und weg ist er. Doch sie hat keine Lust zu fahren. Sie blinzelt in die Sonne, die recht kräftig scheint und beschließt zu laufen, doch langsam. Sie braucht Zeit, muss sich sammeln. Sie muss sich etwas einfallen lassen, wo und mit wem sie die letzte Nacht verbracht hat. Mareen wird es wissen wollen.
Mitten auf dem Bürgersteig bleibt sie stehen und schließt die Augen, denkt an ihn. Verträumt vor sich hin lächelnd geht sie die Straße weiter. So mancher Mann schaut sich nach ihr um. Erst ein und eine halbe Stunde nach ihrem plötzlichen Aufbruch im Hotel kommt sie bei ihrer Tochter an. Die steht in der offenen Tür und fragt sie empört: „Wo warst du die ganze Nacht? Wir haben uns große Sorgen gemacht!“ Ein heller Sonnenstrahl umgibt die Gestalt ihres Mäd-

chens. Er lässt Mareens Haar aufleuchten wie eine lodernde Flamme. Der wilde leidenschaftliche Charakter ihres Kindes kommt dadurch zum Ausdruck. Irgendwie auch ähnlich ihrem eigenen Wesen.
„Verzeih, ich hätte anrufen sollen." Sie lacht. „Ist das nicht eine verkehrte Welt. Noch vor ein paar Jahren habe ich dir diese Frage gestellt."
Nun lachen sie alle beide. „Trotzdem Mutti", Mareen macht sich frei, „du kannst mir doch nicht erzählen, dass du die ganze Nacht mit einer Freundin verbracht hast." Misstrauisch betrachtet sie ihre Mutter. „Und seit wann hast du in Berlin eine Freundin?"
Judith seufzt. „Ach, weißt du, lass uns doch erst einmal eine Tasse Kaffee trinken und dann..." –
„erzählst du mir alles, gell?", vollendet Mareen den Satz.
Rasch geht sie zur Küche und ruft: „Hast du schon etwas gegessen?"
„Nein."
„Dachte mir schon dergleichen." Sie kommt mit einem Tablett, beladen mit frischen Brötchen und diversen Beilagen wieder. Judith stürzt sich auf das Essen, als hätte sie tagelang nichts erhalten.
„Na, das scheint ja eine anstrengende Nacht gewesen zu sein", meint Mareen ironisch lächelnd. „Wer war diese Bekannte heute Nacht!"
Nachdenklich geworden schaut Judith aus dem Fenster. „Ja, du hast Recht, ich habe keine Freundin hier. Also – es ist ein Mann."
Erstaunt schaut Mareen ihre Mutter an.
„Wer ist es? Kenne ich ihn?"
„Nein. Oder doch, er heißt Daniel Janus und ist einer der Postingenieure aus unserem früheren Bekanntenkreis."
„Janus", überlegt Mareen. „Ja, ich erinnere mich. Ich war damals zehn Jahre alt, als ich bei ihnen wohnte, weil du im Krankenhaus warst. Auch an ihre beiden Töchter kann ich mich erinnern und an seine große blonde Frau. Natürlich auch an ihn. Er hat schwarze Locken, gell?"
„Ja, nur sind sie inzwischen leicht meliert."
„Wie lange geht das schon mit euch?"
„Ca. 16 Jahre. Ich habe ihn beim Geburtstag von Bärbel Warschau kennen gelernt und war sofort gefangen von dem Klang seiner Stimme, dem Blick seiner schönen Augen. Am liebsten hätte ich mich gleich in seine Arme geworfen und wäre bei ihm geblieben." In Gedanken daran schließt sie die Augen, „und das ist bis heute so

geblieben.“ Sie legt das Brötchen, das sie die ganze Zeit in der Hand gehalten hat, wieder auf den Teller und schaut ihre Tochter ernst an. „Ich hoffe so sehr, du kannst mich verstehen und verurteilst mich nicht.“
Mareen sieht sie erstaunt an: „Natürlich nicht! Zum einen habe ich kein Recht dazu, zum anderen kenne ich meinen Vater und“, sie lächelt, „ich kenne dich. Ja und mit diesem Daniel bist du glücklich?“
„Oh ja! Mehr als ich in Worte fassen kann.“
Mareen schüttelt ihren Kopf und lacht laut. „Was man mit dir alles so erleben kann. Du bist fast fünfzig und man sollte meinen, schon jenseits von gut und böse. Man könnte dich beneiden!“ Bedrückt schaut sie auf ihren Teller. Judith steht auf und setzt sich neben ihre Tochter aufs Sofa. „Was ist los? Ich dachte bei euch läuft alles so gut?“
„Ja, schon. Helmut ist ein zauberhafter Vater. Du hast ja gesehen, wie liebevoll er mit seinem Sohn umgeht. Er ist ein guter, verantwortungsbewusster Mensch.“ Sie zögert etwas, ehe sie fortfährt. „Aber im Bett passiert nicht viel.“
„Noch ehe Judith etwas dazu sagen kann, schreit der Kleine. Mareen springt auf, um Jaron rüber zu holen. „Halt ihn mal. Ich hole nur eine Windel.“ Doch das ist zu viel für ihn. Laut brüllt er los. Er möchte doch lieber zur Quelle zurück.
Mareen legt ihn an die Brust und alles ist gut.
Die Locken fallen ihr ins Gesicht, schimmern rot im Morgenlicht. Ein stimmungsvolles Bild, eine Mutter, die ihr Kind stillt. –
Doch leider hat das Unternehmen mit Daniel noch eine böses Nachspiel. Judith wird krank, eine heftige Blasenentzündung und zwar so schlimm, dass der Arzt kommen muss. Für diese Erkrankung scheint sie prädestiniert zu sein. Seit der Flucht vor 25 Jahren hat sie das regelmäßig. Ein wenig hämisch der Kommentar Mareens: „Die Strafe folgt auf dem Fuße.“
Die Tage bei der Tochter gehen schnell vorbei. Ein wenig traurig verlässt Judith die kleine Familie. Helmut bringt sie zum Bahnhof und setzt sie in den Zug. Kaum dass sie sitzt, ist es mit ihrer Fassung vorbei. Sie weint und kann gar nicht mehr aufhören. Warum sie weint, ist ihr gar nicht so klar, oder doch? Sie wird ihr süßes Enkelchen nicht aufwachsen sehen. Berlin ist gar zu weit von Darmstadt entfernt. Schniefend sucht sie in ihrer Tasche nach einem Tempo. Da wird ihr schon eines gereicht. Erstaunt sieht sie in ein schönes Gesicht ihr gegenüber mit ebenso verweinten Augen wie die ihren. Bewusst schaut sie sich im Abteil um. Links von ihr sitzt eine alte

Dame, einfach doch gut gekleidet, könnte eine Bäuerin sein. Der gegenüber hat eine platinblonde aufgedonnerte Frau in mittleren Jahren Platz genommen, neben ihr die rassige schwarzhaarige im blauen Anzug. Noch ehe sie ihren Blick weiter wandern lässt, hört sie einen lauten Schluchzer einer jungen Frau auf ihrer rechten Seite, groß und schlank in weiten Gewändern mit langen braunen Haaren, die ihr tief ins Gesicht fallen, das sie mit ihren Händen bedeckt hält. Alle Frauen sind nun still, man hör nur das Klappern der Stricknadeln von der alten Dame, die scheinbar ganz vertieft in ihre Arbeit ist.
Plötzlich ertönt die raue Stimme der Platinblonden: „Na det kann ja heiter werden. Acht Stunden Bahnfahrt mit drei Heulsusen." Wieder ein lautes Weinen von rechts. Judith rückt näher an das junge Mädchen heran und fragt sie leise: „Sagen Sie, kann ich etwas für Sie tun?"
Das Mädchen sieht kurz auf. „Nein danke, mir kann keiner helfen."
„Möchten Sie darüber reden?", bietet ihr Judith an.
Sie schaut sie etwas ratlos mit schönen rehbraunen Augen an und fängt dann an zu sprechen. „Durch einen großen Fehler meinerseits habe ich meine beste Freundin verloren." Tief Luft holend spricht sie weiter: „In Frankfurt habe ich ein Keramikstudio, das ich mit Luisa, das ist meine Freundin, zusammen aufgebaut habe. Es war eine schöne kreative Zeit." Ein zaghaftes Lächeln huscht über ihr Gesicht. „Dann geschah etwas, was nicht hätte sein sollen. Ich verliebte mich heftig in Luisas Mann, Jochen. Heute weiß ich gar nicht, was mich bei ihm so angezogen hat. Ach ich denke, er konnte gut küssen, war gut im Bett. Monatelang konnten wir unsere Beziehung geheim halten. Durch einen dummen Zufall kam es heraus. Luisa ging wie jeden Donnerstag gegen 18 Uhr aus dem Haus zum Training. Doch weil sie etwas vergessen hatte, kam sie noch einmal zurück. Jochen und ich waren so in unser Liebesspiel vertieft, dass wir sie nicht kommen hörten. Sie musste uns schon eine Weile beobachtet haben, ehe wir sie bemerkten. Erbost nahm sie eine Vase und warf sie Jochen an den Kopf. Ohne auch nur ein Wort zu sagen, packte sie Stunden später ihre Sachen und verschwand. Jochen zog bei mir ein. Das ging anfangs ganz gut. Durch gemeinsame Freunde erfuhren wir Monate später, dass Luisa ein behindertes Kind geboren hatte. Bald darauf verließ Jochen auch mich. Diesem Scheißkerl weine ich keine Träne nach, doch Luisa fehlt mir jeden Tag. Immer wieder bat ich schriftlich um Verzeihung, aber nie kam eine Antwort

von ihr. Nun besuchte ich sie in Berlin, doch sie ließ mich vor der Tür stehen, öffnete nicht, rief mir nur durch die geschlossene Tür zu: ‚Verschwinde, ich will dich nie wieder sehen!'" Verzweifelt schluchzt sie auf, „ich fühle mich unendlich schuldig und weiß nicht, was ich noch tun kann."
„Ach, Kindchen", lässt die Hellblonde verlauten, „trinken Sie einen Schluck, det hilft" und reicht der Weinenden den Flachmann. Das Mädchen lehnt dankend ab und wendet sich wieder Judith zu. Die legt ihre Hand auf ihren Arm. „Ach wissen Sie, wir werden alle schuldig. Keiner von uns kann ohne schuldig zu werden, leben. – Und wir werden es immer wieder. Wenn Sie nicht aufgeben, es immer wieder versuchen mit Luisa Kontakt aufzunehmen, könnte es doch eines Tages gelingen, dass Sie Ihnen verzeiht. Da lohnt sich der Einsatz. Ach übrigens, mein Name ist Judith Könitzer", stellt sie sich der jungen Frau vor und gibt ihr die Hand. Die ergreift sie und nennt nun ebenfalls ihren Namen: „Ilona Brauner". Sie reicht auch der eleganten Frau gegenüber die Hand. „Mein Name ist", sagt diese mit wohlklingender Stimme, „Isabella Engel-Berg. Das ist ein Doppelname. Ich bin der Engel, mein Mann ist der Berg." Judith lacht. „Was ja auch bezeichnend ist. Ihr Mann ist groß und kräftig. Ich konnte ihn kurz sehen, als Sie sich auf dem Bahnsteig verabschiedeten. Sie sind schlank und eher sanft – oder täuscht der Eindruck?"
Nun lacht auch Isabella: „In gewisser Weise haben Sie Recht. Diese Interpretation unserer Namen hab ich noch nie gehört."
Plaudernd kommen sich die drei Frauen näher. Man spürt die Sympathie zueinander, wie verschieden sie auch sind. Die große, etwas alternativ wirkende Ilona, die schlanke, rassige Isabella und sie selbst, klein, lebhaft, zierlich und kurvig.
„Ich wollte nur sagen, um an das Thema von vorhin anzuknüpfen", meldet sich Judith zu Wort. „Keine von uns, ach überhaupt kein Mensch, kann ohne Schuld leben. Auch bei mir ist das nicht anders. Nun ja, trotzdem bin ich eine glückliche Frau, weil ich einen Mann zutiefst liebe und von ihm wieder geliebt werde. Doch", sie holt tief Luft, „es ist nicht mein Mann. Ich habe einen zauberhaften Geliebten und das schon lange. Vor 16 Jahren habe ich mich in diesen charismatischen, interessanten Menschen verliebt. Als wir uns kennen lernten, waren wir beide schon zehn Jahre verheiratet und hatten je zwei kleine Kinder. Was hätten wir tun sollen? Zwei Familien auseinanderreißen, vier Kinder unglücklich machen? Seitdem leben wir diese Liebe im Geheimen, was auch einen ganz besonderen Reiz

hat und versuchen, ein 'normales' Leben mit der Familie weiter zu führen."
„Und Sie sind bei ihren Treffen nie erwischt worden?", unterbricht sie Isabella.
„Nein, bis jetzt nicht, obwohl wir uns gar nicht so sehr verstecken. Wir wohnen beide in der Nähe von Darmstadt. Dort waren wir schon in jedem Cafe und Restaurant. Bis jetzt sind wir noch von keinem Bekannten entdeckt worden. Daniel, so heißt mein Geliebter, meint, wir haben Schutzengel. – 'Gott schützt die Liebenden' – Es klingt etwas provokant, gell? Trotzdem, ich fühle mich nicht schuldig, weil ich diesen Daniel liebe. Ich kann gar nicht anders", ihre Stimme wird ganz leise, „auch wenn ich meinem Mann, der ein liebenswürdiger Mensch ist, Unrecht tue".
„Und doch", unterbricht sie Ilona, „muss es einen Grund geben, warum Sie aus ihrer Ehe ausgebrochen sind!"
„Natürlich gab es Gründe." Judith macht eine kurze Pause und spricht dann weiter. „Wegen traumatischer Erlebnissee in meiner Jugend, war ich seelisch wie tot. Auch wenn es nach außen hin gar nicht so schien. Darum war ich nicht offen für Werner. Er kam mit meinem damaligen Zustand nicht zurecht und zog sich von mir zurück. So lebte jeder mehr oder weniger für sich. Heute denke ich, ich habe ihn unbewusst überfordert. Als ich dann Daniel kennen lernte, war es als platzte ein Knoten in mir. Seine einfühlsame Art half mir über Vieles hinweg. Ein wesentlicher Bestandteil unserer Beziehung sind die Gespräche. Fast täglich telefonieren wir miteinander, so zwischen fünf Minuten bis zwei Stunden dauert jedes Gespräch. Auf diese Art sind wir uns sehr nahe gekommen. So viel Nähe hatten wir beide nie zu anderen Menschen. Durch ihn konnte ich zu mir selbst finden, konnte wieder heil werden. Alles, was ich mir in meinem Leben erträumt habe, bekomme ich von ihm geschenkt, ach, und mehr als das. Und außerdem", sie lächelt in sich hinein, „ist er ein fantastischer Liebhaber, mit viel Fantasie. Und – stellen Sie sich vor, nur um eine Nacht mit mir zu verbringen, hat er fünfzehn Mitarbeiter nach Berlin kommen lassen. – Doch, um noch einmal auf unser Ausgangsthema zurück zu kommen, ich weinte nicht seinetwegen, sondern weil ich mein Enkelkind, das ich eben erst kennen gelernt habe, schon wieder verlassen musste. Ich werde den kleinen Jungen nicht aufwachsen sehen. Meine Tochter lebt in Berlin."

Erneut treten Tränen in ihre Augen, die sie mit dem Handrücken wegwischt. Sie schaut kurz aus dem Fenster und wendet sich dann Isabella zu: „Und Sie, warum weinten Sie?"
„Ja, ich bin auch aus Liebe schuldig geworden. Aus Liebe zu meinem jetzigen Mann. Dazu muss ich aber weiter ausholen." Sie lehnt sich in ihren Sitz zurück und erzählt dann: „Vor mehr als 20 Jahren, noch ganz jung, kam ich von Chile nach Wien, um da Gesang zu studieren. Schon bald lernte ich einen jungen Mann kennen, der Architektur studierte. Er war ein fröhlicher, unterhaltsamer Mensch, der meiner leicht melancholischen Seele gut tat. Er führte mich gleich bei seiner Familie ein, die mich herzlich aufnahm. Sie müssen wissen, damals hatte ich schlimmes Heimweh. Ich war das erste Mal so weit von zu Hause weg. Manchmal denke ich heute, ich mochte seine Eltern lieber als ihn. Na ja, so ganz stimmt das nicht, ich war schon auch in ihn verliebt. In Grinzing, einem Vorort von Wien, hatte ich eine kleine Wohnung gemietet. Mein Leben finanzierte ich, indem ich neben meinem Studium Übersetzungen für die chilenische Botschaft machte. Wir verlobten uns und er zog bei mir ein. Vor lauter Verliebtheit fiel mir gar nicht auf, dass sich dieser Mensch fast nie an unseren Ausgaben beteiligte. So ging das einige Jahre. Er hatte nie Geld. Mein Studium hatte ich längst abgeschlossen und sang schon an Wiener Bühnen, da hing er immer noch in der Gegend rum und machte keinen Abschluss. Damals hatte ich eine Freundin mit der ich zusammen in der Operette sang, Marica. Die warnte mich vor Justus, so hieß mein Freund. Er taugt nichts. Er ist ein Filou. Doch ich wollte nichts davon hören. Heute weiß ich gar nicht, was mich so an diesen Menschen band, – oder doch", sie lächelt leicht.
Eines Tages dann kam es zum Eklat. Marica hatte Justus ziemlich vertraut mit einer anderen Frau gesehen, und das mehrmals. Erst wollte ich es nicht glauben, doch dann musste ich wissen, woran ich mit ihm war. Als er unter irgend einem Vorwand unsere Wohnung verließ, folgte ich ihm heimlich, erwischte ihn dabei, als er in einer Seitenstraße, gar nicht weit von unserer Wohnung entfernt, in einem Haus verschwand. Schon nach kurzer Zeit verließ er es Arm in Arm mit einer etwas älteren Frau. Sie gingen, sich intensiv unterhaltend, ohne mich zu bemerken, vor mir her. Ich dachte schon, es könnte eine Verwandte sein, als sie sich in einer dunklen Ecke küssten. Geschockt blieb ich mitten auf der Straße stehen und merkte gar nicht, wie Tränen meinen Blick verschleierten. Als er nachts nach

Hause kam, hatte ich seine Koffer schon gepackt und vor die Wohnungstür gestellt. So wusste er gleich Bescheid.
Die große Frage war, warum?
Wir hatten eine lautstarke Auseinandersetzung. Mir tat es unendlich gut, ihm alles, was sich im Laufe der Jahre in mir aufgestaut hatte, an den Kopf zu werfen. ‚Ja, warum?' Er setzte sich aufs Sofa und gab die lakonische Antwort: ‚Wegen des Geldes. Weil ich das Geld, das sie mir gibt, sehr gut gebrauchen kann.' Es stellte sich heraus, dass er sich von ihr aushalten ließ. Sein Studium hatte er längst aufgegeben und bei diversen Arbeitsstellen hielt er es nie lange aus. Auf so einen Kerl bin ich hereingefallen. Ja, so war das. Ohne viel Aufhebens verließ er die Wohnung, nicht ohne mir zu versichern, dass er nur mich geliebt habe."
Bedrückt durch die Erinnerung schaut Isabella aus dem Fenster. „Nicht ganz ein Jahr später", ein Lächeln erhellt ihr Gesicht, „lernte ich meinen jetzigen Mann kennen. Da sang ich schon in Berlin. Eines Tages hieß es, unser Tenor sei erkrankt. Ein neuer würde für ihn einspringen. Zur Probe dann, alle anderen standen schon auf der Bühne, kam ich zu spät. Schnell lief ich zur markierten Stelle, da setzte schon die Musik ein und ich fing an zu singen. Ein strahlender Tenor fiel mit ein. Wir sangen im Duett. Erst da nahm ich den Mann war, der mir gegenüber stand und so wunderschön sang. Er war groß und blond, ein Jung-Siegfried-Typ. Sofort war ich in seinem Bann. Der Blitz schlug ein. Von dem Moment an waren wir unzertrennlich." Sie machte eine kleine Pause. Nachdenklich geworden spricht sie leise weiter: „Weil Gunther, so heißt mein Mann, gebunden war, dauerte es viele Jahre, bis wir heiraten konnten. Er befand sich damals in einer festen Beziehung, aus der er sich nur schwer zu lösen vermochte. –
Und weil wir uns unser Zusammensein so hart erkämpfen mussten, fällt uns noch heute der Abschied so schwer. Leider sind wir berufsbedingt oft getrennt. Darum weinte ich vorhin.
Nun werden wir uns lange Zeit nicht sehen können, weil er in Berlin und ich in Frankfurt singen werde."
Es ist still geworden im Abteil. Jede der Frauen hängt ihren eigenen Gedanken nach. Die alte Dame am Fenster hatte während der Erzählungen aufgehört zu stricken. Jetzt fängt sie wieder an. Nur das Klappern der Nadeln unterbricht die Stille. Die Weißblonde tut desinteressiert und nuckelt nur ab und zu an ihrem Flachmann. Was für verschiedene Typen hat der Zufall hier zusammengeführt. Judith

betrachtet die einzelnen Gesichter. „‚Ein Gruppenbild mit einer alten Dame', aber wahrscheinlich hatte Dürrenmatt eine andere Vorstellung davon."
„Verzeihung, hieß das Schauspiel nicht ‚Besuch einer alten Dame'?" Erstaunt schaut Judith ihr Gegenüber an. Sie hatte den letzten Satz laut vor sich hin gesprochen.
„Ja, Sie haben Recht. Ist es nicht seltsam, dass wir drei uns gleich so vertraut waren und uns die lange Reise auf so wunderbare Weise vertrieben haben?"
„Ja", antwortet Ilona, „die Zeit verging superschnell". An Judith und Isabella gewandt, spricht sie dann weiter: „Mit Ihnen zu plaudern, Ihre Geschichten zu hören, hat mir sehr gut getan. Und eventuell konnte ich daraus auch etwas lernen."
„Das Leben hält für jeden von uns so viel bereit", fügt Judith hinzu. „Man darf nur nicht so schnell aufgeben."
„Das glaube ich nun auch. Doch leider muss ich jetzt aussteigen, gleich kommt Sachsenhausen." Ilona springt auf, erwischt ihren Rucksack, „danke, ich danke Ihnen" und ist schon draußen. Auf dem Perron dreht sie sich noch einmal um und winkt. Der Wind erfasst ihre Kleider und ihr langes Haar und wirbelt es hoch. Fast sieht es aus, als flöge sie davon.
Die Platinblonde verabschiedet sich mit einem leisen „Tschüß" und ist dann auch weg. Als nächste erhebt sich die alte Dame. Sie geht zur Tür, bleibt zögernd stehen und dreht sich noch einmal um: „Ach wissen Sie, ich habe in meinem Leben schon so vieles erlebt, aber das", sie holt tief Luft und fährt dann fort: „aber das, was ich hier zu hören bekam, sprengt alle Grenzen." Sie schnaubt empört. „Doch so etwas erotisches wie in diesem Abteil, habe ich noch niemals gehört." Strafend schaut sie von Judith zu Isabella und verlässt dann das Coupé. Lachend lassen sich die beiden Frauen in ihre Sitze zurückfallen.
„Das war ein Abgang, bühnenreif!" Isabella lacht noch immer. „Aber Recht hat sie auch. Ich habe auf meinen Reisen, und ich bin viel unterwegs, noch nie dergleichen erlebt. Ich werde es nicht vergessen, ‚das erotische Abteil' und Sie auch nicht." Sie nimmt Judith in die Arme und drückt sie an sich.
„Oh ja, mir geht es genau so. Es war schön, Sie kennen gelernt zu haben. Eigentlich verging die Zeit viel zu schnell." Judith hilft der Sängerin in den Mantel. Diese kramt noch ein Kärtchen aus der Manteltasche und reicht es Judith. „Bitte melden Sie sich doch mal

bei mir. Ich würde mich sehr freuen!“ Sie wirft Judith noch eine Kusshand zu und ist dann auch schon verschwunden. Noch einmal kommt sie zurück. „Besser noch, schreiben Sie sie auf, die Geschichte vom ‚erotischen Abteil‘.“
„Ja“, antwortet Judith, „das werde ich machen“.

1984

Es ist ein schöner Sonntagmorgen, alles noch ganz still, weil die Nachbarn am Wochenende lange schlafen. Die Sonne schickt ihre hellen Strahlen von einem blauen wolkenlosen Himmel. Weil die Terrasse Richtung Süden liegt, kann Judith nur vormittags hier malen. Sie steht vor ihrer Staffelei, malt ihren Schwiegervater in Öl von einem Schwarz-Weiß-Foto ab. Werner sitzt hinter ihr am Tisch und trinkt Kaffee. Er schaut ihr versonnen zu. „Nun ist mein Vater schon 16 Jahre tot, doch er fehlt mir immer noch.“
„Ja, ich weiß. Ich habe den alten Herrn gern gehabt. Ich mochte seine ruhige Art, sein verschmitztes Lächeln, so wie auf dem Foto. So sehe ich ihn vor mir im Garten mit seiner Baskenmütze stehen.“
„Genauso hast du ihn gemalt. Er wirkt sehr lebensecht.“ Werner stellt sich vor die Staffelei und betrachtet das Gemälde genauer. „Wenn man bedenkt, dass das erst dein drittes Bild in Öl ist, was du gemalt hast ...
Wie lange studierst du schon bei dem Kunstmaler Viktor von Jablonsy?“
„Zwei Semester. Und mehr werden es auch nicht, was ich schade finde. Ich könnte noch viel von ihm lernen.“ Plötzlich hörte sie ihre Mutter rufen. „Judith komm schnell, Vati geht es nicht gut!“ Rasch stellt Judith ihren Pinsel in ein bereitstehendes Glas mit einem Lösungsmittel und eilt in die untere Wohnung. Ihr Vater liegt stöhnend mit hoch rotem Gesicht im Bett. Sie fühlt seine Stirn. „Du hast Fieber. Wo hast du Schmerzen?“ Judith reibt mit dem Waschlappen, den Elisabeth ihr gereicht hat, sanft über sein Gesicht.
„Hier oben tut es weh.“ Ihr Vater zeigt auf seinen Bauch. „Die ganze rechte Seite. Es strahlt bis in den Rücken aus.“
„Bitte hole Dr. Brandauer“, ruft sie Werner zu, der von der Diele aus alles beobachtet hat.

Der Arzt kommt und weist Konstantin in die Klinik nach Groß-Gerau ein. Werner bringt seinen Schwiegervater, gleich nachdem die Frauen ein paar Sachen eingepackt haben, hin. Judith und Elisabeth fahren mit. Dort wird ihnen nach einer kurzen Untersuchung mitgeteilt, dass Konstantin gleich operiert werden muss. „Wissen Sie, Ihr Vater hat viele große Gallensteine. Die Gallenblase könnte platzen", erklärt Dr. Sachs ihnen.
Die OP verläuft ganz gut, weil er trotz seines Alters in einer recht guten gesundheitlichen Verfassung ist. Aber leider kommt es danach zu einer Komplikation. An diesem Tag im August, an dem Konstantin operiert wurde, war es sehr heiß. Überall in den Gängen standen Türen und Fenster offen. Weil im Aufwachraum nach seiner Operation kein Platz war, ließ man den alten Mann, noch halb in der Narkose, auf dem Flur liegen. Das hätte ihm fast das Leben gekostet. Er bekam eine schwere Bronchitis und aus ursprünglich zehn Tagen Aufenthalt in der Klinik wurden vier Wochen. Gott sei Dank überlebte er. Doch er wurde danach nie mehr ganz gesund. Sein Asthma wurde schlimmer als je zuvor, was ihn noch mehr schwächte. Auf zittrigen Beinen und sehr dünn geworden, verließ er auf Werner gestützt das Krankenhaus. Zu seinem 80. Geburtstag, zwei Monate später, war er so weit hergestellt, dass er das Bett verlassen konnte.
Alle seine Kinder und Enkel kommen, auch Mareen und Familie, was Judith besonders freut. Der kleine Jaron, inzwischen schon drei Jahre alt, läuft durch das ganze Haus und unterhält plappernd alle Leute. Er ist ein ausgesprochen hübsches Kind und wird seiner Mutter immer ähnlicher. Am Nachmittag werden Konstantin viele Ständchen gebracht. Mit unsicherer Stimme singt er, der ja lange im Chor gesungen hat, alle Lieder mit. Es ist berührend wie tapfer dieser Mensch ist. Er hat nichts von seiner positiven Einstellung verloren. –
Nach einigen Wochen geht es ihrem Vater so gut, dass sich Judith wieder mehr um ihre eigenen Angelegenheiten kümmern kann, besonders um Lars, der seine Lehre fast beendet hat und nun sein Abitur nachholen möchte, um studieren zu können. Eines Tages kommt er verstört nach Hause und lässt sich im Wohnzimmer aufs Sofa fallen. Er erzählt stockend, was am Vormittag im Betrieb geschehen ist. „Ich komme gerade aus dem Krankenhaus." Erschrocken springt Judith auf. „Nein, nein", wehrt er ab. „Mir ist nichts passiert. Wegen eines Kollegen von mir, wegen Dieter, du kennst ihn auch, war ich dort. Mit ihm zusammen habe ich die Ausbildung ge-

macht.“ Lars macht eine Pause, holt tief Luft und erzählt dann weiter: „Stell dir vor, wir arbeiteten wie immer an den Maschinen. Dieter pfiff vergnügt vor sich hin, was er meistens tut. Plötzlich schreit er laut auf. Er drehte sich zu mir um und hielt mir seine Hand entgegen, die stark blutete. Er war kalkweiß im Gesicht und flüsterte: ‚Hilf mir.‘ Er schwankte, ich konnte ihn im letzten Moment auffangen, bevor er fiel. Vorsichtig legte ich ihn auf ein neben der Maschine liegendes Brett. Die anderen Kollegen standen wie erstarrt herum und taten nichts. Ich bat sie, mir den Verbandskasten und Eis zu bringen. So konnte ich den Arm abbinden und die Blutung zum Stillstand bringen. Da erst sah ich, dass drei Fingerkuppen fehlten. Ein Kollege fand sie, ich tat sie in eine Plastiktüte zu dem Eis. Danach brachte ich Dieter nach Groß-Gerau ins Krankenhaus, das ja bei uns ganz in der Nähe ist. Die Ärzte sagten, weil die Finger glatt abgeschnitten seien, könnten sie sie annähen. Dieter wurde sofort operiert. Ich blieb noch bis er aus dem OP kam und wieder bei Bewusstsein war dort. Zum Glück ist alles gut gegangen und man kann annehmen, dass er die Finger erneut wird bewegen können. Doch Dieter ist trotzdem verzweifelt, denn ob er je wieder Gitarre spielen kann, ist fraglich. Er hat sich als Handwerker nie so ganz wohlgefühlt. Viel lieber wollte er Musiker werden.“
Nur mit Mühe kann Lars die Tränen zurückhalten. Judith steht auf und setzt sich zu ihrem Sohn. Beruhigend legt sie ihm ihren Arm um die Schultern. „Du hast alles ganz wunderbar gemacht. Sag woher hast du dieses Wissen?“
„Ich habe doch vor einem Jahr einen Rot-Kreuz Lehrgang gemacht, der über ein halbes Jahr gelaufen ist. Da habe ich alles über erste Hilfe gelernt. Deshalb konnte ich Dieter helfen. Dr. Bender, mein Chef, hat mir für morgen frei gegeben. Dann werde ich Dieter besuchen.“
Er steht auf. Sein Gesicht hat wieder etwas Farbe bekommen. Judith schaut liebevoll zu ihm hoch. Sie ist stolz auf ihren Sohn. „Möchtest du etwas essen? Ich habe noch ein wenig vom Mittag übrig.“
„Ja, gern. Jetzt merke ich erst, wie hungrig ich bin. Durch die Aufregung kam ich nicht zum Essen.“

Nun hat Lars nach dreieinhalb Jahren seine Lehre beendet. Jetzt ist er Maschinenbauer. Sein Chef, Dr. Bender, hat einige Patente erworben. Deshalb war die Ausbildung für Lars auch so interessant und Dr. Bender wollte den geschickten Jungen im Betrieb behalten.

Aber Lars möchte weiterkommen und studieren. Doch zuvor muss er noch zum Bund. Lange überlegte er, ob er verweigern soll, hat sich aber dann doch dafür entschieden. Da er ein intelligenter Mensch ist, hat man ihn für die Panzerschule eingeteilt. Dabei kam er um die Grundausbildung herum. Zwischendurch kutschierte er seinen O-berst durch die Gegend oder half im Büro aus. Dort lagen diverse Formulare, auch die für Sonderurlaub, herum. Das brachte ihn auf eine Idee. Eines Tages, er war erst zwei Monate beim Bund, kam er für ein paar Tage nach Hause. Wir waren erstaunt, dass er nach so kurzer Zeit schon Urlaub bekam. Werner fragte nach dem Grund. Erst wollte er mit der Sprache nicht heraus, druckste herum, doch dann gab er zu, sich diesen Urlaub selbst genehmigt zu haben. „Na ja", meinte er, „die Formulare lagen offen auf dem Schreibtisch. Da habe ich eben eines ausgefüllt und gestempelt."
„Und die Unterschrift gefälscht?", fragt Werner entsetzt. „Wenn das rauskommt, wanderst du in den Knast."
„Ach was", antwortet Lars ganz ruhig. „So genau schaut sich niemand die Zettel an. Unser Oberst setzt solche Krakel darunter, die kann sowieso keiner lesen."
Zum Glück hatte Lars Recht. Bis zum Ende der Ausbildung bekam er keine Schwierigkeiten. Alles war gut gegangen.

1986

Judiths Besuch in Berlin liegt nun schon einige Jahre zurück. Mit Isabella Engel-Berg hat sich ein loser, doch herzlicher Kontakt entwickelt. Es ist Freundschaft geworden, die aber nur mit Briefschreiben und Telefonieren aufrecht erhalten wird.
Daniel sieht sie manchmal nur ein- bis zweimal im Monat. Doch wenn er dann da ist, nimmt er sich viel Zeit für sie, meistens vier bis fünf Stunden oder auch mal einen ganzen Tag. Mitunter fahren sie dann in eine nahe Stadt oder auch in den Odenwald. Dieses Jahr fährt Judith zur Traudl nach Babenhausen. Ihr ältester Sohn, Andy, heiratet. Doch zuvor will sie mit Daniel nach Dinkelsbühl fahren und zwar im Wohnwagen. Darauf freut sie sich ganz besonders.

Nun aber ist mal wieder Gartenarbeit angesagt. Sie kniet auf der weichen Erde und atmet tief deren Duft ein. Sie schließt genussvoll die Augen und schon ist sie in einer anderen Umgebung. Da liegt sie auf einer blühenden Wiese mit geöffneten Schenkeln, Daniel wie schwebend über ihr. Der Wind spielt mit seinen dunklen Locken. Seine Liebkosungen versetzen sie in einen rauschhaften Zustand. In Erinnerung daran spricht sie leise die Zeilen vor sich hin, die sie damals geschrieben hat.

Erfüllung

Sommerwind in
deinem Haar
deine Hände auf
meinen Brüsten.
Immer tiefer
dringst du in mich.
Dich will ich
nur dich.
Endlich
ich zerfließe unter dir
möchte nie mehr aufhören.

Sie reißt sich zusammen, öffnet ihre Augen und arbeitet weiter. Bald kommen die Eltern nach Hause und Werner von der Arbeit zurück. Wenigstens den vorderen Garten möchte sie bis dahin fertig haben, bevor sie kochen muss. Doch schon wieder schweifen ihre Gedanken ab. Die Sehnsucht nach ihm, diesem besonderen Mann, beherrscht ihr Leben. Auch wenn es immer mal zu schmerzhaften Auseinandersetzungen kommt, denn er ist trotz aller seiner Vorzüge ein komplizierter Mensch, der mitunter schwer zu verstehen ist. Er warnt sie immer: „Denk ja nicht, mein Schatz, dass das Leben mit mir eitel Sonnenschein wäre. Du hast es wesentlich besser als meine Geliebte, als meine Ehefrau. In der Ehe verfliegt jeder Zauber sehr schnell. Der Alltag zerstört alles.“
Letztendlich ist sie doch unendlich dankbar dafür, durch ihn so etwas wundervolles erleben zu dürfen, solcher Empfindungen überhaupt fähig zu sein. Daniel bringt etwas in ihr zum Klingen, was sonst für immer stumm geblieben wäre. –
Emsig arbeitet sie weiter. Nun hat sie doch eine Menge geschafft. Sie steht auf und reibt sich ihren schmerzenden Rücken. Leider ist sie nicht sehr leistungsfähig und muss oft Pausen einlegen. Nun

aber schnell in die Küche! Bald kommen die Eltern vom Spaziergang zurück und da sieht sie sie schon am Gartentor.
Ihrem Vater geht es etwas besser, wenn er auch nur langsam auf den Stock gestützt laufen kann. Er ist unverzagt. Nach jedem Asthmaanfall versucht er gleich wieder ein Lied zu summen oder zu pfeifen. Immer wenn Judith selbst mal krank ist, nimmt sie sich ein Beispiel an ihm.
Sie seufzt. Sie wird sich in Zukunft mehr um ihn kümmern müssen. Ihrer Mutter geht es verhältnismäßig gut. Darum kann sie auch, wenn Judith vereist, für ihn sorgen.

Bis Heidelberg fährt Judith mit dem Zug. Dort am Bahnhof trifft sie sich mit Daniel. Ihr Blick streift jeden ihr entgegenkommenden Mann, doch keiner gefällt ihr annähernd so gut wie Daniel, es sei denn er hat eine kleine Ähnlichkeit mit ihm, sein Lächeln, seinen Gang oder seine Locken. Auch sein Geruch hat es ihr angetan. Er riecht ein wenig wie ein Bauer. Es ist eine Mischung aus frischgepflügter Erde und einem feinen männlichen Duft nach Kräutern und nach Mann. Dann endlich steht er vor ihr, beugt sich über sie und küsst sie zart auf den Mund. „Schön, dass du da bist, Nymphchen! Lass uns gleich zum Auto gehen." Er nimmt in die eine Hand ihren Koffer, an die andere sie. Und los geht's.
Langsam fahren sie durch die leicht hügelige Landschaft. Das Wetter ist schön wie fast immer, wenn sie gemeinsam unterwegs sind. Kurz bevor sie in Dinkelsbühl ankommen, möchten sie noch eine Pause machen, um auszuprobieren, ob das ‚Rein-raus-Steckspiel' noch funktioniert, wie Daniel sich ausdrückt. Und es geht. Weil sie es so eilig hatten, sind sie nicht erst in den Wohnwagen gegangen, sondern haben sich gleich im Auto geliebt. Der Parkplatz schien leer zu sein, doch das war ein Irrtum, wie sie feststellen mussten. Noch halb bekleidet sieht Judith sich um und schaut in zwei freundliche Gesichter eines älteren Paares, das etwas erhöht am Waldesrand steht und deshalb eine gute Einsicht in ihr Auto hat. Ganz ungeniert haben sie zugeschaut und sich über ihr Treiben gefreut. Nun winken sie ihnen zu und gehen den Weg ins Städtchen zurück. Judith stupst Daniel in die Seite: „Sag, hast du die beiden gesehen?"
„Ja, scheinbar hat es ihnen Spaß gemacht uns zu zuschauen. Macht doch nichts, oder?"
„Nein, natürlich nicht. Ich habe auch nicht bemerkt, dass wir so nahe bei Dinkelsbühl sind."

„Ja, da sieht man es wieder, du siehst und hörst nichts mehr, wenn die Aussicht besteht mit mir zu vögeln“, neckt er sie.
„Hm, das hättest du wohl gern. Aber etwas anderes, gibt es hier in der Nähe ein Cafe?“
„Sicher, doch erst möchte ich den Wohnwagen abstellen. Danach können wir Kaffee trinken gehen.“
So machen sie es auch. Bald darauf finden sie ein schönes Cafe, das in einem alten Fachwerkhaus untergebracht ist. Kaum, dass sie Platz genommen haben, werden sie schon herzlich begrüßt, von den älteren Leuten vom Parkplatz, die am Nachbartisch sitzen. Sie freuen sich sichtlich, sie wieder zu sehen. Judith ist es peinlich. Daniel nimmt ihr rotglühendes Gesicht in seine Hände und meint: „Lass sie doch. Es erinnert sie sicherlich an frühere Zeiten, als sie selbst noch auf diese Weise tätig sein konnten.“
Dinkelsbühl, das historische Städtchen, stammt aus dem zwölften Jahrhundert. Im Dreißigjährigen Krieg wurde es von den Schweden besetzt. Junge Frauen und Kinder haben damals die Stadt gerettet. Die schöne Türmertochter sah vom Turm aus das Schwedenheer kommen. Schnell rief sie ein paar Kinder zu sich und ging mit den Kleinen den Soldaten entgegen. Sie konnte das Herz von Oberst Sperreuth erweichen und so wurde Dinkelsbühl verschont. Noch heute wird jedes Jahr zum Gedenken an das damalige Ereignis ein Volksfest gefeiert. Mit seiner sanften klangvollen Stimme hat Daniel diese Geschichte erzählt. Stumm und interessiert lauscht Judith seinen Worten. Sie sitzen nahe beieinander im Restaurant 'Deutsches Haus' und warten auf das Essen. Er in einem hellbeigen Leinenanzug, sie in einem türkisfarbenen Seidenkleid und weißem Blazer. Die Sachen hat sie sich für diesen Anlass genäht. Er beugt sich über sie und küsst sie so zart auf die Lippen, als hätten sie Schmetterlingsflügel berührt. „Du siehst aus wie Madame Butterfly mit dem dunkel glänzenden Pagenkopf und den roten Wangen, zum Anbeißen.“
„Danke! Woher die roten Wangen kommen, weißt du ja, zum Anderen hoffe ich nie so unglücklich zu sein, wie diese kleine Japanerin aus der Oper, eher das Gegenteil. Wie sagtest du neulich zu mir, bei unserem letzten Abschied? Ich bin vollgefüllt mit dir bis oben hin. Das wird eine Weile reichen.“
„Na ja, wenn das so ist“, er stopft gefühlvoll seine Pfeife und zündet sie behutsam an. Bei diesem Ritual schaut sie ihm gern zu und wünscht sich seine Pfeife zu sein. Dann wäre sie immer bei ihm.

Erst als diese brennt spricht er weiter: „Ja, wenn das so ist“, er lächelt sie verschmitzt an, „können wir eine Zeit abstinent leben“. Erschrocken schaut sie zu ihm auf: „Bloß nicht!“ Auch, um ihn abzulenken hält sie ein silbernes Löffelchen hoch. „Was meinst du? Könnten wir so einen Löffel als Andenken mitnehmen?“
„Untersteh dich! Hier wird nicht geklaut! Wir sind anständige Leute!“ Sie haben bereits gegessen und auch bezahlt. Energisch nimmt er sie an der Hand und führt sie aus dem Lokal. Am Auto angekommen, zieht Daniel eine cremefarbene Damastserviette aus der Hosentasche und reicht sie ihr. „Ich weiß doch, dass du ein Souvenir brauchst!“ Perplex schaut Judith ihn an. „Mein Gott, jetzt wirst du auch noch aus Liebe zum Dieb.“ Entzückt nimmt sie das Corpus Delicti an sich.

Am anderen Morgen dann wird sie wach, weil ein vorwitziger Sonnenstrahl sie in der Nase kitzelt. Sie niest. Nackt liegt sie auf dem Bett im Wohnwagen und rekelt sich.
„Na, du Langschläferin, ausgeschlafen?“ Daniel beugt sich über sie. Sanft öffnet er ihre Schenkel und küsst sie dazwischen. „Wenn man so zärtlich geweckt wird...“ Verlangend streckt sie sich ihm entgegen.
„Nichts da!“ Er stellt das Tablett mit dem Frühstück zwischen sie beide aufs Bett. „Erst wird gefrühstückt.“ Er gießt ihr Kaffee in die Tasse. „Und danach wollten wir doch in die Stadt zu der Ausstellung von...“
„Mara Raphael, der Malerin aus Hamburg, gehen“, ergänzt Judith seinen Satz. Schnell waschen sie sich etwas und machen sich dann auf den Weg dorthin. Die Ausstellung befindet sich im Hinterhaus eines alten Fachwerkhauses. Kaum, dass sie im Hof angekommen sind, der von der Straße aus nicht einzusehen ist, hebt er ihren langen Rock hoch, um an intime Regionen zu gelangen. „Oh Nymphchen, glaubst du, dass wir diese Ausstellung noch durchstehen?“
„Du schon“, sie tippt leicht an seine gewölbte Hose und lacht. „Zieh dein Hemd darüber, sonst können wir da nicht hineingehen“, und reißt sich von ihm los. „Komm, ich möchte jetzt die Ausstellung sehen.“ Sie gehen hinein. Es ist ein großer, mit mehreren Stellwänden unterteilter Raum. Daran hängen kleine, recht eigenwillige Bilder, auf denen Clowns dargestellt sind. Interessiert geht Judith durch die Reihen. Eine ältere Frau kommt auf sie zu, klein, leicht rundlich, grau melierter Pagenkopf. Judith stutzt, bleibt vor ihr stehen. Sie reichen sich die Hände. Judith denkt, ‚so könnte ich in 20 Jahren aussehen’.

Sie schauen sich verwundert an. Beide haben ein starkes Gefühl der Vertrautheit. Schnell entwickelt sich ein intensives Gespräch. Nicht nur die Geburtstage sind am gleichen Tag, sondern auch fast alle Vorlieben und Neigungen sind identisch.
Daniel steht abseits und staunt. So hat er Judith noch nie erlebt. Es gefällt ihm, dass seine 'Frau' auch auf andere Menschen so stark wirkt. Sie verabschieden sich von der Malerin. Noch im Flur nimmt Daniel Judith in die Arme. „Ich mag es, wie du bist. – Ach, da fällt mir ein, weißt du noch, was wir vorhin tun wollten? Gehen wir jetzt?"
Langsam schlendern sie zum Wohnwagen zurück. „Du bist so still, sag woran denkst du?" Zärtlich drückt er ihre Hand, die so geborgen in seiner liegt. Sie liebt es so sehr, so stumm, so vertraut an seiner Seite zu gehen. Erst nach geraumer Zeit antwortet sie: „Ach, weißt du, morgen ist diese wundervolle Zeit mit dir zu Ende und Trauer erfüllt mein Herz."
„Wie pathetisch!"
„Es ist eine Arie aus einer Verdi Oper." Er bleibt stehen und schließt sie in seine Arme.
„Nur Trauer empfindest du, sonst nichts?"
„Verzeih, so war das nicht gemeint." Sie seufzt. „Meine Mutter sagt immer: „Sei glücklich, dass es gewesen ist, nicht traurig, weil es vorbei ist!"
„Eine kluge Frau, deine Mutter."
„Ja. Dieser Satz steht so oder so ähnlich in einem Gedicht von Goethe und ich bemühe mich, danach zu leben, was mir nicht immer gelingt."
„Doch ich habe noch eine andere Möglichkeit, dich glücklich zu machen", und er zieht sie fester an sich. „Kannst du dir vorstellen, was ich meine?"
„Oh ja", sie schaut in den klaren Sommerhimmel und lässt sich neben ihm auf dem weichen Waldboden nieder.

Es ist noch früh am Morgen. Sie sitzen unterm Sonnendach neben dem Campingwagen und genießen die Ruhe. Keiner von ihnen hat viel Hunger. Beide sind mit den eigenen Gedanken beschäftigt. Nachdenklich betrachtet er die neben ihm sitzende Frau, ihr immer noch schönes glattes Gesicht, die nun schon bald 20 Jahre seine Geliebte ist. Er weiß, dass sie jedes Mal, wenn sie sich trennen müssen, leidet. Auch wenn sie es wie jetzt verbergen möchte. Auch ihn beschäftigt das Ganze, wenn auch auf eine andere Weise. Mitun-

ter spürt er schon, die Belastung, die das Leben mit zwei – wenn auch interessanten – Frauen, mit sich bringt. Immerhin ist er bald 50 Jahre alt, auch nicht mehr der Jüngste. Er weiß, dass es das beste für alle beteiligten wäre, wenn er sich für eine der Beiden entscheiden könnte. Aber für welche? Jede von ihnen hat einen ganz besonderen Reiz für ihn. Die intellektuelle, kühle Karin und die leidenschaftliche, warmherzige Judith. Auf diese Weise ergänzen sie sich für ihn. „Was denkst du? Was beschäftigt dich?" Judith ist hinter ihn getreten und küsst ihn auf den Kopf. „Ach, weißt du", er stopft sich seine Pfeife und zündet sie wieder an. „Ich denke über mein Leben nach, über mein Leben mit zwei Frauen. Manchmal ist es doch sehr anstrengend. Ich denke ..."
„Oh, mein Gott!", Judith lässt sich erschrocken in den Stuhl ihm gegenüber fallen und schaut ihn aus großen Augen fragend an. „Ja, was denkst du?"
„Ach nichts, ich denke, dass wir bald aufbrechen müssen, denn so zwei Stunden werden wir bis Babenhausen unterwegs sein. Ja, und dann muss ich ja noch nach Darmstadt."
„Ja, du hast Recht." Sie streichelt zärtlich seine Wange und fängt sofort zu packen an.

Gemütlich sitzen Judith, Traudl und Edwin, Traudls Mann, am Kaffeetisch im Wohnzimmer, des ca. 100 Jahre alten Hauses, in dem schon mehrere Generationen der Killingers gelebt haben. Unten im Haus befindet sich ein recht großes Schuhgeschäft, das früher eine Schuhmacherei gewesen ist. Von unten ertönt die Ladenglocke. Edwin erhebt sich sogleich und bedeutet seiner Frau, dass sie bei ihrem Besuch bleiben kann, er mache das schon. Die beiden Freundinnen haben sich viel zu erzählen. Traudl möchte von Judith wissen, wie man so lebt mit zwei Männern. „Nun ja, einfach ist es nicht." Judith schaut ernst werdend ihre Freundin an. „Manchmal denke ich, ich lebe zu wenig in der Realität, zu sehr in Wolkenkuckucksheim, entferne mich zu sehr auch von meiner Familie, den Kindern, den Eltern. Seit der Abtreibung gehen Werner und ich immer mehr auf Distanz. Doch das ist es nicht allein. Vielmehr weiß ich auch, diese Liebesbeziehung mit Daniel trägt das ihre dazu bei. Die Gefahr besteht, dass ich nur in der Zeit, in der ich mit Daniel zusammen bin, wirklich lebe und sonst nur warte, auf einen Anruf, ein Treffen, auf eine Reise mit ihm. Mitunter spüre ich, dass es auch ihm ähnlich geht, oder anders auch ihn belastet."

Judith steht auf und geht im Zimmer auf und ab. „Es ist einfach so, sobald er mich verlässt, also nach Hause fährt, habe ich schon wieder Sehnsucht nach ihm.“ Sie lächelt, „manchmal auch wenn er noch bei mir ist.“
„Ach weißt du“, Traudl erhebt sich und legt ihr den Arm um die Schultern. „Einerseits beneide ich dich um diese große Liebe, andererseits wäre mir ein Leben wie du es führst zu aufreibend. Ich brauche geordnete Bahnen, Ruhe, Zuverlässigkeit. Das ist mir wichtiger.“
„Ja, ich weiß, du warst immer schon die Bodenständigere von uns beiden. Wahrscheinlich ergänzen wir uns deshalb so gut. Aber nun erzähle du! Wie geht es dir und deiner Familie?“
„Danke, uns geht es gut. Die Kinder sind gesund, wenn man noch von Kindern sprechen kann. Martina, die Jüngste ist achtzehn, Martin zweiundzwanzig. Ja und Andi, der ja wie du weißt, am Samstag heiratet, wird 27 Jahre alt. Die Kinder werden erwachsen und wir alt. – Aber für morgen habe ich noch eine Überraschung für dich. Wir sind beim Fürsten Fugger zu einem Konzert eingeladen, du auch.“
„Oh, welche Ehre! Muss man da einen Hofknicks machen?“ Judith steht auf und knickst. „Den könnte ich schon.“
„Ach was! Die Zeiten sind vorbei, Hände schütteln reicht!“
„Was wird gegeben?“
„Lieder der Romantik: Schumann, Schubert, Brahms.“
„Sehr schön! Darauf freue ich mich sehr.“
Der Abend wird ein voller Erfolg. Fröhlich plaudernd verlassen die Menschen den schönen Barocksaal. Der Fürst samt Familie steht oben an der Balustrade und lächelt huldvoll.
Das große Treppenhaus ist in U-Form gebaut, an deren Wänden Gemälde der Fürsten Fugger vom dreizehnten Jahrhundert bis in die Neuzeit hängen. Die Treppe ist mit einem Läufer ausgelegt. An den Seiten schaut poliertes Holz hervor. Judith geht langsam die Treppe hinab und schaut sich interessiert die Bilder an. Ab und zu bleibt sie stehen, um ein Gemälde näher zu betrachten. Nun kommt eine Gruppe von Menschen die Treppe herunter. Judith geht höflich einen Schritt zurück, um Platz zu machen, rutscht auf dem glatten Holz aus und stürzt rückwärts die Treppe hinunter. Sie setzt sich benommen auf die unterste Stufe und weiß im ersten Moment nicht, was geschehen ist. Ganz still ist es in der großen Halle geworden. Alle halten die Luft an. Wie konnte so etwas passieren? Gleich kommen zwei Ärzte, die auch bei dem Konzert anwesend waren, zu ihr und untersuchen sie kurz. Alles ist in Ordnung, scheinbar ist nichts

gebrochen. Auch der Fürst, der von oben den Unfall beobachtet hat, erkundigt sich besorgt nach ihrem Zustand. Als dann noch einer der Sänger, mit dem Judith während der Aufführung geflirtet hat, sich zu ihr setzt und sie fragt, ob er sie nach Hause bringen könnte, kann sie die Situation schon wieder genießen. „Ach danke", wehrt sie höflich ab. Ich wohne gleich neben dem Schloss bei meiner Freundin."
Dann kommt auch Traudl zu ihr, umarmt sie und fragt: „Ist alles o.k., ist wirklich nichts kaputt?"
„Nein, alles ist gut." Judith lächelt ihr Freundin beruhigend an.
„Na schön, da bin ich aber froh! Du hättest dich sehen sollen. Rolle rückwärts, du bist gefallen wie eine Katze. Das war ein toller Abgang."
„Ja weißt du, auch fallen will gelernt sein. Da ich nun schon einige Stürze hinter mir habe, kann ich es jetzt schon ganz gut."

Als Judith nach knapp zwei Wochen Abwesenheit nach Hause kommt, muss sie feststellen, dass es ihrem Vater schlechter geht. Seine Asthmaanfälle häufen sich. Dann hat Judith Schuldgefühle. Nun ja, er war nicht allein.
Nach einiger Zeit geht es ihm besser. Er kann das Bett verlassen. Nur mühsam kann er die Treppe emporsteigen. Doch er will sich nicht helfen lassen. Er sagt, er muss trainieren, um wieder zu Kräften zu kommen. Dann sitzt er stundenlang auf der Terrasse, liest oder schaut Judith bei der Arbeit zu. Elisabeth bemuttert ihn und man merkt, wie sehr er es genießt. Denn früher war zumeist er es, der sie umsorgt hat. Er erholt sich soweit, dass er für eine Woche mit Elisabeth in den Schwarzwald fahren kann. Dort gibt es ein Erholungsheim für ältere Menschen. Da ist er gut aufgehoben und man kann ihm beistehen, wenn er einen Anfall haben sollte. In dieser Zeit fährt auch Werner für drei Wochen zur Kur nach Bad Kissingen. Lars ist noch beim Bund, somit ist Judith allein zu Hause. Leider hat Daniel jetzt auch Urlaub. Mit seiner Frau ist er nach Schweden gefahren. Dort wohnt er in einer einsam gelegenen Hütte an einem goldenen See. Der Herbst, der dort schon früher als in Deutschland einzieht, verzaubert alles und taucht das Land in rot-gelbes Licht. Judith kann sich gut vorstellen, wie er da am Strand sitzt und gedankenverloren aufs Wasser schaut, seine Pfeife raucht und an sie denkt. –
Und so ist es auch. Er sitzt da wirklich zu dieser Zeit und denkt über sein Leben nach, über den Stress im Beruf und über 'seine beiden Frauen', die so verschieden sind wie Tag und Nacht. Der Tag, das

ist eher Karin, die kühle intellektuelle Frau. Die Nacht ist doch mehr Judith, die kleine dunkle, leidenschaftliche Frau, eher kreativ als klug. Dazwischen er, der beide liebt und sich für keine von ihnen entscheiden kann. Vielleicht weil er Distanz braucht, aber auch Nähe und Geborgenheit, die ihm mehr die Familie bietet. Doch auf die hingebungsvolle Zuneigung von Judith möchte er auch nicht verzichten. Er hat neulich, als er in seinen Überlegungen nicht weiter kam, seine Mutter gefragt, was er denn tun solle. Sie gab ihm die lakonische Antwort: „Behalte beide, wenn du es verkraften kannst, wenn du so glücklich bist. Mein Eindruck ist der, dass du beide magst. Sie machen dein Leben reicher. Lass es, wie es ist. Außerdem würde ich mich freuen, wenn ich Judith mal kennen lernen könnte."
„Das lässt sich einrichten", hat er damals zu ihr gesagt. Ja und nun? Nun sitzt er hier am See und hat Sehnsucht nach Judith. Sicher könnte er auch mit Karin schlafen, doch –
„Daniel kommst du essen?", ertönt die dunkle Stimme seiner Frau aus der Hütte. Doch er reagiert nicht. Nachdenklich stützt er seinen Kopf in seine Hände. Wie war das damals vor 30 Jahren? Er war in diese große Blonde wahnsinnig verliebt. Und schön war sie, so langbeinig und schlank. Es hat ihn unheimlich gereizt, sie aus ihrer Reserve zu locken. Auch ihr kritischer Verstand hat ihn gefesselt. Und ehe die Kinder da waren, ging sie auf seine sexuellen Bedürfnisse auch ein. Doch wahrscheinlich nie aus eigenem Antrieb. Er hat mehr und mehr den Eindruck, dass sie den ständigen Begleiter, den guten Zuhörer in ihm sieht, als einen Mann mit Bedürfnissen. Mitunter leben sie wie Geschwister. Dann geht es Karin gut. Doch ihm nicht. Es fällt ihm schwer, wie ein Mönch zu leben. Als er dann Judith kennen lernte, gab's kein Halten mehr. Diese sinnliche liebevolle Frau, hat ihm den Verstand geraubt. Für ihn war es eine neue beglückende Erfahrung, so sehr begehrt zu werden. Auch jetzt – er schließt die Augen, wenn sie hier wäre, dann ...
„Ach hier steckst du." Karin steht vor ihm und schaut ihn vorwurfsvoll an. „Hast du mich nicht rufen hören, schon mehrmals?"
„Ach, das tut mir leid. Ich habe nichts gehört. Ich war ganz in Gedanken versunken. Ich komme gleich."
Eigentlich wollte er ja arbeiten, na ja, Arbeit ist es nicht wirklich. Er entwickelt Computerspiele, die er dann verkaufen kann. Es macht ihm Spaß und er bekommt Geld dafür. Und – er lächelt in sich hinein – er kann es dann mit Judith zusammen ausgeben.
Langsam rafft er seine Sachen zusammen und geht zur Hütte. –

„Blacky, Blacky, wo steckst du mal wieder?“ Judith steht vor dem Haus und hält nach ihrem Hund Ausschau. Da kommt er schon angelaufen. Mit einem eleganten Sprung setzt der schwarze mittelgroße Rüde über den Zaun. „Böser Hund, wo bist du gewesen? Immer wieder läufst du weg und ich muss dich dann suchen.“ Schuldbewusst setzt sich der Rüde vor sie hin und schaut sie um Vergebung flehend mit seinen schönen klugen Augen an. „Ist ja gut!“ Judith streichelt sein seidiges Fell. Zum Glück ist Blacky ein gutmütiges Tier und tut niemandem etwas. Das heißt, einmal war es anders. Heinz, ein etwa 12-jähriger Junge aus der Nachbarschaft, er war als Rabauke bekannt, konnte es nicht lassen, Blacky mit Steinen zu bewerfen. Judith warnte ihn: „Lass das! Hunde merken sich so etwas. Sie vergessen nie einen Menschen, der ihnen Böses getan hat.“ Doch der Kerl hörte nicht auf, den Hund zu ärgern.
Etwa eineinhalbes Jahre später ging Heinz, ohne den Hund zu bemerken, am Grundstück vorbei. Zufällig schaut Judith aus dem Fenster und sieht ihn. Ohne einen Ton von sich zu geben, springt Blacky über den Gartenzaun und schnappt Heinz am Hosenboden, zieht kräftig daran, zieht ihm die Hose fast herunter, knurrt ihn noch einmal warnend an und springt schließlich wieder zurück, legt sich brav hin und tut, als sei nichts geschehen. Seitdem, es ist schon Monate her, hat sie Heinz nicht mehr gesehen, aber auch nichts von ihm gehört. Könitzers hatten mit einer Anzeige gerechnet, doch nichts geschah. Heinz wusste ganz genau, warum Blacky das getan hatte und hielt den Mund. Den Gartenzaun aber werden sie jetzt doch erhöhen müssen. Gleich wenn Werner nach Hause kommt, muss er ran.

Erst in einer Woche kommen die Eltern und vierzehn Tage später auch Werner zurück. Den Garten hat sie in Ordnung gebracht und auch ein neues Beet angelegt. Nun muss auch noch das Haus sauber gemacht werden. Besonders die Wohnung ihrer Eltern hat es nötig. Elisabeth schafft es nicht mehr allein. Wenn niemand da ist, dreht Judith ihre Musik laut auf und singt dazu. Das tut gut und befreit die Seele. Gar nicht so schlecht, mal allein zu sein. Übermütig spielt sie danach mit Blacky im Garten. Sie wirft den Ball hoch in die Luft und er fängt ihn, indem er ihm entgegenspringt, wieder auf. So geht das eine ganze Weile. Das Spiel macht beiden Spaß, bis plötzlich bei einem Sprung der Hund laut aufjault, auf die Seite fällt und

liegen bleibt. Schnell springt Judith zu ihm hin, setzt sich neben ihn ins Gras. Vorsichtig hebt Judith seinen Kopf leicht an. „Steh auf mein Junge, steh auf." Er bemüht sich, will aufstehen, doch er fällt mit einem Wehlaut wieder hin. Behutsam tastet sie das Tier ab. Wenn sie den Rücken berührt, jault er auf. Was soll sie tun? Erst in vier Tagen kommt Lars nach Hause. So lange muss Blacky aushalten. In Weiterstadt gibt es keinen Tierarzt. Sie müssen nach Darmstadt. Judith legt sich neben das Tier auf die Wiese und streichelt beruhigend seinen Kopf. Tieftraurig sieht er sie an. „Es tut mir so leid, dass du Schmerzen hast. Vielleicht ist es morgen wieder gut." Vorsichtig wickelt sie den Hund in eine Wolldecke und trägt ihn ins Wohnzimmer neben die Terrassentür. Doch auch in den nächsten drei Tagen erholt er sich nicht. Er kann nicht aufstehen. Mühsam schleppt sie ihn dreimal täglich raus und rein. Ohne sich zu wehren, nur leise wimmernd, erträgt Blacky die Strapazen. Endlich am vierten Tag kommt Lars und sie können zum Tierarzt. Der stellt fest, dass sich das Tier beim Sprung die Wirbelsäule verrenkt hat. Unter Narkose kann der Arzt sie wieder richten. „Er soll nach Möglichkeit die nächsten Tage ruhen", erklärt der Tierarzt. „Er muss beim Hochheben wahnsinnige Schmerzen gehabt haben und er hat nicht nach ihnen geschnappt? Erstaunlich! Andere Hunde hätten Sie gebissen."
„Er ist ein kluges Tier. Er wusste, dass ich ihm nur helfen will."
Sie verabschieden sich vom Tierarzt und tragen Blacky zum Auto. Judith sitzt hinten und hat ihn auf dem Schoß. Zärtlich streichelt sie seinen schönen Kopf. Dankbar schaut er sie an und leckt ihr die Hand. Es ist fast so, als hätte Blacky jedes Wort verstanden, was in der Praxis besprochen wurde.

Margitta Brauer, sie ist Lehrerin und Bildhauerin, gibt einen Kurs für Laienkünstler. Judith Könitzer, Martina Kellner und Ingeborg Hagedorn nehmen daran teil. Ingeborg hat Judith bei einem Literaturkurs kennen gelernt. Sie ist ebenfalls Lehrerin von Beruf; lebendig, intelligent und eigenwillig, zierlich mit einer Mähne roter Locken. Judith mag sie gern, auch weil sie gemeinsame Interessen haben. Beide mögen sie Literatur und schreiben Gedichte. Doch im Gegensatz zu Judith hat sie schon Einiges veröffentlicht. Ihren neuesten Band hat sie für Judith mitgebracht, um ihn ihr mit Widmung zu schenken. Begeistert blättert Judith in dem schön gebundenen Buch. 'Flügelschläge', liest sie laut vor.

Alle Teilnehmer sitzen in losen Gruppen im großen Vorhof der Burg Fürsteneck, um einander zu beschnuppern. Es mögen so dreizehn Leute sein. Schließlich werden sie die nächsten zwei Wochen Tag und Nacht zusammen sein. Die meisten von ihnen haben mit dem Material Ton schon gearbeitet. Nur ist es ja ein Unterschied, ob man Schalen und Töpfe formt oder einen Menschen gestalten will. Für Judith ist alles neu. Das Thema des Kurses ist die Auseinandersetzung mit sich selbst. ‚Was will ich? Wie sehe ich mich?' Das hat Judith interessiert. Denn was weiß man denn wirklich über sich selbst?
„Heute wollen wir einander erst einmal kennen lernen." Margitta steht etwas erhöht auf einem Mauerabsatz und stellt sich vor. „Mein Name ist Margitta Brauner, bin 40 Jahre alt und Kunsterzieherin. Ich leite diesen Kurs. Nun möchte ich Sie bitten, sich ebenfalls vorzustellen. Bitte der Nächste."
Ingeborg stellt sich neben Margitta. „Ich heiße Ingeborg Hagedorn, bin von Beruf ebenfalls Lehrerin, 45 Jahre alt und schreibe Gedichte." Sie legt ihre Hand auf Margittas Arm: „Wir zwei kennen uns schon lange, weil wir an der gleichen Schule unterrichten. Judith komm, jetzt bist du an der Reihe."
Rasch springt diese auf und stellt sich vor: „Judith Könitzer ist mein Name. Von Beruf bin ich Erziehern. Ich male und schreibe etwas. Mit Ton habe ich noch nie gearbeitet."
Danach kommt Martina dran, die auch eine ihrer Marionetten mitgebracht hat.
Es machen noch drei Hausfrauen mittleren Alters mit, Gräfin Maja von Stein sowie ein älterer Professor der Biologie. Zum Schluss stellt sich noch ein Italiener vor. Er ist Gartenarchitekt, heißt Pedro, ist 40 Jahre alt und attraktiv. Judith betrachtet ihn sinnend. Er hat einen schönen Po, nicht ganz schlank und hat schwarze Locken. Wenn ich irgendwann mal einen Mann malen würde, wäre er es.
Später sitzen alle im Hof und plaudern miteinander. Etwas abseits von den Übrigen haben Martina, Ingeborg und Judith Platz genommen. Martina lässt gedankenverloren ihre Puppe auf dem Tisch tanzen. Judith blättert wieder in Inges Gedichtband. Weil es inzwischen schon fast dunkel geworden ist, hat sie Mühe die Worte zu entziffern.
„Tauschgesuch", liest sie vor. „Durch Zufall als Mensch geboren, lernte ich mühsam einer zu werden. – Interessant – Ja, wärst du lieber ein Vogel geworden?"
„Ja", antwortet diese leise. „Dann könnte ich all meinen Problemen, meinen Schmerzen davon fliegen." Sie steht auf und steigt auf die

recht niedrige Mauer, die den Hof umgibt, hebt die Arme und lässt ihr langes grünes Kleid im Wind flattern. Sie steht hoch über dem Burggraben und starrt in die Tiefe. Entsetzt springen Judith und Martina auf und ziehen sie vom Gemäuer herunter. „Bist du wahnsinnig geworden? Du hättest abstürzen können“, schreit Judith sie an.
„Na und“, lacht diese, „dann wäre ich jetzt schon in einer anderen Welt und vielleicht in einer besseren. Weißt du“, wendet sich Inge an Judith und schaut sie ernst an.
„Ich weiß, was du sagen willst. Da sind die Kinder, meine Eltern, der Ex .... Ja und der Neue, wie heißt er doch gleich?“
„Reiner Bender, der berühmte Poet. Er sammelt Frauen wie andere Briefmarken. Für seine Literatur, benötigt diverse Erlebnisse, sagt er. Sie sinkt auf ihrem Stuhl in sich zusammen. „Er hat mich verlassen. Er ist verschwunden, einfach so, ohne ein Wort der Erklärung. Und ich dachte, es wäre die große Liebe mit ihm, endlich hätte ich mal Glück. Alles erscheint so sinnlos ... ach.“ Sie bedeckt ihr blasses Gesicht mit den Händen und weint fassungslos. Judith steht auf und nimmt die Weinende in die Arme. Mittlerweile sind sie beide allein im Burghof, auch Martina ist vor geraumer Zeit hineingegangen. Es ist nun ganz dunkel geworden. Nur schemenhaft hebt sich die massige Silhouette der Burg vor dem Hintergrund ab. Langsam schiebt sich der Mond durch die Wolken und lässt die Umgebung fast unwirklich erscheinen. Aus dem Gebäude erklingt der Gong, der zum Abendessen ruft. Langsam beruhigt sich Ingeborg wieder. „Bleib noch einen Moment.“ Judith geht zum Brunnen, taucht ein Taschentuch ins Wasser und reicht es ihr. „Danke, geh du nur zum Essen. Ich bleibe noch eine Weile hier sitzen.“ Als Judith zögert, fügt sie noch hinzu: „Geh nur! Ich mache keinen Unsinn.“
So war es dann auch. Ingeborg hatte sich wieder gefangen und fügte sich in ihr Schicksal. Sie war wieder heiter und sogar ausgelassen. Es entwickelte sich ein freundschaftliches Miteinander der ganzen Gruppe. Beinahe war es so, als würde man schon lange zusammen arbeiten. Bei schönem Wetter konnten sie auch draußen modellieren. Alle packten mit an und rasch waren Tische und Bänke in den Hof gebracht.
Es gibt Ton in drei Farben. Judith hat sich für den hellen, fast weißen, entschieden. Martina nimmt den braunen und Inge den roten Ton. Doch zuerst muss das Material durchgewalkt werden, damit es geschmeidig wird und die Luft entweicht. Das ist eine schwere Arbeit. So ca. 5 kg Ton muss dann mit Schwung auf den Tisch ge-

schlagen werden und das stundenlang. Jeder von ihnen hat sich alte Kleidung mitgebracht, in der man sich auch schmutzig machen kann. Nur Ingeborg sieht in ihrem dunkelroten Kaftan richtig elegant aus. Jeweils drei von ihnen arbeiten an einem langen stabilen Tisch. Martina, die kräftigste der drei, klatscht mit Schwung den Ton auf die Platte und ist bald fertig. Judith und Inge mühen sich redlich. Doch ihr Ton hat immer noch Blasen. Margitta geht von Tisch zu Tisch und prüft das Ergebnis. „Bitte mal alle herhören und auch schauen." Sie steigt auf ein Podest, vor sich einen Tisch mit einem großen Klumpen Ton. „Meine Damen, meine Herren, jeder von Ihnen hat sein Material so lange durchgeschlagen, bis es keine Blasen mehr enthält. Wir arbeiten nach der Aufbautechnik, d.h. Sie nehmen einen Streifen von Ihrem Ton und gestalten den Hals. So..." Sie demonstriert das auf Ihrem Tisch. „Dann nehmen Sie einen weiteren Streifen und arbeiten ihn auf den unteren hoch und so weiter."
Zuvor hat jeder von sich eine Maske aus Gips gemacht, mit Margittas Hilfe. Diese Masken und auch einige Fotos haben alle vor sich auf dem Tisch liegen. Danach wird gearbeitet. Nach einer Stunde intensiven Tuns erhebt die Kursleiterin abermals ihre Stimme: „Nun hoffe ich, dass Sie mit dem Hals fertig sind. Es wird ja erst einmal nur grob gearbeitet. Die Feinheiten modellieren wir später heraus. Jetzt wird es etwas schwieriger. Nun fangen wir mit dem Kopf an. Der Streifen Ton, den Sie nun benötigen, muss etwas länger sein." Mit geübten Händen modelliert sie den Aufbau und hat auch schon Hinterkopf und Kinn gestaltet. „In ca. eine Stunde, wenn Sie damit fertig sind, machen wir eine Kaffeepause. Da kann ich Ihnen an Hand eines Filmes zeigen, wie wir weiter vorgehen." Alle sind begeistert bei der Sache. Mitunter ist es mäuschenstill. So gehen die Tage rasch dahin. Nach einer Woche haben die Teilnehmer 'ihren Kopf' mehr oder weniger gelungen vor sich auf den Tischen stehen. Nur einige von ihnen sind mit dem Resultat zufrieden. Martina hat mit dem ihren so ihre Schwierigkeiten. Sie möchte am liebsten aufgeben. Aber Ingeborgs Plastik ist gelungen. Der terrakottafarbene Ton passt gut zu ihren roten Locken. Margitta geht von Einem zum Anderen und begutachtet die Arbeiten, legt aber selbst nie Hand an. Sie sagt: „Es ist quasi Ihr zweites 'Ich', was Sie da in den Händen halten. Nur Sie sollten damit umgehen und vielleicht lernen Sie bei Ihrer Tätigkeit auch etwas über sich selbst. Das war das Ziel. Dann erst kommt es auf die äußere Form an. Ich kann Ihnen das, was ich meine, an Hand von Judiths Büste zeigen. Kommen Sie bitte alle

mal her und stellen Sie sich um den Tisch herum. Schauen Sie sich Judith im Profil an und dann 'ihren Kopf'." Sie stellt die Büste auf ein Podest und Judith daneben hin. „Wer möchte dazu etwas sagen?"
„Ich würde meinen, dass die Plastik gut gelungen ist", meldet sich Inge zu Wort. „Man sieht sofort, das ist Judith."
„Das stimmt. Fällt sonst noch jemandem etwas auf? Ja, Herr Professor?"
„Mein Eindruck ist der. Judith hat in Wirklichkeit viel feinere, weichere Züge. Die Plastik ist zu derb geraten."
„Danke. Gut beobachtet." Die Kursleiterin stellt sich neben Prof. Berner und erklärt: „Sehen Sie, genau das ist der Punkt. Judiths Arbeit ist gut geworden, doch sollte sie ihr Gesicht noch etwas zierlicher werden. So jetzt wollen wir noch etwas tun. Wir haben nur noch vier Tage Zeit."
Die Zwei Wochen auf der Burg sind schnell vergangen. Alles rüstet sich zum Aufbruch. 'Die Köpfe' sind mehr oder weniger gut geraten, gebrannt und schon verpackt. Judith ist mit ihrer Arbeit zufrieden und freut sich auf ihre Familie. Martina mault herum, weil ihr ihre Büste gar nicht gefällt. Lange überlegt sie und zerstört sie dann. Obwohl sie schöne Marionetten macht, klappt es mit dem eigenen Abbild nicht. 'Ingeborgs Kopf' ist gut, doch es scheint sie nicht besonders zu freuen. Sie ist sehr ernst und nachdenklich, als sie sich von Judith verabschiedet. Diese nimmt sie fest in die Arme und bittet sie: „Ruf mich bitte an, bald!" Inge verspricht es und verschwindet dann schnell. Judith steigt zu Martina ins Auto und winkt Margitta, die am Tor steht, noch einmal zu. „Wusstest du", wendet sie sich an Martina, „dass Margitta ins Ausland geht, um da zu arbeiten?"
„Ach, ja? Nein, mir hat sie es nicht gesagt. Das finde ich schade. Von ihr hätten wir noch viel lernen können!"

Als Judith einen Monat später noch immer nichts von Ingeborg gehört hat, ruft sie bei ihr an. Doch nur deren Tochter Lisa ist am Telefon und klingt ganz verstört. Judith hört ihre tränenerstickte Stimme und fragt: „Was ist geschehen?"
„Mutti ist tot." Sie weint.
„Ich kann es noch gar nicht fassen. Sie ist seit einer Woche tot." Das junge Mädchen schluchzt laut.
„Was ist passiert?" Judith ist zutiefst betroffen. „War sie denn krank? Noch vor vier Wochen schien sie ganz gesund zu sein, als wir zusammen auf Burg Fürsteneck waren."

„Nein, sie war nicht krank, nur sehr verzweifelt wegen diesem schrecklich Kerl, der sie verlassen hat. Doch keiner von uns hat geahnt, wie schlecht es um sie stand." Nun weint sie noch stärker. „Sie ist in Frankfurt von einem Hochhaus gesprungen." Die letzten Worte hat Lisa geschrieen.
„Oh mein Gott! Das tut mir unendlich leid, mein liebes Kind. Haben Sie jemanden, der sich um Sie kümmert?"
„Ja, ja Familie und Freunde. Alle sind da."
„Dann ist es gut. Alles Liebe für Sie. Gott steh Ihnen bei. Leben Sie wohl."
Betroffen legt Judith den Hörer auf die Gabel. Warum nur, warum, denkt sie, habe ich es nicht gemerkt, wie es um sie stand. Wie verzweifelt sie gewesen sein muss, um diesen endgültigen Schritt zu tun. Wie haben wir auf der Burg noch so herumgealbert. Ich glaubte, es ging ihr wieder besser. So sehr kann man sich täuschen. Gedankenverloren geht Judith durch ihre Wohnung und denkt daran, dass auch sie mal so weit war. Sie hatte Hilfe. Bei Ingeborg war kein alter Mann da, der sie davon abgehalten hatte zu springen.

1987

Nach langen sehnsuchtsvollen Wochen, Daniel war in Amerika auf einer Dienstreise, können sie sich endlich wiedersehen, heute, an seinem 50. Geburtstag. Es ist das erste Mal seit ihrer 20-jährigen Liebesbeziehung, dass sie diesen Tag zusammen feiern können. Schon eine viertel Stunde vor ihm ist Judith im 'Cafe Esperschied' in Darmstadt und wartet. Endlich sieht sie ihn, einen großen Schirm und eine Tasche in der Hand, über die Straße kommen. Seine nun melierten Locken schimmern in der Sonne. Nachdenklich, ernst wirkt sein Gesicht. Es hellt sich erst auf, als er sie im Garten das Cafes sitzen sieht. Sie springt auf, geht ein paar Schritte auf ihn zu und liegt schon in seinen Armen. „Oh Nymphchen, ich platze gleich vor Verlangen. So lange haben wir noch nie Pause gemacht." Ein wenig löst sie sich aus seiner Umarmung, um ihm in die Augen schauen zu können, die vor Lust sprühen. „Das stimmt zwar nicht, doch die Zeit ist mir auch lang geworden."

Eine ganze Weile stehen sie so inmitten der neugierigen Menschen. „Weißt du, dass ich dich hier auf der Stelle vernaschen könnte“, flüstert er ihr ins Ohr.
„Ja, ich habe es gespürt.“ Sie lächelt ihn an. „Aber vorher möchte ich noch auf deinen Geburtstag anstoßen, wenn das noch möglich ist.“
„Ja sicher, bin schon wieder ganz brav.“ Nun sitzen sie sich gegenüber und möchten einander mit den Augen ausziehen. Dann kommt der Sekt und sie stoßen auf ein langes erfülltes Liebesleben an. Es fängt trotz Sonnenschein leicht zu regnen an. „Schade“, meint sie. „Nun müssen wir rein.“
„Nein, wir werden gehen.“
„Wohin?“
„Zum Rosengarten, das ist maximal eine viertel Stunde Fußmarsch von hier entfernt. Doch vorher möchte ich dir noch etwas schenken.“ Sie sitzen unterm Sonnenschirm und somit im Trockenen. „Warum, ich habe doch gar keinen Geburtstag.“
„Das macht nichts. Schau!“ Er öffnet eine kleine Schachtel und zeigt ihr den Inhalt. „Gefällt es dir?“ Vorsichtig holt Judith einen Ring und ein Armband aus dieser. „Ist das schön und so apart. Ich habe noch nie solchen Silberschmuck gesehen.“ Begeistert legt sie die Sachen an. „Und er passt!“ Er betrachtet schmunzelnd ihr gerötetes Gesicht. „Wie jung du noch aussiehst, gerade jetzt.“
„Das macht die Liebe“, erwidert sie verlegen. „Ich habe auch etwas für dich. Schau“, sie überreicht ihm ein Päckchen.
„Danke, aber du sollst mir doch nichts schenken.“ Er dreht es umständlich in den Händen und packt es dann aus. „Oh, Katzen. Wie süß! Zwei Katzen beim Liebesspiel.“
„Sieh nur und die Jungen tummeln sich unbekümmert auf ihnen herum.“
„Reizend“, er stellt die Holzplastik auf den Tisch „und sehr erotisch“. Er kratzt sich am Kopf. „Doch nach Hause kann ich die Skulptur nicht mitnehmen.“
„Ich dachte, du könntest die Katzen in deinem Büro aufstellen, dann haben deine Kollegen auch etwas davon.“
Er lacht. „Ja, das glaube ich auch“, und zitiert: „Ist der Ruf erst ruiniert, lebt es sich ganz ungeniert.“
Immer wieder betrachtet Judith den Schmuck an ihrer Hand, hält ihn in die Sonne und lässt das Silber aufblitzen.
„Es freut mich, dass dir die Sachen gefallen. Ich war bei den Hopi-Indianern, die den Schmuck herstellen und habe ihnen bei der Arbeit

zugeschaut." Er nimmt ihre Hand und deutet auf das Muster. „Das ist geschmiedet. Die Zeichen sind Symbole für gutes Wetter, also Sonnenschein und ein langes Leben."
„Danke, danke dir vielmals!", und streichelt zärtlich sein Gesicht. Er nimmt ihre Hand und küsst die Innenfläche. „So so, bedanken möchtest du dich bei mir. Ich hab' da so'ne Idee. Dazu müssen wir woanders hin."
Rasch packen sie ihre Sachen und gehen los. Als sie im Rosengarten ankommen, sind sie die einzigen Besucher. Der Regen hat sie alle vertrieben. Auf einer Bank am Parkende machen sie es sich auf seinem Mantel gemütlich. Den großen Schirm stellen sie als Paravent auf und sind so vor neugierigen Blicken geschützt. Der Regen hat aufgehört. So können sie sich ihrer liebsten Tätigkeit genussvoll hingeben.
Als Judith dann abends zu Hause ist, schreibt sie diese Zeilen.

Der Kuss der Katzenfrau

Ein Cafe im Sommer
draußen
Katzen auf dem Tisch
Du und ich
Wärme, Nähe, Lust
seine Augen sagen
Du bist schön
und erotisch.
Spaziergang
zur Rosenhöhe
die Luft wie Seide
vögeln im Park
kurz und heftig
aber gut
wenn auch nass.
Flecken auf der Hose
fühle mich wohl
gebunden und
doch frei
in einer Liebe
die immer tiefer
und reicher wird.

Weil Daniel in Amerika war und Judith einige Kieferoperationen hatte, haben sie dieses Jahr nicht zusammen verreisen können. Deshalb schlägt Daniel vor, sie möge ihn in Ulm besuchen, wenn er sich dort dienstlich aufhält. Da Judith Ulm nur aus Büchern kennt, freut sie sich ganz besonders darauf. Leider hat sie sich kurz vor der Reise noch erkältet und hustet, was sie aber nicht davon abhält, zu Daniel zu reisen. Schniefend steigt sie in Ulm aus dem Zug und wird von Daniel mit einem großen Blumenstrauß empfangen. Er umarmt sie und will sie küssen. „Bitte nicht", rasch dreht sie den Kopf zur Seite. „Ich bin stark erkältet."
Er küsst sie trotzdem auf den Mund. „Das hat mich noch nie abgehalten, das zu tun und außerdem haben wir uns, egal was für eine Erkrankung wir hatten, noch nie beim Andern angesteckt."
„Das ist zwar erstaunlich, aber du hast Recht. Gut, darum bitte ich um eine Zugabe." Er küsst sie noch einmal und diesmal intensiver.
„Komm, lass uns zum Hotel fahren. Wir residieren im 'Maritim'."
„Wie vornehm."
„Du bist dort meine Frau, also Frau Janus."
„Schön, aber deine Kollegen?"
„Die kennen Karin nicht. Na ja, bis auf zwei von ihnen."
Gleich, als sie im Hotel ankommen, meldet Daniel 'seine Frau' an und erklärt ihr: „Ich habe ein Doppelzimmer genommen und gesagt, dass du kommen würdest."
Oben im Zimmer dann küsst er sie zwar, doch sie landen nicht gleich im Bett. Er geht gleich in das daneben liegende Bad und dreht den Wasserhahn auf. „So, mein Schatz, zuerst wird gebadet. Bei einer Erkältung wirkt ein heißes Bad Wunder. Ich gehe nur schnell zur Apotheke, bin gleich wieder da."
Judith sieht sich im Zimmer um. Es ist elegant eingerichtet. Alles in creme und braun gehalten. Auch ein Tisch und zwei Sessel befinden sich im Raum. Schnell hat sie ihre Kleidung, die sie für die vier Tage mitgebracht hat, im Schrank eingeräumt. Danach schaut sie aus dem Fenster, ein herrlicher Ausblick. Man kann weit über Ulm und die Donau schauen. Gerade als sie ein heftiger Hustenanfall schüttelt, betritt Daniel das Zimmer: „Das hört sich gar nicht gut an. Warte, ich habe da etwas für dich." Er gibt ihr einen Messlöffel vom Hustensaft. Sie schluckt. „Hm, schmeckt. Kann ich noch etwas davon haben?"

„Später. Jetzt geht's erst mal in die Wanne." Liebevoll zieht er sie aus. Sie steigt ein. „Ach ist das herrlich und wie das duftet." Sie schnuppert.
„Ein Kräuteröl, soll für deinen Husten gut sein."
„Danke Daniel! Jetzt fehlt nur noch eins..." Sie streckt bittend die Arme nach ihm aus.
„Ja gleich." Rasch schlüpft er aus seinen Sachen und gleitet zu ihr in die Wanne. „Nur wäre es besser, wir würden heute nichts Anstrengendes tun!" Kaum dass er im Wasser ist, setzt sie sich auf seinen Schoß. „So, und nun entkommst du mir nicht mehr."
„Jetzt" stöhnt er, „kann ich auch nicht mehr anders." Leidenschaftlich erwidert er ihre Zärtlichkeiten. Später liegen sie selig im Bett und kuscheln. Er hat ihr nach dem Baden Brust und Rücken mit Hustenbalsam eingerieben und sie danach in Badetücher eingewickelt. „So mein Liebling, nun schwitzt du mal tüchtig. Morgen geht es dir dann schon viel besser!"
„Ich danke dir, Geliebter! Ich fühle mich wie in Abrahams Schoß, so behütet. So wohl habe ich mich schon sehr lange nicht mehr gefühlt. Das letzte Mal, das ich so umsorgt worden bin, war noch in Gleiwitz. Damals könnte ich ca. acht Jahre gewesen sein, im letzten Kriegsjahr. Mein Vater war auf Fronturlaub für eine Woche zu Hause. Ich lag mit hohem Fieber im Bett. Meine Eltern hatten Angst um mich, weil das Fieber nicht fallen wollte. Doch mir ging es dabei gut, weil ich sonst nie so umsorgt worden bin. Nach dem Krieg war meine Kindheit zu Ende. Später ging es nur noch ums Überleben." Sie kuschelt sich wieder näher an ihn: „Ich danke dir, mein süßer Schatz für alles, was du mir immer wieder schenkst."
„Ach, was", wehrt er ab. „Das war doch nichts weiter. Doch ich habe noch etwas für dich. Er steigt aus dem Bett und packt einen transportablen CD-Player aus, Kopfhörer und einige CDs. „Wenn du morgen Vormittag hier allein bist, ich muss ja arbeiten, kannst du im Bett bleiben und Musik hören." Er schließt das Gerät an, legt eine CD ein und schon werden sie ins Reich der Musik entführt. Erst erklingt das Violinenkonzert von Max Bruch, ihre Liebesmusik, dieses Mal von Menuhin gespielt. „Ach", seufzt sei leise, „jetzt bleibe ich für alle Zeiten mit dir da liegen". Ein Hustenanfall unterbricht sie. „Hier gehe ich nie wieder weg", krächzt sie den Satz zu Ende.
Tatsächlich bleibt sie 24 Stunden im Bett und fühlt sich hinterher fast wieder ganz gesund. Heute ist Freitag. Da muss Daniel nur bis Mittag arbeiten. Danach haben sie das ganze Wochenende für sich.

Fast jede Stunde ruft er an, um sich nach ihrem Wohlergehen zu erkundigen. Dass er auch so ein fürsorglicher Mensch ist, hat sie gar nicht gewusst. Wie wunderschön müsste es sein, mit ihm zusammen leben zu können. Darum schreibt sie für ihn folgende Zeilen:

Verkannt

Und ich glaubte
dich zu kennen,
zu wissen
von deinen Fähigkeiten
zu geben,
zu lieben
so viel
immer mehr,
immer wieder
schöner noch
näher
grenzenlos fast
und grenzenüberschreitend
wie jetzt.

Als er gegen 14 Uhr ins Hotel kommt, ist Judith schon angezogen und sie können gleich gehen. „Morgen Abend", er zieht sie an sich und küsst sie auf die Nasenspitze, „gehen wir groß aus. Dafür müssen wir für dich noch etwas Hübsches kaufen oder hast du ein Kleid dabei, das du ins Theater anziehen kannst?"
„Ins Theater? Nein, habe ich nicht. Wir gehen in die Oper? Wie schön! Was wird gegeben!"
„Rigoletto."
„Toll! Kannst du mir mal verraten, wie du das machst? Rigoletto ist die einzige Oper von Verdi, die ich noch nie gesehen habe." Erstaunt schaut sie zu ihm auf. Er zuckt die Achseln: „Reiner Zufall. Jetzt komm, dann können wir noch irgendwo einen Kaffee trinken." Schon in der ersten Boutique finden sie einen goldfarbenen Seidenrock und einen eleganten Pulli für sie. Glücklich mit Tüten bepackt, schlendern sie später durch Ulm und landen im Domcafe, von dem aus man das herrliche Münster im Blickfeld hat. Sie hat ihren Fotoapparat, den sie im Jahr zuvor von Daniel geschenkt bekam, dabei und macht einige Aufnahmen. Dann bittet sie den Ober, auch ein Bild von ihnen bei-

den zu machen. Daniel mag es nicht, aber er bietet immer ein lohnendes Objekt. Besorgt erkundigt er sich immer wieder nach ihrem Befinden. „Danke, ich huste kaum noch. Nach so einer himmlischen Liebeskur kann es mir nur besser gehen.
Die Oper ist beeindruckend gespielt und auch gesungen. In der Pause gehen sie beide die breite Treppe zum Foyer herunter. Ihnen gegenüber sitzt eine alte Dame allein auf einer Bank. Sie wirkt etwas traurig, verloren. Judith hat eine Idee: „Komm“, sagt sie zu Daniel, „wir setzen uns zu ihr, jeder auf eine Seite“. Erfreut schaut diese auf. „Guten Abend“, grüßt Judith freundlich und wirft dabei einen bösen Blick zu Daniel. „Nicht dass du denkst, dass das für mich ein guter Abend war. So mein Lieber geht das nicht weiter. – Du hast mich beleidigt, ja verletzt. Und heute“, sie steht auf, ihre Augen funkeln vor Spielfreude. „Heute, das war der Hammer. Musstest du der Kuh neben dir so verliebte Blicke zuwerfen?“ Sie stellt sich vor ihm auf und schaut ihn wild an. Als er nicht antwortet, sondern in aller Ruhe seine Pfeife anzündet, wird sie scheinbar noch wütender. Erbost greift sie nach ihrer Tasche, stellt sie vor den großen Spiegel neben der Bank und kämmt sich ihr Haar, sodass es nach allen Seiten fliegt. Die alte Dame stupst Daniel in die Seite: „Nun machen Sie schon, sagen Sie was! Sie müssen sich bei ihr entschuldigen.“
Langsam steht er auf und spielt den Zerknirschten. „Also Nymphchen, du hast da etwas total missverstanden und außerdem, wie war das neulich, als ich nach Hause kam? Da hast du leidenschaftlich den Hartmut geküsst. Du hast mir grad was vorzuwerfen.“ Ärgerlich wendet er sich ab.
„Nur mit dem Unterschied, dass nicht ich ihn, sondern er mich geküsst hat.“ Wütend stehen sie sich gegenüber und haben Mühe das Lachen zu unterdrücken. „Wenn du so weitermachst, lasse ich mich scheiden.“ Judith setzt sich wieder auf die Bank. Erschrocken steht die alte Dame auf. „Das werden Sie doch nicht tun. So ein schönes Paar. Machen Sie schon“, flüstert sie Daniel zu. „Sagen Sie ihr was Liebes. Sie wartet doch nur darauf.“ Daniel zieht die leicht Widerstrebende in die Arme und küsst sie leidenschaftlich.
„Wunderbar!“ Die alte Dame klatscht begeistert in die Hände. „Das ist schön. Somit hat der heutige Tag doch noch einen Sinn gehabt.“
„Das hat er“, galant küsst ihr Daniel die Hand. Sie verabschieden sich von ihr, weil der Gong erklingt. Die Pause ist zu Ende. Daniel drückt zärtlich ihre Hand, als sie die Treppen hochgehen. „Du hättest vielleicht doch Schauspielerin werden sollen. Du warst sehr über-

zeugend. Ich dachte im ersten Moment du meinst es ernst, war mir aber keiner Schuld bewusst."
„Es hat doch auch dir Spaß gemacht."
„Und ob!"

Anschließend, es ist noch früh, haben sie keine Lust ins Zimmer zu gehen, darum suchen sie die Hotelbar auf. Jedes Wochenende gibt es hier Life-Musik. Neben der Bar in geheimnisvollem Licht gibt es eine, drei Stufen tiefer gelegte Tanzfläche, die von zierlichen Tischgruppen umgeben ist. Neben der Kapelle ist noch ein Tisch frei. Dorthin geleitet Daniel seine 'Frau'. Zwei Cocktails bestellen sie und fangen gleich zu tanzen an. Sie bewegen sich leicht und harmonisch im Takt der Musik. Nach einer Stunde intensiven Tanzens ist Judith erschöpft und lässt sich in ihren Sessel fallen. Er spielt Romeo und setzt sich ihr zu Füßen auf die Stufe. Er tut so, als würde er Gitarre spielen, nicht die Musiker, und flüstert ihr zu: „Was würdest du tun, wenn ich jetzt unter deinen langen Rock greife, um an deine heiße Kleine zu gelangen?"
„Oh Daniel, das machst du doch nicht wirklich, oder?" Leicht erschreckt schaut sie zu ihm runter und streichelt zärtlich seine Locken. „Bitte", sie erhebt sich, „dann lass uns lieber tanzen". Er reicht ihr galant die Hand. „Wie die Dame wünschen." Sie schweben so anmutig übers Parkett, dass sie von den Musikern gefragt werden, ob sie nicht Schauspieler wären. Der eine meinte, er hätte sie schon im Fernsehen gesehen. Lachend verneint Daniel. Doch, denkt Judith, sie könnte ihn sich gut als einen solchen vorstellen. Er ist ein guter Typ mit seinen inzwischen grauen Locken, dem kurzen Vollbart und seinen markanten, doch weichen Zügen. Wie ein alter Grieche sieht er aus.
Am nächsten Tag dann, es ist ihr letzter gemeinsamer, erkunden sie ein wenig Ulm, zu guter Letzt auch das Fischerviertel. Es ist eine durch das Flüsschen Blau und deren Arme zerschnittene Altstadt, die im 13. Jahrhundert gegründet wurde. Über dieses Flüsschen führen viele kleine Brücken. Es ist wie Venedig in Kleinformat. Begeistert laufen Daniel und Judith von einer zur anderen und träumen davon, in Venedig zu sein. Auf jeder Brücke küsst er sie und sie ist wie verzaubert.
Am Abend dann wollen sie noch einen Umtrunk durch die Brauereien im Fischerviertel machen. Ralf, ein Kollege und naher Mitarbeiter von Daniel möchte sich gern an diesem Unternehmen beteiligen.

Also ziehen sie zu dritt los. Das frisch gebraute Bier schmeckt köstlich und obwohl Judith keine Biertrinkerin ist, fängt sie an, diesen goldenen Saft zu mögen und jedes Glas mehr. Schon beim dritten fängt Judith an zu singen. Die Männer fallen mit ein. Und so laufen sie eingehängt durch die Gassen. So zwischen zwei attraktiven Männern fühlt sie sich sichtlich wohl. Auch Ralf ist ein hübscher Kerl, auch groß, doch mit blonden Locken und zehn Jahre jünger als Daniel. Beim fünften Glas muss Judith von ihren Kavalieren schon sehr gestützt werden, weil sie sich kaum noch auf den Beinen halten kann. Ab und zu legt sie ihren Kopf zurück, um von ihrem Liebsten geküsst zu werden. Als sie merkt, dass sie die beiden Männer schon mal verwechselt, besteht sie darauf ins Hotel gebracht zu werden. „Aber Nymphchen, noch ein ganz Kleines zum Abschied", bittet sie Daniel. Und so schwanken sie dann, mehr als dass sie laufen, zur nächsten Kneipe. Einen Schluck trinkt Judith noch und fällt um. Langsam kommt sie wieder zu sich. Sie liegt auf einer Holzbank, den Kopf auf Daniels Schoß. „Hicks, ich glaube, ich muss noch etwas üben", lallt sie und schläft gleich wieder ein. Am anderen Morgen dann, weiß sie nicht, wie sie am Abend zuvor ins Hotel gekommen ist. „Naja", meint Daniel, „wir haben dich mehr oder weniger getragen. Laufen konntest du nicht mehr."

Mit Tränen in den Augen verabschiedet sich Judith von ihrem Liebsten. Sie stehen am Bahnhof in Ulm. Der Zug wird gleich abfahren. „Daniel, mein Daniel, ich danke dir von Herzen. Als ich vor fünf Tagen hier ankam, dachte ich, das wird ein trauriger Urlaub, so krank wie ich war. Ich weiß nicht, wie du das schaffst, nicht nur aus misslichen Situationen das Beste zu machen, sondern auch noch so etwas Wundervolles wie in den letzten Tagen. Du bist ein Zauberer!" Schnell verschließt er ihren Mund mit einem langen Kuss. „Du musst dich nicht bedanken. Ich habe unser Zusammensein genauso genossen."
Dann setzt sich auch schon der Zug in Bewegung und rollt mir ihr davon.

1988

Allein sitzt Judith in ihrem Zimmer und ihr Herz ist so schwer. Vor mehr als einem halben Jahr ist ihr geliebter Vater gestorben. Konstantin ist für immer von ihnen gegangen.
Noch am Morgen seines Todestages ging es ihm verhältnismäßig gut. Judith hatte ihm seinen Lieblingsbrei gekocht und ihn gefüttert. Er aß den ganzen Teller leer. Immer wieder ging sein Blick zum Himmel hoch, so als ahnte er, dass er bald da oben sein werde. Doch weil sein Zustand schon lange besorgniserregend war, hat man nicht mit seinem Ableben gerechnet. Wie zum Abschied sagte er ihr noch, er würde stets bei ihr sein, wo immer er dann auch sei. Und dieses Gefühl seiner Nähe hat sie auch jetzt. Und dieses Gefühl übermittelt sie auch ihrer Mutter, die nach seinem Tod still und in sich gekehrt ist. „Schau Mutti, wenn du ganz intensiv an ihn denkst, ist er bei dir. So kannst du alles mit ihm besprechen, was dich bedrückt." Damit kann sie Elisabeth ein wenig trösten. Sie hat viele große Gallensteine und müsste, so warnt ihr Arzt, eigentlich bald operiert werden. Doch sie weigert sich standhaft in ein Krankenhaus zu gehen. „Wozu noch dieser Aufwand", sagt sie. „Ich sterbe sowieso bald. Was soll ich hier so allein?"
Eines Tages geht es ihr so schlecht, dass sie doch in die Klinik muss. Noch in dieser Nacht bringen Werner und Judith sie nach Groß-Gerau ins Krankenhaus. „Es war allerhöchste Zeit", erklärt ihnen der Chirurg nach der OP. „Das Gallensäckchen war geplatzt. Wir mussten fünf Stunden operieren, bis der Bauchraum gereinigt war. Doch sie hat trotz ihres hohen Alters alles gut überstanden." Wie ein Häufchen Elend liegt die kleine, weißhaarige Frau am nächsten Morgen in ihrem Bett in der Aufwachstation. Josef, Gertrude und Hagen sind gleich gekommen. Sie stehen ums Bett herum. Die Angst steht ihnen ins Gesicht geschrieben. Nach dem Vater auch noch die Mutter zu verlieren...
Elisabeth schlägt die Augen auf und strahlt, als sie ihre Lieben sieht. „Ihr habt wohl gedacht, ihr werdet mich los", versucht sie mit matter brüchiger Stimme zu scherzen, als sie so langsam zu sich kommt.
Nach ein paar Tagen, als es feststeht, dass sie außer Lebensgefahr ist, fahren Judiths Geschwister nach Hause. Leider muss Judith, obwohl ihre Mutter noch im Hospital liegt, auch ins Krankenhaus. Bei ihr muss eine Venenoperation vorgenommen werden, deren Termin schon lange feststeht. Elisabeth liegt nun schon fünf Wochen in der

Klinik. Lange Zeit ging es ihr sehr schlecht, doch seitdem sie ihr Bett verlassen kann, nervt sie die Ärzte mit ihrem Entlassungswunsch. Werner besucht sie fast täglich und bittet sie noch eine Woche zu bleiben: „Dann ist Judith wieder zu Hause und kann sich um dich kümmern." Aber sie gibt nicht auf. Sie will da, wo es so schrecklich für sie ist, nur noch weg. Am nächsten Nachmittag, als Werner sie besucht, sitzt sie fertig angezogen, ihre Sachen hat sie schon gepackt, auf ihrem Bett. Eine Schwester bemüht sich vergebens sie zum Essen zu bewegen. Als Werner zur Tür hereinkommt, schimpft die Krankenschwester gleich los: „Gut, dass Sie kommen! Sie isst und trinkt nichts. Schon den ganzen Tag sitzt sie auf ihrem Bett und wartet auf Sie." Werner geht zu ihr hin und nimmt die zitternde alte Frau in die Arme. „Ach Oma, du weißt doch, dass ich zur Arbeit muss und du dann allein bist." Er seufzt. „Was soll ich nur tun? Judith wird erst in 4 Tagen entlassen. Ach was soll's." Er hilft Elisabeth in den Mantel. „Wir werden es schon schaffen." Rasch unterschreibt er noch das Entlassungspapier und fährt mit ihr nach Hause. Dankbar wendet sie sich im Auto dann an ihren Schwiegersohn. „Ich bin ja so froh, dass du mich da rausgeholt hast. Die Zustände in der Klinik sind katastrophal. Ich hätte es dort keinen Tag länger ausgehalten. Die Ärzte haben keine Zeit, die Schwestern sind überlastet und unfreundlich. Manchmal hatte ich das Gefühl, die hätten mich gern sterben lassen." Zwei Tränen laufen über ihre eingefallenen Wangen. Die einst rundliche Frau ist ganz dünn geworden. „Doch den Gefallen habe ich ihnen nicht getan", schließt sie sich trotzig ihren Bericht.
„Das wirst du hoffentlich auch noch lange nicht tun, gell Oma, denn wir brauchen dich noch!" Zärtlich streichelt Werner ihre kleine welke Hand. Man spürt, sie mögen einander, fast so, als wären sie Mutter und Sohn.

Kaum dass Judith wieder zu Hause ist, wird Blacky krank. Er frisst kaum noch, kann den Urin nicht mehr halten. Doch das Schlimmste ist, er kommt die Treppe nicht mehr allein hoch. Und Judith muss sich noch schonen. Sie darf den Hund nicht tragen. Was tun? „Man sollte ihn einschläfern lassen", meint Werner. „Immerhin ist er fast 16 Jahre alt. Das ist ein ganz gutes Alter für einen mittelgroßen Hund." Nach langem Für und Wider, alle lieben das intelligente Tier, stimmen Judith und Lars Werners Vorschlag zu. Zum Glück kann die Tierärztin ins Haus kommen, um Blacky die Todesspritze zu geben.

Judith ist feige. Sie flüchtet. Lars aber hält eisern durch. Er begleitet das arme Tier in den Tod.

Dann kommt der 9. November 1989. Es geschieht etwas, womit niemand so schnell gerechnet hat. Sicher spürte man schon lange, dass es im Osten brodelte. Doch was an diesem Tag geschieht, kommt dann doch überraschend. Die Mauer fällt. Die Mauer, die eine Stadt, ein ganzes Volk getrennt hat, wird niedergerissen. Die Menschen in Ost und West jubeln. Was uns einstmals vereinte, müssen wir wiederfinden, zwei Welten, ein Volk. Berlin, ach ganz Deutschland ist in Aufruhr. Die, die dieses Wunder vollbracht haben, werden in Berlin auf den Schultern durch die Straßen getragen.
Es sind vor allem Gorbatschow, Gentscher und Kohl. Sie haben möglich gemacht, was so unmöglich schien. Sie sind die Helden unserer Zeit.
Doch was es bedeutet, diese heruntergewirtschafteten Länder Ostdeutschlands wieder zu integrieren, ahnt zu diesem Zeitpunkt noch keiner. Natürlich hat dieses Ereignis für die zerrissenen Familien eine große Bedeutung. Nun können sich auch Judith und ihre Geschwister besuchen, ohne Anträge stellen zu müssen und an der Grenze von MG-tragenden Soldaten erschreckt und kontrolliert zu werden.

1990

Es ist Frühsommer. Alles im Garten grünt und blüht und strebt der Sonne entgegen. Auch die große Akazie, die neben der Garage steht, deren lange weiße Blütenrispen einen betäubenden Duft verströmen. Doch von all dem Zauber bemerkt Judith nichts. Langsam geht sie durch die Wiese, bleibt dann vor der Akazie stehen und starrt den Baum an, als könnte er ihr eine Antwort geben auf die brennende Frage, für wen sie sich entscheiden soll, für Daniel oder für Werner. Erschöpft, weil sie die letzten Nächte kaum geschlafen hat, lässt sie sich zu Boden gleiten und lehnt sich an die raue Rinde des Baumstammes. Wie war das damals, vor knapp einem Monat? Nachdenklich hebt sie ihren Blick und lässt ihn durch die Baumkrone schweifen. Nur spärlich scheint die Sonne durch die hellgrünen Blätter. Sie traf sich in Darmstadt mit Daniel. Er wollte mir ihr in den Odenwald fahren, doch sie hatte für diesen Anlass die falschen Schuhe, nämlich Pumps an. Kopfschüttelnd steht er vor ihr und betrachtet diese. „So können wir nicht in die Natur." Er nimmt sie bei der Hand und führt sie in ein nahegelegenes Geschäft. Dort zieht er ihr kniend diverse Sandalen an. Wenn die Verkäuferin nicht hersieht, verirren sich seine Hände unter ihrem langen Sommerrock. Schnell entscheidet sich Judith für ein Paar und sie verlassen das Schuhgeschäft. Er zieht sie gleich in einen anderen Laden mit Sportartikeln. „Es könnte feucht auf der Wiese sein. Darum benötigen wir noch eine dichte Unterlage", erklärt er ihr. Dazu kaufen sie noch Torte und Sekt und fahren dann endlich los. Ohne zu ahnen, dass sie die ganze Zeit beobachtet und verfolgt werden. In der Nähe von Stierbach stellen sie ihr Auto auf einem Parkplatz ab und stampfen dann beladen mit dem Eingekauften durch das meterhohe Gras, um an den Hang zu gelangen, von dem aus man einen wunderschönen Ausblick ins Tal hat. Unten, im Schatten hoher Bäume, steht ein altes Bauernhaus, umgeben von einem weitläufigen Garten, in dem sich allerlei Tiere tummeln, deren Stimmen gedämpft zu ihnen herauf klingen. Auf einer nahen Wiese grasen bunte Kühe. Ein unendlich friedvolles Bild bietet sich ihnen dar. Die Sonne steht hoch am Himmel und bescheint die Idylle. Zwischen zwei jungen Apfelbäumen haben sie sich häuslich niedergelassen und alle mitgebrachten Schätze um sich ausgebreitet. „So stelle ich mir das Paradies vor." Judith liegt nackt auf der Matte und streckt die Arme verlangend nach Daniel aus. „Jetzt fehlt mir nur noch der Adam. Dann bin ich restlos glücklich." Er kniet sich zwischen ihre geöffneten Schenkel, um sie da zu küssen und das süße Spiel kann beginnen. Süß auch deshalb, weil Daniel die Tortenstückchen auf ihren runden Brüsten und dem Bauch verteilt hat und sie von ihrer vor Lust bebenden Haut ableckt. Sie zittert vor Verlangen. Doch er lässt sich Zeit. „Erst trinken wir noch etwas Sekt." Dann erst dringt er in sie ein. Laut schreit sie auf. Rasch verschließt er ihren Mund mit einem langen Kuss. Erst viel später, nach einigen Wiederholungen, nehmen sie wieder etwas von der Schönheit, die sie umgibt, war. Grün in allen Schattierungen wechselt sich ab, mit Wiesen voller Blumen und Schmetterlingen, die selbst wie fliegende Blüten aussehen. Noch einige Stunden bis es dunkel wird verbringen sie hier.

Es ist weit nach Mitternacht, als Daniel sie nach Hause bringt. Da wird sie schon von Werner erwartet. Erschrocken bleibt sie in der offenen Tür stehen. Sie erkennt an seinem eisernen Blick, er weiß

Bescheid. Dass die Hölle so nahe beim Paradies sein kann, hat sie nicht geahnt. Werner sagt erst mal kein Wort. Er fasst sie barsch an ihrem Arm und zieht sie ins Wohnzimmer. „Wir wollen die anderen nicht wecken." Heftig schubst er sie in einen Sessel und stellt sich breitbeinig vor sie hin. „Rede, wo warst du?", fragt er sie mit rauer Stimme. „Und erzähle mir nicht, dass du bei Martina warst."
„Ah nein, war ich nicht", antwortet sie leise. „Ich war mit Daniel zusammen."
„Ja, ich weiß. Ich habe euch in Darmstadt gesehen."
Judith sinkt in sich zusammen und bedeckt ihr Gesicht mit den Händen. „Danach bin ich euch noch in den Odenwald gefolgt. Da war alles klar." Er räuspert sich. „Nur eins will ich wissen. Wie stellst du dir dein weiteres Leben vor und mit wem?"
Noch ehe sie antworten kann, geht er zur Tür und dreht sich noch einmal um. „Du kannst dir die Antwort noch einige Zeit überlegen. Doch dann will ich wissen, was Sache ist!"
Er verlässt den Raum und schlägt die Tür hinter sich zu. Benommen sitzt Judith noch lange im Wohnraum. Ihre Gedanken bewegen sich im Kreis. Was soll sie tun? Die Frage mit wem sie leben will, für wen sie sich entscheidet, wen sie mehr liebt, stellt sich ihr so gar nicht, weil beide zu ihrem Leben gehören. Der zuverlässige, integre, wenn auch nüchterne Werner, der ihrem Leben Halt gab, als sie diesen am nötigsten gebraucht hat. Ja und Daniel – Durch ihn hat sie erst lieben gelernt. Er hat sie aus ihrem inneren Gefängnis befreit. Daniel, der ihr ihre Jugend wiedergegeben hat, der sie immer wieder aufs Neue verzaubert. Und nun soll sie sich entscheiden. –
Ach, im Grunde genommen liebt sie beide, wenn auch auf sehr unterschiedliche Weise.
„Ich kann es nicht", schreit sie laut und weint fassungslos.
Auch einige Wochen später kommt sie immer noch zu keinem Resultat. Mit Werner gibt es endlose, lautstarke Auseinandersetzungen, die aber nie unter die Gürtellinie gehen. Und immer geht es um die Frage: 'Warum er?'
Ja, warum? Behutsam versucht Judith ihm klar zu machen, dass ihr in ihrer Ehe so viel gefehlt hat. Auch, dass Daniel alle ihre Wünsche und Träume erfüllt.
Mit Daniel spricht sie immer wieder über diesen Punkt. Aber eines steht fest, er würde sich nie von seiner Frau trennen. Beschwörend versucht er Judith zu erklären: „Schau, sie hat keinen Menschen

außer mir. Du hast viele Freunde und schaffst es auch immer wieder neue zu finden. Karin wäre ohne mich ganz allein."
Doch scheinbar bemerkt er gar nicht, dass Karin es war, die alle Freunde und auch seine Familie mit ihrer Art vertrieben hat. Keiner hält es lange mit ihr aus, nur Daniel.
Judith weiß, wenn sie sich von Werner trennt, wird sie allein leben müssen und Daniel wird sie nur wie jetzt ab und zu sehen können.

Nun wollen sich die Männer ohne sie treffen, heute Abend. So ein Unsinn! Als wäre sie eine Ware, ein Objekt, über das man verhandelt. Jetzt kann sie nur abwarten bis Werner nach Hause kommt. Inzwischen muss sie sich um ihre Mutter kümmern. Sie fragt schon dauernd. „Was ist mit euch los? Alle beide rennt ihr mit finsteren Mienen herum und keiner redet mit mir."
„Ach Mutti, du hast Recht." Judith setzt sich zu ihrer Mutter aufs Sofa und legt ihr den Arm um die Schultern. „Es ist etwas passiert."
„Ich kann mir denken, was es ist", unterbricht sie ihre Tochter. „Dein Mann kam dahinter, dass du einen Geliebten hast, nämlich Daniel. Stimmt's?"
„Ja, aber woher weißt du das?", fragt Judith erstaunt.
„Ja woher wohl. Immer wenn Daniel mit seiner Familie hier war, hast du ihn mit den Augen verschlungen. Damals habe ich mich sehr gewundert, dass weder Werner noch seine Frau etwas davon gemerkt haben. – Außerdem kann ich dich durchaus verstehen. Er ist ein sehr charmanter Mann. Und einmal habt ihr euch im Flur geküsst. Ihr habt mich nicht bemerkt. Ich war in der Küche. Die Tür stand offen. Es war ein sehr leidenschaftlicher Kuss."
„Das ist lange her." Judith schaut versonnen aus dem Fenster. „Damals hat er sich von mir getrennt. Seine Frau kam dahinter. Doch schon nach einem Jahr ging es wieder weiter. Wir haben es nie lange ohne den Anderen ausgehalten."
„Ja und jetzt?" Judith schaut ihre Mutter ernst an: „Und jetzt soll ich mich zwischen Werner und Daniel entscheiden. Und weiß nicht, was ich tun soll."
„Ach Kind, was soll ich dir raten? Das ist natürlich schwer. Doch wenn du mich fragst, bleibe bei Werner. Er ist ein lieber Mensch. Bei ihm bist du gut aufgehoben. Sie steht auf. „Ich koche Kaffee. Willst du auch einen?"
„Ja, danke."

Mit einem vollen Tablett kommt sie wieder. „Jetzt isst und trinkst du erst einmal etwas. Du bist viel zu dünn."
„Ach Mama, ich wiege 53 kg. Bei meiner Größe ist das mehr als genug. Ich kann jetzt nichts essen. Bald kommt Werner nach Hause. Ich mache das Abendbrot für ihn." Judith küsst ihre Mutter aufs Haar. „Es hat mir gut getan, mit dir zu reden", und geht nach oben.
Erst am späten Abend kommt Werner nach Hause. Unsicher tritt sie ihm gegenüber und ist erstaunt, wie gelassen er wirkt. So entspannt war er schon lange nicht mehr. Dann aber merkt sie, er ist nicht ganz nüchtern. „Komm setz dich. Ich bringe dir gleich das Essen." Er winkt ab. „Danke, ich habe schon gegessen, aber würde noch gern etwas trinken."
Judith schenkt ihm Tee ein und setzt sich ihm gegenüber. Abwartend schaut sie zu ihm auf. Er trinkt erst etwas und räuspert sich dann. „Weißt du, es ist verrückt. Ich kann verstehen, dass du diesen Mann liebst. Wir haben uns lange und angeregt unterhalten. Er liebt dich auch und will dich nicht aufgeben. Er meint, die Entscheidung liegt allein bei dir. Was willst du?" Er schaut sie fragend an. Sie sieht Tränen in seinen Augen schimmern. Judith steht auf und umarmt Werner von hinten. Nun weinen sie gemeinsam. Nach einer Weile befreit er sich unwillig aus ihren Armen. „Ach, lass das. Es macht alles noch schlimmer. Ich gehe zu Bett", und verlässt den Raum. – Judith bleibt verstört zurück. ‚Ich kann das nicht allein schaffen', denkt sie. ‚Ich brauche Hilfe.'
Noch in der Nacht ruft sie Dr. Hans Kellner an. Weil sie weiß, dass er immer spät zu Bett geht, kann sie es auch jetzt noch versuchen und fragt ihn: „Was soll ich tun?"
„Ach, weißt du", meint er abwehrend. „Ich mache keine Therapien mehr. Aber ich wüsste da jemanden, eine Frau Marga Weißgerber. Für dich wäre sie die Richtige, denke ich. Wenn du willst kann ich für dich einen Termin ausmachen."
„Danke Hans, damit wäre mir sehr geholfen." Danach fühlt sie sich besänftigt und geht schlafen. –

Seit vier Monaten hat Judith ein Pflegekind. Da es ihrer Mutter gesundheitlich nicht so gut geht, kann sie nicht mehr täglich außer Haus arbeiten. Bei dem kleinen Jungen ist sie nur drei mal die Woche. Somit kann sie immer für zwei Tage kochen und ihre Familie ist versorgt.

Bei der von Hans empfohlenen Therapeutin hat sie gleich einen Termin bekommen können und muss Johannes, so heißt der Kleine, mitnehmen. Im Wartezimmer wiegt sie das Baby, es ist jetzt sieben Monate alt, in ihren Armen bis er einschläft. Dann kommt sie auch schon dran. Vor ihr steht eine rundliche Frau und lächelt sie freundlich an. „Sie sind Frau Könitzer?“, sie macht eine einladende Handbewegung. „Bitte kommen Sie herein.“
„Danke. Kann ich den Kleinen mitnehmen? Er wird sonst gleich wach, wenn ich nicht bei ihm bin.“
„Ja, natürlich. Bitte nehmen Sie Platz.“ Gegenüber vom Schreibtisch bietet sie ihr einen Stuhl an. Judith stellt den Kinderwagen so hin, dass sie den Kleinen berühren kann. Das Baby wird sofort unruhig, wenn es nicht ihre Hand spürt. Sein zierliches Händchen umklammert fest ihren Finger.
„Sie mögen Kinder?“, spricht Frau Weißgerber Judith mit freundlich offenem Blick an.
„Ja, sehr, besonders so kleine hilflose Wesen wie Johannes. Er hat Eß- und Schlafstörungen und ich versuche ihm zu helfen, auch mit einigem Erfolg. Noch vor drei Monaten konnte er nur auf dem Bauch seiner Mutter schlafen. Mit viel Geduld habe ich ihn jetzt soweit, dass er im Bett oder Kinderwagen schläft.“
„Interessant! Doch erzählen Sie mir etwas über sich. Warum benötigen Sie meine Hilfe?“
„Oh, das ist nicht ganz einfach. Wo fange ich an?“
„Am besten mit ihrer Kindheit. Dann kommen wir schon zu Ihrer Problematik. So in groben Zügen.“ Aufmunternd schaut sie Judith an und die hat gleich Vertrauen zu ihr. Tief luftholend erzählt sie von ihren ersten Jahren in Gleiwitz, von ihren liebevollen Eltern, den Geschwistern, vom Krieg, vom Hunger und großer Angst, von der Flucht und ihrer Kindheit in Thüringen und immer noch Hunger und Kälte und zu wenig Geborgenheit und Wärme. „Ja und weil ich zu wenig davon bekommen habe, bin ich immer noch auf der Suche danach. Doch bei meinem Mann gab's nicht genug davon, auch nicht genug Zärtlichkeit und Sex. Darum habe ich schon lange Zeit einen Geliebten.“
Eine kleine Pause einlegend setzt sich Judith in ihrem Stuhl zurück, ohne das Fäustchen des Babys loszulassen. „Ja, und das ist der Punkt“, erzählt sie weiter. „Mein Mann Werner, den ich auch sehr mag, kam hinter das Verhältnis. Deshalb bin ich hier, weil ich mich nicht zwischen den beiden Männern entscheiden kann.“ Tränen glit-

zern in ihren Augen. Verlegen schaut sie aus dem Fenster. Die Therapeutin hat ihr, ohne sie zu unterbrechen, aufmerksam zugehört.
„Zunächst erst einmal danke ich Ihnen für Ihre Offenheit. Das erleichtert unsere Zusammenarbeit sehr." Sie blättert in ihren Notizen. „Doch jetzt ist die Stunde um. Wir sprechen das nächste Mal weiter. Können Sie zweimal in der Woche kommen?"
„Ja"
„Gut! Mit oder ohne Johannes. Der ist ja lieb." Sie beugt sich über den Wagen und streichelt vorsichtig das Köpfchen des schlafenden Kindes. Judith erhebt sich und gibt der sympathischen Frau die Hand. „Vielen Dank! Ich glaube wir werden uns verstehen."
„Ja, das denke ich auch."
Ganz frohgemut, weil sie das Gefühl hat angenommen zu werden, fährt sie mit dem Baby in den nahen Herrengarten, um es da zu füttern.

Vier Wochen später ist Judith wieder einmal bei ihrer Therapeutin und dieses Mal ohne Johannes. Fast gelassen sitzt sie ihr gegenüber und hat das starke Gefühl des Vertrautseins. Diese hebt ihren Blick von ihren Unterlagen und schaut sie forschend an. „Wie geht es Ihnen heute?"
„Gut, zumindest besser."
„Schön, dann wollen wir gleich beginnen. Eine wesentliche Frage: Wie sehen Sie sich? Was für ein Mensch sind Sie?"
Ja –, das ist schwer zu beantworten. Eine spannende Frage, die ich mir schon oft gestellt habe. Wer bin ich, wer war ich einmal als Kind? Durch einige Traumen in der Kindheit und in der Jugend war mein Innerstes wie von einer Mauer umschlossen. Erst als diese bröckelte, eingerissen wurde, war mir ihre Existenz überhaupt bewusst geworden. Viel später dann hatte ich das Gefühl, erneut ich selbst zu sein. Etwas von dem früheren Menschen, von dem Kind, kam so zum Vorschein. Ein kleines Lächeln erhellt ihre Züge. Dazu verholfen hat mir in gewisser Weise auch mein Mann, die Familie, die Kinder – aber am meisten wohl Daniel. Durch seine liebevolle Art auf mich einzugehen, konnte er mich öffnen. In einem Gedicht schrieb ich mal. Entspannt lehnt sich Judith im Stuhl zurück und zitiert. „Beladen mit dem Staub des Lebens, komme ich bei dir an. Schon vergraben war ich oft. Doch frei gestreichelt mit so sanften Händen, kann ich wieder den Himmel sehen." Nachdenklich betrachtet Judith ihre im Schoß gefalteten Hände. „Ja, ich bin eine Frau, die recht offen auf

andere zugehen kann, die im Grunde ihres Herzens ehrlich ist. Das mag seltsam klingen, wenn man einen heimlichen Geliebten hat. Gell? Ich habe ein starkes soziales Bedürfnis. Mir ist Parität besonders in der Partnerschaft sehr wichtig. Ich bin aufgeschlossen und liebe Menschen, Tiere, die Natur und die Musik. Und sonst ..." hilflos schaut sie Frau Weingerber an.
„Wer, würden Sie sagen, ist ein Vorbild für Sie?"
„Oh, da gibt es viele. Spontan fällt mir der Altkanzler Helmut Schmidt ein. Er ist ein pragmatischer selbstbewusster Mann, der sich stets an gewisse Regeln hielt, ohne sich neuen Herausforderungen zu verschließen. Nun ja, das ist natürlich rein subjektiv, zumindest bemühe ich mich, so zu sein. Durch die Arroganz, die er mitunter zeigte, verbarg er nur seine Empathie. Ein Faible hatte ich auch für den charismatischen Dirigenten Leonard Bernstein, ein Mensch voller Gefühl und Wärme, der trotz großer Erfolge bescheiden blieb. Aber auch für Marie Curie kann ich mich begeistern, die sich im 19. Jahrhundert, in einer von Männern dominierten Welt, als Wissenschaftlerin durchgesetzt hat und für ihre hervorragende Leistung zweimal den Nobelpreis bekam. Doch auch meine Mutter ist ein Vorbild für mich. Unter widrigsten Umständen hat sie es geschafft, vier kleine Kinder durch die Wirren des Krieges zu bringen. Dafür bewundere ich sie."
Frau Weisgerber streicht sich eine Strähne ihrer Haare aus dem Gesicht und schaut Judith aufmerksam an. „Das ist eine Mischung bemerkenswerter, sehr unterschiedlicher Persönlichkeiten. Es sagt einiges über Sie aus."
„Ja was?"
„Dass Sie an Vielem interessiert sind und was ich gleich bemerkt habe, Sie sind ein fürsorglicher Mensch, so wie Sie mit Johannes umgehen."
„In gewisser Weise stimmt das auch, nur bei Menschen, die ich mag. Dazu gehören auch meine negativen Eigenschaften. Ich bin oft ungeduldig, zu impulsiv, manchmal auch neidisch und eifersüchtig. Doch mein größter Fehler ist meine Dominanz."
„Man könnte es auch Durchsetzungsvermögen nennen", schwächt die Therapeutin ihre letzte Aussage ab. „Und das kann man im Leben oft gebrauchen."
„Ja, das stimmt. – Zumindest bemühe ich mich darum, ein – sagen wir 'guter Mensch' zu sein."

„Das ist eine wichtige Voraussetzung für alles, was man im Leben erreichen will. – Das Bemühen!“ Sie schaut Judith lange und ernsthaft an. Dann fliegt ein kleines Lächeln über ihr rundes Gesicht. „Verzeihen Sie, ich mache mich nicht lustig über Sie. Es fällt mir nur auf, dass wir uns in gewisser Weise sehr ähnlich sind. Je mehr ich über Sie erfahre, um so mehr kommt das zum Ausdruck.“ Sie lacht: „Zwei etwas zu gefühlvolle Weiber.“
„Ja, das stimmt.“ Lachend stehen beide auf und umarmen einander. „Ich bin die Marga“ – „und ich bin Judith.“ Der Bann ist gebrochen. „Nun liebe Judith kommen wir zu den Problemen mit deinen Männern. Erzähle!“
„Ja, hm“, erst etwas stockend, dann immer fließender berichtet sie. „Mit Werner, meinem Mann, bin ich fast 30 Jahre verheiratet, nicht besonders glücklich, aber auch nicht unglücklich. Er ist ein maskuliner, nüchterner, doch zuverlässiger Mensch. Er bietet mir, sagen wir mal, materielle Geborgenheit. In seelischen, auch sexuellen Bereichen komme ich bei ihm etwas zu kurz. Als Ausgleich dazu habe ich mir einen Geliebten genommen. Das klingt zu pragmatisch, gell? Diese Liebe ist über mich hereingebrochen wie ein Wolkenbruch. Ich habe mich rettungslos in Daniel verliebt. Er ist leitender Ingenieur mit einem eigenen Büro und hat deshalb viel Tagesfreizeit. Wir sind inzwischen seit 20 Jahren ein Liebespaar. Er ist groß, schlank und wenn man von seiner Figur absieht, die Schultern zu schmal und die Hüften etwas zu breit, ein schöner Mann, wenn auch ein androgyner. Seine wertvollste Eigenschaft ist, sein absolutes Zuhören können, seine Präsenz. Er beschenkt mich reich und das nicht nur im materiellen Bereich. Er ist ein wunderbarer Liebhaber mit viel Fantasie. Aber er ist auch launisch, selbstgefällig und zweigesichtig wie der römische Gott Janus. Und Janus heißt er auch noch, unergründlich wie ein tiefer See. Ich würde sagen, er hat mehr als zwei Seelen in seiner Brust. Und zumindest eine davon ist schwarz, naja wenigstens dunkelbraun.“ – Mit einem tiefen Seufzer lässt sie die Luft aus ihren Lungen entweichen und lehnt sich in ihrem Sessel zurück.
„Aber genau das, seine Vielseitigkeit macht ihn so interessant für dich, nehme ich an.“
„Ja, das stimmt. Ich liebe ihn mehr als jeden anderen Menschen auf dieser Welt, von meinen Kindern mal abgesehen. Doch betonen möchte ich noch, dass seine guten Seiten die schlechten bei weitem übertrumpfen. Außerdem kann ich, wenn ich jemanden mag, seine

negativen Eigenschaften gut untern Teppich fallen lassen, um mich an den positiven zu erfreuen."
„Na ja", meint dazu Marga einschränkend: „Das klappt besonders dann gut, wenn man nicht zusammen lebt, wie im Falle Daniel."
„Ja, du hast Recht, im Alltag hat man es mit komplizierten Menschen schwerer. – Aber etwas Anderes; was hältst du davon, wenn ich mal für ein paar Tage eine Auszeit nehme. Die Eltern von Johannes machen Urlaub. So könnte ich weg. Schon lange mal möchte ich in die Weinberge an der Nahe."
„Das ist, finde ich, eine gute Idee." Ernst schaut sie Judith aus klugen Augen an. „Doch du solltest allein fahren. Nur dann bringt es dich weiter."
„Ja, das werde ich tun."
Zum Abschied nimmt Marga Judith in die Arme, so als wären sie schon lange befreundet.

In dicken Tropfen klatscht das Wasser an die Fensterscheiben. Es regnet schon seit Tagen. Für diese Jahreszeit, im Hochsommer, ist es einfach zu kühl, irgendwie typisch für Berlin, denkt Mareen, die am Fenster ihrer geräumigen Altbauwohnung steht und auf die nassen Straßen schaut, die nur spärlich durch zwei Laternen erhellt ist. Langsam wird es dunkel. Im Zimmer nebenan schläft Jaron, ihr inzwischen 7-jähriger Sohn. Der Gong der großen alten Standuhr im Berlinzimmer zeigt ihr an, es ist 21 Uhr. Eigentlich wollte Haro schon seit einer Stunde hier sein. – In nur fünf Tagen wollen sie heiraten. Erst vor sechs Monaten hat sie ihn in der Straßenbahn kennen gelernt und sich sofort in ihn verliebt. Obwohl sie in einer festen Beziehung mit Helmut, einem liebenswerten und gutaussehenden Menschen lebte. Haro sieht bei weitem nicht so gut aus, doch etwas fasziniert sie an diesem Mann. Nun ja, sie war nicht gerade unglücklich in ihrer Partnerschaft mit Helmut, doch etwas hat gefehlt. Sie lächelt still in sich hinein und setzt sich in einen der Sessel, die im Erker stehen. Ähnlich wie bei ihrer Mutter, nur war ihr Daniel, in den sie sich damals verliebte, nicht frei. Zum Glück ist Haro trotz der Kinder nie verheiratet gewesen. Schon oft in den vergangenen Monaten sind sie sich in der Bahn begegnet. Doch stets waren seine Söhne, Rolf - sieben und Klaus - acht Jahre alt, dabei. So nahm sie an, er sei gebunden. Er ging so liebevoll mit seinen Buben um, dass allein das, sie für ihn einnahm. Eines Tages dann, Jaron war auch bei ihr, kamen sie durch die Kinder ins Gespräch. In seine braunen Augen

trat ein warmer Glanz, als er mit ihr redete. Fast einen Kopf größer als sie ist er, überschlank und hat braune Locken. Sie lud ihn gleich in ihre Wohnung ein, Helmut war verreist, und so fing alles an. Vielleicht ging das Ganze viel zu schnell.
Gleich nachdem Helmut von der Reise kam, gestand sie ihm, was geschehen war. Er zog postwendend aus und Haro zog ein. Ja und nun, sie trinkt einen Schluck Wein aus ihrem noch vollen Glas, und nun wollen sie heiraten im kleinen Kreis von 15 Personen. Es werden nur nahe Angehörige und ein paar Freunde anwesend sein. Leider fällt ein Schatten auf dieses Ereignis. Ihre Eltern wollen sich trennen, nach fast 30 Jahren Ehe. Das macht ihr nicht gerade Mut. Erst kürzlich hat sie davon erfahren. Es ist seltsam, obwohl sie keine allzu enge Beziehung zu ihnen hat, bedrückt sie diese Situation doch. Naja, so besonders glücklich war deren Ehe nicht. Aber wann ist der Mensch schon glücklich? Wann war sie es das letzte Mal. Sicher als Jaron zur Welt kam. Er war noch so ein zartes Wesen mit strahlend blauen Augen. Sie liebte ihn sofort. Und wie war es in ihrer Kindheit? In den ersten Jahren ging es ihr ganz gut. So im Kinderheim war sie gern mit den vielen Kindern zusammen. Doch dann kam Lars und er war krank, als er geboren wurde. Sie war oft eifersüchtig, weil dieser kleine Kerl alle Liebe und Aufmerksamkeit für sich beanspruchte. Das war leider auch noch so, als Lars mit einem Jahr wieder gesund wurde. Danach war ihre Mutter krank und sie musste wieder Rücksicht nehmen.
Für ihre Mutter gab es eigentlich immer nur Lars. Natürlich weiß sie auch, dass die Schwierigkeiten, die sie miteinander haben, mit Knut ihrem Erzeuger zusammenhängen. Das mit der Vergewaltigung hat sie wohl nie so ganz verkraftet. – Zumindest ist das Verhältnis zu Adoptivvater Werner recht gut. – Und nun hofft sie auf das große Glück mit Haro. – Wo bleibt er nur so lange? Rasch steht sie auf und geht wieder zum Fenster. Haro ist ein fleißiger Mensch. Neben seinem Beruf als Lehrer arbeitet er noch als Steuerberater für einige Firmen.
Da sieht sie ihn schon um die Ecke biegen. Obwohl es inzwischen schon ganz dunkel ist, kann sie ihn an seinem etwas schlaksigen Gang erkennen. Die Mütze wegen des Regens tief ins Gesicht gezogen, geht er mit großen Schritten auf das Haus zu. Sie freut sich. Bald liegt sie in seinen Armen.

Am 2. Juli dann ist es endlich so weit, der Tag der Hochzeit. Zitternd und aufgeregt steht Mareen in einem eleganten Sommerkleid vor dem Spiegel im Schlafzimmer und versucht ihre Locken zu bändigen. Judith steht hinter ihr und betrachtet wohlgefällig ihr hübsches Mädchen. Mareen bürstet wild ihr langes rotbraunes Haar und schimpft. „Nie bekomme ich es so hin wie ich möchte. Heute will ich schön sein."
„Aber das bist du doch! Schau dich doch mal an, so zierlich wie du bist. Du siehst wie 18 aus und nicht wie 28. Aber jetzt beeil dich bitte, sonst kommen wir noch zu spät. Deine Freunde, deine Schwiegermutter, alle sind schon da und die Jungen sind schon ungeduldig geworden."
Im Standesamt dann, der Raum ist festlich geschmückt mit zartfarbenen Teerosen, die wunderbar zu Mareens Kleid passen, wird es sehr feierlich. Nach der Trauung sind Judith und Werner gerührt als Haro seine junge Frau leidenschaftlich küsst. Judith steht daneben und schickt ein Stoßgebet gen Himmel: ‚Lieber Gott schütz die beiden jungen Menschen! Steh ihnen bei in allen Lebenslagen!'
In der Halle neben dem Trauungszimmer wartet eine Überraschung auf das Paar. Als sie die Tür öffnen, erklingen helle Kinderstimmen. Einen Kanon singen sie: „Viel Glück und viel Segen auf all euren Wegen, Gesundheit und Wohlstand sei auch mit dabei."
Eine Kollegin Mareens hat das Lied mit den Kleinen eingeübt. Wie Mareen so dasteht, umringt von 'ihrer Kinderschar', denen sie Konfekt schenkt, erinnert sie Judith an Charlotte Buff, oder war es Fridericke Bion, die an ihre sieben Geschwister Brot verteilte? Sie war eine der vielen Geliebten Goethes, der diese reizvolle Szene in einer Zeichnung festgehalten hat.
Mareen schaut auf und Judith fotografiert die strahlende Braut.

Noch drei Tage bleiben die Könitzers in Berlin, denn Judith will unbedingt noch Isabella Engel-Berg die Opernsängerin besuchen, die sie seit dem Kennen lernen 1983 nicht mehr gesehen hat. Zum Glück hat diese an diesem Tag auch Zeit und so können sie viele Stunden miteinander verbringen. Leider ist Gunther, ihr Mann, nicht anwesend, weil er in Japan singt. Zum ersten Mal hört Judith Isabella singen und ist beeindruckt von dem weichen und doch klaren Sopran.
Als Judith dann spät nachts allein mit der U-Bahn durch Berlin fährt, ist ihr schon ein wenig mulmig zu Mute. Die letzten zehn Minuten bis

zu Mareens Wohnung muss sie laufen. Leise singt sie vor sich hin, um die Angst zu vertreiben und denkt an Daniel. Er wäre gern mit nach Berlin gefahren, weil hier auch eine seiner Töchter lebt. Doch leider ließ es sich nicht einrichten. Täglich ein Mal ruft Judith ihn an. Zu diesem Zweck hat er ihr eine Telefonkarte mitgegeben. Es ist schön für sie, seine Stimme zu hören, auch wenn es nur um alltägliche Dinge geht. Wann immer es ihm möglich ist, nimmt er sich Zeit für sie. Auch dann, wenn er sich in einer Besprechung inmitten seiner Kollegen befindet, flüstert er ihr erotische Worte ins Ohr. Auch deshalb liebt sie ihn. Wenn sie sich vorstellt, dass bei einer Trennung so etwas nicht mehr geschieht, ist sie tieftraurig.
Am anderen Morgen dann fällt ihr der Abschied von Mareen schwer. Auch weil sie mit Haro nicht so richtig warm werden kann. Werner und Lars geht es genauso. Alle haben Helmut, ihren Ex, viel lieber. Man kann nur hoffen, dass die Ehe trotzdem gut geht. –

Eine Insel für mich allein. Das wäre die Lösung. Abschalten, alles hinter sich lassen – denn, wenn sie so weiter macht, rutscht sie wieder in eine Depression. Müde und erschöpft lehnt Judith an der Terrassenwand und schaut blicklos in den Garten. Die letzten zwei Jahre waren hart. Erst der Tod ihres geliebten Vaters, die Krankheit und schwere Operation ihrer Mutter, Blackys Tod, ihre eigene OP und jetzt die Trennung von einem ihrer Männer. Sie lächelt unter Tränen. Es klingt, als wäre sie mit beiden verheiratet. Das wäre gar nicht so schlecht, überlegt sie.
Der einzige Lichtblick in dieser Zeit war Mareens Hochzeit. Seit Werner von ihrem Verhältnis mit Daniel erfahren hat, ist die Hölle los. Auch wenn sie sich beide um Fairness bemühen. Sie kann sich nicht entscheiden.
Schon vor einiger Zeit hat sie mal von Oberhausen, einem kleinen abgeschiedenen Ort, gehört. Da will sie hin, um abzuschalten. Schon am nächsten Tag setzt sie ihren Entschluss in die Tat um und fährt hin. Es ist ein kleines Dorf, idyllisch am Ende eines langen Tals gelegen, durch das sich die Nahe schlängelt. Fast alle Häuser sind mit Blumen geschmückt, so als hätten sie sich zu ihrem Empfang fein gemacht. Als sie dann ihre kleine Wohnung, die sie für zwei Wochen gemietet hat, betritt, hört sie in einem nahen Stall Kühe muhen und fühlt sich schon ganz heimisch. Das Appartement ist hübsch, doch ungemütlich eingerichtet. Noch ehe sie ihre Sachen auspackt, räumt sie die Möbel etwas um, so dass im Erker eine Sitzecke entsteht.

Von hier aus kann sie die ganze Straße, die über eine kleine Brücke führt, überblicken. Auf halber Höhe, auf dem Weinberg sieht sie noch Schloss Böckelheim. Hier wird sie in den kommenden Tagen oft sitzen, um Einkehr zu halten, zu schreiben oder Musik zu hören. Daniel hat ihr zu diesem Zweck einen tragbaren CD-Player geschenkt und dazu noch diverse CDs. „Damit du immer an mich denkst“, hat er dazu gesagt. Als wenn sie das nicht sowieso täte. Es wäre alles so viel einfacher, sie könnte ihn mal vergessen.
„So“, sie schaut sich in 'ihrem Reich' um, „so ist es viel behaglicher“. Doch etwas fehlt noch, es fehlt an Blumen im Revier und geschmückte Menschen hat sie auch nicht zur Hand. Also muss sie sich etwas Blühendes besorgen. Rasch zieht sie sich eine helle Jeans und einen blauen Pulli über und macht sich auf den Weg. Als sie aus der Haustür tritt, umfängt sie strahlender Sonnenschein und laue Luft. Ein herrlicher Oktobertag! Doch leider gibt es zu dieser Jahreszeit kaum noch Blumen in der Natur. Nur noch einige Wegwarte stehen am Straßenrand. Leider sind sie nicht für Vasen geeignet. Judith pflückt ein paar Gräser und geht langsam den Weg entlang. Ein alter Mann mit einem freundlichen Gesicht und einem weißen Lockenkranz um seinen kahlen Schädel kommt ihr entgegen. Missbilligend schaut er auf ihr Gebinde. „Ach das ist doch nichts. Gehen Sie mit mir!“ Er führt sie zu einem nahe gelegenen Schrebergarten und schneidet für sie einen großen Strauß leuchtend blauer Chrysanthemen ab und überreicht ihn ihr. Erfreut strahlt sie ihn an. „Danke! Ich war traurig, weil ich hier allein im Urlaub bin. Ihre wunderschönen Blumen trösten mich. Ich danke Ihnen sehr!“ Er nickt nur, drückt zärtlich ihren Arm und geht dann weg. Nachdenklich schaut ihm Judith hinterher. Der alte Mann von der Brücke? Fast könnte man es meinen. Sie schnuppert an dem Blumenstrauß und atmet tief deren leicht herben Duft ein. Es ist wie ein Gruß vom Himmel. Erst jetzt schaut sie sich richtig um und nimmt den Zauber ihrer Umgebung war. Es war doch richtig nach Oberhausen zu kommen. Der Aufenthalt hier wird ihr gut tun.
Jeden Tag ist sie zwei bis drei Stunden in den Weinbergen unterwegs. Bald ist ihr jede Wegbiegung, jeder Busch vertraut. Fast ist es so, als würde sie von ihnen wieder erkannt besonders die Wegwarte mit ihren strahlend blauen Gesichtern. Diese Blumen haben viele Namen. Alle sind so märchenhaft wie sie selbst: Zigeunerblume, Wegelmama und faule Grete. Die Blume ist uralt schon in Ovids Metamorphosen kommen sie vor. In diesen wird von einer Geliebten

des Sonnengottes mit dem Namen Klytia erzählt, die er verließ, weil sie so eifersüchtig wegen einer andern Nymphe war. Die verlassene aber schwand dahin vor Kummer. Härmte sich neun Tage lang auf kahler Erde sitzend, ohne Speis und Trank. Nie wich sie vom Platze, das Gesicht dem wandelnden Gotte zugewandt, bis sie sich entfärbte und aus ihr die sanftblaue Wegwarte entstand. Obwohl von der Wurzel gehalten, wendet sie sich immer der Sonne zu und bewahrt und verwandelt die Liebe. Das Buch über die Metamorphosen hat Judith mal von Daniel geschenkt bekommen und darin den Text über die Wegwarte entdeckt. Langsam geht sie den Weg durch die Rebenstöcke hindurch.

Wie sehr würde sie sich wünschen, dass ihre Liebe sich wandelte, dass sie Werner so leidenschaftlich lieben könnte, wie sie Daniel liebt. Da wäre alles so viel leichter. Doch Daniel aufgeben, das kann sie sich nicht vorstellen. Nie mehr seine sanfte, wohlklingende Stimme hören, seine Küsse fühlen. Nie mehr in seinen Armen liegen, das geht einfach nicht. Das tut so weh. –

Sie lässt sich zu Boden sinken und weint haltlos. „Aber, aber junge Frau, wer wird denn an einem so schönen Tag so traurig sein?"

Judith blickt auf und sieht vor sich einen stämmigen Weinbauern stehen, einen Mann in mittleren Jahren, die Mütze schräg auf dem Kopf, die Harke auf seiner Schulter schaut er freundlich auf sie herab. „Ich habe Sie schon oft hier laufen sehen und immer so allein. Ist das der Grund für Ihre Trauer?"

„Ja und nein." Er reicht ihr die Hand und hilft ihr beim Aufstehen. „Da kommt so einiges zusammen."

„Hören Sie, ich mache Ihnen einen Vorschlag. Was halten Sie von einer Weinprobe? Nicht weit von hier, nur den Berg runter, liegt mein Hof."

„Danke, ich nehme gern an. Und danke auch für die junge Frau."

Er schaut sie von der Seite an. „Na so alt schauen Sie nicht aus." Sie wischt sich die Tränen aus dem Gesicht und lächelt schon ein wenig. „Na sehen's, geht doch!" Und gemeinsam gehen sie das letzte Stück den Berg hinunter.

Bald wird sie, wenn sie so durch die Weinberge läuft, von den Bauern gegrüßt. Von ihnen erfährt sie auch über die Geschichte der Region. Angefangen hat hier alles mit den Römern. Von ihnen berichten jedenfalls erste schriftliche Aufzeichnungen und fast gleichzeitig gibt es auch Kunde vom Weinbau an der Nahe. Wenn sich auch seit Zeiten der Römer vieles verändert hat, geblieben ist eine

einmalige Landschaft. Bewaldete Hügel wechseln ab mit sanft geschwungenen Rebhängen. Kontrast entsteht durch den steil aufragenden Lemberg. Von hier oben hat man einen herrlichen Rundblick auf das Nahetal. Um Oberhausen herum zählt Judith sieben Weinberge, wie die sieben Zwerge. Und hier oben auf dem Lemberg wohnt Schneewittchen. Wegen ihrer dunklen langen Haare und ihrer hellen Haut durfte Judith als kleines Mädchen Schneewittchen darstellen. ‚Ach' denkt sie, jetzt 100 Jahre schlafen und dann von Daniel wachgeküsst werden. Doch das war ja ein anderes Märchen, träumt sie so vor sich hin, sieht ihn vor sich, den immer noch schönen Mann, wenn auch etwas gebeugt jetzt und mit fast grauen Locken, seine roten Lippen, sein Lächeln, mit dem er sie einfängt und fühlt sich ihrem Verlangen hilflos ausgeliefert.
Er hat ihr versprochen, sie für zwei Tage zu besuchen, wenn er von seiner Dienstreise aus Saarbrücken zurück ist. Ihn Tag und Nacht um sich zu haben, ihn immer berühren zu können, neben ihm zu erwachen, das ist Glück für sie.
Auch bei schlechtem Wetter ist sie stundenlang in den Weinbergen unterwegs. Auf einem der Hügel steht sie und schaut hinunter. Es sieht aus, als hätte der Nebel das Tal in weite Ferne getragen. Aus den dunklen sich hoch auftürmenden Wolken ertönt ein leichtes Grollen. Die Vögel fliegen tief. Es ist ein trüber Tag und ihre Stimmung ist entsprechend. Leider ist sie mit einer großen Portion Leidensfähigkeit ausgestattet. Ihre slawische Seele gleitet dann in dunkle Schluchten, aus denen sie nur schwer herausfindet. Doch daneben gibt es da noch die Anlage zur tiefen Glücksempfindung. Dorthin, ans andere Ufer, möchte sie wieder gelangen.
Und etwas Glück wird ihr doch zu teil, Daniel kommt.
Diese Tage mit ihm sind voller Zauber und großer Dichte. Sie nimmt ihn auf in ihre Wohnung, in ihre Seele, in ihren Leib und aller Kummer ist vergessen. Nach dem Essen mit Kerzenlicht und leiser Musik im Bett – endlich mal wieder im Bett – genießen sie ihr Zusammensein sehr.
Am anderen Morgen dann, nach dem Frühstück und einer liebevollen Vögelei, gehen sie Hand in Hand durch die reizvolle Landschaft. Sie weist hin auf die Schönheit der Gegend, auf alle vertrauten Wege und jeden Ausblick ins Tal. Oben auf dem Lemberg stehen sie dann, eng nebeneinander und sie zeigt ihm die Weinberge, alle sieben und fühlt sich fast wie Schneewittchen, wach geküsst von ihrem Prinzen, schmiegt sich in seine Arme und möchte nun hundert Tage

schlafen, aber mit ihm. Doch zehn Tage wären auch schon viel. – Sie seufzt. Erstaunt schaut er auf sie herunter. „Aber Nymphchen, du bist doch nicht etwa traurig?“
„Nein, nein. Das nicht.“
Sie erzählt ihm von ihren Träumen, von ihren Wünschen.
„Ach mein Schatz, wach auf! Du weißt doch, Märchen lassen sich nur jenseits von alltäglicher Last und Stress erfahren. Nur auf unserer Wolke, zu der wir uns ab und zu emporschwingen, kann man so Außergewöhnliches erleben. Der Alltag würde allen Zauber zerstören auch unser Liebesmärchen. So ist nun mal das Leben.“
Nach Wochen als Judith wieder zu Hause ist, fühlt sie sich gestärkt und ihr Entschluss steht fest. Sie wird, sie kann sich von Daniel nicht trennen. Er ist in ihr so tief verwurzelt. Es wäre dann so, als würde sie ein Stück aus ihrem Inneren herausreißen. Obwohl er ihr zuredet, bleib bei deinem Mann, mich verlierst du ja nicht. Wir könnten ja weiter machen wie bisher. Doch genau das will sie Werner nicht antun. Außerdem möchte sie, dass er sich frei entscheiden kann, falls er doch noch eine neue Liebe finden würde. So behutsam wie möglich versucht sie Werner ihre Entscheidung verständlich zu machen, ihn davon zu überzeugen, dass sie nicht anders handeln kann. „Bitte verzeih mir! Bitte!“, beschwört sie ihn unter Tränen. „Ich wollte dir nie weh tun.“
Einige Tage später ist Judith erneut bei ihrer Therapeutin. Es ist ein freundschaftliches Verhältnis entstanden und so freut sich Judith auf jede Sitzung. Marga empfängt sie mit den Worten: „Ich wusste, dass du dich für Daniel entscheiden würdest. Deine Gefühle für ihn sind eben wesentlich stärker als für Werner. Es ist nun einmal so. Wir können vieles mit dem Verstand beurteilen, aber unsere Gefühle haben wir nicht dermaßen im Griff. Damit will ich nicht sagen, man soll die Hände in den Schoß legen, wenn Schwierigkeiten auftreten. Für jede Liebe, wenn sie lange halten soll, muss man täglich etwas tun. Das ist enorm wichtig.“
Als Judith aufsteht, weil die Stunde beendet ist, hält Marga sie noch einmal zurück. „Warte, ich habe da ein Buch für dich. Das solltest du mal lesen.“ Sie reicht es Judith.
„Oh, danke! Die vier Grundformen der Angst von Fritz Rieman“, liest sie laut vor. „Interessant!“
„Setz dich doch noch einen Moment“, fordert Marga. „Du befasst dich doch gern mit der Psyche des Menschen. Die verschiedenen Ängste, die jeder in sich hat, machen einen Teil seiner Persönlichkeit

aus, bestimmen so sein Handeln. Zum Beispiel denke ich, dass der Werner ein etwas zwanghafter Mensch ist und aus diesem inneren Druck heraus nur so und nicht anders handeln kann. Dagegen Daniel ist ein schizoider Typ, würde ich vermuten. Das sind Menschen mit einer sehr dünnen Haut. Die beobachten gut und sehr genau alles um sich herum. Der Schizoide hat eine geteilte Persönlichkeit, die stets zwei Pole braucht, um sich orientieren zu können, so wie Daniel zwei Frauen braucht, um intensive Nähe, die er auch benötigt, auszuhalten."
„Wie praktisch", meint dazu Judith leicht ironisch. „Was man bei der Einen nicht kriegt, holt man sich bei der Anderen."
„Tun wir doch auch."
„Was, du auch?"
„Ja, ich habe da auch jemanden, mit dem ich mich gern austausche", antwortet Marga diplomatisch.
Judith steht auf und umarmt ihre Freundin. „Sehr fein formuliert. Also du auch – erzähle, was ist er für ein Mann?"
„Er ist Wissenschaftler und lebt weit weg, so dass wir uns nur selten sehen können. Ansonsten auch ein feingeistiger Mensch ähnlich wie Daniel." – Sie macht eine kleine Pause und schaut nachdenklich zum Fenster hinaus. „Ach übrigens, ich würde ihn gern mal kennen lernen. Wie heißt er doch gleich?"
„Daniel Janus"
„Weißt du, es ist wichtig für die Therapie, auch mal den Partner zu sprechen."
„Ja gut, ich werde ihn fragen."

Schon drei Tage später findet das Treffen zwischen Marga und Daniel statt. Judith geht in der Zeit einkaufen und wartet dann auf ihn im Cafe 'Pendel'. Es dauert Stunden, bis er endlich erscheint. Er wirkt ernst und sehr nachdenklich. Judith legt ihre Hand auf seinen Arm. „Sag, was ist los? Wie war das Gespräch?"
„Ach, ganz gut", sagt er nur und lässt sich auf keine Unterhaltung ein. Schon bald danach verabschiedet er sich von ihr und geht nach Hause. Verstört bleibt Judith auf der Straße stehen und schaut ihm nach. –
Es ist das erste mal in ihrer nun zwanzigjährigen Beziehung, dass sie nicht miteinander sprechen können.
Auch Marga will, als Judith wieder bei ihr ist, nichts zu Daniels Verhalten sagen. Sie muss schweigen.

Beim Abschied dann, als sie Judith an sich drückt, sagt sie mit glänzenden Augen: „Dein Daniel ist ein toller Mann. Ich kann verstehen, dass du ihn so sehr liebst." –
Das irritiert Judith noch mehr.
Die nächsten drei Wochen hört und sieht Judith wenig von Daniel. Er bittet sie nur: „Gib mir etwas Zeit. Ich melde mich wieder."
Das tut er auch telefonisch in regelmäßigen Abständen, doch zu einem ernsthaften Gespräch ist er nicht bereit. Als Judith mit Marga darüber zu sprechen versucht, sagt sie nur: „Ich komme dich besuchen", was sie auch tut. Doch sie klingelt nur an der Haustür und legt ein Paket davor und geht gleich wieder. Erstaunt öffnet Judith das sorgfältig verpackte Geschenk und wundert sich über dessen Inhalt. Eine große Schildkrötpuppe schaut sie mit blanken blauen Augen an. Auf der beiliegenden Karte steht:
‚Du hast in deinem Leben viele große Verluste erlitten. Ich durfte bisher alles, was ich bekam, behalten. Darum schenke ich dir diese Puppe. Es ist Bärbel, die dir als kleines Mädchen von der Russin aus dem Arm gerissen wurde. Sie hat den Weg zu dir zurück gefunden. Alles Liebe für dich. Marga'
Total perplex lässt sich Judith mit der Puppe im Arm auf das Sofa plumpsen und denkt zurück an ihre Kindheit.
‚Verluste' sind das Thema ihrer Therapie. Ihr erster großer Verlust war der Tod ihres kleinen Bruders Bernd, dann der Verlust der Heimat und allem Vertrauten ihrer Kindheit, vor allem aber der Verlust der Geborgenheit. Deshalb ist sie so auf der Suche nach Wärme und dem Aufgehobensein. Ein wenig davon bekam sie durch die Großfamilie – und nun kam etwas Verlorenes zu ihr zurück. Fest drückt sie Bärbel an sich wie ein kleines Mädchen. So findet sie Elisabeth, die mit Kaffee und Plätzchen in der Tür steht. „Möchtest du?", fragt sie ihre Tochter.
„Ja, gern!" Erst jetzt sieht sie die Puppe in deren Arm. „Das ist ja Bärbel. Wo kommt die denn her?" Judith reicht ihr die Karte zum Lesen. Ungläubig schüttelt Elisabeth den Kopf. „Wie kommt eine fremde Frau dazu, dir ein so teures Geschenk zu machen? Schildkrötpuppen werden nur in limitierter Anzahl hergestellt."
„Ja, ich weiß. Doch fremd ist mir Marga Weisgerber nicht. Wir kennen uns fast ein Jahr und wir sind inzwischen befreundet."
„Trotzdem, warum tut sie das? Was steckt dahinter?", sagt sie noch und verlässt dann den Raum.

Und endlich kommt Daniel. Inzwischen kann er sie offiziell besuchen, weil Judith nun eine eigene Wohnung im Haus hat.
Judith ist selig. Daniel ist bei ihr und scheint auch wieder ganz der Alte zu sein. Obwohl er gar nicht auf ihre Fragen, was eigentlich los war, eingeht. Doch so ganz kann Judith ihre Eifersucht nicht bezähmen. „Hast du mit ihr geschlafen? Bitte sag es mir."
Darauf reagiert er mit Unverständnis: „Ach Nymphchen, was denkst du, wie viele Frauen ich neben dir verkraften kann?"
Er nimmt sie in seine Arme und küsst sie zärtlich. „Dafür bist du viel zu anspruchsvoll. Ich bin kein Übermensch. Und dann gibt es da noch Karin und die Töchter, auch wenn sie nun erwachsen sind. Immerhin bin ich jetzt Mitte fünfzig. Ab und zu merke ich auch, dass ich älter geworden bin. Na ja, und der Beruf ist anstrengend genug."
„Ja, ich weiß, verzeih!" Sie nimmt sein Gesicht in ihre Hände und küsst ihn zart und liebevoll.

1991

„Könntest du, wenn du heute zu mir kommst, deinen weiten rostbraunen Rock anziehen und eventuell ein schwarzes Oberteil?"
„Ja, aber warum?" Judith steht am Fenster ihrer Wohnung, den Telefonhörer am Ohr und schaut hinaus. Der Garten sieht schlimm aus. Jetzt, da die Sonne scheint, nur wenig Schnee liegt, sieht man wie ungepflegt er ausschaut. Im Herbst letzten Jahres kam sie einfach nicht mehr dazu, ihn für den Winter vorzubereiten. Einige der Pflanzen, die sie nicht abgedeckt hat, werden erfroren sein. Schon lange mal wollte sie ihn umgestalten, doch dazu wären anstrengende Erdbewegungen nötig. Dafür fehlt ihr die körperliche Kraft. Vielleicht helfen ihr ihre Brüder, wenn sie im Frühsommer hierher kommen.
Nur mit dem halben Ohr ist sie bei dem Gespräch mit Daniel. „Verzeih, ich habe nicht richtig zugehört. Was sagtest du eben?"
„Das verrate ich dir nicht. Das soll eine Überraschung sein. Wann fährt dein Bus?"
„So gegen 14 Uhr."
„Gut, dann hole ich dich am Busbahnhof ab. Also bis gleich!"
„Ja, bis gleich. Ich freue mich schon auf dich!"
„Ich auch."

Schnell versorgt Judith ihre Mutter, sagt Werner Bescheid, dass sie für ein paar Stunden außer Haus sein wird und zieht sich um. Kritisch betrachtet sie sich im Spiegel. Na ja, für ihr Alter ist sie noch ganz gut in Form, etwas mollig vielleicht. Bei knapp 1,60 m wiegt sie 58 kg. Das ist die Grenze. Die Haare noch voll und Dank 'Wella' noch dunkel, die Augen groß und klar, schätzt man sie für gewöhnlich zehn Jahre jünger, als sie ist. Hoffentlich bleibt das so. Rasch schlüpft sie in den warmen Wintermantel und läuft zum Bus. In Darmstadt dann wird sie schon von Daniel erwartet. „Hallo Nymphchen", begrüßt er sie und küsst sie auf den Mund. „Ich habe schon große Sehnsucht nach dir", flüstert er in ihr Ohr. „Komm", er nimmt sie bei der Hand. Sie laufen das Stück bis zu seiner Wohnung, die nicht all zu weit entfernt ist. Am Haus angekommen, legt er ihr beschwörend den Finger auf den Mund. „Bitte sei leise. Wir wollen doch nicht auffallen." Mit unterdrücktem Gelächter schleichen sie in den 2. Stock zu seiner Wohnung. In der Diele verbindet er ihr die Augen mit einem schwarzen Tuch. „Bleib da stehen. Ich bin gleich wieder da", bittet er sie.
‚Was er nur vorhat.' Nur leises klappern kann sie vernehmen und platzt bald vor Neugierde. „Nun entferne das Tuch und schau", hört sie seine Stimme. Erschrocken blickt sie in das grelle Licht eines Scheinwerfers, der voll auf sie gerichtet ist.
„Bitte lächeln", ertönt seine weiche Stimme hinter der Kamera.
„Was hast du vor?", fragt sie erstaunt.
„Ich will einen Liebesfilm drehen mit uns beiden als Hauptdarsteller."
„Wäre es nicht besser gewesen, ihn vor 20 Jahren zu machen? Damals waren wir noch wesentlich knackiger als heute."
„Ach Nymphchen", widerspricht er heftig. „Vor 20 Jahren wusste ich noch nicht, dass unsere Liebesgeschichte so lange währen würde. – Außerdem, die Reife hat auch ihre Reize. Du gefällst mir heute wesentlich besser als in jüngeren Jahren."
„Ach mein Schatz", sie ist gerührt. „Danke für dieses wundervolle Kompliment."
„Komm bitte etwas näher", gibt er weitere Regieanweisungen. „Setz dich an den Tisch." Er stellt die Videokamera auf die Fensterbank und setzt sich neben sie, so dass sie beide gefilmt werden können. „Möchtest du Kaffee?"
„Ja bitte."
Er füllt die Tassen. „Erzähle, wie geht es dir? Was tust du so, wenn ich nicht bei dir sein kann?"

„Mir geht es gut, ganz besonders jetzt.“ Sie lächelt in die Kamera. „Ja und sonst mache ich meinen Haushalt, arbeite im Garten und pflege meine Mutter und denke an dich.“ Verliebt blickt sie zu ihm auf. Sie legt den Kopf zurück. „Und nun möchte ich geküsst werden.“ Er tut es und öffnet dabei die Knöpfe ihres T-Shirts, dass ihre weißen Brüste frei gelegt werden. Zärtlich knabbert er an ihren Brustwarzen, die sich sogleich aufrichten. Eine der beiden Katzen, die schon geraume Zeit in großem Bogen um sie herumgeschlichen sind, springt auf den Tisch und schaut aus leuchtend grünen Augen interessiert zu. Schnurrend schiebt sich Mieze zwischen Judith und Daniel. Sie will mitmachen, so scheint es. Eng schmiegt sie sich an Judiths Busen. Daniel geht zur Kamera, um sie neu einzustellen. „Ein reizvolles Bild ist das, die schwarze Katze an deinen weißen Brüsten.“ Schnell entkleidet er sich und stürzt sich voller Lust auf seine Geliebte. Fauchend flieht Mieze. Vorsichtig legt er Judith auf den Tisch. Dabei schiebt er das Geschirr zu Seite. Eine der Tassen fällt klirrend zu Boden. „Oh“, heftig dringt Daniel in Judith ein. Sie schreit auf. Er hält inne. „Hab ich dir weh getan?“, fragt er besorgt.
„Nein, nein. Mach weiter, bitte! Du weißt doch, ich mag es, wenn es etwas weh tut.“
Nur leise Geigenklänge erfüllen den Raum und das lustvolle Stöhnen der Liebenden. –
Er stellt das Spiel ein. „So mein Kleines, das war die Vorspeise. Bald gibt es das Hauptgericht.“ Er räumt die Möbel etwas beiseite, stellt die große Liege mitten ins Zimmer, so dass sie von der Kamera erfasst werden kann. Judith sitzt derweil auf dem Tisch und beobachtet sein Tun. Immer noch sehr schlank, nur ein wenig gebeugt nun, bewegt er sich schnell und anmutig zwischen den Möbeln. Seine Haut ist braun und sein schönes Haar schimmert silbern in der Sonne. Mit einem lüsternen Glitzern in seinen Augen kommt er auf sie zu und trägt sie zur Liege, legt sie ab und drapiert ihren weiten Rock um sie herum und öffnet ihre Schenkel, um der Kamera einen tiefen Blick in ihre geheime Höhle zu ermöglichen. Rötlich und feucht schimmert es da drinnen, umgeben von weichen dunklen Locken.
„Schön sieht es da aus“, schwärmt er. „Erstaunlich schön!“
„Und das sagen wir mal, bei einer älteren Frau.“
„Das kann ich mir nicht vorstellen“, widerspricht sie.
„Ach Nymphchen, du bist nirgendwo alt. Deine Haut ist noch glatt, deine Lippen voll – oben wie unten. Du hast nach wie vor viele Orgasmen. Du bist jünger als manche Vierzigjährige.“

Er verstummt, weil er sie um die Vagina herum zu küssen beginnt. Sie genießt seine Zärtlichkeit und antwortet erst nach einer geraumen Zeit. Das mag ja alles sein, doch nur dein leidenschaftliches Begehren lässt mich so erglühen, nur durch dich bin ich immer noch so jung. Du bist ein hinreißender Liebhaber." Sie lässt sich nach hinten fallen, so dass ihre Brüste heftig wippen. Weit breitet sie ihre Arme aus. „Die ganze Welt möchte ich umarmen vor Glück."
„Das mein liebes Weibchen wird nicht nötig sein. Fang erst mal mit mir an." Er sinkt zwischen ihre Schenkel und dringt tief in sie ein. „Ja, ja schreit sie laut, weil ein Orgasmus nach dem anderen ihre Säfte zusammenzieht. Alle nur möglichen Stellungen probieren sie aus, bis er es nicht mehr aushält und kraftvoll in ihr kommt. Als sie auf allen vieren vor ihm kniet, dreht er ihren Po so, dass er gefilmt werden kann. „Es ist ein Wahnsinn, wie dick geschwollen deine Schamlippen sind, wie ein reifer Pfirsich sehen sie aus, rosig und prall."
Besorgt beugt er sich über sie. „Tut es dir schon weh? Brennen sie?"
„Ein wenig schon."
„Was dich aber nicht davon abhält, in die nächste Runde zu gehen, wie ich dich kenne."
„Oh ja", seufzt sie tief. „Aber jetzt brauche ich eine kleine Pause." Sie setzt sich auf und zieht ihren Rock über ihre Schenkel. „Komm, wir trinken einen Schluck Sekt."
Eines der Gläser, die neben dem Sofa auf einem Tischchen stehen, reicht sie ihm und nimmt sich auch eins, dass sie gleich austrinkt. Aneinandergeschmiegt sitzen sie eine ganze Weile stumm da, erschöpft und glücklich.
Die Sonne schickt letzte Strahlen ins Zimmer und lässt die Rosen auf dem Tisch leuchten. Wunderschön und sehnsuchtsvoll erklingt die Musik von Gustav Mahlers 5. Sinfonie, das Adagio. „Wäre es nicht an der Zeit für eine kleine Stärkung?", fragt er sie leise, um den Zauber des Momentes nicht zu stören. „Ich habe eine Suppe vorbereitet. Die muss ich nur wärmen. Möchtest du?"
„Ja, sehr gern." Schweigend verzehren sie die kleine Mahlzeit. „So und jetzt kommt der Nachtisch." Er bringt ein Tablett mit zwei flachen Schalen, in denen sich ein goldbrauner fast durchsichtiger Brei befindet. Auf ihm schwimmen wie Seerosen, frische Erdbeeren. „Oh, das sieht aber toll aus! Was ist das?", fragt sie begeistert, und nimmt eines der Schälchen entgegen. „Das ist eine Eigenkreation aus Wein, Honig und püriertem Pfirsich", erklärt er. Sie isst ein wenig davon. „Schmeckt himmlisch, wie ein Gericht aus dem Garten der

Götter." Er nimmt ihr die Schale aus der Hand. „Genug genascht! Jetzt bin ich dran. Bitte leg dich hin und öffne deine Schenkel." Mit einem kleinen Löffel lässt er etwas von dem Nachtisch in ihre Scheide tropfen. Er drückt noch eine Erdbeere in ihre Öffnung. „Huh, ist das kalt."
„Es wird dir gleich wieder warm werden." Er legt die Schale beiseite und beugt sich tief zu ihrem Schoß. Mit der Zunge holt er die Erdbeere heraus. Anschließend leckt er genussvoll den Honigbrei von ihren Schamlippen ab. Laut stöhnt sie auf vor Lust, die sie nun beide wieder erfasst hat. Judith setzt sich auf, gibt ihrem Schatz einen Stups, so dass er auf den Rücken fällt. „Jetzt will ich auch mal schlecken." Sie lässt den dicken Saft auf seinen nicht ganz erregierten Penis tropfen und leckt intensiv den Brei ab. Das zeigt Wirkung. Stolz hebt er sein Köpfchen. Vergebens versucht sie eine Erdbeere auf ihm zu platzieren. Lachend richtet sich Daniel auf. „Was glaubst du, wie lange ich diese Spielerei noch aushalte ohne tätig zu werden?" Wild wirft er sie auf die Liege und nimmt sie voll Wonne. Erst eine ganze Weile später können sie sich mit Genuss dem restlichen Nachtisch widmen.

An ihrem Geburtstag, am 4.2. erscheint überraschend Daniel schon am frühen Nachmittag. In der Hand hält er ein kleines Päckchen. „Für dich", sagt er nur, gibt es ihr und geht weiter ins Wohnzimmer hinein. „Noch keiner da? Wie schön!" Er zieht sie an sich und küsst sie. Dabei wandern seine Hände an ihrem Körper entlang. „Bitte lass mich." Sie entwindet sich. „Dazu ist keine Zeit mehr. Gleich kommen die Gäste. Außerdem möchte ich wissen, was in dem Päckchen ist." Sie packt es aus. „Oh, eine Videokassette mit unserem Liebesfilm. Philomohn und Bauzis", liest sie laut. „Ein schöner Titel."
„Ja und so unverfänglich. So kannst du die Kassette zwischen deine anderen stellen."
„Danke Daniel, vielen Dank!" Stürmisch umarmt sie ihren Geliebten, der auch gleich wieder zu fummeln anfängt. „Das geht jetzt nicht", versucht sie ihn abzuwehren. Doch er hört nicht auf und schon landen sie engumschlungen auf dem Sofa, lieben sich voller Inbrunst süß und kurz. Kaum dass er von ihr lässt, klingelt es an der Haustür. Judith geht um zu öffnen. Mit einem großen Blumenstrauß steht Marga vor der Tür. „Alles Gute zum Geburtstag liebste Freundin", begrüßt sie sie. Verlegen lächelnd entschuldigt sich Judith wegen ihres Aussehens. „Weißt du Daniel ist schon da." Sie führt die

Freundin ins Wohnzimmer, doch es ist leer. „Eben war er noch hier.“ Etwas ratlos schaut sie sich um und sieht auf dem Tisch einen Zettel liegen. „Verzeih, ich musste ins Büro. Feiert schön! Heute Nacht rufe ich dich an. Kuss Daniel“, liest sie vor. „Schade“, meint Marga. Ich hätte ihn gern einmal wieder gesehen.“
„Ja, glaub ich dir. Ach, ich denke Männer sind feige, gell? Ich habe gehofft, er bleibt länger.“ Doch da klingelt es abermals an der Tür. Bald sind alle Gäste da und die kleine Enttäuschung ist schnell vergessen.

1992

Nun ist Judiths kleines Reich fast komplett. Werner und sie konnten die obere Wohnung, ca. 110 m² teilen, um für Judith in einem der Kinderzimmer eine Küche einzurichten. Eben ist die Küchenzeile geliefert worden. Sie ist aus Erlenholz und 4 m lang. Lars ist bei ihr. Er hat bei den Anschlüssen geholfen. Nun stehen sie beide davor und bewundern das schöne Möbel. Lars legt den Arm um ihre Schultern. „Sieht sie nicht toll aus? Das Erlenholz leuchtet golden im Licht der untergehenden Maisonne.“
„Sehr poetisch ausgedrückt“, antwortet Judith leicht ironisch. „Ich wusste gar nicht, dass du so romantisch bist.“
„Ja, was glaubst du wohl, von wem ich das habe?“
Judith lächelt ihren Jungen an. „Danke fürs Kommen.“
„Mach ich doch gern, wenn du mich brauchst.“ Lars schaut sich im Raum um. „Jetzt fehlt nur noch ein Tisch, dann ist die Wohnküche eingerichtet.“
„Dafür habe ich kein Geld mehr. Werner hat mir schon die Polstergarnitur gekauft, die auch nicht billig war. Wir haben lange suchen müssen bis wir etwas hübsches gemustertes gefunden hatten. Unempfindlich musste sie sein, weil ich doch kleine Kinder in Pflege habe. Nun kriege ich wieder ein anderes Kind. Sie heißt Lisa und ist sechs Monate alt, sehr süß!“, erzählt sie ihrem Sohn. Gemeinsam verlassen sie die Küche und setzen sich im Wohnzimmer aufs neue Sofa. Er blickt sich im Wohn-/Schlafzimmer um. „Optimal die Lösung, die große Wohnwand als Raumteiler zu benutzen. Der langgestreckte Raum von fast 10 m ist so gut unterbrochen.“

„Das ging nur, weil die Wohnwand aus einzelnen Elementen besteht. So konnte ich die Vitrine extra stellen und habe damit einen Durchgang in das Schlafzimmer."
„Günstig ist auch, dass die großen Fensterfronten gegenüberliegen. So scheint das Licht durch die Bücherregale. Sehr schön!"
„Danke, Lars. Sag hast du noch Zeit für eine Tasse Kaffee? Er läuft schon durch. Oma kommt auch hoch." Lars schaut auf seine Armbanduhr. „Na ja, ein Stündchen geht noch. Es duftet gar so verführerisch."
Elisabeth betritt den Raum und begrüßt herzlich ihren Enkel. Man merkt wie gern sich die beiden haben.
Danach sitzen sie in der Polsterecke und genießen ihr Beisammensein.
„Wo ist Werner", fragt Lars seine Mutter.
„Er ist mit Walburga, seiner neuen Freundin, auf Korfu."
„Wie ist sie so?"
„Ganz nett, denke ich. Bei einem Konzert in der Orangerie habe ich sie mal kennen gelernt. Sie ist Ungarin und auch eher ein nüchterner Mensch, ähnlich wie Werner. Ich meine, sie passen gut zusammen."
„Das hast du nun davon", mischt sich Elisabeth in das Gespräch. „Er fährt mit dieser Frau nach Griechenland und du sitzt allein zu Haus."
„Du hast ja Recht, Mutti. Aber ich werde mit Daniel eine Woche nach Regensburg fahren und später noch in den Schwarzwald."
Lars, der die ganze Zeit still gewesen ist, springt auf und schaut aus dem Fenster, dreht sich um und fragt mit spröder Stimme: „Wäre es nicht besser für dich, für uns alle, gewesen, wenn ihr nicht auseinander gegangen wäret?"
Judith sieht Tränen in seinen Augen und merkt erst jetzt, wie sehr ihn die Trennung seiner Eltern berührt hat. – Zu sehr war sie mit ihren eigenen Problemen beschäftigt. Da denkt man, die Kinder sind erwachsen und es macht ihnen nichts mehr aus. Sie tauscht einen vielsagenden Blick mit ihrer Mutter und steht auf, um ihren Sohn zu umarmen. „Schau mich an, mein Junge. Du musst es mir glauben, ich konnte nicht anders handeln. Dein Vater und ich, wir haben uns auseinandergelebt. Wir sind einfach zu verschieden." Sie seufzt, „und das in fast jeder Beziehung. Doch um eines Bemühen wir uns beide, und das mit wachsendem Erfolg. Wir wollen Freunde werden. Und schau, Freundschaft ist doch auch eine Form von Liebe. Wir mögen einander nach wie vor. Und wir vertrauen uns."

„Du hast Recht Mom, aber ich kann nicht mehr bleiben. Ich habe noch einen wichtigen Termin“, sagt er und geht.
Eine ganze Weile noch sitzen die beiden Frauen zusammen und reden über das Thema Trennung und deren Folgen.

Noch am gleichen Abend ruft Judith Daniel an, um ihm von ihren neuen Möbeln zu erzählen. „Nur noch ein Tisch fehlt für meine Wohnküche, sonst habe ich jetzt alles“, teil sie ihm mit. Er sagt ihr, dass er sie in den nächsten Tagen besuchen werde. „Wenn du magst, kann ich für drei Tage bleiben.“
„Das wäre wundervoll.“

Inzwischen ist auch Werner von seiner Reise zurück. Er wirkt sehr ausgeglichen und Judith freut sich, dass es ihm gut geht.
Beide stehen am Fenster in ihrer Küche. Judith möchte einen Balkon anbauen lassen und fragt Werner, ob er damit einverstanden sei. Er hat nichts dagegen. Und als sie noch 'das Wie und Wann' besprechen, sehen sie wie Daniel mit seinem kleinen Fiat in die Garteneinfahrt fährt. Das Dach des Autos biegt sich unter der Last eines großen runden Tisches. Werner springt gleich raus, um ihm beim Abladen zu helfen. Gemeinsam schleppen sie das schwere Möbelstück ins Haus. Nur knapp passt er durch die schmale Türöffnung. Wie aus einem Munde fragen beide Männer: „Wo soll er hin?“
„In die Küche bitte“, antwortet Judith verwirrt. Jetzt erkennt sie den schönen Mahagonitisch aus Daniels Wohnzimmer. Oft, wenn seine Frau verreist war, haben sie an ihm gesessen. Sie kann's nicht fassen. „Sag mal Daniel, was wird deine Frau dazu sagen, wenn sie aus Berlin zurück ist?“
„Darüber musst du dir keine Gedanken machen. Sie mochte diesen Tisch schon lange nicht mehr. Dir gefiel er immer so gut. Darum will ich ihn dir schenken. Außerdem habe ich schon einen anderen, einen kleineren Tisch gekauft. – Oder willst du ihn gar nicht haben?“
„Oh doch, er ist wunderschön.“ Stürmisch umarmt sie Daniel. „Ich danke dir von Herzen! Aber sag mir, wie hast du es geschafft den Tisch allein zwei Stockwerke runter und dann noch zum Auto zu tragen?“
Er lacht und lässt seine kaum vorhandenen Armmuskeln spielen. „Na du weißt doch, ich bin ein starker Mann.“
Werner, der unterdessen in seiner Wohnung nebenan war, kommt wieder zurück. In der Hand hat er eine Flasche Metaxa. „Was haltet

ihr davon? Wollen wir", er streicht mit der Hand über die glatte, rotglänzende Tischplatte, „auf das schöne Stück anstoßen?"
Judith schaut von Einem zum Anderen und freut sich. „Ja, gern!"
Ganz freundschaftlich sitzen sie dann zusammen und plaudern. Werner erzählt von seiner Reise mit Walburga und wie gut es ihnen beiden gefallen hat.

Schon seit Tagen regnet es. Ein feiner Sprühregen verhüllt das Land, legt sich wie ein Schleier auf die Straßen und Häuser und auf die Seelen der Menschen und lässt sie frösteln. Es ist einfach zu kalt für Ende September. –
Daniel muss eine Dienstreise nach Regensburg machen und hat Judith eingeladen, mitzufahren. Erst wollte sie nicht so recht, weil in letzter Zeit eine gewisse Spannung zwischen ihnen herrscht. Er geht wie fast immer bei solchen Auseinandersetzungen um die Zeit, die Daniel für sie erübrigen kann. Sicher ist, er tut, was er kann für sie. Erst neulich hat er eine Leitung verlegt, weil ein Heizkörper umgestellt werden musste.
Seit sie allein lebt, ist es ihr zu wenig. Insgeheim, sie wagt es nicht zu fordern, wünscht sie sich, dass er sich für sie entscheiden möge. Doch genau das, dass weiß sie, kann er nicht. Er braucht seine beiden Frauen.
Als sie in Darmstadt mit dem Zug ankommt, steht er schon auf dem Peron und erwartet sie. Sie greift nach dem Türhebel und springt mit jener Energie und Geschmeidigkeit, die alle ihre Bewegungen begleiten, aus dem Zug. Auch wenn eine ungewisse Angst ihr Herz zusammenschnürt, ist ihr davon nichts anzumerken. Am liebsten möchte sie sich sofort in seine Arme stürzen, kann sich aber dann doch beherrschen und begrüßt ihn nur mit einem kurzen „Hallo, Daniel". Wie viele Frauen mag er schon mit diesem hintergründigen Blick und dem leisen Lächeln angezogen haben?
„Grüß dich, Judith." Sanft zieht er sie an sich und küsst sie auf die Stirn. Und schon ist sie gefangen. Der alte Zauber wirkt noch immer, sie kann sich dem nicht entziehen.
Und er? Er schaut nachdenklich über die Menschenmenge hinweg und wiegt sie leicht in seinen Armen. Manchmal ist ihm alles zu viel. Alle stellen hohe Ansprüche an ihn, der Beruf, die Familie, seine Geliebte. Ab und zu spürt er auch das Misstrauen seiner Frau, was ihn belastet. Aber sie fragt nie, wo er sich aufhält, wenn er nicht zu Hause ist. –

Und doch, wenn er dann wieder mit Judith zusammen ist, möchte er nicht auf sie verzichten.
Er nimmt Judith an die Hand und führt sie zu dem schon wartenden Zug auf der anderen Seite des Bahnsteiges. Dann sitzen sie sich im großen Abteil gegenüber, zwischen ihnen ein kleiner Tisch, auf dem alte Zeitungen liegen. Still lehnen sie sich in ihren Sitzen zurück und schauen sich nur an. Langsam steigt die Lust in ihnen hoch. Drei Wochen lang haben sie sich weder sehen noch berühren können. Rund vier Stunden Bahnfahrt liegen vor ihnen. Ob sie wohl so lange auf die süße Erfüllung warten können, überlegt er für sich. Man könnte meinen, sie sind Mitte Zwanzig und nicht 30 Jahre älter. Ihre Augen sprühen vor Lust. Die Spannung steigt. Er hat eine Idee. Er legt eine der Zeitungen auf seinen Schoß, zieht einen Schuh und Socken aus und schiebt seinen Fuß unter dem kleinen Tisch hinweg, zwischen Judiths Schenkel.
„Oh“, sagt sie erschrocken, weil Daniels Zeh ziemlich kalt ist. Zum Glück hat sie unter ihrem langen Trachtenrock kein Höschen an und das Spiel kann beginnen. Schnell hat sich Daniels Zeh in ihrer geheimen Öffnung erwärmt und sie kann sein Tun genießen. Sie schließt die Augen, um sich ihren Gefühlen ganz hinzugeben.
„Nymphchen“ ruft er leise zu ihr rüber. „Öffne deine Augen. Die Leute werden schon aufmerksam.“ Dabei arbeitet er heftig weiter in ihrem Schoß. Ein kleiner Orgasmus fließt durch ihre geschwollenen Lippen. Nur mit Mühe kann sie einen lauten Seufzer unterdrücken. Das rotglühende Gesicht verbirgt sie in ihren Händen und lacht verhalten.
„Warum lachst du Kleines?“, fragt er leise.
„Hast du es nicht bemerkt? Zumindest den großen Zeh musst du heute nicht mehr duschen. Das hat meine Liese eben schon getan.“
Nun lachen sie beide. Sie haben viel Spaß an dem geheimen Spiel in der Öffentlichkeit. „Oh, mein Schatz“, stöhnt er leise. „Ich muss aufhören, sonst habe ich nicht nur einen nassen Zeh, sondern auch noch eine nasse Hose.“
„Wie schade“, antwortet sie. „Ich könnte noch stundenlang so weiter machen.“
„Aber warte mal. Es gibt da noch eine Möglichkeit. Musst du nicht schon lange mal auf die Toilette?“
„Du meinst, wir können es wagen?“
„Na klar!“

Schnell stehen sie auf und vollenden im kleinen Örtchen, was so reizvoll im Abteil begonnen hat. –
Regensburg macht seinem Namen alle Ehre. Es regnet heftig an allen fünf Tagen, an denen sie sich in der Stadt aufhalten. Daniel muss viel arbeiten und Judith läuft zumeist allein durch die nassen Straßen. Sie besucht einige Museen und Kirchen. Abends gehen sie dann zusammen essen. Zum Andenken kauft Judith noch zwei Regenschirme. Für ihn, weil es seine Lieblingsfarbe ist, einen dunkelgrünen, für sie einen leuchtend roten. Oft geht sie über die steinerne Brücke, um die Donau zu sehen und besucht Sankt Peter, den beeindruckenden Dom.
Die Tage vergehen schnell.
Auf der Rückfahrt dann sind sie satt von der vielen Vögelei und nur noch müde und so schlafen sie aneinandergeschmiegt die ganze Zeit.

1993

Seit fast drei Jahren, seit er in Rente ist, werkelt Werner im Haus. Erst hat er in Judiths Wohnung eine Wand entfernt, um den Raum zu vergrößern. Auch der Durchbruch zur Küche war eine schwere Arbeit. Und nun arbeitet er schon ein Jahr lang in seinem Reich. Es störte ihn sehr, dass sein Bett im Wohnzimmer stand. Zwar ist der Raum 50 m² groß, doch weil er quadratisch ist, ließ sich schlecht eine Ecke zum Schlafen abtrennen. Nun hat er eine bessere Lösung gefunden. Der Dachboden des Hauses ist nicht ausgebaut. Diese Fläche hat er, es sind ca. 20 m², so gestaltet, dass ein großer Schlafraum mit einem danebenliegenden Bad, entstand. Weil zum Dachboden rauf keine normale Treppe hinführte, baute er eine, die vom Wohnzimmer aus schwungvoll nach oben geht. Nun endlich ist er fertig. Er lädt Lars und Judith dazu ein, das Werk zu begutachten.
„Großartig", sagt Lars dazu. Er steht mitten im Raum und schaut sich bewundernd um. „Dass es mal so toll aussehen würde, hätte ich nie gedacht." Lars klopft seinem Vater anerkennend auf die Schulter und lacht ihn freundlich an. „Wenn man bedenkt, dass du kein Handwerker bist, - alle Achtung! Auch die Farben hier gefallen mir. Sehr schön heben sich die maronefarbenen Möbel von den hellen Wänden ab. Der goldfarbene Teppich unterstreicht das Ganze effektvoll.

Dazu passt ganz toll der dunkle Holzton der Treppe. Darunter der Schreibtisch neben der großen Grünpflanze macht sich sehr gut."
„Danke, mein Sohn", erwidert Werner. „Dann kommt mal mit nach oben. Da ist ja noch der neue Schlafraum und das Bad."
Auch das findet volle Zustimmung bei Lars. „Doch die Idee mit der Treppe, einfach genial", sagt Lars immer wieder. „Die stört überhaupt nicht, ganz im Gegenteil, sie wertet das Wohnzimmer noch auf."
„Du hast doch noch etwas Zeit?", fragt Werner seinen Sohn.
„Ja."
„Gut, dann hole ich eine Flasche vom guten roten Wein aus dem Keller. Setzt euch, ich komme gleich wieder."
Lars macht es sich auf dem Sofa gemütlich, zündet sich eine Zigarette an und fragt dann seine Mutter: „Wie weit bist du mit deinem Balkon? Ihr habt doch die große Terrasse. Warum brauchst du einen Balkon?"
„Naja", antwortet sie. „Zum Einen hätte ich dann einen eigenen Freisitz, zum Anderen ist er so eine Art Laufgitter für meine Pflegekinder. Natürlich ist der Aufwand groß, denn schließlich brauche ich noch eine Terrassentür und das Fenster in der Küche muss auch erneuert werden. Das macht viel Arbeit."
„Aber Werner macht das nicht auch noch, oder doch?"
„Nein, das wäre zu viel für deinen Vater. Ich habe einen Bekannten, Pedro, er ist Architekt. Die Pläne für den Balkon sind schon fertig. Schau mal, er hat mir ein Modell gebastelt." Sie greift hinter sich zum kleinen Tischchen, auf dem das zarte Gebilde aus Holz steht. „So würde er mal aussehen. Hübsch, gell?"
„Sieht gut aus", meint Lars dazu. „Aber ich bin noch aus einem anderen Grund hier. In einer Woche habe ich Geburtstag. Dazu möchte ich euch einladen. Wie ihr wisst, habe ich vor Monaten ein kleines Haus gemietet. Das haben wir, meine Freunde und ich, renoviert. Auch deshalb mache ich die Party. Kommt ihr?"
„Danke", antwortet Werner, der inzwischen mit dem Wein zurück gekommen ist. „Wir kommen gern. Aber in dem Zusammenhang eine Frage: Kannst du dir das Haus denn leisten? Eine Wohnung wäre sicher billiger."
„Ja sicher, aber im Haus kann ich mehr für mich sein und leisten kann ich mir das Häuschen auch. Ich arbeite jetzt als Immobilienmakler. Nach einem halben Jahr Schulung und Probezeit bekomme ich nun das volle Gehalt."

„Na gut, das freut mich. Doch ich habe immer bedauert, dass du das Maschinenbaustudium nicht abgeschlossen hast.“
„Ach Vati“, ärgerlich geworden steht Lars auf und stellt sich ans Fenster. Man merkt ihm an, dass er über das Thema nicht sprechen will. „Das lag mir nicht. Es war so eine abstrakte, trockene Materie.“ Er dreht sich wieder zu den Eltern um und schaut sie ernst an. „Das, was ich jetzt mache, liegt mir viel mehr. Jeden Tag lerne ich neue Leute kennen, mitunter auch interessante. Das macht mir viel mehr Freude.“
„Kann ich mir vorstellen“, meint Judith dazu. „Du warst schon immer rhetorisch begabt, und gewandt im Umgang mit Menschen.“ Sie wendet sich an Werner: „Er wird schon wissen, was für ihn richtig ist.“
„Danke Mom“, doch du musst mich nicht verteidigen. Aber, was ich noch sagen wollte“, so lenkt er geschickt vom Thema ab. „Es ist schön, dass ihr zwei euch wieder gut versteht. Es freut mich sehr, auch dass Werner eine neue Freundin hat. Ich habe mir schon um ihn Sorgen gemacht.“
„Danke, das ist lieb. Aber das musst du nicht. Uns geht es gut, auch miteinander.“ Er lächelt seine Frau an und umarmt seinen Sohn.

1994

Judith hat wegen extrem schlechter Augen, auch die Haftschalen können das nicht ändern, keinen Führerschein. So ist sie froh über jede Mitfahrgelegenheit, die sich ihr bietet. Ihr Cousin Stefan, also der Sohn von Tante Elli, fährt zweimal im Jahr in die frühere DDR, nach Thüringen. Er und auch seine Frau Mary haben ihre Kindheit da verbracht.
Auf der ca. vierstündigen Fahrt erzählt er von seinen Verwandten. „Wie du ja weißt, ist Tina, meine Schwester, im Westen mit einem Bürgermeister verheiratet. Sie ging damals rüber, als vor 20 Jahren unser Vater verstarb. Nun ist ja auch letztes Jahr unsere Mutter gestorben. Jetzt habe ich nur noch meinen Bruder Ralf hier in Erfurt, ja und meine Cousins, deine Geschwister. Und jedes mal, wenn ich in Erfurt bin, besuche ich sie auch.“
„Ja, ich weiß.“ Judith lächelt ihn an. Er ist immer noch ein gutaussehender Mann. In seinen schwarzen Haaren glitzern nur wenige

graue Strähnen. „Du warst immer gern und oft bei uns, als wir noch Kinder waren. Mir ist, als wärst du ein Bruder von uns.“ –

Es empfängt sie ein lautes „Hallo“, als sie bei Hagens Haus in der Goldenen Ringgasse ankommen. Monika, Hagens Frau, hat einen Kuchen gebacken und so sitzen sie bald in froher Runde beisammen und tauschen Neuigkeiten aus. Stefan und Mary fahren am späten Nachmittag nach Erfurt. Judith wird in den nächsten fünf Tagen bei Hagen wohnen. Sie freut sich schon auf das Wiedersehen mit ihren Geschwistern Josef und Gertrude.
Aliza, Josefs Frau, hat ein kleines Fest organisiert und sicher fünf bis sechs Kuchen gebacken. Thüringer sind Weltmeister im Kuchen backen. Er wird nur in kleinen Stücken angeboten, damit man von jedem etwas probieren kann. Für Judith ist Kuchen eine Leibspeise und somit ist sie selig.
Nach dem Kaffeetrinken sitzen sie noch lange beisammen. Jeder erzählt ein wenig aus seinem Leben, wie es so ist jetzt, fünf Jahre nach der Wende. „Im Grunde ist für die meisten von uns alles schlechter geworden“, antwortet Josef auf Judiths Frage. „Davor hatte jeder Arbeit, ja und nun ist jeder Vierte hier arbeitslos. Das macht uns zu schaffen. Es geht dabei nicht nur ums Geld, obwohl es an allen Ecken und Kanten fehlt.“ Er räuspert sich und spricht dann weiter: „Man fühlt sich so wertlos dabei. Bei mir kommt ja noch meine Krankheit, das Asthma dazu. Weil ich deshalb ab und zu ausgefallen bin, haben sie mich schnell entlassen.“ Er schaut bedrückt in sein Glas. „Was haben wir davon, wenn der Westen Straßen und Autobahnen baut, wenn wir uns keine ihrer Autos kaufen können? Meine alte Kiste fällt bald auseinander.“ –
„Und wie sieht es bei dir aus?“, fragt Judith ihre Schwester.
„Ähnlich wie bei Josef. Weil inzwischen auch viele Frauen arbeitslos sind, benötigt man nicht mehr so viele Kindertagesstätten. Fast die Hälfte wurde geschlossen. Leider auch die, in der ich arbeitete. Ja, und in meinem Alter findet man keinen Job mehr. So geht es vielen.“
„Und du Hagen, hast du noch Arbeit?“, wendet sich Judith an ihren jüngeren Bruder.
„Bis vor kurzem ja. Doch nun haben sie auch mich entlassen.“
Seine ansonsten klangvolle Stimme klingt ganz rau. Er trinkt einen Schluck aus seinem Schnapsglas und hält es hoch: “Das ist jetzt meine Rettung.“

Erschrocken schaut Judith in sein gerötetes Gesicht. „Das meinst du doch nicht ernst, oder doch?"
„Ach was, ... Bei mir lagen die Gründe, warum ich entlassen wurde, etwas anders."
Er holt tief Luft und erzählt dann weiter: „Vor einem halben Jahr, um genau zu sein vor sieben Monaten, bekam ich von meinem Chef eine Vorladung. Darin wurde ich gebeten, vor dem Ausschuss der Baubehörde zu erscheinen. Voller Bangen ging ich dahin. Ich hatte keine Ahnung, was mich da erwartete. Es wurde mir mitgeteilt, dass ich fristlos entlassen sei, weil ich einen Schaden, der sehr hoch war, verursacht hätte. Das konnte ich mir nicht vorstellen. Ich fiel aus allen Wolken. Doch man konnte es belegen. Mein Chef, der auch anwesend war, hielt mir eine Zeichnung unter die Nase, die ich sofort als meine erkannte und fragte entrüstet: ‚Wie konnte das passieren? Der Bau der Hotelanlage verzögert sich jetzt um Monate.'
Um erkennen zu können, was der Fehler sei, beugte ich mich sehr tief über die Zeichnung ... Da wussten alle Bescheid. ‚Herr Kosel', hieß es. ‚Wann haben Sie in letzter Zeit ihre Augen untersuchen lassen?' Ertappt schaute ich auf. Da half kein Leugnen mehr. Sie schickten mich trotzdem noch zu einem Augenarzt. Der stellte am linken Auge nur eine Sehkraft von 30 % fest. Doch das rechte Auge ist fast blind. –
Dadurch wurde ich für den Beruf als Baumeister für untauglich erklärt."
Er machte ein kleine Pause und schenkte sich erneut Schnaps in sein Glas. „Jetzt bekomme ich Invalidenrente. Die reicht überhaupt nicht. Zum Glück haben wir unser Haus. Es ist 200 Jahre alt und war im Besitz meiner Schwiegereltern und abgezahlt. Doch der Um- und Ausbau kostet auch noch viel, auch wenn ich alles selber mache. Wie ich das bewerkstelligen soll, weiß ich noch nicht." Tränen glitzern in seinen Augen. Judith steht auf und umarmt Hagen von hinten. „Ach Mollo", redet sie ihn mit seinem Kosenamen an. „Du wirst es schon schaffen!"
„So geht es uns allen", erklärt Josef nach einer Weile betretenen Schweigens. „Auch wir haben ein Haus gekauft, von Leuten die nach dem Westen gezogen sind. Das Haus ist noch keine 40 Jahre alt und war wesentlich teurer als Hagens Haus. Wir werden noch lange abzahlen müssen."
„Ach, was habt ihr alle zu jammern", ertönt Gertrudes ärgerliche Stimme aus der hintersten Ecke des Raumes. „Ihr habt wenigstens

Häuser, die ihr abzahlen könnt. Wir sitzen noch immer in der Wohnung, die einstmals von unseren Eltern bewohnt war, bevor sie nach dem Westen Deutschlands zogen. Wir werden es nie zu einem solchen Eigentum bringen, obwohl mein Mann noch Arbeit hat.“ Ihre Stimme klingt so vorwurfsvoll, als wären ihre Geschwister an ihrer Misere schuld. Judith schaut sich in der Runde um und sieht nur traurige Gesichter.
Doch plötzlich erklingt Musik, ein Schifferklavier und eine Gitarre. Die beiden Söhne Josefs kommen ins Zimmer. Sie singen und spielen eine flotte Weise. Alle stimmen mit ein und der Abend ist gerettet. –
Die Hausmusik wurde einst von Konstantin, ihrer aller Vater und Großvater, eingeführt. Schön ist, dass auch seine Enkel seine Musikalität geerbt haben.

Am anderen Morgen geht Judith, vielleicht zum ersten Mal bewusst wahrnehmend, durch die Straßen von Bad Tennstedt. Damals als sie 1945 hier ankamen, konnte sie nichts Positives sehen. Alles war so anders, die Menschen, die Sprache, es war eine fremde Welt und machte ihr Angst. Damals als kleines Mädchen hat sie sich geschworen, das Städtchen so bald als möglich zu verlassen. – Doch jetzt stellt sie mit Erstaunen fest, dass doch so etwas wie heimatliche Gefühle in ihr aufsteigen. Schließlich haben ihre Eltern hier 25 Jahre verbracht und ihre Geschwister leben immer noch hier.
Sie setzt sich in den Stadtpark auf eine Bank und schließt die Augen. Von den großen alten Bäumen, deren Kronen über ihr leise rauschen, lässt sie sich Geschichten erzählen, z.B.: Schon Geheimrat Goethe hat einmal hier unter ihnen gesessen. –
Langsam geht sie später durch die Straßen und spricht mit Menschen, die schon immer hier gelebt haben. Sie spürt die Mauer, die das deutsche Volk trennt. Das ist nicht nur die sichtbare, die 1962 in Berlin errichtet und 1989 niedergerissen wurde.
Die Menschen hier fühlen sich unverstanden, ausgegrenzt, nicht wirklich angenommen von dem reichen Bruder im Westen. Auch ihre Leistungen müssen anerkannt werden, ehe aus dem ehemals geteilten Land ein 'einig Volk von Brüdern' werden kann, um im Sinne von Schiller zu sprechen.

Schon viele Jahre lang, immer im September, geht Daniel für zehn Tage in die Dolomiten, zusammen mit Jan Führmann, auch Ingenieur nur auf einem anderen Gebiet. Jan ist ein ruhiger großer

schlanker Mann mit tiefliegenden blauen Augen und vollen dunklen Haaren, das mit silbernen Fäden durchzogen ist. Sein Blick wirkt oft kühl taxierend, aber nicht ohne Wärme. Beide genießen ihr fast stummes Beisammensein in dieser rauen, stillen Welt. Dabei kann man Abstand gewinnen vom Alltag, beruflichen Belastungen und allen Verpflichtungen, die das Leben so mit sich bringt. Da klärt sich auch der Blick auf das eigene Tun und Wollen. –
Heute ist der dritte Tag ihres Hierseins. Auf dem Rücken, in einem speziellen Rucksack, trägt jeder von ihnen alles, was der Mensch zum Überleben braucht.
Nun endlich wollen sie mal etwas mehr wagen. Schon lange lockt sie der Langkofel, ein 3000er, der gegenüber vom Rosengarten in den Dolomiten liegt und steil, ja bedrohlich vor ihnen aufragt. „Was meinst du Jan, wollen wir es wagen?"
„Ja, ich denke schon."
Obwohl sie in ihrem normalen Leben keine allzu dicken Freunde sind, hier oben in dieser Abgeschiedenheit kommen sie sich näher. Jeder von ihnen kann sich auf den anderen verlassen. Schweigend steigen sie hintereinander den Berg hinauf. Es ist gut, dass hier in den Dolomiten alle wesentlichen Aufstiege mit Seilen gesichert sind. Trotzdem ist dieses Unterfangen nicht ganz ungefährlich. Natürlich sind sie auch gut ausgerüstet. Sie haben alle Werkzeuge dabei, die man für die Kletterei braucht. So kommen sie gut voran. Doch nach einigen Stunden verlangt Daniel nach einer Pause. „Schau, Jan, da rechts von dir ist eine kleine Nische. Da können wir rasten. Zeit wird es auch für eine Stärkung. Beide haben belegte Brote und genügend zu Trinken dabei. Nun sind sie an der Schneegrenze angelangt und der Aufstieg wird schwieriger. Daniel lässt seinen Blick über die wundervolle Berglandschaft gleiten. „Sieh dich doch mal um Jan. Wir sind im Paradies."
„Ja, das stimmt. Nur hab ich mir Eva", er taxiert Daniel mit einem abschätzenden Blick, „anders vorgestellt", antwortet er mit ironischer Stimme. „Wie geht es dir so mit deinen beiden Frauen?", fragt er Daniel.
„Im Allgemeinen gut." Daniel stopft seine Pfeife und hat Mühe sie wegen des Windes anzuzünden. „Doch ist, wie du ja weißt, Judith jetzt alleinstehend und möchte mich öfter sehen. Das macht die Geschichte schwieriger für mich."

„Kann ich mir vorstellen. Hast du dir noch nie Gedanken gemacht, dass es besser wäre, wenn du dich für eine von ihnen entscheiden könntest?“
„Ja, sicher“, er saugt heftig an seiner Pfeife. „Aber für welche? Genau das ist das Problem. Doch lass uns weiter gehen. Der Aufstieg dauert noch lange“, lenkt er ab.
Und wiederum stumm, weil das Klettern mit 20 kg Gepäck auf dem Rücken immer mühsamer wird, steigen sie nach oben fort. Nur ab und zu bleibt Daniel zurück. Das Gespräch mit Jan geht ihm nicht aus dem Kopf. Was soll er tun? Was kann er tun? –
Irgendwie fühlt er sich seltsam, benommen und kraftlos. Als sie auf halber Höhe ein Plateau erreichen, ruft er: „Halt Jan, warte! Mir ist so schwindlig“, und sinkt zu Boden. Erschrocken dreht Jan sich um und macht einen Satz zu ihm hin. Er kann gerade noch verhindern, dass Daniel mit dem Kopf aufschlägt. Sanft legt er ihn nieder und klopft ihm leicht auf die Wangen. Verwirrt öffnet Daniel nach ein paar Minuten die Augen. „Was war denn das?“, fragt er verständnislos.
„Das wollte ich dich gerade fragen. Was ist los mit dir? Hast du so einen Anfall schon einmal gehabt?“
„Ich weiß nicht, was das war. So etwas ist mir noch nie passiert.“
„Was machen wir jetzt nur?“ Ratlos schaut sich Jan um. „Weit und breit kein Mensch zu sehen. In deinem Zustand kannst du nicht weiter gehen, weder nach oben noch nach unten.“
Zum Glück für die Männer kommt hinter den Wolken die Sonne hervor und erfüllt die Bergwelt mit Helligkeit und Wärme.
„Hör mal, Jan. Um mich musst du dich nicht sorgen. Mir geht es gut. Ich brauche nur etwas Ruhe. Wenn ich hier ein paar Stunden liegen bleibe, geht es mir bestimmt wieder besser. Also schlage ich vor, geh nur los. Mach deinen Aufstieg. Du hast dich schon so lange darauf gefreut, da oben zu sein. Wenn du dann wieder herunter kommst, kann ich sicher mit dir den Abstieg wagen.“
Als Jan noch zögert, fügt er noch hinzu: „Glaub mir, das ist die beste Lösung.“
„Nun gut, ich gehe, wenn auch ungern. Aber was ist, wenn noch so ein Anfall kommt?“
“Na ja“, Daniel lacht etwas gequält, „umfallen kann ich ja so nicht“.
„Das stimmt. O.k., pass gut auf dich auf.“
Sorgfältig packt Jan seinen Freund in den Daunenschlafsack und geht dann los, ohne sich noch einmal umzuschauen.

Nachdenklich betrachtet Daniel die vorüberziehenden Wolken. Nun hat er viel Zeit. Was war das eben, der Zusammenbruch? Es macht ihm doch Angst. War es vielleicht eine Warnung seines Körpers, dass er so nicht weiterleben soll wie bisher? Scheinbar ist er nicht mehr der starke Mann, der alles verkraften kann. –
Wäre doch gar nicht so schlecht, jetzt hier zu sterben, in dieser friedlichen, wundervollen Umgebung. –
Ach was, reißt er sich zusammen. Daniel, du hast noch lange Zeit. Immerhin ist der Vater 93 Jahre alt geworden und die Mutter lebt noch. –
Er räkelt sich in seinem Schlafsack, öffnet ihn, weil die Sonne sehr intensiv scheint. Er will sich aufsetzen, alles dreht sich. So schnell kann er sich nicht erholen. Er schließt die Augen, entspannt sich und denkt an Judith. Wie schön es wäre, wenn sie jetzt bei ihm wäre, mit im Schlafsack. Und schon regt sich etwas in seiner Hose. Er lächelt. – Na ja, so schlecht scheint es ihm nicht zu gehen. Zumindest da unten herum funktioniert noch alles. –
Am späten Nachmittag kommt dann endlich Jan von seiner Tour zurück. Erschöpft lässt er sich neben Daniel fallen. „Wie geht es dir jetzt?“, fragt er besorgt seinen Freund.
„Na, bestens!“ Die Sonne steht schon tief am Himmel. „Schau mal Jan“, macht er ihn auf die Felsengruppe gegenüber aufmerksam. „Ist es nicht ein Wunder, wenn auf kahlem Felsgestein Rosen erblühen?“
„Ja, du hast Recht. Es sieht wirklich so aus. Aber wir müssen uns auf den Weg machen, damit wir, wenn es dämmrig wird, die gefährlichste Strecke hinter uns haben. Können wir nun den Abstieg wagen?“
„Na klar“, antwortet Daniel forsch, kommt dann aber nur mühsam auf die Beine. Nur langsam, Jan muss Daniel des Öfteren stützen, schaffen sie den Weg bis zur nächsten Hütte, in der sich eine Wirtschaft befindet. Dort werden sie von den netten italienischen Wirtsleuten freundlich empfangen. Schon 9 Jahre lang, seit sie die Dolomiten besteigen, kehren sie hier ein. Es gibt Küsschen zur Begrüßung und für Jan ein kleines Präsent, weil er heute Geburtstag hat, der jedes Jahr hier bei einem italienischen Essen und viel Wein gefeiert wird. Daniel macht recht munter mit. Es sieht so aus, als hätte er seinen Schwächeanfall überwunden. Da sie hier auch übernachten können, es wird nur der Tisch hochgeklappt, sie werden in ihren Schlafsäcken auf dem Fußboden nächtigen, können sie auch dem guten Rotwein zusprechen. Unaufgefordert bringt die Wirtin Daniel das Telefon am späten Abend, weil er jedes Mal, wenn er hier ist,

telefoniert. Sie ahnt, wen er anruft, denn ab und zu versteht sie einzelne Worte von dem wohl leise, doch zärtlich geführten Gespräch.
„Hallo Nymphchen! Heute Nachmittag lag ich einige Stunden im Schnee und hab dich herbeigesehnt."
„Wie bitte", sie versteht nicht ganz. „Du lagst im Schnee? Ich dachte ihr klettert in den Bergen herum."
„Ja, geklettert sind wir auch. Das war so..." Er berichtet ihr von seinem Zusammenbruch, als wäre das Ganze eine lustige Angelegenheit gewesen. Doch sie hört auch den besorgten Unterton. Sie spürt die Angst in seinen Worten. Als sie nachfragt, beendet er rasch das Gespräch und gibt den Hörer an Jan weiter, der sich von ihr zum Geburtstag gratulieren lässt. Der erzählt ihr, dass sie morgen heimfahren werden und somit den Urlaub frühzeitig beenden. Weil sie das noch nie gemacht haben, gibt es ihr doch zu denken.
Gleich am nächsten Tag, als sie spät Abends in Darmstadt ankommen, ruft Daniel bei Judith an, aber nur um ihr mitzuteilen, dass mit ihm alles in Ordnung sei. Dabei klingt er sehr erschöpft. Darum glaubt sie ihm das nicht. Was sich zwei Tage später zu ihrem Kummer bestätigt. Er liege in den städtischen Kliniken, sagt er ihr am Telefon. Die Diagnose liege noch nicht vor. Er wird noch durchgecheckt. Der Arzt legt ihm nahe, jede Aufregung zu vermeiden. Immerhin hatte er gestern noch einen Anfall. „Darum bitte ich dich um Geduld. Ich möchte, dass wir uns in der nächsten Zeit nicht sehen."
„Nicht sehen", wiederholt sie tonlos. Was sagt er da!
„Du willst dich von mir trennen?"
Sie fällt zu Boden und weint. Nichts mehr von dem, was er ihr mitteilt, kriegt sie noch mit. –
Stunden später ruft Daniel noch einmal an. „Na du, hast du dich beruhigt?", fragt er mit gewohnt liebevoller Stimme.
„Ja, verzeih. Du bist krank und ich raste aus."
„Hör zu Kleines! Ich will mich nicht von dir trennen. Ich bitte dich nur um eine Pause von ca. zwei Monaten. Zunächst muss ich erst einmal wissen, was mit mir los ist. Das verstehst du doch?"
„Ja", antwortet sie mit leiser Stimme.
„Nun gut Nymphchen, bis bald" und legt auf.
Gerade jetzt, wo er krank ist, wäre sie gern in seiner Nähe. Doch das ist so typisch für ihn. Wenn es ihm, aus welchem Grund auch immer, schlecht geht, braucht er seine Höhle. Dann zieht er sich von allem zurück und leckt seine Wunden, wie ein alter kranker Bär.

Judith rennt aufgeregt durch ihre Wohnung, räumt auf und bringt sie auf Hochglanz. Es soll bei ihr so schön als möglich aussehen, wenn Daniel sie besucht. Obwohl ihm, wie er sagt, die räumliche Umgebung völlig gleichgültig ist. In seinem Zimmer herrscht ein Durcheinander, in dem er sich nur selbst zurecht findet und wohlfühlt. Schnell springt sie noch in den Garten, um ein paar Blumen rein zu holen. Da sieht sie ihn schon in seinem Volvo in ihre Straße einbiegen. Rasch steigt er aus dem Wagen und umarmt sie stürmisch. Er küsst sie so leidenschaftlich, dass sie beide zittern. Das ist immer noch so, wenn sie sich lange Zeit nicht gesehen haben. Ein wenig löst sie sich aus der Umarmung und schaut ihn prüfend an.
„Wie geht es dir, mein Schatz? Etwas blass und mitgenommen erscheinst du mir."
„Mir geht es gut. Und wie gut es mir geht, wirst du gleich, wenn wir drinnen sind, merken."
Rasch hebt sie die Blumen auf, die sie auf der Gartenbank abgelegt hatte und folgt ihrem Geliebten ins Haus. Schmal ist er geworden. Fast zwei Monate haben sie sich nicht gesehen und kaum gesprochen. Heilfroh ist sie über das Wiedersehen. Die Angst, ihn zu verlieren, liegt wie eine dunkle Wolke über ihrer Beziehung.
Noch ehe sie das Essen auftragen kann, reißt er sie in seine Arme und sie lieben sich halb bekleidet auf dem Küchenboden. Zärtlich streicht sie ihm eine Locke aus dem erhitzten Gesicht. „Bin ich glücklich, dich bei mir zu haben. Ohne dich kann ich mir mein Leben nicht mehr vorstellen." Mit leicht zitternden Händen zündet er sich die Pfeife an und schaut sie prüfend an. „Und dir, wie geht es dir so mit Werner?"
„Uns geht es gut auch miteinander."
„Das freut mich zu hören. Es hat mich doch bedrückt, wie du leidest.
„Nun um ehrlich zu sein, litt ich mehr deinetwegen als seinetwegen."
„Was machen deine Kinder?"
„Lars hat Erfolg in seinem Job – und Mareen bekam vor einem Jahr ihr zweites Kind, einen Jungen. Mark heißt er. Leider konnte ich noch nicht nach Berlin fahren, um ihn kennen zu lernen, weil ich für meine Mutter niemanden finden kann, der sie in dieser Zeit versorgt. Werner macht es schon mal für ein paar Stunden, aber für eine Woche, das kann ich nicht verlangen. Außerdem lebt er die meiste Zeit bei Walburga, seiner Freundin. Nach Berlin wollte ich auch mal wieder, nicht nur um Mareen, sondern auch um Isabella und Gunther zu

besuchen. Da das nun nicht geht, kommen sie für ca. eine Woche zu mir."
„Wie schön für dich, aber wollte nicht auch Irmtraud in dieser Zeit hier sein?"
„Eigentlich schon, doch ihr Mann hat vor mehr als einem Jahr einen Schlaganfall erlitten."
"Wie schrecklich!"
„Jetzt muss sie Edwin, so heißt ihr Mann, rund um die Uhr betreuen. Dazu kommt noch die Arbeit in ihrem Schuhgeschäft. Da wird sie in nächster Zeit nicht weg können."
„Das tut mir leid. Grüße sie von mir, wenn du sie anrufst. Ich wünsche ihr alles Gute!"
„Danke! Das werde ich tun."
Inzwischen haben sie auch gegessen. „Hat's dir geschmeckt? Kann ich abräumen?"
„Danke, es war gut und reichlich. Du kannst alles mitnehmen."
Er reicht ihr noch die letzte Schüssel, lehnt sich in seinem Stuhl zurück und trinkt aus dem Glas einen Schluck Rotwein. „Was machen wir dieses Jahr im Urlaub? Wolltest du wieder in den Schwarzwald?"
„Ja, ich möchte ins Glottertal. In dieser Gegend waren wir noch nicht. Was hältst du davon?"
„Wunderbar! Doch da könnten wir auf der Rückfahrt deine Freundin besuchen, wenn du magst."
„Sehr gern!" Begeistert springt Judith auf und setzt sich auf seinen nackten Schoß. „Wenn du da sitzen bleibst", warnt er sie, „können wir heute nicht ausgehen. Denn mein Kleiner hat schon wieder Lust auf dich."
Sie steht auf. Daniel stupst seinen Untermieter an. Der bestätigt die Aussage. Judith lacht. „Na, wenn das so ist."
„Du sagtest doch, dass du zwei Tage hier bleiben kannst?"
„Ja"
„Dann könnten wir auch noch morgen unseren Ausflug starten. Heute machen wir es uns zu Hause gemütlich."
„Auch gut."
„Aber jetzt", sie zieht ihn an der Hand in Richtung Küche, „will ich dir etwas zeigen". Sie sieht seinen nackten Po. „So natürlich nicht." Rasch holt sie einen Bademantel aus dem Schrank. „Zieh ihn bitte an. Komm", öffnet die Tür, die nach draußen führt. „Wie findest du meinen neuen Balkon?"

„Oh, schön ist er geworden!“ Daniel geht auf den Holzplanken hin und her. „Sehr angenehm zum Barfuss laufen.“
„Setz dich schon mal hin. Wir wollen ihn einweihen. Ich hole Wein und Gläser.“
Die Sonne ist schon fast untergegangen, nur noch wenig Licht leuchtet durch den leicht verhangenen Himmel.
Als Judith mit dem Tablett wiederkommt, stolpert sie über ihren auf dem Boden liegenden Geliebten. „Sagtest du nicht etwas von einweihen?“
„Hier draußen?“, fragt sie erschrocken.
„Warum nicht, das Balkongeländer ist dicht genug. Wenn wir liegen, kann uns niemand sehen.“
Judith schaut sich um und sinkt seufzend in seine ausgestreckten Arme.

Liebevoll neigt sich Judith über den schlafenden Daniel und küsst ihn auf die Stirn. Wie jung er aussieht, wie er so da liegt, und wie verletzlich. Er, der immer so tut, als könnte ihn nichts aus der Ruhe bringen. Alles nur Schein?
Langsam öffnet er die Augen und blinzelt ins helle Sonnenlicht.
„Na, du Langschläfer. Es ist fast Mittag. Willst du nicht frühstücken?“
„Nur eine Tasse Kaffee. Wollen wir zum Essen ausgehen?“
„Wäre schön! Meiner Mutter geht es gut. Somit könnte ich sie für ein paar Stunden allein lassen. Außerdem kann sie, wenn es nötig ist, übers Telefon Hilfe holen.“
„Gut, dann fahren wir in ungefähr einer halben Stunde?“
„Ja.“

Auf halber Höhe zum Frankenstein, eine alte Burg aus dem Mittelalter, parken sie das Auto, weil sie das letzte Stück nach oben zu Fuß gehen wollen. Auf den verschlungenen Wegen zum Restaurant, das sich in der Burg befindet, gibt es viele kleine Treppen, die sie gut in ihr Liebesspiel einbauen können. Daniel ist einen Kopf größer als Judith. So ist es günstiger, wenn sie etwas erhöht steht. Er schmust intensiv mit ihr. Doch kurz bevor sie einen Orgasmus haben könnte, hört er auf und will weiter. Und endlich nach drei weiteren Treppen, auf denen sie herrlich gefummelt haben, dringt er in sie ein. Aber als sie richtig loslegen will, unterbricht er das süße Spiel und zieht sie weg. „Wir wollen essen gehen – also komm.“

Als er das ganze an der nächsten Treppe noch einmal wiederholt, reißt sie sich erbost los. Sie funkelt ihn wild an: „Wenn du so weiter machst, dann, dann –"
„Was dann?", fragt er gelassen.
„Dann mach ich es selber", ruft sie und läuft zum Eingang des Restaurants. Er holt sie rasch ein, umarmt die leicht Widerstrebende. „Das werde ich zu verhindern wissen."
Judith streicht ihren langen weiten Rock glatt und versucht ihren Pagenkopf in Ordnung zu bringen. „Kann ich so zerzaust überhaupt da rein gehen?"
„Ja sicher. Mit deinen rotglühenden Wangen siehst du aus als kämest du gerade aus dem Bett", neckt er sie.
„Was in gewisser Weise stimmt." Sie lächelt ihn an. „Ich habe Hunger." Gemeinsam betreten sie den kaum besuchten Raum. Möglichst weit voneinander lassen sie sich an einem großen Tisch nieder. Aber die Augen wollen sie nicht verschließen. Aus Daniels Augen blitzt so viel erotisches Verlangen, dass sie sich auf ihn stürzen und sofort vernaschen möchte.
„Aber Nymphchen!" Er spürt ihr Begehren und legt leicht seine Hand auf ihren Arm. Was sie beruhigen soll, erregt sie nur noch mehr. Irgendwie schaffen sie es noch, zu essen. Doch dann nur rasch zur nächsten Treppe.
Wenn sie nicht mit ihren Liebesspielen beschäftigt sind, wandern sie Hand in Hand durch die herrlichen Waldhänge. Es ist schönes Herbstwetter, strahlender Sonnenschein und warm. Judith schaut sich um. „Weit und breit kein Mensch zu sehen. Wie ist das möglich?"
„Die Leute müssen arbeiten. Wie gut für uns." Und endlich finden sie eine Lichtung mit meterhohem Gras, die vom Weg aus nicht einzusehen ist. Hier können sie sich niederlassen.
Betont langsam zieht er sie aus, um sie am ganzen Körper zu küssen und besonders intensiv zwischen ihren Schenkeln. Ein Orgasmus nach dem anderen überschwemmt ihn, als sie dann auf ihm sitzt.
Viel später erst, als der Sturm sich gelegt hat, öffnen sie die Augen und nehmen die wundervolle Landschaft um sie herum war. Vor ihnen im leichten Dunst liegt Eberstadt, gleich daneben Darmstadt, wie ausgebreitet um den Frankenstein. Ein roter Milan zieht lautlos seine Kreise über ihnen.

Am späten Abend dann, Daniel ist längst gegangen, schreibt sie diese Zeilen:

Metamorphose

Nie werde ich aufhören können
dich zu lieben.
Schau, die Sonne,
sie schenkt Wärme
und Licht unendlich.
Der Mond gibt dann zurück,
was er bekommt.
Geheimnisvoller nur,
fast unwirklich,
umgewandelt in Liebe
verzaubert er die Nacht.
Alle meine Liebe und Sehnsucht
finde ich in dir,
bekomme ich wieder,
verwandelt nur
und schöner
als ich geschenkt.

1995

Ganz überraschend für Judith haben sich Martina und Dr. Hans Kellner getrennt. Seit Judith und Werner auseinander gegangen sind, ist der Kontakt mit ihnen weniger geworden.
Kellners waren zehn Jahre verheiratet und haben zwei Buben. Jeder im Freundeskreis hat sich damals über die Heirat der beiden gewundert, weil Hans 30 Jahre älter als Martina ist. Hans ist sicher ein interessanter Mann, weil er nicht nur Arzt und Psychotherapeut, sondern auch noch gestaltender Künstler ist. Die Kunst war die Grundlage dieser Ehe, denn Martina gestaltet Marionetten und viele andere Dinge, die in Richtung Kleinkunst oder besser gesagt, Kunsthandwerk gehen.
Zweimal im Jahr stellt Hans seine Werke im 'Blauen Ofen', einem Künstlerlokal, aus. Dorthin hat Hans Judith heute Abend eingeladen.

Den Grund weiß sie nicht und ist schon gespannt, was er ihr auch über das Scheitern seiner Ehe erzählen wird. Sie schienen stets das perfekte Paar zu sein und gingen recht liebevoll miteinander um. Er tut Judith leid. Jetzt mit 70 Jahren allein da zu stehen, ist nicht einfach.
Als Judith am 'Blauen Ofen' eintrifft, wird sie schon von Hans an der Haustür erwartet. Er umarmt sie herzlich und küsst sie auf beide Wangen. Sie schaut erstaunt auf, weil sie einen so liebevollen Empfang von ihm nicht gewohnt ist.
Schlecht schaut er aus, dünner als sonst schon. Sein schütteres graues Haar steht nach allen Seiten ab. Geblieben ist nur der lebhaft intensive Blick seiner schönen blauen Augen.
Er führt sie durch seine Ausstellung, zeigt ihr seine Exponate. Interessiert lauscht sie seinen Ausführungen. „Was hältst du davon?", er weist auf ein etwa 50 cm großes Gebilde aus Zweigen, wie es scheint. Judith ist erst mal verwirrt. Was kann das sein? „Wenn es nicht zu abwegig wäre, würde ich sagen, es ist der Blutkreislauf eines Menschen, zumindest der des Rumpfes." Sie tritt näher an das Kunstwerk heran. „Wie hast du das nur hingekriegt? Es wirkt so lebensecht." Sie nimmt das hölzerne Herz in die Hand. „Man könnte meinen, den Pulsschlag zu spüren, so glatt, so weich fühlt es sich an."
„Deine Deutungen sind richtig", antwortet er erfreut. „Da siehst du das Herz in der Mitte. Davon ausgehend die Aorta und die Venen, die Arterien. Das ganze ist aus Wurzeln gemacht. Damit wollte ich zum Ausdruck bringen, dass alles in der Natur nahezu identisch ist. Selbst in Pflanzen findest du ein ähnliches Muster. Alles arbeitet nach dem gleichen Prinzip, Mensch, Pflanze, Tier."
Er macht eine kleine Pause und spricht dann weiter. „Da ich nun in Rente bin und nur noch selten Therapien mache, habe ich jetzt viel Zeit für meine Kunst. Die meiste Arbeit macht das Aushöhlen der Wurzeln. Dazu braucht man viel Geduld. Da ich aber eher ein ungeduldiger Mensch bin ..."
„... therapierst du dich selber mit dieser Tätigkeit. Gut!", vollendet sie seinen Satz.
„Ja, genau."
Arm in Arm gehen sie weiter durch die Räume, die individuell und gemütlich eingerichtet sind, um sich Gemälde, die in den verschiedenen Zimmern verteilt sind, anzuschauen. In einem dieser Räume

befindet sich eine Wanderausstellung mit den blauen Scherenschnitten von Henri Matisse.
„Kennst du Matisse?“, fragt er Judith.
„Ja, ein wenig. Doch die Scherenschnitte von ihm waren mir unbekannt. Schon beeindruckend ist die Einfachheit der Formen und die starke Aussage.“
Hans lädt Judith noch zu einem kleinen Imbiss ein und so sitzen sie anschließend in einer stillen Ecke und plaudern über alte Zeiten. Immerhin kennen sie sich schon seit 15 Jahren.
„Wie geht es dir so in dieser ungewohnten Situation, allein ohne deine Familie?“, fragt Judith ihn besorgt.
„Schlecht, ganz schlecht“, antwortet er mit belegter Stimme.
„Das tut mir leid. Wie kam es bei euch zum Bruch? Und das so plötzlich!“
„Nun das war so“, er trinkt noch einen Schluck Wein und erzählt dann weiter: „Vor ca. sechs Monaten war ich für vier Wochen bei Freunden in Hamburg. Dieser Freund hatte schwere Depressionen und wollte sich nur von mir helfen lassen. Ursprünglich wollte Martina mitfahren, aber später hatte sie keine Lust dazu. So fuhr ich allein. – Als ich danach wieder kam, fand ich die Wohnung halb leer, ausgeräumt und kein Mensch war da. Laut rufend lief ich durch alle Räume, doch umsonst. Auf der Kommode im Schlafzimmer fand ich einen Brief an mich. In dem erklärte sie mir lakonisch, sie habe sich in einen jüngeren Mann verliebt und lebe jetzt mir den Kindern bei ihm in Darmstadt. Sie teilte mir noch mit, dass ich sie und die Kinder jeder Zeit besuchen könnte, wenn ich möchte. –
Auf Knall und Fall hatte sie mich aufgegeben, ohne jede Vorwarnung. Ich konnte es nicht fassen. Noch stundenlang saß ich mit dem Brief in der Hand auf dem Bett in meinem Zimmer.“
Müde und traurig schaut er in sein Glas.
„Warst du schon bei ihnen?“
„Ja, gleich am nächsten Tag. Ich wollte nur wissen, woran ich bin. Doch sie ließ sich auf keine Diskussion ein. – Ja und Ralf, ihr Freund, macht einen guten Eindruck. Ich denke bei ihm sind die Kinder gut aufgehoben. Und doch –“
Judith legt besänftigend ihre Hand auf seinen Arm. „Also ich finde ihr Verhalten sehr rücksichtslos. Dich einfach zu verlassen. Das hast du nicht verdient.“
Er lächelt bitter. „Glaubst du wirklich, man bekommt im Leben das, was man verdient? Es gibt keine Gerechtigkeit. Das weißt du doch.“

Er holt tief Luft und spricht dann weiter: „Außerdem musste ich damit rechnen, dass sie mich wegen eines Jüngeren verlässt. Das war mir klar. Sie ist jetzt 40, ich bin schon 70 Jahre alt. So ist es eben."
„Es tut mir so leid für dich."
Er strafft seine Schultern und setzt sich aufrecht hin: „Ich schaffe das schon. Aber es gibt noch etwas sehr Schlimmes zu berichten. Martina hat Krebs, Brustkrebs."
„Wie schrecklich!"
„In den nächsten Tagen wird sie operiert. Dann habe ich die Kinder. Ralf muss ja arbeiten."
„Man könnte meinen, das Schicksal setzt den Hobel an."
Ärgerlich geworden schüttelt er ihre Hand, die immer noch auf seinem Arm gelegen hat, ab. „Davon will ich nichts hören. Ich wünsche ihr nur, dass sie den Krebs besiegt. Die Chancen dazu sind gut. Der Knoten ist sehr klein."
„Verzeih, so habe ich das nicht gemeint. Natürlich würde ich mich für sie freuen, wenn es gut ausginge."
Eine Weile sitzen sie schweigend nebeneinander. Dann erzählt er weiter: „Die Scheidung läuft. Gleich nachdem sie bei mir auszog, hat sie sie eingereicht. Also bin ich in absehbarer Zeit ein freier Mann. – In diesem Zusammenhang habe ich eine Frage an dich." Er legt ihr die Hände auf die Schultern und sieht sie beschwörend an. „Könntest du dir vorstellen, mit mir zusammen zu leben? Ich habe dich gern, war stets gern mit dir zusammen. – Mach nicht so ein erschrockenes Gesicht. Du musst nicht sofort antworten. Das hat Zeit." Er lässt ihre Schultern los. „Aber darüber nachdenken könntest du doch?"
Als sie nicht reagiert, fügt er noch hinzu: „Wir könnten auch heiraten, – wenn du Wert darauf legst."
Judith steht auf, geht mit dem Glas in der Hand an das geöffnete Fenster und schaut raus in die dunkle Nacht. „Ach Hans", sie dreht sich wieder zu ihm um, „lieber Hans, ich bin zutiefst berührt und danke für den Antrag." Verlegen dreht sie das Glas in ihren Händen. „Schau, es ist so, vom Werner lebe ich getrennt. Doch ich bin nicht frei, weil ich einen Anderen liebe." Sie setzt sich wieder hin. „Kannst du dich an Daniel erinnern? Von ihm erzählte ich dir damals, vor fast 15 Jahren in der Therapie. Diesen Mann liebe ich, vielleicht noch mehr als damals. Deshalb kann ich deinen Antrag nicht annehmen."

Stumm sitzen sie sich noch eine Weile gegenüber. Abrupt steht Hans auf. „Dann bringe ich dich jetzt nach Hause", sagt er ziemlich kühl. Er holt ihre Jacke vom Kleiderständer und hängt sie ihr über die Schultern.

Die halbe Nacht noch im Bett denkt Judith über das Gespräch nach. Doch selbst wenn sie frei wäre, könnte sie sich ein Leben an seiner Seite nicht vorstellen. Hans ist sicherlich ein anständiger Mensch, aber auch äußerst kompliziert und überempfindlich. Das Zusammenleben mit ihm wäre sehr anstrengend, weil er alles hinterfragt, was sicher berufsbedingt ist. Jede noch so kleine Bemerkung wird auf die Goldwaage gelegt. Sie hat sich durch seine Schule zu wehren gelernt. Doch das will man nicht stets tun müssen. Aber warum fragt sie sich, denkt sie so viel darüber nach?
Naja, man bekommt nicht jeden Tag einen Heiratsantrag. Warum halten Männer das Alleinleben so schlecht aus? Frauen schaffen das besser, wenn auch nicht gern.

Am frühen Morgen bekommt Judith einen Anruf von Martina. Lange Zeit haben sie nichts voneinander gehört. „Wo warst du die letzten Tage, ich habe dich oft zu erreichen versucht."
„Eigentlich zu Hause, nur gestern Abend war ich mit Hans im 'Blauen Ofen'."
„So so, mit Hans. Ich wollte euch, also dich und Werner und Lars zu unserer Hochzeit einladen, die am 15. August in Darmstadt stattfindet."
„Danke für die Einladung. Wir kommen gern."
„Hans wird auch da sein."
„Freut mich! Sag Martina, wie geht es dir? Hast du nun alles überstanden?"
„Das hoffe ich. Dass ich ein zweites Mal operiert werden musste, weißt du?"
„Ja, von Hans."
„Nun ist die linke Brust ganz weg. Zum Glück macht es Ralf nichts aus. Er liebt mich trotzdem."
„Das ist schön. Die Liebe hilft am meisten, denke ich mir, wenn man eine so schwere Krankheit überwinden muss. Dein Ralf scheint ein ganz besonderer Mann zu sein. Halt ihn fest. – Ich dachte immer du und Hans, ihr führt eine harmonische Ehe. Was hatte sich denn in letzter Zeit so verändert?"

„Ach weißt du, es lief schon lange nicht mehr so gut. Hans wurde alles zu viel. Eine junge anspruchsvolle Frau, die noch recht kleinen Kinder, das war zu anstrengend für ihn. Deshalb gab es oft Streit. – Ja und dann lernte ich Ralf kennen. Ich muss sagen, ich war noch nie in meinem Leben so glücklich wie jetzt, trotz meiner Krebserkrankung. Und stell dir vor, beide Männer haben sich während ich im Krankenhaus lag, ganz rührend um die Kinder gekümmert. Einfach toll!"
„Wie schön. Du hast Glück mit deinen Männern, mit beiden!"

Für Ende Oktober ist das Wetter noch schön. Der Himmel ist zwar leicht bedeckt, doch ab und zu zwängt sich die Sonne durch die Wolken und bei 20°C kann man noch draußen sitzen.
Nachdenklich, mit dem Vorbereiten des Mittagessens beschäftigt, sitzt Judith auf ihrem Balkon und schnippelt Bohnen. Zu ihren Füßen spielt die 2-jährige Charlotte, ein Schwester von Lisa, die sie zuvor in Pflege hatte. Lisa geht nun in den Kindergarten. Nur noch selten bringt Seline Krieger, eine Anwältin, beide Mädchen her. Judith hat Seline im Herrengarten in Darmstadt kennen gelernt, während der Betreuungszeit von Johannes.
Die beiden Frauen mochten sich sofort. Das ist nun schon fünf Jahre her. Judith liebt die Mädchen als wären sie ihre Enkelinnen. Wie schön wäre es, wenn Mareen mit ihrer Familie hier in der Nähe wohnen würde, denn seit Kurzem hat sie schon drei Jungen. Vor etwa einem halben Jahr hat Mareen ihr drittes Kind geboren, Joschka heißt er.
Seit ihre Tochter mit Haro Seeberg verheiratet ist, hat sich ihr ansonsten schon angespanntes Verhältnis noch verschlechtert, was Judith auf den negativen Einfluss von Haro zurückführt. Die ganze Familie mochte Helmut, den ersten Mann Mareens, viel lieber als Haro. Nur etwa zweimal im Jahr kommen die Seebergs nach Weiterstadt, um vor allem Elisabeth zu besuchen, denn Mareen hängt sehr an ihrer 'Goldschatz-Oma', wie sie sie nennt. Weil Judith ihre Enkel so selten sieht, kann sie zu ihnen keine enge Beziehung aufbauen. Das macht sie traurig. Als Ersatz dafür hat sie ihre Pflegekinder. Die beiden Krieger Mädchen sind groß für ihr Alter, intelligent und hübsch, ganz wie ihre Mutter. Als Lisa etwa in Charlottes Alter war, wurden in Judiths Wohnung neue Fenster eingebaut, von zwei jungen Polen. Lisa stand mit Abstand hinter ihnen und beobachtete sie. Werner kam hinzu, um zu helfen. Plötzlich zupft Lisa Judith am

Rockzipfel und flüstert: „Werner klein, warum?" Erstaunt über die Frage einer 2-Jährigen fand Judith nicht gleich eine richtige Antwort. „Ja, warum?", überlegte sie. „Komm bitte mit: Ich will dir etwas zeigen." Sie nahm die Kleine an die Hand und führte sie in den Garten. „Schau, da stehen zwei Bäume, der eine die Eibe, ist klein, der andere eine Akazie, ist groß. So ist es auch bei Männern. Der eine ist klein wie der Werner und die anderen sind groß, wie die Polen in der Küche."
„Aber Werner ist klein", wiederholte Lisa ihre Aussage.
„Ja, das stimmt."
Wie verschieden Geschwister sein können, sieht Judith mal wieder an den Schwestern. Lisa die ältere ist eher kühl beobachtend, distanziert, Charlotte dagegen weich, warmherzig und zärtlich. –
Charlotte merkt, dass sie beobachtet wird, hebt ihr Gesichtchen und fordert: „Nina Kuss!" Judith beugt sich über das süße Mädchen und küsst sie auf ihre rotglühenden Wangen. Immer wieder mal, auch wenn sie unterwegs sind, möchte die Kleine geküsst werden.
Ja, und Judith heißt Nina bei ihren Pflegekindern, weil Sören, ihr erstes Pflegekind ihren Namen nicht aussprechen konnte. Er sagte einfach 'Mama' zu ihr. „Ich heiße Judith." Doch so sehr sich der Kleine damals anstrengte, er konnte ihren Namen nicht sagen. Immer wieder ging Sören in das Kinderzimmer nebenan, spielte eine Weile, kam zurück und nannte sie Mama. Das tat er einige Male. Plötzlich stand er erneut vor Judith und fragte: „Du Nina?"
„Ja Sören, das soll jetzt mein Name sein." Sie nahm den Kleinen hoch, wirbelte ihn durch die Luft und sang: „Nina, Nina, Nina..."

Das ist schon seltsam, denkt Judith für sich. Irgendwie hat sie die Menschen dazu angeregt, ihr Kosenamen zu geben. Weil sie als Kleinkind zierlich und hübsch war, nannten ihre Eltern sie 'Prinzeschen', doch nicht sehr lange. Weil sie gern andere neckte, bekam sie von ihrem Vater den Spitznamen 'Moritz', den sie auch bis zu seinem Tod behielt. 'Hexe', so wurde sie von ihren Geschwistern gerufen. Ja und dann später, mit Anfang 30 wurde sie das 'Nymphchen', wenn auch nur für Daniel. Das ist für sie der schönste Kosename überhaupt.

Elisabeth wird am 1. November 90 Jahre alt. Das soll gefeiert werden. Dann wird auch Mareen mit ihrer Familie hier sein. Darauf freut sich Judith schon, trotz aller Bedenken wegen ihres Schwiegersohns

Haro. Ca. 13 Personen werden sie in ihrem Haus unterbringen müssen. Einige von den jungen Leuten werden auf Luftmatratzen im Wohnzimmer schlafen. Das Haus wird übervoll sein.
Aliza und Maria, ihre Schwägerinnen, bringen die Kuchen mit. Das ist für Judith eine große Erleichterung.
Am Vormittag ihres großen Tages steht Elisabeth vor dem Spiegel in ihrem Schlafzimmer und versucht mit fliegenden Händen ihr Haar zu bändigen. Judith tritt hinzu und bemerkt, wie aufgeregt die alte Dame ist. „Komm Mutti, setz dich erst einmal hin." Sie führt sie zu einem Stuhl. „Lass mich das machen. Wir haben noch viel Zeit." Schnell bringt sie deren silbergraue Locken in Form und besprüht sie mit Haarspray. „So, das müsste halten. Bitte komm! Alle anderen warten schon."
Sie reicht ihr den Arm und führt ihre Mutter nach draußen. Gut schaut sie aus im langen dunkelblauen Kleid und einem hellgrauen Mantel. Viel Wert legt sie immer noch auf ihr Äußeres. Sie lässt sich nicht gehen. Das Wetter an diesem Tag ist durchwachsen, aber trocken. Ab und zu schimmert die Sonne durch die dunklen Wolken. Am Gartentor wird Elisabeth mit einem Lied empfangen: „Zum Geburtstag viel Glück!", singen ihre Lieben für sie. Sie ist gerührt, dreht sich um und landet in den Armen ihres jüngsten Bruders Herman. Der ist inzwischen aus München kommend eingetroffen. Er ist fast blind, nur schemenhaft nimmt er seine Umgebung war. Seine Tochter Danielle hat ihn herbegleitet. Weinend halten sich Betty und Herman umfangen. Immer wieder streichelt sie sein blasses Gesicht und flüstert: „Dass du gekommen bist, ist mein größtes Geschenk."
„Ich wollte unbedingt an diesem Tag bei dir sein. Wir wissen nicht, wie lange wir noch auf dieser schönen Erde sind. Es könnte das letzte Mal sein, dass wir uns sehen." Er seufzt tief. „Na ja, sehen ist zu viel gesagt." Er lächelt wehmütig. Alle umstehenden haben feuchte Augen. Es ist berührend mitzuerleben, wie diese alten Menschen sich immer wieder umarmen und nicht voneinander lassen können. Sie sind die letzten von acht Geschwistern, die noch leben.
Hagen, dem die Zeremonie zu lange dauert, tritt dazwischen. „Kommt ihr beiden." Er nimmt seine Mutter an die eine, und den Onkel an die andere Hand und führt sie zum wartenden Auto. „Ihr könnt im Auto noch weiter knutschen. Wir müssen los."
Erst als sie am Restaurant ankommen, treffen die Seebergers aus Berlin ein. Mareen steigt als erste aus, im Arm hält sie ihr jüngstes Kind. Sie ist wieder so schlank und zierlich wie vor der Geburt ihres

Kindes. Ihr gelocktes rotbraunes Haar fällt ihr weit in den Rücken, was sie sehr jung erscheinen lässt. Alle umringen sie, doch sie geht zu ihrer Oma, um ihr zu gratulieren und das Baby zu zeigen. Selig lächelnd hält Elisabeth den Kleinen in den Armen. Joschka schaut sie prüfend aus dunklen Augen an. Da kommt auch Mark aus dem Auto geklettert. Er schiebt sich zwischen seine Mutter und die Urgroßmutter und zeigt auf seine Brust. „Ich bin der Mark, und das", er überreicht ihr ein Päckchen, „ist für dich".
„Danke, mein Junge." Sie beugt sich über ihn und küsst ihn auf sein braun gelocktes Köpfchen.
Jaron, Mareens Ältester, nun schon 13 Jahre alt, hält sich im Hintergrund. Ihm ist das Theater, das um seinen Bruder gemacht wird, eher peinlich. Erst jetzt kann auch Judith ihr Enkelkind kennen lernen. Doch nur kurz kann sie ihn im Arm halten. Da tritt schon die Wirtin aus der Tür und bittet die Gesellschaft zu Tisch. Als alle dann sitzen, wird das Essen aufgetragen und etwas Ruhe tritt ein. Nur Mark, der kesse Kleine, unterhält mit seiner lebhaften Art die Leute.
Zu dem ganzen Trubel bilden Herman und Elisabeth eine Insel für sich. An der Stirnseite der langen hübsch dekorierten Tafel sitzen sie eng beieinander. Sie halten sich fest an den Händen und plaudern von alten Zeiten. „Durch dich", erzählt Elisabeth, „habe ich damals, vor fast 70 Jahren, Konstantin kennen gelernt."
„Durch mich?", fragt Männe erstaunt.
„Ja, du hast mich spät in der Nacht vor dem Hotel stehen lassen. Da kam Konstantin, beladen mit seinen Musikinstrumenten. Du weißt, er hat damals nebenbei Tanzmusik gemacht. Ich half ihm beim Tragen. – Ja, und so fing unsere Liebesgeschichte an. Und nun ...", sie macht eine Pause, „ist Konstantin schon sieben Jahre tot. Er fehlt mir jeden Tag, ach jede Stunde."
„Das kann ich mir denken. Aber das mit eurem Kennenlernen habe ich total vergessen. Das war ja romantisch."
„Ja, das war's." Betty seufzt. „Und nun sind wir am Ende unseres Lebens angekommen." Er streichelt zärtlich ihre Hände. Und es war doch gut so, wie es war, trotz allem gut. Wir, unsere Familien haben den Krieg überlebt. Ich habe, nachdem mich Erni verlassen hat, noch einmal eine sehr liebevolle Frau gefunden. Habe fünf liebe Kinder. – Und nun, fährt er fort, müssen wir uns bald trennen."
Die Menschen in dem Raum sind still geworden. Sie spüren alle etwas von dem Schmerz der Geschwister. Er legt sich wie ein grauer Schleier über die Anwesenden. Es ist spät geworden. Die Kleinsten,

Joschka und Mark, schlafen in den Armen ihrer Eltern. Einige drängen zum Aufbruch, denn sie müssen noch ca. eine Stunde fahren, ehe sie zu Hause sind. Herman muss sich nun von seiner geliebten Schwester verabschieden. Er wird mit seiner Tochter bei seinem Neffen Stefan in Heidelberg unterkommen und erst zwei Tage später nach München zurückfahren.
Zärtlich nimmt er Bettys Gesicht in seine Hände. „Leb wohl, Elisabeth."
„Ja, du auch", flüstert sie unter Tränen. „Hoffen wir auf ein Wiedersehen, wenn auch in einer anderen Welt."
„Ja", antwortet er mit belegter Stimme, „Das wäre schön. Gott segne dich!"

Schon seit fünf Jahren, seit Judith und Werner getrennt leben, bemüht sich Daniel darum, häufiger als früher für sie da zu sein. Ob nun tagsüber vom Dienst aus für ein paar Stunden oder ab und zu für ein bis zwei Tage. Zumeist sind es Überstunden, die er abfeiern muss. Auf diese Weise können sie einiges unternehmen. Sei es Städte besuchen, in letzter Zeit waren sie in Speyer und Worms, oder sie machen Ausflüge in die nähere Umgebung, etwa in den Odenwald oder an die Bergstraße. Judith ist sehr glücklich darüber, denn bei ihm zu sein ist das, was sie sich am meisten wünscht auf dieser Welt, ganz egal was immer sie gemeinsam tun oder wo sie sich auch aufhalten.
Im August diesen Jahres wagte sie etwas, was sie schon immer tun wollte. Judith hat Daniel an seinem Geburtstag in seinem Büro besucht. Einmal wollte sie den Raum kennen lernen, von dem aus sie mit ihm über ein viertel Jahrhundert hinweg verbunden war. Denn ihre Telefongespräche, die sie fast täglich ¼ Stunde bis auch mal zwei Stunden führen, sind die Basis ihrer Beziehung. Wie oft hat er, auch wenn der Raum voller Kollegen war, ihr süße zärtlich Dinge ins Ohr geflüstert.
Nun steht Judith mit einem Schokoladenkuchen und einem Strauß tiefroter Rosen vor dem Gebäudekomplex und überlegt, welches der vielen Häuser wohl das ist, in dem Daniel arbeitet. Er hat es ihr mal genau beschrieben, als sie vor geraumer Zeit danach gefragt hatte. Es müsste das große Gelbe sein. In der Glasscheibe der Haustür überprüft sie noch einmal ihr Aussehen. In dem pflaumenfarbenen leichten Wollkostüm und einer leuchtend roten Seidenbluse sieht sie gut aus. Die Farben passen bestens zu ihrem dunklen Pagenkopf.

Leichtfüßig steigt sie die zwei Stockwerke hoch zu seiner Abteilung und steht dann zitternd mit heftigem Herzklopfen im Vorraum. Es ist 18.00 Uhr. Von ihm weiß sie, dass er stets als letzter geht, weil er fast täglich Überstunden macht. Etwas unsicher steht sie in dem langen Gang. Sein Büro müsste nach seiner Beschreibung das dritte auf der linken Seite sein. Leise öffnet sie die Tür. Da sieht sie ihn schon an seinem großen Schreibtisch sitzen. Er telefoniert, ist ganz in das Gespräch vertieft und bemerkt sie nicht sogleich. „Hallo Daniel", sagt sie heiser, weil ihr vor lauter Aufregung die Stimme wegbleibt. Er schaut auf und lässt vor Schreck den Hörer fallen, als er sie erkennt. Rasch hebt er ihn wieder auf, entschuldigt sich bei dem Gesprächsteilnehmer und wendet sich ihr zu. „Bist du von allen guten Geistern verlassen, hier einfach so aufzukreuzen?", fragt er sie entsetzt. Seine Augen ansonsten von einem sanften blau, funkeln sie türkisfarben an. Er ist wütend. Zaghaft geht sie ein paar Schritte auf ihn zu und hält ihm den Blumenstrauß und Kuchen hin. „Verzeih bitte den Überfall. Ich wollte dir nur zum Geburtstag gratulieren und alles Gute wünschen. Außerdem wollte ich diesen Raum kennen lernen, in dem du schon 30 Jahre arbeitest."
„Stimmt nicht. Im September werden es 27 Jahre", widerspricht er. Neugierig schaut sie sich im Büro um. Es ist überladen mit Kisten und Kartons voller Aktenordner und Papieren.
Fünf oder sechs große Grünpflanzen stehen an der Fensterfront und verleihen dem Büro einen eigenen Reiz.
Trotz aller Aufregung muss Judith lächeln. Wie typisch für ihn ist dieser Raum, so voller Gegensätze. – Noch immer hält sie die Geschenke in den Händen. Endlich nimmt er sie entgegen. Wieder versöhnt beugt er sich über sie und küsst sie zart auf den Mund. „Du zitterst ja", stellt er fest. „Na so schlimm war es nun auch wieder nicht. Warte hier, ich muss nur schnell am Computer nebenan etwas erledigen, bin gleich für dich da."
Nach ein paar Minuten ruft er laut über den Flur hinweg: „Nymphchen komm mal her. Ich will dir etwas zeigen. Auf dem Weg zu ihm begegnen ihr zwei seiner Mitarbeiter, die sich neugierig nach ihr umschauen. Sie grüßen höflich und gehen dann weiter. Davon erzählt sie Daniel. „Ach, das macht doch nichts, die sollen sich um ihren eigenen Kram kümmern." Er zieht sie zum Computer hin. „Sieh mal, was ich hier mache. Ich entwickle für die Firma Programme, doch wenn ich etwas Zeit habe, erfinde ich Kampfspiele, die ich ver-

kaufe. Damit finanziere ich unser Liebesleben. Apropos, ist nicht dein Fernseher kaputt?“
„Ja, schon drei Wochen.“
„Lass uns morgen einen neuen kaufen.“
„Das wäre schön. Aber ich beteilige mich an den Unkosten.“
„Darüber reden wir morgen.“
„Gut.“
Zärtlich küsst sie ihn hinterm Ohr. Doch er lässt sich nicht ablenken und erzählt weiter. „Da siehst du z.B. kämpfen die Römer gegen Hannibal und seine Truppen.“
„Prima“, sagt sie wenig interessiert und lässt ihre Hände spielerisch über seinen Körper gleiten. Sie drückt sich von hinten so fest gegen seinen Rücken, dass er ihre Brüste spüren kann. Er versteht ihre Aufforderung und erhebt sich: „Du möchtest etwas von unserem Liebesleben in die Praxis umsetzen.“
„Ja.“
„Na gut dann komm. Wenn wir durch den Wald fahren, finden wir vielleicht ein ruhiges Plätzchen.“
Auf dem Weg zum Parkplatz kommen sie an einer großen ausdruckstarken Skulptur vorbei. Dargestellt sind drei Menschen, ein Mann und eine Frau stehen eng aneinander geschmiegt. Eine zweite Frau steht etwas abseits von den Beiden und beobachtet sie. Daniel legt seinen Arm um Judiths Schulter. „Wenn ich morgens zur Arbeit gehe, muss ich täglich an diesen steinernen Menschen vorbei. Was denkst du, an was mich diese Skulptur erinnert?“
Judith bleibt stehen und betrachtet nachdenklich die lebensgroßen Figuren. „An deine derzeitige Situation, dein Leben mit zweit Frauen.“
„So ist es. Und welche der beiden Frauen stellt dich dar?“
„Die abseits stehende, denke ich.“
„Nein“, protestiert er laut. „Du bist diejenige, die ganz nah bei dem Mann steht.“
„Das glaub ich nicht so ganz.“ Sie weiß aber auch, dass ihm ihr Nahesein mitunter Probleme bereitet. Er als schizoider Mensch benötigt eben beides, die Nähe doch auch die Distanz. Das braucht sie auch, nur nicht in gleichem Maße wie er. Natürlich freut sie die Aussage, dass sie zumindest jetzt den ersten Platz in seinem Herzen einnimmt, legt ihre zierliche Hand in seine warme große. – Im Wald dann finden sie einen geschützten Platz.

Den Kuchen hat Daniel am nächsten Tag mit seinen Mitarbeitern verspeist, die sich schon ein wenig wunderten, weil dergleichen noch nie passiert war. Aber darüber, was andere Leute denken, hat sich Daniel noch nie viele Gedanken gemacht. So war es auch stets, wenn sie in Darmstadt ausgingen. Im Laufe der Jahre hielten sie sich schon in jedem Cafe und Restaurant auf, die es in Darmstadt gibt. Zweimal besuchten sie die Oper, zuletzt Puccinis 'Der Mantel', einen Einakter mit einer wunderschönen Arie. Elegant sah er damals aus im dunkelblauen Anzug und cremefarbenen Seidenrolli. Elegant auch sie, im 'kleinen Schwarzen' und einer langen Perlenkette als einzigem Schmuck.
Doch viel berührender war ihr letzter Kinobesuch. Er überraschte sie am Abend zuvor mit zwei Kinokarten. „Möchtest du, es gibt die 'Brücke am Fluss'?"
„Ja, wahnsinnig gern, weil da Meryl Streep meine Lieblingsschauspielerin mitspielt."
Da saßen sie dann eng nebeneinander im Kino und hielten sich fest an den Händen. Auf dem Schoß viele zerknüllte Tempos und weinten herzzerreißend, weil die Story im Film ihrer eigenen Liebesgeschichte so ähnlich ist. Um sie herum kämpften viele Liebespaare mit den Tränen. Es tat ihr gut zu sehen, wie betroffen auch Daniel reagierte. Vielleicht war es für ihn, den eher verschlossenen Mann, die einzige Möglichkeit, seine Gefühle so offen zu zeigen. Sie ahnte auch, dass er nicht nur ihretwegen, sondern auch wegen seiner derzeitigen Lebenssituation weinte.

1996

Betroffen und stumm sitzen die Geschwister Josef, Judith, Gertrude und Hagen um Elisabeth herum. Als sie erfahren, dass ihre liebe Mutter an Darmkrebs erkrankt ist, kommen sie sofort nach Weiterstadt, um ihr in dieser schweren Situation beizustehen. Hagen, der Jüngste der vier und ihr absoluter Liebling, sitzt neben Betty auf dem Sofa und streichelt zärtlich ihre welke Hand. Dabei murmelt er unverständliche Worte, so als ob er ein Kind, dass sich am Knie aufgeschlagen hat, trösten wolle. Gerührt schaut sich Elisabeth im Kreis ihrer Lieben um. Im Moment geht es ihr gut. Die Schmerzen sind erträglich und alle ihre Kinder sind bei ihr. Morgen früh muss sie ins

Krankenhaus erst einmal zur Beobachtung. Danach wird sich entscheiden, was mit ihr geschieht. Nun bin ich 91 Jahre alt, überlegt sie für sich, ich habe mein Leben gelebt. Na ja, mitunter war es sehr schwer, aber insgesamt bin ich zufrieden. Die letzten Jahre mit Konstantin bei Judith waren wahrscheinlich meine besten Jahre. Seine tiefe Zuneigung hat mein Leben reich gemacht. Nun kann ich auch gehen – wohin auch immer. Am liebsten in jene fernen Welten, wo ich Konstantin begegnen könnte. Gerade jetzt in dieser Situation fehlt er mir besonders. Wenn ich dann dort oben auch noch meine Eltern und Geschwister antreffen könnte, wäre es wunderbar. In Gedanken daran lächelt Elisabeth. Ihre Kinder tauschen vielsagende Blicke aus. Sie können ihre Heiterkeit nicht verstehen.
In dieser Stimmung ist sie auch noch, als sie am nächsten Tag in die Klinik eingeliefert wird. In einem Dreibettzimmer, das nett eingerichtet ist, liegt sie dann noch allein und ist ganz zufrieden, lächelt ihre Kinder, die um ihr Bett stehen, an und versucht sie aufzumuntern. „Ihr könnt alle nach Hause fahren. Ihr seht, ich bin gut untergebracht. Um mich müsst ihr euch nicht sorgen. Sollte es mir schlechter gehen, könnt ihr ja wiederkommen. Jetzt bin ich müde“, dreht sich auf die andere Seite und schläft tatsächlich ein.
„Sie hat Recht“, meldet sich Judith zu Wort. „Wir können zur Zeit nichts für sie tun. Außerdem bin ich auch noch da und Werner. Morgen spreche ich mit dem Arzt. Dr. Winter scheint ein netter, einfühlsamer Mediziner zu sein. Heute morgen konnte ich schon ein paar Worte mit ihm wechseln. Er sagte, dass er unsere Mutter ca. acht Tage hier behalten will. In dieser Zeit mit diversen Untersuchungen wird entschieden, was bei ihr getan werden kann und was nicht. Über eins müsst ihr euch im Klaren sein –“, Judith schaut bedrückt zu ihren Geschwistern auf und senkt ihre Stimme, um die Mutter nicht zu stören. „In dem fortgeschrittenen Stadium ihrer Erkrankung sind die Chancen einer Heilung eher gering.“
Hagen wendet sich ab. An seinen zuckenden Schultern erkennt Judith, dass er weint. Sie geht zu ihm hin und nimmt ihn in die Arme. Gertrude und Josef treten hin und so stehen sie dann eng beieinander und weinen. Als plötzlich Bettys Stimme vom Bett her ertönt. „Kann mir mal einer verraten, was ihr da treibt? Ich denke ihr seid längst auf dem Weg nach Hause.“
„Ja Mutti“, antwortet Josef. „Wir fahren heim, kommen aber wenn es nötig sein sollte, bald wieder.“

Gertrude beugt sich über Elisabeth und sagt leise: „Lass dich nicht unterkriegen! Bis bald! Gott schütze dich!“
Alle drei umarmen ihre Mutter und verabschieden sich dann. Man spürt, einerseits sind sie erleichtert, den bedrückenden Ort verlassen zu können, andererseits sind sie voller Sorge um die alte Dame. Judith bleibt noch eine Weile. Sie sprechen über das Für und Wieder einer Operation. Gerade als Judith auch gehen will, betritt Lars das Krankenzimmer.
„Hallo Oma“, begrüßt er herzlich seine Großmutter und küsst sie. „Du machst ja Sachen. Kaum dass man dir den Rücken zudreht, bist du verschwunden.“ So versucht er sie ein wenig aufzumuntern.
„Das bedeutet, dass du von jetzt an immer bei mir bleiben musst, sonst bin ich wieder weg.“ So geht sie auf seinen lockeren Ton ein.
„Na und, das wirst du mir doch nicht antun! Wer kocht nur dann den leckeren Eintopf?“
„Nun gut, eine Weile bleibe ich noch bei euch.“
Werner ist inzwischen auch eingetroffen. Er will Judith abholen, weil sie zu Hause noch einiges zu erledigen haben.
Jeden Tag ist zumindest einer bei Betty im Krankenhaus. Am Ende der Woche hat Judith einen Termin bei Dr. Winter. Als sie und Werner das Krankenzimmer betreten wollen, hören sie Elisabeth mit zittriger Stimme singen: „Vater, Mutter, Brüder, Schwestern hab ich auf der Welt nicht mehr. Alle sind sie schon gegangen – und das ohne Wiederkehr. Wenn es fest und sicher stände, dass man dort sich wieder fände, wär's in jenen lichten Höhen wohl das schönste Wiedersehen, wär's in jenen lichten Höhen wohl das schönste Wiedersehen.“
Gerührt stehen der Chefarzt und seine Leute am Bett der alten Dame und klatschen Beifall. Judith und Werner schließen sich an und begrüßen Elisabeth.
„Guten Tag Herr Dr. Winter“, Judith geht auf den großen grauhaarigen Mann zu und reicht ihm die Hand.
„Stets, wenn ich zur Visite hierher komme, singt ihre Frau Mutter uns etwas vor.“ Er senkt seine Stimme: „Das haben wir bei einem todkranken Menschen noch nie erlebt. Dass er so viel Lebensmut aufbringt. – Wir sehen uns in ca. ½ Stunde im Sprechzimmer.“
„Ja danke, ich komme.“
„Du hast ein Gespräch mit dem Arzt ohne mich?“, fragt Betty entrüstet. „Aber ich möchte über alles, was besprochen wird, informiert werden.“

„Ist doch klar, Mama.“ Judith setzt sich auf ihr Bett und nimmt ihre Hand. „Das verspreche ich dir. Es wird sicher nichts geschehen, was du nicht willst.“
„Na gut.“
Ihre Mutter lehnt sich in die Kissen zurück. „Werner bleibt bei dir, ich muss jetzt gehen – bis gleich.“
Im Sprechzimmer muss Judith eine Weile warten. Neugierig sieht sie sich im Raum um. Im Gegensatz zu den kühlen Möbeln lockern viele Pflanzen den Raum auf. Ein großes Bild von einem ihr unbekannten Maler beherrscht das Zimmer. Sehr modern, aber ansprechend in harmonischen Farben gemalt. Es könnte einen Sonnenaufgang darstellen. Es ist, wenn man darauf zugeht, als käme man aus der Dunkelheit und ginge ins Licht.
„Schön, nicht wahr?“, sagt der Arzt hinter ihr, der eben den Raum betritt.
„Ja, sehr schön! Es wirkt so entspannend auf mich.“
„Deshalb habe ich es damals gekauft. – Nun zu Ihrem Anliegen. Der Zustand, in dem sich Ihre Frau Mutter befindet ist sehr ernst. Egal, was wir tun, operieren oder nicht, eine völlige Heilung ist unwahrscheinlich.“
„Könnte eine Operation sie töten? Das ist meine größte Sorge.“ Judith steht auf und sieht den Mediziner aus großen angstvollen Augen an.
„Liebe Frau Könitzer diese Frage kann ich Ihnen nicht beantworten. Schauen Sie, es ist doch so, ihre Mutter ist 91 Jahre alt. Außerdem hat sie eine Herzinsuffizienz. Sie verstehen?“
„Ja, ich weiß, was das bedeutet.“
„Die OP wäre ein großes Risiko. Dazu kommt noch, sie müsste einen künstlichen Darmausgang erhalten. Diese Umstellung wäre für einen alten geschwächten Menschen sehr schwer. Die Frage bleibt: Operieren oder nicht?“
„Nein“, widerspricht Judith. „Die Frage muss anders lauten: Was will meine Mutter? Denn schließlich geht es um sie.“
„Ja, natürlich. Aber glauben Sie“, er räuspert sich, „dass Ihre Mutter ihren Zustand richtig beurteilen kann?“
„Ja, Sie haben doch sicher auch bemerkt in welcher geistigen Verfassung sie sich befindet?“
„Ja, das stimmt. Also ich mache den Vorschlag, dass wir dieses Gespräch morgen mit Ihrer Mutter wiederholen.“

„Ja, danke, sehr gern!" Freundlich verabschiedet sich der Mediziner von Judith und begleitet sie zur Tür.

Als sie am anderen Tag zu Dr. Winter gehen wollen, verlangt Elisabeth frisiert zu werden. Richtig chic sieht Betty aus in ihrem langen schwarzen Morgenrock mit blauen Rosen, als sie am Arm von Judith das Sprechzimmer betritt. So aufrecht wie es ihr möglich ist, stellt sie sich vor dem Arzt auf und verlangt: „Von Ihnen Herr Doktor erwarte ich, dass Sie mir die volle Wahrheit über meinen Zustand sagen."
„Guten Morgen Frau Kosel." Er führt die alte Dame zu einem Stuhl. „So, was wollen Sie wissen?"
„Alles", antwortet sie kurz. „Alles, was meine Krankheit betrifft." Sie schaut den Mediziner erwartungsvoll an.
„Dass Ihr Darmkrebs fortgeschritten ist, wissen Sie?"
„Ja."
„Das, was ich mit Ihrer Tochter besprochen habe, war die Frage, operieren oder nicht?"
„Nun, ich denke, da es ja mich betrifft, dass ich da auch ein Wort mitzureden habe!"
„Ja natürlich Frau Kosel. Ohne Ihre Zustimmung geschieht überhaupt nichts mit Ihnen."
„Gut. Könnte eine Operation eine Heilung bringen?"
Der Arzt macht eine kleine Pause und schaut zum Fenster, dreht sich dann wieder um und erklärt: „Genau das ist der Punkt. Das weiß ich nicht. Das kann ich erst beurteilen, wenn ich Sie aufgeschnitten habe. – Dass Sie dann einen künstlichen Darmausgang haben werden, wissen Sie?"
Erschrocken steht Elisabeth auf. „Nein. Das wusste ich nicht." Etwas schwankend steht sie vor dem Arzt. Er will sie stützen, doch sie macht sich frei. „Damit erübrigt sich die ganze Diskussion, denn das will ich nicht", sagt sie entschieden, greift nach ihrem Stock und verlässt den Raum. Judith, die während des Gesprächs stumm geblieben ist, erhebt sich. „Verzeihen Sie, Dr. Winter, aber so direkt ist sie nun mal."
„Das ist schon in Ordnung. Ich kann sie gut verstehen. Sie hat sicher Angst vor den Schmerzen, die so ein großer Eingriff verursachen kann. Doch da kann man etwas dagegen tun. Das ist heutzutage keine Frage. Doch Schmerzen kommen so oder so auf sie zu. Darum möchte ich ihre Mutter noch zwei Tage da behalten, um sie auf ein Schmerzmittel einzustellen."

„Danke, Dr. Winter!“ Sie reicht ihm die Hand, „Ich danke Ihnen von Herzen, dass Sie sich so viel Zeit für uns genommen haben. Dann bis übermorgen. Da hole ich meine Mutter ab und melde mich noch einmal bei Ihnen.“ Rasch geht Judith zum Zimmer ihrer Mutter in Sorge darum, in welcher Verfassung sie sie antreffen wird. Als sie die Tür öffnet, sieht sie Werner, der Judith abholen will, bei ihr sitzen und ist erleichtert. Sie ist ihrem Mann sehr dankbar dafür, dass er sich trotz ihrer Trennung so liebevoll um ihre Mutter kümmert. Lächelnd geht sie zu ihm hin und küsst ihn auf die Wange. „Grüß dich Werner!“ Kurz erzählt sie ihm von dem Gespräch mit Dr. Winter. „Weil Elisabeth sich nicht operieren lassen möchte, können wir sie übermorgen nach Hause holen. – Damit bist du doch einverstanden?“, fragt Judith ihre Mutter.
„Ja, sicher! Ich muss sagen, es hat mir hier sogar gefallen. Die Ärzte, die Schwestern, alle waren sehr nett zu mir, ganz anders als damals in Groß-Gerau. Aber nun freue ich mich aufs Zuhause. Am liebsten bin ich doch bei euch, bei euch beiden wohlgemerkt.“
„Ja, ich weiß Mama.“
Werner und sie verabschieden sich dann von Betty und verlassen gemeinsam die Klinik.

Noch am gleichen Abend ruft Judith ihre Geschwister an, um sie über den Stand der Dinge zu informieren. Wahrscheinlich im Juni, wenn Judith mit Daniel in den Urlaub fährt, kommen ihre Geschwister zur Mutter, um sie zu betreuen.

Weil Judith schon lange nicht mehr in Berlin war, möchte sie demnächst wieder einmal dahin. Auch, um Mareen, die sich in den letzten Monaten sehr distanziert verhält, zu sprechen und zu sehen. Doch wohnen wird sie in dieser Zeit bei Gunther und Isabella Engel-Berg. Werner hat sich liebenswürdigerweise bereiterklärt, wenn sie weg ist Elisabeth zu versorgen. Die beiden kommen gut miteinander aus. So kann Judith beruhigt fahren. Elisabeth geht es den Umständen entsprechend gut. Judith will schon früh morgens in Darmstadt wegfahren, um gegen Mittag in Berlin sein zu können. Schon von ferne sieht sie Gunther auf dem Bahnsteig stehen. Er überragt alle wartenden Menschen mit seiner imposanten Gestalt. Sofort als Judith sich beim Aussteigen mit ihrem Gepäck abmüht, ist er an ihrer Seite und hilft ihr. „Danke Gunther“, sagt sie strahlend und lächelt den Freund an.

„Herzlich willkommen in Berlin!“, empfängt er sie, nimmt ihren großen Koffer und sie an die Hand und los geht's zur nächsten U-Bahn Station. „Isabella konnte nicht mitkommen, weil sie unterrichtet zur Zeit einen Musicalstar. Er singt demnächst in 'Jesus Christ – Superstar'. Wenn du willst, kann ich dafür Karten besorgen.“
„Ja, das wäre toll.“
Ab und zu bleibt Judith an einem Schaufenster stehen, doch Gunther drängt: „Wir müssen heim. Das Essen steht auf dem Herd.“
„Prima! Ich habe schon großen Hunger.“
„Ihr kommt gerade richtig“, empfängt Isabella sie schon an der Wohnungstür. „Alles ist fertig.“ Sie küsst die Freundin auf beide Wangen. „Es ist schön, dich hier zu haben Juditha!“
„Danke. Ich freue mich, da sein zu können. Jedes Mal wieder bewundere ich das herrliche Jugendstilhaus. Schon der Eingang ist so schön. Die Diele in grauem Marmor und großen Spiegeln, alles ist sehr beeindruckend.“ Noch immer steht Judith mitten im Wohnzimmer und hält das große Bild, ein Geschenk für die Freunde, in den Händen.
„Das, nehme ich an, soll für uns sein?“, fragt Isabella und nimmt ihr das Präsent ab, entfernt rasch die Verpackung und ruft erstaunt: „Das bin ja ich!“ Gunther tritt hinzu. „Isabella in Pastell“, dichtet er. „Wunderschön! Wie hast du das nur so gut hingekriegt ohne Vorlage?“
„Das war gar nicht so schwer. Ich habe Isa mal in der Dusche gesehen und dachte mir, diesen Po möchte ich zeichnen. Und weil es ein Rückenakt ist, musste ich nicht viel vom Gesicht malen.“ “Aber man kann eindeutig erkennen, dass ich es bin. – Danke Juditha!“
„Nun aber zu Tisch!“ Sie setzen sich an die hübsch geschmückte Tafel. „Wie geht es euch so?“, fragt Judith.
„Gut, kann ich nur sagen. Ich unterrichte viel, habe zur Zeit vier Schüler. Ja, und Gunther singt an der Deutschen Oper in 'Cosi fan tutte' von Mozart. Dafür haben wir schon Karten. Wenn du möchtest gehen wir morgen ins Theater.“
„Danke! Sehr gern! Endlich werde ich Gunther auf der Bühne erleben.“
„Na gut, dann lasst uns jetzt essen.“
„James“, wendet sich Isabella an ihren Mann. „Sie können die Suppe servieren.“

„Jawoll, gnädige Frau“, antwortet Gunther und bemüht sich, die Frauen zu bedienen. Diese kleine Komödie führen sie immer dann auf, wenn Judith zu Besuch ist. Dann ist Gunther, James der Butler, der sich um zwei vornehme Damen kümmern muss. „Aber James, passen Sie doch auf. Sie haben getropft“, beklagt sich Bella und tupft mit der Serviette einen imaginären Fleck von ihrer Bluse weg.
„Aber Madam“, James steht devot hinter den Frauen, die Serviette über dem Arm, beugt sich über Isabella. „Das, was bei der gnädigen Frau durch die Bluse schimmert, ist kein Fleck.“
James hüstelt verlegen und schafft es tatsächlich zu erröten. „Das Madam ist ihre Brustwarze, die durch den weißen Stoff hindurch schimmert.“ Beflissen reibt nun auch er an dieser delikaten Stelle. Ärgerlich schüttelt Isa ihn ab. „Lassen Sie das! Die Suppe wird kalt.“
Sie essen, James steht indessen mit düsterem Gesicht daneben.
„Sieh mal Bella wie traurig er schaut. Sollen wir ihm erlauben mit zu essen? Ausnahmsweise?“
„Na gut, heute mal. Holen Sie sich ein Gedeck“, wendet sich Isa an ihren 'Butler'. Er tut's und setzt sich neben Isabella.
Judith sitzt ihnen gegenüber. „Ihr zwei seid ein schönes Paar. Was tut ihr so, wenn ihr allein in der Wohnung seid? Du lässt dir von ihm nicht nur die Suppe servieren?“
„Nein, das nicht. Er ist für alles gut zu gebrauchen. Er kann kochen, putzen. Er hilft mir beim An- und Ausziehen. Auch im Bett ist er gar nicht so übel.“
„Ich muss schon sagen, ein wahres Prachtexemplar, dein James. Wie wär's, könntest du ihn mir mal ausleihen, so zum Kochen, Putzen usw.?“
„Jetzt reicht's mir aber“, James ist erbost und schlägt mit der flachen Hand so heftig auf den Tisch, dass das Geschirr scheppert. „Verschachern lasse ich mich nicht“, sagt er mit so ernster Mine, dass die Frauen laut lachen müssen.
Dieses heitere Spiel setzen sie an allen Tagen fort. Selbst auf der Straße spielt Gunther charmant den Schirmherren, was auch nötig ist, denn an allen Tagen, an denen sich Judith in Berlin aufhält, regnet es.
Dann ist es soweit. Sie gehen in die Oper. Gunther muss schon Stunden vor der Aufführung im Theater sein. So haben die Frauen genügend Zeit zum 'Schön machen'. Danach stehen sie nebeneinander vor dem großem Spiegel und prüfen ihr Outfit. Hübsch sehen sie aus. Beide dunkelhaarig und attraktiv. Die Größere, Isabella, in

blauer Seide, Judith aber in einem schmalen schwarzen Kleid, das ihre Rundungen umhüllt. Dieser Opernabend wird für Judith zum wunderbaren Ereignis. Zum einen, weil sie Mozart, diesen Verzauberer, so sehr liebt, zum anderen, weil Gunther so schön singt und auf der Bühne agiert. Sein kräftiger Tenor übertönt mitunter alle anderen Stimmen.
Anschließend sitzen sie noch lange zu dritt in einem schönen Weinlokal und feiern den Abend.

Ein Abenteuer ganz anderer Art erlebt Judith noch Tage später mit Gunther. Da Isabella viel unterrichtet, laufen Gunther und Judith oft allein durch Berlin. Sehr gern würde Judith einmal in der Woche ihres Hierseins den Reichstag kennen lernen. Seine gläserne Kuppel sieht man schon von weitem. Auf einem ziemlich weit entfernten Parkplatz stellen sie das Auto ab und laufen dann noch eine reichliche halbe Stunde bis zum Reichstagsgebäude hin. Schnellen Schrittes gehen sie los. Dem großen Gunther mit seinen langen Beinen fällt das nicht schwer. Doch Judith hat Mühe mit ihm Schritt zu halten. Er drosselt sein Tempo nicht, er nimmt sie bei der Hand und sie muss mit, komme was wolle. Als sie beim Gebäude ankommen, sucht Gunther erst mal ein WC auf. „Stell dich schon mal an", fordert er sie auf. „Es kann eine Weile dauern bis wir rein können." Judith schaut sich um. Sie sieht zwei Eingänge, die weit auseinander liegen. Am rechten ist die Menschenschlange mindestens einen Kilometer lang. Beim linken Eingang stehen höchstens zwanzig Leute. Entschlossen geht Judith zur linken Seite und schließt sich der kleineren Gruppe an, wundert sich nur, dass sie von den Anwesenden so kritisch gemustert wird. Irritiert schaut sie an ihrem blauen Kostüm herunter, alles in Ordnung. Den leichten Mantel hält sie lose über dem Arm. Ihr fällt nur auf, dass die wartenden Menschen alle sehr korrekt gekleidet sind. Ehe sie weitere Schlussfolgerungen ziehen kann, kommt Gunther rechtzeitig, weil sogleich die Tür aufgeht und eine tiefe Männerstimme die 'Gruppe der Universität Heidelberg' herein bittet. Jetzt erst merkt sie, dass sie falsch stehen und schaut fragend zu Gunther auf. Der grinst nur und schiebt sie weiter durch die Schleuse, wo sie alle durchleuchtet werden. Als sie außer Hörweite der anderen sind, flüstert er ihr leise ins Ohr: „Ich wusste gar nicht, dass du eine Professorin aus Heidelberg bist. Wir dürfen in den Plenarsaal. Da können wir an einer Sitzung teilnehmen. Das

Thema ist die atomare Bewaffnung im Osten und im Westen", erklärt er ihr.
Jeder in der Gruppe bekommt einen Kopfhörer für die Simultanübersetzung. Gerade spricht der russische Verteidigungsminister und erklärt mit barscher Stimme seinen Standpunkt. Am liebsten würde Judith auch etwas dazu sagen, wird aber von Gunther gebremst, als er merkt, dass sie sich melden will.
„Das dürfen wir nicht!", sagt er leise zu ihr und legt ihr beschwörend den Finger auf die Lippen. –
Wieder draußen, lacht Gunther laut. „Hast du das große Schild an der Tür nicht gesehen? Darauf steht: ‚Nur für geladene Gäste'."
„Nein, habe ich nicht. Ich war nur erstaunt über die fragenden Blicke. Doch keiner der Leute hat etwas gesagt. Aber du wusstest es doch, dass wir da nicht rein dürfen? Oder?"
„Ja, natürlich. Aber ich wollte mal sehen, ob wir es schaffen, in den Plenarsaal zu kommen. Und wie man sieht, es hat geklappt. – Na schön, dann wollen wir jetzt nach Hause fahren. Isabella wird mit dem Unterricht fertig sein und ich muss bald wieder ins Theater."

Nun ist die schöne Zeit in Berlin wieder zu Ende. Isabella und Gunther haben Judith in den Zug gesetzt und sich liebevoll von ihr verabschiedet, nicht ohne zu versichern, dass sie sie im nächsten Jahr besuchen wollen. Etwas traurig sitzt sie allein in einem kleinen Abteil und schaut aus dem Fenster. Jetzt im März sieht die Landschaft noch ziemlich trostlos aus. Und genau so ist ihr auch zu mute. An ihre Tochter Mareen denkt sie und an die drei Treffen mit ihr. Nicht ein einziges Mal hat sie ihre Enkel sehen können. Mareen war zwar freundlich, sogar liebevoll, aber doch auch verschlossen, wenn sie auf die Kinder zu sprechen kamen. Der älteste Sohn Mareens, Jaron, lebt seit geraumer Zeit bei seinem Vater in Bremen. Mit seinem Stiefvater hatte er große Schwierigkeiten. Und da der Kontakt zu seinem Vater nie abgerissen war, wollte er zu ihm. Auch Mareen selbst scheint mit ihrem Mann Haro nicht sehr glücklich zu sein. Seit er seinen Job als Lehrer verloren hat, trinkt er zu viel, hat sie ihrer Mutter anvertraut. Wie gern würde Judith ihrem Kind beistehen. Doch sie lässt es nicht zu. Wie konnte es nur geschehen, dass die Mauer zwischen ihnen so hoch, so unüberwindlich geworden ist? Judith weiß auch um ihre Schuld – sie war zu sehr mit ihrem eigenen Leben mit Daniel beschäftigt und zu wenig mit Mareen.

Erst in den späten Abendstunden trifft Judith in Darmstadt ein. Werner ist schon da. Er umarmt sie freundschaftlich und hilft ihr mit dem Gepäck. „Wie geht's meiner Mutter?“, ist ihre erste Frage.
„Ganz gut. Natürlich hat sie Schmerzen, doch mit den neuen Tabletten, die ihr der Arzt verschrieben hat, kommt sie gut zurecht.“
Judith bleibt stehen und schaut ihn ernst an: „Ich danke dir von Herzen für deine Hilfe bei der Pflege von Elisabeth. Du bist ein guter Mensch Werner.“
„Ach, das habe ich nicht für dich getan, sondern in erster Linie für sie“, sagt er abwehrend und verstaut ihr Gepäck im Kofferraum des Autos.
Schweigend fahren sie durch die wenig reizvolle Landschaft zwischen Darmstadt und Weiterstadt. Erst nach geraumer Zeit fängt Werner zu sprechen an: „Ich habe eine schlechte Nachricht für dich. Unser gemeinsamer Freund Leo Pilava hatte einen schweren Autounfall.“
„Lebt er?“
„Ja, er ist außer Lebensgefahr.“
„Wie ist es geschehen?“
„Er hatte einen Zusammenstoß mit der Straßenbahn.“
„Oh mein Gott!“
„Also, das war so: Du weißt doch, dass die Straßenbahn, wenn sie aus der City kommt und zum Bahnhof fährt, in der Höhe vom Hotel 'Maritim' eine scharfe Rechtskurve macht. An dieser Stelle, er kam von der Mercedes-Werkstatt, wollte Leo, weil er es wohl eilig hatte, noch schnell über die Gleise fahren, als die Bahn schon ankam. Sein Auto streikte kurz – er schaffte es nicht. Die Straßenbahn erfasste seinen Mercedes seitlich und schob den Wagen ca. 50 m vor sich her, ehe sie zum Stehen kam. Dabei wurde das Auto samt Fahrer von der Seite her soweit zusammengedrückt, dass es nur noch 40 cm breit war. Als ein Polizist, der die Karambolage sah, näher kam, rief er einem Kollegen zu: ‚Der ist hin. Da ist nichts mehr zu machen.’ In diesem Moment blinzelte Leo.
‚Der lebt noch, mein Gott der lebt noch’, rief er laut dem herbeieilenden Unfallarzt zu. Durch die eingeschlagene Fensterscheibe hindurch untersuchte der Mediziner kurz die Vitalfunktionen des Verletzten und gab ihm eine kreislaufstabilisierende Spritze. Die Feuerwehr befreite Leo aus dem Wrack. Er kam ins Krankenhaus und wurde gleich operiert. Die Ärzte konnten sein Leben retten. Er schien übern Berg zu sein.“ Werner macht eine kleine Pause, um sich kurz auf

den Verkehr zu konzentrieren und erzählt dann weiter. „Nicht nur, dass dieser Teufelskerl diesen schweren Unfall überstand, es kommt noch schlimmer. Noch auf der Intensivstation, nach diversen Operationen bekam Leo einen schweren Herzinfarkt, den er nur überlebt hat, und jetzt kommt der Hammer, weil er schon in der Klinik lag." Werner räuspert sich. „Wie du ja weißt, wollten die Pilavas noch in diesem Monat im Wohnwagen nach Spanien reisen. Wenn er also, und damit war zu rechnen, sagt sein Arzt, auf dem Weg in den Süden diesen Herzinfarkt erlitten hätte, mit Sicherheit hätte er den nicht überlebt. Diesen Infarkt hat er nur überstanden, weil er schon im Krankenhaus lag." Mit ernstem Gesicht, sehr betroffen hat Judith Werners Bericht zugehört. „Wie geht es Linda? Ich will gleich morgen zu ihr."
„Das wird nicht gehen. Sie ist nicht zu Hause, aber wenn wir Leo besuchen, treffen wir sie sicherlich an."
Doch als sie am nächsten Tag Leo besuchen wollen, werden sie abgewiesen. Nur Verwandte 1. Grades dürfen auf die Intensivstation. Nach Linda fragen sie die Schwester. „Frau Pilava hält sich zur Zeit in der Cafeteria auf. Die ganze Nacht hat sie am Bett ihres Mannes zugebracht. Nun macht sie eine kleine Pause."
Dort finden sie Linda allein an einem Tisch sitzend. Sie schaut bekümmert in ihre Kaffeetasse. Judith geht zu ihr hin und nimmt sie in die Arme. „Meine liebe Freundin es tut mir unendlich leid, was mit Leo geschehen ist. Wie geht es ihm jetzt?"
„Er ist endlich übern Berg, sagte eben der behandelnde Arzt zu mir. Die Krise ist überwunden." Sie schluckt. „Gestern stand es noch sehr schlecht um ihn, doch heute", sie lehnt sich an Judith und weint. „Ich weiß gar nicht, was mit mir los ist. Eigentlich müsste ich mich freuen."
Judith streichelt ihren Rücken. „Das ist doch kein Wunder nach allem, was in den letzten Tagen geschehen ist. Weine nur. Lass den Schmerz raus. Du kannst nicht immer nur die Starke sein. Du wirst sehen, Leo wird es schaffen. Er ist ein Kämpfer."
Linda löst sich aus der Umarmung und wendet sich Werner zu, der etwas hilflos neben den Frauen steht. „Grüß dich Werner", sagt sie schon wieder gefasst. „Es ist sonst nicht meine Art, mich so gehen zu lassen."
„Ach Linda", antwortet Werner. „Du musst dich nicht entschuldigen", und streichelt ihre auf dem Tisch liegende Hand. „Dafür sind Freunde doch da." –

„Für dich war ich doch immer so eine Art Prinz, oder?", fragt Daniel Judith. Sie stehen in leidenschaftlicher Umarmung gleich hinter der Haustür und küssen sich.
„Ja, das stimmt. Auch wenn du nicht mehr ganz der strahlende Held meiner Jugendjahre bist."
„So so, aber etwas Prinz ist doch noch da."
„Lass mal sehen." Sie geht einen Schritt zurück ohne ihn loszulassen und betrachtet ihn kritisch. Zumindest die Locken sind noch da. Er räuspert sich. „Vor mehr als 15 Jahren schriebst du dieses Gedicht:
„Als Prinzessin geboren, wartete ich jahrelang auf meinen Prinzen. Als er dann kam, nicht auf einem weißen Pferd, aber mit vielen Pferdstärken, war das Glück erst groß. Doch leider lebte er in einem anderen Land und der Schmerz kam hinzu."
„Ja, und?"
„Durch dieses Gedicht – ab und zu lese ich deine Gedichte, die versteckt im Computer gespeichert sind – kam ich auf eine Idee. Was hältst du davon, wenn ich eine Dienstreise auf ein Schloss mache und du kommst mit, so als Prinz und Prinzessin?"
„Sehr viel! Wann soll es losgehen? Und welches Schloss meinst du?"
„In ca. zehn Tagen, und das Schloss ist 'Schloss Zeilitzheim'."
„Das trifft sich gut, weil in einer Woche meine Schwester Gertrude mit Familie kommt."
„Na toll! Man kann im Schloss eine Wohnung mieten. Natürlich muss ich auch arbeiten, doch nur vormittags."
„Macht nichts, Hauptsache wir sind zusammen und können vögeln. Wenn du arbeitest kann ich lesen, meine zweitliebste Tätigkeit."
Schon während des Gespräches hat Judith ihre Hand in seiner Hosentasche, die ein Loch hat und fummelt. „Deinem gar nicht mehr so kleinen Untermieter in deiner Hose wird es zu eng. Er möchte raus."
„Oh, ich ahne, wo der hin will. Er möchte sich in deiner Höhle verstecken."
Hastig ziehen sie sich gegenseitig aus und landen auf dem Sofa und geben sich ihrem liebsten Hobby hin. Erst jetzt merkt Judith, dass Daniel krank sein muss. Sie legt ihm die Hand auf die Stirn. „Du hast Fieber. Du glühst ja förmlich. Bist du noch zu retten, mit so hoher Temperatur hierher zu kommen."
„Nun ja, zu Hause waren es nur 38°C, jetzt aber ..." Er klappert mit den Zähnen und zittert heftig. „Du hast Schüttelfrost. Warte, ich hole

nur etwas." Rasch geht sie ins Bad und kommt mit einigen feuchten Handtüchern und dem Fieberthermometer wieder.
„Was hast du vor?" Er richtet sich auf.
„Ich werde dich jetzt verarzten." Sie holt noch ein Kissen und eine Decke aus dem Schlafzimmer. „Steh mal auf." Sie bereitet ihm ein Bett auf dem Sofa. „So, leg dich da hin", fordert sie ihn auf.
„Aber das geht doch nicht. Ich muss nach Hause", protestiert er.
„Nichts da!" Sie schiebt ihm das Thermometer zwischen die Lippen. „Sei still und lass mich machen. Du hast in letzter Zeit so oft bei mir übernachtet. Lass dir was einfallen." Sie zieht ihm das Thermometer aus dem Mund und erschrickt. „Man Gott, du hast 40° Fieber. Dagegen muss man etwas tun. Nicht umsonst habe ich eine medizinische Ausbildung."
„Du bist kein Doktor."
„Nein, Hilfsschwester."
„Aber ich muss..."
„Nichts musst du!" Sanft drückt sie ihn in die Kissen zurück. „Trink das, es ist eine Aspirin-Tablette." Er tut es. „Prima." Danach schlägt sie die Bettdecke zurück und wickelt die feuchten Handtücher um seine Waden und macht ihm anschließend einen Brustwickel. Dabei fühlt sie laufend seinen Puls. Erst nach einer Stunde intensiven Behandelns geht das Fieber runter. Es geht ihm besser. Sein Blick ist wieder klar und das Zittern hat aufgehört. Lüstern schaut er auf ihre, vor seiner Nase wackelnden Brüste. „Das ist wirklich geil. Ich war schon des Öfteren in Kliniken, aber noch nie wurde ich von einer nackten Krankenschwester behandelt." Er seufzt. „Man könnte auf dumme Gedanken kommen." Er befreit sich von den Handtüchern und zieht sie auf seinen Schoß und stöhnt. „Das tut gut. Man sollte diese Behandlung auf Rezept verschrieben kriegen. Auf diese Weise wird man viel schneller gesund."
Zufrieden streichelt er danach ihr rundes Bäuchlein. „Du hast zugenommen", stellt er fest.
„Ja, etwas. – Das liebe ich so an dir, dass du nach dem Sex noch kuschelst."
„Ja, so bin ich eben", meint er und schläft ein. Vorsichtig befreit sie sich aus seinen Armen und geht zur Küche, um eine kleine Stärkung für sie beide vorzubereiten. Erst nach zwei Stunden wird er wach. Die Sonne ist längst untergegangen. Eine fahle Dämmerung hüllt die Landschaft ein. – Er reckt sich. „Worüber sprachen wir bevor ich krank wurde?", fragt er mit belegter Stimme. Mit der flachen Hand

streicht sie ihm die feuchten Haare aus der Stirn. „Über eine Dienstreise zum 'Schloss Zeilitzheim', um dort Prinz und Prinzessin zu spielen."
„Willst du überhaupt?"
„Und ob, ich kann mir nichts Schöneres vorstellen. Doch nun essen wir erst einmal die Hühnersuppe. Das wird dir gut tun."
„Ok." Er löffelt folgsam die Suppe. „Aber nachher möchte ich doch nach Hause, wenn es meine strenge Krankenschwester erlaubt."
„Na gut. Doch du musst mir versprechen, dich sofort, wenn du angekommen bist, ins Bett zu legen und zumindest morgen zu Hause zu bleiben."
Er steht noch etwas schwankend auf und schlägt die Hacken zusammen, so dass sein Schwänzchen hüpft: „Zu Befehl Frau Oberschwester!" Rasch sucht er seine Sachen, die überall im Zimmer verteilt liegen zusammen, zieht sich an und geht dann.

Eine Woche später sind Judith und Daniel zum 'Schloss Zeilitzheim' unterwegs. Obwohl es noch früh im Jahr ist, scheint die Sonne recht warm. Die Landschaft ist tiefgrün, hier und da blühen schon Büsche und Bäume. Diese Aufbruchstimmung der Natur erfasst auch den Menschen und die Tiere. Man ist frohgestimmt besonders dann, wenn man verliebt ist. Vom Autoradio her erklingt die mitreißende 7. Sinfonie von Beethoven. Fast stumm sitzen sie nebeneinander, rollen durch die schöne Natur und genießen die Atmosphäre. Er lächelt sie an und fragt mit seiner sanften Stimme: „Wie fühlst du dich?"
„Danke, es könnte mir nicht besser gehen. Nur etwas Bewegung täte uns gut. Da auf der Wiese, so zwischen kleinen Gänseblümchen und neugierigen Margeritten..."
„Ich ahne, was du vorhast. Doch dergleichen ziemt sich nicht für Königskinder. Vornehme Leute vögeln nur im Schloss."
„Na gut", sie seufzt. Verliebt betrachtet sie sein immer noch schönes Gesicht. Ihretwegen hat er seine Locken, die inzwischen ganz weiß sind, halblang wachsen lassen und zum hellen Leinenanzug trägt er ein blaues Seidenhemd. Davon hat er mehrere, die er selbst bügelt. Sie dagegen trägt zum eleganten langen Trachtenrock eine cremefarbene Spitzenbluse und einen breiten Gürtel. Als sie langsam die Schlosstreppe empor schreiten, er hat ihr seinen Arm gereicht, werden sie schon von der Baronin Lengfeld erwartet. „Herzlich willkommen auf Schloss Zeilitzheim! Ich habe ihnen unsere schönste Suite herrichten lassen", werden sie freundlich begrüßt. Die Baronin ist

eine große elegante Erscheinung in mittleren Jahren. „Zum Empfang bitte ich Sie in den Rittersaal, so genannt, weil hier die Rüstung eines Vorfahren, aber auch diverse Utensilien aus dem Mittelalter aufbewahrt werden."
Sie betreten einen langgezogenen eher niedrigen Raum mit kleinen Butzenscheibenfenstern. Es gibt Sekt und einen kleinen Imbiss. Höflich bedanken sich Judith und Daniel bei der Baronin und bewundern das geschichtsträchtige Ambiente.
Am Vormittag arbeitet Daniel bis zum Mittagessen. Judith geht in dieser Zeit raus in die Natur und zeichnet, zumeist das Schloss aus verschiedenen Blickwinkeln. Eigentlich sieht es eher wie eine Burg aus. Mit mächtigen Mauern und großen Gewölben wirkt es martialisch und hat wenig elegantes an sich.
Er macht es wirklich wahr. Sie schlafen nicht draußen in der Natur miteinander, was sie sonst gern tun, sondern ausschließlich in der Wohnung des Schlosses. Jeder Winkel, jeder Stuhl, jedes Sofa wird einmal für ihr Liebesspiel genutzt. Am Ende ihres Aufenthaltes gehen sie mit einem milden Fleckenmittel durch die Wohnung und reinigen fast alle Polstermöbel, so dass bei ihrem Auszug alles frisch und sauber aussieht. Am Ende der Woche dann werden sie zum Abschied zu einem Abendessen von der Baronin eingeladen. Sie machen sich fein. Daniel zieht eines seiner blusigen Seidenhemden an, diesmal in einem weinrot. Judith hat zu dem Zweck das schicke Dirndl angezogen. Anerkennend meint die Baronin zu ihnen: „Noch nie haben Gäste so gut in dieses Ambiente gepasst wie Sie. Es wäre schön, Sie kämen einmal wieder."
Daniel verneigt sich galant vor dieser vornehmen Frau und küsst ihr die Hand. „Das machen wir, wenn es möglich sein sollte gern. Diesen Urlaub werden wir nie vergessen."

Fröhlich singend arbeiten Judith und ihre Brüder im Garten in Weiterstadt. Völlig verdreckt mit hochgekrempelten Hosenbeinen stiefeln sie durch das Erdreich. „Und du meinst", beschwert sich Josef, „dass es einen Sinn ergibt, wenn wir den Erdhaufen von einem zum anderen Ende des Gartens transportieren?"
„Ja, warte ich hole die Skizze." Rasch läuft Judith zur Küche und kommt mit einer Zeichnung wieder. „Schau, so habe ich mir das vorgestellt. – Um die Terrasse herum entsteht ein Hochbeet mit Gefälle. Das wird 10 m breit sein, halbrund und mit Palisaden abgestürzt werden."

„Womit wird das Rondell bepflanzt?“
„Mit Gräsern und niedrig bleibenden Rosen in allen Schattierungen.“
„Na gut“, er wendet sich an seinen Bruder. „Mollo komm wir machen weiter.“
Die Beiden hatten ihr versprochen, bei der Umgestaltung des Gartens zu helfen und für ihre Mutter da zu sein, wenn Judith mit Daniel in den Urlaub fährt. Da Werner sich die meiste Zeit bei Walburga aufhält, ist Judith Tag und Nacht mit ihrer Mutter zusammen. Es hilft ihr, wenn die Geschwister kommen und sie bei der Pflege der alten Dame ablösen. Auch Elisabeth tut die Anwesenheit ihrer Söhne gut. Im Moment sitzt sie auf der Terrasse und schaut ihren Kindern bei der Arbeit zu. Es ist schon später Nachmittag. Der Himmel zieht sich zu, leichtes Grollen hört man aus der Ferne. Hoffnungsvoll schaut Hagen zu den Wolken auf. „Es wird regnen. Dann können wir morgen nichts im Garten tun.“
Judith streicht sich mit der schmutzigen Hand über die erhitzte Stirn, so dass dunkle Streifen ihr Gesicht verzieren. „Das würde dir so passen. Der Himmel klart im Westen schon wieder auf. Morgen haben wir schönes Wetter.“
„Macht jetzt Schluss“, ruft Betty. „Ich habe Kaffee gekocht und den Kuchen aufgeschnitten. Außerdem denke ich, die Jungen haben für heute genug getan.“ Sie wendet sich an Judith: „Du weißt, deine Brüder sind nicht ganz gesund.“
„Lass gut sein, Mutti.“ Hagen küsst seine Mutter auf die Wange. „Wenn wir nicht mehr können, hören wir sowieso auf.“
„Aber kommt jetzt! Der Kaffee wird kalt“, wiederholt Elisabeth ihre Aufforderung.
Als alle sitzen, verteilt sie den Kuchen auf die Teller. „Wann fährst du mit deinem Daniel in den Schwarzwald?“, fragt Hagen seine Schwester.
„In einer Woche.“
„Was ich nicht verstehen kann, ist euer Zusammenleben. Ich meine dich und Werner.“ Er trinkt einen Schluck und spricht dann weiter. „Entweder man trennt sich – ok, wenn's denn sein muss. Oder man bleibt zusammen. Aber was ihr da treibt, ist weder das Eine noch das Andere. Werner fährt mit seiner Freundin, du mit deinem Geliebten in den Urlaub. Das finde ich ehrlich gesagt Schitte.“ Er wirft seine Kuchengabel mit solcher Wucht auf den Teller, dass Judith um ihr Geschirr bangt. „Habt ihr gar keine Moral?“, ruft er empört aus.

„Ach Mollo, ich habe mir mein Leben auch anders vorgestellt.“ – Sie verstummt.
Schon mehrmals hat Judith mit ihren Geschwistern über ihre Lebenssituation zu reden versucht. Doch sie können sie nicht verstehen. Es ist fast so, als sprächen sie in verschiedenen Sprachen, als kämen sie aus einer anderen Welt. Mit Tränen in den Augen versucht sie erneut ihr Verhalten zu erklären. „Ich liebe Daniel so sehr. Ein Leben ohne ihn ist für mich unvorstellbar.“ –
„Lasst sie in Ruhe“, misch sich Elisabeth in ihr Gespräch. „Was ist los mit euch? Eben wart ihr noch so fröhlich und nun?“ Sie geht in die Küche und kommt mit einer Flasche Kräuterschnaps wieder. „So, jetzt trinken wir einen Schluck, dann ist alles wieder gut.“
Jedem stellt sie ein gefülltes Glas hin und will die Flasche wieder wegstellen. Doch Hagen sagt: „Halt!“ Er nimmt ihr die Flasche aus der Hand. „Auf einem Bein können wir nicht stehen.“
Judith schaut besorgt zu ihrer Mutter hin. Diese ahnt nicht, dass die Brüder schon genug getrunken haben und das tun sie oft. Besonders Hagen kennt kein Maß. Zum Glück weiß Josef noch, wann er aufhören muss.
„Komm Mutti“, Judith nimmt ihre Mutter an der Hand und führt sie in den Garten. „Setz dich, ich will nur die Gartengeräte aufräumen. Heute wird niemand mehr etwas tun.“ Nachdenklich schaut Judith in die untergehende Sonne. „Morgen wird's wieder schön, da können wir hier weiter arbeiten.“

Judith steht wartend am Gartentor und schaut zurück in ihren Garten. Reizvoll ist er geworden. Dank ihrer Brüder haben sie es in nur zwei Wochen geschafft, ihn umzugestalten. Die Beete in weichgeschwungenen Linien umgeben eine recht große Rasenfläche, die von hohen Bäumen beschattet wird. An der Südseite des Hauses klettert eine 13 m hohe Glyzinie an der Hauswand hoch, deren überlange Äste mit blauen Blütenrispen einen grünen Baldachin über der Schmalseite des Gartens bilden, daneben eine Kletterrose, die ihre tiefroten Blüten gerade zu öffnen beginnt. Judith wendet sich um und sieht die Straße hinunter. Eigentlich wollte Daniel schon da sein, denn heute beginnt ihr gemeinsamer Urlaub. Ihr Gepäck, ein kleiner Koffer und eine Reisetasche, steht neben ihr, so dass sie, wenn er eintrifft gleich einsteigen kann. Von ihrer Mutter und den Brüdern hat sie sich schon am Abend zuvor verabschiedet.

Als Daniel ankommt, küsst er sie nur leicht auf den Mund und versucht ihr Gepäck im schon vollen Kleinwagen unterzubringen, denn wie stets hat er auch seinen Computer und diverses Zubehör dabei. Aufgeregt sind sie beide wie immer, wenn sie sich begegnen. Zumeist liegen ein bis zwei Wochen zwischen den Treffen. Dieses Mal haben sie sich vier Wochen lang nicht sehen können. Erst als sie schon fast eine Stunde unterwegs sind, legt sich die Anspannung. Lächelnd fragt er sie: „Na mein Kleines, wie geht es dir?"
„Gut. Immer besser, weil ich mich so sehr auf dich freue."
„Warte Nymphchen, ich weiß was du nun brauchst." Er hält auf einem kleinen Parkplatz an, schaut sich um – menschenleer, nur ein Lastwagen steht weit entfernt. Rasch umrundet er sein Auto, öffnet die Tür und Judiths Schenkel und küsst sie so intensiv, dass ein kleiner Orgasmus sich zwischen ihre unteren Lippen drängt. Laut stöhnt sie: „Jetzt will ich mehr."
„Nein mein Schatz. Die Fortsetzung erst in Freiamt." – Das ist ihr Reiseziel.
Nun fahren sie schon das 4. Mal in den Schwarzwald auf einen Bauernhof, immer Gehöfte um Freiburg herum, ihre Lieblingsstadt. Zwei Drittel Natur, ein Drittel Kultur ist ihre Devise. Als sie gegen 15 Uhr auf dem Hof eintreffen, werden sie von dem Ehepaar Heinrich und Lina Bäckerle herzlich begrüßt. Es sind kräftig gebaute Menschen in mittleren Jahren, untersetzt aber nicht dick. Beflissen stürzt sich der Bauer auf ihr Gepäck und bringt alles in den 1. Stock des Hauses, in ihr zukünftiges Reich. Die Bäckerles laden sie zu einem kleinen Imbiss ein. Ein recht starkes Kirschwässerle gibt es, Käse und Schinken aus eigener Herstellung und frisches duftendes Brot. Alles schmeckt köstlich. Sie essen mit großem Appetit, denn sie haben seit dem Frühstück nichts zu sich genommen. Erst danach zeigt ihnen der Hausherr ihre Wohnung, in der sie die nächsten 14 Tage verbringen werden. Sie ist geräumig und hell und liegt direkt über der Wohnung des Bauern. Zur Treppe hin hat das Appartement eine Glaswand. Als Judith ob der Durchsichtigkeit etwas indigniert guckt, beruhigt sie Heinrich Bäckerle: „Des ischt scho in Ordnung so. Da obe kommt keiner hie", schwäbelt er. Doch so ist es dann eben nicht. In den nächsten Tagen findet der Bauer immer wieder eine Möglichkeit in ihr Reich einzudringen. Er bringt die regionale Zeitung, Eier oder auch frische Milch zu ihnen rauf. Natürlich blieb es auch nicht aus, dass er sie beim Liebesspiel überraschte. Es störte sie schon, doch zunächst dachten sie sich nichts dabei. Eines Tages aber, Da-

niel war schon aus dem Haus um seine tägliche Radtour zu machen, liegt Judith noch im Bett und liest. Das Wetter ist trüb, es regnet leicht. So beschließt sie, den Vormittag im Bett zu verbringen. Plötzlich hört sie verhaltene Schritte auf der Treppe. Vorsichtig wird ihre Tür geöffnet. Erstarrt bleibt sie im Bett sitzen, das von der Wohnungstür nicht einzusehen ist sitzen. Plötzlich steht die massige Gestalt des Bauern vor ihr. Er beugt sich über sie und noch ehe sie es verhindern kann, küsst er sie heftig. Perplex hält sie zunächst still, reißt sich dann los und schlägt ihm mit der flachen Hand so fest ins Gesicht, dass seine Wange rot anläuft. Etwas Unverständliches murmelnd verlässt der Bauer rasch das Zimmer. – Lange noch, bis Daniel auftaucht, sitzt Judith still im Bett. Dieser Vorfall erinnert sie fatal an ein früheres Ereignis, das sie fast vergessen hat. Daniel kommt, merkt an ihrem Gesichtsausdruck, dass etwas vorgefallen sein muss. Besorgt fragt er sie: „Was ist passiert?“
„Der Bauer war hier und ...“
„Ich ahne, was geschehen ist. Neulich sah ich, wie er dich angeschaut hat. Wenn du es möchtest, packen wir sofort unsere Sachen und suchen uns ein neues Quartier.“
„Nein. Das ist nicht nötig. Wir wollen das Ganze nicht überbewerten.“
„Trotzdem, dem Kerl lese ich die Leviten.“
Er stürmt aus dem Raum, die Treppe nach unten und droht dem schuldbewussten Bauern mit lauter Stimme: „Wenn Dergleichen noch einmal geschieht, schlag ich Sie zusammen“, etwas leiser dann: „und erzähle es Ihrer Frau – wo ist sie eigentlich?“
„Sie ischt in die Stadt gefahre.“
„Ihr Glück!“
Zufrieden mit sich erscheint Daniel wieder bei Judith. Er setzt sich ans offene Fenster und zündet sich seine Pfeife an. Nur am leichten Zittern seiner Hände merkt Judith, dass er doch aufgeregt ist. Sie setzt sich neben ihn auf die Bank. „Ich wusste gar nicht, dass du so kämpferisch sein kannst.“
„Na da sieht man mal wieder, ich werde stets unterschätzt.“
Von dieser Stunde an hatten sie ihre Ruhe. Den Bauern sahen sie nur noch von hinten. Alles, was nötig war, besprachen sie von nun an mit seiner Frau.
Der Urlaub in Freimut wird dann doch noch schön, aufregend und auch erholsam. Nach Strassburg, auch nach Kollmar machen sie Ausflüge. Von Grünewalds Altar hat er ihr vorgeschwärmt, den es im Museum unter den Linden in Kollmar zu sehen gibt. Grünewalds

starke Aussage, seine wilde Phantasie in Bezug auf die Ungeheuer, die sich auf den heiligen Antonius stürzen, hat Judith tief beeindruckt. –

Nun aber freut sie sich auf das Konzert mit Joe Cocker, das morgen Abend in Freiburg stattfinden soll. Zu diesem Anlass wurde ein großes Zelt aufgebaut. Dem Namen nach ist Joe Cocker für sie ein Begriff, sie weiß aber nicht genau um welche Art Musik es sich bei dem Konzert handelt. Als sie am Abend dann neben Daniel im Zelt sitzt, lässt sie sich gefangen nehmen von der wie elektrisch aufgeladenen Atmosphäre. Der starke Rhythmus erfüllt den Raum, auch ihren Körper und reißt sie mit. Als dann noch ein engelhafter junger Mann mit weichen Zügen und langen blonden Locken auftritt – er spielt Kontrabass – ist sie hin und weg. Daniel staunt: „Ich wusste gar nicht, dass du diese Musik magst." Erst später im Auto antwortet sie: „Es war schön, erstaunlich schön. Du weißt ja, dass ich mich, wenn mir etwas gut gefällt, gern mitreißen lasse. Schon auf dem Heimweg, auch dann in der Wohnung merkt Judith, dass etwas mit ihm nicht stimmt. Er schaut nur abweisend vor sich hin und antwortet nicht auf ihre vorsichtigen Fragen, was denn los sei. Wortlos zieht er sich aus, steigt ins Bett, dreht sich zur Wand und schläft gleich ein. Hilflos steht Judith am Fenster, schaut hinaus in die tiefschwarze Nacht und weiß sich keinen Rat. Müde entkleidet sie sich und legt sich neben ihn. Doch einschlafen kann sie lange nicht. Sie ist bekümmert. Wie kann es sein, dass ein ansonsten gelassener, ruhiger Mensch solch radikalen Stimmungswechseln unterliegt? Heute ging's ja noch mal glimpflich ab. Mitunter kam es vor, dass er in solchen Momenten aggressiv wurde. Auch wurde sie von ihm dann grundlos beschimpft. Sie kann es sich nur so erklären. Er braucht plötzlich ohne Vorwarnung Distanz. Vor Jahren schon einmal, sie machten damals in Emmendingen Urlaub, auch ein Städtchen im Schwarzwald, als er sie aus heiterem Himmel anschrie, sie beleidigte. Weil es so grundlos war, konnte sie sich nicht verteidigen. Sie weinte nur. Ohne ein Wort der Erklärung zog er damals seine Sportsachen an und fuhr mit dem Rad davon. Verzweifelt wartete sie mehr als sechs Stunden auf seine Rückkehr. Sie hatte Angst, es könne ihm im dichten Wald etwas zugestoßen sein. Man würde ihn lange suchen müssen, wenn es so gewesen wäre. Unversehrt tauchte er in den späten Abendstunden auf, murmelte nur etwas von „ich habe mich im Wald verfahren", nahm sie, als er ihren besorgten Gesichtsausdruck sah, nur in die Arme und hielt sie lange umfangen. Alles schien wieder in Ordnung

zu sein. Doch nie konnte sie mit ihm über diese Vorfälle sprechen. Scheinbar ist er doch ein schizoider Typ, der einerseits viel Nähe braucht, doch mitunter auch Abstand benötigt.
Diese Ambivalenz der Gefühle stürzt ihn in ein solches Chaos, dass er mitunter ausfallend wird. Wenn Dergleichen geschieht, zieht Judith sich zurück und wartet ab, bis er wieder auf sie zukommt. –
Lange hat Judith sich im Bett herumgewälzt. Erst morgens schläft sie dann doch ein. Gegen Mittag wird sie wach, weil der Duft von frisch gebrühtem Kaffee ihr in die Nase steigt, erschrickt, als eine kalte Hand unter ihr Nachthemd gleitet. „Aufwachen Nymphchen! Das Frühstück ist fertig."
Blinzelnd lächelt sie ihn an und lässt sich an den Tisch tragen.

Den heutigen Tag wollen Daniel und Judith in der reizvollen Umgebung von Freiamt verbringen. Die Sonne strahlt von einem wolkenlosen Himmel. Es ist angenehm warm ohne zu heiß zu sein. Für diesen Zweck packt sie einen Picknickkorb mit Käse, Brot, Schinken und Wein. Einen Kassettenrekorder packt sie noch dazu, weil sie gern in der Natur klassische Musik hören. Wie immer bei solchen Anlässen trägt Daniel seine ¾ langen beigen Lederhosen und ein naturfarbenes Leinenhemd. Barfuss, den Wanderschirm und die Sandalen über die Schulter gehängt, läuft er voraus. Seinen blauen Pulli hat er lose um die Hüften geschlungen. Judith hat zum bunten Sommerrock ein weißes T-Shirt angezogen und die Sandalen, die ihr Daniel vor Jahren gekauft hat. Den recht schweren Korb mal in der einen, mal in der anderen Hand stiefelt sie ihrem Geliebten auf dem schmalen Trampelpfad hinterher. Als sie eine große Wiese überqueren wollen, werden sie von einigen jungen Kühen umringt. Sie beschnuppern sie neugierig. Es sieht so aus, als wollte jede einzelne sie begrüßen. Es sind hübsche taupefarbene Tiere mit einem strahlenden Kranz weißen Fells um die recht großen Ohren. Judith streichelt jedes der Kälber und freut sich über deren Zutraulichkeit. Gerade als Daniel sich unter die Einfriedung bückt, um die Weide zu verlassen, schnappt sich eines der Tiere seinen Pulli und läuft mit der Beute davon. Man könnte meinen die Kuh will spielen. Er lässt den Schirm fallen und sprintet dem Tier hinterher. Judith findet den Vorfall sehr komisch und macht rasch ein paar Aufnahmen von der Kuh mit dem Pulli im Maul und dem ihr nachlaufenden Mann. Sichtlich außer Atem, den geschundenen Pulli in der Hand, taucht Daniel bei ihr wieder auf.

„Du bist ja gut“, beschwert er sich. „Statt mir bei der Jagd zu helfen, fotografierst du die Szene auch noch.“ Er schnauft. „Was hältst du von einer kleinen Stärkung? Schau da drüben zwischen den Bäumen ist ein hübsches Plätzchen.“
„Warte! Da weiß ich noch von einem schöneren Ort. Man muss nur 10 Minuten weiter ins Tal hinunter laufen. Komm!“ Er nimmt ihr den Korb ab. „Er ist zu schwer für dich, trage die Decke.“ Als sie den Hang hinuntergehen, öffnet sich ein kleines Tal, an dessen Ende sich ein ehemaliger Steinbruch befindet. Die große Steinwand ist überwuchert mit vielen Pflanzen, die teilweise blühen. Im Schatten der Mauer ist ein kleiner Teich entstanden auf dem sich blau schimmernde Libellen tummeln. Auf der rechten Seite der Bucht steigt der Boden ein klein wenig an. Auf dem Hügel blühen und reifen wilde Erdbeeren, deren Früchte vorwitzig rot unter dem grünen Blattwerk hervorlugen. Die Luft flirrt vor Wärme. Es duftet nach Sommer. „Na, habe ich dir zu viel versprochen?“, fragt Daniel. Judith steht sprachlos inmitten der Herrlichkeiten und staunt: „Nein. Das ist zauberhaft.“ Sie wendet sich zu ihm um, der noch beladen mit Korb und Schirm hinter ihr steht. „Wie findet man so etwas Verwunschenes?“
„Indem man morgens durch die Landschaft fährt und die Augen offen hält.“ Neben dem Erdbeerhügel breitet Judith die Decke aus und verteilt darauf die Lebensmittel. Daniel schiebt eine Kassette in den Rekorder und Beethovens 7. Sinfonie erfüllt das Tal. Hoch oben über ihnen in der Wand füttert ein Milanweibchen ihre Jungen, die immer dann aus ihrer Höhle krabbeln, wenn die Eltern mit Futter im Schnabel angeflogen kommen. „Daniel hast du das eben gesehen?“
„Ja, ich konnte schon heute früh die Raubvögel beobachten.“
Nach dem einfachen Mal, das sie schweigend einnehmen, lieben sie sich in dieser malerischen Umgebung. Als Nachtisch gibt es frische Erdbeeren, mit denen Daniel sie füttert. Selbst als Beethoven sein Gewitter durch das Tal donnern lässt, stört es die Raubvögel in ihrer luftigen Höhe nicht. Unermüdlich füttern die Milane ihre Jungen. Am Nachmittag, Daniel und Judith liegen wenig bekleidet in der Sonne, fliegt ein Schwarm Schmetterlinge vom Teich zu ihnen herüber und lässt sich auf ihnen nieder. Hellgelb sind die Tiere und haben auf den Flügeln ein ausgeprägtes Scherenschnittmuster. Sie krabbeln auf ihren Körpern herum und fliegen auch dann nicht auf, wenn die Menschen sich bewegen. Hingerissen betrachtet Judith die Tierchen. „Ach Daniel, so etwas habe ich noch nie erlebt.“ Vorsichtig lässt sie einen Schmetterling auf ihren Zeigefinger steigen und setzt ihn auf

Daniels Brust. „Na dann siehst du mal wieder, was ich alles möglich mache. Für 16 Uhr habe ich die Schmetterlinge bestellt.“ Er schaut auf die Uhr. „Sie sind pünktlich.“

Daniel telefoniert schon ½ Stunde lang mit seiner Mutter, die in der Nähe vom Bodensee wohnt. Judith sitzt neben ihm auf dem Bett. Sie möchte sich zurück ziehen, um ihn nicht zu stören, doch er hält sie an der Hand fest. „Warte“, flüstert er ihr zu. „Vielleicht will sie dich sprechen. Ich habe ihr nämlich von dir erzählt.“ Der Grund für das ausführliche Gespräch ist Daniels Vater, dem es nach einem Schlaganfall nicht besonders gut geht. Der alte Herr ist über 90 Jahre alt. Seiner zarten Frau Marga fällt seine Pflege schwer, obwohl ihr dabei ihre jüngste Tochter hilft. Daniels Mutter möchte ihren Sohn in dieser schweren Zeit öfter sehen. Weil sich aber Karin, Daniels Frau, mit seinen Eltern nicht so gut versteht, ist der Kontakt seltener geworden. Daniel erzählt seiner Mutter, dass er mit Judith im Schwarzwald Urlaub macht. „Übermorgen fahren wir wieder nach Hause. Willst du Judith sprechen?“ Er reicht ihr den Hörer. „Guten Tag Frau Janus. Es freut mich, mit Ihnen reden zu können. Wie geht es Ihnen?“
„Danke, mir geht es gut, doch meinem Mann eher nicht.“
„Ja, ich weiß. Daniel hat mir von seiner Krankheit erzählt.“
„Hören Sie Judith, es wäre schön, wenn wir uns mal kennen lernen könnten. Leider geht es zur Zeit nicht, doch eventuell später einmal.“
„Ja, natürlich. Ich wünsche Ihnen, besonders für Ihren Mann, alles erdenklich Gute. Auf Wiederhören.“
Judith gibt Daniel den Telefonhörer zurück. Er verabschiedet sich von seiner Mutter und nimmt Judith in die Arme. „Ich wusste, dass sie dich sprechen und auch mal sehen will.“
„Was hast du ihr über mich erzählt?“, fragt Judith neugierig geworden. Nachdenklich schaut er sie an, ehe er antwortet: „Ich habe ihr eine wichtige Frage gestellt.“
„Oh, worum ging es dabei?“
„Ich habe gefragt, für welche der beiden Frauen, die ich beide liebe, ich mich entscheiden soll.“
„Und was hat sie gesagt?“, fragt Judith ungeduldig. Umständlich zündet er sich erst die Pfeife an, ehe er antwortet: „Behalte sie beide, wenn du es verkraften kannst.“
„Ja, du hast die Wahl, welche würdest du wollen, wenn es aus welchem Grund auch immer zum Eklat käme?“ Judith steht auf, zitternd

steht sie vor dem Bett. Als sie keine Antwort erhält, stellt sie sich ans Fenster und schaut hinaus. Irgendwie ist sie plötzlich so müde. „Ach Nymphchen müssen wir das jetzt diskutieren. Heute ist unser letzter Urlaubstag", antwortet er ausweichend. „Und außerdem haben wir für heute noch keine Pläne gemacht. Was wollen wir tun?" Mit matter Stimme erwidert sie: „Das Wetter ist durchwachsen, ab und zu regnet es. Was hältst du von einer Dampferfahrt auf dem Bodensee?" „Sehr viel", er tritt hinter sie und küsst sie auf den Nacken. „Doch dann müssen wir uns jetzt sputen. Es ist schon spät."

Als sie in Friedrichshafen eintreffen, will der weiße Ausflugsdampfer gerade ablegen. In letzter Minute schaffen sie es noch an Bord zu gehen. Das Schiff hatte noch auf eine Reisegesellschaft gewartet, die nicht eingetroffen ist.
Der vordere separate Raum in hellgrün und lachsfarben gehalten, ist festlich geschmückt. Er ist für diese Leute reserviert worden. Daniel im weißen Anzug und Judith im apricotfarbenen Kostüm passen gut in das Ambiente. Eine Anrichte ist überladen mit allen Köstlichkeiten, die das Meer zu bieten hat. Der Stuart macht ihnen ein günstiges Angebot. Dafür können sie essen so viel sie wollen. An der breiten Fensterfront stehen kleine Tische und gepolsterte Bänke. Da nehmen sie Platz und haben einen wunderbaren Ausblick auf den See und die angrenzenden Orte und Häfen. Eine große Palme, die hinter ihnen steht, schützt sie weitgehend vor neugierigen Blicken. Außer ihnen haben sich noch zwei Paare eingefunden, die sich an weit entfernten Tischen hingesetzt haben. Das Essen ist hervorragend. Der leichte Weißwein passt ausgezeichnet dazu. Sie essen mit viel Genuss doch mit der gleichen Intensität küssen und schmusen sie auch. Dabei bemerken sie gar nicht, dass sie von der Durchreiche aus vom Personal beobachtet werden. Wenn sie nicht gerade mit sich oder dem Essen beschäftigt sind, schauen sie auch und bestaunen die reizvolle Landschaft um den Bodensee herum. In weichen Bewegungen gleitet das Schiff über den See. Diesen Rhythmus genießen sie und lassen sich gefangen nehmen von dem Zusammenspiel von Bewegung, Wind und Wellen. Ab und zu quetscht sich die Sonne zwischen die Wolken und zaubert Lichtreflexe auf das Wasser. Leise Musik erfüllt den Raum. Als sie ihre Flasche Wein geleert haben, erscheint ungerufen der Stuart vor ihnen mit einem alten Chardonay. „Diesen Wein schickt Ihnen der Küchenmeister. Weil Sie uns so gut gefallen haben, ein nicht mehr ganz junges Lie-

bepaar beim Flirten.“ Verlegen mit geröteten Gesichtern schauen sie zum Stuart auf. Noch ehe sie sich bedanken können, ist dieser wieder verschwunden. Daniel lacht laut und küsst sie herzhaft auf den Mund. „Siehst du mein Schatz, wir werden als Liebespaar noch in die Geschichte eingehen.“
„Kannst du dich erinnern? Dies Gedicht schrieb ich mal vor ca. 20 Jahren, als du dich von mir trennen wolltest.“

Der Kranz

Verstoß mich nicht
mein Geliebter!
Ich winde dir
einen Kranz
aus Apfelblüten.
Und wer weiß
vielleicht werden
die Zeilen,
die ich voll Glut
dir gewidmet
noch in fernen
Jahren
über den Herzen
Liebender
schweben.

Judith hält sich mit ihrer Mutter in ihrer Wohnküche auf. Sie bereitet das Mittagessen vor. Die alte Dame sitzt ihr gegenüber und liest. Besorgt betrachtet Judith sie. Wie schmal sie in letzter Zeit geworden ist. Ihre ansonsten frischen Farben sind einer fahlen Blässe gewichen. Obwohl ihr unterdessen jede Tätigkeit schwer fällt, lässt sie es sich nicht nehmen, den täglichen Abwasch zu machen. Wenn Judith sie daran hindern will, wehrt sie sich vehement. „Lass mich! Es ist das Einzige, was ich noch tun kann und ich mache es gern.“
Ab und zu kehrt sie auch noch die Straße. Erst neulich rief eine aufgebrachte Nachbarin an: „Warum lassen Sie Ihre kranke Mutter noch die Straße kehren?“

„Wenn Sie sie davon abhalten können, wäre ich Ihnen sehr dankbar", antwortet Judith ruhig. Von dem Moment an hatten sie ihre Ruhe. –

In ihre Überlegungen hinein klingelt das Telefon. Es ist Daniel: „Hallo Judith. Würdest du mit mir am nächsten Wochenende nach Thüringen fahren? Karin ist in Berlin. Da hätte ich Zeit."

„Oh, das kommt überraschend. Wenn ich eine Betreuung für meine Mutter finden kann, sehr gern! Meine Schwester wollte demnächst herkommen. Ich frage sie, ob sie jetzt kann und melde mich dann bei dir."

„Ok, bis bald!"

Judith setzt sich wieder an den Tisch und schält die Kartoffeln zu Ende.

„Wer war's?", fragt Elisabeth neugierig.

„Es war Daniel. Er wollte wissen, ob ich mit ihm nach Bad Tennstedt fahren möchte. Er will das Bundesland kennen lernen, in dem ich nach dem Krieg aufgewachsen bin."

„Das ist schön. Wo hat er nach der Flucht aus Breslau gelebt?"

„In Schondra, einem kleinen Dorf in der Rhön. Es liegt zwischen Bad Brückenau und Bad Kissingen."

„Aha."

„Wir waren, also Daniel und ich, 1988 für zwei Wochen im Urlaub dort. Er wollte mir damit näher bringen, was ihm das Leben auf dem Bauernhof bedeutet. – 1944, als englische Bomber Dresden zerstörten, war er mit seiner Familie als Flüchtling gerade dort. Sein Großvater hat die Familie gerettet, indem er sie außerhalb der Stadt in einem Bauernhof unterbrachte. Er hatte das unbestimmte Gefühl, dass Dresden nicht sicher sein könnte. Von da aus sahen sie am nächsten Tag die Feuersbrunst, die sich in Windeseile über ganz Dresden ausweitete. Wie viele Flüchtlinge, außer den Einheimischen, in dieser Hölle ums Leben kamen, ist bis heute ungewiss. Daniel war da acht Jahre alt und hat sich über das riesige Feuerwerk gefreut.

Wochen später fanden sie eine neue Heimat in der Rhön. Wie du ja weißt, war der Winter 44/45 sehr kalt. In Schondra fanden sie eine kleine Wohnung unterm Dach eines alten Bauernhauses. Die zwei Zimmer, die sie da bewohnten, ließen sich schlecht heizen. Der einzige Platz, an dem es mollig warm war, war der Kuhstall. Immer wenn seine Mutter ihn suchte, fand sie ihn da bei den Kühen, diesen sanften Tieren. Dort konnte er ungestört träumen, von einer besse-

ren Zukunft, in der auch sein Vater, den er sehr liebte, wieder da wäre. Er kehrte erst nach 15-jähriger Gefangenschaft aus Russland zurück. Zu diesem Zeitpunkt stuiderte Daniel schon in Berlin studiert. Deshalb hat er zu seinem Vater keine engere Beziehung aufbauen können. Das belastet ihn heute noch. –
Weil Daniels Frau, Karin, das Landleben total ablehnt, es stinkt ihr da zu sehr..."
„Kann ich gut verstehen", sagt die geruchsempfindliche Elisabeth dazu.
„Deshalb haben wir, Daniel und ich, die Chance jedes Jahr Urlaub auf dem Bauernhof zu machen", fährt Judith mit ihrem Bericht fort.
„Als wir damals 1988 in Bad Brückenau ankamen, landeten wir in einer weitläufigen, schön angelegten Parkanlage. Es war später Nachmittag an einem heißen Sommertag im Juli, alles still, kein Mensch weit und breit zu sehen. Nur aus der Ferne erklang ein leiser Glockenton. Wir saßen bei weit geöffneten Türen im Auto und hörten das wunderbare Klavierkonzert von Beethoven. Stumm hielten wir uns an den Händen. Ich lehnte an seiner Brust und spürte seinen Herzschlag. Es war fast so, als schlügen unsere Herzen in gleichem Takt. Nie zuvor und nie mehr danach waren wir uns so nahe. Es war eine zutiefst empfundene seelische Vereinigung, sehr süß und sehr schmerzlich."
Judith macht eine kleine Pause und fragt dann: „Warum muss Liebe so weh tun?"
Ihre Mutter hat stumm zugehört. „Immer mehr verstehe ich deine tiefe Zuneigung zu diesem ungewöhnlichen Mann. Doch den Schmerz, den so eine Beziehung wie die eure mit sich bringt, musst du ertragen."
„Ja", antwortet Judith seufzend. „Das ist der Preis."

Judith hat Glück. Gertrude und ihr Mann konnten kommen. Günther, ihr Schwager, ist nach einem schweren Herzinfarkt Invalide und hat Zeit. Schon drei Tage später sind Judith und Daniel im Auto nach Eisenach, ihrer ersten Station, unterwegs. Abgekämpft und ernst wirkt Daniel. Nichts ist da von der lustvollen Heiterkeit früherer Reisen. Etwas beklommen schaut Judith aus dem Fenster in die vorbeigleitende Landschaft, wagt aber nicht zu fragen, was denn los sei. Es ist schon 13 Uhr, als sie in Eisenach eintreffen. So suchen sie sogleich ein Lokal auf, um etwas zu essen. Unterdessen ist die Stimmung zwischen ihnen aufgelockerter. Sie plaudern über Nichtig-

keiten, auch darüber, was sie nach dem Essen tun wollen. Er schlägt als nächstes die Besichtigung der Burg vor. Anschließend können sie noch kurz durch Eisenach bummeln, ehe sie nach Weimar aufbrechen. Zur Burg rauf wandern sie ein Stück zu Fuß, um etwas von der geschichtsträchtigen Atmosphäre, die die Wartburg umgibt, aufzunehmen. Weil der Aufstieg anstrengend ist, nimmt Daniel sie bei der Hand und sie fühlt sich gleich wohler. „Magst du Wagners Opern?“, fragt Judith ihn unvermittelt.
„Eher nicht“, antwortet er zögernd. „Er ist mir zu pathetisch.“
„E. T. A. Hoffmann hat eine Novelle geschrieben. – 'Der Kampf der Sänger'. Das ist die Vorlage zu Wagners 'Tannhäuser'. Der Sängerkrieg soll ja hier auf der Wartburg statt gefunden haben.“
„Ja, das stimmt“, bestätigt er ihre Aussage. „Nur bedeutender für die Geschichte der Burg scheint mir Martin Luther zu sein. Hier übersetzte er die Bibel ins Deutsche. Das war, las ich mal, zwischen 1520 und 1522.“
Auf der Zugbrücke, dem einzigen Zugang zur Wartburg hängt an der Wand eine Tafel. Darauf steht, dass die Wartburg als Trutzburg schon 1080 von den Ludowingern errichtet worden ist.
Im Sängersaal betrachten sie die Fresken von Moritz von Schwind, die das Leben der heiligen Elisabeth romantisch verklären. Außerdem gibt es noch Werke von Tillmann Riemenschneider und von Lucas Cranach zu bewundern. –
Am Ausgang noch auf der Zugbrücke werden von einem Fotografen Fotos von ihnen gemacht. Gut getroffen sind sie beide. „Du siehst darauf so jung aus. Ich dagegen wirke wie dein Vater“, bemängelt Daniel.
„Dass ich oft so jung aussehe, macht das Küssen. Heute müsste ich eigentlich alt aussehen, weil ich heute noch nicht geküsst worden bin“, beklagt sie sich und lächelt ihn an.
„Na, wenn das so ist, müssen wir das nachholen.“ Inmitten der vielen Menschen nimmt Daniel Judith in die Arme und küsst sie lange und intensiv. Strahlend schaut sie zu ihm auf. „Danke“, flüstert sie. Vielleicht hatte sein Anderssein heute morgen keine tiefere Bedeutung. Eng nebeneinander gehen sie den Weg nach Eisenach hinunter.
Spät abends, gegen 21 Uhr erreichen sie Weimar, finden in der Amalienstraße auch sogleich eine Unterkunft in einem kleinen Hotel. Bei einem Imbiss sitzen sie noch eine Weile bei einem Glas Wein und gehen dann in ihr Zimmer. Daniel küsst sie leicht auf den Mund. „Lass uns schlafen gehen. Ich bin todmüde.“ Rasch zieht er sich aus

und legt sich ins Bett und ist auch sofort eingeschlafen. Judith aber kann so schnell nicht abschalten. In der Ecke des Zimmers macht sie es sich in einem Sessel gemütlich und liest noch eine Zeitung. Erst danach legt sie sich zu ihrem Gelieben und kuschelt sich an ihn. Er murmelt etwas und legt den Arm um sie.
Am anderen Morgen erwacht sie, weil sie Daniel im Bad nebenan rumoren hört. Aufgeräumt summt er ziemlich falsch eine kleine Melodie. Schon fertig angekleidet betritt er den Raum und begrüßt sie mit: „Guten Morgen Nymphchen. Zieh dich an. Wir haben heute viel vor."
„Ja, ich weiß." Noch halb benommen, sie hat früh am Tag stets Probleme schnell wach zu werden, steht sie auf und begibt sich ins Bad. Vom Zimmer aus ruft er ihr zu: „Zuerst wollen wir uns Weimar anschauen, anschließend Erfurt. Danach bringe ich dich nach Tennstedt und später muss ich noch nach Darmstadt zurück. Es sei denn ..." Er kommt zur Tür und betrachtet sinnend ihre nackte Gestalt. „Es sei denn", er nimmt Judith bei der Hand, zieht sie zum Bett, „es sei denn", fängt er den Satz zum dritten Mal an und entkleidet sich rasch, „wir hängen in Weimar noch einen Tag dran und fahren erst morgen über Erfurt nach Bad Tennstedt. Willst du das?"
„Ja, sehr gern", antwortet sie und breitet sich ihm entgegen. –
Am Abend dann nach einer langen Besichtigungstour durch Weimar, sitzen sie bei einem wunderbaren Essen und teurem Wein im exklusiven Restaurant 'Elfefant'. Liebevoll legt Judith ihre Hand auf seinen Arm. „Sag mal Daniel, muss es das teuerste Lokal der ganzen Gegend sein? Warum gerade der 'Elefant'?"
„Nun ja weil – du erzähltest mir mal, dass du hier mit deiner ersten Liebe des Öfteren gewesen bist. Darum dachte ich, es macht dir Freude hier zu sein."
„Danke, das ist lieb von dir, doch", sie schaut sich in dem großen, geteilten Raum um. „Es sieht hier alles noch so aus wie damals. Aber so häufig waren wir hier nicht. Das konnten wir uns nicht leisten. Jose hat zu der Zeit noch Musik studiert. Aber unser Abschiedsessen, es war im Mai 1956, nahmen wir hier ein." Judith sieht zu Daniel hin und erschrickt über sein Aussehen. Es ist fast so, als hätte sich ein grauer Schleier über sein Gesicht gelegt. „Was ist mit dir?", fragt sie besorgt.
„Ach nichts", wehrt er ab. Gewollt munter fragt er sie: „Wie hieß dein Freund? Was war er für ein Mensch?"

Ihn nicht aus den Augen lassend, lehnt sich Judith in ihrem Stuhl zurück und erzählt weiter: „Er hieß Jose Niederrot. Er war Tscheche, ein mittelgroßer sehr gut aussehender Mann, mit markanten Gesichtszügen und blauen suggestiven Augen. Ich liebte seine tiefe Ernsthaftigkeit, seine große Musikalität, auch seine sensible einfühlsame Art.
Später, da war ich schon im Westen, wurde er Dozent hier an der 'Franz Liszt-Musikhochschule'."
„Habt ihr euch danach noch einmal gesehen?"
„Nein, nur noch einmal gesprochen. Das heißt, wir telefonierten vor acht Jahren miteinander. Wir wollten uns treffen."
„Ja, und?"
„Daraus wurde leider nichts, weil er schwer erkrankte."
Weshalb habt ihr euch getrennt?"
„Das ging von ihm aus. Ich wollte heiraten, er nicht."
„Hm." Daniel zündet sich die Pfeife an und bläst den Rauch in die Luft. –
Wieso, fragt sich Judith, fühl ich mich so beklommen? Hat es etwas mit diesem Raum zu tun, in dem meine erste Liebe zu Ende ging? Oder doch etwas mit Daniel, sicher ihrer letzten Liebe. Denn nach ihm, da ist sie sicher, wird es keinen anderen Mann mehr geben.
Forschend sieht sie in sein Gesicht. Er fühlt ihren Blick und fragt sie: „Ist alles in Ordnung? Du bist so nachdenklich."
Dieses Mal ist sie es, die knapp antwortet: „Es ist nichts, ich dachte nur an früher." –
Am nächsten Morgen in Erfurt halten sie sich nur kurz auf, weil Daniel noch am gleichen Tag nach Hause muss, fahren sie gleich bis Tennstedt durch. Dort angekommen fragt er sie: „Wollen wir erst mal einen Rundgang durch das mittelalterliche Städtchen machen?"
„Ja gern!"
Das Wetter ist angenehm, nur ein frischer Wind bläst durch die Gassen. „Es ist aber hübsch hier", meint Daniel, als sie auf dem Marktplatz stehen. Er bewundert das alte Rathaus, das umgeben von vielen kleinen, schön restaurierten Häusern ist. „Ja, jetzt schon, doch als wir 1945 hier ankamen, war alles runtergekommen und hässlich. Damals stand auch noch ein großer Teil der Stadtmauer mit beeindruckenden Türmen und Toren, die dann im Laufe der Jahre teilweise verschwanden. In der schlechten Zeit nach dem Krieg, gab es kein Baumaterial. Deshalb wurden die alten Steine für Reparaturen benutzt."

Langsam spazieren sie durch die alte Stadt. Am Stadtpark, neben dem Goethe-Häuschen, in einem kleinen Eiscafe sitzen sie noch eine zeitlang fast stumm beieinander. Der Abschied naht und bedrückt sie. „Würdest du mich, wenn ich in Darmstadt ankomme, am Bahnhof abholen?“, fragt sie ihn.
„Ja, natürlich. Doch jetzt bringe ich dich zu deinem Bruder Hagen, bei dem du doch die nächsten Tage wohnen wirst.“
Dort liefert er sie ab und verabschiedet sich schnell.
Die Tage bei den Brüdern und deren Familien vergehen rasch. Wenn sie beieinander sind, gibt es nur ein Thema. Was geschieht mit Elisabeth, wenn sie ein Pflegefall wird, und damit ist irgendwann zu rechnen. „Denn ich allein kann die Aufgabe nicht bewältigen“, erklärt Judith ihren Geschwistern. „Dazu fehlt mir die Kraft. Wärt ihr bereit, mir abwechselnd zu helfen?“
„Wie stellst du dir das praktisch vor? Jeder hat auch hier seine Aufgabe. Das geht ja wohl nicht“, protestiert Joseph lautstark.
„Ja, was dann? Dann müssten wir unsere Mutter in ein Pflegeheim tun“, folgert Judith bedrückt. „Wollt ihr das? Abgesehen mal von den Kosten, denn dazu reicht ihre Rente nie. Wir vier müssten das Geld dafür aufbringen.“
Beklommenes Schweigen in der Runde.
Hagen steht auf, stellt sich neben Judith, die am Fenster steht und legt ihr den Arm um die Schultern. „Noch geht es unserer Mutter, wie du sagtest, ganz gut. Wenn es dann soweit ist, dass du Hilfe brauchst, wird sich eine Lösung des Problems finden lassen.“

Schon eine halbe Stunde steht Judith in der großen Halle im Darmstädter Bahnhof. Eigentlich wollte Daniel sie hier abholen. Immerzu wandert ihr Blick über die Menschenmenge hinweg, doch sie kann ihn nicht entdecken. Ob er den Termin vergessen hat? Bisher kam das noch nie vor. Sie schaut auf die Uhr, schon 17.30 Uhr. Wahrscheinlich erreicht sie ihn noch im Büro. Schon beim ersten Klingeln des Telefons ist er am Apparat. „Guten Tag Daniel. Hast du mich vergessen? Du wolltest mich nach Weiterstadt fahren.“
„Verzeih, ich komme sofort“, sagt er nur und legt auf. Schon acht Minuten später steht er plötzlich hinter ihr. „Hallo Judith, willst du bei mir einen Kaffee trinken? Dann Komm!“ Kühl und distanziert schnappt er sich ihren Koffer und geht schnellen Schrittes voraus.
In seiner Wohnung angekommen, begibt er sich sogleich in die Küche. „Setz dich schon mal, ich bin gleich bei dir.“

Müde, irgendwie mutlos nimmt sie am neuen Tisch Platz. Er ist aus hellem Holz und kleiner als der vorige, der nun bei ihr steht, registriert sie gedankenverloren.
„Sprich mit mir! Was ist los? Ist etwas passiert?“, fragt sie ihn, als er mit dem Tablett in der Tür steht.
„Ja“, sagt er ernst, stellt das Tablett auf dem Tisch ab und füllt zwei große Tassen mit Kaffee. „Aber lass uns das erst mal...“
„Nein“, unterbricht sie ihn heftig. „Sag endlich was geschehen ist. Ich halte die Spannung keine fünf Minuten mehr aus.“ Sie steht auf und stellt sich ihm gegenüber an die Wand. Er steht ebenfalls auf und will sie in die Arme nehmen.
„Ach, lass mich!“, wehrt sie ihn ab. Langsam dreht er sich zum Tisch um und spricht mit brüchiger Stimme: „Also hör zu. – Vorgesternabend ging Karin, aus welchem Grund auch immer, in mein Zimmer. Ich saß im Wohnzimmer beim Fernseher. Plötzlich hält sie mir einen Kassenbon unter die Nase: ‚Was ist das?’, fragt sie mit eisiger Stimme.
Erschrocken erkenne ich den Beleg für einen Fernseher und stottere: ‚Das ist ein Beleg für einen Fernseher.’
‚Das sehe ich. Wo steht das Gerät?’
‚In Weiterstadt?’
‚Bei Judith?’
‚Nein, bei ihrer Mutter.’
‚So, so.’ Noch immer beherrscht lässt sich Karin auf einen Stuhl sinken. ‚Was geht hier vor?’ Erbost springt sie nun auf und funkelt ihn zornig an. ‚Wie kommst du dazu Frau Kosel einen Fernseher zu kaufen? Jetzt will ich alles wissen. Schon lange habe ich den Verdacht, dass das Verhältnis mit Judith damals vor 20 Jahren nicht aufgehört hat. Also rede!’
Wie ein gefangenes Tier sitzt Daniel zusammengesunken in seinem Sessel. Er schaut verzweifelt zu ihr auf. Mit rauer Stimme fängt er an zu sprechen. ‚Es stimmt. Mit der Judith habe ich eine Beziehung. Es stimmt auch, dass ich Judiths Mutter ein Fernsehgerät geschenkt habe. Die alte Dame ist schwer krank. Sie hat Darmkrebs. Was sie von ihrer Rente übrig hat, schenkt sie alles ihren Kindern und Enkeln im Osten. Auch die Könitzers haben wegen einer Geschichte mit ihrem Sohn keine Rücklagen. – Also habe ich für Frau Kosel das Gerät gekauft.’

Relativ ruhig hat Karin seinem Geständnis zugehört. ‚Wie stellst du dir dein weiteres Leben vor? Mit mir? Mit uns beiden?', fragte sie spöttisch:

Daniel war, während er von dem Gespräch berichtete, unruhig auf und ab gegangen. „Zwei Tage und zwei Nächte haben wir fast durchgängig diskutiert, bis zum Umfallen. Alles wollte sie über unsere Liebesgeschichte wissen. Wo, wie oft wir uns getroffen haben, was alles zwischen uns geschah. Und ob es auch um Liebe ging, oder nur Sex war." Daniel macht eine Pause. Umständlich zündet er sich seine Pfeife an. Seine Hände zittern. Man hat den Eindruck, als hielte er sich an seiner Pfeife fest, so krampfhaft hält er sie umfasst.
Judith erwacht aus ihrer Lethargie. „Und was war es zwischen uns für dich? Ging es fast drei Jahrzehnte nur um Sex?"
Daniel überhört ihre Frage, er erzählt weiter: „Das Ganze fand vor zwei Tagen statt, bis sie sich entschloss zu unserer Tochter nach Berlin zu fahren. – Aber mit der Aufforderung: ‚Wenn ich in einer Woche wiederkomme, musst du dich entschieden haben zwischen uns. Doch ich warne dich, so einfach wirst du mich nicht los. Falls du vorhaben solltest mich zu verlassen, bringe ich mich um.' Mit diesen Worten verließ sie unsere Wohnung."
Bleich und still, mit geschlossenen Augen lehnt Judith an der Wand. Stumm hat sie seiner Erklärung zugehört. „Und was geschieht jetzt?", fragt sie mit zitternder Stimme.
Kraftlos erhebt sich Daniel: „Jetzt bring ich dich nach Hause." Er nimmt ihren Koffer. Stumm gehen sie zu seinem Auto auf dem nahen Parkplatz. Die Sonne ist inzwischen untergegangen. Ein grauer Schleier liegt über der Landschaft. Noch immer sprachlos, auch während der Fahrt, steigen sie bei Judiths Haus aus dem Wagen und gehen in ihre Wohnung. Daniel hat eine Flasche Rotwein mitgebracht, die er sogleich öffnet und in Gläser füllt. Er setzt sich. Wie in Trance nimmt sie ihm gegenüber Platz, legt die Hände gefaltet in ihren Schoss und senkt den Kopf. Es ist ihr fast so als erwarte sie nun ihr Todesurteil. Wie er sich entschieden hat, muss sie nicht fragen. Sie weiß es. Und da spricht er die gefürchteten Worte schon aus.
„Nymphchen wir müssen uns trennen. Ich kann Karin nicht verlassen, aus so vielen Gründen. Wegen der Familie, den Töchtern, wegen der Enkel, inzwischen sind es drei, das vierte ist unterwegs. – Verstehe mich doch!", bittet er sie.

Wie Halt suchend greift sie nach dem Weinglas, trinkt es in einem Zug aus, steht auf, lässt das Glas fallen, geht ein paar Schritte, bleibt mitten im Raum stehen. „Ja ich weiß“, sagt sie noch mal, greift sich an die Brust – sie hat das Gefühl, keine Luft mehr zu bekommen. Dann steigt ihr seine Aussage ins Bewusstsein. ‚Er wird mich verlassen. Wir werden uns nie wiedersehen.‘
‚Nie Wiedersehen, nie wiedersehen, nie wiedersehen‘, diese Worte hämmern in ihrem Kopf. Sie holt tief Luft und schreit ihren Schmerz hinaus, schreit so laut, dass ihr Trommelfell zu platzen droht, schreit so lange bis sie bewusstlos zusammenfällt. –
Wie erstarrt hat Daniel ihren Zusammenbruch beobachtet. Er springt auf und beugt sich besorgt über sie, tätschelt ihre Wangen und ruft, erst leise, dann immer lauter werdend ihren Namen. Erst nach geraumer Zeit öffnet Judith ihre Augen und sieht blicklos durch ihn hindurch. Mühsam hebt er sie auf, trägt sie zum Sofa. Er setzt sie hin und lässt sich neben ihr nieder. Er legt seinen Arm um sie und bittet: „Judith sag etwas. Bitte sprich mit mir.“
Wie eine Puppe, wie leblos sitzt sie neben ihm und schaut ins Leere. Beunruhigt tastet Daniel nach ihrem Puls. Er geht viel zu schnell, aber regelmäßig. Also besteht keine Lebensgefahr. Er holt etwas Wasser und versucht es ihr einzuflößen. Sie trinkt auch einen Schluck, löst sich aber nicht aus ihrer Erstarrung. Nun weiß er nicht weiter. Behutsam entkleidet er sie und legt sie in ihr Bett. Willenlos lässt sie alles mit sich geschehen. Erschüttert streichelt er ihr Gesicht. „Verzeih mir, das hab ich nicht gewollt. Mir ist nicht möglich anders zu handeln. Ohne meine Familie kann ich mir mein Leben nicht vorstellen“, versucht er der Frau, die regungslos im Bett liegt zu erklären. Während er so spricht, fällt ihm auf, dass ihr Atem gleichmäßig und tief geworden ist – sie schläft. Sie ist aus ihrem schockähnlichen Zustand ohne zu erwachen, in einen tiefen Schlummer gefallen. ‚Gott sei Dank, sie schläft.‘
Erschöpft richtet er sich auf und streckt seine müden Glieder. Ein Blick zum Fenster sagt ihm, dass ein neuer Tag erwacht ist. Ein heller Lichtschimmer steigt aus dem wolkenverhangenen Himmel auf. – Noch einen Blick wirft er auf die schlafende Frau. Leise sagt er: „Das Leben geht weiter, auch für dich – für uns alle. So oder so.“
Rasch verlässt er die Wohnung und fährt nach Hause. –
Judith erwacht. Heller Sonnenschein zwängt sich durch die Ritzen der Jalousie. Sie setzt sich auf. Verwirrt schaut sie sich um. Langsam kehrt die Erinnerung zurück und der Schmerz auch. Voll schlägt

er zu, erfüllt sie ganz. Wie gelähmt sitzt sie eine zeitlang so da, unfähig sich zu rühren. „Wo ist Daniel?“ Ein Zettel liegt auf dem Nachtschränkchen. Es kostet sie Mühe danach zu greifen.
„Liebe Judith“, liest sie. „Verzeih mir, wenn du kannst. Ruf mich an, falls du das Bedürfnis hast, zu reden. Gruß Daniel.“
Verzweifelt drückt sie das Stück Papier an ihre Brust. Tränen überschwämmen ihr Gesicht. Was war gestern – heute Nacht geschehen? Sie kann sich nur an Weniges erinnern. ‚Daniel‘, sie muss ihn anrufen. Mühsam erhebt sie sich, ihre Glieder sind bleischwer. Doch schon der Gedanke an ihn, seine Stimme zu hören, belebt sie ein klein wenig.
„Hallo Daniel, was war gestern Nacht mit mir? Wie bin ich ins Bett gekommen? Ich weiß nichts darüber“, fragt sie ihn mit tränenerstickter Stimme.
„Aber du weißt noch davon, dass wir uns getrennt haben?“
„Ja, und dann?“
„Dann bist du zusammengebrochen. Das war so schlimm, dass ich den Arzt rufen wollte. Du hast laut geschrieen, du warst in einem Schockzustand. Das hat mir richtig Angst gemacht. – Ja und danach brachte ich dich ins Bett. Ich blieb so lange sitzen, bis keine Gefahr mehr für dich bestand, bis du eingeschlafen warst.“
Seine ansonsten klangvolle Stimme ist rau. Ein kleiner Trost für sie, auch er ist nicht unberührt geblieben. Eine kurze Zeit sprechen sie noch miteinander, dann verabschiedet er sich von ihr: „Ich muss noch arbeiten. Heute Abend melde ich mich noch mal bei dir.“
Mit ihm zu reden, hat Judith gut getan. Doch der Schmerz, der sie fast zerreißt, bleibt. Taumelnd geht sie zu ihrem Bett und legt sich hin. Ein leises Klopfen an ihrer Tür schreckt sie auf.
„Herein“, ruft sie. Es ist Gertrude. Sie fragt an, ob Judith zum Frühstück kommen möchte.
„Ich habe dich gestern gar nicht kommen hören. Sicher war es spät, als du heimkamst.“ Sie tritt näher. Dann erst merkt sie in welchem Zustand sich ihre Schwester befindet. „Was ist passiert?“, fragt sie erschrocken und setzt sich an Judiths Bett.
„Daniel hat mich verlassen. Seine Frau kam hinter unser Verhältnis“, erzählt sie schluchzend. Sie schluckt. „Eine Bitte hab ich. Sag bitte nichts unserer Mutter. Es würde sie zu sehr aufregen, wenn sie mich in dieser Verfassung sieht. Sag ihr bitte, ich sei stark erkältet und müsse das Bett hüten.“
„Ja, mache ich. Das wäre das Beste.“

„Gertrude, wie lange bleibt ihr noch bei uns?"
„Ich denke so drei Tage."
„Gut. Bis dahin habe ich mich wieder im Griff."
„Ok, ich gehe dann und sage den Anderen, dass du krank bist. Später schaue ich noch mal nach dir. Möchtest du etwas?"
„Ja, eine Tasse Tee wäre schön."
‚Ein Schlafmittel werde ich nehmen', denkt Judith. ‚Schlafen, das rettet mich vor dem Schmerz, zumindest für ein paar Stunden.' Sie spürte erst jetzt wie überwältigend die Trauer in ihr sein wird.

1997

Langsam fällt die Nacht über das stille Land. Graue Nebelschwaden lassen nicht einen Schimmer des Mondlichts durch die Wolken. Nur eine Laterne erhellt mühsam die Straße. Ihre Strahlen schickt sie auch zu der einsamen Frau am Fenster.
Judith sitzt schon lange im dunklen Raum und beobachtet das Vergehen des Tages und das werden der Nacht ohne wirklich etwas davon mitzukriegen. Wie versteinert fühlt sie sich. Nur mit Anstrengung kann sie die täglich anfallenden Arbeiten verrichten. Danach sitzt sie wieder nur so da und schaut hinaus. Das geht nun schon viele Wochen so. Werner hält sich nur selten zu Hause auf. Die meiste Zeit ist er bei Walburga. Eines Tages erzählt ihm Judith von ihrer Trennung von Daniel. Er nahm es kommentarlos zur Kenntnis und ging dann wieder.
Elisabeth ist die Veränderung ihrer Tochter nicht verborgen geblieben. „Was ist los mit dir? Du siehst aus wie das wandelnde Elend", fragt sie eines Tages. Judith musste ihr alles ganz genau erzählen.
„Ich habe dich ja gewarnt", konnte sie sich nicht verkneifen zu sagen. „Bleib bei Werner, er ist eindeutig der bessere Mensch."
„Ja Mutti, du hast ja Recht", hat sie nur geantwortet und sich wieder in ihre Ecke verkrochen. –
Als Lars dann kommt, schafft sie es nicht mehr wie die Male zuvor, eine Maske aufzusetzen, die ihren Zustand verbirgt. Lars betritt den dunklen Raum. „Hallo, ist da jemand?", ruft er laut und knipst das Licht an, erschrickt als er Judith sieht: „Mein Gott Mutti, wie siehst du denn aus?"

„Verschämt dreht sie ihr verheultes Gesicht zur Seite. „Bitte mach das Deckenlicht aus und die Stehlampe an der Ecke an."
Er tut es. Dann setzt er sich zu ihr aufs Sofa. „Was ist passiert? Ich merke schon länger, dass mit dir etwas nicht stimmt. Doch stets hast du es mit körperlichen Beschwerden erklärt und ich", er streicht sich eine Haarsträhne aus dem erhitzten Gesicht, „ich war zu sehr mit meinen eigenen Schwierigkeiten beschäftigt."
„Ach Lars, das ist völlig in Ordnung so. – Hast du wieder einen Job?"
„Nein, aber bitte lenke jetzt nicht von dir ab. Was ist los mit dir?"
„Ja, was ist los mit mir?" Ihr Kopf fühlt sich wie eine schwammige Masse an, sie hat Mühe sich auf das Gespräch zu konzentrieren.
„Daniel hat mich verlassen", sagt sie mit leiser Stimme und zwar so, als könnte sie es selbst noch nicht glauben. „Ja, Daniel hat mich verlassen", wiederholt sie die Aussage. „Ich kann nicht behaupten, dass ich das bedaure", antwortet Lars mit kühler Stimme. „Ach verzeih", Lars schaut sie mit seinen schönen grünen Augen liebevoll an. „Ich weiß, dass er deine große Liebe war. – Wie ist es dazu gekommen?"
„Daniel hat Elisabeth, also deiner Großmutter einen Fernseher geschenkt", ein schmerzliches Lächeln kräuselt ihre Lippen. „Dann ließ er die Rechnung dafür auf seinem Schreibtisch liegen. Seine Frau fand sie – so kam sie hinter unsere Beziehung. Sie stellte ihn vor die Wahl: ‚sie oder ich'. Judith muss sich beherrschen, um nicht in Tränen auszubrechen. Mit brüchiger Stimme spricht sie weiter: „Er hat sich für seine Frau entschieden, was zu erwarten war. Ich wollte es nur nicht wahr haben. Schon lange spürte ich, wie sehr ihn sein Doppelleben belastet hat." Sie seufzt. „Ich hoffe, dass du mich verstehen kannst."
„Ja und nein. Du weißt, in welcher Zwickmühle ich mich befinde." Er steht auf und vergräbt seine Hände in seiner Jeans. „Sicher habe ich einen Begriff davon, was dir dieser Daniel bedeutet." Er macht eine kleine Pause. „Auch wenn ich es nicht ganz nachvollziehen kann. Doch viel schöner fände ich es, wenn du und Werner wieder ein Paar würdet."
„Ach Lars, mein Junge", sie lächelt unter Tränen, die nun doch wieder über ihre Wangen laufen. „Das ist nicht so einfach, abgesehen davon, dass Werner jetzt Walburga als seine Lebenspartnerin hat. Aber eins verspreche ich dir, wir werden stets für dich da sein und wir, also Werner und ich werden immer Freunde bleiben. Das ist

nicht nur so dahergesagt. Darum bemühen wir uns ernsthaft. Doch nun zu dir."
Rasch wischt sie sich die letzten Tränen aus dem Gesicht und wendet sich ihm zu: „Berichte mir genau, wie kam es zum Konkurs deiner Firma?"
„'Meiner Firma' ach Mama, das ist zuviel gesagt. Wir waren vier Leute, denen die Firma gehörte. Unser Exchef, er heißt Winkelmeier, ein vierschrötiger glatzköpfiger Mann, der stets sehr freundlich war, auf eine fast unangenehme Art, hat die Firma gegründet. Wir drei jungen Männer mussten uns mit einer für uns hohen Summe in die Firma einkaufen. Das war quasi das Startkapital. Fast alles, was wir in den letzten drei Jahren erwirtschaftet hatten, legte unser Ex auf die hohe Kante und der Laden lief gut. Es kam Einiges dabei zusammen. Außerdem hat dieser Scheißkerl in dieser Zeit keine Steuern gezahlt, was wir nicht wussten. Als Winkelmeier vor zwei Monaten spurlos verschwand, nahm er auch das ganze von uns erarbeitete Kapital mit. Wir drei stehen nun mit leeren Händen und ohne Arbeit da, nur mit je ca. 140.000 DM Schulden."
Niedergeschlagen schlägt Lars die Hände vors Gesicht und lässt sich in den Sessel fallen, er weint.
Betroffen hat Judith zugehört. Langsam steht sie auf, stellt sich hinter ihren Sohn und legt ihm die Hände auf die Schultern. „Hör zu mein Junge: Egal was geschehen ist, ob du nun schuldhaft oder nicht in diese Situation geraten bist, das spielt letztendlich keine Rolle. Du bist der wichtigste Mensch für deine Eltern. Wir lassen dich nicht im Stich. Wenn es einen Weg gibt dir zu helfen, wir finden ihn, glaube mir. Was immer wir für dich tun können, wir werden es tun."
Lars steht auf. Er umarmt seine Mutter. „Ach Mutti, womit habe ich euch verdient?" Er löst sich aus der Umarmung und schaut aus dem Fenster in die dunkle Nacht. So düster wie es da draußen ist, kommt ihm seine Zukunft vor. „Ach weißt du Mom, wir haben dem Winkelmeier, diesem Mistkerl so sehr vertraut." Mit den Fäusten klopft er sich an die Stirn. „Dass ich so blauäugig war, das verzeihe ich mir nie." Mit einem ernsten, nachdenklichen Gesicht dreht er sich zu Judith um. „Entschuldige bitte, dir geht es selbst so schlecht und ich belaste dich noch mit meinen Problemen."
„Nein Lars, das ist doch Unsinn. Was dich verletzt, tut auch mir weh. Und Kopf hoch! Du bist jung, du bist gesund, alles kann sich zum Guten wenden. Wir Drei, ich meine auch Werner, wir finden einen Weg."

Ein paar Tage später steht Lars schon wieder bei Judith vor der Tür. „Ich möchte dich abholen. Ich habe eine Überraschung für dich", sagt er nach einer liebevollen Begrüßung. „Zieh dich um, wir fahren gleich los."
„Aber ich kann nicht. Schau, wie ich aussehe."
„Keine Widerrede – lass dir Zeit, ich gehe zur Oma runter, um ihr Bescheid zu sagen."
„Na gut. Wir bleiben doch nicht lange weg?"
„Mit ca. zwei Stunden musst du schon rechnen."
Als sie nach einer knappen Stunde Fahrt in Reichelsheim ankommen, scheint Lars genau zu wissen, wo er hin will. Bei einem hübschen, schon älteren Eckhaus halten sie an und steigen aus.
„Bitte sag mir doch endlich, was wir hier wollen", fragt Judith ungeduldig.
„Ein wenig wirst du noch warten müssen." Er nimmt seine Mutter bei der Hand und führt sie den schmalen Gehweg zur Haustür rauf. Diese wird nach einem kurzen Klingeln geöffnet. Eine junge, dunkelhaarige Frau heißt sie willkommen. Lars begrüßt sie, als wären sie alte Bekannte und stellt sie dann als Frau Hennig vor. Zerstreut reicht Judith ihr die Hand, weil sie durch ein leises Maunzen, das aus dem Wohnzimmer zu hören ist, abgelenkt ist.
„Sie haben Tiere?", fragt Judith.
„Ja, kommen Sie doch näher", fordert sie ihre Gäste auf.
„Was wollen wir hier? Sag es mir endlich!"
„Das wirst du gleich sehen", antwortet Lars mit einem geheimnisvollen Lächeln.
Im Wohnzimmer dann schlägt Judith begeistert die Hände zusammen. In einer mit Brettern abgetrennten Ecke liegt eine weiße Westlinklandterrierhündin. Sie säugt sechs kleine ca. fünf Wochen alte Hundebabys, die sofort aufhören zu trinken, als die Leute den Raum betreten.
Die putzigen Kerlchen versuchen die ca. 30 cm hohe Absperrung zu überwinden, um die Neuankömmlinge zu beschnuppern. Sie ziehen sich mit den Vorderpfoten hoch und lassen sich auf der andern Seite runter plumpsen. Das sieht so süß aus, wie diese kleinen Tierchen sich anstrengen und schwänzchenwedelnd auf die Menschen zu laufen, dass Lars und Judith ganz hingerissen sind. Sie strahlt ihren Sohn an. „Eine größere Freude hättest du mir nicht machen können. Ich nehme mal an, dass ich mir Eines davon aussuchen soll?" Fragend schaut Judith zu Frau Hennig rüber. „Ja doch, zwei davon sind

schon reserviert. Das ist der Graue da drüben, der einzige Junge von dem Wurf und die Weiße mit den Locken, die werde ich behalten. Es bleiben für Sie die drei glatthaarigen Weibchen und das Schwarze mit den weißen Pfoten."
„Schade", meint Lars und nimmt den Jungen hoch. „Der hat mir am besten gefallen. Der hat ja Streifen." Er hält seiner Mutter das Hündchen hin. „Hast du schon mal einen gestreiften Hund gesehen?"
„Nein, aber ich möchte sowieso lieber ein Mädchen."
„Und Sie sind sicher, dass bei der Befruchtung nicht ein Kater mitgemischt hat?"
Frau Hennig lacht. „Ganz sicher. Der Vater der Babys ist ein dunkelhaariger halb hoher Schnauzer von nebenan. Babsi, die Mutter der Kleinen, war als sie läufig war, einen ganzen Tag verschwunden, kam wieder und ein paar Wochen später, hatte ich statt einem, sieben Hunde."
„Und für einen von ihnen soll ich mich entscheiden. Das ist schwer. Zumindest die vier Mädchen sehen doch alle gleich aus." Judith und Lars setzen sich auf eine niedrige Bank an der Seite und beobachten die spielenden Hunde. Eines von ihnen löst sich aus der Gruppe und setzt sich direkt vor Judith auf den Boden. Aus großen bernsteinfarbenen Augen schaut es ernsthaft zu Judith auf. Man hat den Eindruck, als studiere es die fremde Frau. „Schau mal Mom", macht Lars sie aufmerksam. „Sie hat ein stehendes und ein hängendes Öhrchen und ein Ringelschwänzchen. So unterscheidet sie sich von den anderen Hunden."
Vorsichtig nimmt Judith das Hundebaby hoch. Sie legt es sich auf die Schulter. Die Kleine gähnt ausgiebig, streckt sich und schläft ein.
„Sieh mal Lars, sie ist eingeschlafen."
„Ja, ich sehe es. Dich hat sie ausgesucht. Sie vertraut dir. Die nehmen wir."
Judith steht mit dem Hundchen auf der Schulter auf und geht zu Frau Hennig. „Wir haben uns entschieden, die nehmen wir."
„Schon klar. Ich habe die kleine Szene beobachtet. Ich denke, sie haben eine gute Wahl getroffen. Hunde haben einen feinen Instinkt für den passenden Menschen."
„Wie lange muss sie noch bei ihrer Mutter bleiben?"
„Na so vier bis sechs Wochen."
„Gut, wir kommen sie so oft als möglich besuchen."
„Tun Sie das."

Nur schwer trennt sich Judith von ihrem Hündchen. Schon hat sie das zarte Tierchen in ihr Herz geschlossen. Freundlich verabschieden sie sich von Frau Hennig. „Ich rufe bald an", sagt Judith noch. „Ich muss doch wissen, wie es meiner Kleinen geht."
Im Auto dann wendet sich Judith an Lars: „Ach mein Junge, ich danke dir von Herzen. Das war eine gute Idee. Doch wie kamst du darauf?"
„Nun ja, ich sah dich so einsam im Wohnzimmer sitzen. Du warst so verzweifelt. Ich dachte, es muss doch etwas geben, was dir ein wenig Lebensmut gibt. Ja, dann sah ich in der Zeitung die Anzeige ‚Junge süße Welpen suchen ein zu Hause'."
„Jetzt gibt es nur noch ein Problem", sagt Judith mutlos. „Wird Werner auch damit einverstanden sein?"
„Lass das mal meine Sorge sein. Ich rede mit ihm." Lars legt kurz seine Hand auf ihre. „Es war schön zu sehen, wie gelöst du in der letzten Stunde warst. Die Trauer war weg. Ich sah nur noch Freude in deinem Gesicht."
„Da kann man gar nicht anders, wenn man so zauberhafte kleine Geschöpfe sieht. – Da fällt mir ein, ich könnte sie Emilie nennen. Was hältst du von dem Namen?"
„Sehr viel. Sie scheint ein kluges, sensibles Tier zu sein. Sie passt zu dir."
„Wann fahren wir wieder hin?"
„Wann immer du willst. Eventuell schon nächste Woche."
„Das wäre schön. Ich denke so ein kleines Lebewesen für das ich sorgen muss, ist die beste Medizin für mich." –

„Was können wir tun, um Lars zu helfen?" Aufgeregt läuft Werner in seinem geräumigen Wohnzimmer hin und her. Nur spärlich fällt das Tageslicht durch die große Fensterfront. Es ist ein trüber Tag.
Judith sitzt in sich gekehrt am Tisch und schaut bedrückt in ihre Kaffeetasse.
„Allenfalls 50.000 DM könnten wir aufbringen. Das sind unsere ganzen Ersparnisse."
„Ja, ich weiß", sagt Judith leise dazu. „Möglich wäre es, da das Haus bezahlt ist, eine Hypothek aufzunehmen. Aber", abrupt bleibt er vor Judith stehen. „Sag doch auch mal etwas dazu. Du verkriechst dich in deinen Schmerz und lässt alles andere außen vor. Aber jetzt geht es um unseren Sohn. – Also sag deine Meinung."

„Verzeih mir Werner. Du hast ja Recht. Doch so unbeteiligt wie ich scheine, bin ich nicht. Ich habe mir auch schon Gedanken über seine Situation gemacht." Ein Kratzen und ein leises Bellen an der Tür sagt, dass Emilie rein will. „Darf ich sie reinlassen?"
„Ausnahmsweise. Ist sie schon sauber?"
„Fast. Ich passe auf." Judith geht zur Tür und nimmt das Hundemädchen auf den Arm. Die Kleine schmiegt sich an sie und beide sind zufrieden.
„Um wieder auf unser Thema zurück zu kommen, wie viel Geld müssten wir noch aufnehmen?"
„Ca. 100.000 DM." Werner setzt sich neben Judith aufs Sofa und streichelt gedankenverloren das Köpfchen von Emilie, die sich in Judiths Arm ausstreckt und Werner ihr nacktes Bäuchlein zum Streicheln hinhält. Er lächelt. „Man kann sich so einem süßen Wesen nicht entziehen, obwohl ich gar keinen Hund mehr wollte."
„Möchtest du noch einen Kaffee", fragt Judith ihn.
„Ja, gern! Schön, dass du mal wieder gebacken hast." Er beißt herzhaft in ein Stück Apfelkuchen und stockt. Mit großen Augen schaut er seine Frau an. „Was hältst du davon, wenn wir unser Haus verkaufen würden? Es ist inzwischen sowieso zu groß für uns geworden und in absehbarer Zeit sind wir nur zu zweit. Wie denkst du darüber?"
„Vielleicht ist das die einzige Möglichkeit, die wir haben, um Lars' Schulden zu tilgen." Sie steht auf und geht ans Fenster, schaut hinaus, dreht sich wieder um und sagt mit rauer Stimme: „Aber was wird dann aus Elisabeth? Wir können sie doch nicht in ein Heim geben. Das wäre ihr Ende."
„Ja, du hast Recht, noch ein Problem." Werner fährt sich mit der Hand über seinen gepflegten Bart, der inzwischen grau geworden ist. „Was machen wir im Falle eines Verkaufes mit deiner Mutter?"
Emilie wird auf Judiths Arm unruhig. „Geh in den Garten und mache ein Bächlein." Sie steckt die Kleine vor die Terrassentür. Es sieht süß aus, wie das weiße Hündchen Stufe für Stufe runterhüpft. „Du hättest sie auch Schneeflocke nennen können", meint Werner.
Beide setzen sich wieder an den Tisch und schauen sich ernst an.
„Ja, was machen wir mit Elisabeth", fragt Werner noch einmal.
„Die einzige Möglichkeit, die ich sehe, ist, sie in Bad Tennstedt bei meinen Geschwistern unterzubringen. Auch wenn es mir in der Seele wehtut, sie gerade jetzt weg zu geben. Hagen hat genügend Platz in seinem Haus. Dort wären sie zu sechst, wenn sie einmal bettlege-

risch würde. Hier bin ich allein, wenn du bei Walburga bist. Und wie du weißt, dürfte ich sie aus gesundheitlichen Gründen nicht heben."
„Ja, wegen deiner Augen. Du könntest erblinden." –
„Also sind wir uns einig, wir verkaufen das Haus?"
„Ja, aber lass uns morgen weiter darüber reden." Werner erhebt sich. „Ich muss noch in die Stadt."
„Gut Werner." Judith steht ebenfalls auf. Sie umarmt ihren Mann. „Ich bin sehr froh darüber, dass wir einer Meinung sind."
„Ich auch." Er drückt seine Frau fest an sich. „Über Finanzielles haben wir uns noch nie gestritten. – Es war nicht alles schlecht in unserer Ehe."
„Ganz sicher nicht." Judith streicht ihm zärtlich über die Wange. „Mach's gut, bis morgen dann."
„Ja, mach's gut."

Die Wochen vergehen, der Herbst schickt heftige Stürme übers Land. Die Tage sind kurz. Schnell ist es dunkel. Die Menschen ziehen sich in ihre Häuser zurück.
Oft sitzen die Könitzers beisammen und diskutieren über das Ob und Wie des Hausverkaufes. Erst wollte Lars es nicht zulassen, dass seine Eltern so ein großes Opfer für ihn bringen, doch so oft sie auch überlegten, es gibt keinen anderen Weg. Nun steht das Weihnachtsfest vor der Tür. Aber bei den vier Menschen in der Melibokusstraße will keine feierliche Stimmung aufkommen.
Auch Elisabeth läuft oft bedrückt durch ihre Wohnung und wenn keiner da ist, auch durchs ganze Haus. Ganz langsam auf ihren Stock gestützt, geht sie und schaut sich alle Räume an. Es ist wie ein stilles Abschiednehmen von der Umgebung, in der sie fast 25 Jahre gelebt hat und auch zumeist glücklich war. Hier ist Konstantin, ihr geliebter Mann, gestorben. ‚Das ist', überlegt sie, ‚nun auch schon neun Jahre her. Hier liegt er auf dem Friedhof.' Er fehlt ihr jeden Tag. Seine sanfte stille Art hat ihr gut getan. Gerade jetzt würde ihr sein Beistand helfen.
92 Jahre ist sie nun alt. Sie spürt, ihr Leben geht dem Ende zu. Und jetzt muss ich noch einmal umziehen. Ein Glück nur, dass sie nicht ins Altersheim muss, sondern bei ihren Kindern in Bad Tennstedt leben kann. Am Fenster von Judiths Wohnzimmer bleibt sie stehen, schaut hinaus in den schönen Garten. Auch ihn, in dem sie sich so gern aufgehalten hat, wird sie vermissen. Unaufhörlich laufen ihr die Tränen über das Gesicht. Sie merkt es gar nicht. Müde wendet sie

sich ab und setzt sich aufs Sofa. Hagen hat keinen Garten am Haus, überlegt sie. Nur einen kleinen Innenhof. Immerhin leben drei ihrer Kinder in dem Ort und neun Enkel. Alle werden sie besuchen. Trotzdem ist sie traurig, weil sie hier bei Judith am glücklichsten war. Doch sie sieht auch die Zwangslage, in der sich Judiths Familie befindet. Es gibt für sie keine andere Lösung. Sie müssen das Haus verkaufen. Plötzlich erschrickt sie, weil sich etwas Weiches an ihre Füße kuschelt. „Ja, Emelchen, was machst du denn hier? Ich dachte, du bist mit Judith unterwegs."
Mühsam bückt sie sich, um das Hündchen auf den Arm zu nehmen. Zärtlich drückt sie die Kleine an sich. Was für ein Trost doch so ein Tier sein kann. „Auch dich werde ich vermissen", sagt sie zu ihr. Doch am meisten fehlt ihr Konstantin. Zu ihm will sie hin, wenn sie diese schöne Erde verlassen muss, zu ihm, um mit ihm bis in alle Ewigkeit verbunden zu sein. –

Es wird ein stilles Fest. Werner, Judith, Lars und Elisabeth sitzen eng beieinander in Judiths Wohnzimmer. Ihnen allen ist bewusst, es wird das letzte Weihnachtsfest in diesem Haus sein. Alle wissen auch um Elisabeths Krankheit, ihre begrenzte Lebenszeit, auch wenn es ihr zur Zeit ganz gut zu gehen scheint. Schwer legt sich Trauer auf ihre Seelen, die sich nur wenig beiseite schieben lässt. Vom CD-Spieler her erklingen Weihnachtslieder. Alle singen laut mit, weil Elisabeth es so liebt.
Als wieder Stille eintritt, steht Elisabeth schwer auf ihren Stock gestützt auf. Der Raum ist nur durch Kerzen erhellt. Es duftet nach Wald und Pfefferkuchen. Langsam geht sie zu dem großen in allen Farben geschmückten Baum. Sie betrachtet ihn eingehend und dreht sich zu ihren Leuten um und sagt mit leiser Stimme: „Ich danke euch! Ich danke euch so sehr!" Sie holt tief Luft und spricht dann weiter mit tränenerstickter Stimme, die voll ungeweinter Tränen ist: „Dies ist mein letztes Weihnachtsfest."
Als die Anderen protestieren wollen, hebt sie ihre Hand. „Das weiß ich. So lange lebe ich nicht mehr. – Länger als ein Vierteljahrhundert habe ich bei euch gewohnt. Es war gut hier zu sein. – Zuerst mit Konstantin zusammen, das waren meine schönsten Jahre, dann allein bei euch. Auch in seinem Namen möchte ich Danke sagen, der besonders dir gilt, lieber Werner. Du hast uns 1970 aus dem verfallenen Haus, in dem das Wasser die Wände herunter lief, aus diesem Drecksloch in Tennstedt herausgeholt in dein schönes Heim." Sie

schluckt und dann laufen doch die Tränen über ihre Wangen. „Das werde ich dir nie vergessen, so lange ich lebe.“
Die drei Könitzers stehen auf und umarmen die alte Frau von allen Seiten. – Nun weinen sie alle. Als dann auch noch Emilie mit ihrem zarten Stimmchen ganz entsetzlich zu heulen anfängt, ist der Bann gebrochen. Diese Töne zaubern ein Lächeln auf alle Gesichter. Judith nimmt das kleine Hundchen hoch und alle streicheln ihr weiches Fell. Sie krabbelt sogleich zu Lars, den sie besonders liebt, auf den Arm und macht es sich da gemütlich. Vom Player her erklingt das heitere Lied 'Oh, du Fröhliche'. Laut singen alle mit. Danach packen sie ihre Geschenke aus. Lars freut sich über eine gläserne, große Salatschüssel. Er geht zu seiner Großmutter und umarmt sie nochmals. „Die kann ich gut gebrauchen, wenn ich Gäste habe. Danke Oma – und außerdem“, er holt die gefüllten Sektgläser und verteilt sie. „Lasst uns anstoßen auf alle Menschen, die wir lieben.“
Hell klingen die Gläser. „Und nun auf deine Rede von vorhin anzuknüpfen“, sagt er zu Elisabeth gewandt: „Du solltest eines wissen, es war auch für uns eine Bereicherung, dass ihr da wart, zum Beispiel wenn wir aus der Schule kamen, als Mutti noch gearbeitet hat, hast du jahrelang für uns gekocht und Opa hat damals beim Hausbau geholfen. – Ich denke ich kann's in unser aller Namen sagen“, er dreht sich zu seinen Eltern um und prostet ihnen zu. „Euer Hier sein war für uns alle von großem Wert. Du bist und bleibst unsere Goldschatz-Oma.“ Er drückt sie fest an sich. Judith schaut gerührt zu ihrem Jungen auf, der sie um Haupteslänge überragt.
„Danke, mein Junge. Das hast du gut gesagt.“ Ernst geworden schaut Judith auf ihr Glas. „Schade ist nur, Mareen und die Kinder konnten nicht kommen. Ich soll euch übrigens alle herzlich grüßen.“
„Wie geht es ihr?“, fragt Betty.
„Im Allgemeinen gut. Die Kinder sind gesund. Nur...“, Judith hält inne. Sie weiß nicht, wie viel sie von Mareens Eheproblemen preisgeben darf. „...nur in ihrer Beziehung kriselt es, weil ihr Mann immer öfter zur Flasche greift. Seit er seinen Job als Lehrer verloren hat, ist das Geld bei ihnen knapp. Deshalb konnten sie nicht kommen.“
Elisabeth kramt sofort in ihrer Geldbörse einen Hunderter hervor. Sie reicht das Geld ihrem Schwiegersohn. „Schick es ihr. Mehr hab ich zur Zeit nicht übrig.“
Emilie, die wieder auf Lars' Schoß sitzt, wird unruhig. Er lässt sie runter. Ausgelassen saust die Hündin um den Tannenbaum herum, bleibt abrupt stehen, weil sie einen weißen Hund in einer großen

Kugel entdeckt hat. Heftig bellt sie den frechen Kerl an. Alle müssen lachen, weil das so putzig ausschaut. –

1998

Die letzten Monate vergingen wie im Flug. Judith stürzt sich in jede mögliche Arbeit, um nicht nachdenken zu müssen, über alles Leid der letzten Zeit. Viel Aufwand war nötig, um Elisabeths Umsiedlung nach Thüringen zu bewältigen, obwohl der größte Teil der Möbel zurück blieb, denn das Appartement, in das ihre Mutter einzog, ist voll möbliert.
Soeben sind sie und Werner aus Tennstedt zurück gekommen. Blass und abgekämpft lehnt Judith an der Wand ihres Hauses. Traurig schaut sie vor sich hin. Nun wohnt ihre Mutter bei Hagen, ihrem jüngsten Sohn. Wie viel stiller ist es nun in dem viel zu groß gewordenen Haus. Nur leise hört sie nebenan Werner rumoren. Welch ein Glück, die nächsten Tage fährt er nicht zu seiner Freundin, denn sie haben einiges zu besprechen und zu regeln. Judith seufzt. Die Mutter fehlt ihr schon jetzt. Auch die mit der Pflegebedürftigkeit verbundene Aufgabe ist weggefallen. Vielleicht waren die Stunden der Hinfahrt nach Bad Tennstedt die letzten, die sie mit Elisabeth verbracht hat. Unterwegs wollte ihre Mutter immer wieder mal Pausen einlegen, nicht nur weil sie die Landschaft genießen wollte, oder weil sie die Fahrt anstrengte. Nein, Judith hatte das deutliche Gefühl, sie möchte am liebsten nie in Thüringen ankommen. Obwohl doch Hagen stets ihr ausgesprochener Liebling war. Leben wollte sie lieber bei Judith.
Als sie in Tennstedt ankamen, hielten sich Werner und Judith nicht allzu lange da auf. Sie spürten, ein längerer Aufenthalt würde den Abschiedsschmerz nur vergrößern. So halfen sie nur noch rasch beim Abladen und Einräumen der Sachen. Danach verabschiedeten sie sich schnell. Nur mit großer Anstrengung konnte es Judith verhindern, in Tränen auszubrechen. –
Nun ist sie allein zu Hause und kann sich gehen lassen. Langsam schleicht sie ins Wohnzimmer, lässt sich aufs Sofa fallen. Sie weint hemmungslos. Soviel Druck hat sich im vergangenen Jahr in ihr aufgestaut. Erst die Geschichte mit Lars. Er ist praktisch schuldlos in die Schuldenfalle geraten. Nun die Trennung von ihrer Mutter.
Wer weiß, ob sie sie je wiedersehen wird.

Und nun werden sie sich auch noch von ihrem Haus verabschieden müssen. In dem Haus, in dem sie fast drei Jahrzehnte gelebt, geliebt und miteinander auch gelitten haben. Hier sind die Kinder groß geworden. Hier haben ihre Eltern fast bis zu ihrem Tod gelebt. – Doch die größte Einbuße ist der Verlust ihres Geliebten. Immer wieder in den vergangenen Monaten geschah es, dass der Schmerz sie überrollte wie eine riesige Welle. Sie sieht kein Ufer mehr, dann ergibt sie sich ihm, lässt sich davon tragen in die Unterwelt, bis sie sich wieder gefasst hat und ihren Pflichten nachkommen kann.
Am anderen Morgen dann, die Sonne scheint kräftig von einem blauen, fleckenlosen Himmel, geht es ihr schon wesentlich besser. Noch im Morgenmantel setzt sie sich auf ihren Balkon, um zu frühstücken und die Zeitung zu lesen. Doch so richtig kann sie sich nicht auf das Lesen konzentrieren. Immer wieder gleiten ihre Gedanken zu den Kümmernissen der vergangenen Nacht. Gedankenverloren schaut sie ihrem Hündchen zu, das zu ihren Füßen mit einer gelben Plastikente spielt. Genussvoll kaut Emilie auf dem Tierchen herum. Sie erschrickt und schaut sie erstaunt an, wenn die Ente zu quietschen anfängt.
Werner kommt hinzu. „Kann ich auch einen Kaffee haben?“, fragt er höflich.
„Ja natürlich! Nimm Platz.“
Sie gießt die schon bereitstehende Tasse voll und reicht sie ihm. Wie so oft in den letzten Wochen unterhalten sie sich über ihre nahe Zukunft. Abzüglich Lars' Schulden hat jeder von ihnen die Hälfte vom Erlös des Hauses zur Verfügung. Davon können sie zwei Wohnungen kaufen. So hätte jeder sein eigenes kleines Reich.
„Wo möchtest du leben, wenn wir hier mal weg müssen?“, fragt Werner sie unvermittelt und schaut sie gespannt an.
„Ja, wo?“, antwortet sie gedehnt. „So genau weiß ich das noch nicht. Eventuell möchte ich mal an die Bergstraße ziehen. Schon allein deshalb, weil Lars in Lampertheim wohnt.“
„An die Bergsraße daran habe ich auch noch nicht gedacht, doch die Idee gefällt mir.“
Erstaunt sieht Judith ihren Mann an.
„Du willst damit sagen, dass du dir am gleichen Ort wie ich eine Wohnung suchen willst?“
„Ja, warum nicht?“
„Soll das etwas heißen, du willst gar nicht so weit entfernt von mir leben?“ Judith lächelt.

„Das stimmt.“ Er schaut sie ernst aus seinen noch immer schönen blauen Augen an. „Wir wollen doch Freunde bleiben? Das ist nicht nur so daher gesagt?“
Verneinend schüttelt sie den Kopf. „Und trotz allem, was mal war, vertrauen wir einander. Es wäre doch schön, wenn wir uns nie so ganz aus den Augen verlieren würden. Ich mag dich nach wie vor und ich denke, es geht dir ebenso.“
Judith lacht. „Heißt das, du möchtest sozusagen mit zwei Frauen leben?“ Leise setzt sie noch hinzu: „weil ich lange Zeit mit zwei Männern gelebt habe?“
„Ja“, gibt er unumwunden zu. „Es wäre doch gut für uns beide. Du bist dann nicht allein und“, er macht eine kleine Pause, „ich würde dich nicht ganz aufgeben müssen.“
„Lieber Werner“, Judith ist gerührt. Sie steht auf. Er erhebt sich ebenfalls. Sie umarmt ihn. „Das ist ein wunderbares Angebot, das ich gern annehme. Ich muss zugeben, ich hatte schon ein wenig Angst vor Vereinsamung“, erklärt sie ihm mit rauer Stimme und löst sich aus seinen Armen. Beide stellen sich ans Balkongeländer und schauen wehmütig in den Garten.
„Denn eigentlich bin ich ein Familienmensch. So wie hier – in einer Großfamilie leben – das war für mich ideal. Nun gut, das werden wir niemals mehr haben. – Stets dachte ich, ich bin ein Mensch, der gut mit sich allein auskommt. Kann ich auch, aber nicht auf Dauer. Das ist mir erst in letzter Zeit klar geworden.“
„So ähnlich geht es mir auch“, gibt Werner zu.
Sie setzen sich wieder an den Tisch. „Warum sollten wir uns nicht als Freunde zusammentun? Es ist so, Walburga möchte ich auch nicht aufgeben. Ich habe sie lieb gewonnen, doch meine Selbstständigkeit auch. Mir gefällt das Leben so, wie ich es jetzt führe. Denn wenn ich mit ihr in dieser kleinen Wohnung zusammen leben müsste – so eng – das wäre nichts für mich. Also Judith“, er hebt seine Tasse, „wollen wir anstoßen auf diese Idee?“
„Ja, sehr gern!“
„Auf unsere Freundschaft und auf ein gutes Leben – getrennt und doch beisammen zu sein.“
“Ja, auf einen neuen Anfang.“ Sie wendet ihren Kopf zur Seite. Tränen verschleiern ihren Blick. „Jetzt müssen wir nur noch einen solventen Käufer für unser Haus finden. Dann wird alles gut.“ –

Judith geht ziellos durch die Straßen von Weiterstadt. Werner hält sich bei Walburga auf. So hat sie viel Zeit. Sie will nur ein paar Kleinigkeiten besorgen. Emilie, ihre ständige Begleiterin, ist bei ihr. Sie steckt in der Einkaufskarre. Wenn sie längere Strecken unterwegs sind, will die Kleine auf den Arm. Da sie aber inzwischen zu schwer geworden ist, kommt sie in die Karre und fühlt sich wohl dabei. Sie hält ihr schwarzes Näschen in den Wind. Neugierig schaut sie sich alles an, was ihnen auf dem Weg begegnet. Fast alle vorübergehenden Menschen lächeln. Sie sieht auch zu putzig aus. Die Kinder bleiben stehen, sie wollen Emilie streicheln. Mit Engelsgeduld lässt sie alles über sich ergehen. Da sie ein sehr sanftes Tier ist, kann Judith den Kontakt mit den Kindern erlauben. Ab und zu hüpft sie, um zu schnuppern, aus dem Wagen. Doch schnell ist sie wieder drin, weil sie von ihm aus viel mehr sehen kann. Am liebsten möchte sie bei jedem Garten stehen bleiben, um jedes Detail zu betrachten. Auch Häuser findet sie beachtenswert. Mitunter stellt sie sich zweibeinig an den Sockel und schaut sich das Haus genau an. Auf diese Weise geht es nur langsam voran. Judith ist ein eher ungeduldiger Mensch, doch für Emilie nimmt sie sich Zeit, da es ihr viel Freude macht, das Tierchen zu beobachten. Jeden Tag entdeckt und lernt die Kleine etwas Neues, ähnlich einem Kind.
Langsam schlendern sie von einem zum anderen Schaufenster. In einem der Fenster entdeckt Judith einen schicken hellgrauen Herrenanzug. Gerade als sie überlegt ob dieser Anzug etwas für Werner sein könnte, bewegt sich die Schaufensterpuppe und lächelt sie gewinnend an. Erschrocken schaut Judith in das hübsche Gesicht eines jungen Mannes, der sie mit einer Handbewegung herein bittet. Lächelnd geht sie darauf ein. „Aha, auf diese Weise locken Sie die Kunden herein“, sagt sie zu ihm, als sie merkt, dass sie sich in einem Immobiliengeschäft befindet. Sie reicht dem sympathischen Menschen die Hand, die er galant an seine Lippen führt, um einen Handkuss anzudeuten. Judith ist angenehm berührt. Dergleichen ist ihr schon lange nicht mehr passiert.
Auf ca. 30 Jahre schätzt sie ihn. Ein Blick auf seine Ohren bestätigt ihren positiven Eindruck. Er stellt sich als Andreas Klein vor und führt sie zu einem kleinen Tisch in dem freundlich eingerichteten Laden. Emilie hüpft aus der Karre, um alles im Raum zu beschnuppern. Anschließend legt sie sich in die offene Tür. Von hier aus kann sie sehen, was auf der Straße geschieht. „Läuft sie nicht raus?“, fragt

der Makler besorgt. „Nein, sie will nur bei mir sein, aber ich behalte sie im Auge."
„Was kann ich für Sie tun?", fragt er sie.
„Mein Name ist Judith Könitzer", sie stockt. „Es ist schon seltsam. Rein zufällig lande ich hier bei ihnen, doch genau am richtigen Ort, denn mein Mann und ich, wir müssen unser Haus verkaufen. Ich denke es ist sinnvoll, sich von einem Fachmann beraten zu lassen, weil nur Sie den Wert des Hauses bestimmen können." Forschend schaut Judith in das Gesicht des sehr sympathischen jungen Mannes. Eigenartig, sie hat sofort Vertrauen zu ihm. „Wissen Sie was komisch ist? Ich hielt Sie vorhin für eine Schaufensterpuppe, so regungslos standen Sie im Fenster. Ihr Gesicht war leicht beschattet. – Ich überlegte gerade, ob der Anzug etwas für meinen Mann sei, als Sie sich bewegten." Nun lacht er: „Mein Anzug ist unverkäuflich. Doch meine Dienste kann ich ihnen zur Verfügung stellen. Wie alt ist ihr Haus?"
„Ca. 28 Jahre"
„In welchem Zustand ist es?"
„Im Grunde ist es gesund, also keine Nässe, kein Schimmel im Keller. Doch Einiges muss sicher erneuert werden. Es liegt ruhig am Ende einer Sackgasse, ideal für eine Familie mit Kindern."
„Gut, morgen könnte ich zu Ihnen kommen. Dann schauen wir, zu welchem Preis man es verkaufen kann. Übrigens, ich finde es schön, Sie kennen gelernt zu haben – und – ich glaube nicht an Zufälle. Es sollte sicher so sein, dass ich Ihr Haus verkaufe", er verneigt sich leicht.
Sie reicht ihm die Hand. „Ja, vielleicht ist es so. Dann auf eine gute Zusammenarbeit! Bis morgen."
Judith nimmt die Karre, Emilie springt hinein und auf geht's. Voller Schwung verlässt Judith das Geschäft. ‚So', denkt sie. Der Anfang ist gemacht. Froh ist sie auch, wieder eine Aufgabe zu haben, denn Nichtstun ist zur Zeit nicht gut für sie, dann kommen nur die traurigen Gedanken wieder.

Es ist sehr heiß. Flammend steht die Sonne hoch am Himmel. Die Tage zuvor hat es geregnet, so hat man das Gefühl, die Erde dampft. Heißer Dunst steigt aus den Feldern, die das kleine Städtchen Groß-Umstadt umgeben. Zum Glück erfrischt ein kleines Lüftchen die Menschen. Sonst wäre die Hitze nicht auszuhalten. Wie so

oft in letzter Zeit haben sich Werner und Judith Wohnungen angesehen. Doch nichts entsprach ihren Vorstellungen.
Nun sitzen sie sich auf dem malerischen Marktplatz gegenüber, gemütlich im Schatten großer Bäume und besprechen die derzeitige Situation.
Werner legt seine schlanke, doch maskuline Hand auf ihre schmale und schaut sie liebevoll an. „Wie denkst du darüber. Es scheint, als würden wir in nächster Zeit nichts Passendes finden."
„Ja". Sie lehnt sich in ihrem Stuhl zurück und zupft den Rock ihres leichten Sommerkleides zurecht. „Ja, aber auch deshalb, weil du unbedingt zwei Wohnungen in einem Haus haben willst", erwidert sie leicht vorwurfsvoll. „Das erschwert die Angelegenheit natürlich."
„Hm, in einem Haus", wiederholt er ihre Aussage nachdenklich und beobachtet dabei drei Spatzen, die sich zu seinen Füßen um ein Kuchenkrümel streiten.
„In einem Haus, genau das ist der Punkt." Sein Gesicht erhellt sich: „Fest steht, dass einzelne Wohnungen in einem Block so viel kosten wie, sagen wir mal, ein kleines Haus! Oder?"
„Das ist möglich", lächelnd sieht sie in sein erregtes Gesicht. „Aber worauf willst du hinaus?"
„Schau mal! Wenn wir uns dazu entschließen würden, nochmals zu bauen, könnte man in einem nicht zu großen Gebäude zwei getrennte Wohnbereiche schaffen. Einer von uns bekäme die obere, einer die untere Etage. Dabei wäre dann noch ein kleiner Garten."
Gespannt hat Judith seinen Überlegungen zugehört. „Du hast Recht. So weit habe ich noch gar nicht gedacht."
„Komm", Werner steht auf. Rasch bezahlt er. Er nimmt Judith bei der Hand. Voller Schwung laufen sie zum nahen Parkplatz. Neugierig betrachtet Judith ihren Mann von der Seite. So wie eben hat sie ihn schon lange nicht erlebt. Vielleicht tut es ihnen beiden gut, zu neuen Ufern aufzubrechen.

Nun geht es Schlag auf Schlag. Andreas Klein, ihr Makler, bringt immer wieder Kunden zu ihnen, die auch reges Interesse am Haus haben. Doch die meisten können oder wollen sich nicht so rasch entscheiden, zumal das ca. 30-jährige Gebäude auch einige Schäden aufweist, nur Anton Rooger. Er kam mit seiner hochschwangeren Frau Klara, einer großen dunkelhaarigen Frau, mit einem offenen freundlichen Gesicht. Mit dabei das ca. 3-jährige Töchterchen, Nora. Die Kleine warf sich, kaum dass sie eingetreten waren, voller Über-

mut im Wohnzimmer auf den Teppich und spielte unbekümmert mit Emilie.
Die Familie hielt sich recht lange Zeit bei ihnen auf. Nach einer eingehenden Besichtigung des Hauses saßen sie noch eine Weile bei einer Tasse Kaffee beisammen und diskutierten Details. Andreas Klein erzählte einige Anekdoten aus seinem Berufsleben, um die Anwesenden, die allesamt angespannt waren, etwas aufzulockern.
Danach sprach er noch über die Vorzüge des Anwesens für die Familie. „Da ist erst mal das geräumige Wohnzimmer mit der schön geschwungenen Treppe, die nach oben in den neugebauten Bereich führt. Der Raum da oben mit dem danebenliegenden Bad eignet sich vorzüglich für ein Schlafzimmer.
Unten auf der anderen Seite des Flures ist die Küche, davor der schöne Holzbalkon, den sie gut als geschützten Spielplatz für die Kleinen nutzen können. In den beiden anschließenden Räumen könnte man die Kinder unterbringen. Zu dieser Wohnung gehört noch das 30 m² große Zimmer unten, eventuell für Partys zu nutzen. Doch sehr wichtig für ihren alten Herrn ist die untere Wohnung mit separatem Eingang. Das ganze Haus ist wie geschaffen für Sie und ihre Bedürfnisse“, beendet er seinen Bericht.
„Gut.“ Anton Rooger erhebt sich. Er tauscht einen liebevollen Blick mit seiner Gattin aus. „Das hört sich alles sehr gut an. Sicher muss man an dem Gebäude noch einiges reparieren und erneuern. Doch damit lassen wir uns Zeit. Entscheidend ist jetzt noch der Preis.“
„Darüber können wir uns einigen“, wirft Andreas Klein ein.
Und so war es dann auch. Alle stehen nun auf, um die Roogers nach draußen zu begleiten. Anton legt seiner Frau den Arm um die Schultern und führt sie bei Seite. Leise unterhalten sich die Beiden. Nora tollt indessen mit Emilie auf dem Rasen herum und nimmt mit ihrer lebhaften Art ein wenig die Anspannung von den Erwachsenen.
Nach einer Weile drehen sich die Roogers zu den Könitzers um. „Ok, wir nehmen das Haus, unter einer Bedingung.“ Er holt tief Luft und spricht nun weiter: „Wir müssen spätestens in sechs Wochen einziehen können, damit unser Baby hier im neuen zu Hause zur Welt kommen kann. Geht das?“
Fragend schaut er die Könitzers an. Die nicken zustimmend. „Na klar!“
Herzlich reicht Werner erst dem jungen Mann, dann dessen Frau die Hand. „Gratulation! Damit sind Sie die neuen Besitzer des Hauses. Viel Glück Ihnen und Ihrer Familie!“

Herr Klein setzt gleich den Kaufvertrag auf. „Warten Sie noch einen Augenblick. Ich bin gleich zurück.“ Rasch geht Werner in die Küche und kehrt mit den mit Sekt gefüllten Gläsern zurück. Er verteilt diese. Auch Nora erhält ein Glas mit etwas Saft. So stehen sie nun um das kleine Mädchen herum, die strahlt, weil alle auch mit ihr anstoßen. Frau Rooger räuspert sich und sagt mit belegter Stimme: „Vielleicht wundern Sie sich über unseren schnellen Entschluss. Sicher das Gebäude hat einige Vorzüge für uns. Doch ausschlaggebend ist, Nora hat sich hier sofort wohlgefühlt. Darum!“
Nochmals stoßen sie auf den Abschluss an. Anschließend verabschieden sie sich schnell. Jeder von ihnen hat nun viel zu tun.

Wieder einmal sitzen Judith und Werner auf dem Balkon und frühstücken. Es ist kühl, der Himmel ist bedeckt, doch mit jeder Minute erwärmt sich die Luft, weil die Sonne sich zwischen die Wolken schiebt und ihre Strahlen auch die Menschen auf dem Balkon erreichen.
Die Tageszeitung liegt aufgeschlagen auf dem Tisch. Zufällig erblickt Judith die kleine Annonce. Laut liest sie vor: „Biete Grundstück im Neubaugebiet von Lorsch an. Darauf könnten wir Ihnen ein massiv gebautes Haus errichten zu äußerst günstigen Konditionen, alles aus einer Hand, schlüsselfertig.
Hans Müller, Makler und Bauunternehmer.“
„Zeig her!“ Werner setzt die Tasse ab, aus der er gerade trinken wollte und greift nach der Zeitung. „Klingt interessant. Ruf doch mal an und mach einen Termin mit diesem Menschen aus. Vielleicht ist es etwas für uns.“
Schon am nächsten Tag fahren sie nach Lorsch. Als sie da ankommen, steht auf dem recht großen Areal nur ein einziges Haus, das eine gelbe Sandwüste umgibt. Ein heftiger Wind wirbelt den Sand hoch und treibt ihn wie eine Wolke vor sich her. Mitten auf dem Feld steht ein stämmiger Mann, der sie zu sich heranwinkt. Er stellt sich als Hans Müller vor. „Das ganze Gebiet hier nennt sich 'Teufelsloch'. Es soll demnächst in Viehweide umgetauft werden“, erklärt er ihnen. „Wir stehen hier, wenn Sie sich dafür entscheiden, auf ihrem Grundstück. Es hat eine schöne Lage. Schauen Sie“, er breitet den Bebauungsplan aus. „So wird es hier, wenn alles bebaut ist, mal aussehen. Mit vielen Grünanlagen und Alleen.“
Nur mit Mühe kann er den Papierbogen festhalten. Als eine starke Böe aufkommt, reißt sie ihm das Papier aus den Händen. Lachend

laufen sie alle drei hinterher. Der dicke Makler hat Mühe mitzuhalten. Werner macht einen Satz und kriegt es zu fassen. Schnaufend nimmt Herr Müller den Bogen entgegen. „Danke! Ich denke, es ist besser, wir setzen uns ins Auto. Da kann ich Ihnen gleich die Pläne für Ihr zukünftiges Haus zeigen."
Im Auto dann breitet er vor ihnen die Pläne für das Haus 'Grünberg' aus.
„Nur der äußere Umriss steht fest. Auf drei Etagen können Sie die Räume gestalten, wie Sie möchten", erklärt er ihnen.
Es gefällt ihnen ganz gut.
„In ein paar Tagen geben wir Ihnen Bescheid, ob wir es nehmen werden.", sagen sie zu ihm beim Abschied und laufen dann durch den Sand zum Auto.
Stumm sitzen sie bei der Heimfahrt nebeneinander. Zu viele Gedanken gehen in ihren Köpfen umher. Erst als sie wieder bei einer Tasse Kaffee im Wohnzimmer sitzen, fragt Werner sie: „Sag doch endlich, wie gefällt dir das Grundstück und das Haus?"
„Beides recht gut. Das Haus ist von der Größe her genau richtig für uns."
„Das stimmt. Mir gefällt auch die Lage des Bauplatzes. Von ihm aus kann man auch unseren Hausberg den 'Melibokus' sehen."
Sie lächelt. „Aber warum sagst du unser Hausberg?"
„Weil wir ihn von hier aus auch sehen können. Außerdem wohnen wir in der Melibokusstraße."
„Noch", sagt sie und räumt das Geschirr weg.
Irgendwie drückt der Gedanke hier weg zu müssen auf ihre Seele. Es ist so viel in diesem Haus geschehen. So viele schöne aber auch tieftraurige Tage hat sie in diesen Mauern erlebt.
Werner kommt ihr in die Küche hinterher. „Du hast dich noch nicht geäußert. Wollen wir das Grundstück und das Haus nehmen, oder nicht? Was meinst du?"
„Ja, ich finde beides gut."
„Ok, dann lass uns Nägel mit Köpfen machen. Ich sage dem Makler Bescheid. Dann sollten wir auch gleich einen Notartermin vereinbaren."
Doch vorerst muss das alte Haus natürlich an die Roogers übergeben werden.
Der Notar Gropius ist ein älterer sympathischer Herr mit einem freundlichen Gesicht. Etwas erinnert er sie an ihren Vater. Wie sehr er ihr immer noch fehlt, merkt sie in solchen Momenten wie jetzt. Sie

seufzt. Sanft legt Herr Gropius seine Hand auf ihren Arm. „Es ist schwerer als man denkt, sich von dem alten zu Hause zu trennen", sagt er teilnehmend.
„Ja", sagt sie leise. – „Immerhin lebten wir 29 Jahre in dem Gebäude."

Am gleichen Tag haben die Könitzers noch einen Notartermin. Dieses Mal geht es um das Grundstück in Lorsch. Als sie den Vorraum beim Notar betreten, sitzen da schon ihr zukünftigen Nachbarn, von denen ihnen Herr Müller erzählte, Familie Boem. Sie werden das Bauland neben dem ihren erwerben und darauf ein Haus ähnlich dem ihrigen errichten.
Die Boems kommen gleich auf sie zu, als sie den Raum betreten und begrüßen sie herzlich. Ralf Boem ist ein mittelgroßer Mann mit weichen Gesichtszügen, aus denen große braune Augen alles auf einen Blick zu erfassen scheinen.
Beide sind ca. 45 Jahre alt und Ingenieure.
Constanze Boem wirkt erst einmal zurückhaltend, fast kühl. Doch wenn sie lächelt erhellt sich ihr hübsches Gesicht, dass einen leicht asiatischen Einschlag, der durch ihre großen schrägstehenden Augen hervorgerufen wird, hat. Sie ist eine aparte, zierliche Frau.
Alle vier setzen sich und sind sogleich, sie haben bis zum Termin noch eine halbe Stunde Zeit, in ein lebhaftes Gespräch vertieft.
Die Boems stammen aus Dresden. Sie haben drei Kinder zwischen 10 und 20 Jahren. Auch die Älteren leben noch bei ihnen, weil sie noch studieren. Die Sympathie ist von allen Seiten gleich da. Die Könitzers können sich gut vorstellen, mit ihnen mal befreundet zu sein.

Nur knapp sechs Wochen stehen den Könitzers zur Verfügung. In dieser Zeit müssen sie drei Wohnungen, den Dachboden, den Keller und die große Garage leergeräumt haben. Alles, was sich von sechs Menschen in drei Jahrzehnten angesammelt hat, muss in die Hand genommen, begutachtet und sortiert werden. Das meiste davon wandert in den Müll. Auch ca. zweidrittel der Möbel müssen weg. Schon drei große Abfallcontainer haben sie gefüllt. Das neue Haus wird wesentlich kleiner sein. Danach müssen sie sich richten. Weil Lars ja berufstätig ist, kann er nur nach Feierabend oder am Wochenende helfen, was er auch so oft es geht, tut. Er hat sich von seiner Firma einen Kleintransporter ausleihen können. Damit fährt er

mehrmals täglich die Strecke zwischen Weiterstadt und Lampertheim hin und her, um Kleinmöbel und Kleidung in dem winzigen Häuschen, das er gemietet hat, unterzubringen. Das Gebäude ist 200 Jahre alt und besteht nur aus drei übereinanderliegenden Räumen. Neben der Wohnküche, in der Lars auf einem Sofa schlafen wird, ist auch ein Bad und darunter ein Keller, in dem unter anderem die Waschmaschine steht.
Im mittleren Zimmer kann Judith wohnen. Daneben befindet sich ein Balkon, der von einer Mauer umgeben ist. Schon bei der Besichtigung des Hauses stand Emilie plötzlich auf der Brüstung, um in den darunter liegenden Hof zu schauen. Also allein darf sie sich da nicht aufhalten.
Das schönste Zimmer im Haus wird Werner beziehen. Es ist ganz oben unter dem Dach und geräumiger als die anderen.

Lars sitzt im Auto. Er ist auf dem Weg zurück nach Weiterstadt. Etwas beunruhigt ihn doch. Wie wird es sein, wieder mit den Eltern, bei denen er vor sieben Jahren ausgezogen ist, zusammen zu leben? Und das auf so engem Raum? Er hat doch einige Bedenken deshalb. Sicher ist, er hat ein super gutes Verhältnis zu ihnen. Na ja, sicher ist auch, nur durch ihn kamen sie in diese missliche Lage. Zum Glück sind sie alle drei tolerante, verträgliche Menschen. Es wird schon gut gehen. Schwierig wird es nur, wenn er mal eine Freundin mit nach Hause bringen möchte. Aber auch dafür wird es eine Lösung geben. Schließlich dauert das Ganze nur ca. ein Jahr, bis das neue Haus in Lorsch fertig ist.
Als Lars sein Elternhaus betritt, ist alles ganz ruhig. Er sieht und hört niemanden. Seine Schritte hallen in den leeren Räumen. Die Möbel sind bereits abgeholt worden. Sie werden in einem Container zwischengelagert. Von der Wohnzimmertür aus sieht er seine Mutter auf dem letzten noch vorhandenen Stuhl sitzen. Völlig erschöpft, total am Ende scheint sie zu sein. Ohne dass sie es merkt, laufen ihr Tränen über die blassen Wangen. „Was ist los?", fragt er sie besorgt. Er hockt sich vor sie hin und nimmt ihre Hände in die seinen.
„Ach nichts", antwortet sie mit dem Versuch eines Lächelns.
"Ich habe es geschafft 45 Umzugskartons zu packen. Nur jetzt kann ich nicht mehr." Fast kippt sie vom Stuhl. Lars stützt sie.
Werner betritt das Zimmer. „Schon vor Stunden habe ich sie gebeten, die Arbeit zu beenden. Aber nein, sie wollte nicht aufhören", sagt er leicht ärgerlich. Auch ihm sieht man die Anstrengung der letzten

Wochen an. Noch auf Lars gestützt, geht Judith auf ihren Mann zu. Liebevoll umarmt sie ihn. „Bitte Werner, mach auch du Schluss für heute. Ihr habt doch noch das Wochenende, um das Haus zu reinigen."
„Ja, ja lass gut sein – viel kann ich heute nicht mehr machen." Er schaut zum Fenster. „Bald wird es dunkel." Zu Lars gewandt meint er noch: „Bitte komm noch einmal wieder. In der Garage gibt es einiges an Werkzeugen, die man noch gebrauchen kann."
„Ja, mache ich."
„Und nehmt Emilie noch mit", ruft er ihnen nach.

In Lampertheim in der Sandstraße eingetroffen, führt Lars seine Mutter in die Wohnküche. Er legt sie aufs alte Ledersofa, auf dem er schon als Kleinkind herumgehüpft ist. „Leg dich hin!" Er deckt sie fürsorglich zu.
„Danke mein Schatz! Mit mir ist alles in Ordnung. Bald bin ich wieder auf den Beinen, denn hier...", sie sieht sich in dem Chaos um, was sie umgib. Alles, was hier untergebracht werden muss, ist nur erst einmal abgestellt worden. „...gibt es auch noch viel zu tun."
„Doch nicht jetzt. Du bleibst liegen!", sagt er energisch und drückt sie in die Kissen zurück. „Dafür hast du demnächst noch lange Zeit. Ich koche für uns Tee. Etwas Gebäck steht auf dem Tisch neben dir."
Emilie ist erst mal im ganzen Haus herumgelaufen und hat alles beschnuppert. Etwas beunruhigt springt sie zu Judith auf das Sofa. Sie schaut sie fragend an. „Hab keine Angst. Ich bin ja bei dir", sagt Judith zu ihr und streichelt sie. „Ich bin so froh, dass du da bist."
„Und ich auch", meldet sich Lars zu Wort vom Herd her.
„Aber ich meine natürlich dich", sagt er zu Judith und stellt eine Tasse Tee vor ihr ab.
„Ach mein Junge, dass ich hier bei dir sein kann, ist mein einziger Trost in dieser Situation."
„Ich weiß. Nie werde ich vergessen, was ihr für mich getan habt. Das war nicht selbstverständlich. Das ist mir sehr bewusst. Ihr seid die besten Eltern, die man sich vorstellen kann." Er setzt sich zu ihr aufs Sofa und umarmt sie. Emilie drängt sich dazwischen. Ein tiefes Brummen, das sich fast wie ein Schnurren anhört, zeigt wie zufrieden sie ist.
„Auch sie fühlt sich hier wohl. Ich denke, es wird gut gehen mit uns Dreien. Lass uns den Tee trinken, bevor er kalt wird."

„Ja Mutti, aber ich muss noch einmal zu Werner fahren. Er wird sich schon wundern, wo ich solange bleibe.“ Er küsst seine Mutter auf die Stirn und geht schnell zum Auto.

So langsam erholt sich Judith von den Strapazen des Umzugs. Immer wenn sie sich dazu in der Lage fühlt, macht sie Pläne für das neue Haus, für jeden Raum so mindestens drei Varianten. Doch oft geht auch das nicht. Denn jetzt, da wieder die Ruhe eingekehrt ist, tritt auch erneut die Depression auf. Dann sitzt sie oft lange auf ihrem Bett und weint und kann sich zu nichts aufraffen. Emilie ist beunruhigt. Sie kann nicht begreifen, was dieses Verhalten zu bedeuten hat. Dann setzt sie sich vor sie und beobachtet sie. Ab und zu rutscht sie näher, um Judith ein Taschentuch wegzunehmen. Ganz vorsichtig nimmt sie ihr eines der Tempos und legt es in ihr Körbchen. Vielleicht denkt sie, die Taschentücher sind an Judiths Trauer schuld. Das ist so reizend zu beobachten, dass Judith unter Tränen lächelt.
So ca. viermal am Tag muss Emilie raus. Auf diese Weise ist Judith gezwungen auch mal das Haus zu verlassen. Werner hält sich die meiste Zeit bei Walburga auf. Lars muss natürlich zur Arbeit. Er ist in seinem früheren Lehrbetrieb als Maschinenbauer tätig, hat aber die Aussicht in einer japanischen Firma im Computerbereich arbeiten zu können. Während seiner Anwesenheit, er kommt erst spät heim, versucht Judith ihre Depression zu verbergen. Mit viel kaltem Wasser und Schminke gelingt ihr das auch.
Doch dann geschieht etwas, was Judith aus ihrem Trott herausreißt. Lars erkrankt. Wie schwer ist erst mal nicht abzusehen. Zuerst treten nur so allgemeine Erkältungssymptome auf. Er geht zum Arzt, weil er sich insgesamt so schlecht fühlt. Der stellt nur einen grippalen Infekt fest und schreibt ihn für eine Woche arbeitsunfähig. Auch als sich die Symptome gravierend verstärken, dann auch starke Kopfschmerzen dazu kommen, bleibt der Arzt bei seiner Diagnose. Judith ruft Werner an, erzählt ihm, wie es um den Sohn steht. Er kommt sofort. In den späten Abendstunden verschlechtert sich Lars' Zustand noch. Es tritt ein unangenehmer Körpergeruch auf. Vielleicht sind nun auch die Nieren angegriffen? Da erst hat Judith den Verdacht, es könnte Meningitis sein, denn jetzt ist auch der Nacken fast unbeweglich. Nun ist rasches Handeln geboten. Sie werden ihn nach Mannheim ins Klinikum bringen. Rasch packt Judith die notwendigsten Utensilien ein. Sofort fahren sie los. Dort werden sie gleich dran-

genommen, weil Judith das Krankenhaus telefonisch von ihrer Situation in Kenntnis gesetzt hatte. Nach intensiven Untersuchungen wird Judiths Verdacht leider bestätigt. Es handelt sich um eine schwere Meningitis. Zum Glück haben sie Lars noch rechtzeitig in die Klinik gebracht. So konnte mit der Behandlung sogleich begonnen werden, die aus drei Infusionen täglich in ca. drei Stunden erfolgt und das über einen Zeitraum von fünf Tagen. Danach ist ihr geliebter Sohn über den Berg. Täglich besuchen ihn die Eltern. Nach zehn Tagen Aufenthalt im Krankenhaus kommt Lars ihnen strahlend im Flur entgegen, wenn auch noch ein wenig wackelig auf den Beinen. Er umarmt seine Mutter. „Mutti, du hast mir das Leben gerettet. Du hast es mir ein zweites Mal geschenkt. Danke!"
„Ach Junge", wehrt sie ab. „Wir müssen alle Gott dankbar sein. Unser aller Leben liegt in seiner Hand. Er hat nur den Weg gezeigt und wir beide", sie greift nach Werners Hand, „sind ihn gegangen."
So stehen sie nun zu dritt und umarmen einander. Sie stützen dabei auch den leicht schwankenden Lars. Ein tiefempfundenes Dankgebet schickt Judith gen Himmel.
Es dauert einige Wochen bis Lars wieder hergestellt ist. Nun ist er schon fünf Tage zu Hause, doch noch immer zu schwach, um an einer Reise teilzunehmen.
Elisabeth feiert am 1. November ihren 93. Geburtstag. Schon lange mal wollte Judith zu ihr. Doch die Ereignisse der letzten Monate ließen das nicht zu. In dieser Zeit wird eine liebe Nachbarin Lars betreuen. Doch Emilie muss mit, was sie freuen wird, denn sie fährt ihr Leben gern Auto. –
In Bad Tennstedt dann bei Hagen werden sie schon erwartet. Das Tor zu seinem Anwesen steht offen und Hagen und Maria, seine Frau, stehen draußen für ihren Empfang bereit. Weiter im Hintergrund im Hof kann Judith ihre Mutter sehen und ist heilfroh, dass es ihr, wie es scheint, einigermaßen gut geht. Noch ehe alle aus dem Auto ausgestiegen sind, saust Emilie wie der Blitz an den Verwandten vorbei zu Elisabeth und begrüßt sie stürmisch. Immerzu springt sie an ihr hoch und versucht sie am Gesicht zu berühren. Dabei jault sie herzzerreißend. Mühsam beugt sich die alte Dame zu ihr herunter, um ihr Köpfchen zu streicheln. „Du hast mich vermisst, gell meine Kleine. Du hast mich vermisst."
Indessen ist auch Judith bei ihrer Mutter angelangt. Behutsam nimmt sie die zerbrechliche Frau in die Arme. „Auch wir haben dich sehr

vermisst.“ Judith ist heilfroh ihre Mutter einigermaßen wohlauf anzutreffen. Sie ist angekleidet und kann auch ein paar Schritte gehen.
Alle Anwesenden begeben sich sogleich ins Wohnzimmer. Da ist der ausgezogene Tisch für ca. 20 Personen gedeckt mit herrlichen Kuchen und Torten, die Maria gebacken hat. Judith sitzt bei ihrer Mutter und hält ihre Hand. Sie erzählt ihr vom neuen Haus. „Da wird stets auch für dich ein Platz sein.“
„Wo ist Lars?“, fragt Elisabeth.
„Er hat leider keinen Urlaub kriegen können. Doch er lässt dich herzlich grüßen und schickt dir diesen Brief.“ Umständlich kramt Judith das Papier aus ihrer Handtasche. Von Lars schwerer Krankheit berichtet sie ihr nichts, auch nichts von Hermanns Tod, ihrem Bruder aus München. Er ist vor einer Woche verstorben. Alles das würde sie zu sehr aufregen.
„Wie weit seid ihr mit euerm Haus?“
„Vor vier Wochen haben sie mit dem Aushub begonnen. Zur Zeit arbeiten sie am Keller. Ein Zimmer für dich haben wir mit eingeplant. Sobald das Haus fertig ist, holen wir dich zu uns.“
„Ach Judith, das zu wissen ist wunderschön. Ich kann jetzt zumindest davon träumen. Wie gern würde ich bei euch sein. Nicht weil es mir hier schlecht geht. Maria und Hagen sorgen gut für mich. Aber ich weiß auch, dass mein Leben so langsam aufs Ende zugeht. Schau“, sie öffnet ihre Handtasche und holt einen Stapel Briefe hervor. „Sieh mal. Ich habe für jeden meiner Lieben einen Abschiedsbrief geschrieben, auch Grüße für ein gesegnetes Weihnachtsfest, falls ich dann nicht mehr lebe.“ Einen davon reicht sie Judith. „Das war meine Beschäftigung der letzten Monate. Stets, wenn es ein wenig besser ging, schrieb ich einen Brief.“
Judith hat sich die ganze Zeit beherrscht nicht in Tränen auszubrechen. Doch jetzt kann sie nicht mehr. Elisabeth nimmt Judith tröstend in die Arme. „Ach mein Kind, weine nicht. Das ist der Welten Lauf. Wir Alten müssen den Jungen Platz machen. Ich habe lange genug gelebt. Nun bin ich bereit zu gehen, zu Konstantin meinem geliebten Mann.“
Nur drei Tage konnten sie in Tennstedt bleiben. Judith will so schnell als möglich zu Lars. Der Schmerz beim Abschied von ihrer Mutter zerreißt sie fast, denn sie weiß, lebend wird sie sie nicht wiedersehen. Auch Werner hat dabei Tränen in den Augen. Sie ist wie eine Mutter für ihn.

Auch Emilie kriegt etwas davon mit. Immer wieder umkreist sie die sich umarmenden Menschen.

Mit großer Erleichterung stellen die Könitzers zu Hause fest, Lars geht es besser, auch wenn man ihm die schwere Krankheit deutlich ansieht. Ihr an sich schon schlanker Sohn ist noch dünner geworden. Nur seine großen Augen leuchten warmherzig aus dem schmalen Gesicht. Er wird wieder ganz gesund. –

Weihnachten naht. Draußen ist es trüb und nasskalt. Ein Wetter, bei dem man sich nur im Haus verkriechen möchte. Judith sitzt in der Wohnküche und ist tieftraurig. Werner hält sich wie meist bei Walburga auf. Lars ist für ein paar Tage mit einer Freundin verreist. Auch über die Feiertage wird sie allein sein. Davor graut es ihr. Nur um die laute Stille zu unterbrechen, läuft der Fernseher. Da klingelt das Telefon. Isabella ist am Apparat. Sie spürt sofort in welcher Verfassung sich Judith befindet und fragt spontan: „Willst du über Weihnachten zu uns kommen? Dann könntest du auch deine Tochter besuchen. – Was hältst du davon?"
„Sehr, sehr viel. Das ist meine Rettung."

Schon zwei Tage später sitzt Judith im Zug in Richtung Berlin. Allein das Unterwegssein tut ihr gut. Vom Fensterplatz aus kann sie hinausschauen und ihre Gedanken fliegen lassen, in andere Welten, in ein anderes Leben. ‚Am liebsten wäre ich jetzt ein leeres Blatt Papier', denkt sie. ‚..., das man mit neuen Inhalten füllen könnte, aber Angst legt Fesseln auf mein Herz, liegt drückend auf meiner Seele, lässt es nicht zu, dass ich höher steige, oben bleibe wie ein Drachen im Wind. Immer wieder stürze ich ab, denn ach, es fehlt mir der Glaube, schrieb sie vor Jahren als sie in einer ähnlichen Situation wie heute war. Wichtig wäre jetzt mehr Selbstvertrauen zu haben. Irgendwie ging in der letzten Zeit alles den Bach runter. Und stets auch die Frage: ‚Wer bin ich – jetzt? Eine Gescheiterte? Eine Getrennte? Getrennt nicht nur von ihm, der mein Leben war. Getrennt auch vom Leben selbst? So leer, wie tot komme ich mir vor. Ach was...' Sie schüttelt sich innerlich. Ich bin immer noch der gleiche Mensch, der ich zuvor war, wenn auch jetzt ein wenig angeschlagen. Na und? Erschrocken schaut sie in das Gesicht einer ihr gegenüber sitzenden alten Dame. Scheinbar hat sie den letzten Satz laut vor sich hingesprochen.

„Sie haben Recht!“, sagt sie zu Judith. „Und lassen Sie sich nichts Anderes einreden. Den tiefsten Kern seines Inneren sollte man sich von nichts und niemandem beschädigen lassen. – Schon eine ganze Weile beobachte ich Sie. Es sieht so aus, als trügen Sie einen inneren Kampf mit sich aus.“
„Ja, das stimmt.“ Judith schaut erstaunt in das vertrauenerweckende Gesicht der Frau und erklärt ihr: „Vor ein paar Monaten habe ich die große Liebe meines Lebens verloren“ – sie seufzt. „Das hat mich total aus der Bahn geworfen. Nun versuche ich mein Gleichgewicht wieder zu finden, mit mehr oder weniger Erfolg.“
„Nur nicht aufgeben! Sie schaffen das schon. Ich sehe viel Kraft in Ihnen.“
„Danke“, Judith gibt der alten Dame die Hand. „Es war gut mit Ihnen zu sprechen, doch jetzt“, sie schaut aus dem Fenster, „muss ich aussteigen, meine Freunde erwarten mich schon.“ Und fast so schwungvoll wie früher, steigt sie aus dem in den Hauptbahnhof fahrenden Zug.
‚Ja und wer bin ich nun?‘, hinterfragt sie ihren Auftritt. ‚Wahrscheinlich wäre ich doch eine ganz gute Schauspielerin geworden.‘
„Herzlich willkommen Juditha“, liebevoll wird sie von Isabella und Gunther umarmt. Er kümmert sich sogleich um ihr Gepäck. Isabella schaut sie prüfend an. „Dir scheint es besser zu gehen.“
„Ja, bei euch zu sein, tut mir gut.“ Dabei dreht sie sich noch einmal um und winkt ihrer Zugnachbarin zu. „Danke für die Einladung“, sagt sie wieder Isabella zugewandt. „Zu den Feiertagen allein zu sein, hätte ich nicht ertragen.“

Nur einen Tag hat Judith Zeit, um ein paar Geschenke einzukaufen. Dazu kam sie in Lampertheim nicht mehr. Am frühen Morgen des 1. Feiertages klingelt lange das Telefon. Aufgeregt erscheint Isabella bei Judith im Zimmer. „Ein Anruf für dich, Werner ist am Apparat. Es ist etwas passiert.“ Erschrocken springt Judith aus dem Bett. Isabella drückt sie in die Kissen zurück und reicht ihr dann erst den Hörer.
„Hallo Werner. Ist was mit Lars?“, fragt sie voller Angst.
„Nein Judith, Lars geht es gut, aber mit deiner Mutter ist etwas geschehen.“ Er weint. „Sie ist heute Nacht für immer von uns gegangen. – So als würde sie noch schlafen, sah sie aus, hat Hagen mir erzählt. Er wollte es erst gar nicht glauben, dass sie tot ist. Schon übermorgen ist die Beerdigung.“

Er holt tief Luft und spricht dann mit gefasster Stimme weiter: „Am besten wäre es, habe ich mir überlegt, du fährst von Berlin nach Eisenach. Dort treffen wir uns und fahren von dort aus mit dem Auto nach Bad Tennstedt. Wollen wir das so machen?“
„Ja, Werner“, Judith schluchzt „und Danke für deine Fürsorge.“
„Ist schon gut. Du weißt, ich habe sie auch lieb gehabt.“
„Ja, ich weiß. Dann bis übermorgen. Machs gut.“ Sie gibt den Telefonhörer an Isabella zurück, wirft sich aufs Bett und weint. „Da denkt man, man ist auf dieses Ereignis vorbereitet – und doch – es tut so unendlich weh.“
„Ja meine liebe Freundin, ich weiß wie dir zu Mute ist. Die Endgültigkeit des Todes macht es so schwer. Es sei denn...“, sie setzt sich zu Judith aufs Bett. „... es sei denn, du glaubst an ein Wiedersehen in einer anderen Welt. Das macht es erträglicher.“
Judith lächelt sie unter Tränen an. „Die Vorstellung davon ist so unendlich tröstlich. Elisabeth glaubte daran. Sie war fest davon überzeugt, ihren Konstantin im Jenseits wieder zu treffen. Ich hoffe es so sehr, dass sie jetzt bei ihm weilt.“
Isabella nimmt Judith, die immer wieder heftiger weint, in die Arme und wiegt sie sanft hin und her. Dabei singt sie ein kleines Wiegenlied. „Schlafe, schlafe holder süßer Knabe. Leise deckt dich deiner Mutter Hand.“ Dabei wischt sie die Tränen, die Judith unentwegt über die Wangen laufen, weg.
„Danke Isa, es tut so gut von dir getröstet zu werden.“
„Schon gut. Ich koche Kaffee für uns. Bleib im Bett. Ich bringe ihn hierher.“ Gunther wird wach. Isabella erzählt ihm, was geschehen ist. Er gesellt sich zu ihnen. Zu dritt sitzen sie dann in dem schmalen Bett und trinken Kaffee. Auf diese Art, sie lassen sie keine Minute allein, kümmern sich die Zwei viele Stunden um sie. Am späten Nachmittag gehen sie mit ihr Hand in Hand im nahen Park spazieren, fast stumm, denn viele Worte helfen da wenig. Allein das 'Für-sie–da–sein' ist so ein unendlicher Trost. Auf diese Weise übersteht Judith die ersten schweren Stunden nach der Todesnachricht. An diesem liebevollen Verhalten erkennt man wahre Freunde.
Am anderen Morgen bringt Gunther Judith zum Bahnhof. Er verabschiedet sich herzlich von ihr.
Pünktlich trifft Judith am vereinbarten Treffpunkt in Eisenach ein. Ihre beiden Männer sind schon da.

An der Trauerfeier nehmen erstaunlich viele Menschen teil, auch viele, die Judith nicht kennt. Immerhin haben ihre Eltern nach '45 hier 25 Jahre in Bad Tennstedt gelebt.
Mareen kam aus Berlin allein zur Beerdigung. Ihr Mann muss die fünf Kinder, die sie zusammen haben, hüten. Auch Mareen trauert sehr um ihre Goldschatz-Oma, wie sie sie stets nannte, denn Elisabeth war für sie eine wichtige Bezugsperson. Schon allein deshalb, weil das Verhältnis zwischen ihr und Judith sehr belastet war und ist.
Nur Lars steht während der Feier etwas abseits von der Trauergesellschaft, wie das so seine Art ist und beobachtet die Menschen, nicht weniger berührt, aus der Distanz.
Die vier Geschwister stehen am Grab eng beieinander. Die Mutter ist tot! Nun sind sie die Alten. –
Schon bald nach der Beerdigung möchte Judith aufbrechen. Sie bedankt sich herzlich bei Gertrude, Joseph, Hagen und deren Ehepartnern für die Pflege der Mutter und bittet sie um Verständnis für ihren frühen Aufbruch. „Wir müssen nach Hause, weil Emilie bei Nachbarn untergebracht ist, aber auch wegen Lars. Ihm geht es nach seiner Erkrankung noch nicht sehr gut."
Judith umarmt auch Mareen zum Abschied, was diese nicht immer zulässt und verlässt danach die Trauergesellschaft mit Werner und Lars.

Auf der Fahrt im Auto sitzen sie lange Zeit stumm beieinander. Jeder von ihnen hängt seinen eigenen Gedanken nach. „Sagt", unterbricht Judith die Stille, „bin ich zu früh weggegangen? Wärt ihr lieber noch länger geblieben?"
„Nein, nicht wirklich", antwortet Lars, der am Steuer sitzt nach einer geraumen Zeit. „Nur Mareen tat mir leid. Sie wirkte etwas verloren in der Gruppe der Verwandten. Sie steht fast immer ein wenig abseits, auch in der Familie."
„Meinst du nicht auch, dass das mit ihrem Verhalten zu tun hat?", fragt Judith ihn leicht betroffen.
„Ja sicher", er lächelt sie von der Seite an. „Ich meinte nicht dich."
„Schon gut, mein Junge. In gewisser Weise fühle ich mich ihr gegenüber stets schuldig. Ich habe gewiss vieles falsch gemacht – aber", fügt sie leise hinzu, „ich konnte oft nicht anders handeln."
„Nun hört mal auf damit ihr Zwei", mischt sich Werner in das Gespräch der Beiden ein. „Wir sind alle nur Menschen und damit fehlbar. Sträflich ist nur, wer bewusst anderen schadet. Das ist bei dir,

Judith, ja nicht der Fall. Fehler machen gehört zum Menschsein dazu.“ –

Der Alltag ist in der Sandstraße wieder eingekehrt. Lars arbeitet schon seit zwei Wochen wieder in seiner Firma. Doch ab Februar kann er bei der japanischen Computerfirma anfangen und freut sich schon jetzt darauf. Er besorgte sich Fachliteratur, um in jeder freien Minute zu lernen. Er will gut vorbereitet seinen neuen Job antreten.
Werner hält sich zumeist bei Walburga auf und Judith hat viel mit Hausarbeiten zu tun, weil in den letzten Monaten einiges liegen geblieben ist. Recht forsch geht sie an die Arbeit heran und denkt, dass die Depression überwunden ist, was sich leider im Nachhinein als Irrtum erweist. Eines Tages geht sie wegen starker Kreuzschmerzen zur Hausärztin Frau Dr. Walter, einer sympathischen, einfühlsamen Frau, die sich intensiv mit Judiths Vorgeschichte beschäftigt und auch nach seelischen Belangen fragt. Judith erzählt noch von ihren großen Verlusten, Geliebter weg, Haus musste verkauft werden, Mutters Tod – als sie plötzlich mit einem Weinkrampf zusammenbricht. Sie schluchzt. Sie kann einfach nicht damit aufhören. Es ist fast so, als würde der Schmerz ihres ganzen Lebens aus ihr herausbrechen, auf sie hernieder fallen und sie unter sich begraben.
Die Ärztin gibt ihr eine Beruhigungsspritze und überweist sie sogleich in die psychiatrische Klinik nach Heppenheim, in der auch ihr Mann als Therapeut arbeitet. Als Judith im Krankenhaus bei ihrem behandelnden Arzt vorgestellt wird, hält sie eine Keksdose an sich gedrückt. Es ist fast so, als würde sie sich an dem bunten Ding festhalten. Interessiert erkundigt sich Dr. Walter nach deren Inhalt.
„Da sind meine Medikamente drin“, sagt sie mit leiser Stimme, lauter werdend dann: „und etwas anderes als das möchte ich auch nicht einnehmen.“
„So so, na zeigen Sie mal her.“ Erstaunt blickt er in die Dose, die gefüllt ist mit Konfekt und Schokolade. Nun gibt es eine Auseinandersetzung zwischen Arzt und Patientin über den Nutzen von Psychopharmaka. „Schauen Sie“, erklärt sie ihm ihre Verweigerung. „Ich möchte mit klarem Verstand und nicht leicht vernebelt an meine seelischen Probleme herangehen, sie möglichst schnell lösen. Da ich mit einem Psychologen befreundet bin, weiß ich über die Nebenwirkungen und Folgen solcher Mittel Bescheid.“

Er legt beschwichtigend seine Hand auf ihren Arm. „Beruhigen Sie sich. Hier wird niemand gezwungen diese Medikamente einzunehmen, aber gesetzt der Fall, es geht nicht anders, wären Sie dann bereit dazu?"
„Ja, natürlich."
„Gut", er reicht ihr die Hand. „Sie wissen aber auch, dass die Therapie dann viel anstrengender sein wird?"
„Ja."
„Na schön, dann auf gute Zusammenarbeit. Morgen haben Sie die erste Therapiestunde."

2000

Lars betritt stürmisch das Wohnzimmer seiner Mutter, er umarmt sie und berichtet aufgeregt. „Stell die vor, ich habe mich verliebt."
Sie lächelt ihn an. „Nun das kam doch schon öfter vor."
„Ja, das ist richtig, doch dieses Mal ist es anders."
Erstaunt schaut Judith ihren Jungen an. So lebhaft hat sie ihn schon lange nicht erlebt. „Weißt du, dieses Mal ist es was Ernstes", fährt er fort und setzt sich aufs Sofa.
„Warte, ich hole nur etwas zu Trinken." Sie stellt die gefüllten Gläser auf den Tisch. „Erzähle!", fordert sie ihn auf und setzt sich dazu.
„Das war so. Vor ca. drei Monaten war ich in Darmstadt in einer Diskothek. Dort sah ich sie zum ersten Mal. Sie tanzte ganz selbstvergessen inmitten der Leute, anmutig wie eine Elfe und doch voller Leidenschaft. Im diffusen Licht konnte ich sie nur ab und zu richtig sehen, doch ich war sofort gefangen von ihrer Ausstrahlung. Ich wollte sie unbedingt kennen lernen und lud sie zu einem Glas Wein ein. So fing alles an. – Inzwischen sind wir unzertrennlich und wollen demnächst zusammenziehen."
„Wo?"
„In Lampertheim."
„Geht das nicht etwas zu schnell?"
„Meinst du?" Versonnen lächelt er in Gedanken an sie. „Sie hat volles dunkles Haar, eine zierliche Figur, lange Beine und Temperament für Zwei. Eigentlich, wenn ich so überlege, ist sie so ähnlich wie du, – so kapriziös."
Judith lacht. „Du meinst eine gewisse Eigenwilligkeit?"

„Ja, so könnte man es auch nennen. Doch das mag ich an ihr. Damit kann ich leben, doch nicht mehr ohne sie“, setzt er ernst werdend noch hinzu. „Und wenn sie mich will, würde ich sie auf der Stelle heiraten.“
„So ernst ist es dir mit ihr?“
„Ja.“
„Es macht mich glücklich, das zu hören. Auch Werner wird sich über diese Nachricht freuen. – Wir dachten schon, du würdest niemals heiraten.“
„Wo hält sich Werner zur Zeit auf?“
„Mit Walburga auf Teneriffa. Er kommt in drei Tagen zurück.“
„Aha.“
„Wie heißt dein Mädchen eigentlich?“
„Sarah Herzog.“
„Sehr apart. Wann willst du sie uns vorstellen?“
„In ca. zwei Wochen. Dann sind wir mit dem Umzug fertig. Danach laden wir euch zum Essen ein. Also am 20.08. um 13.00 Uhr. Wäre euch das Recht?“
„Ich denke schon. Danke, mein Schatz. Ich freue mich schon sehr darauf.“

Sie haben es geschafft! Das neue Haus ist wunderbar geworden. Es steht im strahlenden Sonnenschein und lädt sie ein, in ihm zu wohnen. Das tun Judith und Werner nun schon seit eineinhalb Jahren und fühlen sich wohl dabei. Das Gebäude wirkt von außen klein, hat aber innen viel zu bieten. – Im Flur beherrscht die Treppe, in einem goldgelben Holzton, wie freischwebend, die Atmosphäre.
Werner hat in der oberen Etage sein Reich, Judith ihres im Erdgeschoss. Im Souterrain gibt es neben anderen Räumen ein Gästezimmer, in dem bis zu vier Personen untergebracht werden können. Das ganze Haus ist lichtdurchflutet. –
Später steht Judith auf dem Balkon und betrachtet voller Stolz den schön gestalteten Garten. Von hier oben kann man ihn in seiner Gesamtheit sehen. In weitgeschwungenen Linien sind Rabatten, Beete, Büsche und Bäume angelegt. Die beiden Eiben neben dem geräumigen Pavillon bilden einen schönen Kontrast zu den davor stehenden weißen Rosen. Rosen in allen Schattierungen, die sich abwechseln mit immergrünen Büschen, verleihen dem Garten einen besonderen Reiz.

Erschrocken schaut Judith auf ihre Armbanduhr. Bald 15 Uhr, gleich kommt Constanze, die nebenan wohnt, sie besuchen. Obwohl ein Altersunterschied von 20 Jahren besteht, sind sie Freundinnen geworden. Es verbindet sie die Liebe zur klassischen Musik und zur Literatur. Judith schaut zum Tor, da sieht sie sie schon um die Ecke kommen. Hübsch wie immer sieht sie aus, in weißen Jeans und T-Shirt mit tiefroten Rosen, was ihr gut steht zu ihrer getönten Haut und den schwarzen Locken.
Judith hat den Tisch im Pavillon gedeckt. Erst als Conni den Garten betritt, sieht Judith was sie im Arm hält. Ein kleines weißes Hundchen, vielleicht acht Wochen alt, das sich ängstlich an sie drückt, weil Emilie, die den Kleinen längst entdeckt hat, an Conni hochspringt. „Emil heißt er", stellt Constanze ihn vor.
„Mein Gott, ist der süß." Judith ist ganz hingerissen. Sie nimmt den Kleinen auf den Arm und beugt sich zu Emilie hinunter, um sie schnuppern zu lassen. Vorsichtig setzt sie Emil ins Gras. „Sei lieb zu Emil. Er ist noch ein Baby", ermahnt sie ihre Hündin. Die wirft ihr einen Blick zu, der besagt: ‚Für wie dumm hältst du mich eigentlich?'
Langsam geht Emilie schnuppernd um das Hundchen herum, stupst ihn sanft in die Seite. Er legt sich sogleich auf den Rücken und lässt sich von ihr genussvoll das noch nackte Bäuchlein lecken. Man sieht, die Zwei mögen einander.
Mit einer Handbewegung bittet Judith ihre Freundin Platz zu nehmen und gießt den duftenden Kaffee in die Tassen. „Wie geht es dir, Conni, gibt es etwas Neues?"
„Danke gut. Und es gibt tatsächlich etwas Neues. Stell dir vor, ich mache mich selbstständig. Schon in zwei Wochen eröffne ich hier mein Ingenieurbüro."
„Oh, das freut mich für dich. Ich gratuliere! Aber ich dachte du fühlst dich wohl in der Firma, in der du doch schon länger arbeitest."
„So war es bisher auch. Doch seit wir in unserer Abteilung einen neuen Chef haben, ist die Harmonie, die vorher herrschte gestört. Deshalb wollte ich da nur noch weg. – Aber jetzt zu dir. Ich spüre, auch bei dir hat sich etwas geändert. Bisher hatte ich immer den Eindruck, dass die Depression dich immer noch ein wenig in den Fängen hält. – Wie war das so in der Klinik, immerhin warst du zehn Wochen dort? Du hast mir noch nie etwas davon erzählt." Judith schaut gedankenverloren in den Garten und atmet den süßen Duft der Rosen ein. „Ach weißt du, das ist für mich schon so weit weg, dass ich gar keine so intensive Erinnerung daran habe. – Die

Zeit nach dem Tod meiner Mutter und den Aufenthalt im Krankenhaus habe ich fast wie in Trance erlebt. Manchmal denke ich, die Seele schützt den Menschen, wenn das Erlebte zu dramatisch ist. Es ist fast so, als läge eine Nebelwand über dieser Zeit. Eigentlich sollte man sich nur an das Gute erinnern. Und das Gute in der Klinik war für mich ein Mitpatient, ein junger Pfarrer. Er landete in der psychiatrischen Klinik, weil er den Verlust seiner Frau, sie hatte ihn verlassen, nicht verkraftet hat.
Er war ein sehr einfühlsamer Mann, der mir bei vielen schweren, belastenden Situationen beistand, weil sich kein Arzt darum kümmerte, wie es den Patienten ging nach einer Therapiestunde. Da wurde man von der Gruppe aufgefangen. Er war es aber auch, der uns, Elfriede, Marion und mich dazu verführt hat, mit ihm für zwei Stunden auszubüchsen. Ab und zu kletterten wir spätabends aus dem Fenster, um in einer nahen Waldwirtschaft einen Rotwein zu trinken, was natürlich verboten war. Wir freuten uns wie die Schneekönige über die heimlichen Ausflüge mit Heiner Mathis, so hieß der Pfarrer. Es hat sehr viel Spaß gemacht, so etwas Verbotenes zu tun", beendet Judith ihren Bericht.
„Na darin hast du ja Übung", meint Conni trocken. Judith schaut sie erst fragend an und begreift dann. „Ach du meinst die Geschichte mit Daniel?"
„Ja – aber nun du. Erzähle, was gibt es bei dir Neues?", fragt Constanze sie.
„Ja, das gibt es und sogar dreimal habe ich Grund zur Freude. Erstens Lars unser Sohn, du hast ihn an meinem Geburtstag kennen gelernt, will heiraten. Zweitens Ich bin seit neuestem Mitglied in einem Sportverein, bei den Turnerinnen."
„Verzeih, wenn ich das sage. Bist du nicht schon ein wenig zu alt dazu?"
„Vielleicht hast du Recht. Ich bin die Älteste in der Gruppe. Die meisten sind so in den Fünfzigern. Mein Turnlehrer, er heißt Peter Engelburger, meint ich sei für mein Alter noch sehr beweglich und die Kondition kann ich erwerben. Peter war schon dreimal Hessenmeister im Turnen, aber er hat es nicht immer leicht mit uns, weil wir während der Stunde viel Blödsinn machen und albern wie kleine Mädchen sind. Deshalb und auch, weil er ein liebenswerter Mensch ist, haben wir zu seinem 65. Geburtstag etwas eingeübt und dargeboten. Kennst du den Film ‚Sister Act' mit Woopi Goldberg? Daraus haben wir einen Song eingeübt. Wir haben uns als Nonnen verklei-

det und getanzt und gesungen. War das ein Spaß. Aber es ist noch etwas Anderes, was mir viel bedeutet: Es gibt einen intensiven Zusammenhalt in der Turngemeinschaft. Ich wurde, als ich ganz fremd dahin kam, sofort warmherzig aufgenommen. Alle sind so liebevoll. Wenn ich in Lorsch unterwegs bin, geschieht es nicht selten, dass ich plötzlich in die Arme genommen und herzlich begrüßt werde, als würden wir uns schon viele Jahre kennen. Dann ist es ganz sicher eine von den Sportlerinnen. Du glaubst gar nicht, wie gut mir das tut. Das hat mir beim Einleben in diese fremde Stadt sehr geholfen."
„Das freut mich zu hören. Doch das war doch noch nicht alles. Du sagtest etwas von drei Dingen, die dich freuten."
„Ja, du hast Recht. Daniel will mich besuchen. Schon am Wochenende kommt er hierher."
„Sag nur, das ist wirklich eine Überraschung. Jetzt verstehe ich auch das Leuchten in deinen Augen." –

Judith sitzt auf der Terrasse und schaut gedankenverloren in den Garten. Auf dem Tisch, der hübsch für drei Personen gedeckt ist, steht ein Blumenstrauß, schimmernd in allen Farben, die der Garten zur Zeit bereit hält. Das Wetter ist angenehm, nicht mehr so heiß wie in den Tagen zuvor. Ein leichter Wind treibt Blütenblätter vor sich her über den Rasen. Der Herbst kündigt sich an.

Herr es ist Zeit
der Sommer war sehr groß.
Leg deine Schatten
auf die Sonnenuhren
und auf den Fluren
lass die Winde los.

Diese wundervollen Zeilen von Rainer Maria Rilke lassen Judith nicht los. ‚Ja Herr, es ist Zeit loszulassen was war, um nach etwas Neuem greifen zu können. – Auch mein Lebenssommer war sehr groß – reich an allem, was das Leben zu bieten hat, an Schönem und Schwerem, an Wunderbarem und Belastendem. Doch nun bin ich in meinem Herbst angekommen und der Winter naht.' Schon der Gedanke daran lässt sie frösteln. – Sie schaut sich um, ‚...doch jetzt in meinem Hiersein fühle ich mich wohl. Die Schatten der Vergangenheit habe ich abgeschüttelt, mit Hilfe vieler lieber Menschen, die ich stets fand, die mich ein Stück des Weges begleitet haben. Wir

alle sind aus Sternenstaub und anderen auf den Weg gestreut, das ist der Sinn. – Und wenn man offen bleibt, das Schöne am Wegesrand nicht übersieht, bleibt die Freude am Dasein erhalten. Eigentlich, überlegt sie, fühle ich mich zum ersten Mal in meinem Leben frei. Soweit man als Mensch frei sein kann. Möglicherweise ist das ein wesentlicher Teil des Älterwerdens, freier zu sein, so dass das 'Sein' wichtiger wird als das 'Haben wollen'. Nun kann ich Daniel loslassen. Er, der mir zum großen Teil zu dieser Freiheit verholfen hat, was ihm sicher gar nicht bewusst ist. Ich denke, ich kann nun sehr wohl auch ohne ihn existieren. Er ist nicht mehr mein Lebensmittelpunkt, wenn er auch stets zu meinem Leben gehören wird. –
Jetzt ist aber Schluss mit der Grübelei.' Entschlossen steht sie auf, räumt ihr Buch, in dem sie gar nicht gelesen hat, beiseite und schaut die Straße entlang. Bald wird Daniel hier sein, in ihrem neuen Haus, in ihrem neuen Leben. –
Daniel kommt. Beschwingt geht Judith ins Haus, um ihre Lieblingsmusik aufzulegen, das Violinkonzert von Max Bruch. Diese Musik hat sie auf allen ihren Reisen begleitet. Jahrelang konnte sie sie nicht hören, weil jeder Ton schmerzliche Erinnerungen weckte. Sie schließt die Augen und lässt sich davon tragen von den romantischen Klängen. Plötzlich wird sie von hinten umarmt. „Daniel“, ohne die Augen zu öffnen, bleibt sie lange so an ihn gelehnt stehen, genießt seine Nähe und lächelt in sich hinein. ‚Ja, ja total unabhängig bin ich!' Langsam dreht sie sich in seinen Armen um und schaut ihn nur an. „Oh Daniel, was tust du mit mir?“, fragt sie ihn mit leiser Stimme.
„Das, was ich schon lange habe tun wollen, ich umarme dich.“
Es ist, als würden sie übergangslos da wieder anknüpfen, wo sie vor Jahren aufgehört hatten. Weich schmiegt sie sich an ihn, legt ihren Kopf an seine Brust und erschrickt, weil sein Herz so heftig wie ein Hammer schlägt. Es zeigt ihr, wie aufgeregt er ist.
„Komm setz dich. Kann ich dir etwas zu trinken anbieten?“
„Nein, danke. Ich habe alles, was ich zur Zeit benötige.“ Er setzt sich aufs Sofa und zieht sie auf seinen Schoß. Endlich küsst er sie auch. Es ist ein langer, unendlich süßer Kuss. Als sie sein Begehren spürt, erhebt sie sich rasch. „Bitte gib mir etwas Zeit. Ich stelle nur den Kaffee auf. Bin gleich wieder bei dir.“ In der Küche dann steht sie mit wackligen Knien an der Spüle. ‚Will ich das? Und habe ich die Wahl?' Beide Fragen kann sie mit einem klaren ‚Ja' beantworten, auch wenn sie schon wieder in seinem Bann ist. Rasch füllt sie die

Kaffeemaschine, sie bringt den Kuchen auf die Terrasse. „Komm“, bittet sie Daniel im Vorübergehen. „Bei dem schönen Wetter ist es draußen angenehm. Außerdem wird Werner gleich da sein. Er wollte nur noch etwas besorgen.“
„Das habe ich schon vermutet. Du hast den Tisch für Drei gedeckt.“
Wie aufs Stichwort erscheint Werner im Garten. Nachdem er Daniel begrüßt hat, nimmt er unbefangen neben ihm Platz. Er beginnt sogleich ein Gespräch als wäre es das Normalste der Welt, dass Daniel bei ihnen mit am Tisch sitzt. Judith staunt. – Nun kann sie Daniel genauer betrachten. Gut schaut er im hellen Anzug aus, den er sicher ihr zu liebe angezogen hat. Und doch, blass und schmal ist sein Gesicht. Das an sich noch volle Haar, inzwischen fast weiß, trägt er nun halblang. Er wirkt, obwohl er sich lebhaft mit Werner unterhält, irgendwie abwesend. Seine Gestalt ist gebeugt, als trüge er eine zu schwere Last auf seinen Schultern. Er sieht krank aus, so als hätte er gerade eine schwere Krankheit überstanden.
Dagegen wirkt Werner, auch wenn er zehn Jahre älter als Daniel ist, frischer, sportlicher, gesünder. Seine blauen Augen in der gleichen Farbe wie sein Hemd blitzen jugendlich aus seinem gebräunten Gesicht. Bisher war es doch so, Daniel war der Attraktivere von Beiden. Doch jetzt ist es eher umgekehrt. – Und doch, Judith versinkt in Daniels Augen, als er zu ihr herüberschaut. Wenn er sie anlächelt, ist sie sofort gefangen. Auch seine Stimme hat ihre Strahlkraft nicht verloren – sie klingt so ähnlich wie die Maximilian Schells.
So langsam wird Judith ruhiger. Sie bemüht sich dem Gespräch der Männer zu folgen, die sich über das Bauen unterhalten. Daniel erzählt eben von dem 200 Jahre alten Haus, das er in der Nähe von Magdeburg erworben hat. „Es war spottbillig, aber mit der Auflage, es in seinem historischen Erscheinungsbild zu erhalten. Allein das kostet viel Geld. „Es wird viel teurer, als ich vorher berechnet hatte.“
„Das ist auch so, wenn man neu baut“, bestätigt Werner diese Aussage.
Judith möchte endlich mit ihrem Geliebten allein sein und erhebt sich. Werner versteht ihren stummen Hinweis und verabschiedet sich, um sich in seine Wohnung zu begeben.
Gleich in der Küche, als sie gemeinsam das Geschirr reintragen, fängt Daniel zu fummeln an. „Nein, warte bis wir drüben sind. Werner könnte noch einmal herunter kommen.“ Sanft schiebt sie ihn ins Wohnzimmer, Emilie stets im Schlepptau und schließt die Tür. Noch ehe sie sich ganz entkleidet haben, landen sie eng umschlungen auf

dem Sofa, von Emilie misstrauisch beobachtet. Sie kennt solche Spiele nicht. Es regt sie auf. Dann entschließt sie sich mitzumachen und zwängt sich zwischen die Liebenden. Judith wird es zu bunt. Sie jagt die Kleine in den Garten. Dort heult sie gotterbärmlich. Mann muss sie wieder reinholen. Doch so haben sie auch keine Ruhe. Judith ist erbost. „So, meine Liebe, das reicht“, schnappt die Hündin am Genick, schüttelt sie und setzt sie in ihr Bettchen, das in der Diele steht. Von dem Moment an gibt sie Ruhe. Nur ein leichtes Grummeln zeigt an, dass sie mit dieser Situation ganz und gar nicht einverstanden ist. Daniel hat schmunzelnd die Szene beobachtet. „Sie ist doch süß, deine Kleine.“
„Süß nennst du das. Doch eher dickköpfig würde ich meinen.“
Er öffnet die Arme. Genussvoll schmiegt sie sich an ihn und nichts stört mehr ihr intensives Liebesspiel. Danach liegen sie eng nebeneinander im Bett in dem sie inzwischen gelandet sind. Nachdenklich betrachtet sie ihn von der Seite, der mit geschlossenen Augen vor ihr liegt. Zärtlich streicht sie ihm ein paar Strähnen aus dem erhitzten Gesicht. Er ist nicht mehr so blass, wirkt aber erschöpft.
„Verzeih, wenn ich danach frage, ich weiß dass du nicht gern über Krankheiten sprichst. Aber bitte sage mir, was mit dir los ist. Bist du krank?“ Eindringlich schaut sie ihn an. „Oder warst du sogar im Krankenhaus?“
„Wie kommst du denn darauf?“, antwortet er ausweichend.
„Weil ich in deinem Auto einen Bademantel und eine Toilettentasche sah. Diese Sachen hattest du noch nie dabei, wenn du mich besuchen kamst. Und woher stammen die blauen Flecken auf deinen Schenkeln? Könnte es sein, dass ich recht habe. Warst du in einem Krankenhaus?“
„Ja, es stimmt“, gibt er widerwillig zu. „Ich war vier Wochen im Elisabethenstift in Darmstadt.“
„Warum?“
„Wegen einer Embolie, die nach einem Autounfall auftrat.“
„Oh mein Gott“, erschrocken sieht Judith ihn an. „Wann war der Unfall?“
„Am 22.8.“
„Das ist ja dein Geburtstag! Wo wolltest du an diesem Tag hin?“
„Zu dir.“
„Zu mir? Aber davon hast du, als wir telefoniert haben, nichts gesagt.“
„Ich wollte dich überraschen.“

„Wie kam es zu dem Unfall? Und lass dir bitte nicht jedes Wort einzeln aus der Nase ziehen."
„Also gut, das war so. Es war klares Wetter. Mir ging es gut. Ich freute mich auf dich. Auf gerader Strecke, auf der Schnellstraße zwischen Darmstadt und Eberstadt kam ich plötzlich von der Fahrbahn ab, fuhr schnurstracks, ohne zu bremsen, auf einen Baum zu und wickelte mich quasi samt Auto um seinen Stamm. Fast unverletzt holten mich Feuerwehrleute aus dem völlig zerstörten Wrack. Nur eine Platzwunde am Kopf, Blutergüsse und ein paar Quetschungen trug ich davon. Nichts war gebrochen."
„Also hast du wahrscheinlich keine Osteoporose."
„Nein." Er lächelt gequält. „Von dem Unfall, von dem ganzen Geschehen davor und danach habe ich keinen blassen Schimmer. Ich war die ganze Zeit bewusstlos. Erst als ich im Krankenhausbett lag, frisch verbunden und verarztet, kam ich zu mir. Einige Ärzte und Krankenschwestern standen um mein Bett herum. Sie fragten erstaunt: ‚Wie haben sie das nur geschafft aus dem völlig zerquetschten Gefährt fast unverletzt heraus zu kommen? Das grenzt an ein Wunder. Sie müssen mehr als einen Schutzengel gehabt haben.'"
Judith ganz aufgeregt: „Du hättest tot sein können. Das war wirklich ein Wunder. Weißt du auch, dass ich dir ab und zu Schutzengel schicke? Scheinbar waren sie rechtzeitig vor Ort."
„Du glaubst an solche Geister?" Ein ironisches Lächeln kräuselt seine vollen Lippen. „Ja, und das solltest du auch tun, nachdem sie dir so sehr geholfen haben. Doch was geschah danach?"
„Nach zehn Tagen wollten sie mich entlassen. Da bekam ich eine Embolie und musste noch einmal zwei Wochen im Krankenhaus bleiben."
„Man könnte sagen, du bist dem Tod gleich zweimal entkommen."
Er setzt sich auf. Umständlich stopft er seine Pfeife und versucht sie anzuzünden, was nicht gelingen will, weil seine Hände zittern. Sie weiß, seine Coolness ist nur gespielt. Liebevoll umarmt sie ihn kniend von hinten und wiegt ihn sanft hin und her. „Und nun?"
„Jetzt nehme ich ein blutverdünnendes Mittel und mir geht es gut. Glaube mir, wirklich gut."

Und wie gut es ihm inzwischen geht, hat Daniel Judith in dieser Nacht noch einmal bewiesen. Nachdenklich betrachtet sie den neben ihr liegenden Mann, der noch im leichten Schlummer liegt. Er taucht wie aus dem Nichts auf und alles beginnt von vorn? Sie küsst

ihn leicht auf den Mund. Ein rosiger Schimmer belebt sein Gesicht, er erwacht. „Ach Nymphchen, ich habe wunderbar geschlafen und geträumt von einer herrlichen Landschaft, in der wir lebten." Er reckt sich.
„Ja, ja wie Adam und Eva im Paradies", neckt sie ihn. „Komm, lass uns aufstehen. Die Sonne scheint und die Spatzen zwitschern." Weit öffnet sie das Fenster, um zu lüften. „Es wird ein schöner Tag."
„Aufstehen?", fragt er verschlafen. „Um was zu tun?"
„Um zu frühstücken."
„Gut, aber danach muss ich nach Hause, um einiges zu erledigen. Karin ist verreist."
„Dachte ich mir schon, sonst wärst du nicht hier. Mich wundert es nur, dass sie wegfährt, wenn du in der Klinik liegst."
„Wir hatten Streit."
„Das kommt bei euch höchst selten vor", kann Judith sich nicht verkneifen ironisch zu bemerken. „Dann komm", scheucht sie ihn aus dem Bett. „Geh schon mal ins Bad. Ich mache derweil das Frühstück. Werner hat schon frische Brötchen besorgt", ruft sie ihm schon aus der Küche zu.

Beim Abschied dann küsst er sie zärtlich und fragt: „Möchtest du mich heute Abend sehen?"
„Ja, sehr gern."
„Ich habe eine Überraschung für dich. So gegen 19 Uhr hole ich dich ab."

Fröhlich singend läuft Judith durch ihre Wohnung und räumt auf, als Werner beladen mit vielen Tüten vom Supermarkt zurückkommt. Er meint: „So heiter habe ich dich schon lange nicht erlebt. Daniel scheint dir gut zu tun."
Judith nimmt ihm sein Gepäck ab. „Seit wann gehst du so früh einkaufen?"
„Ich wollte euch nicht stören."
„Das war lieb von dir." Er bleibt vor ihr stehen und schaut sie ernst an. „Sag mal, geht die Geschichte mit euch beiden jetzt weiter?"
Erstaunt sieht sie ihn an. „Bist du eifersüchtig?"
„Sicher nicht – oder doch, ein wenig."
Judith geht ans Fenster und schaut in den Garten. „Um ehrlich zu sein, ich weiß es nicht. Mit Erleichterung stelle ich bei mir fest, ich kann gelassen abwarten, wie sich das Ganze mit Daniel entwickelt."

„Gute Einstellung. – Ach übrigens, Lars hat angerufen. Er lässt dich grüßen. Er wollte wissen, wie uns Sara Herzog, die wir neulich kennen gelernt haben, gefallen hat."
„Ja und, was hast du geantwortet?"
„Ich sagte, sie habe den allerbesten Eindruck hinterlassen. Sie ist intelligent, auch in emotionaler Hinsicht klug, einfühlsam und tiefgründig, ein attraktives Mädchen. Ich denke, die Zwei passen gut zusammen."
„Wunderbar! Besser hätte ich es auch nicht ausdrücken können."
„Ja, und er erzählte noch, dass Leonora, Saras Schwester die in England lebt, dort geheiratet und einen 10-jährigen Sohn hat, demnächst von London nach Darmstadt ziehen will. Leonora und ihr Mann sind Lehrer. Sie suchen in Darmstadt ein Haus."
„Wie schön für Sara. Es wird schwer für die Drei werden, sich hier einzuleben, besonders für den Jungen. Aber ich habe auch eine Neuigkeit für dich. – Mareen will uns besuchen. Sie bringt nur ihren Ältesten mit."
„Prima, wir haben sie lange nicht gesehen."
„Von Berlin aus fliegt sie gleich nach Frankfurt und möchte dort von dir abgeholt werden. Die genauen Daten gibt sie uns noch durch."
„Gut."

Aufgeregt steht Judith vor dem Spiegel. Sie probiert mehrere Sommerkleider an. ‚Na ja, ein wenig eng geworden', weil sie zugenommen hat, sind sie alle. Mit 60 kg ist sie im normalen Bereich. Im Allgemeinen ist sie mit ihrer Figur noch ganz zufrieden. Für das lange schmale Seidenkleid in lila entscheidet sie sich. Darüber kann sie die weite Kapuzenbluse in Rost anziehen, eine reizvolle Kombination. Den glatten Pagenkopf frisch geföhnt, verlässt sie ihre Wohnung, um Daniel entgegen zu gehen. Schon von weitem hört sie ihn in seinem alten Volvo herandonnern. Ihr Herz klopft so wild, als ginge sie zu ihrem ersten Rendezvous. Er hält knapp neben ihr und öffnet die Autotür. „Grüß dich Judith. Steig ein", bittet er sie.
„Hallo Daniel, sag aus welchem Jahrhundert stammt dein Auto?", spöttelt sie.
„Es ist 17 Jahre alt. Aber ein jüngeres Model hatte ich mir nach dem Totalschaden des Alten nicht leisten können. Wie du weißt, haben wir erst kürzlich ein Haus gekauft."
„Verzeih, es sollte keine Kritik sein. – Doch etwas anderes, wohin entführst du mich?"

„Das wird nicht verraten. Doch wir haben noch etwas Zeit. Wollen wir kurz Pause machen?“
Auf einem Parkplatz steigen sie aus. Er führt zu einer Lichtung, die sich zu öffnen scheint, wenn man näher kommt und den Blick freigibt auf ein lichtdurchflutetes Tal, an dessen tiefstem Punkt sich ein kleiner Bach durch die Wiese schlängelt. Grün in allen Schattierungen, dazwischen schon herbstlich gefärbte Bäume in goldgelb bis dunkelrot beleben das Idyll.
„Traumhaft schön ist es hier. Schade, die Bergstraße hat sich in blaue Schleier gehüllt.“ Eine Bank lädt zum Verweilen ein.
„Könnten wir hier bleiben?“, fragt sie ihn.
„Nein, da wo wir hin wollen, wird es dir noch wesentlich besser gefallen.“
Er schaut auf seine Uhr. „Komm, in einer Viertelstunde beginnt die Veranstaltung.“
Als sie in Darmstadt ankommen, fahren sie in Richtung 'Herrengarten', einem schön angelegten weitläufigen Park.
„Gibt es hier ein Konzert?“
„Nein, in dem dahinter liegenden Prinz-Georg-Garten findet die Veranstaltung statt.“
Noch im Eingangsbereich der Anlage bleibt Judith überrascht stehen, weil ein Meer von Kerzen die Ränder der Wege säumend den Garten verzaubert. Der im französischen Stil angelegte Park hat als Mittelpunkt einen großen Brunnen. Von ihm aus führen alle Wege sternförmig an die Peripherie. Außen laufen die mit Kies bestreuten Pfade in verschlungenen Linien um die ganze Anlage herum, in deren Nischen Bänke aufgestellt sind. Die sprühenden Fontänen des Brunnens, die letzten Strahlen der schon tief stehenden Sonne und der Schein hunderter Kerzen ergeben ein Durcheinander von fliegenden, flirrenden Lichtpunkten, die dem ganzen Garten eine fast unwirkliche Atmosphäre verleihen. Staunend steht Judith noch immer am Eingang und merkt gar nicht, dass sie von nachdrängenden Menschen beiseite geschoben wird. „Das ist märchenhaft, wie aus 'Tausend und einer Nacht'“, flüstert sie begeistert.
„Dachte mir doch, dass dir so etwas gut gefällt“, bemerkt Daniel trocken.
„Gut gefällt, ist weit untertrieben. Für so was Schönes gibt es gar keinen Ausdruck.“

Langsam schlendern sie durch den mit vielen bunten Blumen geschmückten Park zur Mitte zu. Vom Porzellanschlösschen her erklingen die 'Vier Jahreszeiten' von Vivaldi.
Als sie am Rondell sind, trennen sie sich, um sich auf der anderen Seite wieder zu begegnen. Für einen kurzen Moment ist der Zauber des Abends verflogen. Was sie sieht, wenn sie hinüber schaut, ist ein schon älterer Mann, leicht gebeugt, mit zerzausten Locken und einem spöttischen Gesichtsausdruck, der ihn etwas arrogant erscheinen lässt. Fast ein Fremder? Doch was sieht er, wenn er her schaut? Er sieht eine alte Frau. –
Sie erschrickt bei dem Gedanken. Aber mit 65 Jahren ist man nun mal nicht mehr jung. Eine Frau, die leichtfüßig über die Beete steigt, das Gesicht noch relativ glatt, die mit großen Augen voller Staunen die Welt betrachtet, ein Mensch, der immer noch an Wunder glaubt. Auch an das Wunder des Augenblicks? Als sie dann voreinander stehen, ist der Zauber sofort wieder da, weil er sie sanft an sich zieht. Nichts ist verloren gegangen in den Zeiten der Trennung, auch nicht der letzten Jahre.
Die Bänke überall im 'Herrengarten' scheinen von Liebespärchen besetzt zu sein, denn überall wird getuschelt, geherzt und geküsst und heimlich gefummelt. Trotz der vielen Kerzen ist es inzwischen dunkel genug für solches Tun. Auch die beiden Alten reihen sich ein in den Reigen und küssen und fummeln auf jeder Bank. Nur ganz leise klingt die Musik zu ihnen. In der hintersten Ecke des Parks lassen sie sich nieder und vollenden ihr erotisches Spiel. Daniel küsst sie innig. „Ich wollte dir schon länger eine Frage stellen. Wie geht es dir so mit Werner? Wie siehst du unsere Liebesbeziehung damals und auch heute?"
„Das sind ja gleich drei Fragen." Judith rückt ein wenig von ihm weg und schlingt die Arme um ihre Knie. Sie spricht mit rauer Stimme: „Die ersten Monate, nein Jahre nach unserer Trennung waren sehr schwer. Ich fühlte mich wie tot, wie abgestorben."
„Tut mir leid, dir so weh getan zu haben."
„Muss es nicht. Ich säße nicht hier bei dir, wüsste ich nicht, dass du nicht anders handeln konntest. – Doch das ist überwunden." Nach einer kleinen Pause spricht sie weiter: „Und jetzt, mein Leben mit Werner ist sehr gut, besser als es je war. Als Liebespaar konnten wir uns nicht viel geben, als Freunde um so mehr. So etwas klappt nur, wenn man nie, auch nicht in den Zeiten der schwersten Auseinandersetzungen, den Respekt voreinander verliert. – Du kennst ja Mar-

ga, die Familientherapeutin. Sie sagte, dass es ihr in ihrer 30-jährigen Praxis noch nie vorgekommen sei, dass ein Paar sich auf diese faire Weise zusammengerauft hat. Darauf sind wir auch ein wenig stolz."
„Das könnt ihr auch. Bei uns lief es ähnlich, wenn auch nicht so harmonisch wie bei euch. – Hast du unsere Liebebeziehung je bereut? Es war sicher nicht immer einfach für dich."
Er stopft sich die Pfeife und zündet sie an. Als sie dann brennt, spricht er weiter: „Bei aller Liebe zu dir, konnte ich mich nie von Karin trennen."
„Ach, das weiß ich doch. – Ich bereue nichts, nicht einen Tag, nicht eine Stunde, die wir gemeinsam verbracht haben. Zu beglückend war diese Zeit für mich, ganz besonders die Reisen waren voller Zuneigung und Nähe. Weißt du, was ich in einem meiner Gedichte geschrieben habe?"
„Das meiste schon, aber was meinst du speziell?"
Sie zitiert: „Was du mir schenkst ist mit Gold nicht aufzuwiegen. Zärtlichkeit so berauschend schön, Liebe mit so vielen Spielarten. Geborgenheit – wolkenweich ...
Und das empfinde ich auch heute noch so. Nein, ich bereue nichts. Eventuell habe ich mich in meiner Liebe zu dir etwas verloren. Doch nun habe ich mich wiedergefunden und bin ganz zufrieden mit meinem Leben, so wie es jetzt ist."
„Das ist gut. Als ich im Krankenhaus lag, hatte ich viel Zeit zum Nachdenken. Oft dachte ich, ich habe dich zu sehr verletzt."
„Das hast du auch, aber du hast mir auch viel gegeben. – Und, ob wir uns je wieder sehen werden oder nicht, spielt keine Rolle mehr, denn ich kann dich immer, wann immer ich möchte, in meinen Träumen herbei zaubern.
Kannst du dich daran erinnern? Wir waren im Schwarzwald auf einer Alm. Quer liefen wir über eine Wiese, auf der junge toupfarbene Kühe grasten. Wunderschön sahen sie aus mit einem Strahlenkranz weißen Fells um die recht großen Ohren. Eines der Kälber schnappte sich deinen Pulli, den du lose über den Schultern trugst und lief damit davon. Wir hinterher. Das war ein Gaudi. Dann sind wir zum Freiburger Dom. Da schritt ich eng an dich geschmiegt durch die weihevolle Halle und lauschte deiner gedämpften doch klangvollen Stimme, die mir etwas über die verschiedenen Baustile erzählt. Oder ich stelle mir den Steinbruch vor. Es war ein heiterer Sommertag, die Luft voller süßer Düfte. Wir lagen in mitten vieler, mit roten Früchten

beladener Erdbeerbüsche und liebten uns. Über uns in der Felswand fütterte ein Milanpaar seine Jungen. Ein Schwarm feingezeichneter Schmetterlinge umschwirrte uns und setzte sich auf unsere nackten Körper. Sie waren ganz zahm, man konnte sie berühren." –
Strahlend schaut sie zu ihm auf. Ein Schimmer jugendlicher Begeisterung liegt auf ihrem Gesicht.
„All das und noch viel mehr habe ich in meinem Herzen gespeichert. Niemand, auch du nicht, kann mir meine Erinnerungen nehmen. Diese traumhaften Erlebnisse trage ich tief in meiner Seele verborgen. – 'Tödlich sind nur die ungelebten Träume', sagte Nietzsche einmal. Ich habe meine Träume wahr machen können, mit dir!"
Stumm, jeder in seine Erinnerungen vertieft, sitzen sie lange beieinander. Nur zarte Rauchwölkchen, die von seiner Pfeife aufsteigen, sind im Mondlicht zu sehen. Nach geraumer Zeit fragt er leise: „Kannst du dir vorstellen, woran ich jetzt denke?"
„Ja, an Philomohn und Bauzis, denn alt genug sind wir ja inzwischen und weißhaarig, wenn man bei mir von 'Wella' mal absieht."
„Und so warten wir auf die Götter, die uns in eine Eiche und in eine Linde verwandeln?", vollendet er ihren Satz. „Aber", wendet sie erregt ein, „so alt, um sterben zu wollen, fühle ich mich noch lange nicht".
„Ach Nymphchen, was ist schon sterben? Vielleicht ist es nur ein Hinübergleiten in ein anderes Sein. Und schau", er weist mit seiner schönen, schlanken Hand nach oben. „Der Mond ist erschienen. Er verwandelt den Park mit tausenden von Sternen in eine überirdische Landschaft."

Danksagung

Ich möchte allen Dank sagen, die mir dabei geholfen haben, “Judith“ ins Leben zu rufen.
Mein besonderer Dank gilt Kornelia Röhn, ohne die der Roman nicht in dieser Form zustande gekommen wäre.